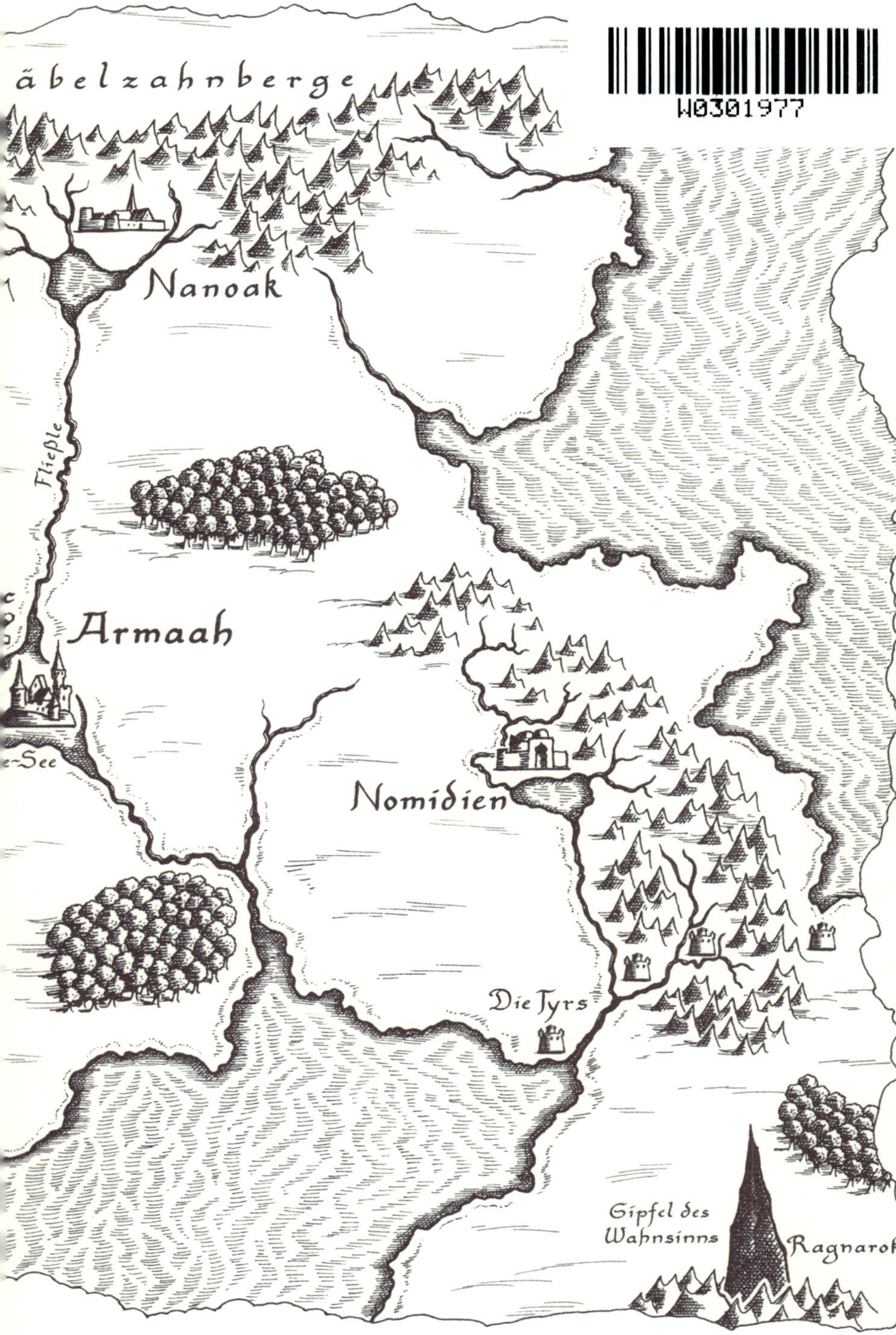

äbelzahnberge
Nanoak
Fließle
Armaah
e-See
Nomidien
Die Tyrs
Gipfel des
Wahnsinns
Ragnarok

Deutsch von
Frank Böhmert

Suresh und Jyoti Guptara

Calaspia

Die Verschwörung

Rowohlt Taschenbuch Verlag

Die Originalausgabe erschien 2006
unter dem Titel «Conspiracy of Calaspia»
bei Tara Press, Neu Delhi

Deutsche Erstausgabe
Veröffentlicht im Rowohlt Taschenbuch Verlag,
Reinbek bei Hamburg, März 2008

Deutsch von Frank Böhmert
Redaktion Christiane Steen/Mirjam Madlung
«Conspiracy of Calaspia»

Umschlaggestaltung any.way, Barbara Hanke/Cordula Schmidt
Umschlagillustration Corinna Hein GmbH/Alan Baker;
The Bridgeman Art Library
Zeichnung der Karte auf dem Vorsatz
Gottfried Müller
Satz Adobe Garamond PostScript (InDesign)
bei Pinkuin Satz und Datentechnik, Berlin
Druck und Bindung Clausen & Bosse, Leck
Printed in Germany
ISBN 978 3 499 21453 0

Für

unsere englischen Großeltern
Samuel Murray und Rita Rann,
die unsere Neugierde und Kreativität befeuerten

Im Gedenken an unsere indischen Großeltern
Murli Manohar, den Begründer der Familie Guptara,
und Rani, die alles für deren Überleben, den Glauben
und den Erfolg gab

Inhalt

✦ PROLOG ✦

Denn sie wissen, was sie tun

Sprühnebel vom Wasserfall benetzte seine sonnenverbrannte Haut. Sandkörner flogen durch die Luft und blieben unangenehm an den feuchten Stellen kleben. Der Windstoß fuhr in die Mähne des Zwerges und ließ die goldenen Locken um seine massigen Schultern tanzen.

Da war das Bellen wieder – Kriegsschreie der Nurgor. Die Hände auf den Kopf seiner Axt gestützt, beugte Galar sich vor und maß die Landschaft mit einem kurzsichtigen Blinzeln.

«*Droch*», fluchte der Zwerg leise. Er hatte seine Brille vergessen, wieder einmal. Seine Axt dagegen zurrte er sich sogar im Halbschlaf auf dem Rücken fest – darum hielt er sie jetzt auch in den fleischigen Händen.

Er wollte schon losrennen, blieb aber auf einem Fuß stehen, hin- und hergerissen zwischen dem Impuls, zur Hütte zurückzulaufen und seine Brille zu holen oder sofort nach dem Rechten zu sehen. Vor einem Kampf stellte sich ihm jedes Mal dieselbe Frage: Wollte er gefährlich aussehen oder etwas erkennen können? Die Entscheidung fiel im Bruchteil einer Sekunde, und das Gewicht seiner Verantwortung siegte über ein beachtliches Maß an träger Masse. Also schoss er den Berghang hinab und wirbelte wie ein Kamel den Sand mit seinen nackten Füßen auf. Kurze, schnelle Schritte trugen den Krieger durch die Ödnis, die er aus den Augenwinkeln vorbeiwischen sah.

Waren das Bäume oder Nurgor? Er lebte nun schon seit Jahren hier, aber ohne Brille konnte er unmöglich zwischen Vegetation und Monstern unterscheiden. Dieser Landstrich hatte seinen eigenen Willen und veränderte sich ständig. Der Zwerg beachtete die verschwommenen Formen nicht weiter und behielt seinen Kurs bei. Wären es Nurgor, hätten sie ihn entweder längst angegriffen oder sich verkrümelt.

Die gleißende Sonne verschwand für einen Moment, und der Gebirgszug um ihn herum tauchte in Düsternis. Er hatte gerade die Spitze eines Berges erklommen, da fand er, wonach er gesucht hatte. Nurgor waren nicht zu sehen, wohl aber ihre Beute. Galar verfluchte keuchend zum aberhundertsten Mal das Klima des Landes, das er zu seiner Heimat gemacht hatte. Dann eilte er zu dem reglosen Bündel.

«Ich bin ein Freund!», rief er. «Keine Angst, du bist in Sicherheit!»

Im Näherkommen erwies sich die Gestalt mit immer größerer Gewissheit als ein Mann.

War er tot?

Nach einem sichernden Blick ins Gelände beugte sich Galar über ihn. Er war übel zugerichtet und voller Blut, aber erstaunlicherweise fehlten ihm keine Gliedmaßen. Er lebte, jedenfalls noch ein bisschen. Obwohl der Kampf noch nicht lange her sein konnte, waren die Wunden des Mannes bereits getrocknet. Kein Wunder bei dieser verfluchten Hitze.

Ein Ächzen kam über seine Lippen. Er versuchte, sich aufzusetzen, brach aber vor Anstrengung zusammen und schnappte schmerzverzerrt nach Luft.

«Monster», brachte er schließlich hervor.

«Logisch», grollte Galar. «Was denn sonst, Schmetterlinge?»

Bei allem Mitleid, was hatte der Mann denn anderes erwartet? Wer in diesem Teil Calaspias herumschnüffelte, bettelte doch geradezu um Ärger. Hier lebten die grausigsten Kreaturen, wenn auch gewisse Raubtiere zum Glück nicht mehr. Ein alberner Gedanke schoss Galar durch den Kopf, und er lachte leise bei der Vorstellung, dass das Umweltministerium oder wie immer die Numenii es inzwischen nannten, die hiesigen Monster zu «bedrohten Arten» erklärte. Nein, niemand war traurig, dass diese Biester am Aussterben waren. Und niemand bereute die Ausrottung der fürchterlichen Ostentum.

«Komm, wir schaffen dich hier fort», sagte der Zwerg sanft zu dem Wimmernden. «Bevor die Nurgor wiederkommen.» Wer der Mann war und welcher Anflug von Wahnsinn ihn hierhergeführt hatte, ließe sich auch später noch herausfinden. Aber der Mann wehrte Galars kräftige Arme ab, schüttelte den Kopf und murmelte vor sich hin wie jemand, der sich aus einem Albtraum befreien wollte.

«Zu viel Sonne aufs Haupt bekommen, wie? Aber das kriegen wir schon wieder hin. Hier, das hilft.» Galar fuhrwerkte unter seinem Bart herum, bis er das Gesuchte gefunden hatte. Er zog ein Glasfläschchen hervor, beugte sich über seinen verletzten Schützling und machte sich daran, ihm die Flüssigkeit zu verabreichen. Wieder wehrte der Mann sich schwächlich, also barg der Zwerg dessen Kopf in seiner riesigen Hand und half ihm, sich aufzusetzen. Keuchend sog der Mann die sengende Luft ein. Seine Augenlider flatterten vor Anstrengung. Er wollte etwas sagen, aber seine rissigen Lippen ließen es kaum zu.

«Nicht … Nurgor», krächzte er. «Schlimmer.»

Galar runzelte die Stirn. Schlimmeres gab es kaum, jedenfalls nicht in der sichtbaren Welt. Er sah sich beunruhigt um.

«Mit dem, was sich hier so herumtreibt, werde ich schon fertig», sagte er.

«Os…ten», würgte der Mann kaum hörbar hervor. Seine Stimme zitterte. *«Ostentum.»*

Galar erstarrte.

«Du musst dich irren.»

«Nein!» Unvermittelt wurde der Mann von Krämpfen geschüttelt, und seine Augen rollten wild. Galar versetzte ihm ein paar leichte Ohrfeigen und griff zu einer anderen, größeren Flasche, die an seinem Gürtel befestigt war. Kaum hatte der Anfall nachgelassen, setzte er seinen Patienten wieder aufrecht hin und versorgte ihn mit Wasser. Der Mann verschluckte sich und hustete, dann krächzte er wieder etwas. Diesmal war er besser zu verstehen.

«Lass mich! Es ist zu spät … rette dich!»

«Quatsch. Wenn hier einer gerettet werden muss, dann bist das du», versicherte Galar ihm.

Bevor er noch mehr sagen konnte, packte der Mann Galar bei der Schulter und zog sich hoch. «Du begreifst nicht! Das ist eine Falle! Mach, dass du wegkommst, Zwerg!»

Galar schob seine Axt so zurecht, dass sie griffbereit lag.

«Ich bin ein Köder, was glaubst du denn, warum sie mich am Leben gelassen haben? Am Gipfel des Wahnsinns ziehen sich Ostentum zusammen, und der Meister weiß, dass du seine Pläne durchkreuzen wirst.»

«Welcher Meister?», fragte Galar scharf.

Der Mann versuchte, etwas zu sagen, aber sein Körper wurde erneut von einem Krampf geschüttelt, und er fiel zurück in den Staub. Schaum trat aus seinem Mund.

In Galars grobe Züge mischte sich Besorgnis. Der Mann

hob den Kopf, dass die Sehnen am Hals hervortraten, und stammelte eine letzte Silbe. «Flieh!»

Und auf einmal schwirrte die Luft von Lärm und Bewegung.

«Du kommst mit», sagte Galar entschieden. Er wollte niederknien und den Verletzten hochheben, da begriff er, wie nahe der Feind schon war. Er sprang auf und schwang die goldene Axt in einem weiten Bogen über dem Kopf, bevor er sich auf den Gegner stürzte.

Es waren Nurgor, nicht Ostentum, wie er erleichtert bemerkte, als er Hörner und Pelz erkennen konnte. Die Erleichterung verflog rasch beim Anblick ihrer Zahl. Nicht einmal er konnte lange gegen eine solche Streitmacht durchhalten. Hoffnung durchfuhr ihn, als ihm wieder einfiel, dass das Gelände verblüffenderweise immer noch genauso aussah wie vor ein paar Tagen, als er zuletzt hier durchgekommen war. Wenn es ihm nur gelang, vor den Nurgor die andere Seite des Passes zu erreichen, würde alles gut ausgehen … dann wäre er in der Lage, sie sich im Nahkampf einzeln vorzunehmen, und das würde er schon schaffen.

Im Laufen wischte sich Galar den Schweiß von der Stirn und überlegte, dass er doch besser seine Brille mitgenommen hätte. Bestürzt blieb er stehen, als er erkannte, dass die Nurgor vor ihm an dem engen Pass angekommen waren. Sie hatten ihn umzingelt. Eine Falle, zweifelsohne.

Der Zwerg ließ sich nicht lange bitten. Er hätte sich wahrscheinlich einen Fluchtweg durch die feindlichen Linien schlagen können, aber was wäre dann aus dem Mann geworden? Brüllend warf Galar sich den Nurgor entgegen. Seine Attacke wurde mit einem Schwall von Steinen und Speeren beantwortet. Er mochte zwar kurzsichtig sein, aber seine Sinne waren scharf. Nicht eines der Geschosse brachte ihn zu Fall, und die wenigen Steine, die ihr Ziel trafen, steigerten seinen Zorn nur. Im letzten Moment bemerkte er einen Speer, der aus einer anderen Richtung auf ihn zuflog, und sprang zur Seite. Er konnte zwar verhindern, aufgespießt zu werden, entging ihm jedoch nicht ganz. Sengender Schmerz schoss durch seinen rechten Oberarm und die Schulter, wo das scharfe Metall ihn streifte. Aber aufhalten ließ der Zwerg sich davon nicht.

Unmittelbar vor dem Aufeinandertreffen konnte er die Monster deutlich erkennen. Vom Körperbau her waren sie menschenähnlich, wenn auch größer und breiter. Die massigen Schädel saßen auf vorgestreckten Hälsen, was ihnen eine gebeugte Erscheinung verlieh. Die vorderen Wesen wankten unschlüssig, da stürzte sich der muskelbepackte Zwerg schon auf sie und fällte mit mehreren flinken Schwüngen und Hieben seiner Axt zahlreiche Nurgor. Galar wandte sich nach rechts den Nächsten zu, die wacker stritten, nun da er mitten unter sie gelaufen war. Er kämpfte wie ein Berserker – aber auch anmutig. Während Äxte normalerweise nur hackten und spalteten, führte Galar sein goldenes Werkzeug mit dem großen, breiten Kopf fließend und elegant. Er schwang die prächtige Waffe, als wäre sie eine Verlängerung seines Körpers. Ihre polierte Oberfläche gleißte unter der grausamen Sonne, blitzte mit jedem wilden Streich, glänzte trotz des Blutes, das sie fließen ließ.

Am anderen Ende der Ebene sah der Verletzte staunend zu, wie die Nurgor unter Galars heftigem Angriff zusammenbrachen. Selbst mehrere zugleich konnten ihm nicht Paroli bieten. Die furchterregenden Kreaturen fielen unter seiner Schneide wie Grashalme unter einer Sense, beinahe schon in einer Parodie des Kampfes.

Aber irgendetwas stimmte nicht. Galar konnte spüren, wie

seine geliebte Axt ihm in den Händen schwer wurde. Sein Atem kam jetzt mit jedem Hieb der Waffe in einem rasselnden Keuchen heraus, die Beine wurden bleiern, und er war langsamer als eben noch. Der Schnitt an seiner Schulter brannte, dass es ihm das Wasser in die Augen trieb. Seine Bewegungen wurden merklich schwerfälliger, müder.

Auf einmal begriff Galar, was geschehen sein musste: Gift! Mit einem Wutschrei mähte er den nächsten Feind um, dann zog er sich auf höheres Gelände zurück. Er brachte seinen Mund an die Schulter und saugte verzweifelt an der Wunde. Neben dem Blut glaubte er auch etwas Bitteres zu schmecken. Galar spuckte angeekelt aus und sah gerade rechtzeitig auf, um einen von oben geführten Hieb zu parieren. Er trat dem Untier in den Bauch, spürte zotteliges Fell an seiner Fußsohle, dann rollte es den Abhang hinunter. Rasch zog er Wurfäxte aus ihren Schlingen auf seinem Rücken. Sie hatten kleine Köpfe, die um etliches leichter als seine goldene Axt waren, aber lange Stiele. Bevor der Nurgor wieder auf die Füße kam, wurde sein Schädel mit einem gezielten Wurf gespalten. Als er mit den anderen beiden Äxten nach den Gegnern warf, die am dichtesten herangekommen waren, verkrampften sich seine Muskeln, und er traf nur den Staub.

Die Nurgor spürten die nachlassende Kraft ihres Opfers und stürmten siegesgewiss den Hang hinauf. Galar bemühte sich nach Kräften, die Angriffe abzuwehren – da fand ein schwerer Knüppel eine Lücke in seiner Deckung, und mit einem Schlag wurde alles schwarz.

✦ ✦ ✦

«Herr, Euer untertänigster Diener meldet: Wir haben den Zwerg.»

Es klang triumphierend, obwohl der Mann, der diese Neuigkeit überbrachte, ganz und gar nicht so aussah, als hätte er Grund zur Freude. Er war übel zugerichtet, doch er ging aufrecht, ohne das geringste Anzeichen von Schmerz, und sein Mund war zu einem grimmigen Lächeln verzogen. Als der Mann sich der hochaufragenden Gestalt näherte, verging ihm jedoch das Lächeln, und er kniete demütig mit ausgestreckten Armen nieder.

«Er hat also von der Rückkehr der Ostentum gehört.» Die Stimme war unvorstellbar tief und erdig, sie klang wie die Stimme des Berges selbst. Echos schlugen durch die Höhle, und in der Brust des Mannes vibrierte der Bass.

«Ja, Herr.»

«Hat er Beweise gesehen?»

Der Mann unterdrückte seine Verwirrung und wählte die Worte mit Bedacht. Der Meister allein überschaute den ganzen Plan, dessen Bestandteile geringeren Geschöpfen widersprüchlich vorkommen mussten. «Noch nicht, Herr.»

«Sehr gut.»

Der Raum war dunkel und feucht, grottenartig. Tatsächlich jedoch befand er sich mehrere hundert Fuß über der Ebene. Der Meister sah durch einen Spalt in der Felswand ins gleißende Licht hinaus, aber der Raum blieb dunkel, als seien die darin wohnenden Schatten nicht bereit, sich von Sonnenstrahlen durchbohren zu lassen. Der Meister wandte sich zu dem Mann um, der sich prompt zu Boden warf.

Wieder ertönte die dröhnende Stimme. «Gut gemacht, Apostat. Erhebe dich.»

Mit einem Seufzer der Erleichterung stand der Mann, der im Schatten seines dämonischen Herrn klein und armselig wirkte, auf und ging rasch zu einem Marmorbecken am anderen Ende des Raumes. Er begann sich zu waschen. Der Meister bewegte sich nicht, sondern sah gelassen zu, wie sein Diener sich die Kampfesspuren abwusch: Dreck, Sand, Blut.

«Der Pläne sind genug geschmiedet», dröhnte die Stimme des Meisters. «Nun ist es an der Zeit, Calaspia das spüren zu lassen, was lange überfällig ist … In fünfzig Jahren hat sich viel verändert. Du weißt, was du zu tun hast.»

«Es wird alles so eingerichtet, wie Ihr befohlen habt, Herr. Der Zwerg wird sehen, was er sehen soll – nicht mehr und nicht weniger. Diesmal wird er unsere Pläne nicht durchkreuzen können.»

«Sorgt dafür.»

Der riesige Krieger wandte sich ab und starrte wieder durch den Felsspalt nach draußen. Er hätte eine Statue sein können. Der Diener begriff, dass die Unterredung zu Ende war, verbeugte sich und eilte aus dem Saal. Wenn er seinen Meister jetzt enttäuschte, würde er sich wünschen, tatsächlich von Nurgor ermordet worden zu sein. Oder, in diesem Fall, von dem Zwerg.

✦ ✦ ✦

War er tot? Das nicht, aber es deutete auch wenig darauf hin, dass er noch lebte.

Galar lag auf einem kahlen Felsen. Sein Leib briet in der gnadenlosen Sonne. Nur die winzigste gelegentliche Bewegung seines Brustkorbs ließ erkennen, dass er keine Leiche war. Aber wenn er hier noch länger lag, würde er bald eine sein. Die an einen Adler erinnernde Raubvogel-Tätowierung auf seiner Brust war in dem sengenden Licht deutlich zu sehen. Seine Haut war an vielen Stellen zerschunden und rissig. Sein schönes goldenes Haar und der Bart waren schmutzig und verfilzt. Blut aus den Schnittwunden vermischte sich mit getrocknetem Schweiß. Die Wunde an seiner rechten Schulter schmerzte höllisch – der vergiftete Pfeil hatte ganze Arbeit geleistet.

Die Felsplatte, auf der der Zwerg lag, befand sich am Fuße schroffer, felsiger Berge. Davor dehnte sich die Wüste aus: Sand und Geröll, so weit das Auge reichte. Viele Stunden waren vergangen, seit Galar versucht hatte, den närrischen Wanderer zu retten.

Der Zwerg dachte daran zurück, wie er gefangen genommen worden und zum Gipfel des Wahnsinns gebracht worden war, auf dem es von Nurgor gewimmelt hatte. Überraschenderweise hatte ihn das Gift nicht umgebracht. Statt immer mehr zu schwinden, waren seine Kräfte allmählich zurückgekehrt. Er führte es darauf zurück, dass wahrscheinlich nur eine geringe Menge der schädlichen Substanz in seinen Leib eingedrungen war, und mit der hatte seine angeborene Widerstandskraft allein fertig werden können.

Als das Gift schließlich aufgelöst gewesen war, hatte Galar seine beiden Bewacher mit denselben Ketten getötet, die ihn gefesselt hatten, und diese danach gesprengt – die Überreste baumelten noch immer an seinem rechten Handgelenk. Die Narren hatten sogar seine goldene Axt in seinem Gefängnis aufbewahrt. Anstatt zu fliehen, hatte er sich darangemacht, die Worte des Mannes zu überprüfen.

Garakron, wie die Nurgor es nannten, war die Heimat einer Vielzahl von dunklen Geschöpfen geworden. Überwiegend von Nurgor, aber auch – und diese Entdeckung entsetzte den Zwerg über alle Maßen – von Ostentum. Zunächst hatte er seinen Augen kaum trauen wollen. Dann hatte er nicht nur die grausigen Umrisse unzähliger umherwimmelnder Ostentum gesehen, sondern auch deren Nachwuchs, der an ebender

Stelle heranwuchs, wo er sie damals gesehen hatte, während des Kriegs um das Tor, der Galars Namen in ganz Calaspia berühmt gemacht hatte.

Mehr Beweise hatte es nicht gebraucht. Die Flucht vom Gipfel war mörderisch knapp gewesen und die Freiheit noch lange nicht erreicht. Die Nurgor hatten natürlich gemerkt, dass er Garakron verlassen wollte – wie auch nicht: Zwischen dem Gipfel des Wahnsinns und dem weniger hohen Gebirge Ragnarok lag Steppenland. Die Ungeheuer waren ihm schon seit einer Weile auf den Fersen. Galar konnte froh sein, dass nichts Schnelleres oder Gefährlicheres seine Verfolgung aufgenommen hatte, etwas, das Flügel hatte, zum Beispiel.

Ein paarmal hatten sie ihn eingeholt und angegriffen. Galar hatte sie erschlagen, bevor sie ihn noch umzingeln konnten. Aber die Verletzungen und die Erschöpfung forderten ihren Tribut, er konnte in dieser Hitze nicht mehr lange durchhalten.

Am Ende waren weitere Nurgor aus einer anderen Richtung hinzugestoßen. Als die Spähtrupps ihre Kräfte vereinten, hatte er wacker gekämpft – und schließlich verloren. Er hätte unmöglich fliehen können, sie waren viel schneller als er. Und wohin denn auch? Er war in den Bergen, wo die Hufe der Nurgor geschwind dahineilten. Er hatte seine Muskeln längst bis zum letzten Quäntchen ausgepresst.

Ein Wesen von geringerer Stärke und Entschlossenheit hätte sich längst seinem Schicksal ergeben, aber der Zwerg klammerte sich hartnäckig ans Leben. Galar war nie wie andere gewesen. Sein Geist und sein Leib waren von den Abenteuern gestählt, die ihm widerfahren waren, seit er die Bande familiärer und freundschaftlicher Verpflichtungen abgeschüttelt hatte. Als ehemaliger Schmied stellte er sich gern vor, aus veredeltem Metall zu bestehen – die Muskeln waren gefaltet, gehämmert und gehärtet worden wie Stahl. Von allen Unreinheiten geläutert: jedes überflüssige Gramm Fett war ihm längst von den Knochen gebrannt.

Ein Fußtritt beförderte Galar in die Gegenwart zurück. Er richtete seinen Blick mit Mühe auf die beiden Nurgor, die ihn bewachten. Sie atmeten schwer aus ihren schweinsrüsselartigen Nasen. Geifer tropfte von ihren Hauern. Es waren dämliche Scheusale, diese Nurgor, aber gefährlich. Mit ihren Teufelshörnern konnten sie ein Pferd aufschlitzen, erst recht einen Zwerg. Schlaffe, hutzelige Ohren standen weit von den verwachsenen Köpfen ab und verliehen ihnen ein komisches Aussehen. Ganz im Gegensatz zu ihrem restlichen Leib, der keineswegs harmlos war.

Die beiden Nurgor hatten den Auftrag, Galar zu bewachen, bis der Haupttrupp mit Verstärkung sowie einem Ranghöheren zurückkehrte, der wusste, was man mit dem merkwürdigen Fremdling anfangen sollte. Einen Steinwurf entfernt ruhten die restlichen Nurgor an einem Lagerfeuer. Warum sie in dieser sengenden Hitze am Feuer sitzen mussten, überstieg Galars Verstand, aber vielleicht rösteten sie ja Fleisch oder spielten irgendetwas. Ohne seine Brille konnte er es nicht sagen. Seine beiden Bewacher waren über ihren Auftrag nicht erfreut gewesen und hatten sich, sobald sie mit ihm allein waren, damit vergnügt, ihn am Bart zu ziehen und zu verspotten. Einer der beiden versuchte, Galars Axt zu beschädigen, indem er sie gegen einen Stein schlug, aber die Waffe bekam davon nicht einmal einen Kratzer.

Galar hatte keine Ahnung, wie er ihren Klauen entkommen sollte. Die beiden Bewacher ließen ihn kaum aus den Augen. Immerhin war der Rest der Bande mit anderen Dingen beschäftigt. Vielleicht hatte er eine Chance.

Er musste sie ablenken. Ein paar Sekunden würden schon

reichen. Was konnte als Ablenkung dienen? Seit er wieder einigermaßen klar im Kopf war, sah er sich nach Möglichkeiten um, aber ihm wollte nichts einfallen.

Der sachte Luftzug, der dieses Land durchwehte, verdiente zwar kaum die Bezeichnung Wind, aber eine leichte Bewegung der Luft aus Richtung der Höhlen erregte die Aufmerksamkeit des Zwerges. Er kniff ein wenig die Augen zusammen und schnupperte vorsichtig. Er konzentrierte sich. Hinter dem Gestank der Nurgor konnte er noch einen anderen Geruch wahrnehmen, der ihren unempfindlichen Nasen entging. Also hatte er sich das nicht nur eingebildet …

Diese Gegend war berüchtigt dafür, die Phantasie anzuregen, aber Galars Bauchgefühl sagte ihm, dass es sich hier nicht um eine Illusion handelte. *Der Bauch hat immer recht*, überlegte der Zwerg. Viele Male hatte er ihn vor dem Tod bewahrt. Außer Sichtweite war etwas, verborgen in einer Höhle. Es lauerte dort und beobachtete sie interessiert, aber gefühllos.

Ihm kam eine Idee. War sie zu simpel? Würde sie funktionieren? Es war jedenfalls das Einzige, was er tun konnte. Aber der Erfolg hing von unwillentlicher Zuarbeit ab.

Galar täuschte große Anstrengung vor, als er den Kopf hob. «Bitte! Habt Mitleid!», ächzte er. «Ich halte das nicht mehr aus … erlöst mich von meinem Leiden.»

Die Nurgor lachten. Der eine holte mit Galars Axt aus, um ihn zu erschlagen, wurde aber von dem anderen grob beiseitegestoßen. Dann begannen sie, einander anzubrüllen und sich zu prügeln.

Eine Zeitlang atmete Galar schwer, so viel Kraft hatte ihn das Rufen gekostet. War es nur ein ungewöhnliches Zusammenspiel des Lichts, oder funkelten seine Augen tatsächlich fast belustigt zu seinen Wächtern hinauf? Wie auch immer –

der Moment war rasch verflogen, und der Zwerg wirkte noch schwächer als zuvor.

Langsam wandte er das Gesicht den Bergen zu und atmete tief ein. Er begann zu singen – zunächst krächzend, dann mit volltönender, wenn auch rauer Stimme. Galar sang mehrere Strophen in einer Sprache, die die Nurgor nicht verstanden. Seine Bewacher sahen einander verdutzt an, dann kam einer der beiden auf die Idee, dass es sich um den Schwanengesang des Zwerges handelte. Der andere widersprach, und schon befanden sie sich in neuem Streit. Wie bei Nurgor üblich, wurde bald unter Körpereinsatz argumentiert. Galar sang die letzten Strophen, so laut er konnte, und gab sich alle Mühe, die höheren Töne zu treffen.

Dann lag er da und schnappte nach Luft. Seine Brust hob und senkte sich dramatisch, sodass es schien, als ob der tätowierte Vogel mit den Flügeln schlug. Der Zwerg kämpfte sich hoch in eine aufrechte Position. Mit noch stärkerer Stimme brüllte er: «Osten! Was versteckst du dich in einer Höhle … Hast wohl Angst, wie? Komm raus und kämpfe, nur du und ich! Mit dir werd ich spielend fertig!»

Er hielt die Luft an und wartete. Nichts geschah. Er sah sich um – die Nurgor waren viel zu sehr damit beschäftigt, einander die Köpfe einzuschlagen, um etwas zu bemerken. Sollte er es jetzt versuchen? Die Zeit reichte wahrscheinlich gerade … aber nein, er brauchte seine Axt, wenn er mit ihnen fertig werden wollte.

Einen Moment darauf setzte ein bedrohliches Grollen ein.

Angebissen, dachte Galar. Sein Herz machte vor Erleichterung einen Satz.

Ein Beben durchlief den Fels und Galars Rückgrat. Drüben am Berghang verschoben sich die Schatten, und die flimmernde Luft wurde von einer Bewegung zerrissen.

Die beiden zankenden Nurgor hielten inne und sahen sich um. Sie rissen entsetzt die Augen auf.

Eine massige Gestalt war aus den dunklen Tiefen einer Höhle getreten. Sein Bauchgefühl hatte den Zwerg nicht getäuscht – es war ein Ostentum. Hörner ragten aus einem aufgebläht wirkenden Schädel. Rote, blutunterlaufene Augen maßen die Umgebung. Drahtiges, fettiges Haar spross aus der Schädeldecke. Das schwarze Scheusal schob eine Wolke aus Fäulnisgestank vor sich her.

Galars Mut geriet ins Wanken, ihn schauderte.

Seine Bewacher nahmen die Beine in die Hand und überließen ihn mitsamt seiner Axt seinem Schicksal. Drüben beim Lagerfeuer gaben auch die anderen Nurgor Fersengeld.

Galar sah den Fliehenden nach. Er murmelte leise Worte wie ein Gebet und malte Runen in den Staub. Seine flinken Finger suchten eine Sekunde lang unter seinem zottigen Bart, dann kamen sie mit einem winzigen Kristallfläschchen wieder zum Vorschein. Er schüttelte es: Es war fast randvoll mit einer klaren Flüssigkeit. Rasch zog er mit den Zähnen den Korken heraus und goss sich den Inhalt des Fläschchens in den Mund. Mit der anderen Hand tastete er blindlings nach der mächtigen Axt, die seine Peiniger ihm vorenthalten hatten. Er fand den Griff und packte ihn, spürte das beruhigende, tödliche Gewicht. Er ließ die winzige Flasche fallen. Sie blieb vor seiner Brust hängen, gehalten von einer speckigen Schnur um seinen Hals.

Sein Leib nahm die Flüssigkeit auf, und neue Kraft durchflutete seine Gliedmaßen. Er sprang auf die Füße. Die Energie elektrisierte ihn und ließ ihn erbeben.

Hoch ragte das Monster über dem Zwerg auf und hob die schuppenbewehrten Arme. Metallisches Kreischen erfüllte die Luft. Wie ein Schwert aus der Scheide gezogen wurde, so entblößte das Wesen vier lange, dolchartige Klauen. Es grinste wahnsinnig, zeigte faulige, gelbe Fänge. Dann holte es mit der rechten Pranke aus, bereit zuzuschlagen.

Der Zwerg zitterte nicht länger. Stattdessen schob er in grimmiger Entschlossenheit das Kinn vor, stemmte die stämmigen Beine fest auf den Stein. Er holte mit seiner gewaltigen Axt aus und wartete auf den rechten Moment. Er wich dem auf ihn niederkommenden Arm aus, sprang vor und schlug auf den Dämon ein. Die riesenhafte Kreatur kreischte auf, eine Wunde klaffte in ihrer Brust. Blut tropfte in den Staub. Für jemanden seiner Größe hatte Galar sich mit unglaublicher Schnelligkeit und Kraft bewegt. Seine Hand führte die goldene Axt so leicht wie einen Degen.

Die andere klauenbewehrte Pranke schoss vor, aber der Zwerg riss die Axt hoch und schlug die gefährliche Gliedmaße beiseite. Als das Monster wütend aufbrüllte, machte Galar einen überraschend hohen Sprung und schwang seine Waffe gegen den Hals des Gegners. Einen Moment lang gleißte die Axt im Sonnenlicht auf, und als sie auf die Vollendung ihres Werkes zuraste, schienen die Runen auf ihrer massiven Oberfläche von innen heraus zu leuchten. Für den Bruchteil einer Sekunde traf das polierte Metall auf Widerstand. Dann taumelte der Kopf durch die Luft davon. Er schlug auf, und Sand spritzte von der Abscheulichkeit weg. Der gewaltige Leib wankte dicht vor Galar und fiel vornüber, übergoss ihn mit widerwärtig schwarzem Blut.

Diese abstoßende Flut machte nur wenig Eindruck auf Galar. Eine Sekunde lang stand er still da, mit glänzenden Schultern, und holte keuchend Luft.

Als würde er das Blut jetzt erst bemerken, spuckte der Zwerg aus und wischte sich den Mund mit dem Unterarm ab. Dann bellte er in Richtung der Berge: «Das wird euch noch leidtun! Es sind nicht nur die Tückischen und die Gierigen, die Calaspia bewachen! Ich, Galar Sturlison, werde nicht zulassen, dass mein Reich erobert wird!»

Seine aufgesprungenen Lippen verzogen sich zu einem schiefen Grinsen, als der Zwerg sein Werk betrachtete. Dann verschwand das Grinsen.

«Ich werd wohl langsam alt», grummelte er. «Hat ganz schön lange gedauert.»

Damit griff er sich den abgeschlagenen Kopf des Monsters als Trophäe und machte sich auf den langen Marsch nach Norden.

Seine ehemaligen Bewacher waren der Mühe nicht wert. Während seiner kleinen Siegesrede hatte er aus den Augenwinkeln sehen können, wie sie hinter einem Felsen hervorlugten. Tatsächlich waren die Nurgor schon drauf und dran gewesen, Galar zu folgen, als sie begriffen, dass er das gewaltige, von ihnen so gefürchtete Monster getötet hatte. Galar schmunzelte. Nurgor waren nicht gerade die hellsten Geschöpfe, und wahrscheinlich dachten sie gerade: «Aber er ist doch viel kleiner als wir …»

✦ ✦ ✦

«Heraus damit», grollte die gestrenge Stimme.

«Herr, er ist … geflohen.» Die Stimme des Dieners war voller Angst. Wieder einmal lag er vor seinem Meister im Staub.

Schweigen antwortete ihm. Der Mann rechnete damit, dass der Meister jeden Moment explodierte. Er konnte den Druck spüren, der sich hinter dieser schweren Rüstung aufbaute, den gewaltigen Zorn, der ebenso sicher hervorbrechen würde, wie der Gipfel des Wahnsinns seinen ewigen Brodem gegen Calaspia spie.

Stattdessen kam die Antwort kühl und ruhig.

«Sehr gut.»

Der Diener bewegte sich kriechend und katzbuckelnd zentimeterweise von der riesenhaften Gestalt weg. «Die Nurgor sind ihm bereits auf den Fersen, Herr – er wird nicht entkommen. Wir haben ihn unterschätzt. Er ist kein gewöhnlicher Krieger, wie es scheint, sondern von geradezu unverschämter Kampfeskraft. Er ist eine Legende, Herr …» Der Mann musste schlucken. «Es ist uns ein Rätsel – ein *Sterblicher* …»

Kaltes Lachen dröhnte durch den Raum. Es hallte von den Wänden wider und bis in die vor Jahrtausenden ausgehöhlten Gänge hinab. «Dann wollen wir einmal sehen, wie er mit einer ebenso großen Legende fertig wird.»

«Ja, selbstverständlich, Eure Eminenz. Soll ich umgehend einen größeren Dämon herbeirufen?» Der Mann zog bei der Vorstellung den Kopf ein.

«Auf gar keinen Fall, du Narr!», fauchte der Meister. «Ich werde meine Diener instruieren, wie ich es für richtig halte. Wenn selbst die Nurgor schon deiner Befehle müde sind, wie sollen dir die Geister der unsichtbaren Welt gehorchen? Von nun an werde ich diese Operation persönlich überwachen.»

«Habt Dank für Eure Gnade, Hoheit», stammelte der Diener überrascht. «Ich werde Euch nicht noch einmal enttäuschen – es wird keine weiteren Fehler geben.»

«Galar Sturlison mit dieser Neuigkeit die Flucht zu gestatten, hat viel in Bewegung gesetzt.» Die mächtige Gestalt schien erfreut.

Verblüfft und äußerst beunruhigt zog der Diener sich unter Verbeugungen zurück.

✦ ✦ ✦

Galar hatte das Gefühl, schon seit Stunden unterwegs zu sein. Die Wirkung der klaren Flüssigkeit war rasch verflogen – sogar schneller als sonst, weil sie so viele Wunden hatte heilen müssen. Obwohl ihm oft danach war, sich einfach in den Wüstensand fallen zu lassen und auf den Tod durch Verdursten zu warten, zwang der Zwerg sich dazu, einen schmerzhaften Schritt nach dem anderen zu gehen und nur an das Unheil zu denken, das Calaspia drohte. Seine Silhouette wurde kleiner, sein Schatten länger, und als schließlich die rote Sonne unterging, verschmolzen beide mit dem dunstigen Horizont.

Hinter ihm ragte das gewaltige nachtfarbene Gebirge in den Himmel. Die steilen Hänge waren kahl und schienen so glatt wie Eis. Und ebenso kalt. Der Gipfel des Wahnsinns zählte zu den abnormsten Formationen Calaspias und hatte seit Menschengedenken und dem Beginn der Aufzeichnungen zugleich Ehrfurcht und Angst geweckt. Tatsächlich verströmte der ganze Berg eine Aura der Trostlosigkeit und Verzweiflung. Im krassen Gegensatz zum Himmel, an dem soeben das letzte goldene Glühen verglomm, erinnerten die seltsamen Felsformationen an den verwesenden Kadaver eines riesenhaften Wesens. Ein zerbrochener Brustkorb aus Felsspitzen und -nadeln, eine leblose, trostlose, lautlose Anklage des Schicksals.

Dem Zwerg war schwindelig, und er geriet ins Taumeln. Schwer stützte er sich auf seine Axt und überdachte seine Lage. Nach Tyr Baldor – er musste nach Tyr Baldor, vorher durfte er nicht zusammenbrechen. Er machte sich wieder auf den Weg, setzte langsam, mühsam einen Fuß vor den anderen.

Im Nordwesten ballten sich schwere Wolken wie Vorboten. Sie brodelten in der Ferne, grummelten unter der Last, die sie trugen, grollten gereizt.

Galar beschleunigte seine Schritte.

Ein Lied für die Getreuen Calaspias

Besessenheit sei, so sagen sie,
Die Wurzel von Wahnsinn und Genie.
Was wissen sie von Wirklichkeit und Wahn?
Hör nie auf die Worte der Weisen, mein Sohn,
Versperr deine Ohren ihrem Lug, ihrem Hohn,
Wende den Blick von dem, was sie getan.

Schluckst du den Köder, so bist du verlor'n.
Ihre Worte und Taten – im Harnisch nur Scharten.
Zwar verlangt's dich mit Recht nach Vergeltung, nach Rache,
Doch werde kein Mörder, lass fahren den Zorn,
Besser riech ihn, den Braten – üb Arbeit und Warten.

Arbeite und warte, warte heiter,
Auch wenn sie deinen Namen verfluchen.
Arbeite still, sie ziehen bald weiter.
Zweifle nie – dumm sind nur sie.
Du wirst ihr Fluch sein, wirst sie heimsuchen.

Es beherrscht sie die Gier, das Jetzt und das Hier.
Das Reich des Bösen und des Sinnenrauschs Welt
Keimen im Herzen, das sich selbst nur hochhält.
Leg sie nicht großzügig aus, die Regeln,
Flieh die Versuchung mit vollen Segeln.

Halte dein Leben frei von Schande, von Reue –
Ruach'zams Hallen werden deine Zucht besingen,
Deinen Namen voll Hoffnung flüstern Calaspias Getreue,
Und in die dunkelsten Winkel wird dein Ruhm noch dringen.

Werde weise durch Wahrheit, rate wenig, wisse viel.
Wie banal auch, wie klein, lass nichts aus, nichts fahren.
Leben und Tod sind nie auch einen Moment lang nur Spiel;
Wahrheit wird dich lehren, beide zu bewahren,
Wird dich heben, wird dich tragen, bis zum Ende, zum Ziel.

Willst du die Freiheit, so setz auf die Wahrheit.
Reiche, Befehle, Namen vergehen …
Drum zähm dein Gefühl, lern zu verstehen.
Allein das Wahre überdauert die Zeit.

Geh die Wege, die Pfade, die abseits liegen,
Richte den Blick nicht auf die Erde beim Gehen.
Du musst durch Missgunst, Verachtung und Hohn
Stattdessen zu den Bergen, den Quellen sehen.
Sei besessen von der Wahrheit, mein Sohn,
Und du wirst über jede Misshandlung siegen.

– Brogan
(grobe Übertragung ins Deutsche aus der Hohen Zunge)

✦ 1. KAPITEL ✦

Quivelda

Ein Lächeln zog an Bryns Mundwinkeln, aber er versuchte, sich nichts anmerken zu lassen. Es war ein seltsames Gefühl, wieder zurück zu sein.

«Mittni.» Er drückte den Oberarm des hellhäutigen Jugendlichen. Die Äußerung war mehr Feststellung als Name, ein Wort, das dem dunkelhaarigen Rückkehrer viel bedeutete. Bryn war größer als Mittni, aber nicht so gut gebaut. Ihre Schöpfe stellten einen absoluten Gegensatz dar, der eine war von so dunklem Braun, dass man es nur im Sonnenlicht als nicht schwarz erkannte, der andere rotblond. Die beiden Jugendlichen betrachteten einander eine Weile kritisch, dann breitete sich ein Lächeln auf ihren Gesichtern aus. Es hätte nicht glücklicher ausfallen können.

«Mein Wort, du hast dich kein bisschen verändert!» Bryn verzichtete auf den förmlichen Händedruck und wählte die brüderlichere Umarmung. «Abgesehen davon, dass du größer und kräftiger geworden bist.»

«Was ich von dir leider nicht sagen kann.» Mittni boxte den Neuankömmling gegen die Schulter.

«Ach, dafür habe ich an Weisheit zugelegt. Dein Benehmen ist immer noch das alte, und das ist nicht unbedingt gut so.

Zeig Leuten, die über dir stehen, gefälligst mal ein bisschen Respekt.»

Diesmal lachte Mittni und boxte Bryn noch einmal, härter nun. «Herzlich willkommen, *Bruder.*»

Bryn musste lächeln. Mittni war durchaus so etwas wie ein Bruder für ihn, ein sehr nahestehender Stiefbruder vielleicht, aber er meinte etwas anderes damit – den Grund für Bryns Abwesenheit während der letzten vier Jahre. Bryn seufzte. Hier hatte sich mehr verändert als erwartet, wenn man nach Mittnis sehr erwachsenen Erscheinung urteilte. Und wahrscheinlich ging es Mittni mit ihm ähnlich.

Der rotblonde Jugendliche wurde feierlich. «Willkommen daheim.»

Ja, dachte Bryn. *Daheim.* Er war froh, dass Mittni es so sah, und musste wieder daran denken, wie herzlich er hier aufgenommen worden war, als er vor vielen Jahren seine eigentliche Heimat verlassen hatte. Nicht, dass seine Eltern ihn nicht bei sich haben wollten; jedenfalls hoffte er das – aber die Tradition schrieb es vor. Die Tradition schrieb in ihrer Gesellschaft vieles vor, manchmal ein bisschen zu viel. In diesem Falle war es eher eine Familien- als eine Stammestradition.

Bryn sah sich zwischen den gedrungenen, wie zufällig dahingeworfenen Häusern um, die das kleine Städtchen Quivelda bildeten. Die meisten waren strohgedeckte Backsteinhäuser, die mit richtigen Schornsteinen protzten – eine Seltenheit in den ländlichen Gegenden Calaspias. Vier flache Steinplatten sorgten dafür, dass das Dach nicht Feuer fing.

Man konnte von den Häusern einiges auf ihre Bewohner schließen. Es waren gewitzte, aber freundliche Leute, die das Leben in kleinen Gemeinschaften bevorzugten. Natürlich mochte man sich fragen, ob ein Haus überhaupt so etwas wie Gewitztheit erahnen lassen konnte, aber manchmal strahlten alte Häuser durchaus eine Würde aus, die ihren Pfiff nicht verloren hatte. Leider wurden solche Häuser immer seltener. Häuser mit Charakter. Nicht dieses moderne, schuhkartonartige Zeugs, das sich Architektur nannte. Davon hatte Bryn im Reich genug gesehen.

Bei aller Pfiffigkeit waren die Dorfbewohner gesittete, tüchtige Leute, die wussten, wann es genug war. Auch das sah man ihren Häusern an. Andere Bürger, wie die Numenii, zumal die in den Städten, hätten auf solche schlichten Wohnverhältnisse herabgeschaut, aber die Häuser waren gut eingerichtet, warm und heimelig, und keiner der Dörfler hätte seine Behausung gegen eine kalte, vornehme Numenii-Villa aus Marmor getauscht.

Bryns Leute entsprachen fast, jedoch nicht ganz dem Menschen, daher waren sie eher als Stamm denn als eigenes Volk zu betrachten. Die Unterschiede waren auf den ersten Blick nicht zu erkennen. Der Name dieses Stammes war: Barue.

Quivelda hatte sich überhaupt nicht verändert. Bryn hoffte, dass es sich mit seinen Bewohnern ebenso verhielt; er hatte genug von der Verderbtheit und dem moralischen Verfall des Imperiums. Selbst sein Orden der Apheristen war davon nicht verschont geblieben – die selbsternannte und weithin anerkannte moralische Instanz Calaspias.

Bryn wandte sich um und betrachtete Mittni erneut. Vier Jahre können viel anstellen mit einem jungen Gesicht, aber die Leute und ihre Art zu leben ändern sich nicht so schnell.

«Danke. Es tut gut, wieder hier zu sein.»

Sie gingen durch das Dorf, das Bryn merkwürdig leer vorkam, obwohl sie manch altem Freund begegneten. Sie hatten schwer an den Kisten mit süßem Gebäck zu tragen, seinem Mitbringsel für die Leute von Quivelda. Zu Fuß hätte er die Kisten nie hierherschaffen können, aber ein Apheristenbruder hatte ihn mit der Kutsche gebracht – und dafür zweifelsohne eine hübsche Summe Geld von Bryns Familie eingestrichen.

Die Tradition gebot, dass die Barue sich jede Nacht zur Abendunterhaltung trafen, wie sie es nannten. Diese dauerte bis zum Morgen und beinhaltete natürlich Unterhaltung, aber auch Essen, Trinken und Schlafen – alles in reichlichen Mengen. So etwas wie eine Schlafenszeit gab es nicht; die Kleinen schliefen selig ein, wie es gerade kam, zufrieden, dass die Älteren es genauso hielten. Alle schliefen ein, wo sie lagen, beim prasselnden Feuer in die Decken gekuschelt. Bryn freute sich schon darauf, wieder solche Nächte zu erleben.

An diesem Tag sollte die Abendunterhaltung zur Feier der «Rückkehr des verlorenen Sohnes» früher beginnen als üblich. Bryn zog nicht gern die Aufmerksamkeit auf sich, aber er hatte keine Wahl.

Er lächelte trocken. Nun ja, jedenfalls redete er sich das gern ein, dass er keine Aufmerksamkeit auf sich ziehen wollte, aber eigentlich hatte er nichts dagegen. Absichten und Beweggründe waren schon etwas Merkwürdiges. In der letzten Zeit hatte er etwas von einem Zyniker angenommen, hatte gelernt, hinter die Fassaden und die Masken zu schauen. Anscheinend gab es für alles, was man tat und dachte, noch einen wahren, einen verborgenen Grund – den man oft genug selbst nicht kannte. Und der kam üblicherweise gar nicht so selbstlos und bescheiden daher … Aber das war wohl, so peinlich es auch war, die Natur des Menschen. Den Barue blieb glücklicherweise ein Großteil der Unzufriedenheit erspart, den die Numenii wegen der Launenhaftigkeit der menschlichen Natur erlitten, aber selbst in ihnen bemerkte Bryn ab und zu einen Anflug davon. Besonders beunruhigend war es, diesen Anflug bei sich selbst festzustellen – obwohl er dort am leichtesten zu entdecken war, wenn man nur bereit war, ihn sich einzugestehen.

Aber die Menschheit hatte auch schon oft Größe bewiesen. Darum weigerte Bryn sich, dem fatalistischen Pessimismus anheimzufallen, der in seinem Orden so verbreitet war. Dennoch betrachtete er sich durchaus als eine Art Fatalist. Das entsprach der Zeit – nicht, dass er sich um Moden scherte – und stand seinem Charakter doch gut an … oder jedenfalls seinem angenommenen Charakter.

Unsicherheiten aller Art geisterten in seinem Hinterkopf herum. Was konnte man denn schon mit Sicherheit wissen? Es war alles relativ, alles subjektiv, oder etwa nicht? Es gab eine Insel der klaren Farben, die begrenzte Welt des eigenen Lebens, aber gleich dahinter lauerte der unendliche Abgrund der Unwissenheit und Unsicherheit darauf, einen zu verschlingen, sobald man auch nur einen Blick hineinwarf. Das Tosen der großen Leere war unerträglich, sobald man sich ihrer einmal bewusst geworden war. Wenn man nicht wahnsinnig werden wollte, benutzte man am besten Ohrstöpsel.

Bryn trieb die geistigen Ohrstöpsel noch ein Stück tiefer hinein, schlug sich unangenehme Gedanken und wenig hilfreiche Grübeleien aus dem Kopf und konzentrierte sich lieber auf Mittnis muntere Scherze, während sie sich dem Dorfanger von Quivelda näherten. Seine Ausbildung bei den Aposteln des Verstehens, dem philosophischen Orden zur Verteidigung des apheristischen Glaubens, hatte ihm die Augen geöffnet. Aber irgendwie gefiel es ihm nicht, die Welt auf diese Weise zu sehen. Er sehnte sich danach, wieder die Unschuld und Liebe und Brüderlichkeit der Barue zu empfinden.

Leises, gedämpftes Flüstern drang an sein Ohr wie das Geräusch von Wasser, das über Sand und Kiesel plätscherte. Fasziniert beschleunigte Bryn seine Schritte. Obwohl der

Platz gar nicht mehr mit Gras bewachsen war, wurde er noch immer Dorfanger genannt. Hier trafen sich die Barue jede Nacht zur Abendunterhaltung.

Sie bogen um eine Ecke – der Dorfanger wimmelte von Barue, die alle überaus verschmitzt dreinschauten und verschwörerische Blicke austauschten. Vom Strohdach des Häuptlingshauses hing ein langes Banner herunter, das im Wind flatterte. Darauf stand: *Sei begrüßt bei den Barue, Bruder Bryn Bellyset – alles Gute zum Geburtsabend!* Es war ein reichlich lächerliches Spruchband (auch ohne den Stabreim), denn die meisten Barue konnten nicht lesen. Das war vielleicht auf die Tatsache zurückzuführen, dass Sprachakrobatik allgemein nicht geschätzt wurde. Nur den Söhnen des Häuptlings wurde einiges von dem beigebracht, was Numenii für wissenswert erachteten.

Auf beiden Seiten des Banners prangte das Emblem der Bellysets: ein hölzerner Krug mit einem großen goldenen B als Griff. Eine Gruppe Barue hatte sich unter dem Banner und vor der Tür des Häuptlingshauses versammelt und stimmte aus voller Kehle das Lied «Zum Geburtsabend viel Glück» an. In der Kultur der Barue wurde nicht Geburtstag gefeiert, sondern Geburts*abend*. Das lag daran, dass jedes Fest und jede größere Vergnügung am Abend stattfand, wenn alle Barue beisammen waren. (Manche mochten einwenden, dass diese Vergnügungen aufgrund der unzähligen Wiederholungen inzwischen weder groß noch vergnüglich waren.) Ob es ihnen nie in den Sinn gekommen war, dass man auch am Abend eines Geburts*tages* feiern konnte, oder ob sie einfach, unlogisch oder nicht, an der Tradition festhielten, wusste niemand. Bryn hoffte, dass es Letzteres war.

So feierlich hatte man ihn noch nie hochleben lassen. Mit Herzklopfen wurde ihm bewusst, wie froh er sein konnte, solche Freunde zu haben. Von diesem Moment sollte er noch lange zehren, zumal vor dem Hintergrund der Ereignisse, die bald folgten. Aber etwas bereitete ihm Kopfzerbrechen, und er fand keine Erklärung dafür, außer der, dass es sich um einen schlichten Fehler handelte. Er machte ein paar vorsichtige Andeutungen, aber alle waren viel zu sehr damit beschäftigt, ihn zu feiern. Bryn schüttelte ebenso erfreut wie verwirrt die dunklen Locken und beschloss, den rechten Moment abzupassen. Er entdeckte Vrangi unter den Sängern. Der nach Thybil zweitälteste Dörfler grölte munter mit den anderen mit und traf keinen einzigen Ton. Der Barde Siftex verzog bei dem grässlichen Missklang an seinem rechten Ohr das Gesicht und bemühte sich tapfer, auf seiner kleinen Harfe die Melodie vorzugeben.

Mittni, Bryns engster Freund, schlug ihm gönnerhaft auf den Rücken. Er flüsterte ihm etwas ins Ohr, aber Bryn verstand es über dem begeisterten Gesang der Dörfler nicht.

Als sie endlich fertig waren, jubelten alle und gratulierten ihm, und er bekam von Häuptling Bartholdi, Mittnis Vater, einen Umschlag ausgehändigt. Thybil stand nahebei, der Weiseste und Älteste des Dorfes und der einzige Schriftkundige. Bryn war während seiner Zeit in Quivelda sein bester Schüler gewesen, und Thybil hatte, sehr zu Bryns Beschämung, den anderen gern vorgehalten, wie gut er lesen und schreiben konnte. Der Alte war der Onkel von Häuptling Bartholdi und damit Mittnis Großonkel.

Thybil war in vielerlei Hinsicht anders als die anderen Barue, auch was die Größe anging. Allerdings war er in den letzten Jahren aus Altersgründen etwas in die Breite gegangen. Er verbrachte viel Zeit allein im Wald oder unternahm ausgedehnte Reisen, die ihn manchmal sogar bis in die Hauptstadt des Numenii-Imperiums führten, nach Armaah, wo er sich mit wichtigen Politikern traf. Wobei das Wort *Politik* im Wortschatz der Barue nicht vorkam. Sie kannten einfach nur die gute alte Monarchie oder jedenfalls eine gewisse Abwandlung davon. Bis zu diesem Zeitpunkt hatten sie nie Grund gehabt, anderer Meinung als ihre Herrscher zu sein. Jeder, der sich an einem öffentlichen Platz hingestellt und seinen Mitbarue einen Vorschlag zur Verbesserung der Regierungsform gemacht hätte, wäre ausgelacht und verspottet worden.

Alle wussten, dass Thybil den Brief geschrieben hatte und dass er ihn dem Dorf würde vorlesen müssen, was natürlich eine Zeitverschwendung war, aber es gab dem Ganzen einen «offiziellen Anstrich». Dergleichen geschah öfter, seit Quivelda sich ein Jahr nach Bryns Aufnahme ins Kloster dem Imperium angeschlossen hatte. Wenigen fiel es auf, und noch wenigere kommentierten die Veränderungen. Natürlich gab es Leute, die am Alten festhielten beziehungsweise sich des Neuen verweigerten. Wer immer seiner Sorge über die Veränderungen Ausdruck verlieh, wurde auf manchmal widerwärtig verständnisvolle Weise bemitleidet wie ein Kind, das bei Erwachsenen Trost suchte.

Was das Imperium betraf, so waren die Barue von Quivelda immer stolz darauf gewesen, einer so großen und «zivilisierten» Unternehmung nicht anzugehören. Bis sie sich doch angeschlossen hatten. Die Entscheidung hatte Bryn überrascht, da er wusste, wie stolz sie auf ihre Unabhängigkeit waren. Jeder beklagte sich über die Steuern, aber Thybil hatte recht gehabt, was die Vorteile für den Handel und die Finanzhilfen betraf. Die Barue waren gute Geschäftsleute und stets auf ihr Wohlergehen bedacht. Sie waren im Durchschnitt reicher als die Bürger des Imperiums, aber im Gegensatz zu ihren Numenii-Mitbürgern verwahrten sie ihren Reichtum in «Familiengrotten», anstatt ihn für die neueste Sportkutsche oder eine noch teurere Villa auszugeben. Wenn der Drang, Vermögen zu bilden, auf das ständige Gefühl der wirtschaftlichen Unsicherheit zurückzuführen war, wie ließen sich dann horrende Ausgaben für übermäßige Luxusgüter rechtfertigen? Leider hatte es den Anschein, dass viele Baruedörfer sich langsam dem Imperium anglichen, wenn auch auf recht absurde Weise, eben nach Barue-Art. Sie neigten im Allgemeinen zu Extremen, und gewisse gesellschaftliche Phänomene wie Armut waren ihnen bislang glücklicherweise erspart geblieben. Aber obwohl sie nun dem Imperium angehörten, lehnten sie es ab, sich Numenii zu nennen.

Der für ihre Eingliederung ins Imperium verantwortliche alte Thybil zog den Brief aus dem Umschlag in Bryns Händen, räusperte sich und begann, seine Rede vorzulesen. Seine Stimme klang zwar brüchig, trug aber über die versammelten Barue hinweg.

«Allerliebster Bryn, wir wünschen dir von ganzem Herzen einen glücklichen Geburtsabend. Es ist uns eine Freude und eine Ehre, dich wieder in unserem Städtchen zu wissen. Wenn du hier bist, profitieren wir alle von deiner Koch- wie deiner Braukunst – und natürlich von deiner angenehmen Gesellschaft. Uns war aufgefallen, dass deine Küche zuletzt ein kleines bisschen eng geworden war, also beschlossen wir, daran während deiner Abwesenheit etwas zu ändern. Wir, die Einwohner von Quivelda, haben dir eine neue, viel größere, besser ausgestattete und praktischere Brauküche gebaut. Sie wartet schon auf dich. Herzlichen Glückwunsch im Namen des gesamten Dorfes!»

Die Barue brachen in Jubel aus und klatschten und lachten. Dann sangen sie ein altes Geburtsabendlied der Numenii, aber sie veränderten die Worte, damit es auf Bryn passte:

Unser lieber alter Bryn, komm aus dem Schrank,
Es gibt haufenweis' Speis und noch viel mehr Trank,
Lass uns feiern, es ist dein Geburtsabend heut!
Also komm und stoß an – dürstend jammern die Leut'.
Bryn, lebe hoch, werde dick, werde satt,
Leg hoch die Füße, vergnüglich und matt!
Hurra, Bryn hat Geburtsabend heut,
Hoch die Tassen, ihr fleißigen Leut'!
Nicht Finger noch Suppe soll rühren Freund Bryn,
heut' kochen wir – mit allem, was wir finden.
Also kommt, Leut', und kocht; stoßt an, Leut', und lacht,
Bis Bryn der Geburtsabendbecher zerkracht!

Die Strophen passten nicht ganz zum Takt, aber sie waren gut einstudiert und vor allem verständlich. Wie deutlich zu sehen, widmete das Lied der Nahrungsaufnahme mindestens ebenso viel Raum wie dem Geburtsabendkind.

Trotz der unglaublichen Mengen, die sie vertilgen können, bleiben Barue schlank und lassen erst mit Anfang fünfzig einen Fettansatz erkennen, was Thybil auf ihren Stoffwechsel zurückführte. Auch der Bartwuchs setzt erst im Alter von ungefähr fünfundzwanzig Jahren ein. Darum wird den Barue, die füllig und bärtig sind, der größte Respekt entgegengebracht. Bryn musste noch ein Weilchen auf seinen Bart warten. Sobald einer spross, wollte er sich einen schmalen Kinn- und Schnurrbart wachsen lassen.

Sie sangen noch mehr Verse. Anschließend stieg ein glücklicher, aber völlig verwirrter Bryn die Stufen hinauf und bedankte sich.

«Ich schätze euch alle sehr, und ich bin froh, in diesem Dorf zu wohnen. Glaubt mir, es ist wirklich wunderbar, wieder hier zu sein. Das Lied war toll, aber was das Kochen betrifft, so habe ich leider schon ein paar Spezialitäten aus der Gegend, in der ich gelebt habe, zubereitet. Ich habe die Rezepte im Kloster kennengelernt. Ihr werdet also doch ein bisschen was von mir essen müssen!» Diese Verkündung wurde mit weiterem Applaus quittiert. Dann jedoch runzelte Bryn mit verwirrter Miene die Stirn. Zögernd sagte er: «Bloß möchte ich gern wissen, warum ihr meint, heute wäre mein Geburtsabend. Es ist doch erst ein paar Monate her, dass wir meinen Sechzehnten gefeiert haben. Beziehungsweise dass ich ihn im Kloster gefeiert habe, oder was man dort so feiern nennt, und dass ihr – wie Mittni mir erzählt hat – so freundlich wart, auch hier im Dorf zu Ehren meines Geburtsabends zu feiern, obwohl ich nicht dabei sein konnte. Was also soll das alles?»

Schwere Stille legte sich über die Menge. Fahnen, Haare und Tischtücher flatterten in der leichten Brise, bunte Festtagshüte verrutschten und wurden mit verlegener Hast wieder geradegerückt. Auf einmal fühlte Bryn sich sehr schlecht. Er hätte das nicht sagen sollen … jetzt kamen sich alle dumm vor, weil sie sich im Datum geirrt hatten. Er hätte sich am liebsten in den Allerwertesten gebissen, wenn er nur herangekommen wäre. Er rang sich ein Lächeln ab. «Aber ich feiere ihn natürlich gern ein zweites Mal!»

«Ähem.» Thybil räusperte sich. «Wir feiern heute doch deinen *achten* Geburtsabend», erklärte er liebenswürdig, was die Angelegenheit nicht gerade aufklärte. Bryn konnte ihn nur verblüfft anstarren.

«Was soll das heißen? Erklärt mir das.» So unhöflich das auch klang, er konnte es nicht anders formulieren.

«Dann lausche, wenn du Ohren hast, den Worten Bartholdis!», rief Thybil mit der Bardenstimme, die er bei besonderen Anlässen gern verwendete. (Außerdem machte er sich damit über die Redeweise lustig, mit der manch Gelehrter aus Itrim die Leute zu beeindrucken versuchte, aber diesen Grund erwähnte er nur seinen Schülern gegenüber. Bryn, der zu ihnen gehörte, wechselte einen kurzen Blick mit ihm und merkte, wie seine Mundwinkel zuckten).

Der Häuptling räusperte sich vernehmlich. «Heute, Bryn Bellyset, ist dein achter Geburtsabend, weil du uns nun auf den Tag genau seit acht Jahren die Ehre deiner überaus schätzenswerten Gesellschaft gibst – von den letzten vier Jahren einmal abgesehen, in denen du uns diese Freude nur vorübergehend machen konntest. Ich will damit sagen: dass du in die Familie von Quivelda hineingeboren wurdest oder, schlichter gesagt, zu uns gestoßen bist, ist jetzt genau acht Jahre her … so genau man dies jedenfalls festlegen kann auf einem Planeten, der sich in etwas mehr als dreihundertfünfundsechzig Tagen um die eigene Achse dreht, sodass man eigentlich auch noch die Schalttage berücksichtigen müsste, mit denen diese kleine Abweichung korrigiert wird …»

Donnerwetter, ich bin noch nie dafür gefeiert worden, irgendwo gelebt zu haben!, dachte Bryn noch, dann stürzten sich die Gratulanten auf ihn. Als er wieder Platz zum Atmen hatte, wurden ihm Häppchen und zu trinken angeboten – sogar Swigny. Swigny galt weithin als das beste Getränk, das je eine Kehle hinuntergeflossen war. Und selbst wenn es vielleicht nicht das beste war – Bryn dachte insgeheim, dass möglicherweise irgendein Einsiedler weit oben im Norden der Ambossberge ein besseres Rezept entwickelt hatte –, so war es jedenfalls das beliebteste Getränk.

Swigny war süß und schmeckte nach Kräutern und einem Hauch Pfefferminz. Es war viel gesünder als Bier und Wein und sonstige frühere Genüsse des Imperiums, und es wärmte und erfrischte zugleich. Ob Sommer, ob Winter, die Leute tranken es literweise. Ein Übermaß an Swigny machte zwar nicht betrunken, hatte jedoch gewisse Nebenwirkungen. So musste man nicht nur öfter auf die Toilette, es wuchsen einem zum Beispiel auch die Nägel schneller.

Nach dem Bellyset-Emblem erinnerte Bryn nun auch das Swigny an seine Familie und ihre Geschichte. Ein Jammer, dass sie jetzt nicht hier sein konnte. Dann hätte sie wenigstens gewusst, dass er glücklich war. Ein Schmetterling überschlug sich in seinem Bauch. Hoffentlich interessierte sie das überhaupt.

Die Bellysets waren aus vielerlei Gründen eine ganz besondere Familie. Zunächst einmal waren sie sehr reich. Sehr reiche Familien halten sich gern für etwas Besonderes, oft zu Unrecht, wie Bryn wusste. Aber das allein war es noch nicht. Auch wenn ihm der Name *Bellyset* nicht gefiel, weil er in der Kombination mit seinem Vornamen besonders peinlich war, so musste er zugeben, dass es gegenwärtig unter den Barue keinen berühmteren Namen gab. Die Bellysets waren in ganz Calaspia bekannt – genauso bekannt wie das Swigny. Und das nicht etwa, weil der Würfel des Schicksals auf «Zufall» liegen geblieben war. Sondern weil Bryns Urgroßvater das Swigny erfunden hatte. Wenn also, überlegte Bryn, Wohlstand und damit gesellschaftliche Stellung der Bellysets den Nenner bildeten, dann war das Swigny der Zähler. Sie hatten ihren Reichtum und ihren Ruhm in erster Linie dem Swigny zu verdanken. Und das war doch wohl etwas ganz Besonderes.

Bryn wusste nicht, ob es an Ruhm und Reichtum lag, dass er von seiner Familie getrennt aufwachsen musste, aber es hatte auf jeden Fall etwas damit zu tun, ein Bellyset zu sein. Wahrscheinlich hing beides zusammen.

Nach dem Erfolg des Original-Swignys, wie es heute genannt wurde, hatte Bryns Urgroßvater seine Söhne und Töchter aufgefordert, Varianten des Getränks zu entwickeln. Bald gab es alle möglichen Sorten: mit Sprudel, mit Alkohol, mit Zitrone, Swignytee und vieles mehr, darunter auch kalorienarmes Swigny – ein Verkaufsschlager bei der Numenii-Elite. Sie konkurrierten alle miteinander auf einem rasch wachsenden Markt, aber das Original blieb am populärsten. Da das Rezept nie schriftlich festgehalten wurde, wusste niemand außer den Bellysets, wie man Swigny herstellte, und das Geheimnis wurde mit Stolz gehütet.

Warum der Urgroßvater seinen Familiennamen geändert hatte – den ursprünglichen kannte Bryn nicht –, war ein Rätsel, aber nun gut. Er hatte wahrscheinlich auffallen sollen, damit die Leute sich den Namen merkten, der für Swigny stand. Bryn hätte nichts gegen seinen Vornamen einzuwenden gehabt, wäre da nicht der dumme Stabreim gewesen. Aber die Familie trug ihren Namen nun seit sechzig Jahren, und wer war er, die Urteilskraft seines Urgroßvaters anzweifeln zu wollen?

Bryn war im Alter von acht Jahren von zu Hause fortgeschickt worden. Bis dahin hatte er bei seinen Eltern gewohnt, an die er sich als liebevoll, aber streng erinnerte. Es war eine Tradition bei den Bellysets, dass die Kinder erst vier Jahre in einem anderen Baruedorf blieben und sich dann einer Organisation anschlossen, um Allgemeinbildung zu erhalten. In mancherlei Hinsicht war er von seiner Großmutter aufgezogen worden, die alle Mama Bellyset nannten. Sie war immer noch seine nächste Verwandte, sowohl geographisch als auch gefühlsmäßig. Er war fortgeschickt worden, damit er lernte, auf eigenen Füßen zu stehen, und … nun, den anderen Grund hatte ihm nie jemand verraten. Mama Bellyset schweifte gern ab, und ihre genaue Wortwahl hatte er längst vergessen. Die wahren Gründe würde er schon noch erfahren. Immerhin war Mama Bellyset so freundlich gewesen, ihm zu verstehen zu geben, dass es noch bessere Gründe gab als diejenigen, die seine Eltern aufgeführt hatten. Aber was war nochmal ihre Ausrede gewesen? Ach ja, wie hatte er das vergessen können? Das Fortgeschicktwerden war Teil seiner *Bildung*.

Von jedem Barue wurde erwartet, dass er dem Ruf seiner Familie gerecht werden sollte – wie es wahrscheinlich für jedes Familienmitglied in jeder Gesellschaft galt, dachte Bryn. In seinem besonderen Fall bedeutete dies, fässerweise Swigny zu brauen und sich ansonsten wie alle anderen Barue zu benehmen. Die Nachfrage nach dem Getränk war groß genug, um einen mit diesen blanken Klimperscheiben zu versorgen, hinter denen die Leute so her waren, aber irgendwann würde das Brauen langweilig werden … so nahm er jedenfalls an. Mit seiner begrenzten Erfahrung konnte er es noch kaum beurteilen. Eigentlich wollte er die Welt bereisen – die wirkliche Welt jenseits der Baruedörfer – und schreiben. Diese beiden Interessen ließen sich gut verbinden, genauso gut wie Kochen und Schreiben, denn in der Küche konnte Bryn zwischendurch immer wieder seine Ideen notieren. Es waren natürlich hauptsächlich ausgedachte Geschichten. Wen interessierte schon das wahre Leben? Im wahren Leben tat sich nichts Interessantes, besser gesagt, nichts Aufregendes.

Ihm war klar, dass seine schriftstellerischen Fähigkeiten begrenzt waren, aber immerhin beherrschte er das Alphabet. Das kam bei seinem Volk selten vor. Er war darauf ebenso stolz wie auf seine kulinarischen Fertigkeiten. Mit Letzteren konnte er jeden beliebigen Barue erfreuen – man wusste einen guten Koch zu schätzen. Von seiner Schreiberei dagegen wusste kaum jemand. Der Einzige in Quivelda, der je etwas von ihm gelesen hatte, war Thybil. Aber während der vergangenen vier Jahre im Kloster war das Schreiben Alltag gewesen und hatte eine Menge von seinem Zauber verloren.

In einem gewissen Maße war dieser Verlust dadurch aufgewogen worden, dass Bryn die Hohe Zunge erlernt hatte. Vor allem die Lehrmeister von Itrim beherrschten diese Sprache, und das war wahrscheinlich der ausschlaggebende Grund dafür, warum auch sein Orden darauf Wert legte. Denn die Apostel des Verstehens waren die Verteidiger des Glaubens gegen die Angriffe aus Itrim, das nun offenbar alle paar Monate «wissenschaftliche Beweise» gegen ihre Überzeugungen entdeckte. Bryn hatte zunächst angenommen, diese Attacken seien auf Lehrmeister zurückzuführen, die nicht genug zu tun hatten, aber ihm war bald klargeworden, dass es um Macht ging. Eine lange Zeit war die Kirche die mächtigste Organisation in Calaspia gewesen, doch nach dem Krieg um das Tor und mit der Aufklärung war alles anders geworden. Itrim hatte die Falltüren seines Verstandes für die breite Masse geöffnet. Früher war Itrims Einfluss auf Magie zurückgeführt worden. Nun wandten sich ihm die Leute auch zu, um Antworten auf die Fragen des Lebens zu erhalten, die es ihnen zwangsläufig gar nicht liefern konnte.

Während seiner Kindheit hatte Bryn das Leben oft als eine einzige lange Warterei empfunden. Gewiss, er hatte das Leben genossen, wie es sich für ein Kind gehörte, aber er hatte zugleich gewusst, dass diese Vergnügungen eines Tages ein Ende haben würden. Er hatte warten müssen, bis er acht wurde und nach Quivelda zog, und dann hatte er warten müssen, bis er zwölf wurde und zu den Aposteln kam. Nun lag ein Großteil des Wartens hinter ihm, und im Rückblick kam es ihm wie eine schreckliche Zeitverschwendung vor. Aber mit irgendwelchen Tätigkeiten musste das Leben ja gefüllt werden, überlegte er, und immerhin hatte er unterwegs ein paar gute

Freunde gewonnen. Dennoch rumorte seit seinem achten Lebensjahr ein bohrender Verdacht in seinem Hinterkopf herum wie schales Swigny im Bauch. Von Kindern wurde erwartet, dass sie ihr Leben genossen, dass sie spielten, weil es dafür später im Leben keinen Platz mehr gab. Die Wirklichkeit war rau, und darüber wurden die Kinder so lange wie möglich im Unklaren gelassen – zu ihrem Besten, versteht sich.

Nun, da seine Kindheit hinter ihm lag, hatte Bryn jedoch das Gefühl, dass es ihm an vielem mangelte. Mit zwölf, zu Beginn seiner Zeit bei den Aposteln, hatte er begriffen, wie dumm es gewesen war, das Leben als eine einzige lange Warterei anzusehen, so zutreffend das in mancher Hinsicht auch gewesen war. Nun gab es nur noch eines, worauf er zu warten hatte, und das war seine Volljährigkeit, damit er zu seiner Familie zurückkehren konnte. Und obwohl er diesem Tag mit einer Mischung aus dunklen Ahnungen und heller Aufregung entgegensah, hatte er fest vor, jeden einzelnen Moment mit seinen Freunden in Quivelda zu genießen.

An seinem siebzehnten Geburtsabend würde es so weit sein. Nach der Tradition der Barue wurde man mit siebzehn volljährig. Nicht mit sechzehn, da war man einfach noch zu jung, und ganz bestimmt nicht mit achtzehn, denn da wurden die Numenii volljährig – und die Barue wollten nicht als Nachahmer von Numenii-Regeln dastehen. Und wie wäre es mit neunzehn? Nein. Die Zahl gefiel ihnen nicht. Sie waren reifere Wesen als Menschen, also hatten sie auch das Recht, ein Jahr früher zu feiern. An diesem Tag also würde Bryn endlich wieder von Mama Bellyset in Wenfeld hören und zurück nach Baruto zu seinen Eltern ziehen … und das Familiengeheimnis erfahren.

Die Herstellung von Swigny war eine komplizierte Angelegenheit, und vorläufig hatte er sich damit zu begnügen, die vorgefertigten Kräutermixturen zu verbrauen, die seine Großmutter für ihn vorbereitet hatte. Aber sie hatte angedeutet, dass es noch ein weiteres Geheimnis gab, das wenig oder gar nichts mit Swigny zu tun hatte …

In diesem Moment wurde Bryn durch einen Krug schäumenden Swignys in die Gegenwart zurückgerissen, den ihm jemand in die leeren Hände drückte. Er nickte dankbar und musste aufpassen, dass er den wertvollen Inhalt nicht verschüttete, als der Barue ihm herzlich auf den Rücken klopfte. Bryn fragte sich, wie viele solcher Schläge er noch würde über sich ergehen lassen müssen, bevor der Abend zu Ende war.

Dann drang ihm, wie das Summen einer Mücke, das man schon eine Zeitlang gehört hat, ohne darauf zu achten, eine vertraute Stimme ins Ohr. Er hatte das vage Gefühl, dass sie schon schrecklich lange redete, und bekam prompt ein schlechtes Gewissen. Die Ansprache des Häuptlings war noch gar nicht zu Ende. Bryn lachte in sich hinein und trank von seinem Swigny. Nein, es hatte sich nichts geändert.

Bartholdis Rede floss schier endlos dahin, gerade so wie der Fließle, der längste Fluss Calaspias, der östlich des Ambosses verlief. Beide schlängelten sich unaufhaltsam dahin – das heißt, der Fluss freilich nicht mehr, er war längst von den Armaaher Numenii mit Hilfe der Technik gezähmt worden. Thybil gab Bartholdi Privatstunden, und der Häuptling protzte mit seinem Wissen, wann immer er konnte. Doch niemand hörte ihm zu. Nicht, dass man ihn absichtlich ignorierte. Aber da er zu niemand Bestimmtem sprach, fühlte sich auch niemand angesprochen. Nach einer Weile wurde diesem Strom ein Ende gesetzt – allerdings nicht von den Numenii, sondern von Thybil. Auch das verlangte die Tradition.

✦ 2. KAPITEL ✦

Abendunterhaltung

Wäre Bryn sich darüber im Klaren gewesen, welche ganz andere Art von Strom sich in diesem Moment in Calaspia ausbreitete, hätte er keinen Gedanken an Feiern oder Abendunterhaltung verschwendet und erst recht nicht darüber nachgedacht, wie er der Dorfgemeinschaft zusammen mit seinen alten Freunden einen Streich spielen konnte. Im Moment aber war er in Gedanken ganz mit seinem Haus beschäftigt.

Er wohnte wieder in dem gleichen Haus wie vor vier Jahren, allerdings hatte es jetzt einen Anbau. Nicht nur die Brauküche war erweitert, auch der Rest des Hauses war mit viel Liebe und Sorgfalt renoviert worden. Bryn musste lächeln. Aber wozu dieser ganze Aufwand, für nicht einmal ein Jahr? Mit siebzehn würde er nach Baruto zurückkehren, in das Haus seiner Eltern.

Bryns Lächeln wurde breiter, als er begriff, welcher Gedankengang dahintersteckte. Sie hofften, ihn davon zu überzeugen, länger zu bleiben oder bald für immer zurückzukehren! Nicht, dass er das ernsthaft in Erwägung gezogen hätte. Alles hing doch davon ab, was nach seinem siebzehnten Geburtsabend von ihm erwartet wurde.

Er ließ eine Hand über die Wand gleiten, fühlte die glatten Buckel des Verputzes und die Rillen in der Maserung der Balken, die das Dach trugen. Das hier war mehr als alles andere sein Zuhause. Nicht nur sein *Zuhause*, wie ihm erst jetzt klarwurde, sondern *sein* Zuhause. Obwohl die Angelegenheit nie besprochen worden war, konnte es gut möglich sein, dass die Bellysets das Haus gekauft hatten … Diese Ironie des Schicksals ließ ihn leise lachen, während er seine Sachen auspackte. Außer Kleidern und Küchenutensilien besaß er nicht viel – jedenfalls nicht, dass er wüsste. Wahrscheinlich gehörte ihm irgendwo eine ganze Menge. Es dauerte nicht lange, da kam Mittni hinzu, und sofort hatten die Freunde anderes im Kopf als Auspacken.

Die Barue waren recht tapfer, sie fanden Gefallen an Abenteuern und Aufregungen und gingen gern auf kurze Reisen oder stellten irgendwelchen Unfug an. Da ihnen ihre Gemeinschaft so wichtig war, unternahmen sie ungern längere Reisen – lieber spielten sie einander Streiche und feierten Überraschungsfeste.

Aber Überraschungsfeste waren keine große Überraschung mehr, wenn man ohnehin jede Nacht feierte. Und Streiche waren auch kein großer Spaß mehr, wo so viele junge Schlingel in Quivelda lebten. Eine Zeitlang waren die Streiche immer gewagter und manchmal regelrecht gefährlich geworden, also waren die Ältesten eingeschritten (mehr oder weniger erfolgreich). Zu diesem Zeitpunkt hatten sich Bryn und Mittni, die als Jugendliche im Gegensatz zu Mittnis jüngeren Geschwistern selbstverständlich verantwortungsvoller und vernünftiger waren, anderen Formen der Zerstreuung zugewandt.

Die Erschaffung künstlicher Welten erfreute sich wachsender Beliebtheit bei der Jugend des Imperiums, aber es wäre unangemessen, Bryn und seine Freunde als ihrer Zeit voraus zu bezeichnen. Denn das Rollenspiel gehört gewiss zu den ältesten Betätigungen der Jugend, und darauf lief es letztlich hinaus. Gefahren standen im Mittelpunkt, aber es waren keine echten Gefahren. Die meisten anderen Kinder in Quivelda hielten zwar nicht viel von diesem neuen Zeitvertreib, aber ihre Anführer, Bryn und Mittni vor allem, bildeten bald eine leidenschaftliche Spielgruppe.

Bryn wohnte in seinem eigenen Haus, aber er schlief dort nur selten allein. Meistens übernachtete entweder er bei Onkel Thybil oder Mittni bei ihm. In Bryns Haus kamen die Freunde am besten unter. Hier trafen sie sich mehrmals die Woche, um über alles zu reden, was ihnen einfiel. Um sich ihren nächsten Streich oder Unfug auszudenken, den sie manchmal sogar einem Nachbarort spielten (wofür dann, wenn sie nicht erwischt wurden, die dortige Dorfjugend verantwortlich gemacht wurde), oder um zusammen auf eine *Queste* zu gehen, ein ausgedachtes Abenteuer. Questes beinhalteten üblicherweise Reisen in gefährliche Weltgegenden, lebensgefährliche Taten und die Eroberung irgendeines wunderbaren Schatzes – oder auch den langsamen, qualvollen Tod in einer Höhle oder einem Verlies. Denn trotz ihres Mangels an Erfahrung hatten die Freunde bereits einen realistischen Blick auf die Welt und das Abenteuer entwickelt. Dieser jüngste Zeitvertreib war ihr Lieblingsspiel, und sie nannten es schlicht «Questus». Dass sie es spielten, war auf ein glückliches Zusammentreffen zurückzuführen. Bryn hatte in den Jahren, die er bei seinen Eltern im Luxus, aber verhältnismäßig einsam verbracht hatte, ein Spiel entwickelt, das sich allein spielen ließ. Wobei es eher eine Träumerei als ein Spiel war. Nach seiner Ankunft in Quivelda jedoch entdeckte Bryn, dass Mittni und die anderen eine ähnliche Leidenschaft besaßen. Jeder hatte sich gescheut, den anderen das Spiel vorzustellen, aber als Mittni das Konzept als Erster zögernd erläuterte, lachte Bryn erleichtert auf und erklärte, dass er solche Spiele längst kannte und es ihm nur zu peinlich gewesen war, sie selbst vorzuschlagen. Diese Vorliebe für das gegenseitige Geschichtenerzählen hatte die Gruppe vielleicht mehr als alles andere zusammengeschweißt. Diese Kinder hatten nie in ein richtiges Abenteuer ziehen können, dafür waren sie viel zu jung. Und was für ein Abenteuer hätte das schon sein sollen? Im wahren Leben tat sich bedauerlicherweise einfach nichts Interessantes.

Inzwischen waren vier Jahre vergangen, und Bryn fragte sich, ob sie jetzt nicht zu alt dafür waren, sich Geschichten auszudenken. In gewisser Hinsicht hatte er diesen Eindruck. Während seiner ersten Zeit im Kloster war Bryn einmal in einem Tagtraum versunken, was ernste Konsequenzen nach sich gezogen hatte. Er hatte die schriftliche Aufgabe nicht rechtzeitig fertigbekommen (ausgerechnet eine Passage über die Natur der Zeit und der Zeitlosigkeit) und zur Strafe eine Stunde lang den Boden schrubben müssen – wobei er unausweichlich wieder in Tagträume verfallen war. Die Apostel des Verstehens waren eine überaus engagierte Gruppe, die, was ihre Verfahrensweise und Genauigkeit anging, mindestens so wissenschaftlich arbeitete wie der Orden von Itrim, allerdings obendrein mit religiöser Hingabe. Bryn war ein guter Schüler und lernte alles mit einer Leichtigkeit, die an Gefräßigkeit grenzte. Obwohl er gern so tat, als hätte er nur darauf gewartet, endlich nach Quivelda zurückkehren zu können, war sein Studium äußerst interessant gewesen, wenn auch nicht immer angenehm. Er hatte nichts gegen harte Arbeit, aber wenn man gerade ein Feld gepflügt hatte, fiel es schwer, mit der Feder nicht zu zittern. Dennoch ließ ihn das in den vergangenen vier Jahren erworbene Wissen so sehr nach Abenteuern dürsten wie nie zuvor. Vielleicht wartete ja irgendwo ein wirkliches Abenteuer auf ihn, nicht bloß eine Queste. Jetzt, da ihm nur noch ein Jahr in Quivelda blieb, bevor er nach Baruto zurückkehren musste – wo sich zweifelsohne die volle Daseinslast eines verantwortungsbewussten, respektablen Bellyset auf ihn senken würde –, war er zu allen Schandtaten bereit. Das Schlimmste, was ihm passieren konnte, war schließlich, sofort nach Hause geschickt zu werden, und selbst das wäre nicht wirklich schlimm. Hinzu käme der Gesichtsverlust … aber der bereitete ihm keine Sorgen, er würde nur sein Ansehen bei den Jüngeren steigern. Mittnis Bande hatte den Ruf, die ausgefallensten Streiche auszuhecken, und von ihr um Mithilfe gebeten zu werden, galt als Ehre.

«Der Letzte ist schon lange her.» Mittni sah aus, als müsse er gleich lachen.

«Der Letzte was?», fragte Bryn.

Es war fast mehr eine Grimasse als ein Grinsen, vielleicht ein Grinsen, das noch im Entstehen begriffen war.

«Der letzte Streich. *Schuckel*, das muss ein richtiger Knüller werden.» Entschieden schloss Mittni Bryns Schrank.

«O ja, und er muss ihnen richtig Angst machen», sagte Bryn pflichtschuldig. «An den sollen sie noch lange denken. Ein Jammer nur, dass Telseara und Dordios nicht dabei sein werden. Wo stecken sie überhaupt?»

Mittni zuckte die Schultern. «Sind wahrscheinlich auf der Jagd. Vielleicht kommen sie ja gerade noch, wenn der Spaß losgeht.» Seine Geschwister waren ein paar Jahre jünger, aber beinahe so groß wie er. Ihren Vater Bartholdi und Großonkel Thybil überragten sie bereits. Sie waren, sofern das überhaupt möglich war, noch schwieriger und frecher als ihre älteren Freunde. Bryn hatte sie seit seiner Rückkehr noch nicht gesehen, und sie fehlten ihm bereits.

«Komm, genug ausgepackt; ich sehe doch, dass du dich langsam auf heute Abend vorbereiten willst.»

«Wir werden sogar so lange *brauchen*», sagte Mittni. «Pass auf, ich hab einen Plan. So etwas haben die noch nie erlebt …»

Schon wieder? Bryn seufzte gutmütig. Das war doch immer so gewesen.

Die nächsten Stunden vergingen in hektischer Betriebsamkeit. Die Abenddämmerung hatte sich herabgesenkt wie Samt, der die Geräusche dämpfte und die Sicht nahm. Quivelda lag unten im Tal wie ein runder Lichterteppich, aber das Feuer und die Lampen wirkten verschwommen, als wären die Freunde unvermittelt kurzsichtig geworden. Das war ein guter Aussichtspunkt, fand Bryn. Er meinte fast, sich an dem Wetterhahn auf Bartholdis Dach stechen zu können. Eine Palisade, die von hier aus wie ein Ring aus Streichhölzern aussah, führte um das Dorf herum. Sie vermittelte den Einwohnern ein Gefühl von Sicherheit und Geborgenheit und war im Osten und Westen mit je einem großen Holztor versehen – sie sahen wie Vorhängeschlösser aus. Im Falle eines richtigen Angriffs wäre der Wall so gut wie nutzlos, aber das interessierte niemanden. Die letzte Schlacht war Ewigkeiten her. Die beiden Barue hatten vor, sich dieser alten Geschichte zu bedienen. Mittni war nur kurz verschwunden, um die Sache in Gang zu setzen. Die Falle war aufgestellt, und bald würden sie sie zuschnappen lassen …

Bryn wischte sich unschuldig die Hände ab und steckte sein Messer weg.

«Zeit, zu den Festlichkeiten zurückzukehren», verkündete er seinen Kameraden. Mittni hatte schon vor Bryns Ankunft mit der Vorbereitung des Streiches begonnen. Es waren noch andere beteiligt, Jüngere zumeist. Kichernd schwangen sie sich schwere Bündel auf die Schultern und folgten ihm.

In diesem Teil von Arleath war die Schneezeit kalt, aber nicht unerträglich. In der Nacht drängten die Barue sich um ihr Lagerfeuer und erzählten einander Geschichten oder brachten den Dorfbarden dazu, ein «Schrammel» zu singen – eine Schilderung großer Taten von geringer Glaubwürdigkeit, die mit einer Art Harfe begleitet wurde. Gegen Ende dieser nächtlichen Aktivitäten schliefen die meisten Barue. Manchen Jungen war es von elterlicher Seite verboten, die ganze Nacht im Freien zu verbringen, sogar wenn sie nichts angestellt hatten. Schwarze Schafe gibt es überall. Sie mussten von Freunden oder Verwandten in ihre Hütten getragen werden (der Unterschied zwischen beiden ist nicht klar definiert; enge Freunde werden mit «Bruder», «Onkel» und «Vetter» angesprochen, was des Öfteren zu Missverständnissen führt, wenn Nicht-Barue in der Nähe sind). Das war nicht weiter schlimm, Barue weckte so schnell nichts auf. Manchmal waren schon zu viele eingeschlafen, sodass niemand zum Heimtragen übrig blieb, dann schliefen alle, wo sie lagen, sehr zum Ärger mancher Eltern. Aber im Großen und Ganzen hielt man die Vorstellung, dass Kinder auf andere Weise als Erwachsene zu Bett gehen sollten, für eine typische Numenii-Idee.

Wenn die Barue sich allerdings zu einer reizvolleren nächtlichen Unternehmung außerhalb des Dorfes entschlossen, dann waren sie nur schwer zur Rückkehr oder gar zum Schlafengehen zu bewegen. Das war in der Sonnenzeit, der bei weitem beliebtesten Jahreszeit der Barue. In den schlimmsten Nächten der Schneezeit versammelten sie sich, wenn es zu kalt zum Draußensitzen war, in der Festhalle des Häuptlings, wo ein großes Kaminfeuer die Bewohner wärmte, oder sie gingen auf ein schnelles Bewegungsspiel vor das Dorf, um sich warm zu halten. Aber sie waren ein zähes Völkchen und zogen es gemeinhin vor, draußen um ein Lagerfeuer zu sitzen.

Eine solche Nacht genossen die Barue gerade. Als Bryn und seine Kumpane zum Dorfanger zurückkehrten, war die Abendunterhaltung gerade erst richtig in Gang gekommen. Siftex der Barde gab gerade ein Schrammel zum Besten. Seine kräftige Stimme tönte über die Versammlung und das fröhlich prasselnde Feuer in ihrer Mitte hinweg. Ungefähr die Hälfte der Dorfbewohner schlief bereits, was auf einen gelungenen Abend hindeutete. Unter den anderen wurde Kuchen herumgereicht, darunter auch Bryns Gebäckstücke. (Manch einer nahm eine doppelte Portion, angeblich für seinen schlafenden Nachbarn, der ja nachher vom Schlafen hungrig sein mochte.)

Bryn erinnerte sich noch gut an seinen ersten Tag in Quivelda. Thybil hatte er als Erstes kennengelernt. Der alte Barue war gerade von einem ausgedehnten Fußmarsch zurückgekehrt. In den kurzen, federigen weißen Haupt- und Barthaaren, die sein Gesicht umrahmten, hatten sich Schneeflocken niedergelassen. Ein Anblick, den Bryn nie vergessen würde.

Er hatte sich Sorgen gemacht, weil die grundsätzliche Gastfreundschaft der Barue nicht unbedingt für Dauergäste gilt. Ihre Dörfer stellen sehr isolierte, eng verwobene Gemeinschaften dar. Obwohl sie sich Besuchern gegenüber großzügig und herzlich verhalten, begegnen die Dörfler Neuankömmlingen, die zu bleiben beabsichtigen, mit Misstrauen. Dass jemand die eigene Gemeinde verlässt, deutet in der Regel darauf hin, dass er wegen irgendeiner grässlichen Schandtat verstoßen wurde. Alle wussten, dass Bryn kein solches Verbrechen begangen hatte, und doch bekam er zu spüren, dass er nicht dazugehörte.

Nur mit Thybils jüngsten Verwandten hatte er rasch Freundschaft geschlossen, mit Bartholdis Kindern: Mittni, Telseara und Dordios. Auch die anderen Kinder akzeptierten ihn, vielleicht deswegen. Tatsächlich wurde er bald in den Kreis der Anführer aufgenommen und selbst als solcher respektiert. Die Erwachsenen waren sympathische, traditionelle Barue, die bereitwillig über Krügen voll Swigny Küchengeschichten mit ihm teilten. Dann kam die Zeit, als ihnen allen klarwurde, dass er sich den Aposteln des Verstehens anschließen würde – ein weiterer Grund, sich unwohl zu fühlen. Zum Teil aus Angst vor dem Unbekannten, zum Teil weil sie einfach keinen Sinn darin sahen, jemanden in der Weltgeschichte herumzuschicken … damit er etwas *lernte*? Die Haltung der Barue war: Alles, was man im Leben brauchte, lernte man da, wo man es verbrachte! Aber selbst diese Neuigkeit war akzeptiert worden. Und anstatt zu denken, «was soll's, er wird uns ja nicht lange erhalten bleiben», beschlossen die Barue, dass die verbleibende Zeit mit Bryn umso kostbarer war, und freuten sich schon darauf, ihn nach Abschluss seiner Ausbildung wiederzusehen.

In diesem Moment entdeckte Bryn Mittni, der gerade die Versammlung verließ und sich zum Rand des Dorfes aufmachte. Ihr Streich würde jeden Augenblick beginnen. Telseara und Dordios waren immer noch unterwegs. Nun, so würde er ihnen nachher wenigstens etwas zu erzählen haben. Beim Anblick seines Freundes verspürte Bryn tiefe Dankbarkeit. Mittni war es gewesen, der ihn ohne große Fragen akzeptiert hatte. Gewiss, Fragen hatte er viele gehabt, auch große, aber Bryn hatte sich, ganz gleich, wie die Antwort ausfiel, auf seine Freundschaft verlassen können. Mittni hatte ihn auch mit seinen Geschwistern bekannt gemacht und in ihre Gruppe aufgenommen. Und er hatte Bryn schon freundlich begrüßt, bevor sein Großonkel Thybil die beiden einander vorgestellt hatte.

Wegen Thybils Interesse an ihm hatte Bryn sich besonders

viel Mühe mit seinen Studien gegeben, und das hatte sich ausgezahlt. Der alte Barue hatte ihm auffällig viele Fragen über sein Leben gestellt und sich die Antworten sehr aufmerksam angehört. Bryn hatte sich zunächst ausgehorcht gefühlt, aber dann begriffen, dass Thybil ein persönliches Interesse an ihm hegte. Er fragte ihn nicht auf die beiläufige Art der anderen Erwachsenen, die meist so taten, als hörten sie zu, und in Wirklichkeit an etwas anderes dachten. Das merkte Bryn an seinem Blick und seiner Haltung, und er liebte ihn dafür. Später stellte sich heraus, dass Thybil zum Teil deshalb ein so großes Interesse für Bryns Hintergrund gezeigt hatte, weil er herausfinden wollte, auf welche Weise er ihn am besten unterrichten konnte. Nach vier Jahren Ausbildung bei den Aposteln freute Bryn sich schon auf die nächsten Diskussionen mit seinem alten Lehrer, die sicher noch spannender wurden. Jetzt, wo sein Horizont sich erweitert hatte und sein Wissen tiefer war, konnte Bryn sich gut vorstellen, wie langweilig es für den alten Herrn gewesen sein musste, ihn zu unterrichten. Dafür liebte er Onkel Thybil nur umso mehr.

Telseara und Dordios, Bartholdis jüngste Kinder, vervollständigten Bryns engsten Freundeskreis. Mittni, Telseara und Dordios – sie alle waren Thybils wenig begeisterte Schüler und hatten Bryn für seinen Eifer verspottet. Nicht, dass der alte Barue kein charismatischer Anführer war. Aber Thybil sagte ihnen so oft, dass sie sich an dem Brauer ein Beispiel nehmen sollten, dass es schon peinlich war. Alle vier bekamen regelmäßig Ärger, jeder auf seine Art. Und alle waren sie frech; es war schwer zu sagen, wer wen am meisten beeinflusste. Gut möglich, dass Thybil sich oft fragte, wie sie sich wohl getrennt voneinander entwickelt hätten. Telseara und Dordios waren die Unverständigsten, wie es bei Gruppenjüngsten nun einmal war, aber *irgendjemand* musste es ihnen ja beigebracht haben. Bryn hoffte, dass Mittni und er in dem Alter nicht auch so gewesen waren … wahrscheinlich aber schon, und damals waren Telseara und Dordios am leichtesten zu beeindrucken. Mittni und er hatten sich während seiner Abwesenheit Briefe geschrieben, und Bryn hatte immer mit viel Spaß und einem Hauch von Wehmut über ihre neuesten Eskapaden gelesen.

Die vier hatten den harten Kern gebildet, und Thybil war stets ein willkommener Gast gewesen. Von der ersten Begegnung an war Bryn klar gewesen, dass er Thybil kennenlernen wollte und viel von ihm lernen konnte. Nur bei ihren Questes hatten sie ihn nicht gern dabeigehabt, weil sie sich dann naiv und kindisch vorgekommen waren. Anfangs hatte er mitgemacht, aber er brachte einfach zu viel Realismus ins Spiel. Er wusste zu viel. Manchmal hatten ihnen Siftex' Schrammel als Anregung für ihre Questes gedient – jedenfalls die, bei denen sie nicht eingeschlafen waren.

Mittni kehrte zurück, verkündete, dass es jeden Moment losging, und hüllte sich in ein paar Decken. Bryn fühlte sich gesättigt und schläfrig. Das Prasseln des Feuers und das Trällern von Siftex' Stimme unten verschmolzen zu einem eigenwilligen Schlaflied … die Decken, weich und warm an seiner Haut … der Duft von geröstetem Fleisch und Schokoladenkuchen … ein Schrei, der in der Ferne die Stille zerriss –

Bryn setzte sich kerzengerade auf. Es ging los.

Jemand packte ihn. «*Schuckel!* W-was war das?», stotterte Mittni mit aufgerissenen Augen. Er starrte in die Richtung, aus der der Schrei gekommen war. Bryn unterdrückte ein Grinsen und schaute ebenfalls dorthin. Er spürte am Griff seines Freundes, wie aufgeregt dieser war.

Eine merkwürdige Fähigkeit, die alle Barue besitzen, ist ihr Gespür für die Gefühle anderer. Für sie ist diese Fähigkeit so normal wie etwa unser Geruchs-, Gehör- oder Tastsinn.

Von den Umständen abhängig erspüren die Barue ein Gefühl oder manchmal sogar einen Gedanken ebenso leicht, wie wir ein Gesicht erkennen können. Wenn sie jemanden berühren oder ihm in die Augen sehen, steigert das ihre Wahrnehmung noch. Entsprechend ist das Gefühl auch umso leichter wahrzunehmen, je stärker es ist. Weiterhin hilft es den Barue, die Person gut zu kennen.

Bryn spürte die Verblüffung und Angst der hundert Barue um sich herum – sie schien vom Boden aufzusteigen und kühlte ihn wie Eiswasser. Vielleicht wurde das ja wirklich ein Streich, wie es noch keinen gegeben hatte.

Yerfi, der Schmied, kam auf den Dorfanger gestürzt. Er fuchtelte wild mit den Armen und brüllte: «Monster! Monster!» Er war rot im Gesicht und außer Atem. Bryn hoffte, dass sie nicht *zu* überzeugende Arbeit geleistet hatten. Als die Barue sich um Yerfi sammelten, lief noch jemand herbei. Seine Schritte waren schnell, aber unsicher und wackelig auf dem moosbedeckten Boden, als wäre er betrunken. Bryn kannte ihn, aber er hatte ihn nicht in den Streich eingeweiht. Mittni vielleicht? Andererseits war es ein älterer Barue, und die weihten sie nie ein.

Selbst im Feuerschein sah er kreidebleich aus.

«D-das T-to-tor!» Mehr brachte er nicht heraus, dann fiel er in Ohnmacht. Einen so guten Schauspieler hatte selbst Mittni nicht rasch zur Hand, überlegte Bryn. Er musste das schon lange vorbereitet haben. Welch unglaubliche Leistung!

Er spürte ein Rumpeln und Grummeln. Verlegen spannte er die Bauchmuskeln an. Merkwürdig, er hatte doch genug gegessen. Freude durchzuckte ihn, als er begriff, dass das Grummeln nicht von seinem Magen herrührte, sondern von draußen, von außerhalb des Walles sogar. Es hätte nicht lebensechter sein können.

Thybil übernahm sofort das Kommando.

«Hu-Barue-Krieger zu mir und mitkommen! Der Rest kann hierbleiben, aber ruhighalten und nicht in Panik geraten! Wappnet euch. Es muss etwas sehr –»

Seine Worte wurden von etwas übertönt, das wie das Trampeln unzähliger Füße klang.

Rumpel … Kraaaacks!

Ob groß oder klein, dick oder dünn, bärtig oder glattgesichtig, jeder Barue, den der Schrei noch nicht geweckt hatte, war jetzt hellwach. Bryns Herz machte einen Satz. Das war ja viel gruseliger, als er sich je hätte träumen lassen …

Ein Angstschrei hallte durch die Dunkelheit.

Hatten sie es vielleicht doch ein bisschen übertrieben?

Ein gewaltiges Bersten dröhnte durch das Dorf, viel zu laut, als dass sie es mit ihren beschränkten Mitteln hätten hervorbringen können. Bryn wagte gar nicht, daran zu denken, was jenseits des Feuerscheins vor sich ging. Verblüfft sah er am Ende des Dorfes eine massige Gestalt zu Boden taumeln. Er hielt sich die Ohren zu, doch der Lärm drang durch bis auf die Knochen. Das Bersten hörte nicht auf, und der Brauer begriff mit Entsetzen, dass der Wall dem Erdboden gleichgemacht wurde.

Eine Hütte brach in sich zusammen.

Was war denn los? Mittni hätte es nie riskiert, irgendjemandes Besitz zu demolieren. Zumindest vor vier Jahren nicht … Noch immer hoffte Bryn, dass Mittni das organisiert hatte und dass er das alles im Griff hatte. Hektisch sah er sich um.

Mittni wirkte genauso verblüfft und entsetzt wie er.

Der Moment der Lähmung verging. Um ihn herum begannen Leute zu schreien. Andere waren stumm vor Angst und hielten sich einfach nur die Augen zu. Bryn schickte verzweifelt ein Stoßgebet zu Elyon, dem Gott der apheristischen

Kirche. Es war wie ein Reflex, das Erste, was ihm in den Kopf kam. Eine Angewohnheit aus seiner Zeit bei den Aposteln des Verstehens, mehr nicht.

Er warf die Decke beiseite und sprang auf. Mittni tat es ihm gleich, landete aber in einer Kiste mit Gebäck. Er schien es gar nicht zu merken, er stolperte einfach nur Bryn hinterher, der Deckung suchte.

Thybil versuchte, das Kommando zu übernehmen, konnte die vielen Schreie aber nicht übertönen, also eilte er zu Bartholdi und wies ihn an, alle in Sicherheit zu bringen, die nicht kämpfen wollten.

«Hu-Barue!», rief er mit einem bitteren Unterton, als der infernalische Lärm kurz nachließ. «Zeigt ihnen, aus welchem Holz ihr seid!»

Doch jetzt, da ihre Taten gefragt waren, verhielten sich die stolzen, tapferen Krieger wie ihre Mitbürger und suchten Schutz hinter Heuhaufen und allem, was sonst groß genug war, um sich dahinter zu verstecken. Obwohl die Barue mutig sind und ein gewisses Maß an Aufregung mögen, finden sie Todesgefahren wenig reizvoll und tun darum alles, um ihnen aus dem Weg zu gehen.

Thybil war voller Zorn. «Und ihr wollt Krieger sein?!»

Mit diesen Worten riss er einen brennenden Ast aus dem Feuer, zog sein Schwert und eilte in Richtung des umgeworfenen Tors. Als die Hu-Barue sahen, dass der Älteste so tapfer ins Unbekannte lief, war zumindest ein Teil von ihnen beschämt.

«Kommt, Jungs!», rief Mittni, Thybils Großneffe, und Bryn sah entsetzt seinen Freund davonhetzen. Sieben der weniger feigen Hu-Barue folgten ihm. Sie zogen die Waffen und eilten an Thybils Seite, der in die Nacht hinausstarrte und den Feind auszumachen versuchte. Der Brauer rührte sich nicht vom Fleck. Was sollte er tun? Gehörte das alles noch zu ihrem Streich? War einfach die Begeisterung mit ihnen durchgegangen? Den restlichen Hu-Barue machte das Vorbild ihrer Freunde Mut, sie formierten sich und stürmten ihrem Anführer nach. Wer kein Krieger war, floh zum nächsten Tor, Bartholdi nach.

Und dann geschah das Unfassbare. Bryn traute seinen Augen nicht. Er kannte die Kostüme doch, die sie für diesen Moment vorbereitet und versteckt hatten – aber diese hier jetzt … die wirkten viel zu echt. Ein Schauder lief ihm den Rücken hinab. Monster! Albtraumgeschöpfe – mit Fängen und Schuppen und Klauen. Manche besaßen Flügel, manche Schwänze oder auch Tentakel. In dem trüben Licht waren sie schwer zu erkennen, aber was er sah, genügte, um sicher zu wissen, dass er nicht kämpfen wollte, wenn es sich irgendwie vermeiden ließ.

Bryn vermochte die Angreifer kaum zu unterscheiden. Etwas Derartiges hatte er im Leben noch nicht gesehen. Sie trampelten durch das Dorf, schleuderten Barue beiseite wie Lumpenpuppen, zermalmten Tiere, rissen Zäune ein und verschmolzen dabei zu einer einzigen grausigen Verkörperung von Gewalt und Schrecken. Der Brauer sah starr mit an, wie sein Zuhause, sein Leben vor seinen Augen in Stücke gerissen wurde.

Bald war er allein. Viele Barue brüllten ihm im Vorbeilaufen zu, er solle mitkommen, manche packten ihn sogar bei der Schulter, aber er blieb dort stehen wie angewurzelt. Zu seiner Rechten versuchten Nachzügler, ein Versteck oder eine Fluchtmöglichkeit zu finden, und zu seiner Linken kämpften wacker die Hu-Barue. Er verspürte den merkwürdigen Wunsch, sich ihnen anzuschließen – aber zugleich kreischte eine andere Stimme in ihm, er solle machen, dass er wegkomme.

Er konnte sich zu nichts entschließen. Er war ein Braukoch und ein Gelehrter (ansatzweise jedenfalls), kein Hu-Barue. Selbst wenn er eine Waffe fand, er hatte in seinem ganzen Leben noch nicht gekämpft. Jedenfalls nicht mit dem Schwert. Sollte er zu seiner Küche laufen und das größte Messer holen, das er besaß?

Mit Mittni und dessen Geschwistern in einer Phantasiewelt so tun, als ob man gegen Riesen und Vampire kämpfte, das war das eine – die Wirklichkeit etwas völlig anderes. Eine Flut von Gefühlen, die von anderen ebenso wie seine eigenen, spülte über ihn hinweg. So etwas hatte Quivelda noch nie erlebt. Das war kein Streich.

Entsetzen durchfuhr ihn, als eine tödliche Klaue einen Hu-Barue niedermähte. *Tot.* Allmächtiger! Die arme Seele hatte nicht einmal Zeit gehabt, ihren Schmerz hinauszubrüllen. Der Tote lag als stummes Zeugnis dafür da, wie unpersönlich und einfach der Tod kommen konnte. Bryn spürte Mitleid wie nie zuvor. Er hatte erst einmal jemanden sterben gesehen. Aber der war im Bett gestorben – im hohen Alter. Und Bryn hatte ihn nicht gut gekannt. Sicher, er hatte auch den Hu-Barue nicht gut gekannt, aber der war angegriffen und böswillig ermordet worden.

Elyon, wie konntest du das zulassen?

Und auf einmal wusste Bryn, was er zu tun hatte. Mittni kämpfte an der Seite der Hu-Barue, und Bryn würde sich nie verzeihen, wenn seinem Freund das gleiche Schicksal widerfuhr.

Er rannte los, wich den Gestalten um sich herum aus. Mit schweißnassen Fingern ergriff er das Schwert des toten Hu-Barue. Es war überraschend schwer und unhandlich. Bryn hatte immer gedacht, Schwerter wären leicht und lägen gut in der Hand. Er hatte sich geirrt. Kurz nachdem er sich in den Kampf mit einem kleineren Monster gestürzt hatte, das ungefähr einen Kopf größer war als er, begriff er, wie dumm diese Entscheidung gewesen war, und floh. Eine knurrende Schnauze schnappte nach ihm, aber er warf sich gerade noch zur Seite. Das Untier brüllte auf und verschwand mit einem Schlag seines dicken Schwanzes, um einem anderen Unglücklichen nachzusetzen, der einen weniger flinken Eindruck machte. Schwer atmend und zitternd verkroch Bryn sich in den Schatten.

Nach einigen Minuten des Kampfes war klar ersichtlich, dass sie den Wesen nichts entgegenzusetzen hatten. Thybil befahl seinen Hu-Barue den Rückzug. Die meisten rannten Hals über Kopf zum anderen Tor hinaus und in den dahinterliegenden Wald. Manchen jedoch gelang wie Thybil ein ruhiger und geordneter Rückzug.

«Mittni und Drattni, hierher!», rief Thybil zwei keuchenden, verwundeten Schattengestalten zu, die sich hinter einer Hütte verbargen. Ihre Gesichter waren in dem flackernden Licht kaum zu erkennen. Einige Häuser brannten inzwischen, außerdem ein Teil der Palisade. «Ich habe einen Plan, der jedoch blutig enden könnte.»

«Wir können sie nicht länger abwehren», sagte Mittni.

Thybil spürte den Zorn und die Angst, die er ausstrahlte. «Das gesamte Dorf wird sterben. Die Hu-Barue fliehen bereits – wir müssen uns ergeben! Was sind das für Dämonen?»

Doch Thybil beantwortete seine Frage nicht, sondern eilte weiter. «Hört zu, ihr beiden, das hier wird sich vielleicht als unser einziger Ausweg in die Freiheit erweisen: Sammelt rasch eine Handvoll Hu-Barue um euch und dann lauft um euer Leben, zur Westseite von Quivelda. Versteckt euch dort. Wenn wir gefangen genommen werden, sollen ein paar von euch uns folgen, und vielleicht ergibt sich eine Gelegenheit, dass ihr uns irgendwann befreien könnt. Aber wenn das noch nicht reicht, dann schickt Boten zu den umliegenden Dörfern und holt Hilfe. Vayido oder Slabville sollten genügen. Geht! Ihr seid vielleicht unsere einzige Hoffnung!»

Er schob sie davon.

Mittni bekam nicht die Gelegenheit, seine Frage zu stellen: Was, wenn die Monster gar keine Gefangenen nahmen?

Bryn kauerte sich zwischen ein großes Gebüsch und eine Hauswand und umklammerte den Schwertgriff mit schweißnassen Händen. Er hatte vergeblich zu kämpfen versucht. Jedes Mal, wenn die lodernden Flammen den grotesken Umriss eines Angreifers aus der Schwärze der Nacht rissen, packte ihn die Angst. Er hörte Schreie und Schluchzen; überall um ihn herum hallten Weinen, Flüche und Rufe durch die Dunkelheit. Was spielte sich da bloß ab?

Elyon, wenn es dich gibt, dann setze diesem Schrecken ein Ende!

Bryn war nie ein großer Beter gewesen, aber in dieser Nacht betete er mehr als je zuvor. Auf der anderen Seite des Dorfes hatte ein Trupp Hu-Barue die Kampfordnung aufgegeben und floh, gehetzt von diesen Ausgeburten des Wahnsinns. Wenn Bryn es richtig erkannte, wurden die meisten erwischt. Nur ein paar überlebten, als die Monster von einem brennenden Dach abgelenkt wurden, das plötzlich in einem Schauer aus Funken und Splittern zu Boden krachte.

Das alles träumte er nur, oder? Nichts deutete darauf hin, dass Elyon sein Flehen erhört hatte. Die Barue waren auf sich gestellt. Bryn hatte schon immer den Verdacht gehabt, dass Elyon – der eine, einzige Gott, der sich tatsächlich um seine Geschöpfe sorgte – nichts anderes als Wunschdenken war. Was konnte in einer kalten Welt tröstlicher sein als ein allmächtiger Gott? Nun verfluchte er die Apostel des Verstehens.

Er kannte natürlich all ihre klugen Antworten auf die Frage, warum es Leid gab und warum Elyon dieser Not kein Ende bereitete … aber nun, da er sich solchen Schrecknissen gegenübersah, lag die Sache anders. Manchmal hatte er selbst Leute in schwierigen Angelegenheiten des Lebens beraten, aber das hatte er stets aus einem gewissen Abstand heraus getan. Durchaus voller Mitgefühl für ihre Tragödien, wäre er von der Hoffnungslosigkeit und dem Schmerz mehr als einmal selbst überwältigt worden, hätte ihm nicht sein Glaube Kraft geschenkt. Quivelda dagegen war ihm immer als ein Hort des Friedens erschienen. Nun wurde es ebenfalls angegriffen, nun war Bryn an der Reihe, sich dem Untergang zu stellen, und es gab kein Entkommen. Nun schmeckte er echte Not und Bedrängnis, lernte er die andere Seite der Münze kennen.

Er musste irgendetwas tun, irgendwie versuchen, diesen Angriff zu beenden – nur wie?

Stampfende Schritte rissen ihn aus seinen Gedanken. Irgendetwas kam näher. Als er das Schwert des toten Hu-Barue hob, bemerkte er undeutlich auch hinter sich eine Bewegung. Für ein Monster war das herankriechende Wesen zu klein, und Bryn konnte spüren, dass es ihm nichts Böses wollte. Die meisten Barue versteckten sich in ähnlichen Winkeln, also handelte es sich wohl um einen Dorfbewohner.

Die schweren Schritte kamen näher. Aus welcher Richtung, wusste Bryn in dem trügerischen Licht und Lärmen nicht recht zu sagen. Er wandte sich nach links und hoffte eindringlich, dass es kein Irrtum war. Ein Schatten wuchs. Bryn wartete darauf, dass der Leib folgte. Es musste jeden Moment so weit sein … Auf einmal erschien eine monströse Gestalt. Bryn holte aus und schlug zu.

«Nicht!», brüllte hinter ihm jemand, aber es war zu spät.

Bryns Klinge drang durch Schuppenhaut. Ein Aufheulen,

dann sprudelte Blut aus der Wunde (wenn man es denn Blut nennen konnte, denn es war dickflüssig, und ob es rot war, vermochte er nicht zu sagen), besudelte ihn mit einer widerwärtig warmen und klebrigen Schicht, die in der kalten Nachtluft dampfte. Er konnte den Schmerz und den Schrecken gerade noch wahrnehmen, den das Wesen empfand, aber die Gefühle waren sehr primitiv.

Das massige Untier fuhr bemerkenswert rasch herum und stürzte sich mit einer Heftigkeit und Entschlossenheit auf Bryn, wie er sie nie zuvor erlebt hatte. Das Hu-Barue-Schwert, das immer noch im Schuppenkleid des Monsters steckte, wurde ihm entrissen.

Bryn schlug die Hände vors Gesicht, so wenig das auch nutzen mochte, aber es war das Einzige, was ihm einfiel oder wozu ihm noch Zeit blieb. Er erwartete zu sterben, da krachte etwas schwer in ihn hinein. Bryn fiel hin. Das Monster verfehlte ihn. Wer immer gerade «Nicht!» gerufen hatte, hatte ihn angesprungen und umgeworfen und ihm so das Leben gerettet.

«Danke!», keuchte Bryn und rollte sich seitwärts in die tieferen Schatten, fort von der wütenden Kreatur. Er war benommen, aber unverletzt. Nicht mehr lange jedoch, wenn sie sich nicht hier wegbewegten. Der Brauer setzte sich rasch auf und half seinem Retter auf die Füße.

«Mittni?», fragte Bryn verblüfft. Für eine Antwort war die Zeit zu knapp. Stattdessen machten sie, dass sie von dem verwundeten Monster wegkamen. Bryn dankte Elyon, dass wenigstens Mittni noch lebte. Seine Dankbarkeit überraschte ihn. Das alles hätte doch gar nicht erst passieren dürfen!

Hinter ihnen erhob sich Gebrüll. Irgendwie klang es eher schmerzerfüllt als wütend. Er warf einen Blick über die Schulter nach hinten und konnte nicht fassen, was er da sah:

Drei kleine Gestalten, Hu-Barue anscheinend, der im Feuerschein aufschimmernden Rüstung nach zu urteilen, griffen das Monster an. Sie schlugen sich tapfer. Mittni machte kehrt, um seinen Kampfgefährten zu helfen. Bryn folgte und bedauerte sehr, keine Waffe mehr zu haben. Wenigstens die Hu-Barue hatten Schwerter – schwere und unelegante vielleicht, aber immerhin Schwerter.

Gemeinsam schafften es die fünf Barue, das abscheuliche Wesen zu töten. Bryn holte sich seine Waffe wieder. Mit einem Ruck kam sie frei, und noch mehr Blut floss zu Boden. Angeekelt wischte er die Klinge im feuchten Gras ab, dann zog ihn Mittni weiter.

«Ich bin bloß froh, dass ich dich gefunden habe», sagte Mittni. «Komm!»

«Warte», zögerte Bryn. «Lass uns unterwegs noch die Kostüme holen.»

«Bist du verrückt? Dazu haben wir keine Zeit. Viel zu gefährlich.» Mittni sah seinen Freund eine Sekunde lang an. «Gut, holen wir sie», schloss er dann mit bewundernswerter Ruhe.

Die drei Hu-Barue folgten. Gemeinsam bahnten sie sich einen Weg durch Chaos und Verheerung zur Westseite Quiveldas, wobei sie in Deckung gingen, wann immer sie Angreifern begegneten. Es war ein Wunder, aber sie kamen an. Sie hievten das schmutzige Segeltuch aus seinem Versteck und verteilten die Kostüme untereinander. Bryn wollte, dass sie sich an Ort und Stelle tarnten, doch das lehnten die anderen ab. Dann wären sie zu schwer und könnten zu wenig sehen, befürchteten sie und hatten recht damit. Also vertraute auch Bryn der größeren Beweglichkeit in der eigenen Haut. Sie gingen weiter. Alles schien einigermaßen sicher. Mittni gab Thybils Anweisungen weiter.

«Welche Chance haben wir denn, das ganze Dorf zu befreien?», fragte ein Hu-Barue. Bryn erkannte die Stimme: Es war Drattni, ein älterer Barue, der immer auf echten Ruhm und Reichtum aus gewesen war, weshalb er sich geweigert hatte, bei ihren Questes mitzuspielen – aber nichtsdestotrotz ein guter Hu-Barue-Krieger. «Vorausgesetzt, sie nehmen überhaupt Gefangene!» Die Vorstellung schien ihm völlig abwegig.

«Wir können uns jederzeit Hilfe aus den umliegenden Dörfern holen», schlug jemand anders vor. «Zum Beispiel in Vayido oder …»

«Still!», fauchte Mittni. «Da drüben!»

Sie zogen sich in den Schatten eines der wenigen Gebäude zurück, die nicht brannten. Mittni hatte recht, ein Dutzend Monster donnerte genau an ihrem Versteck vorbei. Die Anzahl war in dem von Rußflocken getrübten Licht schwer zu schätzen.

Bald war Bryns Trupp wieder auf dem Weg. Alle achteten darauf, so leise wie möglich durch die Schatten zu huschen.

Sie brauchten nicht lange bis zum Westtor. Bei ihrer Ankunft mussten sie feststellen, dass die Monster bereits von draußen an die balkendicken Torflügel hämmerten. Lange konnte es nicht mehr dauern, bis sie durchbrochen waren. Nur zwanzig Hu-Barue verteidigten das Tor noch. Bryn und seine Freunde liefen weiter, bis sie so weit wie möglich von den Kämpfen entfernt waren.

«Ich glaube, wir können jetzt rüber.» Drattni zeigte zu einer Stelle, an der der Wall etwas niedriger war. Von der Palisade am anderen Ende des Dorfes war nichts mehr übrig als verkohlte Flecken und zersplitterte Stümpfe. Die Umgebung war durch das flammende Inferno gut ausgeleuchtet, und Bryn nahm an, dass dort die Monster eingedrungen waren. Sein Orientierungssinn ließ ihn im Stich.

«Helft mir, den hier dichter an die Palisade zu kriegen», sagte ein Hu-Barue und schob einen Karren heran.

Kaum hatten sie ihn gegen den Wall geschoben, kletterten sie hinauf, und Mittni machte sich bereit, dem ersten seiner Freunde zur anderen Seite hinüberzuhelfen.

Auf einmal schrie er auf, ließ sich auf den Boden des Karrens fallen und bedeutete den anderen, es ihm nachzutun. Noch mehr Monster, doch diesmal welche von der langsamen Sorte. Sie gingen auf allen vieren. Ihre Nüstern schnupperten am Boden herum. Bryn musste schlucken. Hier würde ihnen auch ihre Verkleidung nicht helfen.

Währenddessen erging es den übrigen Dörflern nicht viel besser. Die fliehenden Barue mussten bald feststellen, dass sie umzingelt waren.

Es liegt nicht in der Natur der Barue, bis zum Äußersten zu kämpfen. Ihnen entspricht es mehr, aufzugeben, «bevor sich noch jemand weh tut». Inzwischen waren viele sogar tot oder verletzt. Und so entschlossen sie sich zur Kapitulation. Das ging folgendermaßen vonstatten: Die Anführer und Ältesten der Gemeinde stellten sich in die Mitte der Barue, klatschten über dem Kopf in die Hände, um zu zeigen, dass sie nicht bewaffnet waren, und riefen: «Gnade! Gnade!» Anschließend warfen alle anderen Barue die Waffen weg, reckten die Hände in die Luft und nahmen den Ruf auf.

Sekunden später waren sämtliche Dörfler unbewaffnet der Gnade der Monster ausgeliefert. Sie wurden in langen Reihen aneinandergefesselt und mitgezerrt. Sie wurden gepeitscht, getreten, gestoßen, während sie über Äste und Wurzeln stolperten. Das war der demütigende Beginn ihres Marsches ins Unbekannte.

Wer … was … konnte sie nur angegriffen haben? Warum? Und wo waren die Spione und Soldaten des Numenii-Imperiums? Sie hätten die Bedrohung doch bemerken und abwenden müssen!

Die fünf Barue auf dem Karren wagten nicht, sich zu rühren. Sie versuchten, ihren schweren Atem zu bezwingen, doch es gelang ihnen kaum. Zu ihrer Erleichterung tappten die Monster weiter und folgten einem anderen Geruch, der sie um eine Ecke führte. Nur zwei blieben noch zurück und kamen schnuppernd auf den Karren zu …

Bryn warf einen Blick zu Mittni hinüber. Er schien wie gelähmt. Die beiden Monster waren nur noch ein paar Schritte entfernt. Die Barue schienen unvermittelt auf denselben Einfall zu kommen. Sie zogen ihre Kurzschwerter und stürzten sich auf den Feind. Diese Sorte Monster konnte nicht gut kämpfen, und die Hu-Barue wurden spielend mit ihnen fertig, wenngleich Drattni und Mittni gebissen wurden.

«Rasch, jetzt können wir hinüber!»

«Wir sollten uns erst verkleiden», schlug Bryn vor.

«Was, und es riskieren, gefangen genommen zu werden?», erwiderte Drattni. «Nein!»

Mittni verschränkte die Hände, damit der erste Barue hineinsteigen konnte, dann hob er ihn hinauf und hinüber. Schon folgte der zweite. Der Kampfeslärm nahm ab, und sie beeilten sich noch mehr. Sie fürchteten, bei der Suche nach Überlebenden aufgegriffen zu werden. Von allen Seiten hörte Bryn beunruhigende Geräusche. Was, wenn die Monster das Dorf vollständig umzingelt hatten? Dann würden sie ihnen genau in die Arme springen …

Während er sich auf dem Karren duckte und darauf wartete, an die Reihe zu kommen, faltete Bryn sein Päckchen auf und stieg in sein Kostüm, wand sich in die kratzige Hülle hinein. Um ihn herum erstiegen seine Freunde den Wall, einer nach dem anderen.

Bald war nur noch Mittni übrig, der Bryn kritisch musterte.

«Sieht nicht gerade echt aus.» Bryn blickte an sich hinab.

Die Verkleidung war erdfarben und glich in der Form und mit der Maske einem Monster.

Mittni verzog die Lippen zu einem grimmigen Lächeln. «Echt genug, denke ich.»

Vielleicht würde das Kostüm die Monster einen Moment lang täuschen, wenn sie nicht allzu genau hinsahen. Mittni half Bryn dabei, es zurechtzuziehen, weigerte sich aber, in seine eigene Verkleidung zu steigen.

«Das können wir drüben immer noch tun.» Mittni stieß den Kleiderhaufen über den Wall. «Draußen ist es sicherer als hier.» Er warf rasch einen Blick über die Schulter nach hinten.

«Jetzt du.» Bryn bückte sich und verschränkte die Hände. «Ich bin größer als du, so herum geht es leichter.» Er war heilfroh, dass sein bester Freund noch lebte, und er hoffte das Gleiche auch für die anderen.

Mittni war klug genug, nicht zu widersprechen. Wenn Bryn sich nicht völlig verändert hatte, dann konnte man ein solches Angebot gar nicht ablehnen. Dafür war er in seiner Freundlichkeit viel zu hartnäckig.

Mittni bückte sich oben auf dem Wall und half seinem Freund hinauf. Sie sahen sich um und sprangen zusammen auf der anderen Seite hinunter.

«Mittni», flüsterte Bryn. «Wo bist du?»

Hierhin gelangte kein Feuerschein. Es war stockdunkel. Er konnte überhaupt nichts sehen. Hinter ihm ein Geräusch. Er wandte sich um und sah undeutlich einen schwarzen Umriss.

«Komm, Bryn, wir müssen uns beeilen!» Das war Mittni.

Er drängte die anderen, ihm zu folgen. Aber irgendetwas

stimmte nicht. Angst zog Bryns Rücken hinunter. Fünf kleine Barue brachten doch nicht einen solchen Lärm zustande. Ein paar Schritte entfernt räusperte sich jemand unsicher.

«Drattni, bist du das?», fragte Mittni. Wieder ein gedämpftes Geräusch. «Drattni, was …» Er brach mitten im Satz ab.

Bryn war schreckerfüllt. Panik wallte in ihm auf. Um ihn herum war es nur schwarz, aber er konnte hören, wie seine Freunde einem unsichtbaren Gegner zum Opfer fielen. Und noch schlimmer als die Geräusche war die entsetzliche Angst, die von seinen Freunden ausging. Er wagte nicht, sein Schwert zu ziehen, weil er keinen von ihnen verletzen wollte. Stattdessen schrie er auf. Ein Fehler, den er sofort bereute. Starke, grobe Hände packten ihn.

Bryn verfluchte sich dafür, das dämliche Kostüm angezogen zu haben. Er konnte darin kaum ein Schwert halten, geschweige denn fechten! Er wand sich in den Armen seines Häschers und schaffte es, weit genug auszuholen, um einen Schlag zu führen. Ein Grunzen – mit etwas Phantasie war es ein Lachen.

Der Brauer spürte, wie etwas Großes auf seinen Kopf zuraste.

So viel zu Thybils Plan, war alles, was er noch denken konnte, bevor eine Faust ihn am Kopf traf.

Einen Moment lang erlitt Bryn einen schneidenden Schmerz. Dann nichts mehr.

✦ 3. KAPITEL ✦

Verfolgung

Einige Fußstunden von Quivelda entfernt lag ein wilder Streifen Wald, wo in der Zeit der Erneuerung die Brombeersträucher von weißen Blüten überschäumten, Eichhörnchen und Igel ihre Nester bauten und ihre Jungen aufzogen und das Kraut sehr hoch aufschoss. Nun jedoch streckten unzählige Bäume ihre kahlen, brüchigen Finger zum Himmel, dünn vor dem geisterhaften Mond. Das leise Plätschern eines Baches war die einzige hörbare Stimme der Natur. Sie klang zufrieden und harmonisch.

In diesem unberührten Waldland waren Telseara und Dordios auf die Jagd gegangen. Ohne viel Erfolg in den vergangenen zwei Tagen, schließlich war es die Schneezeit. Dordios hatte gar nicht ernsthaft vorgehabt, etwas zu fangen, er hatte nur für eine Zeitlang von zu Hause wegkommen und im Freien sein wollen, fernab vom geschäftigen Treiben des Dorfes. Telseara hatte ihn gern begleitet, denn das war immer eine gute Möglichkeit, sich Thybils Vorträgen und Bartholdis Anweisungen zu entziehen. Als das älteste Kind Bartholdis würde Mittni Häuptling von Quivelda werden, wenn Bartholdi starb oder abdankte, also stopfte man ihn auf Schritt und Tritt mit guten Ratschlägen und Belehrungen voll. Es steigerte gewiss seine Weisheit, aber zu viel des Guten war eben schlecht. Telseara erging es als zweitältestem Kind und einziger Tochter nicht besser. Allein Dordios blieb alles erspart, was über den Standardunterricht ihres Großonkels Thybil hinausging. Er war der Sorgloseste und Abenteuerlustigste der drei und stärker an der Natur interessiert als Telseara. Seine Schwester dagegen war trotz aller Erziehungsbemühungen von allen dreien am aufsässigsten und frechsten. Anstatt dem Dorfleben zu entfliehen wie Dordios (der sich wenig um die Ältesten und ihre Ratschläge scherte), blieb sie lieber in Quivelda, entzog sich zwar allem, was langweilig war, wich aber keinem Spaß aus, der sich ihr anbot.

Ein Grund, warum die Bartholdi-Kinder so geworden waren, lag vielleicht am frühen Tod ihrer Mutter, die bei Dordios' Geburt gestorben war. Telseara, die damals zwei Jahre alt gewesen war, hatte nur verschwommene Erinnerungen an sie. Mittni hatte sie am längsten erlebt, bis zum Alter von vier. Eine Waise oder Halbwaise zu sein, war in den weniger entwickelten Gegenden Calaspias nicht ungewöhnlich, und diese Tatsache kam dem Imperium sehr zupass. Damit ließ sich trefflich beweisen, dass man es besser dem Imperium überließ, für bessere Lebensbedingungen zu sorgen – ganz hervorragende Propaganda für seine beständige Erweiterung.

Während Bryns Abwesenheit war Mittni vernünftiger geworden, was Telseara ganz schrecklich fand. Mittni, ein Hu-Barue, war für die beiden jüngeren Geschwister so etwas wie ein Held. Dordios störte sich an Mittnis Wandlung überhaupt nicht, denn seine ältere Schwester sorgte für mehr als genug Ärger. Tatsächlich schien sie umso schlimmer geworden zu sein, je reifer Mittni wurde, wahrscheinlich um das Defizit wieder auszugleichen. Telseara und Dordios stellten immer zusammen etwas an, wobei Telseara die Ideen hatte und auch meist den gefährlichen Teil übernahm. Dordios war zu schüchtern und unschuldig, um viel anzustellen, aber er konnte sich gegen seine Schwester nicht durchsetzen, und so gelang es ihr immer wieder, ihn mit hineinzuziehen. Die charakterlichen Unterschiede zwischen den beiden waren interessant, gerade auch in ihrem Wechsel. Unter Leuten war sie spitzbübisch und er schüchtern, in der Wildnis war er abenteuerlustig und sie ruhig und nachdenklich. Die ältere Schwester bewegte sich gern frei und sorglos durch die Wälder und über die Hügel, sogar wenn Dordios irgendeinem Tier nachpirschte, ob nun einem eingebildeten oder einem wirklichen, und es manchmal auch in einer wilden Hatz verfolgte. Wenn er es wirklich wollte, fing er sogar etwas. Manchmal taten die beiden so, als wären sie auf einer Queste, vielleicht während der Zeit des Krieges um das Tor, dem letzten großen Krieg, der Calaspia verheert hatte. Eine Queste am Tisch mit Worten durchzuspielen, machte zwar Spaß, war aber kein Vergleich dazu, sich draußen in der Wildnis mit Schwert und Bogen auszutoben.

In dem zu dieser Stunde nachlassenden Licht, durch das Blätterdickicht noch stärker gedämpft, waren Bruder und Schwester schwer auseinanderzuhalten. Sie waren ungefähr gleich groß und hatten schulterlange, rotblonde Haare. Telseara hasste lange Haare, weil die so unpraktisch beim Herumstromern waren. Dordios war in körperlicher Hinsicht ein Abbild seines Bruders, nur jünger und leichter, und an Stelle von Mittnis ausgeprägten Wangenknochen und der geraden Nase hatte er ein rundliches Gesicht.

«Rate mal, warum heute ein besonderer Tag ist», forderte Telseara ihren jüngeren Bruder auf.

«Weil wir es geschafft haben, uns wieder einmal zu verkrümeln?» Dordios nickte mit dem Kopf in die ungefähre

Richtung von Quivelda. Der Mond schien gerade hell genug, um ihre Bewegungen sichtbar zu machen.

«Ja, das auch … aber warum noch?»

Er antwortete nicht, zuckte nur mit den Schultern, also fuhr Telseara fort.

«Etwas, auf das wir uns seit Jahren freuen?»

Immer noch keine Antwort. Die Ältere seufzte und warf einen Stein in hohem Bogen in die Dunkelheit vor ihnen.

«Kniirsch, kniiiirsch …», sagte sie und ließ langsam einen Finger neben dem Ohr kreisen, um die Gedankenschnelle ihres Bruders zu versinnbildlichen. Dordios spürte Telsearas Gehässigkeit; sie ärgerte ihn gewaltig.

«Schon gut, das reicht!» Er griff den beleidigenden Finger und quetschte ihn kräftig. «Es ist Bryns Geburtsabend! Du denkst doch wohl nicht, dass ich den vergessen habe, oder?»

Zu seinem Glück verhüllte die Dunkelheit alles um sie herum, denn er war ein schlechter Lügner. Bei Tageslicht hätte man sofort die Symptome der Täuschung wahrgenommen. Nicht ihr eigentümlicher Sinn sagt den Barue, ob jemand lügt, sondern sie können aus der gespürten Anspannung darauf schließen.

«Eine richtige Schande, dass wir zu spät kommen werden …», sagte Telseara.

Dordios grunzte. Zunächst hatte er nicht verstanden, wovon sie sprach, denn sie hatten Bryns Geburtsabend erst vor ein paar Wochen gefeiert, wie sie es immer taten – auch wenn das Geburtsabendkind gar nicht da war. Für ein Fest war jeder Anlass gut. Doch da fiel ihm ein, dass die Ältesten schon vor einer ganzen Weile etwas ausgeheckt hatten: Bryn war vor genau acht Jahren nach Quivelda gezogen. Das bedeutete … er war jetzt auch schon seit genau … vier Jahren fort, bei den Aposteln! *Schuckel!* Bryn Bellyset kam zurück, diese Nacht!

Ehrlich gesagt fand Dordios es nur ärgerlich, dass seine Schwester einverstanden gewesen war, mit ihm auf die Jagd zu gehen, wenn doch Bryns Geburtsabend bevorstand. Wäre es ihm eingefallen, sie wären nie auf diesen erfolglosen Ausflug gegangen. Warum war der Brauer auch so bescheiden in solchen Dingen? Wie sollte Dordios sich denn bitte schön etwas merken können, wenn die Leute ihre Sachen immer … *klammheimlich* machten? Jawohl, so nannte man das. Dasselbe Wort hatte Onkel Thybil neulich mal gesagt. Insgeheim schwor sich Dordios, Telseara das Leben in den nächsten Tagen ordentlich schwerzumachen. Er konnte nichts sagen, das wäre dem Eingeständnis gleichgekommen, Bryns Geburtsabend vergessen zu haben. Er musste geschickter vorgehen.

«Zumindest vom Fest bekommen wir noch ein bisschen was mit. Sicher, die werden alle schlafen und die besten Sachen schon aufgegessen haben, aber wen kümmert's? Heute war der einzige Tag, an dem wir auf die Jagd gehen konnten. Morgen haben wir Unterricht bei Thybil, und Vater will, dass wir an einer dieser großen Barue-Ratssitzungen teilnehmen, die alle paar Monate abgehalten werden, was bedeutet, dass wir übermorgen abreisen müssen und erst irgendwann nächste Woche zurückkommen. Und außerdem haben wir versprochen, das Geburtsabendkind zu besuchen, sobald wir wieder da sind, also macht das gar nicht so viel aus …»

Sie hatten Bryn Bellysets Einladungen immer gern angenommen (oder sich auch selbst eingeladen); bei ihm zu Hause konnte man erfreuliche Questes erleben, wenn auch nur am runden Tisch. Erfreulich waren sie vor allem wegen der Verköstigung, die Bryn regelmäßig zur Verfügung stellte. Dies war das Einzige, was Questes in seinem Haus besser machte als in der Wildnis: frisches, ofenwarmes Essen und schäumendes Swigny. Während seiner Abwesenheit hatten sie die Tradition halbherzig fortgesetzt, aber es war nicht das Gleiche gewesen. Telseara und Dordios hatten sich stattdessen in die Wildnis verdrückt, wann immer sie eine Gelegenheit dazu fanden. Keiner von beiden ahnte, dass sie in diesem Moment ein echtes Abenteuer erwartete.

Dordios wollte mit seiner Rache nicht lange warten: Plötzlich fiel ihm ein, dass Mittni ihm von dem Plan erzählt hatte, Quivelda zur Feier von Bryns Rückkehr einen Streich zu spielen: So zu tun, als brenne das Dorf, wäre doch für den Anfang nicht schlecht … oder als lauerten vor ihnen im Buschwerk merkwürdige Kreaturen. Diese Idee gefiel ihm auf Anhieb; Monster waren fester Bestandteil der barueschen Mythologie, also warum nicht Telseara mit demselben Streich reinlegen? Ihr etwas vorzugaukeln, war jedenfalls immer gut. Hier draußen war Telseara ziemlich auf ihren kleinen Bruder angewiesen; seine Augen waren schärfer, all seine Sinne überhaupt. Oder vielleicht wusste er nur mehr mit ihnen anzufangen … das fand Telseara jedenfalls. Die Wahrheit war jedoch, dass Dordios auf der Jagd öfter mit seinen Vermutungen richtiglag und auch flinker reagierte. Auch hier gab es wieder diese merkwürdige Dualität, dieses wechselseitige Gefälle: In den Dörfern fand Telseara sich besser zurecht, auch Leute hereinlegen konnte sie besser.

«Was gibt's denn?», fragte die ältere Schwester verstohlen. Er hörte nicht zu, sondern starrte in die Nacht hinaus. Irgendetwas stimmte nicht, merkte Telseara.

Irgendetwas stimmte ganz und gar nicht. Dordios' Bedürfnis, Telseara hereinzulegen, war auf einmal wie weggefegt. Er hatte ja nicht ahnen können, dass seine Ideen Wirklichkeit werden würden.

Als sie sich dem Dorf näherten, sahen sie grellen, flackernden Lichtschein. Die Barue hätten um das Feuer herum sitzen müssen, mitten in einem Schrammel, mit Essen und Trinken oder Schlafen beschäftigt. Nichts davon. Stattdessen leckten hungrige Flammen an den Hauswänden, und das Tor war zerborsten.

Dordios stand mit offenem Mund da, bewegungslos. Telseara begann zu laufen, einen erstickten Schrei auf den Lippen. Beide spürten Zorn aufwallen und Rachedurst. Ihr geliebtes altes Dorf mit den verschlafenen Hütten und dem Brunnen war eine lodernde Ruine! Das war kein Unfall, kein Unglück, denn dann wären doch Barue da und würden ihnen erzählen, was passiert war. Wer hatte diese abscheuliche Tat begangen?

Auch Dordios begann zu laufen. Er überholte seine Schwester und kam als Erster bei dem flammenden Inferno an.

Sie brauchten gar nicht erst zu versuchen, sich dort hineinzuwagen; die Hitze war schon von weitem spürbar. Dordios zog Telseara mit sich. Er umrundete das Dorf und suchte nach Hinweisen, was hier geschehen war.

Telseara war von beiden die Klügere, das gab Dordios gern zu (manchmal), sie taugte aber weniger bei der Jagd oder wenn es zum Kampf kam. Vielleicht lag es an dem schlechten Einfluss der Anführer? In Dordios' Augen dauerte es immer viel zu lange, bis sie sich entschieden hatte, aber manchmal kamen ihr auch richtig gute Ideen – wenn die nicht schon für Streiche draufgingen. Telseara dagegen fand, dass Dordios *nie* ernsthaft nachdachte. Er war ein Jäger, leichtsinnig und unerfahren zwar, aber ein Vollblutjäger, eine Abenteurernatur. Neigte zur Unbesonnenheit. Er tat lieber etwas und trug dann die Konsequenzen, als erst Kriegsrat deswegen abzuhalten. Wenn es aber um Streiche oder Zwischenmenschliches ging, schreckte er vor jedem Risiko zurück. Auf dem Dorfplatz war er ein jämmerliches Kerlchen. Telseara wünschte sich, er könnte so offen und mutig sein wie in der Wildnis, wenn er mit anderen Leuten zusammen war. Dann hätte sie sich seinetwegen nicht schämen und es selbst wettmachen müssen.

Nachdem er sich das zerstörte Dorf angesehen und die Spuren im aufgewühlten Schlamm untersucht hatte, kam Dordios zu dem Schluss, dass sie es mit Monstern von einer Sorte zu tun hatten, der er noch nie begegnet war. Oh, welch bittere Ironie!

Sprachlos, wie vor den Kopf geschlagen, stolperten sie von der Zerstörung fort. Auf einem grasbewachsenen Hügel, auf dem man über das Inferno sehen konnte, brachen die Geschwister unter Schock zusammen.

Zunächst vermochte keiner der beiden etwas zu sagen. Fragen und Befürchtungen schossen ihnen durch den Kopf. War ihr Vater noch am Leben? Was war mit Mittni? Hatte er die Leute von Quivelda zusammen mit den anderen Hu-Barue verteidigt und bis zum Letzten gekämpft? Wie viele ihrer Freunde waren getötet worden? Und wie viele verschleppt? Schließlich brachte Dordios die Kraft auf zu sprechen.

«Telsea … Wenn überhaupt noch welche von uns am Leben sind, dann müssen wir dafür sorgen, dass sie es auch bleiben. Wer immer unseren Leuten das angetan hat, wird die Konsequenzen tragen müssen!»

Er schlug wütend auf die Erde und riss ein Grasbüschel aus.

«Sicher. Aber was können *wir* tun? Die sind vielleicht zu Hunderten. Brutale, wilde Barbaren, wie auch immer sie aussehen mögen. Und wir sind nur zu zweit …»

«Wenn wir die richtige Ausrüstung haben und die richtige Einstellung, dann können wir die Gefangenen bestimmt retten. Wir haben Freunde. Die helfen uns.»

«Ich glaube, du hast recht. Aber wir sollten herausfinden,

was mit Quivelda passiert ist, bevor wir auf die Suche gehen. Soweit wir wissen, können sie schon vorgestern losmarschiert sein, zu irgendeiner unbekannten Gegend in Calaspia. Wir müssen ihnen so bald wie möglich folgen.»

«Diese Jagdbogen und -messer werden nicht reichen. Wir brauchen Waffen, richtige Waffen …»

Dordios kratzte sich am Kopf und überlegte, wo sich eine angemessenere Ausrüstung finden ließ. Solche Sachen waren in Quivelda nicht verbreitet, gerade einmal in den Häusern der Hu-Barue. Doch die waren fast alle bis auf die Grundmauern niedergebrannt, und die beiden konnten schlecht warten, bis die Ruinen auskühlten. Und sie hatten auch nichts, womit man die Feuer hätte löschen können. Außerdem pflegten Krieger ihre Waffen mit sich zu führen. Schließlich fiel ihm etwas ein.

«Die Familiengrotte!»

Sie machten sich auf zu der Familiengrotte im nächsten Berg. Dort versteckten die Bartholdis die meisten ihrer wertvollen Besitztümer, einschließlich Waffen. Dordios' und Telsearas Vater war der Einzige, der die Grotte betreten durfte. Da er nicht da war und vielleicht auch nie mehr wiederkam, wenn die beiden nicht bald losgingen und mit der richtigen Ausrüstung nach den Dörflern suchten, beschlossen sie, dort einzudringen.

Es war eine unscheinbare Bodenerhebung, nichts Auffallendes. Wenn man nicht davon wusste, hätte man sie nie bemerkt. Keiner der beiden war je darin gewesen, und noch nie hatten sie jemand anderen hineingehen sehen. Aber irgendwie, nach einigem Herumkrabbeln und Tasten, fanden sie den Eingang: eine sehr kleine Holztür, bedeckt von Gras und Moos. Bevor Telseara sie öffnete, zögerte sie. Sie schreckte irgendwie davor zurück, hier einzudringen. War dieser Ort heilig? Nein, das hätte sie gewusst. Oder war er vielleicht so heilig, dass selbst das Wissen darum ein Geheimnis war?

«Nun mach schon!» Dordios beugte sich über Telsearas schmale Schultern. Er griff nach der Klinke, aber irgendetwas ließ auch ihn zögern. Schließlich setzte seine Natur sich durch. Er drückte die Klinke. Die Tür rührte sich nicht.

«Versuch es mal mit Ziehen», schlug Telseara vor. Aber die Tür blieb, wo sie war.

«Keine Sorge, Dordios. Es ist zum Wohl unseres Volkes», fügte Telseara beruhigend hinzu.

«Ja, ja, das ist ja sehr schön, aber noch besser wäre es, wenn sich diese verfluchte Tür einfach öffnen ließe.»

«Oh.»

Dordios schüttelte den Kopf über seine neunmalkluge Schwester und begann, in der Erde um die Tür herum zu wühlen.

«Was tust du da?»

Nun beugte sich Telseara über ihren Bruder.

«Suchen …», sagte Dordios, ohne sich umzuwenden. Telseara sah schweigend zu, wie er die Erde wegkratzte. Dordios war offensichtlich nicht in der Stimmung für lange Erklärungen, und seine ältere Schwester konnte ihm das kaum vorwerfen. Sie spürte eine merkwürdige Leere in der Magengrube, als gähnte dort ein Abgrund, der gefüllt werden wollte.

Ihre Gedanken eilten fort, und vor ihrem geistigen Auge stiegen die Gesichter Quiveldas auf. Bartholdi, der ihr beruhigend einen Arm um die Schultern legte und ihr Mut zusprach. Vrangi, ein Ältester, der ihnen riet, gut auf sich aufzupassen, damit sie nicht das gleiche Schicksal erlitten wie er. Dann Bryn, aber er schien ihr nichts sagen zu wollen. Als sie den Brauer sah, verließ sie der Mut. Dies war sein Geburtsabend, der Jahrestag seiner Ankunft in Quivelda … Als

Nächstes kam Thybil, der ebenfalls nichts sagte. Er sah sie nur an. Doch sein Blick war zuversichtlich.

Die Bilder verblassten, und Telseara blieb mit leerem Geist zurück – in dem friedlichen Mondlicht konnte sie die einzelnen Grashalme mit geradezu beängstigender Deutlichkeit sehen, aber als sie sich umwandte, um das alles in sich aufzunehmen, ließ sich nichts erkennen. Schwarzer Nebel verhüllte die Welt, stieg von einem merkwürdig zuckenden, gelben Funkeln empor. Telseara hatte das Gefühl, sich in einer völlig anderen Dimension zu befinden, auf der nicht der Fluch der Zeit lag. Schließlich wurde das Gelb allmählich klarer, und sie konnte auf Quivelda hinuntersehen. Das Dorf brannte immer noch lichterloh, die Flammen loderten regelrecht höhnisch. «Schau, was wir daraus gemacht haben», schienen sie zu sagen. «Du starrst uns an, bist zugleich unser Publikum.»

Telseara zuckte zusammen, als etwas an ihrem Bein zog. Es war Dordios, der sie aus ihren Gedanken riss.

«Sieh mal.» Er klang aufgeregt. Telseara sah nichts als Erde und Gras. Es gab kaum Licht hier.

«Komm näher.» Dordios packte seine Schwester ungeduldig und zog sie tiefer, bis ihre Nase fast den Boden berührte. Telseara hatte den Eindruck, dass ihr Bruder schon seit einer Weile versucht hatte, ihre Aufmerksamkeit zu erregen.

Schließlich erkannte sie etwas: eine kleine, runde Murmel. Eine blaue Murmel, einen Saphir. Er war neben der Tür in die Erde versenkt.

«Oh», sagte sie. «Ja, und? Das ist eben ein erstes Stück vom Schatz.»

«Nein, du *Elolan*, das ist der Schlüssel, mit dem man reinkommt!» (Elolane sind große, kraftvolle, aber sanfte Tiere. Durchaus liebenswert, aber als eines bezeichnet zu werden, ist kein Kompliment, denn es handelt sich um dumme Geschöpfe, die zum Ziehen von Karren benutzt werden oder um Baumaterial zum Dorf zu schleppen – sie erinnern an eine Kreuzung zwischen einem Nashorn und einem Pferd.)

«Und woher sollte ich das wissen? Ich hab nachgedacht.»

«Ja, wie immer, bloß hat uns das kein Stück weitergebracht. Jetzt denk mal drüber nach, wie wir reinkommen. Schau! Die hier gibt es auch noch.»

Auf dem Boden neben dem Saphir lag ein Dutzend Steinklötze, ungefähr in Daumengröße. In jeden war etwas hineingeschnitten. Ein Gesicht. In dem schlechten Licht war es zunächst kaum zu erkennen, aber bei näherer Untersuchung erwiesen sich die Gesichter alle als unterschiedlich.

«Mal sehen … Was könnte uns in die Familiengrotte bringen? Irgendetwas, auf das irgendein Numenii-Dussel nie kommen würde, der zufällig darüber stolpert … Was unterscheidet die Barue von anderen Menschen …?» Seine Stimme verlor sich, aber dann sagte er: «Ja, klar!» Es klang triumphierend. «Wir sind kleiner, stimmt's?»

Telseara schloss matt die Augen. Ja, das stimmte durchaus. Logisch. Aber ihr Bruder hatte sie mit seiner klugen Frage überraschenderweise auch zu einer weiteren richtigen Antwort geführt.

«Ja, sind wir», sagte sie gönnerhaft. «Aber in ihrer Kindheit sind sie auch nicht so groß. Und manche bleiben auch erwachsen klein. Nein, was ihnen fehlt, ist unsere Gabe.»

«Unsere was?» Dordios war perplex. «Du meinst, sie sind total unbegabt?»

Telseara ächzte. «Hoffentlich ein bisschen begabter als du, Brüderchen. Ich meinte unsere *Gabe.* Unsere Fähigkeit, spüren zu können, was anderen Intelligenzwesen durch den Kopf geht. Gefühle, Emotionen …»

Für Dordios klang seine ältere Schwester jetzt schon wie Bartholdi. Oder schlimmer noch: wie Thybil. Dann begriff er. «Ja, natürlich. Das meinte ich doch. Dann brauchen wir jetzt nur noch den Saphir mit den Steinen zu verbinden. Ganz einfach. Mit Gefühl und so.»

Dordios ärgerte sich ein wenig, war aber viel zu gespannt, um sich damit lange aufzuhalten. *So offensichtlich war das ja nun auch nicht, oder?* Wenn man einfach immer spüren konnte, was andere Leute fühlten, dann kam man doch gar nicht auf die Idee, dass andere ihr Leben ohne diese Gabe verbrachten. Telseara war manchmal schon ein bisschen ungerecht, oder etwa nicht?

«Das ist keine schlechte Ausgangslage.» Telseara ließ die Finger über die Steine gleiten. «Eins zu zwölf. Also: Was beim Saphir rauskommt, bei den Steinen einsetzen.»

«Wie bitte? Das hört sich an wie aus Thybils Rechenunterricht.»

«So ist es!» Telseara freute sich, dass ihr Bruder endlich einmal einem ihrer Gedankengänge folgen konnte. «Das ist genauso wie diese Sachen, die uns Thybil beigebracht hat – Funktionen. Wenn du eine Zahl einsetzt und weißt, was du damit machen sollst, hast du die Antwort!»

«Na … dann leg mal los.» Dordios gratulierte sich im Stillen. Besser hätte er das Gespräch gar nicht hinbiegen können.

Telseara kniete über dem Saphir und starrte ihn an. Strähnen ihrer rotblonden Haare fielen ihr ins Gesicht. Irritiert strich sie sie beiseite. Wenn ihr die Haare noch ein einziges Mal in die Quere kamen, würde sie sie abschneiden. Bis jetzt hatten Bartholdi und Thybil sie immer daran gehindert. Weil das angeblich einer jungen Dame nicht anstünde, erst recht keiner von hoher Geburt.

Der Winkel, in dem schwach der Widerschein der Feuersbrunst geflackert hatte, wurde dunkler, als Telseara sich anders hinkniete und ihr Schatten darüberfiel. Schwach, aber mit zunehmender Gewissheit erspürte Telseara etwas wie Ängstlichkeit. Gewiss nicht ihre eigene, und auch nicht Dordios' – sie kam aus dem blauen Stein. Irgendetwas war passiert, ein Fehler. Etwas, wodurch der Stein das Gesicht verloren hatte. Etwas Beunruhigendes, Besorgniserregendes … Beschämendes.

«Das ist es!», freute sie sich und suchte zwischen den kleinen grauen Klötzen. Schließlich fand sie ein Gesicht mit zerfurchter Stirn und einem verlegenen, nervösen Lächeln, das mehr wie eine Grimasse wirkte.

Telseara drückte kräftig auf den Stein mit dem beschämten Gesicht. Nichts geschah, und nun stieg ihr selbst Beschämung ins Gesicht. Sie versuchte es mit Schieben. Etwas klickte leise. Dordios ergriff die Klinke erneut, und diesmal schwang die kleine Tür auf und offenbarte einen dunklen Gang, der in die Tiefe führte.

«Ganz schön raffiniert.» Ihr Bruder grinste bis über beide Ohren. «Ich hab dir doch gesagt, dass es funktionieren würde. Jetzt lass uns die Sachen holen und verschwinden.»

Mit einem Gefühl von Aufregung und Staunen ließen sie sich in den Bau hinabgleiten. Nun, da sie das Rätsel an der Tür gelöst hatten, platzten sie fast vor Selbstvertrauen. Das konnte doch nur heißen, dass sie mit Recht hier waren.

Es war dunkel und feucht dort drinnen, aber Telseara fand bald eine Wandhalterung mit einer Fackel. Ein paar Handgriffe mit der Zunderbüchse, und das Holz fing prasselnd Feuer.

Licht breitete sich in der Höhle aus, und die beiden vergaßen rasch, wozu sie dort waren, so sehr brachten die Pracht und die Reichtümer sie zum Staunen. Schon der Bau an sich war interessant. Sie hätten ihn gern erforscht. Die Familiengrotte besaß eine überraschend hohe Decke. Die Wände wirkten wie festgestampfte Erde. Säulen wie Tropfsteine stützten die Decke. In den Stein geätzte Abbildungen von Schiffen, Städten und Personen zogen die beiden Geschwister an, weil sie so untypisch für Barue waren. Glücklicherweise war die Höhle nicht allzu groß, sonst wäre zu befürchten gewesen, dass in den Schatten etwas lauerte. Auch so gab es genügend dunkle Winkel, die sie mit der Fackel ausleuchteten.

«He, guck dir das mal an, Telseara!» Dordios stand auf einem Haufen Münzen und Goldstücke. «Was ich hier gefunden habe!»

Telseara besah sich den Haufen von der Stelle aus, wo sie stand. «Das ist doch noch gar nichts. Guck dir das hier mal an, Dos!»

Und so ging es weiter, bis sie beide regelrecht erschöpft waren. Von den Schätzen nahmen sie nicht viel, legten nur etwas Schmuck an. Aber mit Schwertern, Armbrüsten, Helmen, Kettenhemden und Schilden statteten sie sich aus, außerdem mit Seilen, Karten und allem, was sich sonst noch als nützlich erweisen mochte. Sie achteten auch darauf, Lampen, Kerzen und Fackeln mitzunehmen.

«Seltsam, diese Runen und das ganze Zeug an den Wänden», sagte Dordios.

«Sind wahrscheinlich irgendeine Art Bann, um die Leute davon abzuhalten, hier überall herumzustolpern. Ich meine, das alles hier unten reicht einer Familie doch für Generationen!», antwortete Telseara.

Dordios lachte. «Ja – unserer Familie!»

«Jede Wette, dass Mittni schon mal hier unten gewesen ist … und er hat nie was gesagt!»

Aus dem engen Loch im Gras wieder hinauszuklettern, war nicht so einfach wie das Einsteigen; da hatten sie sich einfach fallen lassen können. Es machte sie ganz unruhig, das geisterhafte Mondlicht draußen zu sehen, während drinnen die neue Ausrüstung sie am Aufstieg behinderte. Telseara schien es fast, als wollte die Grotte sie wieder hineinziehen, als wollte sie ihren seltenen Besuch nicht so schnell gehen lassen – oder die Besitztümer behalten, die sie ihr aus ihren moderigen Tiefen stahlen.

Schließlich mussten die Geschwister einander hinaushelfen: Während Telseara von unten schob, versuchte Dordios verzweifelt, Halt an den steilen Wänden zu finden. Endlich zog er sich hinauf und brach im weichen Gras zusammen. Telseara reichte ihm einige unverzichtbare Wertsachen in den Lichtkreis, dann half Dordios ihr hinauf.

Als sie weitergingen, musste Telseara lachen. Ein hilfloses Kichern, ein Schluchzen fast. Ihr war eigentlich nicht nach Lachen zumute. Dordios drehte sich empört zu ihr um.

«Ist das der rechte Moment zum Lachen, du Närrin?» Er ließ sein neuerworbenes Schwert durch die Luft sirren, natürlich nicht in der Absicht, es zu benutzen, aber es sollte doch seinen Standpunkt bekräftigen. Doch als Telseara ihn überholte und nun vor ihm ging, musste er ebenfalls lachen. Nun schimpfte sie ganz ähnlich mit ihm, aber sie schien nicht wirklich böse zu sein. Die beiden machten ihrer Anspannung Luft.

«Sieh dich mal an! Sieh dich bloß mal an!», rief Dordios. Die kleine, watschelnde Gestalt von Telseara vor ihm war einfach zu viel. Er konnte nicht ernst bleiben. Über und über mit Rüstzeug, Gold und anderem behängt, sah sie aus wie ein mächtiger Held aus dem Krieg um das Tor, der gerade das brennende Versteck des Feindes geplündert hatte. Nur dass ihre Bewegungen in diesem Aufzug ganz merkwürdig und unnatürlich wirkten. Wenn er daran dachte, dass seine Schwester in dem ganzen Zeug steckte, musste er einfach lachen. Dordios sah auch nicht viel besser aus, und sein Anblick war es gewesen, der Telseara unfreiwillig hatte kichern lassen. Nachdem sie sich einigermaßen beruhigt hatten, verstauten sie lieber noch einige Überflüssigkeiten in den Lederrucksäcken, die sie ebenfalls mitgenommen hatten. Jetzt fühlten sie sich um einiges besser und machten sich auf die Suche nach Spuren.

«Telseara», sagte Dordios plötzlich feierlich.

«Ja?»

«Obwohl unsere Freunde und unsere Familie vielleicht nicht mehr sind, habe ich das Gefühl, dass dies der Anfang eines großen Abenteuers ist. Und was auch geschehen mag, ich werde nicht ruhen, bis wir sie gerettet haben oder bis uns das gleiche Schicksal ereilt hat.»

Die beiden Barue legten mit ernsten Mienen die Hände übereinander und schworen, die Leute von Quivelda zu finden und zu befreien oder bei dem Versuch zu sterben.

Ihre Hände waren immer noch übereinandergelegt, als ein kehliges Ächzen sie erstarren ließ.

Bryn kam zu sich. Er hatte keine Ahnung, wie lange er ohnmächtig gewesen war, aber er begriff trotz seines Schocks und seiner Hilflosigkeit, dass er nicht tot war.

Mit unendlicher Mühe drehte Bryn sich auf die Seite. Ihm tat der Kopf weh. Sehr. Vielleicht sollte er ihn sich entfernen lassen. Aber was dachte er da für einen Unsinn? Schwer atmend ruhte er sich einen Moment lang aus. Es war sehr warm hier, registrierte er mit ebensolcher Distanziertheit. Langsam stellten sich seine Augen scharf. Auch seine Ohren nahmen jetzt etwas wahr, er konnte nicht sagen, was. Etwas extrem Lautes …

Bryn schrie auf und rollte sich von dem Wall weg. Hinter ihm brüllte die Feuersbrunst, die Quivelda war, als würde sie gegen seine Flucht protestieren. Flammenzungen leckten an den Dächern der Häuser jenseits des Walles. Ein wütendes Glühen drang durch die Spalten in der Palisade. Bryn rappelte sich auf und stolperte davon. Auf einmal wusste er wieder, was geschehen war. Tränen stiegen ihm in die Augen, und als er sie vergoss, leuchteten sie in dem grellen Flackern auf wie Spiegelscherben. Im Weitergehen dachte er über den Anblick nach. Über diese eine Sekunde Glanz, bevor sie mit stummer Endgültigkeit in den Schlamm fielen. Mit seinem Gesicht stimmte etwas nicht. Er spürte weder die Hitze des nahen Feuers noch die sanfte Berührung der Luft. Seine Tränen fielen nur, wenn er den Kopf senkte, ansonsten schienen sie sich in seinem Gesicht zu verlieren. War ihm ein Bart gewachsen? Hatte er so viel Matsch im Gesicht? Der Geruch von Erde brachte andere Erinnerungen zurück – die Flucht! Das Letzte, an das er sich erinnern konnte, war, in völliger Dunkelheit im Schlamm zu landen.

Verzweifelt sah Bryn sich um, konnte aber niemanden entdecken. Mittni! Drattni! Wo waren sie? Zögernd lief er ein paar Schritte, doch das Pochen in seinem Kopf bremste ihn rasch. Warum war er verschont geblieben? Die Antwort erklärte zum Teil auch seine schwerfälligen Bewegungen: der Anzug, diese alberne Verkleidung. Seine Tränen waren durch die großen Augenlöcher gefallen, die dieses lächerliche Kostüm natürlich aufwies, aber wenn sie einfach sein Gesicht hinunterrannen, wurden sie vom Material aufgesogen.

Vielleicht hatte Elyon ihn gerettet. Zu welchem Zweck aber, das überstieg seinen Verstand. Vielleicht existierte Elyon ja wirklich. Aber was für ein grausamer Gott würde ihn hier auf sich allein gestellt lassen? Auf einmal kamen ihm die alten Götter viel einleuchtender vor. Die spielten nur Spiele, über die man sich nicht den Kopf zerbrechen musste. Wenn man ihnen missfiel, dann geschah einem eben dergleichen.

Noch wahrscheinlicher war, dass es überhaupt keine Absicht gab. Elyon, das Pantheon, was auch immer – wenn sie existierten, dann gab es keinen Grund, ihnen nachzulaufen. Das Leben geschah einfach. Bis jetzt war es ziemlich gut verlaufen, nun hatte sich alles zum Schlechten gewendet. Das passierte jedem einmal. Wie hatte er nur so naiv sein können?

Bryn hob eine Hand an die Stirn. Obwohl er begriffen hatte, dass er die Monsterverkleidung trug, war es merkwürdig, nicht seine eigene schweißnasse Haut zu berühren, sondern groben Stoff. Ein Monster hatte ihn angegriffen – vermutlich, weil er wie ein Barue aufgeschrien hatte. Es war dunkel, also hatte das Scheusal rein instinktiv reagiert. Als es dann daranging, die besiegten Barue zu verschleppen, hatten die Feinde sich wohl durch die Verkleidung täuschen lassen und waren davon ausgegangen, dass die Barue mit vereinten Kräften einen der ihren erschlagen hatten, ein Mitmonster.

Diese Einsicht erfreute Bryn nicht gerade. Er stolperte dorthin zurück, wo er eben noch gelegen hatte, und barg das kurze Hu-Barue-Schwert. Einen Moment lang stand er keuchend da, dann taumelte er weiter.

Verzweiflung überwältigte ihn. Ein gepresster Schrei kam über seine Lippen, dabei hätte er am liebsten aus Leibeskräften geschrien. Wütend und verunsichert schlug er ein paarmal mit der Waffe um sich. Er fühlte sich schuldig, weil er verschont worden war und seine Freunde nicht. Warum hatten sie nicht auch ihre blöden Kostüme angezogen?

Andererseits, wenn er nirgendwo ihre Leichen fand …

Bryn verstand nicht, warum irgendein Feind sich die Mühe machen sollte, eine Stadt zu plündern und ihre Einwohner zu jagen, wenn er sie dann doch bloß umbrachte und an Ort und Stelle liegen ließ. Aber die Monster hatten sie nicht an Ort und Stelle liegen gelassen. Also hatten sie die Leichen entweder alle zu einer gigantischen Grube gebracht, um sie dort zu verbrennen, oder die Barue waren entführt worden! Bryn überlief ein Schaudern. Auf einmal passte alles zusammen. Nun, einigermaßen jedenfalls. Die Monster hatten die Stadt nicht nach Reichtümern oder Beute durchsucht, sondern nach … *ihnen*.

Langsam ging Bryn in Richtung Wald. Aus irgendeinem Grund war er sicher, dass sie in den dunklen Winkeln des Trabatrawaldes untergetaucht waren, anstatt die offenen Ebenen von Arleath zu überqueren. Wo wollten sie überhaupt hin?

Nein, das passte ganz und gar nicht zusammen. Wozu brauchte denn irgendjemand Barue? Andere Menschenvölker konnten schwerer arbeiten, wenn es darum ging, von Zwergen ganz zu schweigen. Siedlungen beider Völker waren nicht allzu weit entfernt. Vielleicht war es ein dummer Zufall gewesen?

Ja, so schien es ihm zu sein. Der Zufall bestimmte das Leben, weiter nichts. War es ein glücklicher, dann nannte man ihn göttliche Fügung und feierte ihn als Beweis, dass das Leben Bedeutung hatte. War es ein unglücklicher …

Es lohnte sich nicht einmal, darüber nachzudenken. Wenn das Leben irgendeine Bedeutung hatte, dann lag sie in Freundschaft und Treue. Er hatte eine Verantwortung. Waren die Barue noch am Leben, dann musste er dafür sorgen, dass sie es auch blieben. Angst und Sorge lasteten schwer auf ihm. Bryn machte seinem gequälten Herzen mit einem Schrei Luft und drohte dem Himmel mit der Faust. Seine Kehle war ausgetrocknet und fühlte sich wie Sägemehl an. Er brüllte noch einmal seinen Zorn hinaus, dann gab er den Tränen nach.

Schritte. Stimmen. Bryn blinzelte die Tränen weg und hob das Schwert. Er war bereit, dem Feind gegenüberzutreten. Seine Zeit war nun gekommen, und sie war lange überfällig. Er würde seine Freunde doch nicht retten, geschweige denn, die Rechnung begleichen. Es sei denn, auch Tote konnten Rache nehmen.

Mit gezücktem Kurzschwert stolperte Bryn den Geräuschen entgegen. Er war zu weit von der Palisade und dem Waldrand entfernt, um Schutz suchen zu können. Er versuchte, sich mit einem Kriegsschrei Mut zu machen, aber der kam zittrig und jämmerlich heraus und endete in einem Hustenanfall. Dann begann Bryns Herz vor Aufregung schneller zu schlagen. Menschen! Barue!

Mit einem Freudenschrei schleuderte er die Waffe beiseite und warf sich ihnen mit offenen Armen entgegen. Offenbar waren sie sogar im gleichen Alter wie er. Und wie prächtig sie aussahen! Sie machten einen viel fähigeren Eindruck als Hu-Barue, denn sie waren bestens gerüstet und bewaffnet. Ihre Klingen waren lang und elegant, ganz anders als die kurzen, schweren Prügel, die die Hu-Barue ihr Eigen nannten. Bryn kam ein Gedanke, der ihm schon beim ersten Anblick der Krieger hätte kommen müssen.

Moment mal, warum lassen sie mich ihre Klingen sehen?

Entsetzt sah Bryn mit an, wie sich die beiden ihm drohend näherten. Er blieb stehen. Grenzenloser Hass stand ihnen ins Gesicht geschrieben. Zorn und Furcht rankten ihm entgegen. Verwirrt begann er, sich zurückzuziehen. Er suchte in ihren Gesichtern nach einem einzigen freundlichen Blick, tastete in ihrem Bewusstsein nach einem einzigen gutmütigen Gefühl. Es gab keines.

Telseara und Dordios!

Sie würden ihm doch nie im Leben etwas tun. Es sei denn, sie gaben ihm die Schuld für das, was geschehen war! Aber diese Vorstellung war lachhaft. Zum letzten Mal in dieser Nacht verfluchte Bryn sich für seine Dummheit. Er konnte nicht mehr richtig denken. Seine Verkleidung! Ein Lachen entrang sich seiner Lunge, ein Fauchen mehr. Das ließ die beiden stehen bleiben. Er warf die enge Kopfbedeckung ab und näherte sich ihnen jetzt mit ausgebreiteten Armen.

«Ich bin's», wollte er rufen, aber wieder gehorchte ihm sein Leib nicht, und er stieß nur ein Grunzen aus. «Ich bin's, Bryn!» Endlich gelang es ihm, die Worte hervorzuhusten. Sofort war alles anders.

Die Wiedervereinigung war bittersüß. Sie hatten einander lange nicht gesehen. Zugegeben, sie hatten ihn zweimal im Kloster der Apostel des Verstehens besucht, zusammen mit seinem Besuch in Quivelda ergab das durchschnittlich ein Treffen im Jahr. Aber diese Treffen waren kurz gewesen und unter anderen Umständen erfolgt. Sein Gesicht war verschmiert von Tränen, Schmutz und Blut, ihre Gesichter schienen im Mondlicht strahlend sauber zu leuchten. Nie zuvor war ihm der Anblick von Barue so willkommen gewesen, zumal dieser beiden.

Sie hielten sich nicht lange mit der Begrüßung auf. Bryn berichtete ihnen die schrecklichen Ereignisse des vorangegangenen Abends, und die Geschwister weihten ihn in ihren Plan ein.

«Wenn sie einmal darauf reingefallen sind, dann klappt es auch ein zweites Mal.» Bryn schwenkte geistesabwesend seine grausige Maske. «Wir sollten für den Fall der Fälle ein paar davon mitnehmen.»

Die beiden stimmten ihm zu und packten rasch noch ein

paar Verkleidungen von Mittni und seinen Freunden ein. Bryn, der ein Jahr älter als Telseara war und drei Jahre älter als Dordios, war automatisch die Rolle des Anführers zugefallen. Er hätte gern darauf verzichtet.

«Wir werden auch etwas zu essen brauchen», sagte Telseara. «Vielleicht stehen ja noch ein paar Häuser.»

Sie stimmten darin überein, dass es einen Versuch wert war. Wenig später kletterten sie durch ein Loch, das in der Palisade klaffte. Asche, Holzbalken und Steinscherben knirschten unter ihren Füßen. Manche Teile des Dorfes machten einen gespenstisch friedlichen Eindruck, als hätten sie sich bereits mit ihrem Schicksal abgefunden. Merkwürdigerweise fanden die Freunde zwar die sterblichen Überreste einiger weniger Barue, aber kein einziges Monster. Dabei wusste Bryn genau, dass einige erschlagen worden waren. Er erklärte sich diese Tatsache damit, dass die Monster … nun, von ihren Artgenossen gefressen, verbrannt oder begraben worden waren. Andere Teile Quiveldas waren qualmende Ruinen aus zerbrochenen Balken und eingestürzten Mauern. Hier drohten Glutherde jeden Moment erneut aufzuflammen. Die Furie des Feuers war weitergezogen, aber dieser ruhige Aasfresser hier nährte sich weiter von der Stadt, nagte ihre Knochen ab, die sein wütender Gevatter in seinem grenzenlosen Hunger übrig gelassen hatte. Mindestens die Hälfte des Dorfes stand in Flammen, aber im Moment waren die drei Barue verhältnismäßig sicher.

Telseara sah sich nervös um. «Wir müssen aufpassen, dass wir nicht eingeschlossen werden.» Sie wichen den Gefahrenstellen aus und fanden schließlich einen Teil von Quivelda, der vielversprechend wirkte. Hierher schien das Feuer nicht gekommen zu sein. Sie betraten jeder ein anderes Haus und kamen bald mit vollen Armen wieder ins Freie. Brot, Käse,

Fleisch, Flaschen mit Milch und Swigny. Sie verstauten die Lebensmittel in ihren Rucksäcken – Bryn hatte in dem Haus auch noch einen für sich gefunden – und wollten gerade weitergehen, als Telseara sich bückte und etwas aus dem zertrampelten Gras zog.

«Vrangis Brotbrett», flüsterte sie. Dordios trat von einem Bein aufs andere, so eilig hatte er es, ihr zerstörtes Dorf zu verlassen. Aber er spürte die Bedeutsamkeit des Moments und ließ seiner Schwester Zeit. «Ein wertloses Stück Holz.» Ihre Augen verengten sich. «Nur für ihn nicht. Sein Neffe hat es ihm sorgfältig aus einer Bodendiele geschnitten, als sie sein Haus renoviert haben. Es ist dreihundert Jahre alt, mindestens. Hat er mir erzählt.» Sie schluckte. «Das ganze Dorf, jedes Haus, ist voll solcher Gegenstände. Voll von Dingen, die eine lange Geschichte haben und ihren Besitzern sehr wichtig waren.» Sie ließ das Brett aus ihren Händen gleiten und wischte sich über die Augen. «Die Erinnerungsstücke von Generationen, in einer Nacht zerstört.» Sie schlug die Hände vors Gesicht und weinte still.

Dordios hob das Brett auf und packte es ein. «Es ist nur eines, ja. Aber wir setzen damit ein Zeichen. Und wie du gesagt hast: Onkel Vrangi ist es wichtig.» Er nahm sie beim Arm und führte sie von den Häusern weg. Bryn folgte ihnen und dachte daran, dass auch sein neuer Küchenanbau gerade das Opfer der Flammen wurde.

«Wenn diese Sachen und Erinnerungsstücke ihren Besitzern kostbar waren», begann der Brauer zögernd, «wenn sie irgendeinen Wert für sie haben, um wie viel wertvoller sind ihnen dann ihre Angehörigen!»

Telseara wand sich aus dem Griff ihres Bruders und wischte sich wütend die Tränen weg. Bryn spürte, dass sie beschämt war. Es gab keinen Grund dazu, aber er konnte es nachvollziehen. Auf einmal wirkte sie sehr entschlossen und ernst. «Gut gesagt. Und wir werden dafür sorgen, dass sie einander wiedersehen, selbst wenn wir nicht allen ihre Brotbretter wiedergeben können.» Sie beschleunigte ihre Schritte.

Bryn und Dordios mussten ihr im Laufschritt folgen. In ihren Rucksäcken schepperte es. Sie stiegen durch die Palisade und gingen außen herum zum Osttor, wo sämtliche Fußabdrücke vom Dorf fortwiesen. Sie hoben ihre Fackeln und sahen, dass die Spuren zum Wald führten. Offenbar hatte Bryn recht. Alles deutete darauf hin, dass die Barue zusammengetrieben und in den Trabatrawald verschleppt worden waren. In dem schwachen Licht waren nur die auf und ab wippenden Köpfe der drei Gefährten sichtbar, Bryns braun über seinem Monsteranzug, die von Telseara und Dordios rotblond über ihren Rüstungen.

Am Wald angekommen, ließen sie nur noch die kleine Blendlaterne an. Ihre Fackeln löschten die Gefährten, um nicht von denen entdeckt zu werden, auf deren Fährte sie sich setzten.

Der Wald lag still, aber die Spur, die die Monster hinterlassen hatten, war nicht schwer zu verfolgen. In dem ansonsten unberührten Gelände waren zerbrochene Zweige, flachgetretenes Gras und ein schlammiges Gemenge aus Huf- und Fußspuren kaum zu übersehen. Blut fand sich selten. Es sah aus, als seien die Barue ohne viel Gewalt gefangen genommen worden. Die drei hofften es jedenfalls.

Sie marschierten dahin, bis der Himmel in ein warmes Rosa getaucht war. Dordios wollte nicht haltmachen, und Telseara pflichtete ihm bei. Bryn trottete ihnen benommen nach und steuerte wenig zur Unterhaltung bei. Alle wollten sie ihre Freunde und ihre Familien um jeden Preis finden, also gönnten sie sich keine Ruhepausen und behielten ein flottes Tempo bei, bis Telseara verkündete, dass sie keinen Schritt mehr gehen konnte. Dordios ging es ebenso; er hatte nur darauf gewartet, dass seine Schwester aufgab, weil er keine Schwäche zeigen wollte. Auf den Wurzeln einer knorrigen Eiche ruhten sie sich aus. Nachdem sie sich auf der Jagd verausgabt und eine schlaflose Nacht hinter sich hatten, war das Weitergehen immer schwerer gefallen. Auch Bryn streckte dankbar alle viere von sich. Sie hatten Hunger und waren froh, Proviant eingesteckt zu haben.

Sie hatten schon öfter Nachtwanderungen gemacht, auf Jagdausflügen und «Abenteuern». Kein Vergleich zu dieser jetzt. Einmal waren Bryn, Mittni, Telseara und Dordios genau in diesen Wäldern auf eine Queste gegangen. Zwei Tage lang waren sie herumgestromert, bis ihnen dämmerte, dass hier keine Abenteuer zu erleben waren. Für Bryn war es eine weitere Bestätigung dafür gewesen, dass er seine Abenteuerlust auf dem Papier würde ausleben müssen. Wer wollte schon ständig Tiere jagen?

Ihre Gedanken schweiften ab. Was taten die Ungeheuer mit den Leuten von Quivelda? Wohin brachten sie sie? Bestimmt taten die Monster das alles nicht aus eigenem Antrieb. Irgendetwas steckte dahinter.

«Bryn, Telsea, was ist hier los? Es ist viele Jahre her, dass uns mal jemand angegriffen hat. In ganz Calaspia hat es kaum noch Ärger gegeben», durchbrach Dordios die Stille.

«Ich weiß es nicht», sagte Telseara prompt. «Es hat keinen Sinn, irgendwelche wilden Vermutungen anzustellen, es ist einfach zu verrückt. Wir sollten uns erst einmal darauf konzentrieren, unsere Freunde zu befreien … was auch bedeutet, ein bisschen Schlaf zu bekommen. Wir müssen morgen wieder bei Kräften sein.»

«Telsea, es *ist* morgen!»

Sie grunzte über den schlechten Witz ihres Bruders und rückte ihren Rucksack zurecht, den sie als Kopfkissen benutzte.

Keinem war nach Reden zumute, also ließen sie es bleiben. Sie hatten die Augen kaum geschlossen, da schliefen sie ein. Neben vielen anderen Dingen führten sie auch Decken mit sich. Eine Matratze aus Blättern sowie ihre Kleider und Rüstteile boten ihnen für den Rest der Nacht und den Vormittag ausreichend Schutz.

Die Sonne stand bereits hoch am Himmel, als die drei erwachten. Es war ein heller, kalter Tag. Lange hatten sie nicht geschlafen, aber sie waren erfrischt. Sie folgten weiter der Fährte. Der Wald war ihnen vertraut, aber die Barue wussten nicht, wohin es ging, und so voller Sorgen waren sie noch nie durch ihn gehetzt. Er machte einen geradezu unheimlich stillen Eindruck. Die Bäume hielten Wind und Wetter ab, sie ließen nur die Kälte durch, und ab und zu fiel ein Zweig oder ein Blatt von oben herab. Selbst die Vögel, die nicht fortgezogen waren, schienen verängstigt. Ihr gelegentliches nervöses Zwitschern sorgte bei den Gefährten für angespannte Nerven.

Einmal verloren sie die Spuren eine Zeitlang aus den Augen – der Boden war so steinig und trocken, als hätte jemand Erde und Blätter weggefegt; sie waren erstaunt, dass hier überhaupt Bäume wuchsen. Aber bald fand Dordios ein paar einzelne Monsterfußspuren, wo die Bodendecke wieder dicker wurde. Er hob sein Visier und untersuchte sie.

«Kommt, hier entlang!», rief er seiner Schwester und Bryn zu. «Das Monster scheint etwas zu tragen … einen Barue wahrscheinlich … er oder sie wurde fallen gelassen oder ist entkommen und jedenfalls hier gelandet!»

Die Stimme des abenteuerlustigen Barue bebte vor Aufregung. Er nahm seinen Helm ganz ab, ging auf die Knie und krabbelte weiter.

«Ja, hier ist es hochgeklettert und losgerannt! Seht ihr die Kratzspuren von schweren Klauen?» Er zeigte auf einige Risse im festen Waldboden. «Es hat die Verfolgung aufgenommen.»

Bryn war sich darüber im Klaren, dass Dordios die Geschichte ausschmückte, aber im Wesentlichen schien sie zu stimmen. Sie einigten sich darauf, diesen Spuren noch ein bisschen zu folgen. Schließlich seufzte Dordios und zeigte auf eine Stelle, an der der Boden offensichtlich besonders zertrampelt war. Diesmal brauchte er es ihnen nicht zu erklären.

Telseara machte ein finsteres Gesicht. «Unser wackerer Freund wurde wieder eingefangen. Der Jäger ist mit seiner Beute zu den anderen zurückgekehrt. Richtig?»

Dordios nickte. «Aber zumindest wissen wir jetzt, dass ihnen auch einmal ein Fehler unterläuft …» Ein entschlossenes Glitzern war in seinen Augen zu sehen. «Ja … die sind zu *schlagen*, die Scheusale!»

Augenblicke später sah Bryn im Unterholz einen kleinen Leib. Schlief da jemand? Sein Herz klopfte. Er wollte schon rufen, doch die Worte blieben ihm in der Kehle stecken. Jemand, der schlief, hatte nicht so grotesk verdrehte Gliedmaßen. Und er hing auch nicht schlaff zwischen den Ästen, während sich unter ihm Blut sammelte. Das war nur bei Toten so.

Am Rande nahm er wahr, dass Telseara sich ihm anschloss. Dann Dordios. Der Barue, der dort hing, war alt, grauhaarig und gebrechlich. Er hatte wahrscheinlich mit den anderen nicht mithalten können. Niemand sagte etwas. Die Trauer und das Entsetzen waren mit Worten nicht auszudrücken. Hinter den Kratzern, Blutergüssen und Schmutzflecken, die sein Gesicht verunstalteten, war gerade noch zu erkennen, um wen es sich handelte. Es war Vrangi, der geachtete, freundliche Alte, der ein wichtiges Mitglied des Ältestenrats von Quivelda gewesen war. Der Anblick machte ihnen ebenso viel Angst wie Wut. Sie gingen auf die Knie und hoben mit ihren Schwertern eine flache Grube aus. Dabei dachten sie an die vielen glücklichen Jahre mit dem Alten zurück. Liebevolle Erinnerungen an Momente, die sie nie richtig zu schätzen gewusst hatten, schimmerten jetzt einzeln und bedrückend auf. Mondnächte, in denen sie sich ums Feuer gedrängt, Siftex' Schrammeln gelauscht und in behaglicher Wärme gegessen hatten. Frühmorgendliche Unterrichtsstunden, während die anderen Kinder gespielt oder auf dem Feld gearbeitet hatten. Vrangis ernste Zurechtweisungen, wenn sie etwas angestellt hatten – diese Erinnerung war die schmerzlichste. Nichts davon würde es je wieder geben. Jeder Klumpen Erde war ein anderes Erlebnis mit Vrangi, das von ihnen genommen und dem Vergessen anheimgegeben wurde. Jeder Hieb mit dem Schwert ging mitten ins Herz. Jede Wurzel, die sie zerschnitten, war ein durchtrenntes Band, das nie wieder zusammenwachsen würde. Untröstliche Sehnsucht ergriff sie. Die heftige innere Pein wich einem dumpfen Schmerz, der ihnen die Kehle zuschnürte. Wie viele andere würden sie niemals wiedersehen? Wie viele würden sie nicht einmal begraben können? Ihre Trauer galt allen, die sie vielleicht verloren hatten, dem ganzen Dorf. Wer konnte wissen, wie viele gestorben waren? Sie hofften, dass ihre engsten Freunde nicht darunter waren. Vrangi war der erste Barue aus Quivelda, den sie gesehen hatten, seit sie zu ihrer Mission aufgebrochen waren, und so verkörperte er alle Opfer des Stammes.

Telseara holte Vrangis Brotbrett hervor und gab es Bryn, der die folgende Grabinschrift hineinschnitt:

Hir rut Vrangi
Freunt und Anfürer,
der starp um nich noch
mer zu leiden
Rue in Friden

Die wenigen Barue, die lesen und schreiben konnten, schrieben zumeist phonetisch. Bryn fand es angemessen, diese Tradition beizubehalten. Irgendwie schaffte er es, sich trotz seiner zitternden Finger nicht zu schneiden. Dordios behielt sein Schwert blankgezogen und starrte böse funkelnd in die heranrückende Dämmerung, während Telseara ernst ins Leere schaute. Es half nicht gerade gegen Bryns Händezittern. Sie stießen das Brotbrett fest in die weiche Erde am Grab und schmückten die Stelle mit einem Steinmuster. Telseara weigerte sich, auch nur eine Träne zu vergießen, aber Bryn ließ den seinen freien Lauf.

Vrangi lebte in ihrer Erinnerung weiter, wo ihm niemand mehr weh tun konnte.

Die Dämmerung senkte sich rasch herab und wurde tiefer in gedämpften Farben. Die Kreaturen waren offensichtlich in einem gleichmäßigen, nie nachlassenden Tempo marschiert, denn die Stunden verstrichen ereignislos, ohne dass sich an der Fährte Wesentliches änderte. Wenn die Freunde hungrig waren, machten sie halt, um das Benötigte auszupacken, dann gingen sie kauend weiter, um keine Zeit zu vergeuden.

Sie marschierten in dumpfem Schweigen dahin. Mit der Dunkelheit kam eine Art Frieden. Die Zeit hatte keine Bedeutung. Das Leben auch nicht. Nur eines noch: die anderen zu finden. Bryn hatte keine Ahnung, was er tun würde, wenn sie zu spät kamen.

Zu erschöpft zum Weitergehen und erschüttert von Vrangis Tod, schlugen die Freunde schließlich ihr Nachtlager auf. Nach wenigen Stunden erwachten sie bereits wieder. Am Horizont war ein Hauch von Morgenlicht zu erahnen. Es war jetzt sehr kalt, sodass sie schneller gingen, um warm zu bleiben. Es hätte die üblichen Anzeichen von Leben im Wald geben müssen, doch sie sahen nichts als die Spur der Verheerung, die die Monster hinterlassen hatten – zerfetztes Buschwerk, Klauenabdrücke, Tierkadaver. Am schlimmsten jedoch war die tödliche Stille. Nichts raschelte, nichts rief oder sang.

Als der Wald lichter wurde, bekamen sie sie endlich zu sehen: Diejenigen, die sie verfolgt hatten, lagerten gleich unterhalb des Berges, auf dem sie standen. Es waren zahlreiche Zelte und mehrere Feuerstellen.

«Legen wir etwas von dem Rüstzeug und den Schätzen ab», flüsterte Telseara. «Dann entdecken sie uns nicht so leicht.»

«Einverstanden. Die Sonne geht dort drüben auf.» Dordios zeigte nach vorn, über das Lager des Feindes hinweg. «Also werden wir sehr aufpassen müssen, dass sie sich nicht auf unserem Zeug spiegelt.»

Es war nur gut, dass sie so früh aufgebrochen waren, denn die Monster fingen offensichtlich gerade damit an, die Zelte abzubrechen.

Erst Minuten später begriff Bryn, dass die winzigen Gestalten dort unten gar nichts auseinandernahmen und für den Marsch zusammenpackten. Im Gegenteil: Sie waren dabei, ihr Lager zu befestigen.

«Die wollen anscheinend bleiben.»

✦ 4. KAPITEL ✦

Der Verrückte

Währenddessen kam im Südosten Calaspias ein Zwerg in die Grenzstadt Tyr Baldor gestürzt und verkündete, dass Monster über sie kommen würden. Er hatte einen viele Meilen langen Marsch hinter sich, mitten durch das Ödland namens … nun, eigentlich hatte sich noch niemand die Mühe gemacht, ihm einen Namen zu geben. Das ging auch gar nicht. Weil sich die Landschaft fortwährend verschob und veränderte. Darum wurde sie üblicherweise *das Ödland* genannt oder *das Unbenennbare Land*. In der einen Hand eine Riesenaxt, in der anderen den abgeschlagenen Kopf irgendeiner dämonischen Kreatur, war der Zwerg für die Bewohner von Tyr Baldor ein grausiger Anblick.

«Chaos und Wahnsinn kommen über uns!», verkündete er und schüttelte den Kopf so wild vor den Neugierigen, dass sie zurückwichen. «Wir müssen uns auf die Schlacht vorbereiten. Jeder, der zögert, wird bei dem uns drohenden Großangriff umkommen. Alle, die stehen können, ob jung, ob alt, müssen dem Ruf zu den Waffen folgen. Wenn wir nicht schnell handeln, droht uns Vernichtung! Warum steht ihr Narren da und starrt mich an, als wäre ich verrückt?»

Mit diesen Worten hatte er den Nagel auf den Kopf getroffen. Die Leute hielten ihn für verrückt, und das mit gutem Grund. Unter seinen aufgerissenen Augen hingen gewaltige Tränensäcke, dem Mangel an Schlaf geschuldet; er hatte seit vier Tagen kein Auge zugemacht, und der Gestank nach Schweiß und Blut, den er ausströmte, raubte einem den Atem. Wer ihn sah, rannte davon oder lachte hinter seinem Rücken. Die Kinder wurden angewiesen, sich von ihm fernzuhalten, weil er den Verstand verloren habe … ein Verrückter aus dem Ödland. Als er sich der Stadtmitte näherte, marschierte ihm ein Wachtrupp entgegen.

«Hör auf, die Bürger zu beunruhigen, und verlasse diesen Ort», befahl der Anführer. «Anderenfalls werden wir dich hinauswerfen.» Ein prächtiger Federbusch in Braun, der Farbe des numeniischen Königreiches Nomidien, zierte seinen Helm. Die Soldaten machten durchaus einen wackeren Eindruck, doch als sie mit der gigantischen Axt konfrontiert wurden, ließen sie ihn seiner Wege gehen. Gegen Abend hofften die Leute von Tyr Baldor, dass vielleicht wieder Frieden einkehrte, aber er hielt sie mit seinem Gebrüll vom Schlafen ab. Er hatte für ein so kleines Wesen eine erstaunlich laute Stimme.

Galar war sich der Verantwortung bewusst, die ihm gegen seinen Willen aufgebürdet worden war. Er musste sofort den Imperator warnen. Nekromantie, blutrünstige Drachen oder auch gute Drachen und ihre angeblichen «Reiter», «Horte der Kraft», Usurpatoren und schreckliche Tyrannen, solche Dinge waren allen Nationen vertraut. Zahlreiche Bücher berichteten davon, zahllose Barden erzählten von ihnen am Feuer. Aber das hier hatte mit den üblichen Heldenreisen, die auch er in nicht geringer Zahl unternommen hatte, nichts zu tun.

Was er vor wenigen Tagen gesehen hatte, war schreckenerregend. Wenn er zu spät kam, konnte niemand sagen, was die Zukunft für Calaspia bereithielt. Es ging nicht nur um Monster, sondern auch um das, wofür sie standen. Wenn es stimmte, was er mit eigenen Augen gesehen hatte, dann waren die Folgen verheerend. Mehr noch – es konnte der Anfang vom Ende einer Saga sein, die die Geschichte aller Völker und aller Zeiten umfasste. Helden und Bürgerliche, das Gute und das Böse an sich, die Rechtfertigung grausamer Handlungen, alles war mit dieser Saga verwoben … Das Seltsame war, dass sie auf den wenigen auserwählten Seelen beruhte, die als verflucht oder verrückt galten.

Eine Geschichte, die der breiten Masse verborgen blieb und sie doch über die Zeitalter unauffällig beeinflusste. Sorgsam verborgen, aus einer Vielzahl von Motiven bestehend, über Jahrtausende hinwegreichend. Wurde der große Bogen einmal sichtbar, verwarf man ihn ungläubig. Die Bedrohung tauchte selten in einer solchen Weise auf, dass man sie sehen, geschweige denn angreifen konnte, aber wenn sie ihr Haupt hob, kämpften die wenigen Getreuen wacker für Calaspia. Sie mussten sowohl rasch als auch weise handeln, wo doch sowohl die Weisen als auch die Schnellen sie verlassen zu haben schienen.

Die Herrscher wussten – wenngleich sie gern das Gegenteil dachten – von dem kosmischen Drama nichts; die Weisen, selbst die Gelehrten von Itrim, waren in dieser Angelegenheit unwissend. So verhielt es sich mit der Geschichte des Wahnsinns.

Zwar gingen Galar solche Gedanken durch den Kopf, aber er bildete sich nicht ein, mehr als nur ein Bruchstück der Geschichte zu kennen. Dieses eine Bruchstück genügte jedoch; er wusste, was seine Pflicht war, und seine Rolle bewegte ihn. Irgendwie, durch Zufall oder göttlichen Willen, hatte der

Zwerg seinen Teil zu der Geschichte beizutragen. Es war eine Ehre, eine Herausforderung. Eine Herausforderung, die nicht darin bestand, sich selbst etwas zu beweisen – das hatte er längst getan, und zwar zur Genüge, wenn man den Berichten glaubte –, sondern eine Herausforderung zu gewinnen. Die Ehre an sich war nichts, hier ging es ums Gewinnen oder Verlieren.

Ein Krächzen kam über Galars Lippen. Es war eigentlich ein Lachen. Wenn die Geschichte tatsächlich ein Ende nahm, würde niemand seinen Sieg oder seine Niederlage feiern. Wenn er von seinen Erfahrungen ausging, würden wahrscheinlich weder Aufzeichnungen noch Überlieferung wissen, ob er dazu beigetragen hatte. Die Leute erinnerten sich aus den völlig falschen Gründen an ihn. Er war dafür bekannt, Monster zu töten – ja und? Nurgor waren noch die harmlosesten gewesen. Aber der Mann auf der Straße begriff nicht, dass es gar nicht darum ging, böse Scheusale zu töten – beziehungsweise Wesen, die durch das Böse, das sie beherrschte, zu Scheusalen geworden waren. Töten war nur ein Mittel, mit dem sich größere Vernichtung als die der wertlosen Leben von Geschöpfen wie den Nurgor verhindern ließ. Die Zivilisation als solche stand auf dem Spiel.

Doch diese Tatsache war an die hiesigen Schwachköpfe wohl verschwendet. Galar bahnte sich seinen Weg in die Oberschichtsviertel von Tyr Baldor. Da er so lange ohne Pause und Nahrung gewandert war, brauchte er jemanden, der ihm helfen würde, ohne daran etwas verdienen zu wollen. Nachdem er mehrmals falsch abgebogen war und einen Umweg eingeschlagen hatte, erreichte er sein Ziel. Den Messingklopfer ignorierte der Zwerg, sondern ließ seine schwere Faust immer wieder gegen die massive Tür donnern. Ein befriedigendes Dröhnen ertönte. *Sir Humphrey Aelic* stand auf einem

Messingschild neben dem Klopfer. Galar hörte Schritte, doch noch zog er die Hand nicht von der Tür zurück. Der Diener war, um es milde auszudrücken, nicht sonderlich von Galars Anblick erfreut und fragte ihn, was er wolle. Dann erblickte der Mann den monströsen Kopf und zuckte zurück. Ohne auf das verdutzte Gesicht des gutgekleideten Dieners zu achten, setzte Galar seine Nahrungssuche fort.

«Richte Jethro aus, dass ich hier bin und Hunger habe.» Mehr sagte der Zwerg nicht, dann stapfte er durch den Vorbau zum Speisesaal. Der Diener versuchte, ihn aufzuhalten, aber Galar war nicht in der Stimmung für Auseinandersetzungen und schob ihn einfach beiseite. Diesmal bog er nirgendwo falsch ab, seine Nase leitete ihn präzise ans Ziel. Der Saal war groß und prächtig und so gut möbliert, wie es sich für die Behausung eines numeniischen Offiziellen gehörte. An den Wänden hingen verschiedene Waffen und Rüstungsteile, und zwei gekreuzte Hellebarden schmückten die Wand über dem Kamin und wiesen mit Stolz darauf hin, dass der Besitzer etwas vom Kriegshandwerk verstand. In einer Ecke hielt eine vollständige Rüstung Wache. Galar ließ sich auf einen Stuhl an der hochherrschaftlichen Tafel fallen und fühlte eine merkwürdige Befriedigung. Bald würde Jethro bei ihm sein und von den alten Zeiten erzählen, während Galar sich vollstopfte. Er hoffte nur, dass der Mann sich nicht auf irgendeinem Feldzug befand wie er selbst so oft.

Galar war dankbar, am Leben zu sein. Er hatte es schon so weit geschafft, von jetzt an würde es einfacher sein. Brot und Honig – das war Jethros Spezialität. Schon allein der Gedanke versetzte den halbverhungerten Veteranen in den Himmel. «Brot … Honig …», krächzte er. Dann wieder: «Brot und Honig …» Er saß da, zu erschöpft, um noch irgendetwas anderes zu tun, und ihm fielen manchmal die Augen zu. Dann sprudelten Worte über seine ausgetrockneten Lippen wie Wasser, und schon bald verfiel er in einen Singsang.

«Brot und Honig … Brot … und Honig … Brot …»

«Tawny … Hallo, mein Freund!», dröhnte eine freundliche, ältere Stimme von der Tür.

Auf einmal konnte der Zwerg kaum noch sehen. Er bekam undeutlich mit, wie Jethro den Diener entließ und zu ihm eilte. Er fühlte, wie ihm etwas Festes, Rundes in die Hand gedrückt wurde.

«Iss, mein Freund, iss. Brot und Honig wirst du schon noch bekommen.» Galar hob das Ding an die Lippen und nahm einen Riesenbissen davon. *Apfel*, dachte er und verschluckte den Bissen, ohne auch nur zu kauen. Er verspeiste die Frucht in erschreckender Kürze, samt Kerngehäuse. Ein Krug wurde ihm in die zitternden Hände gegeben, und er nahm einen Schluck. Irgendetwas Hochprozentiges rann ihm die Kehle in den leeren Magen hinab, und Wärme breitete sich in seinen steifen Gliedern aus. Bald kamen Brot und Honig, gefolgt von Fleisch und Gemüse, was ihn bald mehr interessierte.

«Nun erzähl mir, wie du dich in einen solchen Zustand gebracht hast», sagte der Mann namens Jethro mit sorgenvollem Gesicht. «Bist wohl wieder auf dem Land herumzigeunert und hast nach Ärger gesucht, hm?»

Galar nickte. «Nur, dass diesmal der Ärger nach mir gesucht hat», sagte er, den Mund voller Truthahn. Jethro hielt sonst nichts von Leuten, die mit vollem Mund sprachen. Der Gastgeber strich sich gedankenverloren mit einer Hand durch sein graumeliertes Haar.

«Ärger in welcher Form?»

Galar grunzte. «Nurgor … massenweise Nurgor … und Schlimmeres, aber das erzähle ich dir später. Überwiegend das Übliche.»

«Für manche vielleicht! Wie ich mich nach den Zeiten zurücksehne, als ich selbst auf einem Ross gesessen habe. Jetzt reite ich nur noch den Amtsschimmel, und meine Kampfgefährten sind Schreiber, ständig darauf aus, eine Gehaltserhöhung zu bekommen. Du bleibst doch über Nacht, oder?»

Ein Nicken beantwortete diese Frage, da der Mund des Zwerges zu voll zum Sprechen war.

Sobald Galar gesättigt war, legte er sich auf das Sofa und schlief. Am Morgen hatten die beiden Freunde nicht viel Zeit zum Reden, denn Galar wollte wieder aufbrechen. Aber er genoss die kurze Zeit durchaus, und was noch viel wichtiger war, er konnte Proviant mitnehmen.

«Nach Armaah also, in die Hauptstadt … Wie es der Zufall so will, muss ich selbst rasch dorthin. Willst du nicht lieber noch einen Tag warten und mich morgen dorthin begleiten? In einer Kutsche, versteht sich. Auch mein Hinterteil ist nicht mehr so hart, wie es einmal war, alter Junge.» Der Mann schlug Galar auf die Schulter und lachte gutmütig.

«Danke, nein», sagte Galar. «Ich darf keinen weiteren Tag warten. Du weißt, wie dringend das ist.»

Jethro rieb sich das unrasierte Kinn. «Aber sicher doch, mein Lieber, sicher doch. Und sobald ich hier fertig bin, werde ich zu dir stoßen. Dann reisen wir gemeinsam weiter. Unglücklicherweise verlangen dringende Angelegenheiten hier meine Gegenwart. Sie betreffen … das *Innere* des Imperiums, nicht das Äußere.» Seine Stirn verdüsterte sich.

«Ich verstehe», sagte Galar. «Manchmal kann das wichtiger sein. Besser, einem Feind geschlossen entgegenzutreten, als den Gaunern in den eigenen Reihen zum Opfer zu fallen. Möge das Glück auf unserer Seite sein.»

Jethro lächelte warm. «Bis jetzt war es das, und warum

sollte es diesmal anders sein? Ich werde bald zu dir stoßen, und dann bringen wir diese Neuigkeiten vor den Imperator, den Rat und so weiter.»

«Aye, wir sehen uns. Wenn ich dann noch lebe. Wenn nicht, liegt die Angelegenheit in deinen Händen.»

«Komm schon, Tawny, alter Junge. Es ist doch nur ein Tag! Du bist jetzt wieder in Freundesland, das muss doch etwas zählen. Du bist gut mit Proviant versorgt, also wirst du nicht verhungern!»

Galar drückte dankbar den Beutel mit Lebensmitteln. «So wird es sein. Aber, wie du selbst gesagt hast, das Imperium ist nicht mehr das, was es einmal war.»

Die Bürger von Tyr Baldor waren sehr erleichtert, als der Zwerg ihnen verkündete, dass er sie nun verlassen müsse, um den Rest des Numenii-Imperiums und Calaspias zu alarmieren. Kurz vor dem Stadttor drehte er sich jedoch noch einmal um und rief so laut, dass es jeder hören konnte: «Ich habe euch gewarnt!»

Die Leute lachten wieder und spuckten aus ihren Fenstern nach ihm. Sie ahnten nicht, dass Tyr Baldor als Erstes fallen würde.

✦ ✦ ✦

Es war drei Stunden nach der Abendglocke. «Lichter aus!», war in der Stadt Garp-Troplion ausgerufen worden. Regen tröpfelte sanft auf die Ziegeldächer der Numenii-Häuser. Alles war ruhig und friedlich. Plötzlich erwachte die Stadt vom Lärm der großen Alarmglocken.

Dong, dong. Die Leute sprangen auf, schlüpften in Morgenmäntel und Pantoffeln.

Wie ärgerlich, dass es ausgerechnet bei Regen zu einem Notfall kommen muss, dachten sie. *Und dann noch um diese Uhrzeit! Notfälle wissen einfach nicht, was sich gehört.*

Binnen zehn Minuten hatten alle ihre Häuser verlassen und sich auf dem Stadtplatz versammelt, wo sie auf Anweisungen warteten. Aber sie warteten vergeblich. Die Anweisungen kamen nicht. Sämtliche Wachen trugen Rüstungen und waren bewaffnet. Die Bürger hielten den Atem an, dann begannen sie aufgeregt miteinander zu flüstern. Zu guter Letzt erschien der Bürgermeister. Er trug eine Pudelmütze und sah sehr verschlafen aus.

«Was ist denn los, im Namen des Unbenennbaren Landes?» Wenn Sir Leafy das sagte, wussten die Leute, dass er nicht sonderlich zufrieden war.

Was, der Bürgermeister hatte gar nicht zur Notversammlung gerufen? Die Bürger waren verblüfft.

Niemand wusste sich einen Reim darauf zu machen. Wer hatte denn dann die Glocken geläutet? Die Antwort folgte sogleich. Sie kam vom Glockenturm. Eine Gestalt kletterte im Dunklen ohne irgendwelche Hilfsmittel die Mauern des Turms hinab. Auf ihrem Rücken war eine schwere Axt festgebunden. Für die Bürger von Garp-Troplion war das ein alarmierender Anblick. Die Gespräche verstummten. Alle Blicke waren auf den Zwerg gerichtet. Schließlich hatte er es nach unten geschafft und sprang mit einem schweren *Rumms* zu Boden. Dann bahnte er sich einen Weg in die Mitte der Menschenmenge. Die Leute machten ihm, ob nun aus Höflichkeit oder aus Neugierde, eilends Platz. Bald war er von Bürgern umzingelt, die sehen wollten, was er als Nächstes tun würde.

Nach einer wirkungsvollen Pause setzte er zu einer Rede an. «Vergeudet nicht eure Zeit, meine Waffenbrüder: Bereitet euch vor auf den Kampf, der bevorsteht! Ich war im Ödland jenseits von Tyr Baldor unterwegs, als ich Zeuge der Wiederkehr des Bösen wurde. Sie sind da draußen, meine Freunde. Warten auf den richtigen Moment, um zuzuschlagen. Wenn wir nicht schleunigst handeln, sind sie uns gegenüber sehr im Vorteil.»

Er holte Luft und nahm einen Schluck aus einem Fläschchen. Dann sah er sich um und wollte gerade weiterreden, da unterbrach ihn der Bürgermeister.

«Entschuldige mich, Zwerg. Was glaubst du eigentlich, was du da tust? Du wagst es, die gesamte Stadt mitten in der Nacht aus den Federn zu holen, mit den Glocken, die nur im Notfall geläutet werden dürfen? Und was soll dieses Gerede, der Wahnsinn kehre wieder? Dummes Zeug! Das hat der Krieg um das Tor doch verhindert! Oder hat man dir das nicht beigebracht? Wahnsinn, also wirklich! Unmöglich! Oder seht ihr das anders, Bürger?»

Zustimmendes Murmeln erhob sich ringsum.

«In meiner Hand, hier, ist der Beweis! Glaubt mir, ich erkenne den Feind, wenn ich ihn sehe.» Der Zwerg hob die linke Hand, in der er irgendeinen grässlichen Monsterkopf bei den Haaren hielt.

Jemand schrie auf. Die vordersten Bürger wichen zurück. Manche ächzten vor Ekel, andere, weil sie es erkannten.

«Sehet, ich bin Galar Sturlison aus Ged-Ruak!»

Auf diese Worte folgte ringsum Flüstern und Murmeln. Der ehrwürdige Eidgenosse? Aber der Bürgermeister zog misstrauisch eine Braue hoch und kniff die Augen zusammen.

«Wenn das so ist, Sturlison, dann hat der Kopf dieses – dieses *Dings* … bei dir zu Hause im Regal gelegen und stammt noch aus dem Krieg! Die meisten hier wissen, dass du einst ein mächtiger Krieger warst und unbenennbare *Dinge* erschlagen hast. Ich denke mir auch, viele hier werden wissen, dass du unter Verfolgungswahn leidest. Du sorgst gern ein bisschen für Wirbel, wenn es dir zu langweilig wird … Das macht dir sogar richtig Spaß, nicht wahr? Nun, ich finde das überhaupt nicht spaßig! Ich warne dich, Galar Sturlison aus Ged-Ruak. Wenn du versuchst, meine Bürgerschaft in Aufregung zu versetzen, dann werde ich sehr, sehr ungemütlich! Nur weil das Imperium gerade keine Kriege führt, meinst du wohl, kannst du selber eine kleine Schlacht vom Zaun brechen. Ich durchschaue solche Unruhestifter wie dich!» Der Bürgermeister legte Verachtung in seine letzten Worte.

«Ach, *Droch*! Nun halt schon den Mund, du Riesenrindvieh.» Galar wandte sich gelassen an die Versammlung. «Wenn ich sage, dass der Feind zurück ist, dann ist das so. Ende der Diskussion. UND ICH SCHERZE NICHT!»

Nach diesem Ausruf Galars schwieg die Menge. Der Zwerg starrte in die müden Gesichter. Schließlich hatte er genug von der Ungläubigkeit, die er vor sich sah.

«Na schön, ich muss noch in die Hauptstadt und habe es ein bisschen eilig, wenn ihr also bitte zur Seite treten würdet. Und Ihr, Sir Leafy, denkt daran», sagte er und richtete anklagend einen Finger auf den Bürgermeister. «Ihr anderen dürft es ruhig auch hören. Wenn das Tor aus seinen Angeln gerissen wird und diese Stadt dem Feind in die Hände fällt, dann werde *ich* ganz bestimmt nicht zu eurer Rettung herbeieilen!»

Damit wandte er sich ab und stürmte in Richtung Hauptstadt davon.

Tiefer im Imperiumsinneren, im Nordwesten von Nomidien, waren die Straßen mit breiten, glatten Steinen gepflastert, und Siedlungen klebten darauf wie die schwarze Blattlaus auf dem Geißblatt. Galars nächster Halt war eine kleine Agrarstadt. Vielleicht lag es daran, dass er mit mehr Respekt behandelt wurde. Seine Rede dauerte nicht lange, denn hier glaubte man ihm jedes Wort.

Hm, kein sonderlich helles Völkchen, wenn sie mir alles einfach so abnehmen, dachte Galar. *Aber besser so als gar nicht.*

Ihr Sprecher lächelte und schob ihn aus der Stadt. «Du musst nach Armaah, so schnell du kannst, Zwerg! Lass dich nicht aufhalten. Wir wünschen dir alles erdenkliche Glück in diesen schwierigen Zeiten. Ich hoffe, der Imperator glaubt dir.»

Galar stapfte mit einer Mischung aus Befriedigung und Enttäuschung weiter. Er mochte es nicht, wenn man ihn mit «Zwerg» ansprach. Andererseits schienen sie ihm geglaubt zu haben. Aber wenn das so war, warum hatten sie dann nicht größere Angst gezeigt? Nun, es war jedenfalls eine willkommene Abwechslung zu Tyr Baldor und Garp-Troplion.

Wenige Schritte jenseits der Stadtmauer blieb er stehen und wandte sich um.

«Von euch hat nicht zufällig jemand ein Gefährt übrig?», fragte er hoffnungsvoll. «Vielleicht eine alte Kutsche oder so? Ihr bekommt sie zurück, mein Wort darauf.»

Er versuchte, freundlich zu lächeln und zu zwinkern. Es fühlte sich merkwürdig an; das letzte Mal war schon so lange her.

Dies waren bis jetzt seine vielversprechendsten Zuhörer gewesen … aber nein. Er hatte es auch nicht ernsthaft geglaubt. Nun, egal. Er reiste ohnehin nicht gern mit dem Pferd.

✦ ✦ ✦

Nachdem er schon viele Meilen nach Norden gewandert war und ihn nur die Sonne und seine Kenntnis des Landes geleitet hatten, hoffte Galar Sturlison, die nächste Stadt bei

Anbruch der Nacht zu erreichen. Dieser Teil von Nomidien war unwirtlich und trocken, wie das Unbenennbare Land, nur gesünder. Der erste Schritt seiner Reise aus der Wüste hinaus war der schlimmste gewesen. Er war kaum einmal auf Wasser gestoßen, und wenn doch, dann zumeist auf verseuchtes. Kurz vor Tyr Baldor hatte er kleine Tiere fangen können, aber sie hatten seinen schrecklichen Hunger nie gestillt. Zum Glück hatte ihm Jethro genug zu trinken und zu essen mitgegeben; anderenfalls wäre er nie so weit gekommen. Nach einem Schluck Wasser und einer Rast konnte er seine Wanderung schneller und kraftvoller fortsetzen.

Es war noch früh am Tag, die Sonne hatte erst die Hälfte ihrer unaufhaltsamen Reise zum Mittelpunkt des Himmels hinter sich. Und doch war dem Zwerg kalt, was ihm Sorgen bereitete. Es war zwar Schneezeit, doch das Frösteln schien weniger von der Temperatur als von einem frostigen, bedrohlichen Wesen hinter ihm herzurühren. Das Klima des südlichen Nomidien war angenehm, auch wenn seine Nachbarländer von Schnee und Frost geplagt wurden. Und Zwergen machte Kälte ohnehin nicht viel aus. Galar beschleunigte seine Schritte und eilte weiter, warf ab und zu einen Blick über die Schulter nach hinten, um festzustellen, ob er verfolgt wurde.

Beklommenheit war kein vertrautes Gefühl für ihn. Am besten nichts dem Zufall überlassen. Irgendetwas *war* an diesem Gefühl einer Präsenz. Galar ertappte sich dabei, Sehnsucht nach Jethros Gesellschaft zu haben – je schneller der ihn einholte, desto besser. Vielleicht hätte er doch auf Jethro warten sollen.

Als er auf einer Bergkuppe angelangt war, blieb Galar stehen und zog die Axt aus ihrem Rückenholster. Er hatte ganz bestimmt etwas hinter sich gehört, etwas wie das lange, leise

Ausatmen einer riesigen Kreatur. Er fuhr herum. Nichts. Zum ersten Mal, seit er die Nurgor abgehängt hatte, bedauerte Galar, seine Brille nicht dabeizuhaben. Er sah sich blinzelnd um, aber er konnte nichts Ungewöhnliches feststellen. Das Atmen hatte auch weit dichter geklungen als alles, was er jetzt sehen konnte, und so kurzsichtig war er ja nun auch nicht. Vielleicht war es ja reine Einbildung? Oder der Wind? Doch da war es wieder, noch näher als vorhin. Ein Rauschen in seinen Ohren …

Plötzlich traf ihn ein Windstoß, viel härter als Luft, in den Bauch. Er klappte zusammen und stolperte rückwärts. Das Rauschen steigerte sich zu einem unerträglichen Crescendo. Der Wind wirbelte um ihn herum, riss eine Staubwolke empor, die die ganze Bergkuppe umhüllte, auf der er stand. Langsam verdichtete die Wolke sich zu einem riesigen Wesen. Galar wich noch ein paar Schritte zurück. Er bekam inzwischen wieder Luft und hatte sich von dem Schlag erholt, als diese Ausgeburt des Bösen erneut angriff. Der Zwerg warf seine grausige Trophäe beiseite. Er konnte hoffen, sich in Kürze eine weit bessere für seine Sammlung verdient zu haben. Galar verteidigte sich, so gut er konnte, doch dann packten ihn zwei dämonische Arme, und er verlor den Boden unter den Füßen. Seine Axt biss sich durch Schuppen und muskulöses Fleisch und nahm einen ordentlichen Schluck dickes, schwarzes Blut, doch das Untier raste weiter in den Himmel hinauf. Weite, hornige, geschuppte Schwingen schlugen wild und trugen die beiden Kämpfer nach Nordwesten davon.

✦ ✦ ✦

Als der Zwerg schließlich das Bewusstsein wiedererlangte, überzeugte ihn der sengende Schmerz davon, dass er noch lebte. Wer konnte sagen, wie lange er schon so unterwegs war: schlaff in den Klauen des Monsters hängend, dessen Flügel in unregelmäßigem Takt die Luft peitschten? Eines stand fest, nämlich dass sie Hunderte von Meilen zurückgelegt hatten und sich mitten im Zentralgebiet des Imperiums befanden. Nomidien, das trockene Land der beiden Tyrs, war Armaah gewichen, dem am dichtesten besiedelten Numeniireich, in dem die Hauptstadt lag. Ganz sicher war er sich jedoch nicht. Armaah oder Arleath war gut, aber es stand zu hoffen, dass sie nicht bis ganz nach Bel-Tued, der Handelsbucht, geflogen waren. In diesem Fall hätte er Wasser sehen müssen. Auch Armaah war reich an Wasser, dort lag der Armre-See, der größte See Calaspias. Er konnte ihn nirgendwo entdecken. Das wäre ja auch des Guten zu viel gewesen, dass ihn diese Kreatur schnurstracks dorthin verschleppte, wo er sowieso hinwollte … Aber wohin dann?

Tief unter sich entdeckte Galar die gedrängten, weißgetünchten Städte von Armaah, die großen Scheunen der reichen Bauern und ihre teppichartigen Felder.

Verblüffend, wie gerade sie ihre Felder anlegen, überlegte der Zwerg.

Erstaunlicherweise war seine Axt nicht verlorengegangen, sie steckte tief in der Flanke des Dämons. Das erhöhte doch immerhin seine Überlebenschancen. Eine breite Kruste Blut umgab die Wunde. Der Zwerg hatte schon die unglaublichsten Erlebnisse durchgestanden, und immer war seine treue Axt bei ihm gewesen.

Kopfüber zu hängen war sehr unbequem. Das Blut hatte sich in seinem Kopf gesammelt und pochte unter dem Druck. Das einzig Gute an dieser Erfahrung wäre die Aussicht gewesen – wenn er seine vermaledeite Brille dabeigehabt hätte. Und selbst dann hätte er sie nur in höchst unbequemer Lage genießen können. Unvermittelt wurde er von Höhenangst gepackt. Galar beugte sich nach oben, sodass seine Bauchmuskeln ächzten, obwohl er die Hände zu Hilfe nahm. Er hielt einen Moment inne, damit das Blut aus seinem dröhnenden Schädel abfließen konnte, dann riss er mit einem Ruck die Axt heraus.

Dies löste einen neuen Kampf aus, der lange auf des Messers Schneide stand. Er war ermüdend, aber nicht so blutig, wie der auf dem Boden gewesen war. Galar klammerte sich – nun wieder kopfüber – mit beiden Beinen an einem geschuppten Schenkel fest und beugte seinen kleinwüchsigen, aber elastischen Leib, um den Klauen auszuweichen. Das Blut des Untiers fiel in einem Schwall, einem Strom, der rasch schwächer wurde und in unzähligen Tropfen erdwärts fiel. Galar hätte ihnen fasziniert nachgesehen, wäre er nicht gerade anderweitig beschäftigt gewesen. Das Winden, Kratzen und Beißen als Folge der Axt-Bergungsaktion ließ rasch nach. Während sein Gegner offensichtlich genug damit zu tun hatte, wieder normal zu fliegen, versuchte Galar, sich in eine sichere Position zu bringen. Nur schien es keine solche zu geben, und anstatt dem Monstrum weitere Schmerzen zuzufügen, versuchte er es anders. Er kletterte, die riesigen Schuppen als Haltegriffe nutzend, die Flanke des Viehs hinauf und erreichte schließlich seine Oberseite. Er klammerte sich fest und wartete ab. Der fliegende Geiselnehmer entspannte sich weiter, was den Flug leichter machte.

Der letzte Flug des Zwerges war lange her, und er dachte immer wieder gern daran zurück. Aber diesmal ritt er auf einem brutalen Feind, nicht auf einem eleganten gefiederten Freund. Er war sogar schon ein paarmal auf einem geschuppten Rücken geritten, aber nicht so wie diesmal. Galar wandte seine Aufmerksamkeit wieder der Kreatur zu. So viele Sorten von Untieren er auch kannte, diese hier war ihm neu. Es handelte sich nicht um ein Ostentum. Irgendetwas sagte ihm, dass es auch kein Drache war, obwohl es noch am ehesten einem solchen ähnelte. Von oben konnte der Zwerg nur ein großes «V» sehen, das dem Wesen in die Stirn geritzt war und das Galar sofort sagte, woher es kam und wem es diente. Dies hier war auch nur ein Diener des Wahnsinns … wenn auch kein Ostentum. Galar besah sich die unglaublich glatten, dunklen Schuppen und kam zu dem Schluss, dass es sich vielleicht tatsächlich um einen Dämon handelte.

Die Leute nannten Monster gern Dämonen, besonders solche, die sie nicht kannten, oder solche, die sie kannten und die ihnen besonders verhasst waren; aber wenn Galar die ätherische, wenngleich flüchtige Erscheinung bedachte, die ihm diesen Dämon zugetragen hatte wie einen Atemhauch, dann konnte er die Möglichkeit nicht ausschließen. Er erschauderte. Wie die meisten Zwerge hatte er für Zauberei oder Spirituelles nicht viel übrig. Er wusste, dass es dergleichen gab; es hatte sein Leben oftmals bedroht und ihn ebenso oft gerettet. Aber es war alles so schwer zu verstehen! Sein Freund Eridanus kannte sich auf diesem Gebiet aus, er hatte lebenslange Erfahrung damit, wobei die Menschen jedoch kurzlebige Geschöpfe waren. Aber ganz gleich, wie viel Zeit der Zwerg auf den Gegenstand des Andersweltlichen verwandte, er fühlte sich kein bisschen wohler damit.

Es bereitete ihm keine Schwierigkeiten zu glauben, dass viele Geschöpfe, zumal die empfindungsfähigen, eine Seele besaßen, aber wenn diese Seelen anfingen, unabhängig von ihren leiblichen Hüllen zu handeln oder sogar quer durch Zeit und Raum tätig wurden, dann konnte er höchstens das

Gesicht verziehen. Das Geistige war schön und gut, solange es den Körper in Ruhe ließ und einen nicht störte. Fleisch und Blut – mehr brauchten Zwerge nicht, auf gar keinen Fall.

Galar schüttelte den Kopf, wenn auch nicht allzu energisch, weil er Angst vor einem Schwindelanfall hatte. Er kroch über den mächtigen Rücken in eine geschützte Mulde und setzte sich hinein. Er wollte auf eine günstigere Gelegenheit warten und sich ein wenig erholen.

✦ 5. KAPITEL ✦

«Die Retta»

Als Mittni erwachte, wünschte er sich prompt in seinen unangenehmen Traum zurück. Die Wirklichkeit war schlimmer als jeder Albtraum, den er je gehabt hatte. Nicht zuletzt deshalb, weil er wusste, es bestand nicht die geringste Möglichkeit, dass sich alles als schlechter Traum herausstellen würde. Sie wurden verschleppt, wohin auch immer. Nach dem Angriff waren die Dörfler in einem unerbittlichen Tempo durch das kalte und unbewohnte Waldland getrieben worden. Bei Tageslicht zu marschieren, war wenig besser als in der Nacht. Zwar stolperten und strauchelten sie nicht mehr so oft, aber der Anblick der Monster, der zahlreichen Verletzten und der trostlosen Umgebung trug nicht gerade dazu bei, dass es ihnen besserging. Es war eine beschwerliche Reise, und die Monster behandelten sie schlecht. Sie durften wenig ruhen und bekamen noch weniger zu essen, gerade so viel, dass ihre schmerzenden Füße sie trugen. Niedergedrückt schleppten sie sich dahin. Keinem der Barue war nach Reden zumute. Ihnen ging anderes durch den Kopf. Insgeheim schworen sie bittere Rache für ihre Toten oder wägten die Chancen einer Flucht ab. Aber welche Aussichten hatten sie gegen einen solchen Feind? Sie waren vielleicht in der Überzahl, aber bei weitem nicht so kampfstark wie die Monster. Selbst bewaffnet hätten sie ihre Schwäche kaum ausgleichen können.

«Schau dir bloß die Bäume an, Onkel Thybil», ächzte Mittni. Er war schon wieder gestolpert, diesmal über eine freiliegende Wurzel, und dann ein paar Meter von einem der Scheusale mitgeschleift worden. «Trauervoll, halb tot, kahl. Saft- und kraftlos. Genau so fühle ich mich auch. Diese Wurzeln sind wie die Adern, die aus dem Fleisch der Alten starren. Sieh nur, wie die Bäume ihre Hände zum Himmel strecken und hoffen, dass ihnen jemand helfen möge ... aber wer sollte das sein?»

Thybil antwortete zunächst nicht. Als er es tat, wandte er sich zu seinem Neffen um und sah ihm in die Augen. Mittni schaute voller Liebe in dieses warme, zerknitterte Gesicht und konnte sich nicht erinnern, dass es jemals zuvor einen so alten oder gebrechlichen Eindruck gemacht hatte. Und doch lag etwas Ungewöhnliches in Thybils Blick, ein Funken jugendlichen Aufbegehrens.

«Aber in der Keimzeit, Mittni», sagte er so laut, dass es auch einige andere Barue mit anhören konnten, «in der Jahreszeit der Erneuerung, da werden diese Bäume wieder grünen. Älter, weiser und robuster als zuvor. Und so wird es auch uns ergehen.» Der alte Barue klopfte seinem Verwandten auf die Schulter und fügte im Stillen hinzu: *Jedenfalls denen, die überleben.*

Keiner der beiden erwähnte Telseara und Dordios, und doch waren ihre Gedanken von ihnen erfüllt. Mittni wünschte sich, er hätte seine Geschwister noch einmal sehen können. Thybil wünschte sich, er hätte seinem Großneffen und seiner Großnichte noch eine letzte Botschaft hinterlassen können. Zum Zeitpunkt des Angriffs waren sie noch nicht wieder in Quivelda gewesen, aber das bedeutete nicht, dass sie lebten.

Vielleicht waren sie den Monstern ja über den Weg gelaufen und …

Eine Zeitlang trotteten sie schweigend vor sich hin.

Thybil wandte sich mit einem trockenen Lächeln zu dem Hu-Barue um. «Immerhin könnt ihr euch jetzt nicht mehr darüber beklagen, dass im wahren Leben nichts Aufregendes geschieht, stimmt's?», sagte er traurig. «Nun habt ihr euer Abenteuer. Und Bryn …» Er seufzte. «Bryn wird es sicher für seine Schreiberei gebrauchen können.»

«Wenn er noch lebt.» Mittnis Stimme bebte. «Wir waren zusammen, als sie über uns hergefallen sind. Es ging alles so schnell.» Thybil legte ihm eine knotige Hand auf die Schulter. Mittni wandte sich ab. Warum musste ausgerechnet ihnen so etwas zustoßen? Die Leute von Quivelda waren die Freundlichkeit selbst. Sie taten niemandem etwas zuleide.

«Das hast du uns schon erzählt», sagte Thybil sanft. «Du konntest nichts daran ändern. Du kannst froh sein, dass du noch am Leben bist.»

Mittni schüttelte die Hand seines Großonkels wütend ab. «Wenn Bryn tot ist, habe auch ich kein Recht mehr zu leben!» Er hielt inne und überlegte. «Und was das Schreiben betrifft», flüsterte er beinahe im Selbstgespräch, «Verschwörungen und Intrigen wären ihm lieber gewesen als dieser … dieser Horror.»

«Dann dürfte er auf seine Kosten kommen, Junge. Vergiss nicht – hinter der geifernden Fratze verbirgt sich eine komplexe Struktur.»

Mittni sah Thybil forschend an, doch dieser begann nur, eine getragene Melodie zu summen.

Nach einem langen, mühseligen Marsch gelangten sie an ihren Bestimmungsort. Für mehr als einen flüchtigen Blick auf ihre Umgebung waren die Barue zu erschöpft. Sie stolperten durch ein Lager und in Zelte und waren froh, sich auf harte Betten aus Laub und Heu fallen lassen zu dürfen. Mittni schlief rasch ein, aber ihn quälten, wie viele der anderen, Träume von Märchenungeheuern, von ihrem brennenden Dorf und vom Tod ihrer Lieben.

✦ ✦ ✦

Warum haben sie uns verschleppt?, überlegte Mittni am Morgen, während er sich umsah. *Was haben sie mit uns vor?*

Die Monster hatten die schlafenden Barue aus den Zelten gezerrt, sie blinzelnd und zitternd in der kalten Morgensonne sitzen lassen. Ihre Nachtruhe war viel zu kurz gewesen, und die meisten waren noch nie so früh am Morgen aufgestanden. Wenn sie einmal früh aufwachten, pflegten sie sich nur auf die andere Seite zu drehen. Mittni registrierte zum ersten Mal, wohin man sie gebracht hatte. Das flache Land war schlammig und zertrampelt. Er hatte den Eindruck, dass man schon auf ihre Ankunft gewartet hatte. Der Wald, durch den sie gekommen waren, lag im Westen, und im Osten waren die Ausläufer eines Gebirges zu sehen, Ged-Ruak wahrscheinlich, der mächtige Rücken der Ambossberge. Über den Baumwipfeln waren die Spitzen einer steinernen Krone zu sehen. Mittni kratzte sich geistesabwesend am Kopf und strich sich die rotblonden Haare aus den Augen. *Unwirkliche Schönheit am Rande einer Albtraumwelt*, dachte er. Dichter beim Flachland sah der Wald aus, als hätte ihn irgendein Riese abrasiert: Stoppeln in der Form von Baumstümpfen verschandelten die Landschaft, dazu unzählige abgebrochene Äste und die Spuren von aufgescheuchten, vertriebenen Tieren. Die Zeltunterkünfte der Barue bestanden ausschließlich aus Tierhäuten (so hofften sie jedenfalls), und alles sah aus wie rasch hochgezogen, primitiv und kulturlos, nicht auf Dauer angelegt. Schon waren die ersten der wackeligen Zelte beschädigt, allein durch die Witterung anscheinend. Am Rand des Lagers schlängelte sich ein grober Zaun entlang, vor dem die allgegenwärtigen Nurgor patrouillierten wie Wachhunde. Mittni konnte nirgendwo eine Behausung ausmachen, die nach Lagerleitung oder Küche aussah. Dennoch wurde ihnen bald Frühstück gebracht. Es bestand aus kalter, wässriger Hafersuppe. Die geringe Menge vermochte ihre knurrenden Mägen kaum zu beruhigen. Dennoch war die Suppe das Beste, was sie bis jetzt erhalten hatten, und so waren sie dankbar dafür. Sie wurden von Nurgor bewirtet, und auch die Mehrzahl der Wachen waren Nurgor. Die Monster schienen gerade nichts zu tun zu haben, und so mussten die Barue auch noch deren Anwesenheit im Sklavenlager ertragen. Das Auftauchen derjenigen, die Monster auf sie gehetzt hatten, steigerte nicht gerade ihren Appetit. Die meisten Barue hatten noch nie einen leibhaftigen Nurgor gesehen, schon gar nicht aus solcher Nähe. Gegen die Monster nahmen sie sich beinahe menschlich aus. Mittni untersuchte sein Essen sorgfältig nach Nurgorhaaren.

Nach dem kargen Mahl mussten die Barue weitere Zelte aufstellen und sich um alles kümmern, was noch nicht fertig war, vor allem um den Holzzaun. Pfähle in den Boden zu rammen und anzuspitzen, erinnerte sie bitter an die Palisade von Quivelda. Weder Mittni noch andere hatten Erfahrung in diesen Tätigkeiten, und unter angenehmeren Umständen hätte er es vielleicht sogar genossen, sie zu erlernen. Hier jedoch brauchte nur die geringste Kleinigkeit schiefzugehen, und sie wurden geschubst, geschlagen oder gar ausgepeitscht. Als Mittni von seiner Arbeit – Bäume fällen – einmal aufsah, stellte er betrübt fest, wie weit die Palisade inzwischen vervollständigt war. Manche der Monster erinnerten ihn an

Hunde, sie waren jedoch groß wie wilde Keiler. Keiler waren schon schlimm genug – Mittni hatte Dordios die Keilerjagd vor knapp einem Jahr ausreden können, nachdem sie einigen gerade noch hatten entkommen können –, aber diese knurrenden Biester bleckten gezackte Zähne und hatten Klauen, an denen Blut klebte, und ihre Rücken starrten von Stacheln wie Speerspitzen. Dennoch schienen die Hundeartigen in der Rangfolge weit unten zu stehen: Sie knurrten und bellten zwar, durften die Barue jedoch nicht angreifen und bekamen von vorbeikommenden Nurgorwachen des Öfteren einen Tritt verpasst. Schließlich schienen die Monster zufrieden mit der Arbeit der Barue. Mittni streckte sich ächzend und befühlte vorsichtig die Blasen an seinen Händen. Er konnte nicht fassen, wie anstrengend eine so einfache Tätigkeit war. Ihm blieb jedoch keine Zeit, darüber nachzudenken, welche Illusionen er sich über das Zimmerhandwerk gemacht hatte, oder auch nur für eine Verschnaufpause, denn man scheuchte sie schon wieder hoch. Mittni, Drattni und alle gesunden, kräftigen Barue mussten in Richtung der Berge weitermarschieren. Die anderen rund hundert Barue, Kinder und Alte vor allem, folgten bald mit Schubkarren. Es ging eine Weile durch Wald bergauf, dann traten die Barue ins Freie. Vor ihnen erhob sich ein merkwürdig geformter Berg, ein zerbröckelter Riese aus Stein. Der Weg war jetzt schmaler und steiler, und so waren sie froh zu erfahren, dass der eigentümliche Berg ihr Ziel darstellte.

«Eigentlich sind das schon die Berge von Ged-Ruak», keuchte Thybil und trat sorgfältig in Mittnis Fußstapfen, so wie Mittni wiederum dem Schmied Yerfi folgte. «Aber man müsste noch weit gehen, um einmal richtige Berge zu sehen. Sobald wir entkommen können, müssen wir uns dorthin wenden. Da sind wir sicher. Wie du vielleicht noch weißt, liegen nördlich von Ged-Ruak die Säbelzahnberge. Wenn du dir den gesamten Amboss als T vorstellst oder als Umriss eines Mannes, mit Gebirgszügen als Rückgrat und Schultern, dann sind die Säbelzahnberge die Schultern. Es gibt zwei überaus wichtige Orte, die du dir unbedingt einprägen musst: Armaah, die Hauptstadt des Imperiums, und einen Ort, den man die Eisfeste nennt. Sie liegt im Zentrum der Säbelzahnberge, dort, wo die Schlüsselbeine lägen, wenn der Amboss eine Menschenfigur wäre. Die Eisfeste wird schwerer zu erreichen sein als Armaah. Um zur Hauptstadt zu kommen, überquert man einfach die Berge von Ged-Ruak nach Osten und folgt dem Fluss Pendix in südöstlicher Richtung bis zum See. Jeder Einwohner des Imperiums weiß, wo seine Hauptstadt liegt, wenngleich nur wenige sie besucht haben. Natürlich müssen wir uns erst einmal selber helfen, aber danach, fürchte ich, geht es um mehr als uns.»

Das Grollen einer Nurgorwache setzte seinen Ausführungen, mit denen er erst später mit größerer Vorsicht fortfahren sollte, ein Ende. Das Scheusal funkelte sie drohend an. Sie hörten auf zu reden und gingen ein wenig schneller. Ob Pfad, ob Anhöhe, die Nurgor durchwanderten die Berge mit Leichtigkeit. Ihre hufartigen Füße waren diesem Gelände gut angepasst, sie stolperten nie und glitten auch niemals aus.

«Für sie ist es hier wie zu Hause, nur schöner», sagte Thybil und musste im nächsten Moment einem wilden Tritt ausweichen. Mittni hatte keine Ahnung, ob die Scheusale sie verstanden, aber die Szene ließ ihn beinahe lächeln. Thybil bekam einen Fußtritt, weil er die Heimat der Nurgor beleidigt hatte … Waren sie überhaupt dazu fähig, Heimatliebe zu empfinden?

Über den Eingang zu der Mine – dass es sich um eine solche handelte, vermutete Mittni jedenfalls – wachte ein

Palisadentor, durch das alle mussten, die hinein- oder hinauswollten. Wie alle Bauten der Nurgor war es primitiv, aber zweckdienlich. Außerdem war es gut bewacht. Wie sie bald erfuhren, hielten sich die Minenwachen hier während ihrer Freischichten auf, was die Sicherheit noch erhöhte.

Hinter dem Tor bekamen die Barue kleine, scharfe Spitzhacken ausgehändigt. Nach einem Schluck Wasser für die, die das Glück hatten, noch welches zu bekommen, begann die Unterweisung.

«Aufgepasst, ihr Knirpse», keuchte eine pfeifende, gefühllose Stimme. Mittni brauchte einen Moment, bis er begriff, dass das große, schmale Monster vor ihnen tatsächlich Numii sprach. Numii war die Verkehrssprache des Imperiums und wurde manchmal auch die Gemeinzunge genannt. Es war die Muttersprache der meisten Barue. Zwar besaßen manche Stämme ihren eigenen Dialekt, aber Numii war das allgemeine Verständigungsmittel für Handel und Diplomatie. Mittni drehte sich zu Thybil herum, der erst verblüfft dreinschaute und dann zutiefst nachdenklich.

«Willkommen an eurem neuen Einsatzort. Die Arbeit ist einfach. Baut brav die schwarzen Steine ab, tut, was man euch sagt, und euch wird nichts geschehen … nur das Übliche.»

«Wer bist du?», verlangte Bartholdi zu wissen, der zu dem Schluss gekommen war, dass der Mut seines geliebten Volkes nicht mehr tiefer sinken durfte. «*Was* bist du, um alles in der Welt?» Es klang ein wenig zu trotzig; alle Anwesenden konnten die Furcht in seiner Stimme hören, und die Barue, die neben ihm standen, konnten sie auch spüren. Dennoch war es ein tapferer Versuch. Er wurde mit einem Peitschenhieb vergolten, der tief ins Fleisch schnitt. Das Wesen, das ihre Sprache sprach, antwortete mit einem scharfzähnigen Grinsen.

«Ich bin die Vergangenheit des Imperiums, eure Gegenwart und Calaspias Zukunft! Man nennt mich den Aufseher. Mein Name ist Boss Osten, aber ihr dürft mich mit meinem Vornamen anreden: Boss.»

Mittni hatte nicht viel Zeit, sich darüber zu freuen, dass er auf so vertrautem Fuß mit einem Monster stand. Seine Spitzhacke war stumpf, und er musste sich mächtig anstrengen, um mit seinen Kameraden mitzuhalten. Trotzdem wurde er am Ende ihres ersten langen Arbeitstages ausgepeitscht, weil er weniger Steine als die anderen abgebaut hatte. Seine Hände waren immer noch voller Blasen und Splitter.

Die Probleme fingen schon damit an, dass die Barue nicht wussten, was der Aufseher mit dem «schwarzen Stein» meinte. Manche Barue hackten ganz gewöhnlichen Fels von den Wänden, weil sie glaubten, dass die Monster farbenblind waren. Bald entdeckten sie, dass der schwarze Stein sich an bestimmten Stellen ballte wie Eis oder die Wände wie ein Spinnennetz überzog. Zumeist lag er an der Oberfläche, aber manchmal entdeckten sie auch eine Ader, die sich handbreit in die Wand erstreckte.

In der Höhle war es feucht. Das Klirren von Stahl auf Stein hallte von den Wänden wider wie in einem grausigen Ritual. Von irgendwo tief drinnen konnte Mittni unablässiges Tropfen hören. Eine Gänsehaut kroch seinen Rücken hinab, und er wandte sich wieder dem Fels zu, dankbar für die kleine Lampe. Während er arbeitete, warf sie ein geisterhaftes Glühen auf die Oberfläche, was den schwarzen Stein in vielfältigen Farben und Farbtönen glitzern ließ. Dieser Anblick vermochte jedoch den Geruch nicht zu lindern. Durch seinen Freund Bryn, der Brauer und Koch war, kannte Mittni mehr Gerüche als die meisten anderen Barue, doch nicht einmal er hatte je etwas Derartiges gerochen wie die Luft in dieser

Höhle. Sie schien in ihrer Stickigkeit und Erdigkeit geradezu ein Sinnbild der Gefangenschaft zu sein. Wenn er so darüber nachdachte, war der Geruch gar nicht einmal schlimm. Es war mehr die Tatsache, dass darin etwas absolut Unbekanntes mitschwang. Mittni wusste, dass manche Leute Angst vor dem Unbekannten hatten, und während er nun hier in diesem Loch in der Erde festsaß, konnte er das zum ersten Mal verstehen und bestätigen. Darum hatten die Leute auch Angst vor der Dunkelheit; wer wusste schon, was darin lauerte? Er hielt inne und sah sich um. Die anderen waren ängstlich, er konnte es spüren. Mittni war sehr froh, nicht noch tiefer in der Mine zu stecken. *Wenn nur Bryn hier wäre …* In seinem Herzen wusste Mittni, dass sein Freund noch lebte. Vielleicht lief er in ebendiesem Augenblick in seiner Verkleidung als Monster hier im Lager Patrouille!

Die restlichen Barue beförderten das abgebaute Gestein nach unten ins Lager. Es sah zwar nicht wertvoll aus, war es aber offensichtlich, denn am Ende des Tages wurden alle durchsucht, ob sie Stücke davon gestohlen hatten.

Der nächste Tag verlief ähnlich, doch der Muskelkater machte die Arbeit noch anstrengender. Es war eine knochenharte Plackerei, und ihnen wurde erst eine Pause gestattet, als sie einen großen Haufen Gestein beisammenhatten. Zwar mussten sie nicht mit aller Kraft darauf einhacken, aber das endlose vorsichtige Klopfen und Meißeln verursachte Krämpfe im Nacken und Rücken. Immerhin war es in den Höhlen nicht so kalt wie draußen. An diesem Morgen hatte Mittni sich auf weitere Peitschenhiebe eingestellt und war überrascht, wie «freundlich» sie behandelt wurden. Nicht, dass er sich darüber beschweren wollte. Er war natürlich froh, denn sein Rücken war immer noch wund und brannte. Noch viel überraschender war jedoch, dass jeder, der wollte, seine

Hacke schärfen durfte. Der junge Hu-Barue meldete sich als Erster.

«Vielleicht wollen sie uns jetzt besser behandeln», überlegte Bartholdi, als ihnen eine Mahlzeit vorgesetzt wurde, die aus Brot, Milch, Fleisch und Käse bestand – sie roch nicht besonders gut, war aber durchaus akzeptabel. Bis dahin hatten sie sich mit Brot und Wasser oder einer dünnen, geschmacklosen Suppe begnügen müssen.

Mittni schnupperte misstrauisch. «Bah! Bestimmt das Fleisch von so einem Vieh! Das esse ich nicht.» Er war immer ziemlich heikel gewesen, was Speisen anging. Doch als er sah, wie die anderen alles gierig aufaßen, gewann auch sein knurrender Magen die Oberhand.

«Ich kann mir denken, woran das liegt.» Thybil biss in den stinkenden Käse. «Die wollen bloß, dass wir bei Kräften bleiben, damit wir umso mehr arbeiten können. Diese Wesen sind nicht dumm – jedenfalls dieser Boss nicht.»

Nach dem Mittagessen wurde das noch offensichtlicher: Ihnen wurden vier Pausen am Tag zugestanden.

«Puh», ächzte Mittni während der letzten Pause. Er war völlig erschöpft und außerdem hungrig, schmutzig und verärgert. Wenigstens gab es immer genug Wasser zu trinken. «Ich glaube nicht, dass ich die nächste Schicht noch durchhalte. Ich ertrage das keinen Moment länger! Da gehen einem ja alle Knochen kaputt.»

«Gewöhn dich lieber daran», sagte Thybil düster. «Wir sind vielleicht noch sehr, sehr lange hier.» Der Alte zog Mittni beiseite und sah sich um, um sicherzustellen, dass niemand zuhörte.

«Jetzt pass auf», flüsterte er. Es schien ihm schwerzufallen, sein Wissen für sich zu behalten. Mittni konnte sich nicht vorstellen, dass es gute Neuigkeiten waren. «Dieses Gestein, das wir sammeln – ich weiß genau, was das ist. Aber ich bezweifle, dass diese Wesen eine Ahnung davon haben. Das würde allem widersprechen, was wir während des Krieges um das Tor gelernt haben. Dieses Gestein, Schwarzgold, ist sehr kostbar. Ich kann dir jetzt nichts über seine Verwendung erzählen; mir geht es um etwas anderes.» Thybil schob sich zwei Finger in den Mund, und nach kurzem Tasten zog er einen falschen Zahn heraus. Das überraschte Mittni, denn Thybil legte immer viel Wert auf Sauberkeit und Hygiene und war stolz darauf, sich regelmäßig und mit dem richtigen Werkzeug die Zähne zu putzen. Alle hatten ihn für den einzigen Barue über zwanzig gehalten, der noch keine Füllung und keinen kranken Zahn besaß … Mittni lachte leise. Der alte Barue zeigte ihm das Innere des Zahns. Mittni blieb der Mund offen stehen. Diese scheinbar ganz gewöhnliche Zahnprothese war innen hohl – und nicht nur das, sie war mit Partikeln dieses bedeutsamen schwarzen Gesteins gefüllt.

«Behalte es für dich, Mittni. Nur ausgewählte Freunde wissen davon, niemand sonst. Wir schmuggeln immer ein kleines bisschen hinaus und verstecken es in unserem Zelt. Wenn du kannst, lass auch etwas mitgehen. Aber versuch es nicht, wenn die Gefahr besteht, dass du erwischt wirst. Dann durchsuchen sie das Zelt vielleicht auch.»

Mittni verbrachte des Rest des Tages damit, so hart zu arbeiten, wie er konnte, damit ihn die Bestien möglichst in Ruhe ließen. Es war schwierig, gleichzeitig noch heimlich etwas von dem Gestein aufzuklauben. Seine Kleider hatten Taschen, aber die wurden durchsucht. Die Schuhe ebenfalls. Er beschloss darum, es wie Thybil zu machen und das Schwarzgold in seiner Mundhöhle zu verstecken. Er würde so tun, als wischte er sich den Mund ab, und dabei einen Stein unter seine Zunge schieben. Es war unbequem – und unhygienisch obendrein! –, aber wenn man dem Alten glauben konnte, war es das wert.

Am Ende des Tages hatte er so viel beisammen, dass Onkel Thybil sich gewiss freuen würde. Sie gingen zum Lager hinunter. Es war ein weiter Weg von der Mine zu den Zelten. Wieder einmal wurden sie alle auf Schwarzgold durchsucht. Vor Betreten des Lagers mussten sie sich in langen Reihen aufstellen und abtasten lassen. Mittni war gleich hinter Thybil, und das stellte sich als Glücksfall heraus. Der junge Hu-Barue wurde wie immer gefilzt. Zunächst ging alles gut, aber kurz vor Schluss passierte ihm ein Missgeschick. Vielleicht lag es am Körpergeruch dieser Wesen, dass er niesen musste. Warum auch immer, jedenfalls verschluckte er sich fast an den Steinen. Das Würgen und Husten wurde immer schlimmer. Als er sah, dass er ein paar der winzigen Kristalle ausgespuckt hatte, versuchte er, sie mit dem Fuß zu verscharren, aber der Wachhund – ein Mondgesicht mit Augen wie Untertassen – merkte es. Quiekend alarmierte er den nächsten Nurgor, der Mittni brutal packte und durchschüttelte und dabei unverständliche Worte keifte. Es dauerte nicht lange, da kam der Aufseher, um zu prüfen, was die Aufregung sollte. Dieser Boss unterschied sich ziemlich von den anderen Monstern und benahm sich von allen am menschlichsten.

«Warum hast du die Steine gestohlen?», wollte er wissen. Er zog eine sehr unangenehme Grimasse und stieß Mittni mit einem langen, blassrosa gefleckten Finger. «Was versprichst du dir davon?»

Mittni hatte sich längst eine einleuchtende Erklärung zurechtgelegt. «Wenn ihr uns so genau durchsucht, dann müssen sie viel wert sein, also habe ich mir ein paar eingesteckt.»

Das Monster brauchte etwas Zeit, um die Folgerichtigkeit dieses Gedankengangs zu erkennen, aber nachdem Mittni seine Verteidigung noch einmal wiederholt hatte, nickte es. Die Wachen waren so auf Mittni konzentriert, dass die anderen Gefangenen einfach nur durch das Tor ins Lager geschoben wurden. Thybil war heilfroh darüber, aber er warf seinem Großneffen im Vorbeigehen einen besorgten Blick zu.

Der Alte wartete außer Sichtweite, bis Mittni buchstäblich mit einem blauen Auge entlassen wurde. Nach einem leichten Abendessen kamen Mittni und einige andere Hu-Barue als Erste bei ihrer schäbigen Unterkunft an. Es gab insgesamt dreißig Schlafzelte. Bei rund dreihundert Barue machte das zehn Mann pro Zelt. Thybil schloss sich ihnen an. Sie ließen ihm den Vortritt, wie es sich gehörte. Er ging zu dem Holzklotz, den ihm seine Freunde rücksichtsvoll als Sitzgelegenheit hingestellt hatten, und wollte gerade seinen Mantel darüberlegen, da fiel ihm etwas auf. In dem Klotz steckte ein Pfeil, um den ein Stück Pergament gewickelt war. Thybil entrollte das Pergament sorgfältig und winkte die anderen heran.

«Pst! Seht euch das an. Und seid leise.»

«Dordios!», flüsterte Mittni, der die Handschrift seines Bruders sofort erkannte. Die Rechtschreibung ließ ihn vermuten, dass sie Bryn nicht dabeihatten.

Thybil las die kritzelige Nachricht vor:

Grüse!
Macht euch bereid nach sonnuntagank ap zu haun
wenn ihr das Siegnal krickt.
Die Retta.

✦ ✦ ✦

Es war dunkel und kalt. Die Bewohner des engen Zeltes lauschten aufmerksam auf jede leise Regung. Im nahegelegenen Wald heulte eine Eule.

«Meint ihr nicht auch, das Signal müsste jetzt langsam mal kommen?», fragte Mittni ungeduldig.

«Immer mit der Ruhe, Mittni. Wir wissen nicht einmal, was es für ein Signal sein wird», sagte sein Großonkel.

«Vielleicht war es ja diese Eule?»

«Nein, das bezweifle ich.»

«Aber woher sollen wir es *wissen*?»

«Wir können es nicht wissen, wir können es nur vermuten», fauchte Thybil. «Und jetzt sei still!»

Ein weiterer Hu-Barue vermochte seine Neugierde nicht länger im Zaum zu halten. «Wenn du einer der wenigen Barue bist, die lesen und schreiben können, dann heißt das doch, unsere Retter können gar keine Ba…»

Er verstummte, als Thybil ihn grimmig anfunkelte. «Es ist meine Aufgabe, meine Fähigkeiten weiterzugeben», erwiderte der Alte mit leiser, eisiger Stimme. «An die Kinder des Dorfhäuptlings und an jeden anderen, den man zum Lernen bringen kann. Vielleicht werden sie mir eines Tages für ihre Ausbildung danken! Und jetzt still! Sonst merken die Monster etwas.»

Ein Schwirren, ein dumpfer Schlag!

«Guter Schuss», flüsterte Mittni schadenfroh, als er ein Grunzen hörte, und steckte den Kopf aus der Zeltöffnung. Er kniff sein nicht zugeschwollenes Auge zusammen und sah, dass eine der Nachtwachen einen Pfeil abbekommen hatte. Das Monster atmete nicht mehr. In diesem Teil des Lagers patrouillierten drei Wachen, allesamt Nurgor.

Ein Surren, ein Knirschen!

Die zweite Wache lag reglos in einer dunklen Ecke – eine

kleine Wurfaxt hatte ihr den Schädel gespalten. Sie hörten, wie die dritte Wache prompt in die Richtung lief, aus der die Geschosse gekommen waren. Auch Thybil steckte jetzt den Kopf nach draußen. Das verbliebene Monster hatte ein Problem. Es war nichts zu sehen, das man angreifen konnte. Davon war das hässliche Vieh so verwirrt, dass es direkt in einen Baum hineinlief. Ein Schatten sprang aus dem Unterholz und trieb dem Monster ein Messer bis zum Heft zwischen die Schulterblätter.

«Lauft!»

Thybils Leute liefen, so schnell ihre kurzen Beine sie trugen, was nicht gerade schnell war. Dennoch erreichten sie keuchend den Zaun, kletterten hinüber und flohen in den Schutz der dunklen Bäume. Die einzige Frage war, ob sie jetzt vom Regen in die Traufe kamen.

Der Schatten, der die Wache gnadenlos niedergestochen hatte, war nirgendwo zu sehen. Sie erreichten die Stelle, wo er zuletzt gestanden hatte, und blieben stehen. Sie spähten in die Dunkelheit und versuchten, nicht in Panik zu geraten. Eine Gestalt trat aus dem Buschwerk, ein Schwert in der Hand. Die Hu-Barue wichen zurück. Sie wussten nicht, was sie ohne Waffen tun sollten. Vielleicht wäre es besser gewesen, im Lager zu bleiben? Aber warum sollte sich jemand die Mühe machen, sie aus dem Lager der Monster zu befreien, nur um sie dann selbst zu töten?

«Nun, was haben wir denn da? Vier arme Hu-Barue mit leeren Händen.» Die Stimme war hoch. Sie kicherte. «Und ein alter Herr. Soll ich mir den zuerst vornehmen?»

Ein leises Murren vom Boden her ließ die ängstlichen Barue einen Satz machen.

«Das darf doch nicht wahr sein! Dordios?», flüsterte Thybil und machte einen Schritt näher. «Ich kenne dich seit deiner

Geburt, wenn nicht noch länger, Bengel! Hast wohl gedacht, du könntest deinen alten Lehrer austricksen, wie? Du Pirat! Du Schurke!»

Dordios nahm die Kapuze ab und lächelte. «Die Gelegenheit, euch alle hereinzulegen, wollte ich mir nicht entgehen lassen.»

Erleichtert atmeten die anderen, die den Atem angehalten hatten, aus und gestatteten sich ein Grinsen.

«Wir müssen hier weg. Wir können von Glück reden, dass keine weiteren Wachen aufmerksam geworden sind», sagte Thybil und fügte hinzu: «Beeindruckend!»

Dann warf sich etwas auf Mittni, und er zuckte zurück, bevor er Bryns Monsteranzug erkannte. Als schließlich Telseara mit gezückter Armbrust aus einem Gebüsch gekrabbelt kam, flüsterte die kleine Gruppe: «Ein Hoch den *Rettan*!»

Thybil erklärte ihnen die Lage. Seine Darstellung wurde oft durch übereifrige Hu-Barue ergänzt und übertrieben. Die Leichen der drei Wachen hatten sie im Unterholz versteckt und sich dann in den Wald zurückgezogen. Sie hielten abwechselnd Ausschau, ein Barue Richtung Westen, einer nach Osten, während die anderen Pläne schmiedeten. Mittni war überglücklich, Bryn wiederzusehen, und lachte vor Erleichterung, als der die Geschichte seiner erfolgreichen Tarnung als Monster zum Besten gab. Und Mittni war zum ersten Mal, soweit er sich erinnern konnte, stolz auf seinen Bruder und seine Schwester.

Die Zeit verging wie im Flug, und schließlich war Bryn mit Wachehalten an der Reihe. Er war müde, sehr müde, also setzte er sich zwischen die Blätter und sperrte die Ohren auf. Um nicht einzuschlafen, stand er wieder auf und ging hin und her, dabei lauschte er in den schweigenden Wald hinaus und beobachtete seine Umgebung. Sie sollten sich von den anderen nicht entfernen, und Bryn hatte es auch nicht vor, doch ehe er sich versah, war er allein. Nirgendwo war das Flüstern seiner Freunde zu hören, nirgendwo ihre Gegenwart zu erspüren. Bryn konnte nicht sagen, ob die anderen links oder rechts von ihm waren. Am besten rührte er sich einfach nicht von der Stelle, bis ihn jemand holen kam.

Und wenn niemand kam? Er schob den Gedanken beiseite. Aber nachdem er meinte, schon eine ganze Weile gewartet zu haben, begann er, die Umgebung im Kreis abzugehen. Er brauchte sich nur diese Baumgruppe zu merken, dann konnte er immer wieder zu ihr zurückkehren; er musste in Sichtweite bleiben oder sich den Weg merken. Eigentlich konnte man sich hier gar nicht verlaufen, weil die Ostseite des Trabatrawaldes eine abgeholzte Ödnis war. Wenn ihm alles zu lange dauerte, konnte er sich einfach bis zum Waldrand vorwagen und von da aus Osten und Westen bestimmen … vorausgesetzt, er ging in die richtige Richtung und kam tatsächlich am Waldrand hinaus.

Noch mehr Zeit verstrich, und Bryn verlor die Geduld. Verärgert, dass er sich in eine so dumme Lage gebracht hatte, ging er in die Richtung, in der er den Waldrand vermutete. Da erregten helles Flackern und Stimmen seine Aufmerksamkeit und brachten ihn von seinem ursprünglichen Plan ab. Vorsichtig schlich er so nahe heran, dass er mithören konnte, und erblickte eine große, schmale Gestalt.

«Hier entlang», flüsterte diese mit hasserfüllter Stimme. Dank Thybils Beschreibungen erkannte Bryn in ihr den Aufseher. «Und etwas Beeilung», sagte er und zeigte mit einem langen Klauenfinger tiefer in den Wald hinein. «Wir wollen euch doch eine Freude machen!»

Wie es aussah, eskortierten der Aufseher und seine Monster

eine kleine Gruppe angeketteter Numenii zu einer Reihe von Stühlen. Was machten sie denn mitten in der Nacht draußen im Freien? Es war doch Schneezeit! Bryn schlich näher heran. Ein kleines Monster mit mehr als zwei Armen trug merkwürdige, bedrohlich wirkende Instrumente, die zum Teil in Schalen lagen. Es war zu dunkel, um die Gesichter der Menschen sehen zu können, doch schon auf diese Entfernung war ihre Angst zu spüren. Die Gefangenen mussten sich setzen, dann wurden sie einzeln gefesselt und geknebelt und bekamen die Augen verbunden. Es war totenstill, während der Aufseher eine Weile mit verschiedenen Geräten auf einem Tablett herumklapperte. Von Thybil wusste Bryn, dass sich der Aufseher im Laufe der Tage als das einzige Monster von einiger Intelligenz herausgestellt hatte, also ging der Brauer davon aus, dass es sich hier um Boss Osten handelte.

Bryn hielt den Atem an, als die große, spindeldürre Gestalt sich über den ersten Gefangenen beugte. Eine rasche Bewegung, ein gedämpfter Ausruf der Überraschung, ein Zittern … und wieder Stille. Der Brauer hatte keine Ahnung, was dort vor sich ging. Als der Aufseher zu seinem nächsten Opfer weiterging, sah es so aus, als trüge der erste Mensch ein Stirnband mit kompliziertem Schmuck. Ein stumpfes Schimmern deutete darauf hin, dass dieser zumindest teilweise aus Metall bestand. Der Aufseher zog die Gurte fest, mit denen sein Gefangener gefesselt war, und wählte ein Werkzeug aus – ein Röhrchen mit Flüssigkeit, auf dem eine Nadel saß. Er beugte sich über sein zitterndes Opfer und stieß ihm die Nadel in die Haut, dann drückte er die Flasche zusammen, sodass die Flüssigkeit durch die Nadel in dessen Arm floss. Der Mensch zuckte, dann sackte er in sich zusammen und saß still da.

Mit den anderen Gefangenen verfuhr der Aufseher ebenso. Anschließend wählte er wieder ein Instrument aus, ein Messer diesmal. Er trat zum ersten offenbar schlafenden Gefangenen und setzte die Messerspitze in der Mitte des Stirnbandes auf. Als Bryn begriff, was er da mit ansah, wandte er sich entsetzt ab. Er hatte das Gefühl, sich gleich übergeben zu müssen.

Am liebsten hätte er geschrien, aber er hielt den Atem an und wartete mit zugehaltenen Ohren und zugekniffenen Augen. Doch es blieb still. Die Neugierde siegte, er musste einfach hinsehen. Und bekam gerade noch mit, wie der Aufseher das Gehirn des Menschen in einen merkwürdigen Beutel tat.

Mit kalter Faszination sah Bryn zu, wie die Operation zu Ende geführt wurde.

Vorsichtig setzte der Aufseher die Schädeldecke wieder auf und rückte sie zurecht, bis sie richtig saß, als legte er Wert auf ordentliches Arbeiten. Bryn spürte tiefen Schmerz und überwältigenden Hass gegen ihre Bewacher.

«Wann erledigen wir die anderen?»

Bryn konnte die Worte kaum verstehen und die andere menschenähnliche Gestalt im Schatten nicht erkennen.

«Wir haben keine konkreten Befehle für sie», sagte der Aufseher und tätschelte dem leblosen Mann die Wange. «Aber wenn sie ihren Zweck erfüllt haben und das Schwarzgold abgebaut ist, warum sollten die Barue dann nicht das gleiche Ende finden?»

✦ ✦ ✦

Ein schroffes Bellen erschreckte alle, die in der Nähe der Ausbruchstelle waren. Yerfi, der gerade in der Zeltkantine saß, fragte sich, was die Nurgor nun schon wieder wollten. Die Barue waren gerade erst von einem anstrengenden Arbeitstag zurückgekehrt und wurden um diese Zeit eigentlich in Ruhe gelassen. Der Aufseher steckte seinen Kopf ins Zelt.

«Raus mit euch!» Und schon war er wieder verschwunden. Nervöser ging es wohl nicht. Zwei Nurgor sorgten dafür, dass die Gefangenen das Zelt schnellstmöglich verließen. Auch von den umliegenden Zelten war zu hören, wie die Leute ins Freie gedrängt wurden. Yerfi schob die Zeltplane beiseite und trat ins letzte Sonnenlicht hinaus. Aus den Ambossbergen kroch Nebel herab. Blinzelnd ging Yerfi zu einer Ansammlung von Barue und Monstern hinüber. Alle machten fragende Gesichter, was Yerfis Neugierde noch steigerte. Um herauszufinden, warum sie dort herumstanden, schob er sich, gelegentlich «guten Abend» sagend, nach vorn durch und hielt dabei nach Mittni Ausschau – aber den hatten, dem Geflüster unter den Barue zufolge, entweder die Monster gefressen, oder ihm war die Flucht gelungen. Das Gleiche galt für seinen Großonkel Thybil.

Yerfi erreichte den Mittelpunkt der Versammlung. Dort lag mit eingeschlagenem Schädel ein Monster im Dreck. Ein Stück weiter lag eine zweite tote Wache. In ihrer Stirn steckte ein Armbrustbolzen.

Durchaus ein erfreulicher Anblick. Aber wo konnten Mittni, Thybil und die anderen sein, wenn nicht hier oder in ihrem Zelt? Yerfi zog sich langsam zurück, mit einem letzten Blick auf die tote Wache. Langsam wurde ihm klar, was geschehen war. Dann hatten sie also die Nurgor getötet und sich abgesetzt? Sie waren geflohen!

Aber wie hatten sie das geschafft? Wo waren die Waffen hergekommen? Niemand besaß mehr als die Kleider am Leib. Selbst kleine Dolche waren beschlagnahmt worden. Und warum hatten sie niemanden in ihr Geheimnis eingeweiht? Vielleicht hatte sich alles ganz spontan ergeben. Was aber ganz und gar nicht zu Thybil passte. Der plante gern alles ausführlich, bevor er handelte.

Auf einmal fiel Yerfi wieder ein, wie er jemanden «Dordios» hatte sagen hören. Er hatte angenommen, dass es Bartholdi war. Aber es musste Thybil gewesen sein! Mit schlechtem Gewissen eilte der Schmied zum Häuptling. Wenn er in der Nacht begriffen hätte, was vor sich ging, hätte er vielleicht dazu beitragen können, dass noch mehr Leuten die Flucht gelang.

«… könnte alles Mögliche bedeuten!», hörte er gerade noch, als er bei Bartholdi ankam.

«Wie auch immer, Siftex», antwortete der Häuptling und versuchte, sich die Aufregung nicht anmerken zu lassen. «Wir sollten unseren Käse nicht wiegen, bevor die Milch geronnen ist.»

Yerfi raffte seinen Mut zusammen und trat vor.

«O Bartholdi, unser Häuptling. Ich hätte es schon früher sagen sollen, aber ich – ich habe letzte Nacht etwas gehört. Es ist mir gerade erst wieder eingefallen. Ich dachte, jemand hätte im Schlaf gesprochen. Aber sie müssen es gewesen sein, und zwar im Moment ihrer Flucht.»

«Tatsächlich?», fragte Bartholdi. «Was hast du denn gehört? Bist du dir sicher, dass sie es waren?»

«Nun, ich bin aufgewacht. Ziemlich plötzlich. Aber ich wusste nicht, was mich geweckt hatte, wenn du verstehst …» Bartholdi nickte aufmunternd. «Und da habe ich etwas gehört», fuhr Yerfi fort. «Ich dachte, es spricht jemand im Schlaf. Ich hab mir nichts weiter dabei gedacht und bin wieder eingeschlafen.»

«Ja, gut», sagte Bartholdi ungeduldig. «Aber was hast du nun gehört?»

«Ähm …» Yerfi spürte ein unangenehmes warmes Prickeln im Nacken. «Ich dachte, du wärst es – eine Stimme sagte ‹Dordios›.»

«Dordios? Dordios!» Dem Häuptling standen Aufregung und Verwirrung ins Gesicht geschrieben. «Das war alles? Aber dann waren es doch bestimmt … Aber wie … Und du meinst …?» Wie vor den Kopf geschlagen setzte er sich auf einen umgedrehten Eimer. Siftex sah Yerfi aufmerksam an, eine Musterung, auf die der Schmied gern verzichtet hätte. Er wollte Bartholdi keine zusätzliche Last auf die längst müden Schultern legen. Er hatte gehofft, dass ihn diese Neuigkeit freute.

«Was ist mit Telseara, hast du irgendetwas von ihr gehört?» Yerfi konnte es kaum ertragen. Schmerz und Hoffnung in Bartholdis Blick stachen ihn wie Messer ins Herz.

«Telseara und Dordios sind bestimmt mit den anderen zusammen. Wenn uns überhaupt jemand helfen kann, dann sie.» Yerfi hoffte, dass diese Worte tröstlich waren. Und er betete, dass sie sich als wahr erweisen würden.

Da ergriff Siftex wieder das Wort. «Natürlich werden sie uns helfen. Diese Truppe besteht aus Telseara und Dordios und wahrscheinlich unserem Apheristenbruder, der als Bellyset fast so viel Grips wie Geld hat – dazu kommen noch einige der besten Hu-Barue, die wir kennen, und Thybil ist ihr Anführer. Natürlich werden sie uns hier herausholen!»

Bartholdi schob den Unterkiefer vor und stand wieder auf. «Du hast recht, Siftex. Ich war ein Narr, ihre Möglichkeiten zu unterschätzen. Telseara und Dordios haben uns ganz allein aufgespürt, ohne dass sie jemand bemerkt hätte – vorausgesetzt natürlich, in diesen Wäldern treiben sich Monster herum, was ich aber stark annehme. Wir wollen zuversichtlich bleiben! Ich danke dir, Yerfi, das sind sehr gute Neuigkeiten. Sie erfreuen mein Herz.» Damit ging er zu einer anderen Gruppe Barue hinüber.

«Kein Sorge, Yerfi», sagte Siftex. «Sie holen uns hier raus.

Ganz bestimmt.» Er schien mehr sich selbst als den Schmied beruhigen zu wollen.

Die beiden kamen gerade rechtzeitig, um den Aufseher sprechen zu hören.

«Wusstet ihr etwas davon?», fauchte er die versammelten Barue an. «Die sterblichen Überreste unserer ehrenwerten Wachen wurden auf hinterhältige Weise versteckt.» Nachdem er einige Worte mit einer Wache gewechselt hatte, wandte er sich wieder der schweigenden Versammlung zu. «Das wird Folgen haben …» Ein Lächeln umspielte seine grindigen Lippen. «Schmerzhafte Folgen!»

Die Barue verloren jeden Mut. Gerade als man angefangen hatte, sie besser zu behandeln, wurde alles noch schlimmer.

«Da es eure Arbeitsleistung mindern würde, wenn wir alle bestrafen, werden wir nur einen von euch bestrafen … aber den dafür richtig.» Der Aufseher gurgelte etwas in einer gutturalen, unverständlichen Sprache, und die Nurgor brachen in ein schreckliches, böses Lachen aus. «Euer Anführer wird leider für eine ganze Weile auf seinen lässigen Gang verzichten müssen!»

Die Barue schrien auf, als Bartholdi abgeführt wurde; jeder Einzelne von ihnen hätte sich bereitwillig für den geliebten Häuptling geopfert. Yerfi brüllte wütend und warf sich auf die Nurgor. Er zerrte an ihren Kleidern und gab sich alle Mühe, zu Bartholdi zu gelangen, aber vergeblich. Viele andere Barue versuchten ebenfalls, ihren Anführer zu befreien, aber die Nurgor versperrten ihnen den Weg.

«Ruhig bleiben, ihr alle!», befahl Bartholdi mit aller Würde, die er im Griff der Nurgor aufbringen konnte. «Tut nichts Unüberlegtes. Es gibt Hoffnung! Widersteht, haltet durch – um meinetwillen.»

Die Barue kümmern sich mehr umeinander, als andere

Stämme es überhaupt für möglich halten würden. Haben sie erst einmal angefangen, tapfer zu handeln, kann sie so rasch nichts mehr aufhalten. Schon gar nicht, wenn einem Freund Leid geschieht. Andere mögen es für eine besonders leidenschaftliche Form der Loyalität halten, die Barue nennen es schlicht: Freundschaft.

«Es kommt noch besser», verkündete der Aufseher. «Es ist für euch alle Pflicht, dem Prozess beizuwohnen! Ihr erwartet eure Verurteilung noch, ihr werdet leiden, wenn euer Anführer gelitten hat. Lasst euch versichern, dass es nicht angenehm werden wird. Und bereitet euch schon einmal darauf vor.»

Da verhärteten die weichen Herzen der Barue. Bevor sie an diesem Abend von den knurrenden Nurgor in die Schlafzelte getrieben wurden, war Revolte das Hauptthema an den Lagerfeuern.

✦ 6. KAPITEL ✦

Nephelim

Die Nacht wich dem Morgen, und noch immer deutete für die Retter nichts darauf hin, dass die Monster irgendetwas bemerkt hatten. Doch als es Zeit wurde, die Gefangenen zu wecken, beobachteten sie vom Wald aus, wie der Aufseher tobte und seine Nurgor anschnauzte. Offensichtlich schloss er aus dem Verschwinden von Wachen und Barue, dass die Monster die Gefangenen gefressen und sich abgesetzt hatten – was die Retter überaus amüsierte.

In der Nacht hatte Bryn nach dem Beobachten der hässlichen Szene einigermaßen schnell zu seinen Freunden zurückgefunden. Seine Erzählung hatte die Barue maßlos erschreckt, allein Thybil hatte eher einen verwunderten als entsetzten Eindruck gemacht.

Wie sollten sie ihre Freunde retten? Sie besprachen sich mit gedämpften Stimmen eine Zeitlang und behielten das Arbeitslager immer im Auge. Wie die meisten guten Pläne war auch der ihre einfach, aber riskant. Im Gegensatz zu den meisten guten Plänen maß er dem Zufall eine große Rolle zu. Sie kannten wenige Fakten. Der Monsteranzug hatte Bryn schon einmal gute Dienste geleistet, und diesmal hatten sie immerhin den Vorteil, Beobachtungen anstellen zu können.

Und das taten sie. Während Bryn, Telseara und Dordios Schlaf nachholten, beobachteten die anderen abwechselnd, was unten im Lager vor sich ging. Die Retter blieben im Schutz des Trabatrawaldes und gingen ungefähr vierhundert Meter vom Lagerzaun entfernt auf Beobachtungsposten. Was die Lage der Barue betraf, brachten sie nichts Neues in Erfahrung, denn Thybil und seine Gruppe hatten ja ausführlich berichtet. Aber sie beobachteten die Nurgor und anderen Monster, vor allem Boss Osten, den Aufseher, sowie die Wachen, Wachposten und Wachablösungen. Unglücklicherweise waren die Bestien nicht so gut organisiert wie etwa eine Numenii-Garnison, und es gelang den Freunden nicht, ein zugrundeliegendes Muster zu erkennen.

Auffallend war ein sich über den Tag hinziehender Austausch des Wachpersonals. Die Monster, die Quivelda angegriffen hatten, wurden abgezogen; stattdessen patrouillierten Nurgor. Thybil war in grüblerischer Stimmung und sagte wenig, aber die anderen sprachen angeregt miteinander. Bryn schlief nicht gerade gut nach den grausigen Szenen, die er mit angesehen hatte. Das kalte Licht half, die Schreckensbilder zu vertreiben, doch er schlief trotzdem unruhig und schreckte mehrmals hoch. Irgendwann reichte es ihm, und er beobachtete das Sklavenlager selbst eine Zeitlang. Dann ging er Thybil suchen. Dem Sonnenstand nach musste es kurz nach Mittag sein. Bryn hatte Hunger. Thybil sorgte bestimmt für etwas zu essen. Aber der Alte kritzelte gerade mit finsterem Gesicht etwas auf ein Stück Rinde.

«Onkel Thybil», grüßte ihn Bryn zögernd. «Was glaubst du, wohin diese Monster verschwunden sind?»

Der alte Barue runzelte die Stirn, sah aber nicht von seiner Arbeit auf. Er trug noch immer seine übliche gewandartige Tracht, doch der grüne Stoff war an den Ärmeln zerrissen und an mehreren Stellen durchgescheuert. «Hierhin und dorthin», brummelte er düster.

Bryn war es nicht gewohnt, dass Thybil schlechte Laune hatte, also beließ er es dabei. Er wollte schon gehen, da zog Thybil ihn am Ärmel. «Bryn.» Der alte Barue sah lächelnd zu ihm auf. Die tiefen Falten verschwanden. «Komm, wirf einmal einen Blick auf meinen Plan.»

Verblüfft über diesen plötzlichen Stimmungsumschwung, setzte Bryn sich neben seinen Lehrer – denn als solchen sah er ihn immer noch an. Bei den Aposteln des Verstehens hatte er sich an die Aufteilung in Leiter, Lehrer und Schüler gewöhnt, und die Hierarchie leuchtete ein. Thybil schloss die Augen und bewegte lautlos die Lippen, als versuchte er, sich mühsam an etwas zu erinnern. Dann lächelte er den Brauer an.

«Wir verfügen, dank deiner Geistesgegenwart in Quivelda, über sechs Kostüme. Und wir sind elf – unser Zelt muss das kleinste gewesen sein. Aber woher wusstet ihr das? Immerhin wäre es doch ein Vorteil gewesen, wenn ihr mehr Barue befreit hättet …»

«Beobachtung natürlich, wie du es uns gelehrt hast.» Bryn lächelte breit. «Und wir hätten die Meute ja füttern müssen! Wir mussten uns erst einmal einigen, aber euer Zelt war das geeignetste. Zum einen warst du dort» – Thybil hob bescheiden die Hände –, «zum anderen: je weniger Barue, desto schwerer sind sie zu fangen. Und desto später fällt ihr Fehlen auf. Darum haben wir Bartholdi dort gelassen.»

«Ich gratuliere euch zu dieser weisen Entscheidung. Also, wir hatten zunächst Hilfe von den umliegenden Siedlungen holen wollen; das einzige Problem ist, dass es keine gibt – oder zu wenige. Es hätte uns mindestens einen Tag gekostet, auch nur die nächste zu erreichen, und nach dem, was du gestern

Nacht beobachtet hast, war ich nicht bereit, auf einen solchen Plan unsere ganze Hoffnung zu richten. Wie lautet die Redewendung?»

«Alles auf eine Karte setzen …», sagte Bryn leise.

Thybil bedachte ihn mit einem Grinsen. «Die passt.»

«Wir schicken doch aber wenigstens noch ein paar Leute Hilfe holen?»

«Natürlich wollten wir das tun. Der erste Plan war zu riskant und nur für einen Notfall geeignet. Solange der nicht eintrat, hatten wir warten wollen.»

«Aber woher die Nahrung nehmen? Und was, wenn keine Hilfe kommt? Wer wird schon glauben wollen, dass irgendwelche Monster ein Dorf mit vierhundert Barue überfallen haben?»

«Das musste natürlich alles berücksichtigt werden», räumte Thybil ein. Bryn spürte, dass Thybil etwas zurückhielt, etwas, worauf er stolz war.

«Warte mal … Warum sprichst du in der Vergangenheitsform?»

Thybil stand auf und verstaute die Rinde in einer Tasche. «Weil sich die Lage geändert hat. Komm mit.»

Der Alte schritt schnell aus und wieselte so flink wie ein Plimp um die Bäume herum – nicht, dass es solche Sagenwesen wirklich gab.

Stark sind die Nephelim, die stärksten Menschen – von den Zwergen vielleicht einmal abgesehen, aber Zwerge werden in Calaspia nicht zu den Menschenvölkern gezählt. Das Numenii-Imperium behauptete, dass die Nephelim ebenfalls nichtmenschlich waren, weil man sie dann ohne große Gewissensbisse töten konnte. Während Nephelim und Barue mit an Sicherheit grenzender Wahrscheinlichkeit menschlich sind, kann sich niemand sicher sein, was Zwerge betrifft. Für jeden, der auch nur ansatzweise etwas über Plimpe weiß, liegt auf der Hand, dass sie, wenn es sie denn überhaupt gibt, nichtmenschlich sind. Andererseits hatte niemand eine klare Vorstellung davon, was einen Menschen ausmachte. Solche ins Ethische reichenden Fragen hatten in Bryns Alltagsleben keine Rolle gespielt. Er war nie anderen Wesen als Numenii und Barue begegnet.

Und so war es, obwohl Nephelim keine Plimpe sind, doch eine große Überraschung für Bryn, als ihm Aesir vorgestellt wurde.

Thybil hatte ihn eine Weile durch die Ausläufer des Trabatrawaldes geführt, als er unvermittelt stehen blieb.

«Es ist viel geschehen, seit du dir das letzte Mal das Land der Lebenden angesehen hast», sagte er verschmitzt. «Aesir, Ihr könnt Euch zeigen – dies ist ein Freund.»

Plötzlich bewegten sich um Bryn herum die Bäume und Büsche. Wie aus dem Nichts erschienen mehrere große Männer und Frauen. Gewiss, Barue waren nicht gerade die größten Menschenwesen, sondern zählten im Gegenteil zu den kleineren Bürgern des Numenii-Imperiums. Doch neben diesen Leuten hier wären sie sich zwergenhaft vorgekommen.

Ihre Kleider waren grün und braun, und sie trugen Bogen und Schwert – wobei Bryn sich vorstellen konnte, dass sie auch unbewaffnet keine leichte Beute darstellten. Er wusste sofort, dass es sich um Nephelim handelte. Wie die Barue waren auch die Nephelim eher ein Menschenstamm als ein Fremdvolk. Bryn fasste neuen Mut, als er die gewaltigen Wesen sah. Er war noch nie einem Nephelim begegnet, aber er wusste einiges über sie. In der gegenwärtigen Lage einer freundlichen Seele zu begegnen, war schon ein großer Segen –

und hier stand ein ganzer Trupp kampferprobter Nephelim! (Nephelim sind immer kampferprobt.)

«Wie hast du sie gefunden?», flüsterte Bryn.

Thybil lachte auf. «Ich sie gefunden? Himmel, nein! Sie haben natürlich uns gefunden.»

Bryn blickte auf einen rothaarigen Koloss, der mit gewaltigen Muskeln ausgestattet war. Er nahm an, dass es sich um den Anführer handelte. Aber die Nephelim scharten sich um eine grimmig dreinschauende, blonde Veteranin, die Bryn eine Pranke zum Gruß anbot. Mit einer Anführer*in* hatte er nicht gerechnet. Aus purer Gewohnheit verbeugte er sich nach Art seiner Bruderschaft und schüttelte ihr die Hand.

«Sieh an, ein Apheristenbruder», sagte Aesir und fixierte ihn mit einem harten Lächeln. Sie war nicht die Größte ihrer Truppe und sah auch nicht wie die Stärkste aus, doch sie wirkte flink und gewandt, und Bryn konnte ihre Autorität und Entschlossenheit spüren. Ihm klopfte das Herz, unsicher erwiderte er ihr Lächeln.

«Apherist war ebenfalls ein Nephelim», fuhr die Anführerin fort, «aber das hat euch Kirchenbrüder nicht daran gehindert, uns zu Tausenden zu massakrieren. Paradox, nicht wahr?»

Bryn musste schlucken. Er hätte daran denken müssen … gewiss, der Pontifex hatte sich für die Gräueltaten entschuldigt, doch das war in sich ein Widerspruch gewesen, denn der Pontifex, der vor vielen hundert Jahren die Jagd auf die Nephelim angeordnet hatte, galt als unfehlbar, weil er für die Kirche sprach. Nun, Bryn hatte nie an die Unfehlbarkeit eines Menschen oder sonst eines Wesens geglaubt. Das entsprach auch nicht den Schriften, wenngleich die Leute die Schriften heutzutage auslegten, wie sie wollten … und wer war es noch gleich, der für die Auslegung der Schriften in erster Linie verantwortlich zeichnete? Der Pontifex. Schon recht praktisch.

«Ich wurde in einem ihrer Orden ausgebildet, bei den Aposteln des Verstehens», sagte Bryn – mit gelassener Stimme, wie er hoffte. Seine Hand in ihrer fühlte sich winzig an; es wäre ihm lieber gewesen, die Nephelim hätte sie wieder losgelassen, doch ihr Griff war so fest wie ihr Lächeln hart. «Sie haben mir einiges beigebracht, mehr nicht. Ich habe zwar großen Respekt vor den meisten meiner Brüder dort, aber ich bin gewiss nicht mit allem einverstanden, was die Kirche getan hat oder noch tut.»

Thybil legte ihm aufmunternd eine Hand auf die Schulter und machte Bryn Bellyset und Aesir, die beste Kundschafterin des Dorfes Vayido, rasch miteinander bekannt, was dem unterkühlten Anfang etwas Wärme gab. Verlegen schüttelten sie einander die Hände. Aesirs Hand war rau, doch das Eigentümlichste sah Bryn erst, als sie die Hand zurückzog: Sie hatte sechs Finger. Ihm fiel wieder ein, dass dies ein weiterer «Beleg» für die Behauptung der Numenii gewesen war, die Nephelim seien keine Menschen. Zwar lehnten die Numenii das Unerklärliche und den Aberglauben grundsätzlich ab, doch in den Anfangstagen des Imperiums hatten sie zu jedem Mittel gegriffen, um die Bürgerschaft zu motivieren, ihnen bei der Sicherung des Landes zu helfen. Schauermärchen gehörten dazu.

Dahinter lag vor allem Angst vor Fremden, die zu Rassismus führte, der zu Völkermord führte. Zwar wurden die Nephelim längst als gleichberechtigte Intelligenzwesen anerkannt, und im Grunde war man sich einig, dass sie den Menschen zuzurechnen waren, doch die Vergangenheit klebte an dem Thema wie ein Fleck aus Tinte und Blut. Geschichte ließ sich nicht abwaschen.

«Ich schlage vor, wir treffen uns mit den anderen, wenn euch das recht ist», sagte Thybil und wies nach vorn in den

Wald. Bryn schloss sich an und nickte den Nephelim zu, die neben ihm gingen. Die riesenhaften Gestalten verunsicherten ihn. Stellte er sich andererseits vor, wie sie gegen die Monster kämpften, dann war er von einer geradezu begeisterten Hoffnung erfüllt. Er beeilte sich, Thybil einzuholen, der sich ernst mit Aesir unterhielt.

«Sie zu finden, war nicht schwer», sagte die Anführerin der Nephelim. «Ostentum, wenn es denn welche sind, haben sich noch nie darauf verstanden, ihr Tun zu verbergen. Aber das alles passt nicht zusammen. Ohne einen Anführer wären sie ziellos. Ohne eine lenkende Hand würden sie sich verirren.» Sie lachte kratzig. «Ohne eine *starke* Hand würden sie sich gegenseitig zerfleischen. Uns ist schon vor einer ganzen Weile aufgefallen, dass in den Wäldern Befremdliches vorgeht, und Colthar, der Häuptling von Vayido, gab Anweisung, sie im Auge zu behalten. Wir haben ein Zusammenziehen von Truppen beobachtet und uns so rasch wie möglich nach Quivelda aufgemacht, sind aber leider zu spät gekommen. Viel befremdliches Tun, wahrlich … Du bist dir sicher, dass es Ostentum waren?»

Ostentum … bei dem Namen klingelte etwas, doch Bryn kam nicht darauf. Es hatte mit dem Krieg um das Tor zu tun, oder nicht? Ja, natürlich – jetzt fiel ihm das *Sturlisonlied* wieder ein, das beschrieb, wie Sturli der Töter, der wahrscheinlich allen zwergischen Eidgenossen als Vorbild diente, im Alleingang die monströsen Ostentum daran gehindert hatte, über den Lal-Ak-Pass einzudringen, bis Hilfe eingetroffen war. Er hatte drei Söhne, allesamt Töter, wie es die Tradition gebot; darum hieß es auch das *Sturlisonlied.* Sturlison war eine Ikone geworden, die für das Gute im Angesicht des übermächtigen Bösen stand, ein Symbol für die Frucht seines Tuns. Die apheristische Kirche hatte ihn tatsächlich heiligsprechen wollen, doch die Zwerge von Ged-Ruak hatten zurückgeblafft, auf solchen «Buntglasfenster-Blödsinn» legten sie keinen Wert und außerdem sei jeder, der Gottes Willen gemäß lebte, wenn man Apherists Schriften einmal tatsächlich *las* (anstatt sie zu «interpretieren»), ohnehin ein Heiliger. Bryn grinste in sich hinein. Der Müllberg, den die Kirche in sechs Jahrtausenden aufgehäuft hatte, war beachtlich und hatte wahrscheinlich wenig mit dem zu tun, was Apherist oder vor allem Elyon beabsichtigt hatte. Aesir hatte schon recht. Tradition allein gebot nur wenig; irgendein Mensch an irgendeinem Punkt der Geschichte hatte diese Tradition begonnen. Bryn hätte dieses Thema von Herzen gern mit Aesir vertieft, doch es gab Dringenderes zu besprechen.

«Kämpfst du gern?», fragte ein breiter, narbenübersäter Nephelim, dessen Muskeln sich durch seine Kleider abzeichneten. «Du wirkst sehr selbstbewusst ... aber du bist kein Krieger.»

Bryn sah den mächtigen Mann erstaunt an. Er hatte langes, flammengleiches Haar und von der Sonne geküsste Haut. Es war derjenige, den Bryn irrtümlich für den Anführer der Truppe gehalten hatte. Der Hüne sah ihm in die Augen. «Noch nicht.»

Bryn neigte grüßend den Kopf ein paar Zentimeter, wie es Sitte bei den Nephelim war. «Ich habe noch nicht oft gekämpft», gab er bereitwillig zu. «Warum fragst du?»

«Weil ich dich lächeln sah und dein freudloses Lachen gehört habe, wie auch ich es gern von mir gebe, wenn ich in die Schlacht ziehe», antwortete der Nephelim mit breitem Lächeln. «Du magst kein Kämpfer sein, aber du hast die richtige Einstellung. Woher rührt deine Zuversicht?»

Bryn sah suchend zu Thybil, aber der sprach weiter mit Aesir. Er wandte sich wieder zu dem Mann um. «Ich bin zuversichtlich, dass wir Erfolg haben werden», antwortete er schließlich, «weil ich gehört habe, wie geschickt und stark die Nephelim in der Schlacht sind. Ich werde vielleicht sterben, aber die Monster werden bald auf ebenbürtige Gegner stoßen.» Er verspürte nicht mehr Zuversicht als beim Aufbruch mit Telseara und Dordios, doch er hatte nicht vor, den Nephelim zu berichtigen. «Mein Name ist Bryn Bellyset. Es ist mir eine Ehre, dich kennenzulernen.»

«Ich bin Wafrudnir, der beste Krieger von Vayido, meinem Heimatdorf. Ich freue mich schon darauf, nach der nächsten Schlacht die von mir Erschlagenen zu zählen und meinen Rang zu behaupten. Weißt du, es ist viel darüber gesprochen worden, Aesir auf meine Position zu befördern, aber das ist natürlich Unsinn. Die Leute scheinen zu vergessen, dass Krieger und Kundschafter nicht das Gleiche sind. Natürlich sind Nephelim beides zugleich, und doch sind es zwei verschiedene Arbeiten! Ganz zu schweigen davon, dass sie eine Frau ist … Es wäre das falsche Signal an die Leute von Vayido und den anderen Siedlungen. Dennoch liegen Aesir und ich jetzt schon eine Weile im freundschaftlichen Streit darum. Die Nephelim sind schon lange nicht mehr in eine Schlacht gezogen; dies ist meine Chance.»

Während sie dahinwanderten, blickte Bryn verstohlen zu dem großen Krieger und zu Aesir weiter vorn. Wer auch immer am Ende siegen mochte, er würde liebend gern auf einen «freundschaftlichen Streit» mit ihnen verzichten.

Dann setzten sie sich zum Rat zusammen. Elf Barue und fünfzehn Nephelim überlegten, wie sich die Leute von Quivelda am besten befreien ließen.

✦ ✦ ✦

Aesir war dafür, zu den Nephelimdörfern zurückzukehren und Verstärkung zu holen, während Wafrudnir sofort zur Tat schreiten wollte. Sie schätzten die Nurgor auf einhundertfünfzig, womit auf eine Wache zwei Barue kamen. Die fünfzehn Nephelim konnten es, darauf bestand Wafrudnir, jeder mit drei Nurgor aufnehmen. Was das betraf, stimmte Aesir ihm zu, wies aber darauf hin, dass sie selbst dann den Tod finden würden. Verschlimmernd kam hinzu, dass inzwischen jede Spur von den Ostentum fehlte, obwohl deren Angriff auf Quivelda noch gar nicht so lange her war. Diese Tatsache schien vor allem Thybil zu beunruhigen. Wafrudnir empfand ihr Verschwinden als «Verlust», vertrat jedoch die Ansicht, dass es immer noch besser war, Nurgor zu erschlagen als überhaupt keine Monster.

Unterm Strich war die Mehrheit dafür, das Lager auf der Stelle anzugreifen. Vor allem Wafrudnir und Drattni machten sich dafür stark und wussten ihre Anhängerschaft hinter sich. Aesirs besonnene Worte an die Nephelim und Thybils an die Hu-Barue nahmen den Befürwortern zwar den Wind aus den Segeln, aber sie wollten immer noch unbedingt sofort etwas unternehmen. Aesir drohte damit, sie Colthar zu melden, dem Häuptling von Vayido, worauf sie verstummten wie Barue-Kinder, denen gesagt wurde, dass sie ohne Nachtisch ins Bett sollten. Am Ende einigte man sich auf einen Kompromiss: Während der zweitschnellste Nephelim nach Vayido geschickt wurde, um Verstärkung zu holen, sollte eine Aktion gegen das Sklavenlager durchgeführt werden, die jedoch nicht zu Kampfhandlungen führen durfte.

«Wir müssen sie irgendwie ablenken», sagte Aesir nach dem Treffen leise zu Thybil. «Das Überraschungsmoment ist lebenswichtig; bevor wir angreifen, dürfen sie nichts von unserer Anwesenheit bemerken. Aber wir brauchen Nahrung.

Unser Proviant wird nicht reichen, bis die anderen kommen, und eurer wird noch früher zur Neige gehen.»

Sie hatte recht. Was Bryn, Telseara und Dordios aus dem zerstörten Dorf geborgen hatten, war bereits verbraucht. Bryn wusste, dass Nephelim in der Wildnis allein mit dem, was die Natur zu bieten hatte, überleben konnten; dennoch waren sechs der großen Krieger bereit, sich als Monster zu verkleiden und Vorräte zu stehlen. Sie lachten über die Unzulänglichkeit der Kostüme, als hätten sie vor, auf ein Kostümfest zu gehen; dabei hing jetzt ihr Leben von der Tarnung ab. Aesir schickte ohne weitere Umstände ihren Boten los, und sie planten den nächsten Schritt.

Kundschafter der Nephelim hatten kurz hinter der Umzäunung ein Waffenlager entdeckt. Wenn sie sich schon in das Lager schlichen, um Lebensmittel zu stehlen, argumentierte Wafrudnir, dann konnten sie doch ebenso leicht auch Waffen beschaffen. Warum also nicht gleich damit anfangen? Die Barue würden Waffen brauchen, wenn sie sich befreien wollten. Aesir hielt dagegen, dass die Barue, wenn alles gutging, überhaupt nicht würden kämpfen müssen. Wafrudnir erwiderte, dass die Untiere nichts Gutes vorhätten, und je schneller sie ihnen die Waffen wegnähmen, desto besser. Er drängte immer noch auf sofortiges Handeln, mit oder ohne Colthars Verstärkung, fand Bryn. Erneut wurde ein Kompromiss erzielt. Aesir erklärte sich unter Vorbehalt einverstanden. Wenn sie erfolgreich Lebensmittel beschafft hatten und die Wachsituation es zuließ, wollte sie ihnen auch noch einen Einbruch ins Waffenlager gestatten – vor allem, um einen genaueren Eindruck davon zu erhalten, was die Monster mit den Gefangenen vorhatten. Gegen Ende der Besprechung ging bereits die Sonne unter, und Nebel hatte sich über das Land ausgebreitet, sehr zur Freude von Wafrudnir und seinen Anhängern. Dann traf die Nachricht ein, dass der Aufseher und seine Untergebenen die versteckten Leichen der Wachen gefunden hatten. Die Waagschale der Entscheidung neigte sich plötzlich sehr zu Wafrudnirs Sache hin, denn nun musste man um die Barue fürchten. Vielleicht ließen sie sich ja zu einem Aufstand hinreißen, wurde argumentiert, oder die Monster begannen mit einer schweren Strafaktion.

Man einigte sich. Und bevor Bryn noch begriff, was los war, sah er sechs riesengroße Monster zum Sklavenlager schleichen. Die Monsterkostüme waren für Barue gemacht, nicht für Nephelim, und sie saßen an den Hünen äußerst knapp. Doch es war eine dunkle, neblige Nacht, und die übrigen Kleider der Nephelim waren Tarnung genug und gestatteten ihnen, mit der Umgebung zu verschmelzen. Von den versklavten Barue war nichts zu sehen. Bryn nahm an, dass sie in ihren Zelten lagen und schliefen und überhaupt nichts davon ahnten, dass ihre Befreiung vorbereitet wurde. Die Mission war ziemlich riskant. Wafrudnir und seine Leute schienen die Gefahrenlage nicht richtig einzuschätzen. Bryn rief sich in Erinnerung, was er bei den Aposteln über die Nephelim gelernt hatte. Treue, Tapferkeit und Ehre waren ihre höchsten Werte. Wie es aussah, verleiteten die letzteren beiden sie gerade zu unbesonnenem Handeln … Aber er konnte nicht umhin, sie für ihren Wagemut zu bewundern.

«Die Retta» kauerten sich am Waldrand hin und beobachteten das Vorankommen von Wafrudnir und seinen Leuten. Die sieben anderen Nephelim schlichen zu Verteidigungsstellungen und hielten ihre Bogen bereit. Bryn zählte ihre Finger, um sich zu versichern, dass es stimmte, was er gehört hatte – ja, es waren sechs.

Die Zeit verging quälend langsam. Bald war von den Nephelim nichts mehr zu sehen, sie wurden vom Nebel und der

Dämmerung verschluckt. Davor hatte Bryn schon eine ganze Weile nichts mehr hören können. Es war erstaunlich, wie leise so große Wesen sein konnten. Alles war still. Bryn verfiel darauf, die Minuten zu zählen, gab aber bald auf. Die Nephelim in seiner Nähe waren so reglos wie Statuen; hätte er nicht gewusst, dass sie da waren, er hätte sie wahrscheinlich erst bemerkt, wenn er in sie hineinlief. Unten waren immer noch die Umrisse des Sklavenlagers zu sehen, geisterhafte Schatten vor dem nebeligen Weiß.

Schließlich fiel ihm eine Bewegung auf. Eine Zeltplane wackelte. Vielleicht war es der Wind, vielleicht nur Einbildung. Einige Augenblicke lang war nichts zu sehen, nichts zu hören, dann schließlich hörte man gedämpfte Geräusche. Bryn hielt den Atem an. Unnatürliche Stille folgte. Es schien jetzt noch stiller dort unten zu sein als vor dem Eindringen der Nephelim ins Lager.

Dann nahm der Wind zu, trieb die Nebelschwaden auseinander. Wenig später tauchten drei Nephelim auf, die Arme voller Lebensmittel. Sie schlichen den Zaun entlang – wenige hundert Meter von patrouillierenden Nurgorwachen entfernt – und zu ihren wartenden Kameraden hinauf, warfen die Sachen wortlos ab und stapften wieder davon.

Bryn sah ihnen neugierig nach. Er spürte, dass sie etwas vorhatten. Und bald fand er heraus, was …

Sie hatten alle zusammen einen Plan geschmiedet, einen guten Plan – jedenfalls einen, der funktionieren konnte. Der hätte funktionieren können. Beinahe. Es kam alles ganz anders. Das Leben ist Praxis, Pläne hingegen sind Theorie. Das Bindeglied heißt Improvisation.

Die drei Nephelim erreichten den Zaun, doch anstatt ihn im rechten Moment an einer günstigen Stelle zu überqueren, folgten sie ihm. Sie duckten sich, um von den Wachen drinnen nicht entdeckt zu werden. Und zu Bryns Entsetzen wichen sie den Nurgor nicht etwa aus – sie suchten nach ihnen! Denn als die Nephelim die nächste Wache erreichten, stieg einer von ihnen über den Zaun und verschwand. Kurz darauf folgten ihm die anderen. Der Zaun war unregelmäßig, eine grobe Palisade, die bis zu einer Höhe von zwei Metern schief aus dem Boden ragte. Die Nephelim erkletterten die Stämme mühelos und ließen sich auch von den angespitzten Enden nicht abhalten. Bryn konnte nicht richtig erkennen, was sich auf der anderen Seite abspielte, doch ein Nurgor war plötzlich weg. Ein Stück weiter den Wall entlang verschwand der nächste Nurgor.

Bryn sah zu Aesir, die das Sklavenlager mit grimmiger Miene beobachtete. Sie ließ sich nichts anmerken, in ihrem Gesicht zuckte kein Muskel. Aber er konnte ihr Missfallen sogar auf diese Entfernung spüren, sie strahlte es in kraftvollen Wellen aus. Thybil sah sich nervös um. Er zog seine Decken enger um sich. Wieder war es still. Bryn wurde allmählich müde und wollte gerade einnicken, als er laute Geräusche hörte.

Stahl klirrte in der Ferne, Leute schrien auf, Nurgor knurrten. Bryn sprang von seinem Lager aus Blättern auf und merkte, dass Thybil ihn zu wecken versucht hatte. Der Alte machte ein paar Schritte und bedeutete ihm energisch, zu folgen. Die anderen Nephelim waren schon fast beim Sklavenlager. Erdklumpen spritzten unter ihren Füßen auf. Aesir legte einen Pfeil auf die Sehne, hob den Bogen und schoss. Der Pfeil schwirrte davon und verlor sich im Nebel. Hinter der Palisade fiel die tierhafte Gestalt eines Nurgor. Und Aesir war nicht einmal stehen geblieben, sie überholte viele ihrer Kameraden sogar.

Bryn packte sein Hu-Barue-Schwert und hetzte ihnen

nach, holte Thybil und die anderen Barue ein. Telseara und Dordios hatten die Waffen unter ihnen verteilt, doch es hatte nicht für jeden gereicht. Trotzdem stürmten sie alle den Hang hinunter, manche waffenlos, manche gar leicht verletzt.

Dieser Teil der Palisade wurde überhaupt nicht bewacht, und sie waren im Nu auf der anderen Seite. Die Leichtigkeit ihres Eindringens überraschte Bryn und machte ihn misstrauisch. Die mächtigen Untiere lauerten ihnen doch gewiss auf? Auf beiden Seiten tauchten Zelte aus dem Nebel auf und verschwanden ebenso rasch wieder. Bryn hätte am liebsten sofort so viele Barue befreit wie nur möglich, doch er hetzte den anderen nach. Wohin liefen sie?

Der Boden war glitschig. Bryn rutschte aus und stolperte um ein Haar über die Leinen eines Zeltes. Leise verfluchte er sein plumpes Kostüm und lief weiter. Anscheinend waren sie jetzt schon fast alle ins Lager eingedrungen. Sein Herz klopfte wild, als er links und rechts die Leichen mehrerer Nurgor liegen sah. Vielleicht war dies ihre Chance! Warum nicht jetzt gleich einen Ausbruch wagen, bevor der Feind noch recht wusste, was geschah?

Ja, genau. Er würde so viele Barue wie möglich wecken und fliehen.

«Thybil! Komm, wir holen sie aus den Zelten!», rief er und blieb stehen. Thybil wurde langsamer und hielt sich keuchend die Seite. Er nickte und machte kehrt. Bryn lief zum nächsten Zelt, riss den Eingang auf und beugte sich hinein.

«He, aufwachen!», rief er leise, ging auf die Knie und suchte den Boden nach Schlafenden ab. Dann, ein bisschen lauter: «Wacht auf! Es wird Zeit auszubrechen! *Nun macht schon …*»

Er tastete verzweifelt über faltige Decken hinweg. Ein Bündel bekam er zu fassen und schüttelte es kräftig. «Los! Aufstehen!»

Seine Augen gewöhnten sich langsam an die Dunkelheit, und dann klappte Thybil hinter ihm den Eingang weiter auf.

Alles leer!

Bryn schnappte nach Luft. Er spürte Thybils Hand auf der Schulter, wurde hochgezogen. Entweder waren die Barue bereits befreit worden, oder … sie waren gar nicht mehr im Sklavenlager.

Furcht schnürte ihm die Brust ein. Er spürte, wie Thybils Verwirrung in ihn einsickerte.

«Komm, suchen wir die anderen», keuchte der Alte.

Sie liefen weiter, in Richtung Lagermitte, wo sie die anderen zuletzt gesehen hatten. Wieder kamen sie an Leichen vorbei. Jedes Mal, wenn er einen reglosen Schatten am Boden liegen sah, fürchtete er, es könnte ein Barue oder Nephelim sein, doch es waren zum Glück immer nur Nurgor.

Plötzlich waren dort im Nebel noch mehr Schatten, und sie bewegten sich. Auf Thybil und ihn zu. Viele Schatten. Bryn wollte sich verstecken, aber sie waren schon zu nahe. Sein Herz machte einen Satz – vor Freude. Barue! Bryn und Thybil liefen zu ihnen und versuchten herauszufinden, was geschehen war. Die Ausbrecher schlichen durch das Sklavenlager, um im Trabatrawald Schutz zu suchen. Stolz und Freude erfüllten Bryn, als er sah, dass die meisten bewaffnet waren.

Thybil zog ihn weiter und beachtete die vielen Barue gar nicht, die siegesgewiss grüßten.

«Schwachsinn!», hörte Bryn ihn leise schimpfen. «Narretei! Beeilt euch!», rief er gedämpft den Nächsten zu, denen sie begegneten. Bartholdi persönlich führte sie an.

«Bryn, du lebst!», flüsterte der Häuptling im Vorbeigehen und klopfte ihm auf den Rücken.

Vielleicht gelang es ja. Vielleicht erwiesen sie sich als erfolgreicher, als er sich hätte träumen lassen. Thybil zog ihn an den nächsten Barue vorbei, die von drei Nephelim eskortiert wurden. Schließlich stießen sie auf Wafrudnir und Aesir, die sich in einer erhitzten Auseinandersetzung befanden.

«… doch schon aus ihren Zelten heraus!», sagte Wafrudnir gerade und funkelte seine Anführerin an, während er sich von dem Ostentum-Kostüm befreite. «Was sollten wir denn machen – sie wieder ins Bett schicken?»

«Ja!», gab Aesir zurück, aber Bryn hatte den Eindruck, dass sie es nicht so meinte. Er konnte spüren, wie ihr Handlungsmöglichkeiten durch den Kopf schossen, er sah sie förmlich vor Aesirs innerem Auge aufblitzen.

«Ich hatte den Eindruck, dass sie etwas vorhatten. Wer weiß, vielleicht wollten sie ja selbst zu den Waffenlagern! Sie hatten bereits zwei Nurgor mit Feuer getötet! Wir haben den Prozess nur ein wenig beschleunigt …»

«Schweig!», fauchte Thybil und sah den massigen Mann missmutig an. «Kannst du nicht sehen, dass Aesir nachdenkt? Jetzt, wo der Ausbruch begonnen hat, müssen wir auch dafür sorgen, dass er gelingt! Wenn die Monster über uns kommen, sind wir verloren.»

Wafrudnirs Stirn legte sich in gewaltige Falten. Er nickte knapp und ging, und auf einen Wink seiner Hand setzten sich fünf weitere Nephelim in Bewegung und überließen Aesir ihren Plänen. Sie stieß einen zornigen Seufzer aus und ging ebenfalls, doch in die andere Richtung.

«Seht zu, dass ihr selbst rauskommt!», rief sie zum Abschied.

Der neue Plan war verrückt und tollkühn, aber auf einen besseren durften sie jetzt nicht hoffen. Bald sahen Bryn und Thybil die anderen Barue. Die ersten hatten bereits den Zaun überwunden und stapften auf den Waldrand zu. Bryn konnte ihre Aufregung und Freude spüren. Sie schienen das, was geschah, als großen Spaß zu empfinden. Das ärgerte ihn. Auf dem Marsch hierher waren Barue gestorben, und trotzdem führten sie sich dort vorn auf, als handelte es sich um eine gelungene Abendunterhaltung!

Was war das für ein Brüllen? Bryn erstarrte. Ein Schauer lief ihm den Rücken hinab. Das Brüllen wurde lauter, kam näher – die Nurgor! Weiter vorn begannen die Barue zu rennen …

«Nein!»

Mit weitaufgerissenen Augen sah Bryn mit an, wie monströse Schatten aus dem Trabatrawald brachen, den Barue den Fluchtweg abschnitten und sich den Hang hinab- und zwischen sie stürzten.

«Nein!»

Seine Stimme überschlug sich, als die vordersten Flüchtlinge mit bestialischer Gewalt gemetzelt wurden, schier niedergemäht wurden. Es geschah alles so schnell, dass die Ersten schon tot waren, bevor die Flüchtenden überhaupt begriffen, was geschah, und Zeit hatten, sich zu verteidigen.

Dann hörte das Morden auf, für einen Moment jedenfalls. Wafrudnir warf sich mit einem mächtigen Aufschrei zwischen die Parteien. Er schwang sein großes Zweihandschwert mit beeindruckender Kraft und Schnelligkeit. Auf einmal wusste Bryn, warum er der beste Krieger war. Die Nurgor zerfielen unter seiner Klinge, einen mähte er um, dann zwei, drei, er durchschnitt die Menge der Angreifer wie Zweige an einem Busch. Bellend, brüllend schlug Wafrudnir zu, wieder und wieder, mit wehender Mähne. Bryn hatte noch nie jemanden gesehen, der so sehr an einen wütenden Löwen erinnerte. Leider dauerte es nicht lange, und die Nurgor hatten sich darauf eingestellt, statt mit einer Handvoll Barue mit einem gleich großen Berserker zu kämpfen.

Andere Nephelim stürmten hinzu, doch Wafrudnir bildete den Mittelpunkt und brüllte und kämpfte ebenso wild wie der schlimmste Nurgor. Auch Hu-Barue eilten im Schutz der donnernden Nephelim dorthin und konnten den einen oder anderen Schlag setzen. Die Barue flohen großteils nach Südosten, fort vom Trabatrawald, hin zu den ewigfernen Ambossbergen, nach Ged-Ruak, wenngleich nicht ein Gipfel sichtbar war.

Bryn kam als Letzter an. Er hob sein Schwert und stürzte sich mitten ins Kampfgetümmel, verzog das Gesicht, wenn seine Klinge klirrend auf Eisen traf, und grinste wild, wenn sie durch Fleisch schnitt – wie durch Butter, dachte er in einem bizarren Geistesblitz. Aber bevor er noch einen Nurgor erlegen konnte (oder selbst erschlagen wurde), zerrte Thybil ihn zurück und zeigte nach Süden, wo die Barue im sich lichtenden Nebel verschwanden.

«Nein!», sagte der Brauer und versuchte, den Alten abzuschütteln, denn er hatte soeben Mittni erspäht, der zusammen mit den anderen um sein Leben kämpfte. Thybil packte ihn erneut, mit überraschender Kraft diesmal, und schleuderte ihn ein paar Schritte von dem Geplänkel fort. Er zwang Bryn dazu, ihn anzusehen.

«Hier am Hang haben wir keine Chance. Wir müssen diese kampflustigen Narren von hier wegbekommen und uns eine Stelle suchen, wo wir uns besser verteidigen können. Einen der Hügel im Süden vielleicht, wo die anderen gerade hinlaufen. Die Nephelim werden uns Deckung geben, während wir uns zurückziehen. Nun hilf mir!»

Das ließ Bryn sich nicht zweimal sagen. Zum Glück ließen die Barue sich leicht von dem neuen Plan überzeugen. Bryn war wütend auf sich selbst. Wie unklug war er vorgegangen, und dann hatte er Thybil nicht zuhören wollen! Thybil, dem er so viel guten Rat zu verdanken hatte.

Bald rannten alle Barue denen hinterher, die sich schon abgesetzt hatten. Die Nephelim schenkten ihnen kostbare Sekunden, in denen sie, ganz in der Minderzahl, mit den abscheulichen Nurgor rangen, bevor sie machten, dass sie wegkamen. Jede Sekunde bezahlten sie mit Blut. Und doch war bis jetzt, soweit Bryn wusste, niemand von ihnen zu Tode gekommen. Die Nephelim kamen weit schneller voran als die Barue und hatten die Nachzügler bald eingeholt.

Nurgor folgten mit donnernden Hufen, schneller noch als die verwundeten Nephelim.

✦ ✦ ✦

Galar Sturlison hatte hart gefochten und zahlreiche Wunden davongetragen. Am Ende hatte der Dämon ihn fallen gelassen. Es war kein tiefer Sturz gewesen, und darüber war er froh, denn Zwerge zählen nicht zu den Wesen, die immer auf die Füße fallen. Der Dämon war jedoch nicht tot. Er lebte noch irgendwo dort draußen und wartete auf ihn, so viel stand fest. Warum er ihn überhaupt fallen gelassen hatte, war ein wenig rätselhaft. Galar gefiel die Vorstellung, dass er dem Dämon zu schwer geworden war. Oder vielleicht hatte er dem Vieh genügend Wunden zugefügt, um es davon zu überzeugen, dass er die Mühe nicht wert war. Jedenfalls hatte es sich ganz schön mit ihm abgeplagt, und Galar fand sich nun in einer völlig anderen Gegend wieder.

Er stützte sich schwer auf seine Axt und musterte die Landschaft. Wo war er? Er hatte sich noch nie so ausgelaugt und erschöpft gefühlt. Jeder Muskel im Leib tat ihm weh – und es waren eine Menge Muskeln. Selbst das Atmen fiel ihm schwer. Doch er musste durchhalten.

Dem Stand der Sonne und der Tageszeit nach zu urteilen,

war Norden … dort, zu seiner Linken. Galar riss die Augen auf. Dann mussten die Gipfel vor ihm, im Osten, der Amboss sein und, wichtiger für ihn als Zwerg, die Berge von Ged-Ruak! Galar konnte nur darüber staunen, welche Strecke der Dämon zurückgelegt hatte. Er war immer noch ungefähr genauso weit von der Hauptstadt entfernt wie bei Jethro in Nomidien, befand sich nur genau auf der anderen Seite Calaspias.

Es erleichterte ihn, die grünen Wiesen von Arleath wiederzusehen. Hier war es eher unwahrscheinlich, Steine in den Weg gelegt zu bekommen, ob nun in monströser oder in politischer Hinsicht. Wenn die Hauptstadt von hier aus im Südwesten lag, dann ging er am besten … *dort* entlang. Seine Strategie, die Bevölkerung zu warnen, war nicht aufgegangen, also würde er in Zukunft anders vorgehen. Für die Einwohner im Norden und Westen Calaspias bestand schließlich keine unmittelbare Gefahr. Soviel er wusste, jedenfalls nicht.

Galar rollte die Schultern und schüttelte die Arme aus und machte tiefe Atemzüge, während er überlegte, wohin ihn das Monster wohl hatte bringen wollen. Die Luft war kalt und frisch und duftete geradezu lieblich im Vergleich zu dem, was er im Unbenennbaren Land hatte atmen müssen. Das Gras war weich und üppig unter seinen abgewetzten Lederstiefeln, eine Wohltat. Vielleicht war es gar keine schlechte Idee, sich erst einmal ein wenig auszuruhen. Er fühlte sich kraftlos.

Seltsam, dass ich noch auf keine Siedlung gestoßen bin, dachte Galar gerade, da hörte er Kampfeslärm. *Droch – ich dachte, das hätte ich erst mal hinter mir! Aber ich will wenigstens kurz schauen, wer sich da prügelt. Nurgor zweifelsohne. Was für eine Plage.*

Der Zwerg war noch ein Stück von den Kampfhandlungen

entfernt und hatte auch nicht die Absicht hineinzugeraten, aber der Lärm kam aus südöstlicher Richtung, also von dorther, wo er hinwollte, darum zwang Galar sich, einen Fuß vor den anderen zu setzen. Da es in diesem Teil des Landes sehr selten zu Kämpfen kam, bewegte er sich so rasch vorwärts, wie er konnte. Es war merkwürdig, aber er hatte das Gefühl, dass seine Kraft schon allein deshalb zurückkehrte, weil er der Heimat so nahe war. Eine Schande, wenn er nicht dazu kam, seine Familie zu besuchen!

✦ ✦ ✦

Zuletzt wusste Bryn nur noch, dass die Nurgor über sie kamen. Er wagte nicht, nach hinten zu sehen, sondern rannte einfach weiter. Ein Nephelim überholte ihn und legte einen Pfeil auf die Sehne, blieb stehen und wandte sich um. Bryn überholte ihn wieder. Warum hatte der Krieger nicht geschossen? Er sah sich um, voller Angst, die Nurgor könnten sich so genähert haben, dass der Nephelim jede Hoffnung aufgegeben hatte. Weit gefehlt: Die Monster waren noch weit entfernt und anderweitig beschäftigt. Dann entdeckte er Aesir. Ihr helles Haar wogte, während sie angriff. Ihr plötzliches Auftauchen überraschte ihn. Einige Nephelim begleiteten sie, und sie saßen auf Pferden, auf mächtigen Rössern mit kräftigen Muskeln. Heilfroh, gerade noch davonzukommen, lief er weiter.

Inzwischen waren auch die Sportlichsten unter ihnen außer Atem. Keuchend erkannte Bryn den Hügel, den Thybil für das letzte Gefecht auserkoren hatte. Gut – es waren immer noch eine Menge Barue übrig. Sie hatten den Nebel hinter sich gelassen, oder vielleicht hatte es auch aufgeklart. Bryn konnte jetzt jedenfalls viel weiter sehen und war beruhigt, dass die Nurgor sich nicht ohne Vorwarnung aus dem Nebel stürzen konnten.

Thybil schritt zur Kuppe hinauf, erteilte Befehle und spähte mit zusammengekniffenen Augen in die Ferne. Bryn sah ihn forschend an, er konnte nicht fassen, dass der Alte schneller gewesen war. Alle sprachen durcheinander, als sie sich um Wafrudnir scharten. Der sorgte rasch dafür, dass sie ein paar Verteidigungsanlagen errichteten. Der Trabatrawald war nahebei, also verstärkten sie einige Felsen mit Hilfe von umgestürzten Bäumen zu provisorischen Wällen. Es waren kaum mehr als ein paar Minuten vergangen, aber Bryn glaubte nicht, dass er in doppelter Zeit mehr hätte schaffen können, so erschöpft war er. Der Hang war steil, und oben lagen Barue bereit, um die Nurgor, sollten sie sich von unten her nähern, mit einem Steinhagel zu überziehen. Bryn schloss sich ihnen fürs Erste an und wappnete sich für alles, was kommen mochte.

Wenig später trafen Aesir und ihre Nephelim ein. Ihre Rosse schnaubten unruhig, erschöpft. Im langsamen Galopp kam sie den Hang hinauf und nahm die Stellung kritisch in Augenschein, sagte jedoch nichts. Die Nephelim saßen ab und gestatteten ihren Tieren eine Pause.

«Tut mir leid, Surehoof, aber hier gibt's kein Wasser», flüsterte Aesir besänftigend und streichelte ihre weiße Stute.

Als dann die Nurgor kamen, geschah es langsam und bedrohlich. Sie ließen sich jetzt Zeit, in der Gewissheit, ihre Beute umzingelt zu haben – und so war es ja auch. Es waren höchstens noch hundert, doch die meisten Nephelim waren verwundet, und die entkommenen Barue hatten gegen den heimtückischen Feind keine Chance. Dennoch machte sich unter ihnen der Mut der Verzweiflung breit. Ihre mächtigen Verbündeten, die Nephelim, flößten ihnen Hoffnung und neue Kraft ein.

«Sieht nicht so aus, als würden sie diesmal Gefangene machen», sagte Mittni und musste schlucken.

«Wir auch nicht», grollte Thybil, der seinen Großneffen gehört hatte.

Bryn hätte fast aufgelacht. So herum hatte er es noch nie betrachtet. Nurgor nahm man nicht gefangen. Hatte das jemals irgendjemand getan? Ergaben die sich überhaupt? Der Brauer drückte seinem besten Freund die Schulter und sah ihm in die Augen. «Und sollte ich heute sterben, so bin ich jedenfalls froh, mein Leben in guter Gesellschaft verbracht zu haben.»

Mittni nickte langsam. «Ich auch. Grüß alle von mir, die sich dort herumtreiben.» Er zeigte himmelwärts, und Bryn grinste.

«Du auch, Bruder.»

Mittni seufzte und rollte die Schultern. «Und falls ich heute verschont werde, werde ich …»

Doch Bryn sollte nie erfahren, was sein Freund hatte sagen wollen, denn in diesem Moment griffen die Nurgor an.

✦ ✦ ✦

Bryn Bellyset warf sich auf ganz andere Weise in die Schlacht, als er es in Quivelda getan hatte. Zum einen fiel es ihm leichter, sich einem bekannten und erkennbaren Feind zu stellen als einer Horde unvorstellbarer und unberechenbarer Monster, denen anscheinend nie zuvor jemand begegnet war – den rätselhaften Ostentum. Bei den Nurgor konnte Bryn irgendeine Art Emotion erspüren, die aus ihren behaarten Leibern aufstieg. Ihre hässlichen Fratzen, verzerrt von Wut und Schmerz, gaben ihm Auftrieb. Mit jedem Schwerthieb zahlte er ihnen die Grausamkeiten heim, die sie seinem Volk angetan hatten, und wenn es den schmerzlichen Verlust auch nicht ausglich, so gab es ihm doch ein Gefühl von Sinn inmitten der Raserei und Zerstörung. Wenn er je irgendwelche Vorstellungen von der Erhabenheit der Schlacht – von Heldenmut, Romantik und edler Kriegskunst – mit Mittni und den anderen am Tisch in Quivelda geteilt hatte, dann hatten diese sich für immer erledigt.

Chaos verschlang ihn. Immer wieder musste er nach Luft ringen, drohte er zu ersticken. Es war ein Wunder, dass er noch keine ernsthafte Verletzung erlitten hatte. Lange hielt er gewiss nicht mehr durch. Es gab keine Atempause, und als er sich irgendwann bis an den Rand des Geschehens durchkämpfte, um wieder zu Atem zu kommen, bekam er rasch Schuldgefühle, weil überall um ihn herum Barue erschlagen wurden. Die Ungerechtigkeit all dessen quälte ihn. Er war erschöpft zu Boden gefallen, aber nun versuchte er, wieder aufzustehen. Er hatte das Gefühl, als kämpften sie schon eine Ewigkeit. Es wurde dunkler und dunkler. Die Schlacht musste zu irgendeinem Ausgang führen, bevor der Himmel völlig finster wurde. Der Himmel! Bryn betete um Stärke und stand auf.

Ihm wurde schwarz vor Augen, Sterne tanzten um ihn herum, die Schwärze der Verzweiflung hüllte ihn ein. Auch sein Gehör ließ nach. Nun kannte er nichts mehr als die Emotionen seiner Barue und den Geruch … den Geruch nach Erde, nach Metall, Schweiß und Blut … Er stolperte ein paar Schritte, dann fiel er auf alle viere, verkrampfte und erbrach sich. Langsam kehrten seine anderen Sinne zurück.

Mittni kämpfte erbittert an vorderster Front. Er war überrascht, dass die Barue so lange durchgehalten hatten, und er schöpfte angesichts ihrer Tapferkeit neuen Mut. Wafrudnir war der wildeste Streiter von allen. Die Nurgor duckten sich vor ihm. Jede Sekunde des Kampfes kam die Freunde teuer zu stehen, aber vielleicht würden sie die Sache irgendwie überleben.

Plötzlich ergab sich eine Gefechtspause, irgendetwas änderte sich in der Stimmung. Mittni starrte in die herabsinkende Dämmerung, und es verschlug ihm den Atem. Nicht schon wieder! Ihn überlief ein Schaudern. Aus den Reihen der Verbündeten ertönten Verzweiflungsschreie. Ostentum waren eingetroffen! Es waren nur wenige – dreißig vielleicht. Doch allein der Anblick ihrer grotesken Gestalten ließ die Barue in Panik erstarren.

Die Kreaturen waren außer Kontrolle. Sie stürzten sich auf die Nurgor, die ihnen den Weg zu den Barue versperrten, und zerfetzten sie. Aber dann trat eine hochgewachsene, verhüllte Gestalt aus den Schatten des Waldes, zog ihre Waffe und hob sie zum Himmel. Sofort hielten die Ostentum inne. Der Fremde trug schwarze Kleider und eine Maske aus auffallenden blauen und roten Mustern. Mittni erschauderte bei seinem Anblick. Was war das, ein Mensch? Alle Ostentum, die sich von den Nurgor losmachen konnten, hörten zu kämpfen auf und sahen zu ihrem Anführer. Stille breitete sich aus, als selbst die Nurgor sich zurückzogen. Die Gestalt sah konzentriert zum Berghang hinüber, bis sie die Stelle fand, wo die Barue und Nephelim warteten. Als das Schwert in ihre Richtung zeigte, stürmte die Horde grollend und wahnsinnig grinsend auf sie zu.

Mittni war für einen Moment von den herannahenden Monstern abgelenkt. Als er wieder zu dem Anführer sah, hatte den die Nacht bereits verschluckt.

Es sah nicht gut aus für die Barue. Bryn warf sich mit neuer Energie in den Kampf und hasste jede Sekunde. Er wandelte seinen Hass auf die Situation in eine noch tiefere Verachtung für die Nurgor um – von den Ostentum ganz zu schweigen! – und fachte damit seine Energie an.

«Für Rodni und Uttni! Für Vrangi!», rief er bei jeder Attacke. Jede Unze Körpergewicht legte er in seine Schläge, und jeden Schlag widmete er dem Gedenken der Gefallenen. Das mochte sich als gefährlich erweisen – er ermüdete rasch, doch das kümmerte ihn nicht. Bald würde der Moment kommen, wo er nicht länger durchhielt, und dann würde er fallen. Und falls es ihm bestimmt sein sollte, an diesem Tag zu sterben, so wollte er jedenfalls so viele Monster mit sich nehmen wie möglich. Der Gedanke an den eigenen Tod erweckte noch einmal neue Kräfte.

Es war lachhaft. Wie konnten sie ernstlich hoffen zu gewinnen? Die Nurgor waren riesig und starrten von Muskeln. Ihre tierhaften Züge waren in Kampfeslust versteinert – Kämpfen war das Einzige, was sie je taten, ganz gleich, gegen wen. In den Bergen, wo gewöhnliche Feinde außer Reichweite waren, kämpften sie angeblich sogar gegeneinander. Wenn die Barue nur durchhielten, bis irgendeine Verstärkung kam! Doch wo sollte diese Verstärkung herkommen? Die Nephelim von Vayido würden noch etliche Stunden brauchen, im besten Falle. Trübe Aussichten, sehr trübe. Wie waren sie nur in diese schreckliche Lage geraten?

Bryn spürte seine Beine nicht mehr, und seine Arme waren schwer wie Blei. Sein Atem kam stoßweise, jeder Atemzug schmerzte ihn mehr als der vorige. Er war so müde, dass er mit offenen Augen zu träumen begann. Während einer Pause bildete er sich ein, Hunderte von riesenhaften Schatten kämen aus dem Trabatrawald gekrochen. Sogar die Bäume fingen an zu wandern. Er schüttelte die Wahnbilder ab und stürzte sich wieder in den Kampf.

Ein Schlag traf seinen behelfsmäßigen Schild, und er stürzte. *Das war's,* dachte Bryn, als sich der Nurgor über ihn beugte. *Auf diese Weise werde ich also sterben!* Zumindest würde es eine Erleichterung von der Mühsal des Daseins bedeuten … Der Nurgor hob den Arm, um ihm den tödlichen Schlag zu versetzen, und Bryn kniff fest die Augen zu. Wie feige, dem Tod so gegenüberzutreten, doch das spielte jetzt auch keine Rolle mehr. Der Versuch, tapfer zu sein, war sinnlos. Er brauchte niemandem mehr etwas zu beweisen.

Er wartete darauf, dass kalter Stahl ihm in den Bauch fuhr. Oder in den Hals. Oder sonst wohin. Er hoffte, dass der Feind gnädig sein und es rasch zu Ende bringen würde. Er spürte, wie sich seine Nackenhaare aufstellten. Doch der unerträgliche Schmerz, auf den er wartete, kam nicht.

Bryn öffnete die Augen. Über ihm nichts als bewölkter Nachthimmel. Seine Ohren, längst taub vom Schlachtenlärm, nahmen irgendeine Veränderung wahr. Der Brauer rappelte sich auf und sah sich um. Er traute seinen Augen nicht.

Ein goldener Mann, eine wahre Legendengestalt, ein wild dreinschauender, unglaublich muskelbepackter Krieger, stand zwischen den Nurgor und den erbärmlichen Überresten der Barue. Der Kampf schien vorbei. Weiter unten am Hang hetzte Wafrudnir die Nurgor. Es war nicht zu fassen, doch die Nurgor zogen sich zurück. Der Abstand zwischen den Barue und ihren Feinden war größer geworden.

Der Neuankömmling stand zwischen ihnen, auf halber Höhe des Hanges. Seine gewaltigen Schultern waren nackt. Die Locken seiner wirren Kopf- und Barthaare umspielten sie. Der Boden zu seinen Füßen war mit Leichen bedeckt – mindestens ein Dutzend Nurgor. Seine goldene Axt glänzte rot. Das war ein Zwerg, begriff Bryn voller Staunen. Er hatte noch nie einen Zwerg gesehen. Der vom Schmerz ganz benommene Brauer mühte sich zu den behelfsmäßigen Verteidigungsanlagen hinab und sah die Nurgor im Wald verschwinden. Er seufzte tief, und wieder drohte ihn Schwindel zu übermannen.

Galar hob seine schwere, runenverzierte Axt und schüttelte sie energisch über dem Kopf. Er stieß ein Siegesgebrüll aus, und plötzlich dröhnte der Berg vom Triumphgeschrei der Barue und Nephelim.

Bryn erhob ebenfalls seine Stimme, doch sie verlor sich in dem Chaos. Mit zitternden Beinen eilte er den Hang hinunter, den sich zurückziehenden Nurgor hinterher. Er konnte sie unmöglich einholen, aber die Geste zählte. Die übrigen Barue liefen an seiner Seite, brüllten heiser und schüttelten die Waffen. Im Hinunterlaufen sah Bryn den Zwerg schwanken und fallen. Entweder bildete er sich das ein, oder der Boden bebte tatsächlich, als die schwere Gestalt aufschlug. War der Zwerg tot? Bryn beschloss, es jemand anderen herausfinden zu lassen.

Als seine Beine ihn nicht länger trugen, sank Bryn auf die Knie und sah sich das Scharmützel an. Vereint fielen die Nephelim und Barue der Horde in den Rücken und wendeten mit schnellen, sicheren Schlägen das Blatt. Sie fällten die fliehenden Nurgor dutzendweise.

Hunderte von Barue waren gestorben und unzählige verwundet. Nur sechs der fünfzehn Nephelim, die Bryn kennengelernt hatte, waren noch am Leben. Die Leichname wurden zu einem Flecken unversehrten Landes getragen und dort begraben. Die Monster ließ man an Ort und Stelle liegen.

✦ 7. KAPITEL ✦

Die Pflicht ruft

Die Sonne ging auf über einem Bild der Verwüstung. Langsam erwachten die Schläfer, wo sie erschöpft umgefallen waren. Alles, was Bryn noch hatte tun können, bevor er sich dem Schlaf ergab, war, Mittni zu finden und sich zu vergewissern, dass Thybil, Bartholdi, Telseara und Dordios unversehrt waren.

Aesir hatte einen weiteren Boten nach Vayido geschickt, um Häuptling Colthar wissen zu lassen, was geschehen war. Thybil, Mittni und Bryn hatten sich in Decken aus dem Sklavenlager gehüllt und waren sofort eingeschlafen, zu erschöpft, um sich darüber Sorgen zu machen, dass sie von weiteren Feinden gefunden werden könnten. Als sie erwachten und mit verquollenen Augen in die fahle Sonne blinzelten, hatten die Späher der Nephelim bereits für das Frühstück gesorgt und weitere Vorräte aus dem Sklavenlager geborgen.

«Wir müssen weiter», verkündete Aesir und starrte grimmig über die Schlachtfelder der vergangenen Nacht und den Trabatrawald nach Westen. «Wer weiß, wie viele Feinde noch in der Nähe lauern.» Sie wandte sich an Thybil. «Was wird dein Volk jetzt tun?»

Thybil kratzte sich den krausen Bart. «Wir haben keine

Vorstellung von der gegenwärtigen Situation. Ich würde die Barue gern aus der Gefahr halten, bis wir wissen, dass es sicher ist, nach Quivelda zurückzukehren. Warum haben sie uns angegriffen?» Seine Stirn verdunkelte sich. «Was treiben sie hier überhaupt …?»

Der Alte verfiel in eine düstere, grüblerische Stimmung. Bryn und Mittni konnten ihm nicht heraushelfen, also wandten sie sich den dringlichen Aufgaben zu. Die Anführer würden sich versammeln, um die Lage zu besprechen und Pläne zu schmieden. Bryn und Mittni schleppten eifrig Vorräte, als der Zwerg erwachte.

Galar erhob sich und wurde mit tosendem Jubel begrüßt. Er rieb sich einen Moment lang verwirrt den wettergegerbten Kopf, dann zuckte er die Schultern und genoss sichtlich die Aufmerksamkeit, obwohl er so tat, als bemerke er sie gar nicht. Als Thybil den Zwerg erblickte, erstarrte er, betrachtete ihn eine Zeitlang, schüttelte den Kopf und verfiel wieder in tiefes Grübeln. Bryn und Mittni hatten noch nie einen Zwerg gesehen, also kamen sie unauffällig näher, um ihn besser betrachten zu können. Er trug alte, zerrissene, schmuddelige Hosen, abgewetzte Lederstiefel und hatte einen freien Oberkörper. Auf seinem Rücken war eine gewaltige Axt festgezurrt, und Wafrudnir überlegte gerade, ob er sie beschlagnahmen sollte, als der Zwerg kam und zu den «Anführern» wollte. Wafrudnir zeigte mit säuerlicher Miene zu Aesir und den anderen hinüber, die sich berieten. Galar trat zu ihnen. Die Anführer – darunter Bartholdi und Thybil – hörten auf zu sprechen. Bryn und Mittni näherten sich neugierig der Szene, um zu sehen, wie es weiterging. Der Zwerg wollte sich gerade vorstellen, als Thybil aufstand und zu dem Neuankömmling lief.

«Tawny!», rief er über den Kreis hinweg, mit vor Rührung

erstickter Stimme. «Mein lieber alter Freund, ich dachte, du wärst tot!»

«Das habe ich auch schon des Öfteren gedacht!», erwiderte der Zwerg, hinkte dem alten Barue knochenknackend entgegen und umarmte ihn. Er grinste so breit, dass sein Goldzahn im Feuerschein aufblitzte. Obwohl sie ihn in der vergangenen Nacht gesehen hatten, konnten die Anführer nicht anders, als den Neuankömmling anzustarren, vor allem seine Muskeln und die schwarze Verzierung auf seiner Brust: ein Adler, der seine Flügel über beide Brustmuskeln hinweg spreizte.

«Tradurius, alter Kamerad, wie schön, dich zu sehen! Geht's dir gut? Ich hab den Namen gehört, den ich hasse, aber ich hätte nie für möglich gehalten, dass ich dich hier treffe! Wie kommt's, dass du in einem solchen Zustand bist?»

«Das ist eine lange Geschichte. Und wie kommt es, dass du in diesem Teil des Landes bist? Was ist alles geschehen, seit ich dich zuletzt gesehen habe?»

«Das dürfte eine noch längere Geschichte sein. Wir sollten uns etwas Zeit nehmen, einander auf den neuesten Stand zu bringen – aber nicht jetzt. Es gibt Dringenderes zu besprechen. Und die Zukunft Calaspias steht auf dem Spiel.» Der Zwerg bleckte die Zähne.

Thybil wandte sich wieder an den Rat. «Ich darf euch den treuesten meiner Freunde vorstellen. Dies ist Galar Sturlison, von dem ihr zweifelsohne schon viel Wahres und Falsches gehört habt. Wir haben einander seit über zwanzig Jahren nicht gesehen!»

Bryn hatte den Alten schon lange nicht mehr so glücklich erlebt. Tatsächlich kam es ihm vor, als stünde ein ganz neuer Thybil vor ihm, ein junger, energischer Thybil.

«Was für ein glücklicher Zufall, dass sie einander hier treffen!», sagte Bartholdi erfreut zu seinem Nachbarn.

Der Zwerg hörte es und drehte sich blitzschnell zu ihnen um, sah sie an. «Glück und Zufall gibt es nicht. Es gibt nur Bestimmung oder Schicksal.»

«Aber könnten Zufall und Schicksal nicht ein und dasselbe sein?», wagte Telseara einen Einwurf. Sie hatte sich ebenfalls ungebeten in den Kreis eingeschlichen.

«Nein, könnten sie nicht, junge Dame!», erklärte Galar kurz und bündig und zog die Augenbrauen hoch angesichts des frechen Mädchens, das seine weisen Worte so grob hatte abtun wollen. Er hatte eine tiefe, schroffe Stimme, wie sie für Zwerge typisch war, und er machte sich selten die Mühe einer gewählten Redeweise, wie es die Numenii-Bürger von Armaah so gern taten. «Zufall ist es, *wann* sich eine Bestimmung erfüllt, doch die Bestimmung an sich ist niemals Zufall, ich wiederhole, *niemals*.»

«Wie dem auch sei», wechselte Thybil rasch das Thema, um die unangenehme Stimmung zu durchbrechen. «Wir haben viel miteinander erlebt während des Kriegs um das Tor. Ich wüsste niemanden, dessen Rat uns mehr nützen könnte. Galar, bitte setz dich.» Thybil wies auf einen Baumstamm, den sie als Bank benutzten. «Wir halten gerade Rat über die nächsten Schritte.» Rasch wurde Platz für den Zwerg gemacht. Vielleicht war es mehr seinem Geruch als der Höflichkeit geschuldet, aber sie waren nur zu bereit, ihm Platz zu machen. Bryn war verblüfft, dass Thybil sich anscheinend keine Sorgen wegen der Verwundungen des Zwerges machte.

Galar setzte sich. «Ich gebe euch gern meinen Rat, aber in welcher Sache? Lasst mich außen vor, wenn es nicht eilt, ich habe eine Pflicht zu erfüllen. Ich bin auf dem Weg in die Hauptstadt, um den Imperator darüber zu informieren, dass eine dunkle Bedrohung zurückgekehrt ist, die längst als überwunden galt … Im Unbenennbaren Land habe ich … Ihr werdet es bestimmt nicht glauben, doch irgendeine bösartige Verkettung des Schicksals hat mir Ostentum gezeigt – sie sind zurück!» Er machte eine effektvolle Pause, doch auf ihren Gesichtern zeigte sich wenig bis gar keine Überraschung, was ihn sichtlich enttäuschte. «Kann eure Angelegenheit sich damit messen?»

Bryn war erstaunt, dass der Zwerg die Ostentum hier nicht gesehen hatte, doch vielleicht war er erst aufgetaucht, als ihre Zahl bereits dezimiert gewesen war. Und es hatten ja so viele Leichen herumgelegen, dass man eigentlich gar nicht so genau hinschauen wollte. Bryn fand, dass der Zwerg ziemlich viel blinzelte, aber das war vielleicht so seine Art.

«Ich glaube, unsere Sache braucht sich in keiner Weise damit zu messen», sagte Aesir leise. «Es handelt sich um ein und dieselbe.»

«Was?», rief Galar aus und fiel fast hintenüber. Seine große Hand huschte zum Axtgriff, doch ließ er sie wieder in den Schoß fallen. «Das ist … schrecklich. Ich dachte, sie wären südlich der Bergdörfer Nomidiens. Dann ist die Gefahr noch größer, als ich vermutet habe. Wir müssen sie stellen und ihnen eins über den Schädel geben! Herr im Himmel, die werden stärker und stärker!»

Bryn und die meisten der anwesenden Barue verstanden nicht alles, was gesagt wurde. Sie hatten wenig oder gar keine Vorstellung vom Krieg um das Tor. Aber statt dem versammelten Rat wollten sie lieber später Thybil ihre Fragen stellen, wenn sie ihn für sich allein hatten.

Nachdem Thybil Telseara aufgetragen hatte, dem fremden Zwerg etwas zum Anziehen zu besorgen – von den Toten, wenn es sein musste –, begann die Besprechung, und schließlich schienen die Teilnehmer sich auf ein Vorgehen zu einigen.

Die Barue waren jetzt in einer gefährlichen Lage. Es war Schneezeit, und sie verfügten weder über Lebensmittel noch über Decken, noch über zusätzliche Kleidung oder sonstige Lebensnotwendigkeiten. Sie würden für lange Zeit auf fremde Hilfe angewiesen sein. Die Anführer besprachen verschiedene Lösungen. Am aussichtsreichsten war, entweder bei Verwandten unterzukommen oder in einer Siedlung der Numenii Schutz zu suchen. Bryns Großmutter lebte in einem Städtchen namens Wenfeld, dort waren sie gewiss mehr als willkommen und bekamen sicher etwas von den Vorräten ab. In jedem Fall würden sie darauf angewiesen sein, dass das Imperium Hilfsgüter schickte. Nun war auch der letzte Gegner von Thybils damaligem Vorschlag, sich dem Numenii-Imperium anzuschließen, verstummt. Er hatte damals zwar seinen Willen bekommen, doch es war ein durchaus knapper Wahlausgang gewesen. Aber welche Bedenken sie in dieser Angelegenheit auch gehabt haben mochten, heute konnten sich die Barue von Quivelda nicht mehr darüber beklagen, Teil des Imperiums zu sein, denn nun hatten die Numenii die Pflicht, sich um sie zu kümmern.

«Den Gesetzen des Imperiums zufolge stehen wir im Gegenzug für die gezahlten Steuern unter seinem Schutz und haben das Recht, alle seine öffentlichen Einrichtungen zu benutzen. In unserem Fall bedeutet das eine ordentliche Summe Geld für die zerstörten Häuser und den Verlust … den Mangel an Schutz.» Thybil brachte es nicht über sich, ‹Verlust von Angehörigen› zu sagen.

Der Alte würde als Kopf einer Gruppe Barue in die Hauptstadt reisen und Entschädigung für die Zerstörung von Quivelda sowie Hilfe zum Überleben in der kalten Jahreszeit beantragen. Galar Sturlison, der die Dringlichkeit von Maßnahmen gegen die Ostentum gar nicht genug betonen konnte, würde sie begleiten. Bryn hatte den Eindruck, dass hinter den Monstern noch mehr steckte. Die Nurgor und andere grausame Scheusale wie die Riesen (denen er zum Glück nie begegnet war) trieben sich des Öfteren in Calaspia herum, und dennoch sprach kaum jemand von ihnen.

Eine zweite Gruppe sollte nach Arleath reisen, der Hauptstadt des Königreichs, zu dem Quivelda gehörte. Sie würde König Ureof um Schutz bitten. Aufgabe seiner Soldaten wäre es gewesen, die Ostentum zu bemerken und unschädlich zu machen.

An dieser Stelle unterbrachen sie kurz, damit die Anführer ihre Leute aufsuchen konnten.

Galar und Thybil hatten bis jetzt nicht viel Zeit füreinander gehabt, doch sie würden gemeinsam nach Armaah reisen. Die Barue und die Nephelim hatten ihre Pläne getrennt besprochen, und nun setzten sich die beiden Völker wieder um ein Feuer.

«Es ist wenig weise, Fremden von den Ostentum zu erzählen. Sie könnten in Panik geraten und etwas Dummes tun; manche könnten sich sogar dem Feind anschließen. Klatsch ist gefährlich – wenn die Geschichte einige Male weitererzählt wird, hat sie nicht mehr viel mit dem zu tun, was die Leute eigentlich erfahren müssen», warnte Thybil.

«Da hast du recht», sagte Galar. «In den Städten, die ich gewarnt habe, wurde ich sehr schlecht behandelt. Soweit es mich betrifft, gibt es nur ein oder zwei Städte, die wir erreichen müssen: Armaah und vielleicht noch Arleath, wenn man eure Not bedenkt.»

«Gut. Lasst uns anfangen», sagte Bartholdi. «Wollen wir diese Aufgabe den wenigen anvertrauen, die am besten dafür geeignet sind?» Der Häuptling wollte mehr sagen, hielt jedoch inne. Er seufzte. «Thybil, du kennst die besonderen

Fähigkeiten, die jeder dieser Barue mitbringen muss, besser als ich, also wähle du bitte deine Begleiter aus. Wenn sie einverstanden sind, versteht sich.»

Thybil strich sich bedächtig über das bärtige Kinn.

«Galar, wie viele benötigen wir?», fragte er schließlich.

«Möglichst wenige, um nicht unnötig Aufmerksamkeit zu erregen», antwortete der Zwerg prompt. «Höchstens sechs. Und es müssen Freiwillige sein.»

Bryn drehte sich während der anschließenden Besprechung so oft der Magen um, dass er schon glaubte, in Ohnmacht zu fallen. Einerseits lauschte er andächtig allem, was die Anführer sagten, andererseits versank er in Gedanken darüber, was wohl als Nächstes geschehen würde, und hörte kein Wort. Zwischendrin hatte er das Gefühl, einzuschlafen. Noch immer war niemand außer Thybil und Galar dazu auserwählt worden, nach Armaah oder Arleath zu gehen.

Was, wenn sie mich aussuchen?, überlegte Bryn. *Aber warum sollten sie? Ich kann schon froh sein, dass ich hier mit dabei bin … und überhaupt noch lebe! Was geschieht hier? Warum wurden die Barue von Quivelda versklavt und nicht weitere Numenii: ein Zufall?*

Aber Bryns Neugierde war geweckt; er war bereit, die anderen in eine der großen Numenii-Städte zu begleiten und den Rest der Welt zu sehen, selbst wenn es gefährlich werden sollte. Dies war eine noble Sache und *die* Gelegenheit für eine Abenteuerfahrt. Nicht zuletzt würde es seiner Bildung dienen, fand er. Hatten seine Eltern ihn nicht schließlich mit genau dieser Begründung vor vielen Jahren fortgeschickt?

Ihm rauchte der Kopf, doch als ein Nephelim das Wort ergriff, hörte Bryn plötzlich wieder andächtig zu.

«Bist du dir sicher, Thybil, dass es klug ist, Barue nach Armaah zu schicken? Es ist unter allen Umständen eine lange und beschwerliche Reise – und nun, da Ostentum ihre Klauen in die Pfade schlagen … Überlasst es uns, sage ich. Die Nephelim reisen schnell und sicher, und sie können jede Botschaft, die der Rat als notwendig erachtet, dem Imperator in die Hände legen.»

«Danke für deine Rücksicht, Wafrudnir, doch ich fürchte, das geht nicht. Hast du eine Vorstellung, wie schwer es ist, eine Audienz bei Ihrer Majestät zu bekommen? Und wenn ihr eine bekommt, wie wollt ihr den Imperator davon überzeugen, dass ihr die Wahrheit sagt? Ihr gehört nicht einmal zum Imperium, und auch wenn Imperator Opeion durchaus so aufgeschlossen sein mag, darüber hinwegzusehen, gibt es andere, viele andere, die gar nichts von eurer Anwesenheit in Armaah halten. Die Hauptstadt kann sehr ungastlich sein. Galar reist ohnehin nach Armaah, und diese Sache betrifft mehr als nur unseren Teil der Geschichte. Es kommt weniger darauf an, was man weiß, als darauf, wen man kennt. In unserem Fall werden wir auf beides angewiesen sein. Das eine ohne die Unterstützung des anderen wäre zum Scheitern verurteilt. All das ließe sich machen, indem man Galar nur ein paar Nephelim zur Seite stellt. Aber der Hauptgrund dafür, selbst nach Armaah zu gehen, statt nur eine Nachricht zu schicken, ist es, die Hilfe zu beantragen, auf die die Barue angewiesen sind. Wie ich die Numenii kenne, werden wir nicht ohne Gerichtsverfahren davonkommen. In diesem Falle hätte ich allein keine Chance.»

«Ich verstehe, worauf du hinauswillst, Thybil», sagte Wafrudnir widerwillig. «Ich sähe dich dort nicht gern allein. Aber wir können von unseren Kundschaftern nicht verlangen, dass sie wochenlang an einem solchen Ort festsitzen – das wäre für sie, wie lebendig begraben zu sein. Sie würden so rasch wie möglich zurückkehren wollen.»

«Keine Sorge, wir müssen nur hinkommen», sagte Thybil. «Dort haben wir Freunde.»

«Dann ist es also abgemacht. Wir werden euch begleiten.»

Thybil begrüßte dies mit einem Kopfnicken. «Wir wählen unsere Leute aus und ihr eure.» Er ließ seinen forschenden Blick über die Barue gleiten.

«Wartet!» Aesir stand auf und machte ein gebieterisches Gesicht. «Wafrudnir, wie kannst du es wagen, zu sprechen, als hättest du über Leben und Ziel deiner Mitnephelim zu bestimmen?» Sie starrte ihren Konkurrenten abschätzig an, der ebenfalls aufstand.

«Ich habe gesagt, was ich denke, mehr nicht», erwiderte Wafrudnir ruhig. «Nicht aus einer Machtstellung heraus, sondern aus der Sicht eines Kriegers, der sich eine Meinung gebildet hat. Die Entscheidung liegt selbstverständlich nicht in meiner Hand, und ich habe nicht vor, das in Frage zu stellen.» Aber seine breiten Schultern hoben und senkten sich rasch, während er die Hände in die Seiten stemmte. Bryn fand, dass sein Gesichtsausdruck trotz dieser Anzeichen von Aufbegehren gelassen blieb. In seinem Blick lag aufrichtiger Respekt vor Aesirs Autorität.

«Genug von diesem Unsinn», sagte die Nephelim leise. Sie baute sich vor der Versammlung auf und fuhr mit lauterer Stimme fort: «Was immer wir für unterschiedliche Meinungen haben, die Angelegenheit liegt nicht in unseren Händen. Ich hatte den Auftrag, herauszufinden, was passiert, und nicht, eine Schlacht zu kämpfen, die nicht die unsere ist.» Sie setzte sich nachdrücklich wieder hin.

«Eine Schlacht, die nicht die unsere ist?», wiederholte Wafrudnir, der stehen blieb. «Seit wann nehmen die Nephelim Ungerechtigkeiten einfach hin? Seit wann lassen wir die Ungerechten ungestraft?»

Bryn sah die wachsende Anspannung mit Unbehagen. Er warf einen Blick zu Thybil, der sich vorbeugte und die Situation konzentriert beobachtete. Der Brauer war überrascht zu sehen, dass Galar zustimmend mit dem Kopf nickte. Man konnte sogar behaupten, dass er grinste – stachelte er sie etwa an?

«Ich habe die Mission natürlich darauf ausgedehnt, den Barue zu helfen. Wir sind dem Ruf der Pflicht gefolgt und haben diese Angelegenheit getreulich im Namen der Freundschaft verfolgt …»

«Dann lass uns jetzt keinen Rückzieher machen!»

Aesir kniff die Augen zusammen. Ihr Gesicht war weiß. «Hör mir zu», fauchte sie. «Das haben nicht wir beiden zu entscheiden. Nephelim gaben gestern Nacht ihr *Leben*, und Colthar weiß nicht einmal davon! Was meinst du, was das hier ist … irgendein Spiel?» Die blonde Frau schüttelte den Kopf, als sei ihr die Sichtweise ihres Landsmanns völlig unverständlich. «Wenn Colthar mit meiner Entscheidung zu kämpfen nicht einverstanden ist, obwohl sie auf *dein* leichtsinniges Handeln zurückgeht, dann werde ich für ihren Tod die Verantwortung übernehmen müssen!»

«Auf meinen Kopf fällt ihr Blut», sagte Wafrudnir, «und es ist die Salbung des Opfers!» Bryn sah etwas in seinen Augen leuchten, das sich in Galars widerspiegelte. «Was ist aus den alten Idealen der Nephelim geworden? Gelten Mut und Stärke nichts mehr? Seit wann schlagen wir den bequemen Weg ein? Es gab einmal eine Zeit, da wurde es in unserem Volk als Ehre angesehen, sein Leben für das Größere zu geben …»

«Du gedankenloser Taugenichts! Du betrachtest das Leben mit solcher Verachtung? Leben ist das Kostbarste, das man verlieren kann. Seinen Verlust kann kein Zweck rechtfertigen.»

«*Leben* … Leben ist unbeständig.» Wafrudnir hatte mit

einem Flüstern begonnen und wurde immer lauter. «Das Leben ist kurz. Jedes Leben führt zum Tod. Das Leben ist nur eine Blume, die verwelkt. Wie einfältig bist du, dass du das Leben für etwas hältst, das man besitzen kann und mit dem sein Besitzer tun und lassen kann, was er will? Das Leben ist ein Irrtum! Viele, die leben, sind in Wahrheit tot, und viele, die gestorben sind, sind wahrhaftig lebendiger, als sie es in Calaspia je waren – das Leben ist eine Lüge!»

Aesir stand wütend auf, und Bryn glaubte schon, sie würde den Krieger angreifen. Dann beruhigte sie sich ebenso schnell wieder und setzte sich. Bryn konnte spüren, wie sie sich entspannte. Die Farbe wich aus ihrem Gesicht, und sie wirkte sehr müde. Sie winkte ab.

«Das ist alles Wortgeklingel – unwichtig. Colthar wird entscheiden. Bis dahin warten wir. Und ich bezweifle, dass er ihrer Sache gegenüber aufgeschlossen sein wird, schließlich betrifft sie auch das Imperium. Nein, die Numenii sind nicht unsere Freunde.»

«Vergiss die Numenii.» Mit einem Seufzen setzte Wafrudnir sich nun ebenfalls. «Du hast recht. Colthar wird entscheiden.»

Galar räusperte sich laut. «Das ist ja alles gut und schön, aber die Sache drängt.» Alle starrten ihn an und warteten, was er als Nächstes sagen würde. Bryn konnte spüren, dass selbst die Nephelim seinetwegen unruhig waren. Niemand wusste, wie er sich dem Zwerg gegenüber benehmen sollte. Er räusperte sich noch einmal. «Ach, vergesst es – ich bin in so was nicht gut. Was ich sagen will, ist, wir sollten besser los! Kommt mit oder nicht, aber wir haben keine Zeit, hier herumzugammeln.»

Aesir nickte knapp. «Tut, was ihr tun müsst. Mehr kann ich nicht verlangen.»

«Und ich auch nicht von dir», sagte Galar schroff. «Die Pflicht verlangt einem manchmal mehr ab, als der Anstand erlaubt.»

«Erzähle du mir nichts von Pflichten, Zwerg», herrschte Aesir ihn an. «Nephelim, wir gehen. Wir haben einen weiten Weg vor uns. Wir werden Colthar Bericht erstatten, denn die Schlacht hier ist beendet.» Die Anführerin wandte sich zu den Barue um. «Ich wünsche euch alles nur erdenkliche Glück. Ihr werdet es in den bevorstehenden Zeiten brauchen. Vielleicht kreuzen sich unsere Wege noch einmal.»

«Danke für eure Unterstützung», sagte Thybil und erhob sich ebenfalls. Er verneigte sich. Der Rest der Versammlung stand auf und zerstreute sich.

«Nun wartet mal!», grollte Galar und stand als Letzter auf, mit einiger Mühe, wie es schien, und mit deutlichem Missfallen. «Ihr könnt nicht einfach gehen! Die Ostentum lauern vor eurer Tür, und … und … *Droch!* … Na schön. Meinetwegen. Störrische Bande.» Er hinkte mit mürrischer Miene davon.

«Ich wünsche auch dir alles erdenkliche Glück, Galar.» Mit wehendem Haar stürmte Aesir davon.

«Tawny, mein Freund», sagte Thybil rasch, bevor der Zwerg den Mund aufmachen und etwas zum Thema Glück zum Besten geben konnte. «Komm und lass uns in Ruhe ein paar Worte wechseln, bis sich die jungen Barue zur Auswahl versammelt haben. Es ist lange her, nicht wahr?»

Galar sah ihn einen Augenblick lang grimmig an, doch Bryn sah, dass er beinahe lächelte.

«Thybil, alter Kamerad, stell deine Truppe zusammen, und dann lass uns aufbrechen», sagte er schließlich. Er stapfte fort von den Bänken, und Bryn sah noch, wie sich das Lächeln auf seinem Gesicht ausbreitete. Sofort war ihm der Zwerg sympathischer. Ein alter Freund von Thybil musste schließlich etwas ganz Besonderes sein.

Die Nephelim ritten davon, und Thybil machte sich daran, die jungen Barue um sich zu scharen, die noch tauglich waren. Sämtliche Hu-Barue rief er zu sich, außerdem andere gesunde und starke Jugendliche. Die Auswahl sollte in demselben Kreis vorgenommen werden, den die Anführer besetzt hatten, doch diesmal gab es auf den groben Baumstämmen nicht genügend Sitze für alle. Bryn rutschte auf seinem Platz herum und versuchte angestrengt stillzusitzen. Manche Barue wussten nicht einmal, worum es überhaupt ging.

Einen Moment lang spürte Bryn, wie Thybils Augen auf ihm ruhten, und er hätte sich beinahe freiwillig gemeldet. In seinem Magen grummelte es, und er bewegte unruhig die Füße.

Dann verschwand der weißhaarige Barue, und auf ein Winken folgten ihm mehrere Hu-Barue mit großen Augen. Bryn war erleichtert und enttäuscht zugleich. Immerhin würde er jetzt umso früher wieder bei Mama Bellyset sein. Sie hatten sich seit fast einem Jahr nicht mehr gesehen. Und Mittni, der tot oder versehrt hätte sein können, lebte, und es ging ihm gut.

✦ ✦ ✦

«Barue, welche Gegend sollen wir vorübergehend mit unserer Anwesenheit belästigen, bis uns wieder eine dauerhafte Wohnstatt zur Verfügung steht?», fragte Bartholdi die versammelten Barue wichtig, nachdem der Rat beendet war.

«Er meint: ‹Wo sollen wir wohnen?›», flüsterte Mittni. Bryn, Telseara und Dordios lachten in sich hinein. Bartholdi war wahrlich ein Mann der großen Worte.

«Wollen wir vielleicht der nächstbesten Numenii-Siedlung zur Last fallen? Immerhin waren sie es doch, um der Wahrheit Genüge zu tun, die darin versagt haben, uns Schutz vor diesen bösartigen und grässlichen Scheusalen zu gewähren, da wäre das doch nicht unvernünftig.» Manche Barue lachten boshaft und reckten zustimmend die Fäuste. Aber am Ende waren alle dafür, bei ihren Mitbarue zu bleiben, wo Bryns Großmutter lebte. Bryn fühlte sich nicht wohl mit dieser Entscheidung. Sicher, er freute sich über die Aussicht, seine Großmutter nach all den Jahren wiederzusehen, aber Familienangelegenheiten waren nie einfach, wenn man ein Bellyset war.

✦ ✦ ✦

Bryn und Mittni schoben sich durch das Gewühl. Sie suchten nach Bartholdi, der zweifellos in irgendein Gespräch vertieft war. Bald hörten sie seine Stimme und folgten ihr.

«Hältst du das wirklich für klug?», flüsterte Bryn.

«Wir werden es nie erfahren, wenn wir es nicht versuchen», erwiderte Mittni nervös. «Er wird sowieso nein sagen, ich weiß nicht, warum wir uns überhaupt die Mühe machen, aber …»

«Sonst wissen wir es nie – stimmt. Sieh mal, da ist er.»

Bartholdis Stimme war nicht so laut wie üblich und auch nicht so selbstsicher. Tatsächlich schien er nicht einmal zu jemand Bestimmtem zu reden. Er tat Bryn leid. Er hatte Bryn freundlich in Quivelda willkommen geheißen, und Bryn wusste, dass das nicht nur darauf zurückzuführen war, dass er ein Bellyset war. Das war ein weiterer Grund, warum Bryn gern an der Mission teilnehmen wollte. Er hatte genug davon, nicht dazuzugehören und nur wegen seines Namens bekannt zu sein. Dies war die Gelegenheit, etwas zu verwirklichen, wovon er immer geträumt hatte, was er sich mit Mittni, Telseara und Dordios ausgesponnen hatte. Eine Gelegenheit, sich zu bewähren. Durch eigenes Tun, aus freiem Willen.

«Guten Tag, Vater», sagte Mittni im Plauderton.

«Ah, seid mir gegrüßt, junge Herren.» Bartholdi schien überglücklich, jemanden zu haben, mit dem er reden konnte. «Wie kann ich euch zu Diensten sein?»

Bryn sah Mittni an, der plötzlich in Schweigen verfiel und sich sehr dafür zu interessieren schien, wie ein Nephelim in der Nähe seine langen Stiefel zuband. *Danke für den Beistand*, dachte Bryn.

«Ähm, nun ja … wir haben uns gefragt, ob wohl schon jemand für die Mission ausgewählt worden ist.»

Bartholdi schmunzelte. «Darum haben sich Thybil und der … hm, Zwergenmeister gewiss schon gekümmert. Thybil nimmt nur Hu-Barue mit. Warum fragst du?»

«Ich bin ein Hu-Barue!», rief Mittni. «*Schuckel!* Onkel Thybil hat mich nicht einmal kurz in Erwägung gezogen, dabei habe ich wacker gestritten! Na ja, zumindest bin ich nicht weggelaufen, jedenfalls nicht am Anfang, in Quivelda, und ich bin mit ihm gegangen und habe die Nephelim gefunden.»

«Jetzt weiß ich, was du im Schilde führst», sagte Bartholdi. «Aber ich will nicht, dass eines meiner Kinder mitgeht. Du bist der Einzige, der alt genug ist, und wenn dir nun etwas zustößt, Mittni, mein Sohn? Soll dann Telseara diese Bürde auf ihre jungen Schultern nehmen?» Bartholdi wandte sich an Bryn. «Und was würde Mama Bellyset sagen, wenn wir ihr unseren Bellyset nicht zurückbringen? Nein, ihr kommt einfach nicht in Frage.» Er sah in ihre hoffnungsvollen Mienen und seufzte. Schulterzuckend hob er die Hände. «Aber wenn ihr unbedingt gehen wollt, fragt Thybil.»

Bryn und Mittni wechselten einen düsteren Blick; das hatten sie längst getan.

«Nun, einen Versuch war es wert», sagte Mittni, als sie Bartholdi verlassen hatten. Insgeheim waren sie beide erleichtert, aber das wollten sie einander nicht eingestehen.

Die Zeit verging. Alle schienen mit Packen beschäftigt oder mit dem Herumwühlen in Sachen, die sich vielleicht noch einpacken ließen, wenngleich es nur wenig gab, in dem sich herumwühlen ließ. Manche hatten sich bereits schlafen gelegt. Der Tag war bemerkenswert rasch vergangen.

Die Gruppe, die nach Arleath gehen würde, war bald fertig. Mit angemessenem Proviant und Kochgeschirr, Waffen und Karten ausgestattet, war die Reisegesellschaft erpicht darauf, loszukommen. Bartholdi hatte das Bedürfnis, ihnen noch etwas mit auf den Weg zu geben.

«Es tut mir überaus leid, nicht das Privileg zu haben, euch auf dieser wichtigen … *Mission* zu begleiten, aber mein Platz ist an der Seite meines Volkes in dieser … *beunruhigenden* Zeit, denn es gilt sicherzustellen, dass es zu einem Alltag zurückfindet, wie er sich für Barue gehört. Ich werde mein Volk in die Freiheit führen! Das ist meine Aufgabe und höchste Pflicht. Lebt wohl. Mögen sich eure Reisen als erfolgreich erweisen.»

«Am besten brechen wir alle noch heute Abend auf, dann haben diese Ostentum oder ihre Verbündeten nicht mehr Hinweise auf unseren Aufenthaltsort als nötig», sagte Galar. «Wir können nur hoffen, dass sie nicht wissen, was wir vorhaben, denn glaubt mir, ihre Spione sind überall.»

Die Gruppe, die nach Arleath aufbrach, in die Hauptstadt des gleichnamigen Reiches, bestand nur aus wenigen Personen. Sie wollten beweglich bleiben und möglichst wenig Aufmerksamkeit auf sich ziehen, denn sie verfügten nicht über den Schutz und die Erfahrung, die Galar und Thybil zu bieten hatten. Bryn und Mittni wussten nicht, wer auserwählt worden war, nur dass es wenige waren.

Dann erblicken sie Thybil, der zwei widerstrebende Hu-Barue, die mit ihren Bewunderern plauderten, mit sich zog. Bryn musste auflachen, als er Drattni und Yerfi erkannte. Er fand sie unglaublich mutig, auch wenn die Stadt Arleath näher war als Armaah. In mancher Hinsicht war ihre Mission die wichtigere. Es würden Soldaten aus Arleath und nicht aus Armaah sein, die den Barue von Quivelda schließlich Schutz bieten würden.

Galar war schwer erbost über die Nephelim, weil sie nicht einmal diese kleine Gruppe nach Arleath begleiten oder selbst dorthin gehen wollten. Thybil konnte gerade noch eine gewalttätige Auseinandersetzung verhindern. Nachdem ihm das gelungen war, machte er sich wieder daran, Aesir sanft davon zu überzeugen, dass Colthar gewiss unterstützen würde, was sie ihr vorschlugen. Die blonde Anführerin gab ihm recht und übertrug Wafrudnir das Kommando über die verbleibenden Nephelim mit den Worten, dass sie als beste Kundschafterin mehr als jeder andere – und sei es der wildeste Krieger – geeignet sei, die Barue zu begleiten. Sie erklärte, so würde wenigstens Wafrudnir und nicht sie für das verantwortlich gemacht werden, was beim Sklavenlager geschehen war.

Es war ein trauriger, sorgenvoller Abschied, doch Bryn bebte auch vor Aufregung.

«Leb wohl, Yerfi. Leb wohl, Drattni. Nun geht schon, ihr hoffnungslosen Helden», sagte er. «Aesir will endlich aufbrechen.»

Die Barue winkten den dreien nach, bis sie außer Sicht waren. Bryn und Mittni bemerkten Telseara und Dordios, die als «die Retta» jetzt so etwas wie Helden geworden waren. Sie machten mehr denn je den Eindruck, etwas im Schilde zu führen. Bryn hoffte nur, dass sie so bald keinen dummen Streich mehr mit den Dörflern vorhatten. Für die nächste Zeit hatte er jedenfalls die Nase voll von Streichen. Mittni seufzte, und die beiden Freunde kehrten mit gemischten Gefühlen um.

✦ ✦ ✦

Bryn und Mittni halfen dabei, für die Reise nach Armaah Vorräte aus dem verlassenen Sklavenlager zu bergen. Der Weg vom Arbeitslager zur Basis auf dem Hügel dauerte rund zehn Minuten. Bald war alles dunkel und beängstigend still. Die beiden näherten sich gerade wieder dem Basislager und waren erleichtert über die Geräusche von Leuten, die ruhig vor sich hin arbeiteten. Auf dem Weg hatte beklommenes Schweigen geherrscht. Sie waren jetzt vorsichtig, seit es in den Bäumen so unheimlich geraschelt hatte. Zum Glück waren sie nicht allein. Thybil und ein paar andere begleiteten sie vollbeladen. Es war eine ängstliche Truppe, denn sie alle fürchteten, dass die Monster jeden Augenblick zurückkehrten.

Doch jetzt, wo sie sich den anderen Barue näherten, setzte das Gespräch wieder ein. Die Einwohner von Quivelda fanden, dass die Freiwilligen überaus tapfer waren; darum wollten sie nicht wie verängstigte Schafe zurückkehren, sondern lässig, als würden die Gefahren, die in der Dunkelheit lauern mochten, sie in keiner Weise beeindrucken. Bryn war verwundert, dass Telseara und Dordios nicht angeboten hatten, beim Zusammenstellen des Proviants zu helfen. Telseara sah es doch eigentlich ähnlich, ihren Mut unter Beweis zu stellen. Er konnte nicht glauben, dass sie eine solche Gelegenheit ungenutzt verstreichen ließ. Die beiden hatten sich freiwillig dazu gemeldet, nach Arleath und Armaah zu gehen, und waren beide Male von Bartholdi und Thybil zurückgewiesen worden. Vielleicht hockten sie jetzt irgendwo und schmollten …

In diesem Moment hallte ein markerschütterndes Kreischen durch die Nacht. Bryn machte einen Satz und duckte sich; Adrenalin schoss durch seine Adern. Er blickte sich um, doch nirgendwo war etwas zu sehen, weder am Waldrand zur Rechten noch an den Hängen zur Linken. Die Schreie hatten so nah geklungen. Was für Monster waren das? Dann fielen gewaltige Schatten auf die kleine Truppe, und alle starrten angsterfüllt nach oben. Fünf dunkle Umrisse verdeckten die Sterne.

Sie liefen um ihr Leben, duckten sich unter den todbringenden Klauen und Fängen weg, mussten beiseitespringen oder sich flach auf den Boden werfen, um nicht getötet oder verletzt zu werden. Thybil, der nicht so flink war wie die jüngeren Barue, war eine verhältnismäßig leichte Beute, und das fiel den schwarzen Angreifern rasch auf. Der alte, schwächliche Barue hinkte bereits hinterher, als sich eine Kreatur auf ihn stürzte, ihm ihre langen Klauen in die Schultern trieb und ihn zu Boden warf. Er schrie auf und überschlug sich mehrmals, dann war die Kraft des Angriffs abgeleitet. Doch das Monster war noch nicht fertig mit ihm. Bryn sah, wie sich auf dem zerfetzten Mantel Blutflecken ausbreiteten. Der Angreifer machte kehrt, um dem alten Barue den Rest zu geben.

«Thybil!», brüllte Mittni und sprang seinem Großonkel bei. Die anderen zogen die Waffen blank und griffen das Untier mit solcher Heftigkeit an, dass es sich zurückzog. Weitere Angreifer sausten über ihren Köpfen umher und kreischten durchdringend. Bryn und Mittni zerrten Thybil auf die Füße und hetzten, nunmehr die Nachhut bildend, weiter. Für einen Moment hatten sie Ruhe.

«Sie scheinen sich für einen gemeinsamen Angriff zu sammeln!», rief Mittni den anderen nach einem erneuten Blick über die Schulter zu. «Lauft weiter, vielleicht können wir sie in eine andere Richtung lenken!»

Sie schleppten Thybil zum Fuß des Berges, den Barue hinuntereilten, um ihren Freunden beizustehen. Aber noch waren die beiden Gruppen getrennt, und die fliegenden Angreifer holten rasch auf. Bryn taten vom schnellen Rennen durch das Gras die Beine weh, und das wuchtige Hu-Barue-Schwert in der Hand behinderte ihn zusätzlich. Bald hatte er Mittni eingeholt, der stehen geblieben war, um nach hinten zu sehen. Thybil und der Rest der Truppe kamen quälend langsam voran. Da zerrissen ohrenbetäubende Schreie und das Flattern von Flügeln die Luft. Bryn sah, wie fünf fledermausartige Wesen mit schreckenerregender Geschwindigkeit herabstürzten. Mit einem Aufschrei warf er sich auf Mittni, und die beiden gingen zu Boden. Die erste Kreatur fegte über sie hinweg. Bryn spürte, wie der Wind ihrer Flügel ihm die Haare zerzauste, als sie ihn verfehlte und einen rauen Schrei ausstieß.

Die beiden sprangen auf und liefen los. Sie suchten Schutz im Trabatrawald. Zwischen den Bäumen konnten ihnen die Kreaturen bestimmt nicht folgen. Ihre Körper waren nur wenig größer als die der Barue, doch ihre Flügelspannweite übertraf ihre Körperbreite um ein Vielfaches. Zwei Wesen folgten Thybils Gruppe und holten wieder auf, die anderen drei flogen hinter Bryn und Mittni her. Einmal stolperte der Brauer über eine freiliegende Wurzel und hätte sich fast überschlagen. Gerade eben konnte er die Schwertklinge von seinem Körper weghalten. Vielleicht war es doch nicht so klug gewesen, sein Hu-Barue-Schwert behalten zu wollen, wo es im Sklavenlager eindeutig bessere Waffen gegeben hätte.

«Puh», keuchte Mittni und lehnte sich auf einen Baumstumpf, um wieder zu Atem zu kommen. Schweißperlen standen auf seiner Stirn. «Ich glaube … wir haben sie abgehängt.»

Ein Geräusch wie von hundert zerberstenden Ästen über ihnen ließ sie zusammenfahren. Etwas näherte sich ebenso rasch dem Erdboden, wie die Barue von Angstschauern überzogen wurden. Bryn erkannte ledrige Schwingen und einen pelzigen Körper hoch oben in den Ästen. Die beiden stolperten weiter. Dann hörten sie Flattern und Kreischen und wussten, dass etwas auf sie zuraste. Klauen zerrissen das Erdreich. Eine zweite Gestalt schälte sich aus der Dunkelheit. Mittni stieß einen lauten Schrei aus und bedeckte sein Gesicht mit dem Arm, Bryn warf sich wieder zu Boden. Längst waren beide von peitschenden Zweigen zerkratzt.

Heiseres Krächzen entrang sich ihren Kehlen – Bryn sah schiefe Fangzähne über sich. Die Kreatur oben in den Bäumen stürzte herab, brach auf dem Weg nach unten die letzten Äste ab und schlug direkt vor ihnen auf dem Boden auf: ein Häufchen Elend, das sich wand, als habe es ihm den Atem verschlagen. Bryn konnte es nicht fassen. Er machte einen Satz nach vorn und stach wild auf das Wesen ein. Trotz der Grausamkeit des Untiers, trotz der blutdurstigen, fledermausgleichen Albtraumerscheinung fühlte Bryn sich schuldig, weil er ein Tier tötete. War es denn ein Tier? Oder ein Ostentum? Waren Ostentum Tiere? Aber bevor er zu einem Schluss gekommen war oder das geflügelte Wesen getötet hatte, packte Mittni ihn, und sie stolperten Richtung Waldrand davon.

Der Wald schnitt sie vom Rest der Welt ab, und so hörten sie keine Geräusche als die des peitschenden Fellbündels und seiner Flügel auf dem Boden und das bedrohlich näherkommende zweite Monster. Seine Klauen trafen ein paarmal schauderhaft klackend auf Stein, dann wühlten sie wieder die Erde auf. Draußen, vom Berg her, konnte Bryn tumulthafte Geräusche hören. Er und Mittni hasteten weiter. Die Kreatur folgte ihnen rasch, aber auf unsicheren Beinen. Bryn blickte sich um und sah, wie sie über den Waldboden stakste, unbeholfen die Glieder bewegte und immer wieder mit den Klauen in freiliegenden Wurzeln hängen blieb.

Endlich brachen die beiden Freunde aus dem Wald ins Freie. Sie blieben einen Moment schwer atmend stehen, dann begriffen sie, dass die Kreatur ihnen dicht auf den Fersen war. Sie konnten nicht mehr, ihre Glieder waren schwer und schmerzten, ihre Haut war zerkratzt und brannte. Es war auch außerhalb des Waldes dunkler geworden. Bryn konnte oben am Berg die Barue erkennen und war froh über ihre Gelassenheit. Anscheinend stellten die Monster keine Bedrohung mehr für sie dar. Doch dieses eine würde sie gleich erwischen! Bryn wollte um Hilfe rufen, aber er hatte nicht mehr genug Luft dafür. Mittni hielt sich die Seiten. Bryn hatte das Gefühl, keinen Schritt mehr gehen zu können. Sie befanden sich nahe am Fuß des Berges. Die Barue hatten sie jetzt anscheinend entdeckt, denn Rufe und das Geräusch von Schritten drangen durch die kalte Luft zu ihnen.

Aber sie waren zu langsam. Das Monster war nur noch wenige Schritte entfernt und verzog die Schnauze zu einem bösen Grinsen. Hinter den grindigen Lippen ragten die Spitzen grausamer Zähne auf. Es war zu spät. Vielleicht reichte die wenige Kraft, die ihnen noch geblieben war, um sich zu verteidigen. Bryn und Mittni hoben die Waffen und stellten sich ihrem Feind. Die Arme des Wesens waren mit den Flügeln verwachsen wie bei einer Fledermaus, aber länger, sodass die klauenbewehrten Pfoten frei und beweglich waren. Und wie beweglich sie waren! Wenige Schritte vor ihnen stellte sich das Monster auf die Hinterbeine und schlug mit den Flügeln, schnitt mit seinen Klauen in erschreckender Heftigkeit die Luft. Das Monster mochte zu Fuß weniger beeindruckend sein als am Himmel, aber das bösartige Gesicht und die scharfen Klauen sahen hier unten weit furchterregender aus.

Bryn und Mittni hoben wieder ihre Klingen, bereit, zuzuschlagen. Mit einem Satz näherte sich das Monster, und seine Klauen blitzten im Mondlicht. Alle Farbe war längst in verschiedene Abstufungen von Grau zerfallen, und die Klauen und Fänge schimmerten vor dem schwarzen Fell weiß auf.

Bevor die beiden Barue angreifen konnten, zerriss eine weit schärfere Waffe die Nacht. Eine breite Schneide zischte vor ihnen herunter und trennte eine Pfote ab. Eine massige Gestalt stieß die Barue zu Boden und stampfte auf das Monster zu, mit wilden, schneidenden Schwüngen, die es binnen Sekunden bewegungslos am Boden liegen lassen sollten. Die Axt beschrieb auf beiden Seiten des Zwerges flüssige Bewegungen, die trotz des todbringenden Gewichts elegant und von kalter Schönheit waren.

«Ich habe nach euch gesucht.» Galar half den Barue auf die Füße. «Entschuldigt die Verspätung.»

Die beiden Freunde blieben stumm. Bryn konnte sein Herz in den Ohren schlagen hören. Ihm dröhnte der Kopf. Er sah sich das Monster zum ersten Mal in Ruhe an. Es war nicht so groß, wie er gedacht hatte; der Schatten, der von oben über sie gefallen war, musste getäuscht haben. Es hatte einen kleinen Leib, aber lange Beine. Gegen die groben Flügel nahm sich der Körper dürr und wenig beeindruckend aus.

«Schon in Ordnung», sagte Mittni leise.

«Danke», flüsterte Bryn.

«Ach, gern geschehen», antwortete der Zwerg munter und

wischte die Axt mit einem Tuch ab. «Hinterhältiges Viehzeug, das. Und verflucht schnell dazu.»

«Sehen wir zu, dass wir unsere Sachen wiederfinden. Wir müssen uns beeilen», sagte Thybil leise, als er an ihre Seite eilte. «Das waren Kundschafter.»

Bryn suchte den Nachthimmel ab. Die fünfte Kreatur war nirgends zu sehen.

✦ ✦ ✦

«Kopf hoch, Kinder», tröstete eine leise Stimme. Bryn und Mittni spürten beide, wie sich eine knotige Hand jeweils auf ihre Schulter legte. Sie wandten sich zueinander um und sahen einen weißen Haarschopf zwischen sich.

«Es ist nicht das Ende der Welt», sagte Thybil.

«Was denn?», fragte Mittni unschuldig und setzte sich gerade hin.

«Du könntest nicht einmal Backenhörnchen täuschen. Nun, dass ihr nicht mit auf die Reise nach Armaah geht, natürlich.»

«Backenhörnchen sind aber sehr schlaue Lebewesen. Hast du selbst gesagt.»

«Richtig. Schön, dass ihr mir ab und zu zuhört. Aber du weichst aus. Hört zu, diese Reise ist überaus gefährlich und wird jedem Teilnehmer außerordentlich viel abverlangen. Mit den Worten der Numenii: Wir können keine Verantwortung für Leib und Leben übernehmen; wir sind unter keinen Umständen haftbar zu machen.»

Er meinte es witzig, aber sie verstanden es nicht so.

«Du vergisst, dass wir heute eine Schlacht überstanden haben.» Bryn fand Thybils Humor manchmal schwer nachvollziehbar. «Und wildgewordene Riesenfledermäuse noch dazu.»

«Uns Vorträge anhören zu müssen, macht es nicht besser», sagte Mittni. «Als ob wir uns der damit verbundenen Gefahren nicht bewusst wären …»

«Keine Sorge, Onkel», fuhr Bryn fort. «Wir wissen deine Besorgnis und deine mitfühlenden Worte zu schätzen. Aber um ehrlich zu sein, wir sind nicht sonderlich verärgert darüber, dass uns dieses Abenteuer verwehrt bleibt. Ich freue mich schon darauf, Mama Bellyset wiederzusehen.»

«Gut. Die Barue brauchen auch jemanden, der auf sie aufpasst.»

«Das sagt man immer zu kleinen Kindern», erwiderte Mittni schneidend.

«Aber in diesem Fall trifft es zu. Und im Gegensatz zu den meisten Kindern seid ihr fähiger als die Erwachsenen.»

«Wenn wir so fähig sind, warum lässt du uns dann nicht mitgehen?», fragte Bryn.

«Weil es nicht nur auf Fähigkeiten und Bereitschaft ankommt», fuhr Thybil rasch fort, denn er konnte spüren, dass Bryn und Mittni gleich widersprechen würden. «Ich weiß, dass ihr zwei mehr als bereit seid. Aber ich hatte andere im Kopf. Die Hu-Barue.» Wieder musste er schnell weitersprechen, um ihren Worten zuvorzukommen. «Ja, du bist ebenfalls ein Hu-Barue, Mittni. Bryn aber nicht. Ich bezweifle, dass du ohne ihn gehen würdest. Und jetzt denkst du über eine Ausnahme nach. Yerfi ist schließlich auch kein Hu-Barue. Gestattet mir, euch die Situation darzulegen. Es kann alles ganz leicht anders kommen, als ihr denkt. Die Hu-Barue haben mich sehr verärgert. Ich bin tatsächlich so enttäuscht von ihnen, dass ich außer Drattni nur einen Hu-Barue entsenden werde. Yerfi und er waren gar nicht so erpicht auf diese Aufgabe, obwohl sie sich als Erste freiwillig gemeldet haben, wahrscheinlich, um vor den anderen anzugeben.»

Er lachte bedrückt. «Vielleicht hatten sie erwartet, dass sich alle anderen danach auch freiwillig melden würden, sodass sie am Ende vielleicht gar nicht selbst gehen müssten. Wie auch immer – von den fünfzehn Barue, die ich ausgewählt hatte, war niemand bereit zu gehen. Und keiner gab zu, dass er zu viel Angst hatte; stattdessen boten sie schwache Ausreden an, wie dass sie nach diesem oder jenem Verwandten schauen müssten oder gar die gesamte Gemeinde schützen müssten oder verletzt seien oder zu erschöpft. Es gibt noch mehr Hu-Barue, aber wenn schon die Elite auf so verabscheuungswürdige Weise handelt, was kann ich dann von den Übrigen erwarten? – Also habe ich zwei andere für die Reise nach Armaah ausgewählt. Sie sind jünger, als ich eigentlich wollte, und überaus unzuverlässig. Ich kann eigentlich kaum die Verantwortung für sie übernehmen. Man kann sich bei den beiden eigentlich nur auf eines verlassen … dass sie ständig etwas im Schilde führen!»

«Warte mal, du willst doch nicht etwa Telseara und Dordios mitnehmen, oder?» Die Vorstellung schien Bryn und Mittni ins Mark zu treffen, sie wirkten regelrecht entsetzt.

«Himmel, nein – das würdet ihr ja wohl kaum zulassen, oder?» Thybil schlug ihnen gönnerhaft auf die Schultern, zwinkerte und spazierte laut pfeifend davon.

Er drehte sich noch einmal um. «Treffpunkt in zwanzig Minuten am Tor oder dem, was davon übrig ist. Ihr beide seid es, und Galar und ich. Wenn ihr nicht pünktlich da seid, muss ich Telseara und Dordios ernsthaft in Erwägung ziehen!»

Bryn und Mittni starrten einander an. Es sah ganz so aus, als hätten sie den Fisch doch an Land gezogen.

«Das mit den Kundschaftern vorhin muss ihn beeindruckt haben», sagte Mittni. Er schien nicht fassen zu können, was gerade passiert war.

Sie eilten davon, um Decken, Ausrüstung und Proviant zu besorgen. Zwanzig Minuten waren nicht viel Zeit. Eilig stopften sie Zeug in Rucksäcke, holten es wieder heraus, um Platz für anderes zu machen, überprüften den Sitz der Rucksäcke und stürzten endlich zu den Überresten des Tores, wobei sie sich fragten, ob sie irgendetwas Wichtiges vergessen hatten. Bryn bat Telseara und Dordios, Mama Bellyset einen lieben Gruß auszurichten.

Nachdem die Barue, die nach Wenfeld gehen würden, sie hatten hochleben lassen, sagte die Gruppe Lebewohl und trat im Schutz der kalten und feuchten Nacht ihre Reise ins Ungewisse an. Wortlos genossen sie das Miteinander, eilten durch die stillen Wälder und hofften, nicht entdeckt zu werden.

✦ 8. KAPITEL ✦

Die quälende Vergangenheit

In Deckung!», flüsterte Galar heiser. Bryn hielt den Atem an und kauerte sich langsam hin, sodass er hoffentlich nicht mehr zu sehen war. Er wollte sich nicht auf die Dunkelheit verlassen; sie mochte sich als unzuverlässiger Schutz erweisen. Wer wusste schon, welche Ostentum in der Nacht sehen konnten? Also drückte er sich gegen einen Baum, um sich möglichst wenig von der Umgebung abzuheben. Sein Herzklopfen und seine schweren Atemzüge schienen die einzigen Geräusche zu sein. Er hoffte, die Gruppe damit nicht zu verraten. Nach einer Weile entdeckte er rechts von sich Mittni in einer ähnlichen Position; er lag auf dem Boden. Warum versteckten sie sich eigentlich? Waren Monster in der Nähe?

Genau in diesem Moment hörte er, wie nicht weit entfernt im Unterholz Zweige beiseitegeschoben wurden und ein Ast zerbrach. Eine große Pfote trat auf den Waldboden und ließ den weichen Teppich aus Zweigen und Blättern vibrieren.

Bryn sah, dass es sich um eines der größeren Ostentum handelte. Es musste ihnen vom Sklavenlager aus gefolgt sein. Das Wesen schlich umher und untersuchte den Boden. Es blieb nur stehen, um in einem Flecken Mondlicht einige Fußspuren zu betrachten.

Dem Himmel sei Dank!, dachte der Brauer. Zumindest dieses Ostentum konnte nicht in der Dunkelheit sehen. Weitere beklemmende Sekunden verstrichen. Bryn zuckte zusammen. Jemand hatte ihm auf die Schulter getippt. Es war jedoch nur Thybil, der ihm einen Bogen hinhielt.

«Wir müssen das Vieh loswerden», flüsterte der Alte. «Es scheint allein zu sein, also werden wir alle schießen, sobald Galar das Signal gibt.» Bryn nahm den Bogen und bekam als Nächstes einen Pfeil gereicht. Er hatte selbst noch nie geschossen, doch er hatte anderen dabei zugesehen. Bald waren sie bereit. Galar warf Steine, um ihren Gegner in eine bestimmte Richtung zu lenken, dann zückte er eine Wurfaxt. Bryn legte nun auch seinen Pfeil auf die Sehne … langsam zog er den Bogen durch …

«Schuss!»

… und ließ los. Das Ostentum war jetzt sehr nahe, und so trafen drei von vier Geschossen ihr Ziel. Bryns Pfeil verfehlte es um eine Handbreit, und er hatte das Gefühl, die Gruppe schon jetzt im Stich gelassen zu haben. Mit einer Mischung aus Niedergeschlagenheit und Freude sah er, dass Galars Wurfaxt blitzend im Schädel des Monsters steckte, während die anderen beiden Pfeile in seinen Rücken und Hals gefahren waren. Das Ostentum brüllte vor Schmerz und wankte langsam auf sie zu. Galar sprang aus seinem Versteck und stellte sich ihm mit seiner uralten Axt entgegen.

«Lauft!», rief er seinen Kameraden zu. «Wir treffen uns später, ich werde schon fertig mit ihm.» Er hatte es kaum gesagt, da tauchten mehr Monster auf und meldeten brüllend Widerspruch an. *«Droch!»*, grollte der Zwerg, wich einem brutalen Faustschlag aus und konterte ihn mit ebensolcher Wucht.

«Galar! Warte!» Die anderen wollten ihm zu Hilfe eilen, aber er schrie: «Nun macht schon, ich schaff das! Fort mit euch!»

Die drei liefen um ihr Leben. Sie stolperten über Wurzeln und krachten in Bäume hinein. Zweige peitschten ihnen ins Gesicht, als wollten sie die Barue aufhalten. Alle drei trugen leichtes Gepäck: Sachen aus dem Sklavenlager oder was die anderen Barue und die Nephelim hatten erübrigen können (wobei Telseara und Dordios das meiste aus der Familiengrotte hatten mitgehen lassen). Dennoch war es schwierig, sich im Dunkeln durch den Wald zu schlagen. Bald sammelten sie sich wieder. Schwer atmend und mit stechenden Seiten bahnte sich Bryn seinen Weg zu der Stelle, wo Thybil und Mittni zwischen den dunklen Baumstämmen standen. Vielleicht lag es an seiner Erschöpfung, dass ihm ihre ängstlichen und wachsamen Mienen nicht auffielen. Thybil bedeutete ihm mit seiner Hand und einem finsteren Blick, still zu sein, worauf der Brauer stehen blieb und versuchte, ruhiger zu atmen.

Nicht weit von ihnen entfernt raschelten Blätter. Wind? Bryns Herzklopfen sprach eine andere Sprache. Die Barue wollten sich verstecken, aber die Geräusche kamen so rasch näher, dass ihnen die Zeit fehlte. Was immer das war, es kam genau auf sie zu! Bryn zog sein Hu-Barue-Schwert und wartete. Ein Aufschrei, Stahl blitzte. Eine große Gestalt brach zwischen den Bäumen hervor. Blieb genau vor ihnen keuchend stehen.

«Ach, ihr seid's.»

Wafrudnir schob sein Schwert in die Scheide und grinste verlegen. «Ich dachte, ich hätte was gehört.» Der Krieger sah sie einen Moment lang zögernd an. «Wo ist Galar?»

Thybil wollte es schon erklären, doch der Nephelim unterbrach ihn. «Hört zu, nicht weit von hier gibt es einen Hügel. Dahinter verläuft ein Graben. Versteckt euch dort und wartet auf ihn. Ich werde dafür sorgen, dass der Zwerg wohlauf ist, und dann folgen wir euch. Wenn er überlebt. Er war bei seiner Ankunft nicht gerade in gutem Zustand, und jetzt das. Fang!» Wafrudnir warf Bryn einen Rucksack zu. «Geht schnell, bleibt nicht stehen.» Er verschwand im Unterholz.

Froh, dass die Nephelim im Wald waren, gingen die drei Barue weiter und bahnten sich ihren Weg jetzt vorsichtiger durch das dichte Gestrüpp.

«Nun sind wir wieder auf uns gestellt», sagte Mittni nachdenklich, nachdem sie zehn Minuten lang schnell gegangen waren. «Dabei hat das Abenteuer gerade erst begonnen. Ich hoffe, wir sehen uns alle wieder.»

«Keine Sorge», sagte Thybil mit einem Grinsen im Gesicht. «Galar Sturlison hätte schon hundertmal tot sein müssen. Ich glaube nicht, dass es heute Nacht einer Handvoll Monster gelingt, ihn zu töten. Nein, wir werden nicht diejenigen sein, die ihn vor diesem denkwürdigen Augenblick das letzte Mal gesehen haben – es sei denn, er ist aus der Übung!»

Sie eilten weiter und blieben am südwestlichen Rand des Trabatrawaldes stehen, um wieder zu Atem zu kommen.

«Wir müssen etwas über eine Meile geschafft haben», teilte Thybil ihnen mit. «Ich kann den Hügel sehen, den Wafrudnir gemeint hat. Dort drüben. Wenn wir getrennt werden, geht einfach dorthin. Dahinter muss der Graben sein, wo wir uns treffen wollen.»

Sie gingen vorsichtig querfeldein und erreichten schließlich die Stelle, die ihnen der Nephelim beschrieben hatte. Es war kein sehr hoher Berg, aber offensichtlich derjenige, den er gemeint hatte, denn er stand ziemlich allein, und tatsächlich verlief auf seiner Rückseite ein Graben.

«Sollen wir oben warten, damit wir sie kommen sehen?», schlug Mittni vor.

Thybil schien zu überlegen. «Ja, das müsste gehen», antwortete er schließlich. «Auch wenn wir damit Gefahr laufen, dass der Feind uns entdeckt. Und Wafrudnir hat uns aufgefordert, in dem Graben zu warten.»

«Also lieber nicht auf dem Hügel warten?», fragte Mittni.

«Doch, natürlich. Aber zieht den Kopf ein. Kommt, gehen wir.»

Die drei erklommen den Hügel. Sie legten sich neben ein Gebüsch, um sich gegebenenfalls verstecken zu können. Es war eine sternenklare Nacht, aber umso kälter. Eine Zeitlang lagen sie da und froren.

«Wir dürfen nicht einschlafen», sagte Thybil. «Sonst könnte der Feind uns fangen, oder die anderen finden uns nicht.»

«Nicht weiter schwer, bei diesen Temperaturen wach zu bleiben», sagte Bryn und rückte dichter an die anderen heran. «Aber wenigstens sind wir diejenigen, die am meisten zu essen und zu trinken dabeihaben!» Damit begann er, in ihren Rucksäcken nach Essbarem zu suchen. Wenig später brachte er eine Reiseflasche und ein paar Kekse zum Vorschein. Zwei Rucksäcke zu tragen, war die Sache wert – Swigny. Er konnte den Geschmack nur gutheißen.

«Irgendjemand hungrig?» Er biss in einen Keks. Bryn und Mittni bedienten sich und überließen Thybil das Reden.

«Erzähl uns ein bisschen was über die Ostentum, Onkel Thybil», sagte Bryn.

«Ach, da gibt es nicht viel zu erzählen. Es sind kaum mehr als wilde Tiere.» Doch der Alte konnte sie nicht täuschen.

«Woher kommen sie, und warum verfolgen sie uns?», wollte Bryn wissen.

«Während des Kriegs um das Tor haben sie auf der Seite des Feindes gekämpft. Aber warum sie uns jetzt angreifen, weiß ich nicht so genau …»

Bryn grinste in sich hinein. Die ganzen vier Jahre in Quivelda über hatte er Thybil immer wieder andere Barue dafür tadeln hören, dass sie diese Redewendung benutzten. ‹Was soll das heißen, du weißt es nicht genau? Entweder du weißt es, oder du weißt es nicht›, sagte er immer. Dass er diese Redewendung nun selbst benutzte, zeigte, wie sehr ihn die Sache beschäftigte. Bryn ahnte, dass mehr hinter den geheimnisvollen Ostentum steckte.

«Komm schon, Onkel, wir wissen, dass du uns etwas verheimlichst», sagte Mittni.

Thybil schwieg eine Zeitlang. «Vieles ist mir selbst nicht bekannt.»

Er holte tief Luft.

«Ich werde euch erzählen, was ich weiß», sagte er schließlich. «Aber ihr müsst unbedingt wachsam bleiben und aufpassen! Ich denke, ihr solltet mehr darüber wissen, mit welchem Gegner wir es zu tun haben. Manches wisst ihr schon. Und was den Rest betrifft …

Lauscht meinen Worten, denn sie beschreiben die größte Tragödie, die das Numenii-Imperium, ja ganz Calaspia seit Jahrtausenden erlebt hat. Obwohl die Geschichte am Anbeginn der Zeit ihren Anfang nimmt, als die Saat des Wahnsinns in das Gewebe des Seins gelegt wurde, wollen wir nur das Unglück genauer betrachten, das der Krieg um das Tor darstellte. Neunundvierzig Jahre sind seit ihrem Beginn vergangen, und das Land ist noch immer von tiefen Narben gezeichnet. Von Narben, die vielleicht nie ganz verheilen werden.

Es begann alles mit Nequam, einem jungen Schüler in Itrim. Er besaß große Kraft und war von Anfang an zu den Zauberkünsten hingezogen. Manche hielten ihn für den besten

Schüler, den der Orden von Itrim je gesehen hatte. Mit seiner Auffassungsgabe, seinem Wissen, seiner Stärke konnte sich niemand messen – außer einem anderen jungen Schüler namens Eridanus. Nequam hätte dies nie zugegeben. Im Laufe der Zeit erfüllten seine Fähigkeiten ihn mit Hochmut. Traurigerweise war er über die Maßen dickköpfig. Die Tugend nennen wir Entschlossenheit oder Beharrlichkeit, aber Hartnäckigkeit, die, ob nun absichtlich oder irrtümlich, auf das falsche Ziel gerichtet ist und zu der sich noch die Stärke gesellt, kann sich als gefährlich erweisen. In diesem Falle als lebensgefährlich – nämlich tödlich für Tausende, für viele hundertmal Tausende.

Nequam glaubte, mächtig genug zu sein, um sich alles erlauben zu können. Er … er beging einige Übeltaten und wurde aus Itrim verbannt. Von da an war er ein anderer Mensch, schlimmer noch: Er war kein Mensch mehr. Er wurde zu einem Wesen, das von dem Wunsch angetrieben war, uns zu schaden, dem Imperium, Itrim, allem, das für seine Zurückweisung stand. Denn darum ging es. Wir hatten die Ideen zurückgewiesen, die er hochhielt. Nequam gab sich dem Wahnsinn hin, und das konnte natürlich nicht geduldet werden. Wie viele vor ihm war auch er zu der Überzeugung gebracht worden, dass der Wahnsinn einen Ausweg bot. Wie viele vor ihm täuschte er sich.

Wahnsinn führt stets in die Zerstörung. Manche sagen, er segnet einen mit einer ganz eigenen Kreativität, doch sie vermag nur das Gute und Heile zu entstellen. Zweifelsohne hatte der Wahnsinn Nequam verdorben und dazu getrieben, Schreckliches zu tun … war er verrückt? Natürlich war er das. Es gibt viele Arten von Verrücktheit, und nicht alle hängen sie mit dem Wahnsinn zusammen. Aber seine Verrücktheit, seine Besessenheit, trieb ihn dazu, für seine Ziele vor nichts zurückzuschrecken. Es war unausweichlich, dass er sich eines Tages dem Wahnsinn zuwandte, denn dieser scheint Wege zu bieten, die nirgendwo sonst offenstehen. Wie gesagt, viele andere haben den Wahnsinn für sich ausnutzen wollen, doch der Wahnsinn hat sie für sich ausgenutzt. Was also macht Nequams Geschichte zu einer besonderen Geschichte?

Nequam selbst eben. Ein solcher Charakter … wo soll ich anfangen? Der Wahnsinn offenbart sich auf verschiedene Weise, abhängig von der Person, die sich seiner bedient. Er ist ein Spiegel ihrer Individualität. Auch dies scheint kreativ zu sein, aber er nutzt nur das bereits Vorhandene. Der Wahnsinn kann nur selten ein Wesen beherrschen – die Nurg'uzrael, die vom Wahnsinn verformten Nurgor, sind der lebende Beweis –, und er kann dies nur, wenn das Wesen willig ist. Keine Macht kann ein Wesen beherrschen ohne dessen Einverständnis, wie unbewusst auch immer. Das gilt auch für Geister und Dämonen; merkt euch das, falls ihr mal einem begegnet. Niemand weiß, ob der Wahnsinn bei Nequam je so weit kam, denn er war ein zwar unergründlicher und rücksichtsloser, aber auch genialer Mensch, selbst wenn er seine Schaffenskraft für seine eigenen verworrenen Ziele eingesetzt hat … Jedenfalls ist er für die größte Verwüstung verantwortlich, die wir kennen.

Nequam befasste sich eingehend mit den Handlungen der Verdammten. Niemand anders hat sich je so weit in den Wahnsinn vorgewagt wie er. Es ist ein Wunder, dass er überlebt und sogar die Kontrolle behalten hat. Darum konnte er so mächtig werden. Er schreckte vor nichts zurück, und offenbar mit Berechtigung. Der verderbte Zauberer schien mit allem fertigzuwerden. Immer wieder konnte er sich der Gefangenschaft oder dem Tod entziehen. Der Orden von Itrim hatte seine Lehrmeister auf den Fall angesetzt, das Imperium seine Krieger geschickt, um Nequams unmenschlichen Plänen entgegenzuwirken. Wäre das Imperium zu dieser Zeit angegriffen worden, die Invasoren hätten weiß Gott leichtes Spiel gehabt. Und wo wir gerade bei solchen Leuten sind … es dauerte nicht lange, und viele schlossen sich dem Bösen an. Sein Name war in ganz Calaspia bekannt und gefürchtet. Er zog viele Anhänger an. Ich gebe durchaus zu, dass er auch allein so viel Unheil hätte anrichten können, aber seine Jünger erschwerten die Sache schrecklich. Hunderte von abtrünnigen Zauberern schlossen sich ihm an, Tausende von Ausgestoßenen. Sie waren unter vielen Namen gefürchtet, der Orden von Itrim und die apheristische Kirche bezeichneten sie als die Apostate, aber sie selbst nannten sich die Dunklen Jünger. Sie hatten es zu verantworten, dass das Blut Unschuldiger vergossen wurde, sie waren es, die die Wahrheit am schlimmsten verdrehten. Sie stopften einander mit Lügen voll und verzerrten die Wahrheit immer mehr. Denn was ist der Wahnsinn in seinem Kern, wenn nicht ein falscher Blickwinkel? Das Schlimmste war, dass sie selbst überzeugt waren, *das Richtige* zu tun. Die wenigsten betrachteten sich als böse. Die wenigsten dachten, als sie sich den Dunklen Jüngern anschlossen, dass sie bald schuld wären an den schlimmsten Gräueltaten, die Calaspia seit Jahrhunderten gesehen hatte. Sobald man die Wahrheit verwirft und die unzähligen Halbwahrheiten glaubt, die Lügen, die dem nicht erleuchteten Geist so sehr einleuchten, tritt man den langsamen und beharrlichen Abstieg in einen Abgrund an. Aber die Apostate waren längst nicht alles. Nehmt nur die monströsen Geschöpfe, die Quivelda zerstört haben …» Thybils Stimme brach, und er wischte sich die Augen.

Mit bitterer Stimme fuhr er fort. «Die Ostentum, wie sie genannt wurden. Sie kamen wie aus dem Nichts, brutale Bestien, die keine Gnade kannten, keine Freundlichkeit, kein

Mitgefühl. Hirnlose Feinde, die zu nichts als zum Morden taugten, und das konnten sie nur zu gut. Bald schlossen sich scharenweise Nurgor der Sache an. Nequam hatte seine Heimstatt gut gewählt, Garakron, die Festung der Vorfahren der Nurgor. Sie waren mehr als bereit, dorthin zurückzukehren unter einem Anführer, der so stark war, dass die Streitkräfte des Imperiums keinen Angriff gegen ihn führen konnten. Apostate, Nurgor und Ostentum, sie alle waren Werkzeuge in seinem teuflischen Plan.

Manche sagen, dass es gar keinen anderen Plan gab als den, uns zu zerstören, die Welt zu erobern. Unsinn, wenn ihr mich fragt. Ein Mann mit diesem Geistesvermögen soll nichts Besseres zu tun haben, als die Weltherrschaft zu übernehmen? Doch wie der Plan hätte aussehen sollen, kann ich euch auch nicht sagen. Die Schlachten wirkten planlos, sinnlos, aber manche von uns sahen über die blutbesudelten Felder hinaus. Ja, er verübte Gräueltaten voll purer Gewalt und Hass, die anscheinend einzig darauf abzielten, Leid über uns zu bringen … was ihm mit Bravour gelang …» Einen Moment lang sah es so aus, als wäre es dem alten Barue zu viel und er würde an dieser Stelle abbrechen. Aber er fuhr mit gedämpfter Stimme fort.

«Dank seines Einfallsreichtums und seiner vielen Gefolgsleute – die Apostate innerhalb des Imperiums, die Nurgor und Ostentum außerhalb – brauchte er die Flut von Angriffen nicht abreißen zu lassen. Uns war keine Ruhepause vergönnt. Durch unbekannte Mittel war er an all unseren Grenzen zugleich und manchmal sogar im Herzen des Imperiums. Derartiges hatten die Numenii noch nie erlebt. Es waren schlimme, schlimme Zeiten. Tausende verloren ihr Leben, für nichts und wieder nichts. Versteht ihr, Nequam konnte in jede Schlacht ziehen, die er wollte, selbst wenn er von vornherein wusste, dass er sie nie gewinnen konnte, einfach weil es so viele Ostentum gab. Unglücklicherweise gewann er die meisten Schlachten aber, um es gleich zu sagen.»

Wieder verfiel Thybil in Schweigen, und in der Stille schien es, als würde die Natur aufmerksam seiner Erzählung lauschen. Bryn hatte die Geschichte zum Teil während seiner Zeit bei den Aposteln des Verstehens gehört, aber selbst dort wurde nur ungern darüber gesprochen. Manchmal hatte er das Gefühl gehabt, dass alle weit mehr wussten als er, und er hatte angenommen, dass sie zu einem Zeitpunkt eingeweiht worden waren, als er anderweitig beschäftigt gewesen war oder sich dem Orden vielleicht noch gar nicht angeschlossen hatte. «Und die Leute *im* Imperium haben ihm auch geholfen?», versuchte er Thybil aus der Reserve zu locken und hoffte gleichzeitig, sein Glück damit nicht herauszufordern. Weder er noch Mittni hatten je erlebt, dass ihnen Thybil so bereitwillig Geheimnisse mitteilte. «Warum sollten ihm Angehörige des Imperiums helfen?»

«Bah!» Thybil spuckte aus. «Warum helfen solche Leute überhaupt irgendjemandem? Immer aus den gleichen Gründen: Sie betrachten ihre gegenwärtige Lage als nicht frei genug. Sie meinen, es gibt zu viele Regeln, Beschränkungen, Gesetze und so weiter. Jemand, der ihnen die Möglichkeit bietet, sich einer Seite anzuschließen, auf der es keine Regeln gibt – angeblich –, wird als Freiheitskämpfer angesehen! Nequam hat dann nicht nur die richtige Einstellung, sondern solche Leute sehen in ihm auch die Stärke, diese Einstellungen in die Tat umzusetzen. Und die Menschen sind habgierig, oft ist ihnen das Geld wichtiger als der gesunde Menschenverstand. Es würde nicht zu Nequams Charakter passen, persönlich irgendjemanden zu bestechen, aber seine Schatzkammern waren stets voll, wahrscheinlich haben seine Gefolgsleute sie für ihn gefüllt. Andere hegten einen Groll gegen das Imperium oder eine seiner Institutionen. Anders gesagt, die politischen Wirrköpfe. Wobei natürlich zur Debatte steht, ob die Gesellschaft den Wirrkopf hervorbringt oder ihn nur als solchen abstempelt.» Thybil dachte einen Moment nach, bevor er fortfuhr.

«Vielleicht ein bisschen von beidem … Aus welchen Gründen auch immer, sie schlossen sich jedenfalls Nequam an, alle. Nie zuvor war es einer Gruppe gelungen, sich gegen das Numenii-Imperium zu erheben, geschweige denn einem Einzelnen, sich gegen den alten Orden von Itrim zu stellen. Ich glaube, viele haben sich ihm nur deshalb angeschlossen, weil sein Erfolg sie anzog. Aber sie haben mehr bekommen, als sie erwartet hatten. Nequam war hochmütig, und ich bezweifle, dass er irgendjemanden an seinen Entdeckungen hat teilhaben lassen. Doch haben ihm seine Verbindungen innerhalb des Imperiums geholfen. Man wusste kaum mehr, wem man trauen durfte. Überall um einen herum wurden Leute festgenommen, verhört, am Morgen tot aufgefunden. Seine ‹beeindruckendste› Tat war es wohl, durch ganz Nomidien und halb Armaah zu marschieren und die Hauptstadt des Imperiums dem Erdboden gleichzumachen. Tatsächlich war dies eines der wenigen Male, dass Nequam sein Heer persönlich angeführt hat, statt es seinem Günstling zu überlassen, dem Dämon Ayactan. Ja, er hat die Hauptstadt ausgelöscht – vollständig, an einem Tag.»

«Aber … wir sind doch gerade zur Hauptstadt unterwegs, nach Armaah?», sagte Mittni.

«Ist sie wieder aufgebaut worden?», fragte Bryn.

Thybil lachte merkwürdig. «Ihr habt beide recht. Jedenfalls sind die Hauptstadt, die vollständig zerstört wurde, und diejenige, die wir besuchen werden, zwei sehr verschiedene Städte, sowohl, was ihre Lage, als auch, was ihre Anlage betrifft. Anstatt die alte wieder aufzubauen – wozu auch, es hätte keinerlei Vorteile gebracht –, erbauten sie eine neue, viel modernere Stadt, die sie nach dem Königreich Armaah benannten. Die alte Hauptstadt hieß Herocij und befand sich genau im Zentrum von Calaspia, umgeben von Hunderten von Meilen sicheren, gutbewachten Numenii-Landes. Und doch erschien er dort, wie aus der unsichtbaren Welt gekommen, mit Tausenden und Abertausenden von Ostentum, Nurgor und dem Abschaum der Menschheit. Kein Stein blieb auf dem anderen. Warum? Einfach so. Ja, zu jener Zeit wurde die Hölle auf Erden entfesselt … er erlegte sich die größten Strapazen auf, nur um uns zu schaden.»

Thybil war jetzt in düsterer Stimmung, tiefe Zornesfalten kerbten seine Stirn.

«Armaah wurde an einer viel sichereren Stelle erbaut, wie ihr sehen werdet. Ein weiterer Grund, warum sie die alte Stadt nicht wieder aufgebaut haben, war: eine Prophezeiung. Ein Fluch – Nequams Fluch. Nachdem er die Stadt zerstört hatte, sprach er die folgenden Worte:

Verflucht sei der Mann, der es auf sich
nimmt, diese Stadt wieder aufzubauen;
um den Preis seines Erstgeborenen
wird er ihre Fundamente legen,
und um den Preis seines Jüngsten
wird er ihre Tore hochziehen.

Wie kann jemand von so schrecklichem Hass angetrieben werden? Aber auch in jenen Zeiten gab es noch Erinnerungen, für die zu leben sich lohnte. Für die zu sterben sich lohnte. Am Ende wurde Nequam vom Blut unseres Volkes und unseres Landes hinweggespült. Nach seinem Tod hatten die Ostentum unseren Kriegern nicht mehr viel entgegenzusetzen. Führungslos wurden sie gehetzt und zur Strecke gebracht, ausnahmslos bis zum letzten Vieh. Wir haben den Krieg gewonnen, zu einem schrecklichen Preis.»

«Die Ostentum wurden ausgerottet?», fragte Bryn.

«Ja, so ist es. Nahmen wir jedenfalls an. Doch nun – durch welche Machenschaften Ruach'zams mag ich mir gar nicht ausmalen – sind sie zurückgekehrt.»

Das erklärte zumindest, warum Thybil, Galar und die Nephelim so beunruhigt waren.

«Woher weißt du das alles?», fragte Bryn. «Bist du dabei gewesen?»

Thybil runzelte die Stirn. «Ich war damals noch sehr jung. Das meiste weiß ich aus Geschichtsbüchern und von älteren Freunden.»

Mehr wollte der Alte nicht sagen, und Bryn und Mittni überließen ihn seinen Grübeleien. Die drei starrten zum weiten Sternenhimmel hinauf. Mittni wollte Thybil gerade etwas fragen, als Bryn zwei Gestalten entdeckte, eine sehr große und eine kleine, die über die Ebene auf sie zukamen. Beide waren breitschultrig.

«Schaut, da kommen sie!», sagte er.

«Folgt ihnen jemand?» Thybils Augen waren nicht mehr so scharf. Es war sonst niemand zu sehen, jedenfalls nicht, soweit die jüngeren Barue erkennen konnten. Sie beschlossen, Galar und Wafrudnir entgegenzugehen. Als alle wieder vereint waren, wanderten sie gleich in Richtung der Berge von Ged-Ruak weiter.

«Wie viele waren es insgesamt?», fragte Mittni und sah die beiden lädierten Ankömmlinge an. «Ihr habt ganz schön lange gebraucht, wir haben uns schon fast Sorgen gemacht.» Der Kittel aus schwarzem Leder, den Telseara notdürftig für den

Zwerg genäht hatte, war an vielen Stellen zerrissen – er war ohnehin zu eng ausgefallen und machte einen merkwürdig zerdehnten und unbequemen Eindruck.

«Das tut mir leid!», sagte Wafrudnir. «Wir wurden nochmal von den Ostentum aufgehalten und mussten sie im Wald abschütteln. Wir wollten vermeiden, dass sie uns folgen. Aber ich glaube nicht, dass wir zum letzten Mal von ihnen gehört haben.»

«Das braucht dir nicht leidzutun», sagte Bryn. «Wir sind euch dankbar, dass ihr euch darum gekümmert habt. Werden wir heute Nacht überhaupt schlafen können?»

«Nicht, solange ihr noch marschieren könnt», antwortete Wafrudnir. «Galar und ich sind zu dem Schluss gekommen, dass wir sie ein für alle Mal loswerden dürften, wenn wir die Nacht hindurch wandern. Ihr könnt –»

«Du begleitest uns!», rief Mittni.

Wafrudnir schob das Kinn vor. «Ich habe die anderen Nephelim mit Befehlen zurückgelassen. Aesir weigert sich, unseren Freunden die benötigte Hilfe zu geben, und schleicht sich dann zu einem Abenteuer davon. Und von mir erwartet sie, dass ich mich Colthars Zorn allein stelle?» Der Nephelim lachte, und Bryn entdeckte das gleiche Funkeln in seinen Augen, das ihm schon während der Ratssitzung aufgefallen war. «Ihr Stolz lässt nicht zu, dass sie offen redet. Ich bin schon viel zu lange nicht mehr dazu gekommen, nützlichen Gebrauch von meinen Gaben zu machen. Ja, ich werde euch nach Armaah begleiten … wenn ihr mich dabeihaben wollt.»

Thybil versuchte, nicht allzu überrascht auszusehen, im Gegensatz zu Bryn und Mittni, die den Nephelim vor Freude mit offenen Mündern anstarrten. Galar grinste.

«Nun, dann wäre wohl alles geregelt. Ihr könnt ja morgen früh ein bisschen Schlaf nachholen, wenn's recht ist.»

Obwohl sie ihren müden Knochen gern ein wenig Schlaf gegönnt hätten, widersprachen Bryn und Mittni nicht. Sie sahen einander mitfühlend an und dachten beide, wie verdreckt und erschöpft der andere doch aussah und dass sie ihm, wenn sie es denn könnten, gern etwas von ihrer Kraft abgegeben hätten. Doch dann fanden sie die Kraft, sich anzulächeln – eine Geste, die nichts kostete, aber beide belebte. Den Rest der sternklaren Nacht über wanderten sie. Alle sprachen nur das Nötigste. Sie waren sich der Gefahr, die ihnen auf den Fersen war, nur zu bewusst.

✦ ✦ ✦

Bei Sonnenaufgang waren sie noch immer auf den Beinen. Der Morgen war schön und sehr kalt. Frost lag als knackende Decke über dem Boden und bleichte das leuchtende Grün. Im Sonnenlicht zu wandern, fand Bryn weit angenehmer. Während sie an sanften Hügeln und verstreuten Gehölzen vorbeikamen, mehrere Stunden einem Flusslauf folgten und große Vögel hoch oben am Himmel beobachteten, die zurück zu ihren Horsten in den Bergen von Ged-Ruak flogen, rückten die Sorgen wegen der Ostentum in weite Ferne. Doch jedes Mal, wenn Bryn Hunger verspürte, musste er an die anderen Barue denken, denen bald der Proviant ausgehen würde. Solange sie nur sicher in Wenfeld ankamen, beruhigte er sich, würde alles gut werden.

Sie werden bis zu unserer Rückkehr überleben. Und wir werden Lebensmittel mitbringen.

Und doch hatte er Angst um sie, nackte Angst. Wenn sie nun nie in Wenfeld ankamen? Oder, schlimmer noch – wenn Mama Bellysets Heimatdorf das gleiche Schicksal ereilt hatte? Allein diese Gedanken trieben ihn noch voran.

Die Landschaft war angenehm, aber ihn überlief ein Schauer, wenn er sich vorstellte, dass Ostentum durch die Büsche krochen und Schößlinge unter den Hufen der Nurgor zertrampelt wurden. Die Schrecken der vergangenen Nacht und die unberührte Schönheit um sie herum wollten einfach nicht zusammenpassen. Alles kam ihm unwirklich vor. Ob ihm nun seine Phantasie einen Streich spielte oder seine Augen übermüdet waren, wusste er nicht. Die Natur sah geisterhaft aus, unbewohnt, wie es in der Schneezeit so war. Ihm drängte sich die Vorstellung auf, dass die Mächte des Wahnsinns das Land übernommen und die äußere Erscheinung des Lebens als fahle, ihres Geistes beraubte Nachahmung erhalten hatten; die Hülle war noch da, aber das Wesentliche verloren.

Anstatt sich ostwärts zu wenden und hier die Berge von Ged-Ruak zu überqueren, wollten sie noch weiter nach Süden, bevor sie sich an den Aufstieg machten. Galar kannte einen sicheren Weg, der unter dem gewaltigsten Massiv von ganz Calaspia hindurchführte, wo auf dem höchsten Gipfel die wichtigste Zwergenfeste thronte, Ged-Ruak. Sie hätten weiter im Norden einen bequemeren Weg nehmen können, aber der hätte sie weiter von ihrem Ziel auf der anderen Seite entfernt. Diese Passage wurde regelmäßig von den Händlern benutzt, die zwischen der Handelsbucht von Bel-Tued, dem größten See Calaspias mit seiner schwimmenden Stadt und Nanoak im Norden hin- und herreisten.

Diese Routen bildeten die wichtigsten Handelsstraßen, und die Verbindung wurde wegen der Reichtümer, die zwischen diesen drei Bestimmungsorten transportiert wurden, das «Goldene Dreieck» genannt. Nanoak selbst, das nördlichste der sechs Numenii-Königreiche, war eher arm, aber seine Hauptstadt gehörte wegen der Kostbarkeiten, die aus den Bergen kamen, zum Goldenen Dreieck. Das Dreieck lag aus gutem Grunde dicht bei Ged-Ruak; der Handel mit den Zwergen war von großer historischer Bedeutung. Wenngleich die Zwerge Magie verabscheuten, war ein Großteil der Technologie des Imperiums auf die – mechanischen – Erfindungen des Bergvolks zurückzuführen. Aber die Zwerge waren schon seit vielen Jahren, insbesondere seit dem Krieg um das Tor, nicht mehr am Imperium interessiert. Außerdem war Itrim zu dem Schluss gekommen, dass es effektiver war, eigene Erfindungen bis zur kommerziellen Verwertbarkeit zu entwickeln.

«Dann erzählt mir mal, wie ihr überhaupt wieder zusammengekommen seid», sagte Galar. Seine Stimme zu hören, war merkwürdig; seit einer ganzen Weile hatte niemand mehr etwas gesagt.

Thybil erklärte es ihm, und Galar war beeindruckt. «Das war aber mächtig gut von den Nephelim, eh? Ein selbstloses Opfer.»

«In der Tat. Wir können uns glücklich schätzen, dass es solche Leute noch gibt.»

«Es war außerordentlich edelmütig», stimmte Bryn zu. «Aber was meinst du mit ‹noch›, Onkel?»

Thybil seufzte. «Man findet solches Verhalten im Imperium heutzutage selten, fürchte ich. Das ist es, was beide Seiten trennt – Grau von Weiß, wenn du so willst. Zu geben, ohne daran zu denken, es vergolten zu bekommen oder gar noch Gewinn dabei herauszuschlagen, ist etwas, das es in der Welt immer seltener gibt. Nur an solcher Großzügigkeit lässt sich erkennen, wer wirklich unser Freund ist. Aber Vorsicht, selbst die schwarze Seite vermag etwas anzubieten, das wie Gastfreundschaft aussieht … die Verlockungen des Wahnsinns sehen oft ansprechender aus als sein tatsächliches Vorgehen, und seine Agenten wirken oft anziehender als unsere. Nur halten sie nie, was sie versprechen.»

Bryn ließ sich diese Worte durch den Kopf gehen, aber er sollte sie erst viel später verstehen.

Nach langen Stunden des Wanderns machten sie halt für einen Mitternachtsimbiss und einen Krug kaltes, schäumendes Swigny. Mit einem Trinkspruch auf Barnabas Bellyset, Bryns Urgroßvater und Erfinder des herrlichen Getränks, leerten sie zügig ihre Becher und setzten den Weg fort. Bryn fühlte sich ganz elend in dieser zweiten Nacht auf den Beinen. Die Zeit verstrich auf merkwürdige Weise, wenn es dunkel und still war.

«Haltet eure Augen nach einem Schlafplatz offen», sagte Wafrudnir nach einer Weile und rieb sich die Augen. «Er sollte abseits der Straße liegen und nicht einzusehen sein.»

Bald bogen sie auf die Hauptstraße nach Armaah ein, denn sie würden schneller vorankommen, wenn sie nicht ständig in Löcher am Boden traten oder über freiliegende Wurzeln und ähnliche Hindernisse stolperten.

«Lasst uns etwas frühstücken, wenn wir eine gute Stelle gefunden haben», schlug Bryn vor. «Ich mache uns einen Brei und heißes Swigny. Es ist doch nicht zu gefährlich, am hellichten Tag ein Feuer anzumachen, oder?»

«Nein, das ist nur nachts wirklich gefährlich. Aber nehmt keine Blätter und macht nicht so viel Rauch und legt die Feuerstelle ein Stück von unserem Unterschlupf entfernt an», sagte Wafrudnir.

Wenig später fand der Nephelim eine geeignete Stelle, die fünf holten ihre Decken hervor und freuten sich auf einen Happen zu essen. Eine Mulde im Boden und ein Spalt bildeten eine winzige, von Baumwurzeln zusammengehaltene Erdhöhle. An deren Eingang stand ein ungleichmäßig geformter

Stein Wache. Hier konnten sie ungesehen ein paar Stunden schlafen und wieder zu Kräften kommen.

«Wie lange können wir denn schlafen?», fragte Mittni und legte seine schmerzenden Beine auf einen Stein.

«Bis wir ausgeruht genug sind, um weitergehen zu können, schätze ich», sagte Galar. «Es braucht keinen richtigen Zeitplan, solange wir nur ordentlich vorankommen. Hauptsache, wir erreichen so schnell wie möglich Armaah.» Der Zwerg stand auf und spazierte zu Bryn hinüber. Er traf ihn neben einem kleinen Feuer an, auf dem Haferflocken in Wasser kochten. In einem zweiten Topf wurde Swigny warm.

«Das wird uns richtig guttun.» Bryn rieb sich die Hände über dem Feuer. Die anderen kamen dazu, nachdem sie im Unterschlupf alles zurechtgelegt hatten. Sie saßen auf Baumstümpfen, freiliegenden Wurzeln oder, wie Galar, einfach auf dem Boden. Bald war der Brei fertig, und die kleine Gruppe machte sich ans Essen. Bryn schmeckte das Swigny mit ein paar frischen Kräutern ab, die er nahebei gefunden hatte. Nach dem Frühstück verwischten sie die Spuren des Feuers und gingen zum Unterschlupf. Galar wollte noch ein bisschen draußen bleiben, um sicherzugehen, dass ihnen keine Monster folgten. Kurz darauf kam er jedoch hinterher und brummelte, es sei die Mühe nicht wert und er zu müde. Da schliefen Bryn, Mittni und Thybil bereits, und bald störte nur noch gleichmäßiges Atmen die Stille.

Bryn erwachte, weil seine Nase kalt wurde. Er war im Schlaf dichter an den Eingang gerollt. Er sah sich um und war entsetzt, nur Galar in der Höhle zu sehen. Er wollte aufspringen und ihn wecken, da hörte er das Prasseln eines Feuers und die Stimmen der anderen draußen. Da es ungefähr Mittagszeit sein musste, nahm er an, dass sie für eine Mahlzeit sorgten. Er legte sich wieder hin und sah zu, wie leise der Schnee vom

Himmel rieselte. Es war wirklich kalt heute. Er zog die Decken enger um sich, konnte aber den mächtigen Nieser nicht mehr unterdrücken, der die Stille zerriss.

«Dachte ich mir doch, dass du bald wach wirst, Bryn!», sagte Thybil draußen beim Feuer. «Du kannst mir gern beim Kochen zur Hand gehen, wenn du willst!»

Und wenn ich nicht will? Widerstrebend verließ Bryn sein warmes Nest. «Ich schätze, wir können Galar schlafen lassen?»

«Ja, das schadet sicher nichts», sagte Thybil. «Der arme Bursche kann es gebrauchen.»

Kaum war das Essen fertig, kam der Zwerg zu ihnen. Der Duft war zu verlockend gewesen. Das Essen roch zwar ziemlich nach Rauch, schmeckte aber gut. Es tat wohl, eine warme Mahlzeit im Bauch zu haben, und nachdem sie sich die Finger abgeleckt und die Töpfe mit Schnee ausgewaschen hatten, setzten sie ihren Marsch fort. Mehrere Stunden lang wanderten sie ungestört dahin, redeten und sangen leise, doch immer mit einem aufmerksamen Ohr nach hinten. Als sich etwas später um sie herum die Dunkelheit sammelte, waren sie still und hielten Ausschau nach einem guten Versteck für die Nacht. Es schneite immer noch, und die Schneedecke schloss sich allmählich, auf der Straße ebenso wie auf dem Gras.

«Das ist gut», sagte Wafrudnir. «Der Schnee deckt unsere Spuren zu und macht es ihnen noch schwerer, uns zu folgen.»

Es stimmte; Bryn sah, dass ihre Spuren hinter ihnen schon völlig verschwanden.

«Der Platz dort wird für heute Nacht reichen müssen.» Galar zeigte zu einem großen Felsen, der in eine längliche Vertiefung eingebettet war. Der Zwerg kniff ganz schön die

Augen zusammen, fand Bryn; dabei fiel der Schnee doch ganz sanft.

«Hier fließt dann und wann Wasser hindurch», sagte Thybil.

«Meint ihr, wir können ein Feuer riskieren?», fragte Mittni. «Wir sind ziemlich weit unten.»

«Nein», sagte Galar. «Besser nicht. Wir wissen immer noch nicht, ob die Monster uns folgen. Ich möchte ihnen nicht noch dabei helfen, uns aufzuspüren.»

Also aßen sie an diesem Abend Räucherfleisch und rohes Gemüse. Die Berge von Ged-Ruak waren bereits in Sichtweite, sie erhoben sich wie große Wächter aus der Düsternis. Der Schlaf wollte in dieser Nacht nicht kommen, zu sehr war Bryn an die Wärme und Behaglichkeit eines Feuers oder eines weichen Bettes gewöhnt – und an frisch zubereitetes Essen. Doch es lag nicht nur an ihrer Situation, dass er nicht einschlafen konnte. Sein Körper hatte sich bereits an das Wandern gewöhnt, es erschöpfte ihn nicht mehr völlig. Was Bryn tatsächlich aufwühlte, waren die Gedanken an die Barue. Er hoffte, dass sie Wenfeld inzwischen erreicht hatten und es ihnen gutging.

✦ ✦ ✦

Sie erwachten von Vogelgesang und strahlendem Sonnenlicht, das durch die Bäume auf sie herabschien. Sie hatten nicht gut geschlafen und beschlossen, ein Feuer zu machen und sich ein warmes Frühstück zu gönnen, bevor sie aufbrachen. Es hatte zu schneien aufgehört, aber alles war weiß. Zum Glück hatten sie im Schutz des Felsens geschlafen, so hatten sie nur wenig Schnee abbekommen. Das Feuer anzufachen, war mühsam, da überall Schnee lag und die Äste gefroren waren, doch schließlich schaffte Wafrudnir es. Trotz der gleißenden Sonne und der Aussicht auf Essen war Bryn in schlechter Stimmung, vor Müdigkeit wahrscheinlich und weil ihm alles weh tat, und dass Mittni fröhlich mit Schneebällen um sich warf, erheiterte ihn auch nicht. Schließlich ging Bryn zum Feuerplatz hinüber und machte es sich im Schutz von Wafrudnirs grimmigen Blicken gemütlich. Mittni wagte es bald nicht mehr, auf irgendwelche Ziele zu werfen, und kam ans Feuer, um sich neben Bryn aufzuwärmen. Da stach Bryn auf einmal der Hafer, und er riss seinen Freund zu Boden, warf sich auf ihn und stopfte ihm ordentlich Schnee in den Kragen. Sie wurden prompt von einem finster dreinblickenden Nephelim getrennt, aber lustig war es trotzdem.

Zum Frühstück gab es wieder Haferbrei, diesmal unter Zugabe von Eiweiß in Form von etwas, das als Wurst durchgehen mochte. Für Bryns Geschmack passte beides nicht zusammen, doch er war froh, überhaupt etwas in den Magen zu bekommen. Wafrudnir hatte am frühen Morgen ein paar Hasen erlegt. Er erklärte den jungen Barue, wie schwer es war, in der Wildnis anständige Wurst zu machen. Mittni lauschte gebannt. Wie kompliziert etwas war, das sie bisher für selbstverständlich gehalten hatten! Auch Bryn hörte aufmerksam zu, weil es ihn interessierte, wie andere Stämme ihr Essen zubereiteten. Mit dem Schlachten hatte er es nie sonderlich gehabt. Beide hatten gar nicht gewusst, dass es so viel Zeit und Mühe kostete. Nach dem Essen fühlten sich alle weit besser, und bald waren sie wieder unterwegs. Die Berge rückten stetig näher, und sie hofften, sie am folgenden Abend zu erreichen.

Die Landschaft wirkte abweisender und einsamer hier, es wuchsen nur noch wenige Pflanzen. Das Ackerland, das vor einer Weile noch im Westen zu sehen gewesen war, wich zerklüfteten Bergen und felsigem Gelände. Die Wälder bestanden hauptsächlich aus Kiefern, die Büsche waren struppig. Die Freunde sprachen nur wenig. Das gleichmäßige Reiben ihrer Hosenbeine und die leisen Schritte waren die einzigen Geräusche.

Wafrudnir hatte sich an irgendeine Handarbeit gemacht, wollte jedoch nicht sagen, um was es sich handelte. Sie beinhaltete Nähen und Zuschneiden, was er mit dem eigentümlichen Jagdmesser der Nephelim erledigte. Er benutzte die Sehnen der weißen Hasen, die er gefangen hatte, als Faden und nähte ihr Fell zusammen. Wann immer sie haltmachten und aßen oder ruhten, zog er das kleine Fell- und Lederbündel aus der Tasche und arbeitete ruhig daran weiter. Zu Mittag aßen sie kalt und gingen weiter, ohne Zeit zu verschwenden. So war der Rhythmus ihrer Reise: wandern, essen oder schlafen.

«Je weniger Zeit wir bis Armaah brauchen, desto besser», erklärte Galar bei jeder sich bietenden Gelegenheit. «Wir sollten diesem Unfug besser ein für alle Mal ein Ende setzen, bevor es noch schlimmer wird», brummelte er dann düster in seinen Bart und leerte seinen Krug Swigny. Sie hatten alle einen Krug. Sie hatten beschlossen, bei jedem Halt einen Krug zu trinken, vorzugsweiße heiß, um in Schwung zu bleiben. Denn Swigny war nahrhaft und köstlich zugleich, voller Mineralien, ein wahrer Krafttrunk.

Also blieben sie nun manchmal an geschützten Stellen stehen und wärmten sich mit heißem Swigny. Galar behielt seine Axt immer in Griffnähe, falls die Ostentum wieder auftauchten, wenngleich es nach der ersten Nacht keine Hinweise mehr auf sie gegeben hatte. Am Ende des Tages, als sie zum Abendessen haltmachten, überreichte Wafrudnir Thybil stolz ein paar warme Fellhandschuhe.

«Damit warst du also beschäftigt! Sie werden es mir um einiges bequemer machen.» Thybil nahm sie dankbar an. «Aber vielleicht brauchen die anderen sie dringender als ich. Sie sind nicht so an die bittere, durchdringende Kälte der Berge gewöhnt wie ich.»

«Keine Sorge», sagte Wafrudnir. «Ich werde euch allen Handschuhe machen.»

Sie dankten ihm und bewunderten seine schnellen, geschickten Hände. Galar beharrte darauf, dass er keine Handschuhe brauchte. Er hatte in seiner Jugend oben in Ged-Ruak immer mit bloßen Händen gearbeitet und gekämpft und schon viel schlimmere Bedingungen erlebt.

«Und außerdem sind deine Hände so groß, dass für keinen von uns mehr etwas vom Fell übrig bleiben würde», neckte ihn Bryn und besah sich die kräftigen, behaarten Hände des Zwergs, die mit alten Narben übersät waren.

Diese Nacht verbrachten sie aneinandergedrängt in den Ausläufern eines Waldes im Norden von Arleath – ein Königreich, das ansonsten von Ebenen und sanften Hügelketten geprägt war. Am Nachmittag des nächsten Tages gelangten sie in die Berge von Ged-Ruak, den von Norden nach Süden verlaufenden Gebirgsrücken des großen Ambosses. Die Temperatur war während ihres Aufstiegs dramatisch gefallen, Schnee und Wind hatten an Heftigkeit zugenommen. Zum Glück hatte Wafrudnir bis zu diesem Zeitpunkt alle Handschuhe für die kleinen Hände der Barue fertiggestellt. Als der Weg steiler wurde, wurde ihnen das Gepäck doch schwer. Die fünf verfielen in Schweigen. Während sie durch den beißenden Wind dahinstapften, konnten sie nicht anders, als die schönen weißen Hänge und beeindruckenden Klippen und Felsnadeln um sich herum zu bewundern. Doch bald schwoll der Wind zu einem ausgewachsenen Schneesturm an, der ihnen Eissplitter wie Rasiermesser ins Gesicht schleuderte. Die Gruppe kämpfte sich in dem tosenden Wind und der schneidenden

Kälte voran. Für die schöne Aussicht hatten sie jetzt keinen Blick mehr, nur noch für die zahlreichen Möglichkeiten, in tiefe, gähnende Schluchten und Klamme zu stürzen.

Bryn war erstaunt über den Zwerg. Galar schien das scheußliche Wetter kaum wahrzunehmen – und er trug immer noch nur den Lederkittel! Alle anderen kamen weniger gut damit zurecht. Bryn hatte gar nicht gewusst, dass es solche unangenehmen Temperaturen überhaupt gab. Sie trugen längst alles am Leib, was ihre Rucksäcke hergaben.

Der schmale Pfad war steil, voller Schneewehen und trügerischer Stellen, auf denen sie ausglitten oder abrutschten. Mehr als einmal musste Wafrudnir einen langen, kräftigen Arm ausstrecken und einen unsicheren Barue stützen. Die Schneekristalle, die der heulende Wind auf sie einprasseln ließ, wurden immer schärfer; sie konnten kaum noch die Augen aufhalten. Es war wenig überraschend, dass sie nicht so schnell vorankamen wie gewünscht. Bald zog ihr Nephelimführer sie hinter einen hervorstehenden Felsen, wo die Gefährten dankbar verschnauften. Sie waren am Ende. Aber mit der Ruhe kam die Kälte.

«Wir müssen weiter, wenn wir nicht erfrieren wollen!», sagte Wafrudnir viel zu bald.

Thybil nickte und sagte schwach: «Bleibt in Bewegung … um der Wärme willen.» Er hatte blaue Lippen, und seine Augen waren getrübt.

Als der Eissturm etwas nachließ, wagten sie sich wieder hinaus. Der Schnee lag nun noch höher und verdeckte die Spuren ihres Aufstiegs.

Weiß, Schwarz und Blau. Das waren die einzigen Farben, die sie, vom Schnee geblendet, noch wahrnahmen. Grautöne verschmolzen miteinander, wurden zu kaum wahrnehmbaren weißen oder schwarzen Flecken. Die Kleidung der fünf war kaum von der Klippenwand zu unterscheiden, an der sie entlangwanderten, um ein wenig Schutz zu haben. Und dass sie keine Steine waren, war nur an ihren quälend langsamen Bewegungen zu erkennen. Der Schnee tanzte immer noch wie lebendig, aber die Wucht hatte nachgelassen; die weißen Flocken schwebten still und gelassen. In einer angenehmeren Lage hätten die Gefährten die einzigartige Schönheit des Anblicks genossen.

«Bald werden wir das Königreich Armaah erreichen», sagte Galar Sturlison. «Ein großer Felsen markiert die Grenze, aber wer weiß, ob wir ihn in diesem Schnee finden!»

Sie kamen nur langsam voran, es war ein ewiges Auf und Ab.

«Zwerge haben sechzehn verschiedene Wörter für Schnee», erzählte Galar munter. «Je nachdem, wie er aussieht, sich anfühlt und so weiter.»

«Etwas Besseres hatten sie wohl nicht zu tun», sagte Mittni mit klappernden Zähnen. Manchmal musste Bryn einfach davon ausgehen, dass Mittni seinen jüngeren Geschwistern ein Vorbild an Frechheit war.

«In Quivelda gibt es, jedenfalls für Telseara und Dordios, nur zwei Sorten Schnee. Solchen, mit dem man Schneebälle machen kann, und den anderen.»

Der Brauer lachte. Er fragte sich, wie es den beiden wohl ging. Und wie Bartholdi ohne Thybils Unterstützung zurechtkam.

Ein paar Stunden später versank Mittni fast im Schnee, wo eigentlich der Pfad hätte sein müssen, und als er haltsuchend um sich griff, wischte er von einem Stein eine Schneeschicht herunter. Galar brummelte etwas und wischte eilig noch mehr Schnee vom Felsen. Eine eingemeißelte Inschrift kam zum Vorschein:

HIER LIEGT DIE GRENZE ZWISCHEN
DEN KÖNIGREICHEN ARMAAH UND ARLEATH.
ARLEATH : 85 MEILEN
ARMRE-SEE : 77 MEILEN

Nachdem sie sich eine Weile weiter ihren Weg durch den Sturm gebahnt hatten, zeigte Galar zum Himmel hinauf.

«Seht, dort ist Ged-Ruak!», rief er durch den heulenden Wind und den wirbelnden Schnee. «Meine Heimat! Seit vielen Jahren bin ich nicht mehr hier gewesen. Sie ist praktisch uneinnehmbar. Das liegt zum Teil daran, dass der Körper sich erst an die dünnere Luft in dieser Höhe gewöhnen muss! Man sollte alle paar hundert Meter haltmachen. Die Feste ist noch nie in Feindeshand gefallen, kein einziges Mal. Viele frühe Numenii-Imperatoren haben es versucht, aber die späteren haben Ged-Ruaks Stärke begriffen und sich mit den Zwergen lieber freundlich gestellt, anstatt sie anzugreifen», sagte er stolz. «Ich würde sehr gern wieder einmal meine Familie besuchen oder was noch von ihr übrig ist. Sie halten mich wahrscheinlich für tot, wie viele andere.»

Die anderen reckten die Hälse, um den legendären Ort zu sehen, aber sie konnten in dem Gewirbel von Schnee und Wolken nichts als Felsen ausmachen. Bryn meinte sogar einen Gipfel gesehen zu haben, der sich noch höher über die anderen Berge erhob, aber vielleicht war es auch nur Einbildung gewesen.

Etliche Stunden und wenige Meilen später wurde es dunkel. «Nachts ist es hier draußen zu gefährlich», brüllte Thybil gegen den Wind an. «Wir müssen irgendwo Schutz suchen! Man kommt hier ja nicht einmal tagsüber richtig voran. Wer weiß, wie es erst im Dunkeln wird.»

«Ich hab ein bisschen Erfahrung mit Schnee und Bergen»,

rief Galar. «Wir brauchen eine Stelle dicht am Fels! Spielt keine Rolle, wie viel Schnee es da gibt – wir können uns eingraben!»

«Uns eingraben?», fragten die anderen. Selbst Thybil schaute skeptisch, als er sich mit den behandschuhten Händen das Gesicht rieb.

Die Idee klang reichlich abwegig, doch als Wafrudnir wenig später eine geeignete Stelle fand, erklärte Galar ihnen, was zu tun war. Bald hatten sie Gänge in den Schnee gegraben, die Raum genug zum Schlafen boten und in denen man sich umdrehen konnte.

«Macht euch Luftlöcher, wir wollen ja nicht ersticken», mahnte Thybil. Sie gruben sich ganz bis zum Berg durch. Bryn und Mittni legten den Felsboden frei. Hier wollten sie schlafen.

«Ich will nicht, dass der Schnee unter mir schmilzt», sagte Bryn, als Galar fragte, warum er das tat, und schaufelte eine Handvoll Schnee beiseite.

«Apropos», dachte Mittni laut, «warum schmelzen wir nicht ein bisschen Schnee zum Trinken? Spart Vorräte.» Die anderen hielten das für eine gute Idee, und Thybil fing gleich an, Schnee in einen Topf zu füllen.

«Bist du sicher, dass er nicht giftig ist?», zog Bryn ihn auf. Die erfahrenen Mitglieder der Gruppe hatten sie in den vergangenen Tagen immer wieder vor irgendwelchen Fehlern gewarnt.

«Noch hat der Schmutz der Numenii diese Berge nicht vergiften können», sagte Wafrudnir, der die Frage ernst nahm. «Aber je weiter ins Imperium wir kommen, desto weniger gern würde ich Regenwasser trinken.»

Sie machten an der Stelle, wo die «Decke» am höchsten war, ein winziges Feuer mit etwas trockenem Brennholz, das

Wafrudnir aus dem Wald mitgenommen hatte. Die Nephelim lernen von klein auf, an solche nützlichen Dinge zu denken, und ihre Vorausschau hat sie und ihre Begleiter schon oft vor unangenehmen Situationen bewahrt.

«Ich staune, dass du überhaupt noch lebst, Galar», sagte Bryn und befühlte den schwarzen Kittel. Er bedeckte nur die Brust und den Rücken des Zwerges; die Ärmel waren beim Kampf mit den Ostentum abgerissen.

Galar zwinkerte ihm zu. «Berufsgeheimnis», sagte er verschmitzt.

Thybil lachte. «Angeber! Nein, das liegt daran, dass er ein Zwerg ist, Bryn.»

«Dachte ich mir.»

«Man ist sich nicht sicher – der Orden von Itrim erforscht es natürlich –, aber wir glauben, dass es etwas mit ihrer Haut zu tun hat. Zwerge sind bis zu einem gewissen Grad unempfindlich gegen niedrige Temperaturen. Praktisch, wenn man an einem Ort wie Ged-Ruak lebt, nicht wahr, Galar?»

«Überhaupt praktisch in der Schneezeit, ganz gleich, wo man lebt! Aber ich würde es eher Unverwüstlichkeit als Unempfindlichkeit nennen …»

Nach einer kleinen Mahlzeit schliefen sie recht schnell ein, erstaunt, wie gemütlich und warm es war. Bryn fühlte sich sicher. Er lag in der Stille und Wärme, während draußen der Schneesturm toste. Seine einzige Sorge war, dass die Barue von Quivelda irgendwo im Freien waren, ungeschützt und auf sich allein gestellt. Wenn ihre Mission fehlschlug, würden die Dörfler vermutlich verhungern – oder von Feinden erschlagen.

✦ 9. KAPITEL ✦

Die Zwerge von Ged-Ruak

Wach auf, Bryn!», rief jemand und rüttelte den Brauer zurück ins Land der Lebenden. Mittni stand über ihm und hielt ihm einen Becher hin. Bryn setzte sich ein wenig zu schnell auf, sodass ein Teil der Schneedecke einbrach und auf ihn fiel. Er war während der Nacht zu einer Stelle ihres Unterschlupfs gerollt, die nicht so stabil war.

«He, wo kommt denn all der Schnee her?» Die Ereignisse des vergangenen Tages kehrten wieder zurück. Bryn nahm dankbar den dampfenden Becher, den Mittni ihm hinhielt.

«Mhm, Swigny!» Er rieb sich die Augen und wickelte sich aus den Decken ins Freie, schüttelte den Schnee aus seinen Haaren. Thybil kam herüber.

«Ich hätte nichts dagegen, die andere Seite mit Skiern hinunterzufahren, wenn wir erst einmal ganz oben sind», verkündete er.

«Mit was? Skiern?», fragte Mittni. «Nie davon gehört.»

«Natürlich hast du noch nie davon gehört, bist ja auch noch nie in den Bergen gewesen!» Galar lachte. «Man hat nicht viel verpasst, wenn man nicht weiß, was Skifahren ist. Ein scheußlicher Sport, glaub mir. Unvorstellbar, dass irgendwelche wilden Zwerge wirklich Spaß dran haben!»

Bryn lachte in sich hinein und leerte seinen Becher, genoss die letzten Schlucke. Wenn man Galars Erscheinung so betrachtete, war er gerade der Richtige, von wilden Zwergen zu sprechen. Thybil erzählte Bryn und Mittni leise von einem Zwischenfall vor langer Zeit, als Galar und er einen Berghang auf Skiern hatten hinunterrasen müssen, um einem Feind zu entkommen. Der Zwerg war mehrere Male gestürzt und hätte beinahe seine Axt verloren; seither war er auf diese Fortbewegungsart nicht gut zu sprechen.

«Was gibt's zum Frühstück?», fragte Bryn träge, während sich seine Augen an das gleißende Weiß ringsum gewöhnten. Die Sonne strahlte, und der Schnee, der das Licht der Berge zurückwarf, machte den Tag doppelt so hell.

«Haferbrei natürlich.» Thybil gab ihm eine Schale.

«Kalten obendrein!», schaltete sich Mittni ein. Der würde Bryn helfen, wach zu werden. «Schneegekühlt, könnte man sagen.»

Thybil beugte sich geheimnistuerisch näher. «In Armaah berechnen sie einem das extra.» Er lachte in sich hinein. «Wenn man's recht bedenkt, berechnen sie einem in Armaah alles extra.»

Nach einem flüchtigen Frühstück packten sie rasch ihre Sachen zusammen und brachen erholt auf. Alle waren froh, dass die Wolken sich fast vollständig verzogen hatten und die Sonne schien. Die Schneehügel um sie herum gleißten. Nun konnten sie auch etwas von ihrer Umgebung erkennen und genossen die Aussicht. Ohne Schneesturm kamen sie viel schneller voran und rutschten seltener aus. Die Kälte war noch beißend, doch der Wind nicht so durchdringend wie am vergangenen Abend. Galar schien sich etwas von den Strapazen erholt zu haben, die er durchgemacht hatte, bevor er zu ihnen gestoßen war. Aber die Erholung schien ihn nur noch wachsamer gegen den Feind zu machen, denn er blieb immer wieder plötzlich stehen und lauschte oder blickte nach hinten. Meistens dann, wenn sie einer Windung folgten und den Pfad hinter sich nicht mehr überblicken konnten.

«Warum gibt es überhaupt ein Imperium?», fragte Mittni. Eine ganze Weile hatte niemand etwas gesagt.

Thybil schien über die Frage verblüfft. «Nun ja, es ist mehr eine Art Bündnis. Man treibt Handel miteinander, wehrt gemeinsam Invasoren ab … Warum fragst du?»

«Es gibt sechs Numenii-Reiche, richtig?»

Thybil nickte.

«Also auch sechs Herrscher. Aber einer von ihnen ist der Imperator. Warum schafft man nicht die anderen fünf ab und hat bloß noch einen?»

«Eine gute Frage, Mittni. Um die politische Struktur des Imperiums zu begreifen, muss man seine Geschichte kennen. Ich will euch nicht mit Einzelheiten langweilen, aber es gab einmal einen richtigen Imperator, der allein über die Numenii geherrscht hat, einen verhassten Imperator, und er hat die meisten umliegenden Länder erobert. Es gab keine politische Mitte, keine unabhängigen Königreiche. Man war entweder für oder gegen ihn. Und nachdem dieser schreckliche Tyrann gestorben war oder – genauer gesagt – ermordet wurde, beschloss man, das Imperium nicht wieder zerfallen zu lassen. Man wollte natürlich eine gerechtere Regierungsform und wäre beinahe in eine Demokratie getappt. Zum Glück gab es noch ein paar starke Führungspersönlichkeiten. Aus politischen und kulturellen Gründen wurde das Imperium in sechs Reiche unterteilt. Jedes wird von einem traditionellen Herrscher regiert. Außer Itrim – aber das ist eine andere Geschichte.»

Bryn wusste, was Thybil damit meinte. Da die Lehrmeister

von Itrim auf geistigem Gebiet die wesentlichen Gegner der Apostel des Verstehens waren, hatte er viel über sie gelernt. Persönlich respektierte er das, wofür sie standen, wie viele andere Apostel auch, aber Konkurrenz war nun einmal Konkurrenz. Während des Kriegs um das Tor hatten die Lehrmeister und die Apostel gegen die Apostate zusammengearbeitet, denn die meisten Dunklen Jünger waren aus ihren eigenen Reihen gekommen. Nach Kriegsende war eine Zusammenarbeit nicht länger erforderlich gewesen, und Itrim und die Apostel hatten sich gegenseitig die Schuld an den Ereignissen zugeschoben. Die Zeit der Konflikte hatte begonnen. Doch das hatte nichts mit der Geschichte des Herrschers von Itrim zu tun, dem Hohen Lehrmeister. Es hatte schon immer einen Hohen Lehrmeister gegeben, aber seine Zuständigkeit war auf die Angelegenheiten des Ordens von Itrim begrenzt gewesen. Nachdem der besagte Tyrann tot war und die sechs Königreiche beschlossen hatten, Verbündete zu bleiben, stimmte das Königreich von Itrim dem Bündnis unter einer Bedingung zu: Der Hohe Lehrmeister sollte nicht länger nur der oberste Kopf des Ordens sein, sondern zugleich auch der Herrscher und Repräsentant des Reiches. Das Reich Itrim war ein loser Verbund von Dörfern gewesen, in denen hauptsächlich Bauern, Schäfer und Fischer lebten. Er hieß Itrim nach der «Stadt der Türme», der geheimnisumwitterten Heimat des Ordens. Die Numenii hatten zugestimmt, aber der heutige Hohe Lehrmeister vernachlässigte seine Regierungsgeschäfte oft und schien sie sogar zu verachten. So war es jedenfalls gekommen, dass es sowohl einen Imperator gab, der meistens aus Armaah stammte, und außerdem den Hohen Lehrmeister und die vier anderen Herrscher. So gebot es die Tradition.

«Der Imperator ist also eigentlich mehr ein hoher König», fügte Bryn hinzu.

«Das wäre vermutlich die bessere Bezeichnung, ja. Und man könnte Bündnis statt Imperium sagen.» Thybil lachte in sich hinein. «Imperium wirkt aber abschreckender auf Invasoren.»

Nach einigen Stunden des Wanderns bedeutete Wafrudnir ihnen mit einer abrupten Geste, stehen zu bleiben und den Mund zu halten. «Durch die Bergluft werden viele Stimmen herangetragen.»

«Was für Stimmen?», fragte Thybil leise.

«Sie klingen tief und fröhlich», antwortete der Nephelim. «Aber ich kenne die Sprache nicht, in der sie singen.» Er lauschte eine Zeitlang konzentriert. Bryn hörte gar nichts. Er war verblüfft, wie scharf die Ohren seines Gefährten waren – zum Glück.

«‹Ukad ka sor zuv denor bong!› Mehr kann ich nicht klar hören.» Wafrudnir schwieg.

Galar schmunzelte. «Werden wohl Zwerge sein», flüsterte er.

Wafrudnir sah ihn an. «Ja, ‹Ged-Ruak!›! Ich glaube, du hast recht!»

«Ist ein altes Bergarbeiterlied», erinnerte Galar sich. «Es handelt davon, dass zu viel Bier einem das Gehirn kaputtmacht, harte, ehrliche Arbeit einem aber viele Schätze einbringt, außerdem davon, sich zu einem Fest zu versammeln und ordentlich zu bechern. Oder so.»

Die Aussicht, dass Freunde und wahrscheinlich ein warmes Feuer in der Nähe waren, beflügelte ihre Schritte. Bald waren sie bei den lautstarken Sängern angelangt. Nachdem sie den steilen, schmalen Pfad zu einem Plateau hinaufgestiegen waren, erkannten sie eine Gesellschaft von ungefähr fünfzehn Zwergen. Bergarbeiter, wie man an den Helmen mancher und am Werkzeug sehen konnte. Die Zwerge saßen in einem großen, stabilen Zelt, das an einem Ende offen und eigentlich schon mehr ein Haus war, wenn auch aus Leinwand und Fell. In der einen Ecke prasselte ein Feuer. Die Zwerge sahen durchaus freundlich aus und waren gerade dabei, die Steine zu untersuchen, die sie dem Berg entrissen hatten. Auf einem Tisch an der einen Seite des Zeltes standen Speisen und Getränke. Im hinteren Teil war der Eingang zu der Höhle, in der sie anscheinend gerade gearbeitet hatten.

«Grel morgett!», rief Galar ihnen auf Zwergisch zu. Das Lied brach ab, und alle wandten sich zu den Neuankömmlingen um.

«Euch auch einen guten Tag», sagte ein merkwürdig angezogener Zwerg auf Numii, als er den Nephelim und die Barue erblickte. Er wirkte überrascht von dem Besuch aus dem Schnee.

«Kârn nar Sjottl?», fragte Thybil, was alle verblüffte – nur Galar schien nicht erstaunt zu sein, sondern grinste in sich hinein. Nicht einmal Mittni hatte gewusst, dass sein Großonkel die Zwergensprache beherrschte.

«Ja, wir haben noch ein bisschen Platz für Fremde.» Ein Lächeln spaltete das wettergegerbte Gesicht des Zwerges. «Und genug zu essen und zu trinken auch!»

Er trug ein Ledergewand, mit Nieten verziert, und darunter ein schönes besticktes Hemd mit kurzen Ärmeln. Seine Sachen waren fein, aber so schmutzig, dass man nicht sagen konnte, woraus sie gemacht waren. Er trug die gleichen dunkelblauen und schmuddelig weißen Hosen wie die anderen im Zelt, nur war sein Helm nicht schlicht, sondern mit komplizierten Mustern geschmückt, und über der Stirn prangte ein großer Saphir.

«Bitte, setzt euch», sagte er, als sie näher kamen, und deutete auf einige Stühle. «Wärmt euch am Feuer und erzählt uns, was euch hierherführt. Und greift nur ruhig zu.»

Sie nahmen das großzügige Angebot gern an, dankbar für die Wärme und vor allem für das Essen. Bryn und Mittni, die noch nie einem anderen Zwerg als Galar begegnet waren, waren überrascht, welche Unterschiede es zwischen ihnen gab. Nicht alle Zwerge sprachen grob, platzten schier vor Muskeln, hatten ungepflegte Haare und rochen nach Straße (und allem, was darauf oder daneben zu finden war).

Aber alle waren sie sehr stämmig und hatten Bärte, die mindestens bis auf die Brust reichten. Ihre Kleider wirkten robust. Mittni erinnerte sich mit Schaudern an die Schwarzgoldmine. Zumindest schützte ihre Kleidung die Zwerge davor, sich an den Felsen zu verletzen. Die meisten waren schwer behängt: mit kleinen Beuteln, Messern, Pfeilen, Hämmern und anderem Werkzeug, das die Besucher nicht kannten.

«Vielleicht lasse ich euch besser erst einmal in Ruhe essen und ausruhen? Ihr seht müde und ausgehungert aus. Und die drei Kleinen müssen noch wachsen! Lasst es euch schmecken, und ich erzähle euch so lange etwas über uns.»

Und das taten sie, wenngleich Thybil bezweifelte, dass die Barue noch wachsen würden. Sie waren bereits größer als die Zwerge, wenn auch nur wenig. Augenscheinlich hielten die Zwerge die Barue für gewöhnliche Menschen.

Ihr Gastgeber nahm einen Schluck aus einem sehr großen Humpen und stellte sich vor. «Mein Name ist Dorak Nalaín, und ich gehöre zu diesen Tunnlern hier. Ich bin der Vorarbeiter und Besitzer einer kleinen Bergbaufirma namens Tunnl & Co. Außer uns hier oben sind es noch zehn da unten.» Er zeigte zu den Bergarbeitern und dann zum Höhleneingang. Inzwischen hatten die anderen sich eine ordentliche Portion altbackenes Brot, Trockenfleisch, Räucherfisch und gekochtes

Gemüse auf ihre Holzteller geschaufelt. Aus einem großen, offensichtlich immer gutgefüllten Krug versorgten sie sich mit Bier. Ein Teil des Zeltes diente als Küche.

«Wir kommen aus Ged-Ruak, dem sichersten Ort, an dem man nur leben kann», fuhr Dorak lächelnd fort. «Sobald man es erst einmal heil hier heraufgeschafft hat, versteht sich. Darum tragen wir die Farben Blau und Weiß – es sind die Farben von Ged-Ruak.»

«*Ged* bedeutet groß, und *Ruak* ist eine Bergfestung», erklärte Galar. «*Ru* bedeutet Festung oder Feste, und *ak* Berg. Wie beim Namen Dorak! Er bedeutet *vom Berg*.»

Mittni schien verblüfft darüber, dass eine Sprache existierte, die er nicht verstand. Für Bryn war es klar, dass nicht jeder im Imperium dieselbe Sprache sprach. Er kannte sich ein wenig in Erdkunde aus und hatte Sprachunterricht in der Hohen Zunge erhalten.

«Wenn ihr sie sehen könntet …», sagte Dorak, der jetzt wieder von der Hauptstadt der Zwerge sprach. Er hatte einen Ausdruck der Glückseligkeit im Gesicht. «Ged-Ruak war die erste Bergfeste, die wir je erbaut haben, und es ist zweifelsohne die größte.»

Galar nickte selbstzufrieden. «Man sagt, dass der Berg inzwischen vollständig ausgehöhlt ist. Der Legende nach führte uns Telabor, der größte aller Zwergenhelden, dorthin, während er nach Gold gesucht hat. Telabor, so heißt es, war ein Freund und Verbündeter von Apherist, zusammen mit Dattu, wenn man den alten Geschichten Glauben schenkt. Das ist natürlich Jahrtausende her. Später, während des ersten Eindringens des Wahnsinns, kehrten wir hierher zurück und bauten es zu einer Stadt aus, und zwar zu einer großartigen. Als alle anderen Ruaks dem Wahnsinn anheimgefallen sind, stand Ged-Ruak noch fest und unnachgiebig. Es wird nicht umsonst unbesiegbar genannt! Und während des Kriegs um das Tor hat der Feind nicht einmal versucht, es anzugreifen!»

«Hmm, aber das hatte vielleicht andere Gründe», sagte Thybil im Plauderton, wenngleich Bryn dahinter viel Gefühl spüren konnte. «Ich erinnere mich noch gut an meinen Besuch in Ged-Ruak. Das war vielleicht was!»

Dorak Nalaín sah beeindruckt aus. «Ganz schön herumgekommen für dein Alter, was?» (Nein, Zwerge sind nicht sehr gut darin, das Alter von jemandem zu schätzen – nicht einmal das eines Zwerges.)

Galar hatte sich selbst nicht viel aufgetan, aber er sagte den anderen, sie sollten «nur ordentlich zulangen». Bald hatte er seinen Teller geleert, und der Tunnler wandte sich vor allem ihm zu.

«Erzähl, Gevatter, was bringt eine Gruppe von drei so unterschiedlichen Völkern zusammen? Ich habe diese Mischung seit Jahrzehnten nicht gesehen. Wahrscheinlich seit dem Krieg um das Tor nicht mehr. Dürfte ich deinen Namen erfahren? Bist du früher schon einmal in Ged-Ruak gewesen?»

Ein anderer Zwerg hatte seinen Stuhl näher an sie herangezogen und hörte zu.

«Du musst ein Sturlison sein!», rief er plötzlich aus und zeigte auf Galars Brust, wo man die Tätowierung unter dem Kittel erkannte. «Nur Sturlis Söhne tragen eine solche Tätowierung. Bist du wirklich ein Sturlison?»

Galar grinste und entblößte seine großen Zähne, die überraschend weiß waren (wenn man bedachte, wie lange es her sein musste, dass er sich das letzte Mal die Zähne geputzt hatte). Ein goldenes Glitzern in den Backenzähnen verriet seinen einzigen schlechten Zahn.

«Aber ja! Ich bin Galar, der Jüngste von dreien.»

«Was? Galar Sturlison? *Der* Galar Sturlison?» Die anderen

Zwerge kamen neugierig herüber. War der verlorene Sohn tatsächlich nach Hause zurückgekehrt?

«Aber du bist tot!», entgegnete der andere ebenso störrisch wie verblüfft.

«Das behaupten alle!», erwiderte Galar. «Doch seht her: Ich lebe! Und ich habe mich nie besser gefühlt.»

Die Zwerge hießen ihn noch einmal willkommen, sie schlugen ihm munter auf den Rücken oder schüttelten seine Hände. Bryn konnte spüren, wie sich so etwas wie Stolz in den Herzen der Zwerge ausbreitete, nur weil sie wussten, dass er wirklich lebte und bei ihnen war.

«Hebt eure Becher auf Galar Sturlison!», ordnete Dorak an und schenkte jedem Anwesenden aus dem großen Krug ein. «Auf Galar Sturlison, der über das Böse und den Wahnsinn siegte!», riefen sie im Chor und nahmen einen großen Zug des starken Bieres. Mittni verschluckte sich. Er lief rot an und musste husten. Die Zwerge lachten herzhaft, während Bryn ihm auf den Rücken klopfte.

Dorak beugte sich voller Sorge zu ihm. «Das tut mir schrecklich leid! Ich dachte, alle anderen trinken dieses Zeug immer noch …»

«Dieses Zeug?», sagte Thybil. «Immer noch? Sagt bloß, ihr trinkt kein Bier mehr?»

Die Zwerge lachten schallend. «Dann hat es sich noch nicht herumgesprochen!», sagte einer zu seinen Kumpels.

Dorak schüttelte den behaarten Kopf und wurde ernst. «Snorri der Sechste, der letzte hohe König der Zwerge, hatte einen … ein Erlebnis … und schwor, nie wieder zu trinken. Er legte einen Eid ab. Die übrigen Zwerge litten mit ihm und änderten ihre Angewohnheiten. Aber egal.» Er sagte in leichterem Ton: «Es hat durchaus seine Vorteile. Die Brauereien haben den Numenii zuliebe in der letzten Zeit ohnehin zu viele Zusatzstoffe hineingegeben – wegen der Lagerfähigkeit und so weiter. *Droch*, wenn ihr mich fragt, ich glaube, sie wollten nur Kosten sparen. Aus welchem Grund auch immer, es hat einfach nicht mehr so geschmeckt wie früher. Wir ziehen heute unsere eigenen Privatbrauereien vor. Und bald sind wir auf ein viel besseres Ersatzgetränk gekommen! Ich bin stolz, euch unser neues Nationalgetränk vorstellen zu dürfen: Mineralwasser.»

Thybil lachte laut auf. Die Zwerge nickten bekräftigend. Bryn warf einen zweiten Blick auf einen großen Bottich in der Ecke, der mit einer klaren, moussierenden Flüssigkeit gefüllt war. Mittni und er waren davon ausgegangen, dass es sich um etwas mit noch mehr Alkohol handelte, und hatten deshalb die Finger davon gelassen.

«Zunächst nahmen uns die anderen Leute nicht ernst», fuhr Dorak fort. «Aber allmählich begreifen sie es. Die Bellysets zum Beispiel sind dem Neuen gegenüber sehr aufgeschlossen – der Swignyhersteller steht bereits in Verhandlungen mit uns, um unter Lizenz Mineralwasser herzustellen und zu vertreiben.»

Bryn schwieg, er war zwischen Belustigung und Stolz hin und her gerissen. Mittni wollte etwas sagen, doch Bryn trat ihm auf den Zeh, und er nickte langsam. Bryn war froh, dass er sich nur mit seinem Vornamen vorgestellt hatte.

«Ohne Bier werden sie ein neues Klischee finden müssen», sagte ein junger Zwerg feixend.

Bryn und Mittni füllten ihre Becher rasch mit Mineralwasser, und das Gespräch wurde fortgesetzt.

«Dann ist es deine Heimatstadt, ja?», fragte der Zwerg, der die Tätowierung zuerst gesehen hatte.

«Ja, ich bin hier oben aufgewachsen – oder besser gesagt, dort oben – und habe vor dem Krieg um das Tor als Schmied gearbeitet», antwortete Galar.

«Kannst du uns etwas über die Sturlisons und deine Abenteuer erzählen?», fragte ein anderer junger Zwerg begierig. Mittni, Bryn und Wafrudnir schlossen sich seiner Bitte an. Sie wussten wahrscheinlich auch nicht mehr über ihren Gefährten als der unwissendste der hier anwesenden Zwerge.

«Meinetwegen, aber ich werde es kurz machen, weil wir nämlich bald weitermüssen. Bis Armaah sind es noch ein paar Tage.»

«Wie? Ihr bleibt nicht?»

«Nein, leider nicht. Meine Freunde und ich haben einige sehr wichtige Dinge zu erledigen, obwohl ich meine Familie sehr gern einmal wiedersehen würde. Bitte sagt ihnen, dass ich am Leben bin und dass sie mir alle sehr fehlen. Sie werden nicht verstehen, warum ich nicht zurück nach Hause komme, aber ich habe wirklich Dringendes zu erledigen. Geht es ihnen gut?» Die Zwerge bestätigten das und erzählten, dass er mehrere neue Verwandte hatte, Vettern zweiten oder dritten Grades.

Solcherart ermutigt, begann Galar seine Geschichte zu erzählen: «Sturli war ein mächtiger Kriegsherr und Veteran, der die Bergstädte der Zwerge gegen zahlreiche Angriffe von gierigen Herrschern und Völkern verteidigt hatte. Unter seiner Hand wurde der berühmte Einfall der Nurgor am Pass von Lal Ak (Roter Berg) zurückgedrängt, sodass die Eindringlinge sich zerstreuten und flohen. Er kämpfte gegen zahllose Feinde und sprengte die Reihen von habgierigen Numenii-Soldaten aus Armaah. Aber eines Tages im Numenii-Jahr 721 kam er im Krieg um das Tor beim Kampf gegen die Ostentum zu Tode. Das war der Hauptgrund, warum seine drei Söhne, darunter auch ich, diese Wesen so verabscheuten und sich dem freiwilligen Zwergenheer und schließlich den Culmus Sangui anschlossen.»

«Culmus Sangui?», fragte Mittni.

Galar wollte schon etwas sagen, doch dann warf er Thybil einen bedeutungsvollen Blick zu, der besagte: «Das erklärst besser du.»

Thybil sagte: «Als die Ostentum zum ersten Mal angriffen, konnte nichts und niemand sie aufhalten. Die disziplinierten Soldaten des Imperiums waren für den Kampf gegen solche Bestien nicht ausgebildet, also lag es auf der Hand, dass wir neue Taktiken brauchten. Darum wurden die Culmus Sangui gegründet. Eine Elitetruppe, die speziell für den Kampf gegen die Monster ausgebildet wurde. Dort haben Galar und ich uns übrigens kennengelernt. Und, falls ihr euch das schon gefragt habt, dort hat er auch den Spitznamen ‹Tawny› bekommen. Nach dem Ende des Kriegs um das Tor wurden die Culmus Sangui aufgelöst.»

Galar fuhr fort. «Also schoren wir uns die Köpfe und den Bart und legten den fürchterlichen Eid der Töter ab.» Er grinste schief.

Der Eid der Töter, von dem ihr Beiname Eidgenossen herrührte, war der Schwur, im Kampf gegen Ostentum, Nurgor, Nurg'uzrael und andere vergleichbar widerwärtige Ausgeburten der Hölle ehrenvoll sein Leben zu lassen. Bryn fiel es schwer zu glauben, dass ein Eidgenosse darauf aus war, sich bei der erstbesten Gelegenheit umbringen zu lassen. Er hatte gehört, dass Töter in der Schlacht großen Eifer an den Tag legten und, da sie den Tod nicht fürchteten, weder Rüstungen noch Schild trugen. Diese Haltung lässt schlichte Gemüter auf die Idee kommen, dass die Töter den Tod suchen. Doch sind sie kerngesund und flink und, da nicht durch zusätzliches Gewicht belastet, durchaus in der Lage, den meisten Angriffen ihrer Feinde auszuweichen. Zwerge sind nicht so langsam, wie die Leute meinen; sie tragen nur oft sehr schwere Rüstungen.

«Damals haben wir Sturlisons uns auch unsere Tätowierung machen lassen.»

Als Galar einen weiteren Knopf öffnete, schauten sich alle begeistert die große schwarze Zeichnung des Adlers an.

«Meine beiden älteren Brüder starben auf dem Schlachtfeld. Ayactan persönlich hat Durgar getötet, heißt es. Da in den letzten Jahren niemand mehr von mir gehört hat, hat man wohl angenommen, dass ich ebenfalls tot bin; jedenfalls begegne ich ab und zu Leuten, die kreidebleich werden und mir erzählen, ich sei tot oder ein Geist.» Er sah einen der Zwerge eindringlich an, der auf einmal sehr mit seinem Bart beschäftigt war.

«Dann bist also du von den drei Sturlisons der erfolgreichste», sagte der junge Zwerg. «Oder sollten wir besser sagen, der letzte erfolgreiche? Du lebst noch!»

Galar schloss die Augen und nahm einen Schluck Bier. Er hatte seine Gewohnheiten nicht geändert. Bryn hatte den Eindruck, dass der Zwerg die Gesellschaft anderer Leute durchaus genoss und sie nur leider oft entbehrte. Dann fuhr Galar leise fort: «Der Eid des Töters umfasst jedoch mehr als einen ehrenvollen Tod … er ist nur das übliche Ende. Jeder Töter muss ein Unrecht rächen oder auf dem Weg dorthin sterben. In unserem Fall sind meine beiden Brüder auf dem Weg gestorben. Mir dagegen wird es vielleicht vergönnt sein, das Einhalten des Eides zu erleben.»

Der Tunnler wechselte rasch das Thema. Ein Töter zu werden, dahinter steckte meist eine lange, unglückliche Geschichte, und so entstanden die außergewöhnlichsten Persönlichkeiten. Meistens hielt man ihre Geschichte geheim.

«Was also hast du jetzt vor, Galar? Mit deinem so unterschiedlichen Gefolge», sagte er und sah zu Wafrudnir und den Barue.

Die Gefährten sahen einander an. Sie zögerten, ihre schwere Last preiszugeben.

Thybil runzelte die Stirn, nickte jedoch langsam.

«Ich kann euch keine Einzelheiten verraten, aber so viel zu wissen, steht euch zu …», sagte Galar. «Die Ostentum sind zurückgekehrt.»

Er ließ seine Worte einen Moment wirken. Die Bergarbeiter machten zweifelnde Gesichter und brummelten in ihre Bärte.

«Wie kann das sein?», wollte Dorak wissen.

«Das wissen wir noch nicht, aber glaubt mir, wir werden es herausfinden. Ich habe sie in Garakron selbst gesehen, und sogar in den Ebenen von Arleath haben sie schon ihr Unwesen getrieben! Warum auch immer, sie wüten wieder. Vermutlich steckt jemand dahinter, der alles ziemlich gut in der Hand hat. Sie haben sich sogar unsere Freunde hier gegriffen, damit sie den schwarzen Stein für sie abbauen …»

«Der Schwarzgold heißt», unterbrach Thybil, um den erfahreneren Bergarbeitern eine Vorstellung davon zu geben, worum es ging. Sie wechselten düstere, fassungslose Blicke.

«Ja, lasst sie bloß nicht dieses Schwarzgoldzeug in ihre grausigen Hände kriegen», fuhr Galar fort, «denn ich wette, sie haben nichts Gutes damit vor.»

«Das wird sich kaum verhindern lassen, fürchte ich», sagte Dorak Nalaín leise. «Ist für uns genauso schwer wie für sie, eine Ader zu finden.» Er machte einen zutiefst nachdenklichen Eindruck. «Ich kenne Schwarzgold. Sieh an, sieh an … Barue …»

Thybil schenkte ihm ein bedeutsames Nicken. Galar nickte ebenfalls, aber auf andere Art; den Unterkiefer grimmig vorgeschoben. «Haltet die Augen auf. Kann sein, dass sie uns seit den Ebenen auf den Fersen sind. Ich dachte, sie wären nur im

Unbenennbaren Land beim Gipfel des Wahnsinns, doch als ich nach Arleath kam, hatten sie gerade ein Dorf zerstört und seine Einwohner versklavt! Barue, jawohl. Und darum sind wir zusammen unterwegs. Aber lasst uns von Erfreulicherem reden, bevor wir weiterziehen.»

Sie plauderten über das Vorankommen der Zwerge und über die Konstruktionen, die sie in der letzten Zeit erfunden hatten, und baten die anderen vier Besucher, sich vorzustellen und von sich zu erzählen. Bryn war verblüfft zu hören, dass die Zwerge ein Boot konstruiert hatten, das unter Wasser fahren konnte, und eine Maschine, die nicht von Pferden gezogen oder durch einen Zauber bewegt wurde, sondern durch irgendeine innere, technische Energie – obwohl sich das für ihn mehr nach Magie anhörte als alle Fälle tatsächlicher Magie, von denen er je gehört hatte.

«In vielerlei Hinsicht sind wir weiter entwickelt als der Orden von Itrim», erklärte Dorak stolz.

«Das kommt der Wahrheit näher, als ihr meint», sagte Thybil geheimnisvoll.

Bevor sie weiterzogen, bat Galar, dass sie alle gemeinsam etwas sangen, also schmetterten sie die Zwergenhymne «Solch' Fels, solch' Bier gibt es nur hier!».

Thybil konnte mit dem Chor mitsingen, aber die anderen saßen nur da und genossen das Lied. Dafür, dass sie nur Mineralwasser getrunken hatten, sangen die Zwerge ganz schön falsch. Sie aßen auf, bedankten sich herzlich bei Tunnl & Co. und versprachen, auf dem Rückweg noch einmal vorbeizuschauen. Dann wagten sie sich wieder in Sturm und Kälte hinaus.

✦ 10. KAPITEL ✦

Unsanftes Erwachen

Sie stapften durch den Schnee und ließen die fröhlichen Zwerge von Ged-Ruak rasch hinter sich. Vor allem Galar war betrübt, ihre Gesellschaft nicht länger genießen zu können. Es begann wieder leise zu schneien, verglichen mit der Nacht zuvor jedoch war das Wetter deutlich milder. Die Zwerge waren so freundlich gewesen, ihnen Proviant mitzugeben, sodass sie am nächsten Morgen keinen Haferbrei zu essen brauchten, wofür Bryn durchaus dankbar war.

«Ich weiß nicht, wie sie die Neuigkeiten in Ged-Ruak aufnehmen werden», sagte Galar nach einer Weile. «Aber vielleicht bekommen wir von denen ganz oben ein bisschen Hilfe. Bei Zwergen weiß man sie; sie neigen dazu, sich nur um ihren eigenen Kram zu kümmern und nicht um den anderer Leute.»

«Nun, Galar», sagte Thybil, «wenn wir das Imperium erst einmal alarmiert haben, ist wohl damit zu rechnen, dass es die Unterstützung der Zwerge anfordert. Und damit sind deine Leute im Spiel, genau wie damals; gleichgültig, wie lange sie nur ihre Berge verteidigen wollen.»

Bryn fiel der Aufstieg schwer. Das Gewicht auf seinem Rücken zog ihn runter. Die anderen wurden auch allmählich müde. Sie kämpften sich noch eine weitere Stunde lang durch den Schnee, bevor sie sich mit Swigny aufwärmten. Bryn konzentrierte sich so auf seine Füße, dass er verblüfft war, als sie eine flache Stelle erreicht hatten.

«*Schuckel!* Wir sind oben!», rief Mittni aufgeregt und lief über das Plateau. Auf der anderen Seite warf er sich hin und blieb dort mit offenem Mund ehrfürchtig knien. Sie waren oben, jawohl, aber auf einem der kleineren Berge. Bryn war ganz gebannt von der Aussicht. So weit war er noch nie in den Amboss vorgedrungen. Nun wusste er, was ihm entgangen war.

Schwarze und weiße Hänge, die hier sanft ausliefen und dort schroff in die Tiefe stürzten wie versteinerte Wasserfälle, schichteten sich zu einem Bergmassiv auf. Links und rechts wachten bewaldete Hügel wie Regimentssoldaten, und kleine Seen glitzerten in der Abendsonne wie Kristalle. Eine kalte Brise strich über sie hinweg, doch die Sonne lieferte noch genug Wärme, um sich wohl zu fühlen. Der Himmel war wolkenlos; meilenweit erstreckten sich auf jeder Seite die Berge – riesenhafte, gewaltige Kämme, gezackte Felsspitzen, zapfenartige Kuppen und gespaltene Gipfel. Nach Norden hin erhob sich in der Ferne ein gewaltiges Massiv, das bis in den Himmel zu ragen schien und gegen das sich alles andere winzig ausnahm.

«Ah, die unpassierbaren Höhen von Ged-Ruak», sagte Thybil. «Kein Feind hat je seinen Fuß in die Hallen der Hohlberge gesetzt, und niemand als der hohe König der Zwerge hat je auf seinem gehauenen Thron gesessen. Der Legende nach hat Apherist, der größte aller Helden Calaspias und größte Krieger der Nephelim, die Hauptstadt der Zwerge betreten und dort mit Telabor, dem ersten König der Zwerge, gesprochen. Telabor war es, der die Stadt begründet hat, nachdem er die strategisch günstige Lage Ged-Ruaks und seinen Reichtum an Bodenschätzen entdeckt hatte. Seither ist sie natürlich gewachsen, in jeder Hinsicht. Jenseits von Ged-Ruak, noch weiter im Norden, liegen die Säbelzahnberge. Wer weiß, vielleicht führt uns unsere Mission dorthin.»

Bryn hoffte, dass das seinen Füßen erspart blieb. Aber gesehen hätte er sie schon gern.

«Die Gemeinzunge lässt einen im Stich, wenn man diese Berge beschreiben will ...», sagte er voller Ehrfurcht und nahm die atemberaubende Landschaft in sich auf. «Nicht einmal Thybil könnte ihnen mit Worten gerecht werden.» Er zwinkerte seinem alten Freund zu.

«In den modernen Sprachen nicht, mag sein!», entgegnete dieser prompt und rezitierte Verse in der Hohen Zunge, aber er sprach so schnell und flüssig, dass Bryn nur wenige Brocken verstand.

«Onkel Thybil, darauf komme ich noch einmal zurück ...» Außerhalb des Ordens von Itrim oder der Apostel des Verstehens, die ihm die Grundlagen beigebracht hatten, gab es nicht viele Leute, die einen die Hohe Zunge lehren konnten. Sie zu beherrschen, war ein lohnendes Ziel.

«Zwei, drei Stunden dürften wir noch schaffen, bevor wir uns eingraben müssen», sagte Wafrudnir. «Aber wenn wir vorher eine besonders gute Stelle finden, können wir auch dort schon haltmachen.»

Doch es dauerte noch fast drei Stunden, bis sie erschöpft stehen blieben. Es wurde bereits dunkel.

«Diese Stelle hier wird reichen müssen», sagte Thybil. «Ist ja nur für eine Nacht.» Sie machten sich an die Arbeit, und diesmal ging ihnen die Schneehöhle schon besser von der Hand. Mittni schlug vor, wieder etwas Schnee zu schmelzen, aber die anderen lachten nur und holten das Bier heraus, das die Zwerge ihnen mitgegeben hatten.

Bryn bemerkte, wie Mittni seinen Anteil heimlich verdünnte und etwas von Mineralwasser murmelte. Froh darüber, auf ihrer Reise auch einmal freundlichen Leuten begegnet zu sein, waren sie bald eingeschlafen.

✦ ✦ ✦

Bryn schlief unruhig, wachte mehrmals auf und hatte Mühe, wieder einzuschlafen. Einmal hörte sich der Wind draußen genauso an wie ein herumschleichendes Ostentum. Es dämmerte bereits, als er ein weiteres Mal hochschreckte. Adrenalin schoss durch seinen Körper.

Ein Schrei. Das musste Mittni sein! Bryn wollte sich aufsetzen, aber eine Faust traf ihn hart ins Gesicht, und er fiel zurück. Er wischte sich den Schlaf und Tränen aus den schmerzenden Augen und sah sich um. Es war dunkel hier drin, auch ohne Faustschlag hätte er nicht viel erkannt. Er sah nur, dass sich um ihn herum einige Schatten bewegten.

Soweit er die Situation begriff, hatten es die Monster geschafft, sie aufzuspüren, und waren dabei, sie auszugraben. Kräftige Arme umklammerten ihn, und er wurde durch die Schneehöhle zum Ausgang gezerrt. Er brüllte und trat um sich, wurde aber immer weitergezogen, bis sein Häscher auf Galar stieß.

Immerhin gab es nun mehr Licht, es strahlte vom blauen Himmel herein. Bryn sah, dass der Zwerg eine klaffende Wunde am Arm hatte und über dem einen Auge blutete. Nur gut, dass Wafrudnir immer mit den Waffen neben sich schlief, denn auch er hatte sich den Monstern prompt entgegengestellt. Schon lag ein Eindringling verdreht und mit zerschmettertem Schädel am Boden. Mittni war nirgends zu sehen.

Bryn trat nach einem Monster und hielt es sich so kurz vom Leibe. Er tastete im Halbdunkel nach einer Waffe und fand ein Kurzschwert, vermutlich Mittnis. Er packte es fest am Griff, parierte den Angriff einer Klauentatze und warf sich gegen einen hochaufragenden Schatten. Das Monster bekam den Stich in den Schenkel und kreischte vor Schmerz auf. Das war kein Nurgor – das war ein Ostentum!

«Sammeln, schnell!», befahl Galar und schlug einem Feind den Kopf ab. Der rollte neben den Kopf von einem der Opfer Wafrudnirs. «Dann haben wir eine größere Chance!»

Langsam überblickte Bryn, welcher seiner Gefährten sich wo befand. Erleichterung durchrieselte ihn, als er Mittni entdeckte, der verzweifelt kämpfte. Er war mit einem Nurgormesser bewaffnet. Besser als gar nichts.

«Pass auf, dass sie dich nicht kriegen!», rief Thybil ihm zu, dabei war er es, den ein Nurg'uzrael bereits fest im Griff hatte. Der Feind war schreckenerregend, ein rotbraunes, monströses Vieh, dessen Kopf und Schultern sogar die Nurgor noch überragten. In seinen roten Augen brannte ein gespenstisches Licht, flackerten Bosheit und Hass. Mittni antwortete Thybil, indem er aufschrie und Fängen entfloh, die im nächsten Moment zuschnappten.

Der Kampf währte nur kurz und endete mit ihrer Gefangennahme. Spindeldürre Kreaturen fingen Galar in einem klebrigen Netz, und ein großes Ostentum schlug Wafrudnir brutal von hinten auf den Kopf, sodass er ohnmächtig zu Boden ging. Bryn sprang einem Monster auf den Rücken und stach mit seinem Messer auf es ein. Sein Schwert lag zerbrochen auf dem Boden. Aus den Wunden ergoss sich heißes, klebriges Blut über ihn – eine Dusche der unangenehmsten Sorte. Das Ostentum wand sich wild und verwundete ihn mit seiner Klaue an der Brust, dann kam ein Nurgor und fesselte ihn; selbst diejenigen Ostentum, die Hände besaßen, waren nicht sonderlich geschickt damit.

Bryn wurde hinaus an die kalte, klare Luft getragen und neben einige andere blutige Bündel geworfen. Nach kurzer Zeit bemerkte Bryn das Blut, das durch seine Kleider sickerte und in den Schnee troff. Zunächst dachte er, hoffte er, dass es nicht *sein* Blut war … nicht so viel … doch der Schmerz, der durch seinen Leib raste, war eng mit dem roten Strom verbunden, der aus seiner Brust rann.

«Bryn, bist du das?», fragte Thybil schwach. Er war kaum noch bei Bewusstsein. Bald wurde ein weiteres Bündel achtlos neben ihn geworfen, das schmerzerfüllt aufschrie, als sein zerschlagener Körper auf das Eis prallte. Es war Mittni. Überall standen Monster und bewegten sich unruhig; die verletzten Kreaturen zuckten und leckten sich die Wunden. Obwohl der Schmerz ihn benommen machte, hatte Bryn den Eindruck, dass ihre Häscher auf etwas warteten. Sie wirkten nervös, streiften erwartungsvoll durch das Gelände und umkreisten ihre Opfer, warfen ihnen begehrliche Blicke zu. Kurz darauf trat ein anderes Ostentum hinzu, das menschenähnlicher wirkte.

«Wie gefällt euch eure Unterbringung?» Es hatte eine hohe, raue Stimme und sprach nur schlecht Numii. «Ich war so traurig, ja, mir brach fast das Herz, als ich hörte, dass ihr fortgegangen seid, ohne mir auf Wiedersehen zu sagen», höhnte es. «Ihr habt doch nicht ernsthaft geglaubt, dass ich, der mächtige Aufseher, euch so leicht würde entkommen lassen? Als uns klarwurde, dass der verfluchte Zwerg bei euch ist, haben wir noch einige Vorkehrungen getroffen. Mein Herr wird überglücklich sein, von meiner Beute zu hören! Der Eroberer, der Dämonenprinz von Calaspia, wird mich großzügig für meine Weisheit belohnen.»

Thybil ächzte, und Bryn glaubte nicht, dass es nur von seinen Schmerzen herrührte.

Der Aufseher starrte sie eine Weile grausam an, dann wandte er sich zu seinen Kriegern um. «Mitnehmen!» Und verschwand im zunehmenden Morgenlicht.

✦ ✦ ✦

Als Bryn mehrere Stunden später erwachte, lag er in einem Planwagen. Dann hatten sie die Berge also verlassen? Er hatte viel Blut verloren, und ihm tat alles weh. Bei jedem Ruck des Wagens hätte er am liebsten aufgeschrien, aber er biss die Zähne zusammen und verhielt sich still. Beim Versuch, sich aufzusetzen, stemmte er die Beine gegen den Holzboden, wand sich und rutschte mit dem Rücken an die Seitenwand. Ihm wurde schlecht dabei. Er sah seine vier übel zugerichteten Freunde an. Sie waren wach, nur Mittni hatte das Bewusstsein noch nicht wiedererlangt. Alle waren sie mit Seilen gefesselt, Galars Handgelenke sogar mit Ketten. Die Ostentum befürchteten offenbar, dass sich ihre Beute selbständig machte.

«Warum haben sie uns nicht geknebelt?», fragte der Brauer seine drei wachen Gefährten.

«Damit der Aufseher uns belauschen und jede nützliche Information aufschnappen kann, die uns vielleicht herausrutscht; hätte er uns geknebelt, wäre ihm diese Möglichkeit versperrt.»

Bryn grinste breit. *Als ob wir irgendeine Ahnung hätten, was los ist.*

Sie waren alle zu schwach, um zu sprechen. Die Reise wurde schweigend fortgesetzt. Die Stunden verstrichen. Quälend langsam verging die Zeit, gleichgültig gegenüber den Todesängsten, die sie barg.

Auch zwei Ostentum waren bei ihnen, zu ihrer Bewachung außerdem zwei weniger fremdartige, aber ebenso verhasste Gestalten: Nurgor. Nachdem Bryn sich ein Ostentum zu lange angesehen hatte – knorrig, geschuppt, Haut, die in Fetzen hing, schmutzige, blutverkrustete Klauen –, war ihm schlecht, also schob er sich dichter zum Eingang, um frische Luft zu bekommen und einen Blick nach draußen werfen zu können. Mühsam ruckelte er sich in eine etwas bequemere Haltung und starrte an der losen Plane vorbei. Draußen lagen grasbewachsene Ebenen. Sie hatten die Berge tatsächlich verlassen.

«Sieht ganz so aus, als hätten sie uns einen Gefallen getan», sagte Thybil. «In einer Hinsicht zumindest. Wir befinden uns in der Gegend von Armaah.»

Hier lag viel weniger Schnee als in den Bergen von Ged-Ruak, ein Vorteil für die leidenden Gefangenen.

«Wie du siehst, gibt es verschiedene Hauptsorten von Ostentum», sagte Thybil matt. «Sie sind nicht alle unterschiedlich. Sie werden gezüchtet, weißt du.»

Bryn überlief ein Schaudern.

«Manche können im Dunkeln sehen, manche fliegen, andere sind gehörnt, wieder andere haben Peitschen oder Klingen an Stelle von Händen … die Liste ist lang. Aber diese Merkmale kommen bei allen Sorten vor; es ist also nicht so, dass die Sorte, die im Dunkeln sehen kann, grundsätzlich ungepanzert ist. Es gibt alle möglichen Mischwesen und Mutationen. Jawohl, Mutationen. Nicht Evolution. Dafür geht es zu schnell. Manche der heutigen Ostentumsorten habe ich während des Kriegs um das Tor nie zu sehen bekommen … allerdings bin ich auch nicht in die eigentlichen Kämpfe verwickelt gewesen.» Thybil lachte halbherzig in sich hinein. «Oder zumindest hätte ich nicht in sie verwickelt sein sollen.»

Eine gefühlte Ewigkeit später blieb der Wagen stehen, und die Plane wurde beiseitegerissen. Eine Horde Ostentum und Nurgor glotzte sie an. Die Gefangenen wurden hochgehoben und in ein schwerbewachtes Zelt befördert, wo man sie auf eine dünne Lage Heu warf.

Bald darauf kam der Aufseher zu ihnen.

«Ich hoffe, ihr habt die Spazierfahrt genossen.» Er lächelte abstoßend. «Ihr habt bis zum Abend Zeit, euch von der Überraschung am Morgen zu erholen. Ich hoffe, dieses Lager sagt euch mehr zu als das letzte. Kümmert euch ruhig um eure Verletzungen. Aber heute Abend erwarte ich eure volle Kooperation. Ansonsten …!»

«Ansonsten was?», grollte Galar und stand unsicher auf, gefesselt und übel zugerichtet, wie er war. Die Ketten rasselten kläglich. Bryn konnte spüren, dass er sich sehr über sich selbst ärgerte, weil er sich so hatte übertölpeln lassen.

«Nimmst du uns vielleicht die Fesseln ab, damit wir unsere Wunden versorgen können?»

Der Aufseher lachte. «Wenn ihr euch eine Weile ruhig verhaltet, dann schicke ich jemanden, der euch von ihnen befreit … Wer weiß, vielleicht beehre sogar ich euch mit meiner freundlichen Anwesenheit … Versucht ihr jedoch zu fliehen, werdet ihr euch wünschen, wir hätten euch beim ersten Anblick getötet!»

✦ ✦ ✦

«Woher wusstet ihr, wo wir waren?», fragte Bryn ein wenig später und war selbst überrascht, dass er das Gespräch mit dem verhassten Feind suchte. Doch als der Aufseher mit hartem, trockenem Brot und kaltem Wasser zurückkam, gewann seine Neugierde die Oberhand.

«Das war nicht besonders schwer», erklärte der Aufseher. Mit einem schartigen Messer durchtrennte er Thybils Fesseln. «Einer meiner Kundschafter hat euch vorgestern Nacht aus eurem feigen Versteck krabbeln sehen.»

Er ging zu Mittni weiter. «Sie sind euch gefolgt und haben ungeduldig gewartet, während ihr mit den Zwergen herumtrödeln musstet, und als ihr euch gestern Abend eingegraben habt, haben wir auf den rechten Moment gewartet und dann unseren Zug gemacht. Noch Fragen, meine Kleinen?»

Ein paar Nurgor betraten das Zelt und schützten den Aufseher, während er Galars Seile durchschnitt und die Ketten um seine Handgelenke aufschloss. Anschließend wünschte er ihnen ein «Lasst's euch gutgehen» und verschwand, die Wachen im Schlepptau.

«Aber bitte versucht nicht zu fliehen, es ist nur zu eurem eigenen Besten», rief er beim Verlassen des Zeltes noch über die Schulter zurück. «Ihr befindet euch zwischen Ostentum und Nurgorkriegern, und es ist leider so, dass ich sie davon abhalten muss, euch zu fressen. Das betrifft vor allem dich, Zwerg. Manche von ihnen kennen dich noch von früheren Begegnungen her, die ihnen als recht unangenehm in Erinnerung geblieben sind, wie sie mir erzählt haben!»

Damit waren sie wieder allein, und Galar, der sich die Handgelenke massierte, bestand darauf, dass sie sich alle von Thybil die Wunden versorgen ließen, der ihnen die Grundbegriffe des Heilens vermittelte.

«… dann ziehst du den Verband schön glatt, bis er gut sitzt, aber nicht zu eng! So, hier. Das hilft gegen die Schwellung.» Er hatte Mittnis Wunden gesäubert. «Mehr kann man im Moment ohne anständige Ausrüstung und die richtigen Kräuter nicht tun.»

Obwohl Wafrudnir sichtlich unter der klaffenden Wunde

an seinem Kopf litt, kümmerte Thybil sich um ihn zuletzt, weil die Versorgung dieser Wunde in dem schlechten Licht am längsten dauerte. Schließlich erklärte der Alte ihn für hinreichend bandagiert, und der Nephelim sank auf sein armseliges Lager aus Heu zurück. Dann erst nahm Thybil sich seiner eigenen Verletzungen an. Trotz des Protestes der anderen hatte er sich zuerst um seine Gefährten gekümmert. Draußen bei den Lagerfeuern hörten sie Stimmen in merkwürdigen Sprachen zischen und raspeln.

Wie kommt es, dass sie sich auf dem Hoheitsgebiet von Armaah so frei bewegen können?, fragte Bryn sich, der auf eine Rettung durch Numenii-Soldaten hoffte. Es lag auf der Hand, dass die Freunde hier unmöglich allein herauskamen, nicht in diesem Zustand. *Und warum haben sie uns nicht einfach umgebracht?*

Wenig später kehrte der Aufseher zurück.

«So, ich hoffe, ihr seid jetzt in der Lage, euch zu unterhalten.» Er wandte sich zu den Wachen um und gurgelte etwas.

«Er sagt, sie sollen uns mitnehmen und aufpassen, dass wir ihnen nicht weglaufen», übersetzte Thybil ernst. Sie waren verblüfft, dass er die Nurgor verstand. Unter anderen Umständen hätte Bryn es für einen Scherz gehalten, doch konnte er in seinem alten Lehrer nichts Humorvolles erspüren.

Sie wurden auf die Füße gezerrt und zu einem größeren Zelt gestoßen. Der Aufseher setzte sich vor ihnen in Positur. Zehn furchterregende Leibwächter standen um ihn herum, und mindestens doppelt so viele behielten draußen das Zelt im Auge.

«Nun denn. Ich rechne nicht damit, dass irgendeiner von euch den Mund aufmacht, bevor ich meine Methoden anwende, aber ich will euch diese Chance wenigstens geben. Redet! Oder ich werde es aus euch herauspressen müssen …

Niemand? Seid ihr sicher? Na schön, mit wem soll das Spiel beginnen? Wache, bring den Alten ein wenig näher!»

Ein besonders brutal aussehendes Monster stapfte zu Thybil. Es war recht klein, vielleicht so groß wie ein Barue, wirkte aber kein bisschen weniger gefährlich als irgendeines der großen Monster, die sie bis jetzt gesehen hatten. Es war rosa und rot gefleckt, und statt Händen ragten lange, scharfe Knochen aus seinen Unterarmen.

«Nein!», schrie Mittni und stürzte sich auf das Wesen, um seinem Großonkel beizustehen. Das Monster trat ihm brutal in den Bauch, sodass er mehrere Schritte rückwärtsstolperte.

«Aufhören!», rief Bryn und bewegte sich nach vorn.

«Hiergeblieben!», grollte Galar im Befehlston. Er packte den Brauer beim Hemd und hielt ihn fest.

«Spar deine Kraft, Mittni!», keuchte Thybil im Griff des Monsters. «Du bist ein guter Kerl. Tu nichts Unbesonnenes. Ich komme schon zurecht, hörst du? Wir wollen unsere Lage doch nicht noch schwieriger machen. Das ist ein *Scheitler*. Wenn er sich zu drehen anfängt und diese Knochen als Klingen benutzt, werden wir alle in Stücke geschnitten. Spar dir deine Kraft!»

Die anderen Wachen umstellten Mittni rasch und begannen, die Freunde wieder zu fesseln.

«Und was immer sie euch antun, verratet ihnen nichts!», sagte Galar.

«Als wüssten wir irgendetwas, das sie nicht wissen», sagte Bryn mit deutlicher Stimme und versuchte, es so klingen zu lassen, als wäre es ihm nur herausgerutscht. Er hoffte, der Aufseher hatte es gehört.

Bryn begriff einfach nicht, was das hier sollte, und er fragte sich wirklich, was sie dem Aufseher wohl sagen könnten – war er auf etwas ganz Bestimmtes aus? Bryn erinnerte sich an eine Situation, in der Galar ihnen etwas hatte mitteilen wollen und Thybil ihn davon abgehalten hatte. Die beiden wussten ganz gewiss etwas. Und Donnerwetter, was hatte es ihnen doch gebracht, Mittni und ihm nichts davon zu erzählen … Hätten sie sie doch bloß eingeweiht! Er fragte sich, ob Wafrudnir Bescheid wusste. Der Nephelim litt immer noch zu sehr unter seiner Kopfverletzung, um sich wehren zu können. Bryn bemerkte erst jetzt, dass der Aufseher ihn anstarrte. Vor Schreck machte er einen Satz, doch seine Fesseln ließen ihn umfallen.

«Ich bezweifle doch sehr, dass du mehr weißt, als gut für dich ist, Bürschchen», sagte der Aufseher pfeifend und trat näher, grinste ihn heimtückisch an. «Namen. Ich will deinen Namen, das ist alles. Harmlos, nicht wahr?»

Bryn rührte sich nicht.

Wozu in aller Welt wollen sie unsere Namen?, fragte er sich. Etwas Gutes steckte gewiss nicht dahinter. Vielleicht wollten sie sie als Geiseln benutzen, um die anderen Barue zu erpressen.

«Wie ich sehe, hängst du sehr an ihm», sagte der Aufseher und zeigte auf Thybil. «Vielleicht möchtest du ja verhindern, dass Leid über ihn kommt? Nun, du kannst ihn einfach dadurch retten, dass du mir eure Namen nennst. Oder, wenn dir das leichter fällt, wohin ihr unterwegs wart und was ihr zu erreichen hofftet. Ich lasse euch nämlich gehen, wenn ihr mir eure Namen und eure Mission sagt.»

Das leuchtete Bryn nicht ein. Die waren ihnen tagelang gefolgt, nur deswegen? Lachhaft. Er glaubte ihm kein Wort.

«Nun, wie sieht's aus?», fragte der Aufseher.

«*Ich* werd dir was erzählen», knurrte Galar. «Du bist nicht mehr als ein widerlicher Handlanger, der sich hinter hirnlosen Monstern verstecken muss, weil er Angst um seine nutzlose, hässliche Gestalt hat!»

«Ah ja … ich danke dir für diese Meinungsäußerung …» Der Aufseher machte eine Handbewegung, und ein Monster peitschte Galar aus, bis er auf die Knie fiel. Es war ein Geißeltier, wie Thybil ihnen mit zusammengebissenen Zähnen mitteilte. Das Monster besaß zahlreiche dünne, sehnige, peitschenartige Haare; nein, Haare war das falsche Wort, denn an ihrer Wurzel waren die Auswüchse so dick wie Kinderarme. Das Geißeltier wirbelte auf dieselbe Weise um die eigene Achse, wie Bryn sie sich auch beim Scheitler vorstellte. Er hoffte, dass sie nie erfahren würden, ob er damit richtig lag. Galar versuchte tapfer, nicht aufzuschreien, und hätte es beinahe geschafft.

«Das sollte dich lehren, so mit mir zu reden!», bellte der Aufseher. «Nun zu dir», wandte er seine Aufmerksamkeit wieder Thybil zu.

«Du redest besser. Du hast ja gesehen, was mit deinem Freund passiert ist, also überlege dir deine Antwort lieber noch einmal!»

«Du verschwendest nur deine Zeit, denn ich werde nichts sagen. Ich bin während des Kriegs um das Tor oft genug vom Feind gefangen genommen worden, aber sie haben mir nie auch nur ein Wort entrissen.»

«Aber weißt du, mein Freund», sagte der Aufseher mit sanfter Stimme, «wir haben heute ganz andere Methoden. Ein von mir sehr geschätzter Vorgesetzter hat uns angewiesen, alles zu unternehmen, was wir für geboten erachten. Und ich werde diese meine erweiterten Befugnisse bei dir zum ersten Mal anwenden!» Er machte eine Handbewegung zu dem Monster schräg hinter Thybil hin. Zangenartige Fühler kamen auf Thybils Hals zu. Der Alte zuckte zurück.

Genau in diesem Moment watschelte ein kleineres Monster zum Aufseher hinüber und flüsterte ihm etwas ins Ohr. Um es hören zu können, musste der Aufseher sich hinabbeugen; der Bote stand schon auf den Zehenspitzen. Wäre die Situation eine andere gewesen, Bryn hätte den Anblick sicher amüsant gefunden. Der Aufseher wirkte entsetzt und verblüfft zugleich. Er keifte ein paar Befehle, und die Gefangenen waren erleichtert, dass es jetzt aus dem Zelt hinausging.

Auf dem Weg nach draußen nahm der Lärm noch zu. Nurgor hasteten hin und her, griffen zu den Waffen, errichteten eilends Verteidigungsanlagen und versteckten Gegenstände, die sie zu verlieren fürchteten. Die Ostentum verbargen sich, damit kein Angreifer sie zu Gesicht bekam. Bald wurden die Gefangenen in das erste Zelt geschoben, in dem sich aufzuhalten sie die Ehre gehabt hatten, und konnten nicht mehr sehen, was vor sich ging. Aber sie konnten noch immer die verzweifelten Befehle des Aufsehers hören und den Lärm, mit dem sie umgesetzt wurden. Einige Nurgorwachen betraten das Zelt und überzeugten sich davon, dass die Fesseln der Gefangenen ordentlich saßen. Bryns Seile wurden so festgezurrt, dass sie ins Fleisch schnitten. Als die Nurgor wieder gingen, wich der stechende Schmerz bereits einem dumpfen Druck. Nachdem es einige Minuten lang relativ ruhig gewesen war, drangen vom Feld her Schreie und Klirren in ihr Zelt.

«Diesen Klang kenne ich nur zu gut», verkündete Galar, kroch seelenruhig zur Zeltwand und spähte unter der Leinwand hindurch, die er mit seiner Nase ein Stück hochschob.

«Wie ich's mir gedacht habe. Sie kämpfen, aber gegen wen? … Müssen Numenii-Soldaten sein! Aus Armaah; das unverwechselbare Purpur ihrer Umhänge spricht Bände, oh, und der Plattenpanzer auch, glaube ich. Vielleicht kommen wir bald frei. Ich kann sie nicht richtig erkennen …» Galar brach ab, als wäre ihm irgendetwas herausgerutscht. Bryn erspürte Verlegenheit. Mittni und Wafrudnir schienen nichts bemerkt zu haben, aber von Thybil ging Besorgnis aus. Der Alte warf dem Zwerg einen skeptischen Blick zu.

Bryn rutschte zu seinen Freunden hinüber. Sie waren eifrig zur Zeltwand gerobbt und sahen sich die Schlacht durch eine leider sehr kleine Öffnung an. Kein Wunder, dass Galar nichts hatte erkennen können. Aber das wenige, das der Brauer sah, ließ sein Herz höherschlagen.

Disziplinierte Menschensoldaten in schimmernder Rüstung fochten sich ihren Weg durch die Nurgor. Die Ostentum waren verschwunden. Pfeile regneten auf den Feind hinab, Langschwerter fuhren in seine Reihen. Das nachlassende Sonnenlicht spiegelte sich auf polierter Rüstung, und Bryn und Mittni, die noch nie ein geordnetes Heer gesehen hatten, kamen sich vor, als wäre eine von Thybils Erzählungen Wirklichkeit geworden. Es war gewiss angenehmer, sich den Zusammenstoß aus der Ferne anzusehen, als darin verwickelt zu sein.

«Nun, zumindest verfügen sie über Reiterei», teilte Wafrudnir ihnen mit, den Kopf am Boden. Wenig später setzte der Nephelim sich jedoch auf. Ihm schien leicht schwindelig zu sein. Bald hörten auch die anderen den Donner von Hufen und das erschrockene Wiehern von Pferden. Als die Reiter das Lager erreichten, brach unter den Nurgor auf einmal Panik aus.

«Wissen die etwa, dass wir hier sind, und kommen uns retten?», fragte Mittni.

«Nein, das bezweifle ich doch sehr, denn sie stecken die Zelte in Brand!», rief Thybil. «Wir haben vielleicht ein Glück. Lasst uns nach draußen robben, falls sie das hier auch anzünden.»

«Wollen wir hoffen, dass sie uns nicht zertrampeln», grummelte Galar.

Nun bekam auch Bryn kurz einen hellen, flammenden Pfeil zu sehen, der auf die Wand eines großen, ungeschickt errichteten Zeltes zuflog.

«Sind wahrscheinlich im Schnee auf Spuren gestoßen oder haben ein paar Nurgor gesehen. Und sie verfolgt.» Galar war von der Zeltwand weggerobbt und schnaufte vor Anstrengung. Auf das Hinterteil und die gefesselten Füße gestützt, rieb er die Handfesseln an einem Holzklotz, der nicht allzu scharf war, aber nach einer Weile gelang es dem Zwerg, die erste Seilwindung zu zerreißen. Die Nurgor hatten sie in ihrer Eile nicht gerade sorgfältig verschnürt, und so entledigte sich der erfahrene Zwerg nun zuerst seiner Handfesseln, dann seiner Fußfesseln und machte sich anschließend daran, Wafrudnir zu befreien. Bald half der Hüne ihm, die anderen loszubinden.

Mittni schrie auf, als Brandpfeile durch die dicke Zeltplane fetzten und gefährlich dicht bei den Gefangenen landeten. Wafrudnir griff sich sofort einen Pfeil und sengte vorsichtig das Seil an, mit dem Thybil gefesselt war.

«Hat irgendjemand gesehen, was aus unseren Waffen geworden ist?», fragte Galar und zerriss die letzte von Bryns Fesseln. Niemand hatte auch nur die geringste Ahnung, aber sie mussten das Zelt verlassen, bevor das Feuer sich ausbreitete. An den trockenen Innenwänden leckten hungrig die Flammen, und der Eingang brannte bereits lichterloh.

«Schnell!», rief Wafrudnir und warf sich durch ein Loch, das das Feuer in die Rückwand ihres Gefängnisses gebrannt hatte. «Auf dieser Seite besteht weniger Gefahr, dass sie uns wieder einfangen.»

Woher der Nephelim das wusste oder zu wissen meinte, war Bryn ein Rätsel, doch das konnte er ihn auch später noch fragen. Er sprang ihm nach und warf einen Blick zurück, an den anderen vorbei. Die Numenii-Soldaten kamen von

Westen, wo die Berge von Ged-Ruak lagen – aber leider zu weit weg für zwergischen Beistand –, sowie von Norden. Die Nurgor kämpften wie im Rausch. Es waren inzwischen viel mehr Monster, mindestens hundert, und den Menschen ging der unsichere Vorteil des Überraschungsmoments verloren.

Mit Entsetzen sah Bryn, wie eine Gruppe Nurgor die Freunde bemerkte und sie mit Gebrüll verfolgte. Sie waren schneller und holten mit raschen, ausgreifenden Schritten auf.

«Wir sind nicht einmal bewaffnet!», rief Bryn verzweifelt. «Wie sollen wir kämpfen?»

Schon stürzten die Nurgor sich auf sie, fingen Thybil und Wafrudnir ein. Galar machte kehrt und warf sich auf einen der Nurgor, die den verwundeten Nephelim festhielten – es war ein Nurg'uzrael, der Anführer. Mit aller Kraft drosch der Zwerg auf die schwere Gestalt ein. Wafrudnir kam wieder frei und stolperte fort. Bryn, der als Bellyset und auch später bei den Aposteln selbst ein wenig geboxt hatte, war verblüfft, wie punktgenau der Zwerg seine Schläge platzierte und wie viel Kraft dahinter lag.

Bryn grätschte in den Nurgor hinein, der Thybil gerade wegschleppen wollte, und brachte ihn krachend zu Fall. Ein guter Angriff, aber der Barue landete ungeschickt, und der Sturz verschlug ihm den Atem. Auf einmal brannte seine Verletzung durch die Ostentumklaue wie Feuer. Immerhin war sie sauber und gut verbunden. Dem Alten schien zum Glück nichts passiert zu sein.

Bryn rollte sich auf die Seite, stand mühsam auf. Sterne tanzten vor seinen Augen, aber er fiel nicht um. Sein Blick klärte sich, und das Schwindelgefühl ließ nach. Was jetzt? Der Brauer sah sich um und entdeckte im Gürtel des Nurgor ein schweres Messer. Er zerrte es heraus und stieß damit nach der Kehle seines Feindes, der zum Glück noch nicht wieder aufgestanden war. Bryn hätte ihn getötet, aber der Nurgor sah den Angriff im letzten Moment kommen, riss den Arm hoch und stieß Bryn weg. Als der Brauer vor Schmerz aufschrie, verzog der Nurgor ratlos das breite, dümmliche Gesicht. Das Wesen ließ von ihm ab, als es plötzlich einen spitzen Stock ins Auge bekam.

«Danke, Thybil», keuchte Bryn und machte, dass er aus der Gefahrenzone kam. Seinen brüllenden, tobenden Gegner würdigte er keines Blickes mehr. Thybils Aktion hatte Bryn gerettet, aber die beiden konnten sich nicht einmal freuen. Wafrudnir, größer als mancher Nurgor, erschlug bald einen und griff sich dessen Waffe. Er führte das Schwert wie ein Berserker und tötete weitere Nurgor. Bryn musste wieder an seinen Titel «bester Krieger» denken. Aber er konnte sich vorstellen, unter welchen Schwindelgefühlen der Hüne aufgrund seiner Kopfverletzung gerade litt.

Die fünf stritten wacker, und Galar gelang es sogar, einen Nurgor mit bloßen Händen zu töten, aber Wafrudnir, Thybil und Mittni wurden bald von den Monstern überwältigt und fortgeschleppt. Bryn und Galar standen plötzlich ohne Gegner da. Die Untiere hatten wohl beschlossen, sich lieber mit ihrer Beute davonzumachen, als zu versuchen, auch noch den Rest zu fangen und dabei vielleicht alle zu verlieren. Außerdem schienen sie Angst vor dem Zwerg zu haben. Bryn wollte ihnen folgen, aber Galar rief ihn zurück.

«Lass sie abhauen, Junge», sagte er und befühlte eine hässliche Wunde an der massigen Schulter – nicht die erste, den Narben nach zu urteilen. «Die nächste Gelegenheit kommt bestimmt. Sie sind mächtig schnell.»

Bryn stand da, hielt sich seine verstauchte Hand und sah zu, wie die Freunde wieder im Lager des Feindes verschwanden. Dahinter tobte noch immer die Schlacht.

Mittni, bleib hier!, rief es in seinem Herzen. Die besten Freunde, die er je gehabt hatte, waren wieder der Gnade eines unergründlichen Feindes ausgesetzt.

«Komm, Brauer», sagte Galar. «Wir können hier nicht den ganzen Tag lang stehen. Suchen wir uns lieber ein Versteck und überlegen uns, wie wir die anderen retten können.»

Der Zwerg stapfte vom Lager fort, und Bryn folgte ihm niedergeschlagen. Obwohl er am liebsten zurückgerannt wäre, um seine Freunde zu retten, wusste er, dass es keinen Zweck hatte. Geduld war gefragt. Galar führte ihn vom Schlachtfeld fort und einen Hügel hinauf. Er schlug ein recht hohes Tempo an; Bryn hatte Mühe mitzuhalten. Ihm tat nicht nur die Hand weh, sondern auch noch immer die Brust. Bei jedem Atemzug spürte er ein grässliches Stechen. Er versuchte, gleichmäßiger zu gehen, doch davon wurde es auch nicht besser; also schluckte er den Schmerz wütend hinunter und folgte Galar. Sein Freund wartete ein Stück weiter oben und beobachtete die Schlacht. Er kniff die Augen zusammen, als spielte sie sich in weiter Ferne ab.

«Sieht mir ganz danach aus, als zögen sich die Menschen zurück», sagte er bedrückt, als Bryn bei ihm ankam. «Waren allerdings zahlenmäßig auch stark unterlegen. Die kommen bestimmt wieder, besser bewaffnet und mit Verstärkung. Und das hier war nur gegen die Nurgor. Stell dir vor, was wir zu erwarten haben, wenn noch die Ostentum mitmischen.»

«Warum haben sie sich überhaupt zurückgehalten?», fragte Bryn, dem wieder einfiel, wie die Ostentum alle untergetaucht waren.

«Die wollten nicht gesehen werden. Das Imperium weiß noch nicht, dass die Ostentum wieder da sind, und für den Feind ist es besser, wenn das möglichst lange so bleibt.»

Sie gingen weiter und hielten auf eine Anhöhe zu, von

der aus sie einen guten Blick auf das Lager des Feindes haben würden. «Aber das werden wir ändern», sagte der Zwerg grimmig.

In dieser Nacht ruhten sie, aber Schlaf fanden sie kaum. Beide zerbrachen sich den Kopf darüber, wie sie ihre Freunde befreien konnten. Irgendwann nach Mitternacht schlief Bryn ein, und als Galar ihn wachrüttelte, schienen nur Sekunden vergangen.

«Wir müssen es heute Nacht machen.» Der Zwerg klang außer Atem. «Ich hab mir das Lager angeguckt und etwas ausgeheckt – die Nacht war hell, bevor die Wolken kamen. Pass auf. Unsere Numenii-Verbündeten sammeln sich im Osten. Sie haben mächtige Waffen dabei, ein Arsenal der Zerstörung. Ich fürchte, die sprengen mit ihrer Feuerkraft alles in Stücke.» Ein schiefes, zynisches Lächeln erschien auf seinem breiten Gesicht. *Was für große Kinnbacken er hat*, dachte Bryn und fragte sich, wie unscheinbar er neben dem Zwerg wohl wirkte. «Zumal sie einen Lehrmeister dabeihaben, also auch noch Magie anwenden können. Jawohl, diesmal sind die Numenii besser vorbereitet.»

«Sehr gut!» Bryn setzte sich auf und berührte vorsichtig seine Brust. Die Wunde war entzündet, aber nicht mehr so schlimm wie gestern. «Dann suchen wir doch ihren Feldherrn auf und erklären ihm die Lage, damit sie unseren Freunden nichts tun. Vielleicht können wir die allgemeine Verwirrung nutzen, um in das Lager einzudr… Was ist denn?»

Galar sah ihn an, als hätte er einen Verrückten vor sich. «Wir wollen uns mal nicht aufregen, Brauer. Ich zeig's dir. Bist du so weit?»

Bryn nickte niedergeschlagen und kroch aus dem Unterschlupf in die frostige Nacht hinaus. Er war durchgefroren, steif, hungrig und bedrückt. Ach ja, und er hatte sich gerade erst die schwerste Verletzung seines Lebens zugezogen. Nur der Gedanke an seine Freunde gab ihm die Kraft weiterzumachen. Er spürte einen sengenden Zorn, wenn er sich Mittni und Thybil vorstellte, hilflos, mit unversorgten Wunden vielleicht, im Verhör oder gar unter Folter, und Wafrudnir, der sein Leben und, was ihm vielleicht wichtiger war, seine Ehre aufs Spiel setzte, um ihnen zu helfen.

«Hier, nimm einen Schluck.» Galar reichte Bryn eine Flasche mit kaltem Swigny. Danach fühlte Bryn sich um einiges besser. Er fragte sich, wie der Zwerg an dieses Getränk gekommen war, ergriff das lange, primitive Nurgormesser von gestern Abend und folgte Galar. Der Zwerg nahm einen Schluck aus einem Fläschchen, das er augenscheinlich aus seinem Bart gezogen hatte. *Gutes Versteck*, dachte Bryn. *Was er in seinen Locken wohl noch so untergebracht hat?*

«Komm!»

Galar führte ihn hinab zu einer Felsnase, von der aus sie das Gelände überblicken konnten. Bryn glaubte, im Westen die Umrisse der Nurgor-Zelte erkennen zu können, aber Galar umfasste seinen Kopf mit einer großen Hand und drehte ihn nach Norden und Osten. «Lerne deine Augen zu gebrauchen, Junge.» Er klang leicht unbehaglich, als er das sagte.

Bryn bemühte sich. Bevor er irgendetwas ausmachen konnte, das irgendwie von Belang zur Befreiung ihrer Freunde gewesen wäre, stürzte Galar sich in eine schroffe Widerlegung seines Vorschlags.

«Du fragst, warum wir uns ihnen nicht anschließen können, Brauer?» Galar lachte leise. «Weil die Zeit nicht reicht. Wir würden sie vor dem Angriff nicht erreichen. Schau, dort und dort ... Wachtposten des Feindes. An sich noch kein Problem – mit denen würden wir fertigwerden.»

Du jedenfalls, dachte Bryn.

«Aber schau dir die offene Ebene vor den Numenii an! Wie lange würden wir überleben beim Versuch, sie zu überqueren, was meinst du?» Galar kniff die Augen zusammen und inspizierte wieder das Gelände – was Bryn seltsam fand, denn alles war doch klar und deutlich zu sehen. Dann schüttelte der Zwerg den Kopf. «Einen anderen Weg zur Streitmacht der Numenii gibt es nicht. Und selbst wenn, ihre Späher würden uns wahrscheinlich erschießen, bevor wir noch diesen Bach überquert hätten.» Er zeigte mit seinem dicken Finger nach Norden zum Pendix.

«Na schön», seufzte Bryn. Er fand nicht, dass der Zwerg die besseren Argumente hatte. Galar wollte einfach nicht von den Numenii gerettet werden. «Was also schlägst du vor?»

Ein spitzbübisches Lächeln teilte den Bart des Zwerges. «Da gleich wieder Wolken vor den Mond ziehen, wozu noch warten? Je schneller wir unsere Gefährten retten, desto besser.»

Als sie das Zelt endlich fanden – eines der weniger beschädigten, das nach dem Feuer behelfsmäßig repariert worden war –, warteten sie, bis die Wachen weit entfernt waren, dann stellten sie sicher, dass es sich wirklich um das richtige Zelt handelte. Galar legte sich flach hin und ahmte sehr überzeugend den Schrei einer Eule nach.

«Tawny?», fragte eine leise Stimme von drinnen. Es war Thybil. Der Zwerg durchschnitt mit seinem Messer die Zeltwand und kroch hinein. Einen Moment später tauchte seine Hand in dem Spalt wieder auf und bedeutete Bryn, ihm zu folgen. Drinnen war es noch dunkler als draußen, aber mit Hilfe der Messer waren die Fesseln rasch durchtrennt. Als auch Wafrudnir befreit war, erklärte Galar, er wolle versuchen, ihre Waffen wiederzubeschaffen. Falls er gefangen genommen würde, sollten sie sich ohne ihn zur Hauptstadt durchschlagen und die Mission erfüllen.

«Seine Axt», flüsterte Thybil kaum hörbar, und sie nickten alle. *Er würde lieber sterben als sie zurücklassen*, begriff Bryn. Bald waren die vier zum Aufbruch bereit. Sie warteten nur noch auf Galar. Es war absurd und unheimlich, dort mitten in einem Lager der Monster im Dunklen zu stehen, im Begriff, einen Fluchtversuch zu unternehmen, für den ihnen Konsequenzen angedroht worden waren.

«Ist das Galar?», flüsterte Thybil. «Dieses Kratzen?»

Bryn rechnete schon fast damit, dass es ein Feind war, aber es war tatsächlich Galar, der verschiedene Waffen trug und sich alle Mühe gab, leise zu sein. Er brachte für Mittnis Schwert, das Bryn zerbrochen hatte, ein anderes mit. Nach dem Verteilen der Waffen fanden die Freunde ihre Lage schon viel besser. Immerhin konnten sie sich jetzt verteidigen. Sie brachen auf.

Die Leichtigkeit ihrer Flucht war erschreckend. Bryn sah zu den verlassenen, zerfetzten Zelten zurück. Die vordersten hatten gebrannt, standen aber noch. Sie waren faltig und geschwärzt, instabil und fragil, Asche eigentlich. Ihn überlief ein Schaudern. Aus den Ostentum wurde man einfach nicht schlau. Einerseits schienen sie von einem allwissenden, allmächtigen Anführer gelenkt zu werden, der einen geheimen Plan verfolgte und durch den Bryn sich manchmal selbst schon beherrscht vorkam. Andererseits waren die Monster achtlos und träge. Sie hatten die Freunde nicht einmal richtig durchsucht und nur das beschlagnahmt, was als gefährliche Waffe angesehen werden konnte. Bryn hatte immer noch ein paar versteckte Münzen in den Kleidern, Thybil eine Landkarte. Irgendetwas stimmte da nicht. Die Ostentum waren dumme Monster, aber ihr Herr musste von kaltem, scharfem Verstand sein und irgendein Motiv, irgendeinen Grund für diese Gräueltaten haben. Wenn er das Imperium hasste, warum griff er es dann nicht einfach an? Stattdessen brachte er Leid über die Barue, ein unschuldiges, unbedeutendes Völkchen. Aus welchem Grund auch immer. Bryn war empört. Und entschlossen, den Grund für all das herauszufinden.

Alle waren sich einig, so viel Abstand wie möglich zwischen die Lakaien des Aufsehers und sich zu bringen, also stapften sie wachsam und erschöpft immer weiter durch die Nacht. Als sie schließlich so müde waren, dass sie keinen Schritt mehr gehen konnten, nicht einmal, wenn ihr Leben davon abhinge, schleppten sie sich ins Unterholz am Rand der Hauptstraße, versteckten sich im Gebüsch und schliefen ein.

✦ ✦ ✦

Die sechste Nacht ihrer Reise verstrich, und der siebte Morgen brach an. Sie waren steif, alles tat ihnen weh, aber sie waren froh, wieder beisammen zu sein. Und von ihrem eigentlichen Weg waren sie auch nicht allzu weit abgekommen. Als Erstes verstärkten sie ihre Verbände mit Streifen, die sie sich von den Kleidern rissen. Mit knurrenden Mägen stapften sie weiter. Mittni konnte nicht fassen, dass Bryn immer noch Geld hatte, in einer Innentasche versteckt. Wafrudnir wies darauf hin, dass sie schließlich immer nur auf Waffen durchsucht worden waren. Bryn erinnerte sich noch gut an das Durcheinander der vergangenen Nacht. Thybil fügte hinzu, dass die Ostentum und ihr Herrscher – zumindest, als Nequam sie noch gelenkt hatte – nicht an materiellen Dingen interessiert gewesen waren. Das fand Bryn wiederum überaus interessant. In allen Heldengeschichten, die er kannte, wollte der Feind die Herrschaft über das Imperium oder die Welt an sich reißen oder sonst irgendeine große Macht erlangen. Was er mit dieser Macht anfangen würde, wurde nie ausgeführt, aber es bot immer Stoff für eine gute Geschichte. Tatsächlich wiesen die meisten Questes, die sie gespielt hatten, eine ähnliche Handlung auf … Inzwischen hatten Bryn und Mittni wirkliche Erfahrung.

«Ich glaube, wir können wieder die Straße nehmen, und sobald wir uns der nächsten Stadt nähern, wird sich ein Laden finden lassen», verkündete Thybil. «Hier gibt es ja schon einige Siedlungen. Vielleicht bekommen wir dort auch bessere medizinische Versorgung. Ich will nicht riskieren, dass sich unsere Wunden entzünden – jedenfalls nicht noch stärker.»

Im Laufe des Tages begegneten sie tatsächlich Händlern, Soldaten, Reisenden und Bürgern in Alltagskleidern. Das heißt, die Bürger waren nach Numenii-Begriffen alltäglich gekleidet. Für die Barue drückten jene langen, eleganten, fließenden Gewänder von reiner Farbe hingegen Rang und Stellung aus. Sie selbst kamen sich plump und schmutzig vor, wenn sie auf ihre blutigen Kittel und zerrissenen Umhänge hinunterschauten. Befremdlich war, dass so viele der Menschenkleider aus einem Stück Stoff geschnitten zu sein schienen und nur in der Taille mit einem Gürtel gerafft wurden. Als Mittni zum ersten Mal derartige Kleider sah, verwechselte er sie mit den Roben der Studierten und fragte misstrauisch: «Sind das Lehrmeister?»

Thybil lachte. «Nein, aber wenn alles gutgeht, werdet ihr bald welche sehen. Vielleicht sogar den Hohen Lehrmeister.»

Bryn musste an die peinliche Situation denken, als er Aesir vorgestellt worden war, und er nahm sich vor, bei der nächsten Begegnung mit Fremden vorsichtiger zu sein. Die Straße zog sich hin. Die Gefährten waren ausgehungert, und jeder hätte bereitwillig einen Finger für etwas zu essen gegeben. Sie gelangten zu einem Marktplatz am Rand einer Numenii-Stadt, «in der Vorstadt», wie Thybil erklärte.

Die Straßen wimmelten von Leuten, Fuhrwerke ratterten umher, Händler boten ihre Waren feil. Holzstände säumten die Straßen, Planen flatterten in grellen Farben. Ungeduldige Viehhändler führten Tiere, die wild die Augen rollten, zu ihren neuen Besitzern oder in eine Zukunft als Wurst. Aus einem Schornstein wallte Rauch, der vom Wind in die Straße hinuntergedrückt wurde und Bryn in den Augen brannte. Vögel schrien, Krämer brüllten, Kinder kreischten und lachten, Jungen forderten einander mit Holzschwertern und Flitzbogen heraus. Für die empfindlichen Sinne der Barue war die Atmosphäre erschlagend und der Lärm für ihre Ohren fremd und unangenehm nach so langer Zeit in der Stille der freien Natur.

Das also nennt man Zivilisation, dachte Bryn.

Wafrudnir machte angesichts der vielen Leute ein misstrauisches Gesicht. Die belebten Straßen beunruhigten ihn. Der Nephelim erinnerte Bryn wider Willen an einen Hasen in der Falle, der nun nach einem Ausweg suchte. Was hatte Aesir über Armaah gesagt? Oder war es Wafrudnir gewesen? Irgendetwas von wegen Lebendig-begraben-Sein.

Bryn zuckte die Schultern. Er hatte Hunger. Er sah sich nach einer Taverne, einer Schenke oder einer Gastwirtschaft um, steckte die Hand in die einzige Tasche ohne Löcher und zog sein Geld heraus. Er nahm einen Silbermond aus dem Tuch und steckte den Rest wieder in die Tasche. Bald ließen sie sich im Stehen an einer Garküche zwischen geschäftig umhereilenden Numenii Räucherlachs, gekochte Kartoffeln und Möhren mit Zwiebeln und Knoblauchsoße schmecken. Nachdem sie von Monstern umringt und dann ganz allein in der Wildnis gewesen waren, hatte das jetzige Treiben um sie herum etwas Unwirkliches. Bryn beneidete die Händler wegen ihres überlegenen, unbekümmerten Auftretens. Das Einzige, worüber sie sich Gedanken machen mussten, war, wie sie den nächsten Kunden betrügen konnten.

Das Essen war gut und sehr schmackhaft. Bryn war nicht in der Stimmung, dem Koch seine Künste zu neiden; vielleicht war es nur ihr Hunger, der einen Unterschied machte, und nicht die Lebensmittel. Nachdem sie sich gierig über ihre Portionen hergemacht hatten, schlug Bryn vor, Proviant für den Rest der Reise einzukaufen. Außerdem brauchten sie mehr Kleider und Decken.

«Wir werden aber nur noch für die nächsten paar Tage etwas brauchen», sagte Mittni munter und mampfte mehr als seinen Teil des Brotes weg. Essen kostete hier nicht viel, so gut wie überhaupt nichts. Bryn stellte bald fest, dass das auch für Kleider und anderes galt.

Nach ihrem befriedigenden Mahl bestand Galar darauf, dass sie getrennt weitergingen, um nicht so viel Aufmerksamkeit auf sich zu ziehen; drei Barue, ein Zwerg und ein Nephelim auf einer gemeinsamen Reise, allesamt schmutzig, verletzt obendrein – so konnten sie nirgendwo ein gewöhnlicher Anblick sein, schon gar nicht in den zivilisierteren Teilen des Imperiums. Also gingen die Barue zusammen, während Galar und Wafrudnir ein paar hundert Meter hinter ihnen folgten, sie auch gelegentlich überholten und wieder zurückfielen, wenn sie so taten, als sähen sie sich irgendwelche Auslagen an.

«Wir bleiben in eurer Nähe, falls ihr Hilfe braucht», hatte Wafrudnir leise gesagt. Bryn war froh darüber und Mittni offensichtlich auch. Der Hüne war so zurückhaltend wie immer, doch seine Gegenwart machte Mut. Seine Kopfverletzung war zwischen den roten Haaren nicht allzu deutlich zu sehen. Er band sie nicht zu einem Pferdeschwanz zurück, wie zu Beginn ihrer Reise, sondern trug sie nun offen, und das wilde Aussehen stand ihm. Seine langen Haare waren gewellt und verfilzt. Aber sein inneres Feuer schien erloschen. Dieser teilnahmslose Ausdruck ließ ihn allerdings umso einschüchternder wirken, fand Bryn. Bei aller Kraft war er doch in Wirklichkeit sehr sanftmütig, wie der Brauer erfahren hatte, und kämpfte nur, wenn er gereizt wurde oder die Pflicht es gebot. Nein, wirklich, wenn er es recht bedachte, würde der Nephelim nicht einmal vorschnell handeln, wenn man ihn reizte. Die Jagd und das Fallenstellen waren Tätigkeiten, bei denen man lernte, geduldig zu sein. Doch die städtischen Numenii hielten ihn für einen Barbaren. Bryn las es in ihren Blicken. Was sie wohl täten, wenn ihnen auffiel, dass er sechs Finger an jeder Hand hatte? Hatten die Nephelim wohl auch sechs Zehen an jedem Fuß?

Mittni hatte eine irgendwie zufriedene Miene, als erfüllten ihn seine Gefährten mit Stolz. Es war ansteckend. Bryn konnte sich ähnlicher Gefühle nicht erwehren. Er hatte es noch nie aus diesem Blickwinkel gesehen, aber es leuchtete ihm ein. Das Schlimmste hatten sie hinter sich! So schrecklich alles auch gewesen war, es war vorbei. Die beiden Freunde redeten viel weniger, als sie gedacht hätten, und teilten diese Erfahrung stattdessen schweigend. Und doch fühlte Bryn sich Mittni und Thybil näher denn je seit seiner Rückkehr von den Aposteln, ja, sogar näher als vor vier Jahren. Was bemerkenswert nah war, fand er. Er dachte an ein recht einsames Leben bei seinen Eltern in Baruto und bei den Aposteln zurück. Ja, so war es besser – lieber eine schwierige Lage mit Freunden teilen als ein sicheres, aber langweiliges Leben ohne sie führen. Mit einem Anflug von Zuversicht war Bryn bereit zu schwören, dass er sich allem stellen konnte, was ihm begegnen mochte, solange nur Mittni an seiner Seite war.

Ab und zu ragte am Rand der ordentlich gepflasterten Straße ein weißer Stein aus dem Boden. Es handelte sich um Meilensteine. Es war sehr ermutigend, Wegweiser wie den folgenden zu erblicken:

NACH ARMAAH
ARMAAH: 60 MEILEN

«Das Numenii-Imperium hängt aus vielerlei Gründen von diesen Steinen ab. Ohne sie wären die Königreiche nicht annähernd so wirkungsvoll und gut organisiert», sagte Thybil. Mit einem Lachen fügte er hinzu: «Aber früher einmal, in den Anfangstagen des Imperiums, als es sogar noch mehr Bestechung gab, da stellten betrügerische Baumeister die Steine etwas enger als mit einer Meile Abstand auf, um mehr Geld zu verdienen. Sie bekamen nämlich ‹eine Krone die Meile›. Das Geld war damals natürlich noch mehr wert. Heutzutage werden Millionen Kronen in Transport und Verkehr gesteckt. Am bedeutendsten ist das Goldene Dreieck, das Bel-Tued mit Armaah verbindet. Auf dessen breiten Straßen patrouillieren sogar Wachsoldaten, sodass die Händler keine eigenen Wachen dabeihaben müssen.» Thybil lachte. «Wisst ihr, das Imperium ist nicht einfach das Imperium. Der eine Ort unterscheidet sich wesentlich vom anderen; manchmal trennen sie Welten.»

Es war gut, einen Gelehrten wie Thybil dabeizuhaben. Er gab stets guten Rat und konnte über die ausgefallensten Themen reden, ohne dass es langweilig wurde. «Nichts, nicht einmal Sport oder ein Wettkampf ist so anregend», hatte Thybil oft zu Bryn gesagt, «wie ein Gespräch.»

Und während sie die ebene, gepflasterte Straße hinabwanderten, die über leicht vereiste Wiesen oder schneebedeckte

Hügel führte, sorgte Thybils vergnügte, kluge Rede dafür, dass sie bester Laune waren, und die Zeit verging, wie der Schnee schmolz. Bryn genoss es, mit den beiden Barue allein zu sein und ohne die ernsteren Mitglieder ihrer Gemeinschaft zu wandern. Im Laufe des Nachmittags wurde Thybil still und nachdenklich. Bryns Aufmerksamkeit wandte sich wieder dem zu, was ihm Sorgen bereitete. Diesmal vertraute er sich Mittni an.

«Die Ostentum und die Nurgor, aber auf jeden Fall der Aufseher, wussten doch, dass Galar und ich noch in der Nähe waren. Warum wurdet ihr nicht besser bewacht?»

Mittni überlegte einen Moment, dann zuckte er die Schultern. «Sie denken wahrscheinlich ganz anders als wir, Bryn. Wir kümmern uns umeinander. Ein Barue hätte sich denken können, dass ihr unseretwegen zurückkommen würdet, aber diese Monster nicht. Vielleicht haben sie angenommen, dass ihr euch einfach in Sicherheit bringt!»

Ja, da hatte Mittni wohl recht. Daran hatte Bryn nicht gedacht. Die beiden sprachen darüber, was sie tun würden, sobald sie wieder zu Hause wären.

«Telseara und Dordios werden alles als Erste hören wollen», sagte Mittni. Bryn konnte spüren, dass er sich Sorgen um seine jüngeren Geschwister machte. Sie hatten im Sklavenlager tapfer gekämpft, und Mittni und Bryn waren froh, dass ihnen nichts passiert war. Bald waren die beiden mitten in einer Queste und schmückten die Geschichte mit farbigen Abenteuern aus, die sie zum Glück nie erlebt hatten. Nachdem Bryn eine besonders alberne Episode zum Besten gegeben hatte, brach Mittni in schallendes Gelächter aus. Bryn grinste. Sie schwiegen für einen Augenblick. Mittni biss sich auf die Lippen.

«Weißt du, wenn ich es recht bedenke, glaube ich nicht,

dass wir uns grämen müssen. Diesmal ist das wahre Leben aufregend genug. Ich werde mich nie wieder beklagen.»

Bryn nickte ernst. «Du hast recht.»

Um ihn zu erheitern, fügte Mittni hinzu: «Jetzt hast du etwas Authentisches und verdammt Aufregendes, das du zu Papier bringen kannst! Wir werden berühmt dafür werden, diese Neuigkeiten überbracht zu haben.»

Bryn lachte. «Ich weiß nicht. Wenn wir in Armaah sind, sollten wir versuchen, noch ein bisschen Zeit herauszuschlagen. Thybil meint, das Ganze wird sich ganz schön hinziehen. Zuerst die Ostentum, dann Quivelda. Er glaubt, der Imperator wird eine Art Rat zusammenrufen, und bis der sich eingefunden hat, wird einige Zeit vergehen. Es ist schon komisch, wie lange sich solche Dinge im Imperium hinziehen, obwohl die Bürger alles am liebsten sofort hätten.»

«Ach, Tinte und Papier wird es dort schon geben.» Mittni runzelte die Stirn. «Aber je länger wir dort bleiben, desto länger werden wir auch von unseren Leuten fort sein. Ich bezweifle, dass wir noch irgendetwas anderes werden schreiben wollen als den Papierkram, mit dem die Numenii uns dann beauftragen. Wenn wir nur wüssten, ob die anderen heil angekommen sind. Dabei fällt mir ein … Warum Quivelda? Warum nicht Wenfeld? Vielleicht haben sie das ja auch niedergebrannt! Es kann doch nicht nur ein Zufall gewesen sein.»

Bryn wollte sich diese Angelegenheit noch einmal durch den Kopf gehen lassen. Es beunruhigte ihn zwar, aber er brauchte Antworten. «Ja, und warum sind sie uns nicht gefolgt, nachdem sie uns doch schon einmal hatten? Dass die Ostentum nicht gesehen werden wollen, ist klar, aber was ist mit den Nurgor? Die sind nichts Neues. Sie hätten uns wieder einfangen können … was macht es schon, dass wir jetzt weithin sichtbar auf einer Straße unterwegs sind? Aus der

Deckung kommen, uns ergreifen und wieder untertauchen. Mehr bräuchte es doch nicht, oder?»

Mittni drehte sich einmal ganz um sich selbst, als stünde ihnen genau das jeden Moment bevor. «Vielleicht haben sie unsere Spur verloren. Hoffe ich jedenfalls. Wir sind schrecklich lange marschiert, es lässt sich nicht sagen, wann sie unser Verschwinden bemerkt haben. Sie mussten sich schließlich um die Menschenkrieger kümmern. Wahrscheinlich hatten sie genug damit zu tun, die Ostentum geheim zu halten. Du hast doch selbst gesagt, dass Galar das vermutet.»

An diesem Tag kamen sie gut voran, was zum Teil der Straße zu verdanken war. Zum ersten Mal, seit sie Quivelda verlassen hatten, schienen sie in Sicherheit zu sein. Es war wohl der beste Tag bisher. Doch Bryn fühlte sich immer noch erschöpft und ausgepumpt.

Nicht das Leiden bringt einen um, fiel ihm ein, *sondern ohne Grund zu leiden.*

Er aber hatte eine Absicht, ein Ziel. Er tat etwas von Bedeutung. Er wollte etwas erreichen.

Die Nacht rückte näher, und es wurde allmählich Zeit, ans Schlafen zu denken. Sie taten es widerstrebend, obwohl sie alle erschöpfter und ausgelaugter waren denn je. Die fünf vereinten sich wieder und verließen die Straße, gingen über eine Weide und in ein Wäldchen. Dort bereiteten sie sich unter den Bäumen ein Lager, doch sie wagten nicht, ein Feuer zu machen.

✦ 11. KAPITEL ✦

Ein toller Kerl

Sie standen früh auf und aßen. Da das Swigny längst getrunken war, gab es nur noch Wasser, aber der Proviant, den Bryn gekauft hatte, machte das mehr als wett.

Die frostige Stille der Nacht war von der Sonne vertrieben worden, die die grünen Weiden nun in blasses Licht tauchte. Eine Vogelart, die nicht im Winter fortflog, stimmte zögernd ihr Lied an. Das schrille Pfeifen zerrte bald an Bryns Nerven.

«Schaut euch diese Wolken an», sagte Mittni und biss ins letzte Stück Brot, als wäre es eine Delikatesse. «Schade, dass wir keine Butter haben», fügte er noch zusammenhanglos hinzu, wie es für Barue typisch war.

«Ja, nachher wird es regnen», sagte Wafrudnir. Er beklagte sich nie über seine Verletzung, aber er war still geworden und lachte über keinen Scherz mehr; eine Bemerkung musste schon besonders witzig sein, damit sich ein dünnes Lächeln in sein Gesicht stahl.

«Regnen?», fragte Bryn. «Du meinst doch bestimmt schneien?»

Thybil schüttelte den Kopf. «Streite dich niemals mit einem Nephelim über das Wetter, Bryn. Da verlierst du zwangsläufig – es sei denn, ihr seid im Unbenennbaren Land.»

Wafrudnir hob die Hand, als wollte er die Beschaffenheit der Luft fühlen. «Für Schnee ist es zu warm.»

Tatsächlich war es um einiges milder als in den Bergen, obwohl die Sonne gar nicht so kräftig schien. Nach dem Tag in der Stadt tat es gut, wieder auf dem Land zu sein. Die gelegentlichen Siedlungen hatten etwas Beruhigendes. Auf der Straße war in beide Richtungen niemand mehr zu sehen. Sie beschlossen, rasch aufzubrechen, dann konnten sie eine Pause einlegen, wenn sich das Wetter änderte. Und sie waren kaum wieder unterwegs, da begann es zu regnen.

«Droch!», sagte Mittni. «Was heißt das eigentlich, Onkel?»

Thybil lachte. «Höchstwahrscheinlich nichts Nettes, da es ein Zwergenfluch ist. Wurde vor unbekannter Zeit durch Handelsbeziehungen bei den anderen Völkern Calaspias beliebt. Mehr braucht man nicht zu wissen. Bleib lieber bei *Schuckel*, das ist besser.»

Zunächst war der Regen sehr leicht, kaum zu spüren, aber im Laufe des Tages schwollen die Wolken bedrohlich an, und bald goss es in Strömen. Rasch waren sie nass bis auf die Haut. Der Regen fiel so kräftig, dass die kleine Gruppe den Eindruck hatte, um sie herum seien Vorhänge zugezogen. Ganz allein, von der Welt abgeschnitten, mussten sie sich durch den Regen kämpfen. Niemand sonst trottete durch dieses feuchte und kalte Land.

Alle Numenii-Bürger waren längst in ihren Häusern verschwunden. Manche hatten sich gar nicht erst herausgewagt. Der Regen verwandelte den alten Schnee in Matsch, auf dem sie ständig ausglitten. Die drei Barue, der Zwerg und der Nephelim quälten sich voran. Es regnete unablässig. Da sie allein unterwegs waren, konnten sie es riskieren, wieder alle zusammen zu gehen. Das immerhin war erfreulich. Sonst hätten sie sich möglicherweise noch verloren. Bis zur Mittagszeit legten sie fast zehn Meilen zurück. Als sie bei einem Gasthof ankamen, traten sie erleichtert ein, bekamen etwas zu essen und wärmten sich, in Decken gehüllt, am Feuer.

Diesmal bestand Thybil darauf zu zahlen, nachdem Bryn gestern für alles aufgekommen war. Nach dem Essen brachen sie wieder auf. Der Platzregen hatte sich, wenn das überhaupt ging, noch zu einem Wolkenbruch gesteigert, und so schafften sie zwangsläufig weniger Strecke als erhofft. Manchmal fiel nur leichter Regen, fast wie Schnee, dann wieder prasselte das Wasser gnadenlos auf sie herab.

«Eigentlich sollte der Himmel inzwischen leer sein», sagte Bryn missmutig, nachdem sie wieder etliche Stunden unangenehmen Marsches hinter sich hatten. Seine Stiefel scheuerten und quietschten bei jedem Schritt. Sie waren alle bis auf die Knochen durchweicht und brachten gerade noch genug Willenskraft auf, um weiter einen Fuß vor den anderen zu setzen.

Nach einer Weile ging der kalte, unablässige Regen in Hagel über. Nun waren sie nicht nur nass, sondern ihnen peitschten auch noch schmerzhaft Hagelkörner ins Gesicht. Ihre Kleider waren schwer vom Wasser. Zu allem Überfluss kam ein starker Wind von Osten her. Sie hatten das Gefühl, als wollte das Wetter alle ihm zur Verfügung stehenden Mittel nutzen, um sie von ihrem Ziel abzubringen. Doch war all das immer noch besser als Gefangenschaft. Wenigstens waren sie zusammen. Schließlich suchten sie am Straßenrand unter einigen Bäumen Schutz und warteten. Wafrudnir zauberte einige Reste von ihrer letzten Rast hervor, und alle nahmen dankbar einen mehr oder weniger feuchten Happen.

Als der Hagel nachließ, wanderten sie weiter. Sie befanden sich in einer flachen, von kleinen Wäldchen bestandenen Gegend. Unter anderen Umständen wären sie hiergeblieben, aber sie schleppten sich voran und kamen zu einem Dorf mit einer Schenke. Bryn schlug vor, dort zu übernachten.

«Es wird bald dunkel, und dann werden wir nichts mehr suchen wollen. Vielleicht regnet es noch die ganze Nacht lang, und ich für meinen Teil bin nass genug. Wir können unsere Kleider trocknen und uns eine gute warme Mahlzeit gönnen.» Er blies Tropfen von seiner Oberlippe. «Wir müssen mit dem Geld ja schließlich auch etwas anfangen. Was nützt es denn, wenn wir hier draußen vor Kälte sterben? Ich gehe hinein.»

Die anderen waren durchaus bereit mitzukommen, nur Galar schien Zweifel und Befürchtungen zu haben. «Ich finde, wir sollten uns aufteilen, bevor wir da reingehen. Das erregt weniger Aufmerksamkeit.»

Also gingen die drei Barue zuerst. Das tropfende Schild nannte die Schenke «Zum fliegenden Fisch». Aus der Tür trat ein hochgewachsener Mann. Er hielt sie ihnen auf, und die Barue huschten hinein. Drinnen saß einiges Volk über seinen Krügen und schaufelte dampfende Speisen in sich hinein. Der Schankraum war gut eingerichtet. Große Gemälde schmückten die Wände. Es gab viele große Tische, nicht von der Sorte, die sonst in den Schenken herumstanden, sondern wuchtige, stattliche Möbel. Das Holz war nicht alt und wurmstichig wie in manchen Orten, wo sie bisher haltgemacht hatten, aber auch nicht nagelneu und gesichtslos, wie es noch öfter der Fall gewesen war. Bryn fand, dass der Raum Charakter hatte. Sie erspähten einen freien Vierertisch und setzten sich.

«Das ist dann also eure erste Kostprobe von diesem Teil des Imperiums», sagte Thybil. «Hier ist alles schon um einiges teurer. Ihr zwei wartet hier, und ich werde versuchen, uns ein Gästezimmer zu besorgen. Ich kann dann auch gleich das Essen bestellen, wenn ihr wollt.» Er ging zum Tresen und sprach den Wirt an.

Die Tür ging auf. Galar und Wafrudnir traten ein. Bryn betrachtete sie, und ihm fiel nichts auf, was ihn als Uneingeweihten misstrauisch gemacht hätte. Er nahm an, dass seine Gefährten das weitere Vorgehen irgendwie geplant hatten, um Nachrichten austauschen zu können, vermutlich.

Der erfahrene Nephelim würdigte die Barue keines Blickes. Galar sah sich aufmerksam im ganzen Schankraum um, von links, wo die Treppe war, bis rechts, wo die Barue beim Feuer saßen. Sein Blick hielt nicht inne, als er seine Freunde erreichte, sondern wanderte weiter, als suche er nach jemand anderem. Er sagte etwas zu Wafrudnir. Sie setzten sich an einen Tisch bei der Tür. Wafrudnir stand bald wieder auf und ging langsam zum Tresen. Dort gab es nur noch einen freien Platz, neben Thybil. Wafrudnir setzte sich und redete mit dem gutgekleideten Wirt, der schütteres Haar hatte. Bald wandte der Nephelim sich ab und ging wieder zu seinem wartenden Freund. Thybil kehrte zu den Barue zurück.

Das Abendessen war köstlich, aber es begann recht merkwürdig. Nachdem Thybil am Tresen bestellt hatte, wurden sie in einen Raum geführt, der nicht so schön war wie die Schankstube. Er war kleiner und nicht so robust möbliert.

«Das ist der Gastraum für alle, die über Nacht bleiben», erklärte der Wirt, während er sie zu einem Tisch geleitete. «Das Essen kommt gleich.»

«Ärgerlich», sagte Thybil. «Ich habe nicht daran gedacht, ihm erst nach dem Essen zu sagen, dass wir übernachten wollen. Wie ihr seht, gibt es einfache Verhaltensregeln für das Leben im Imperium.»

«Was hast du bestellt?», fragte Bryn.

«Eine Portion Wild, einen Teller Gemüse in Pilzsoße, dazu etwas Forelle, was anscheinend die hiesige Spezialität darstellt; also sollte sie gut sein.»

Am Nebentisch saßen noch zwei Menschen, und um einen Tisch weiter hinten drängten sich drei Zwerge. Bryn fragte sich laut, warum in der Schenke keine Frauen waren, und Thybil antwortete prompt, sie blieben daheim und kümmerten sich um den Haushalt. Aber weiter im Kernland des Imperiums verhielt es sich anders, dort waren die Frauen nicht an den Herd gefesselt, sondern in wichtigen Berufen tätig, auch in leitenden Positionen, genau wie die Männer. Dies sprang vor allem in Bel-Tued ins Auge, das von einer reichen Dame namens Lady Turissa regiert wurde. Frauen besaßen im Imperium die gleichen Rechte wie Männer, was Bryn vernünftig fand, doch Thybil hatte seine eigene Ansicht über dieses Thema. «Wir sind nicht gleich, und es bringt auch nichts, so zu tun, als ob. Das bedeutet nicht, dass die einen den anderen überlegen wären, aber Gleichberechtigung wird oft missverstanden. Beide Geschlechter haben verschiedene Stärken und Schwächen. Diese sollten anerkannt und respektiert, aber nicht missbraucht werden, wie es früher der Fall war. Nur fürchte ich, in den meisten fortschrittlichen Städten sind die Männer die neuen Frauen. Die Gerichtsprozesse, von denen ich so höre, bestätigen meine Befürchtungen.»

Bryn konnte nicht ganz folgen. Das Thema klang aber doch interessant. Wie er Thybil kannte, hatte der Alte wahrscheinlich recht. Sie kosteten alle von jedem Gericht und stimmten darin überein, dass die Forelle am besten war. Thybil und Bryn mussten das Gemüse aufessen, weil Mittni die Art der Zubereitung nicht mochte. Bryn kannte sie von seiner Zeit bei den Aposteln her. Sie blieben an dem Tisch sitzen und plauderten über alles Mögliche, nur nicht über die Mission, auf der sie sich befanden. Stattdessen redeten sie über ihre Freunde und was sie jetzt wohl taten. Thybil erzählte von seinen früheren Reisen durch das Imperium und gab Anekdoten über seine Zusammenstöße mit dessen Bürokratie zum Besten.

Nachdem sie sich satt gegessen hatten, wollten sie ins Bett. Sie folgten einem Dienstmann die Treppen hinauf und über einen Flur, bis sie vor Zimmer 27 standen.

«Hier werdet ihr die Nacht verbringen. Wenn wir irgendetwas für euch tun können, sagt einfach Bescheid.» Er sprach höflich, starrte aber neugierig auf ihre verdreckten, zerrissenen Kleider. Bryn und Mittni waren so müde, dass sie es gar nicht bemerkten.

Thybil zuckte die Schultern. «Fürchterliches Wetter, hm?», versuchte er zu erklären.

Sie hatten ein kleines Zimmer mit drei Betten sowie Tisch und Stuhl. Durch das einzige, nach Osten liegende Fenster konnte man sehen, dass der Regen immer noch auf die Straße und die Dächer niederprasselte. Bryn fühlte sich sicher und behaglich hier drin. Die Aussicht, in einem richtigen Bett zu schlafen, war verlockend. Auf dem Tisch standen drei Kerzenstummel aufgereiht. Sie würden fürs Erste reichen. Die Betten waren aufwendig, mit einem ganzen Berg Kissen am Kopfende.

«Auch dieses Gebäude und die Leute sind typisch fürs Imperium», erzählte Thybil ihnen. «Und das ist noch nichts gegen das, was uns erwartet. Prunk und Luxus – das sind äußere Merkmale. Lasst euch von ihnen nicht blenden, schaut dahinter.»

Alle schliefen gleich ein, und bald war der Raum von Schnarchen und zufriedenen Schnauflauten erfüllt, die sogar das Prasseln des Regens ans Fenster übertönten.

✦ ✦ ✦

«Ich traue ihm nicht», sagte Galar schlecht gelaunt. «Und erzähl mir bloß nichts von wegen ‹uns bleibt nichts anderes übrig›, das ist albern.»

Der Zwerg stemmte resolut die Hände in die Hüften. Er ging dabei weiter, und aufgrund seiner Anatomie – kräftig, aber nicht fett um die Taille herum – ließ das seine Ellbogen mit jedem Schritt komisch hin und her schwingen.

Thybil sagte leise: «Das hatte ich nicht vor. Wir brauchen ihn nicht, und wir brauchen ihm auch nicht zu trauen. Aber sei nicht so vorschnell mit deinen Vermutungen. Nur weil er sich für uns interessiert, muss er noch lange kein Spion sein.» Er fügte rasch hinzu: «Aber ich stimme dir zu. Je schneller wir ihn loswerden, desto besser.»

Gegenstand ihres Gesprächs war ein Menschenmann namens Johan. Er hatte sich ihnen einfach angeschlossen, doch mit einigem Charme. Er betrachtete sie neugierig, sagte aber nichts zu ihren Prellungen und zerlumpten Kleidern. Der Regen des Vortages hatte einen Großteil der Schlamm- und Blutkrusten weggewaschen, und sie hatten versucht, sich im Gasthof einigermaßen wiederherzustellen, waren aber immer noch die zerlumptesten Reisenden auf der Straße.

«Ihr reist zusammen, ihr fünf?», fragte Johan.

Galar funkelte die Barue eindringlich an, und sie begriffen, dass sie mitspielen sollten. «Im Moment, ja. Wir sind uns vor ein paar Stunden begegnet und haben beschlossen, zusammen weiterzureisen, weil die Straße leer war.»

Aus demselben Grunde hatte auch Johan sich ihnen angeschlossen. Anstatt den Hauptverkehrsstraßen zu folgen, die durch Städte und Dörfer führten, nahmen sie kleinere Straßen. Das war zwar ein Umweg, aber hier war weniger los. Städte sind wie Magneten, sie ziehen Gutes und Schlechtes zugleich an. Das gilt für Waren ebenso wie für das Volk. Die Gefährten konnten den Menschen schlecht zurückweisen, denn dann hätten sie zugegeben, eine geschlossene Gesellschaft zu sein.

«Wo willst du hin?», fragte Galar den Neuankömmling misstrauisch.

«Nach Armaah – in die Stadt Armaah», sagte Johan selbstgefällig. «In einer offiziellen Angelegenheit. Ich bin gewissermaßen Historiker.»

«Na dann», sagte Galar widerwillig. «Willkommen», fügte er in nicht sehr einladendem Tonfall hinzu.

«Das wird unsere Gruppe aufs beste vervollständigen», sagte Thybil und zeigte zu dem Nephelim und dem Zwerg. «Wir sind alle nach Armaah unterwegs. Ist es nicht erhebend, wie eine Stadt, keine gewöhnliche Stadt, sondern die größte des Imperiums, vier verschiedene Völker dazu bringt, gemeinsam dorthin zu reisen?»

«Gut beobachtet, mein kleiner Gefährte. Und wenn ihr die Stadt erblickt, werdet ihr ohne jeden Zweifel wissen, dass ihr Ruf wohlverdient und kein bisschen übertrieben ist.»

Thybil nickte nachdrücklich.

«Aber du untertreibst, wenn du sie als die großartigste Stadt des Imperiums beschreibst», fuhr der Mensch fort. «Sie ist mehr als das, sie ist die großartigste Stadt von ganz Calaspia!»

«In ihrer Gesamtheit durchaus, aber was die einzelnen Bestandteile einer Stadt angeht – je nachdem, was wir eine Stadt nennen, versteht sich, also Bevölkerung, Baukunst, Lage und Verhältnisse –, habe ich Besseres gesehen. Nicht oft, aber doch schon mancherorts.»

Johan sah Thybil verblüfft an. «Du musst aber weit herumgekommen sein», sagte er spöttisch.

«Unser ehrwürdiger Ältester ist nicht dumm», sagte Bryn düster.

Thybil stieß seinen Schüler einen Moment zu spät in die Rippen und lächelte den Menschen entschuldigend an. Bryn konnte spüren, dass seine schroffe Entgegnung Johan vor den Kopf geschlagen hatte.

«Es tut mir leid, wenn ich euch beleidigt habe. Ich wollte damit nicht sagen, dass er dumm sei, sondern nur, dass er unwissend sei.»

«Nun, dann lauft in Zukunft nicht herum und zieht solche voreiligen Schlüsse», sagte Bryn. «Das ist herabwürdigend.»

«Nein, nein, mein Freund.» Johan lachte. «Meine Mitnumenii unterschätze ich ebenfalls immer. Das ist die Last einer Ausbildung, wie ich sie genossen habe.» Er stieß einen gespielten Seufzer aus, lächelte gewinnend und zerraufte Bryn die schwarzen Haare. «Aber du tätest gut daran, höflich zu bleiben, Junge. Man weiß nie, mit wem man vielleicht redet.»

«Beachte den Jungen gar nicht, Johan, mein Guter. Er erweist mir nur Respekt, weißt du. Respekt vor Älteren ist in unserer Kultur sehr wichtig.» Thybil schielte zu dem Mann hinauf. «Er will dir gegenüber auch nicht respektlos sein. Im Vergleich zu dir, geschätzter Freund, kann ich nur unwissend sein, was die Numenii betrifft, und ich bin in der Tat ein bescheidener Anfänger.»

«Ja, da hast du recht, Barue!» Johan zögerte einen Augenblick, und Bryn bemerkte zufrieden, dass er sich gerade fragte, ob es vielleicht unklug gewesen war, ihm das Haar zu zerraufen. «Ich habe natürlich schon allerhand über euch gehört. Entschuldigt bitte alle, wenn ich euer Alter falsch einschätze. Jedenfalls muss der Große ein Nephelim sein, und der Zwerg ist natürlich ein Zwerg.» Johan lachte freundlich, aber Bryn spürte, dass nicht viel Gefühl dahintersteckte. Nichtsdestotrotz war es ein netter Versuch, den schlechten Beginn eben wettzumachen.

«Erzähl uns ein bisschen von dir», sagte Thybil. «So oft hören wir nicht etwas über das Leben im Imperium. Aus diesem Grunde reisen wir ja nach Armaah. Diese beiden», er legte Bryn und Mittni eine Hand auf die Schulter, «sind meine besten Schüler, und das Dorf hat für sie gesammelt, damit sie eine Bildungsreise durch das Imperium machen können.»

Johan sah beeindruckt aus und erklärte ihnen, wie froh er sei, dass die Barue die Schulbildung endlich als einen wichtigen Teil des Lebens akzeptiert hätten. Thybil blinzelte seinen jungen Freunden zu und gab sich weiter unwissend und einfältig.

«... und nachdem ich die Universität zu Liborec mit Abschluss verlassen habe, wäre ich beinahe in den Orden von Itrim aufgenommen worden. Von dem habt ihr doch sicher gehört?»

Thybil zuckte die Schultern. «Ich weiß durchaus von ihm, ja. Die weisen Lehrmeister und so weiter.»

«Man kann über nichts je genug wissen», sagte Johan wichtig. «Seid nie mit dem zufrieden, was ihr schon wisst, akzeptiert nie eine Theorie ohne Frage, überlasst nie jemand anderem das Denken.»

Bryn fragte sich, ob alle Numenii-Lehrer so hochmütig waren. Bei den Aposteln des Verstehens waren einige sehr von sich überzeugt gewesen, aber dort war es wenigstens üblich, sich einen bescheidenen Anstrich zu geben. Dennoch konnte er nicht umhin, Johans Selbstvertrauen und Wissen zu bewundern – denn er wusste eine Menge. Wahrscheinlich nicht ganz so viel wie Thybil, aber vielleicht war er dafür ja bereit, über Themen zu reden, denen ihr Ältester auswich.

Das Wetter hatte sich zum Besseren gewendet, aber die Straße war immer noch schlammig, und auf den Wiesen stand Wasser. Am Nachmittag regnete es immer wieder einmal. Gelegentliche Windstöße peitschten das Wasser über die Ebene, ließen es ihnen eiskalt an die Hosen spritzen. Schließlich heiterte der Himmel auf, aber klar wurde es nicht.

Johan war Anfang zwanzig, wie es schien, ein paar Jahre älter als Bryn und Mittni. Er redete vor allem mit Thybil, und die beiden jungen Barue lauschten ebenso aufmerksam dem Gespräch, wie sie die beiden beobachteten. Galar blieb die ganze Zeit mit Wafrudnir hinter ihnen und machte kein allzu glückliches Gesicht.

Manchmal brachte es sie fast zum Lachen, wie Thybil den Menschen in die Enge trieb und Johan dann geheimnisvoll lächelte und sagte: «Ah, gut erkannt, mein kleiner Freund. Dort verbirgt sich die Lösung zum Verständnis dieses komplizierten Sachverhalts. Du stehst schon auf der Schwelle, und ich kann mir gut vorstellen, dass auch du bald das Haus betrittst.»

Trotz seiner Hochnäsigkeit schien der Mensch durchaus bescheiden zu sein. Seine Bescheidenheit unterschied sich von der, die die Apostel zur Schau stellten, weil er wirklich überzeugt davon war. Vor allem, wenn Thybil einen besonders klugen Kommentar abgab, reagierte Johan scharf und sagte etwas wie: «Bilde dir nie ein, dein Standpunkt wäre absolut. Versuche stets, den Blickwinkel des anderen einzunehmen. Für dich mag alles absolut einleuchtend sein, aber so geht es ja jedem. Es braucht große Bescheidenheit und Weisheit, einmal zurückzutreten und zu sagen: ‹He, vielleicht hat er ja recht, und ich bin derjenige, der es im falschen Licht betrachtet.› Keine Sorge, ich bin auch einmal hochmütig gewesen. Die anderen Menschen in ihrem eigenen Licht zu sehen, ist etwas, das erst mit der Zeit kommt und wenn man geistig offen ist – wenn man seinen Stolz beiseiteschieben kann.»

Das war ja alles sehr schön, und Thybil stimmte dieser Haltung aus vollstem Herzen zu, doch sie hielt Johan nicht davon ab, über Gott und die Welt wilde Behauptungen aufzustellen. Der junge Brauer kam bald zu dem Schluss, dass dieser Kerl mehr daran interessiert war, dass andere etwas von seinem Standpunkt aus betrachteten als anders herum.

Bryn und Mittni lernten bald, dass sie besser Fragen stellten als Kommentare abgaben, wenn sie mit dem Menschen nicht überkreuz kommen wollten, oder dass sie Einschränkungen in ihre Sätze einbauten, «Ich dachte immer, dass …» oder «Meiner bescheidenen Meinung nach …», was sehr beschwerlich und zeitaufwendig war. Vor allem, als sie langsam müde wurden und der Tag sich seinem Ende näherte, vergaßen sie diese schlichten Verhaltensregeln und mussten sich prompt eine Predigt über Arroganz anhören, über Bescheidenheit und die Fähigkeit, seine Fehler zuzugeben, sowie über die Bereitschaft, von anderen zu lernen.

Bryn wurde den Verdacht nicht los, dass der Mann das Gespräch nur deshalb immer wieder auf scheinbar philosophisches Gebiet lenkte, weil er damit Fragen ausweichen konnte, bei denen Thybil ihm überlegen war.

✦ ✦ ✦

Eine sanfte Brise half dabei, die Feuchtigkeit aus ihren Haaren und Kleidern zu verbannen. Als es am Himmel langsam dunkler wurde, war Mittnis Kopf nahezu trocken.

Johan war gut gekleidet, besser als viele der Händler, denen sie begegneten. Das lag daran, so erklärte er ihnen, dass die Händler sich nicht standesgemäß kleideten, wenn sie ihre Güter begleiteten. Das wäre ja, als würde man den Fliegen Honig hinstellen; es würde Diebe und Räuber anziehen.

Mittni fragte wissbegierig, ob die Räuberbanden eine Bedrohung darstellten, aber Johan versicherte ihnen, dass immer Numenii-Patrouillen unterwegs seien. Nur sehr wertvolle Waren besäßen genug Anziehungskraft; dann würden die Räuber in großer Zahl angreifen und vor einem Zusammenstoß mit Numenii-Soldaten nicht zurückschrecken. Die meisten der Händler jedoch, denen sie begegnet waren, hatten eigene Wachen dabeigehabt.

«Man sollte meinen, dass sie doch eher im Sommer unterwegs sind, nicht wahr?», stellte Bryn fest, als sie wieder eine Karawane passierten. Sie wurde von einem untersetzten Händler in einem purpurnen Umhang angeführt, aber von einem dürren Diener bewacht.

«Nein, in der Schneezeit macht jeder, der die Kälte aushält, mit Abstand das bessere Geschäft», sagte Johan und nickte zu dem Händler hinüber. «Je größer der Händler, desto mehr kann er einen Vorteil aus der Situation schlagen. Der Weg mag hart sein, aber er kann sich zusätzliche Arbeitskräfte und Fuhrwerke leisten. Der Profit ist größer, wenn man mit denen Handel treibt, die abgelegen leben. Wir reden hier über die Randbezirke des Imperiums. In entlegenen Gegenden steigt natürlich die Gefahr von Überfällen. Wer abgeschieden lebt, ist auf die Handelsreisenden angewiesen, aber das gilt natürlich auch für die Gesetzlosen. Ein Lieferant, der so viele Waren bei sich führt wie dieser hier, hat Soldaten an Bord, das könnt ihr mir glauben. Im Falle eines Angriffs springen sie aus ihren Verstecken und überwältigen die Räuber.» Johan zwinkerte Bryn zu. «Verstehst du, man kann den Händlern keinen Vorwurf machen, sie tun das ja nur zum ‹Selbstschutz› – aber sie werden alles behalten, was den Räubern gehörte! Manch ein schlauer Händler legt die Räuber tatsächlich rein; er reist mit Soldaten als Ladung und lockt Räuber an, indem er nur ein oder zwei von ihnen draußen postiert. Im Falle eines Überfalls springen die anderen heraus und fallen ihrerseits über die Bande her. Das Blatt wendet sich. Sie passen auf, dass sie einen Räuber lebend bekommen, damit er sie zu der Höhle führt, in der ihre Beute versteckt liegt.» Johan ließ seine Hand zuschnappen, um seine Worte zu unterstreichen.

Der Tag ging zu Ende, und sie fanden einen Platz für die Nacht. Sie entschieden sich für ein kleines, gemütliches Gasthaus, das nicht zu teuer wirkte. Barue warfen das Geld nicht gern aus dem Fenster hinaus, und da sie sich nun von ihren Strapazen erholt hatten, sahen sie keinen Grund zur Verschwendung. Galar versuchte, Johan loszuwerden, indem er ihm beim Betreten des Gasthauses eine gute Nacht wünschte und sich abwandte, um im Freien zu übernachten. Er bedeutete den Barue, es ihm gleichzutun. Dazu sagte der Mensch nur: «Ach, es stört mich nicht, draußen zu schlafen. Die Nacht ist hell und kalt, aber was macht das abgehärteten Reisenden wie uns schon aus?»

Er machte Anstalten, ihnen zu folgen, und so betrat Galar grummelnd doch das Gasthaus. Bryn hatte nichts dagegen, sich mit dem Fremden zusammenzutun. Johan vermittelte ihm ein Gefühl von Sicherheit, das schwer zu erklären war. Sie hatten seit ihrer Flucht nicht auch nur das Haar eines Ostentum gesehen, und der Mann bot willkommene Abwechslung.

«Er kann zaubern, darum folgen sie uns nicht mehr», flüsterte Mittni, als sie in den Betten lagen.

Bryn versicherte sich, dass Thybils Schnarchen echt war. «Wie kommst du darauf?»

«Er wäre doch beinahe nach Itrim gegangen … dort lernen sie zaubern!»

Eine Stimme, barsch vor Erschöpfung, ließ sie hochfahren,

und dann drückten beide ihren Kopf ins Kissen. Bryn hörte, wie Mittni aufwimmerte, und musste schmunzeln.

«Man lernt dort alles Mögliche. Magie ist nur ein Teilgebiet der Naturwissenschaft», sagte Thybil schläfrig. «Fragt mich morgen früh danach.»

✦ ✦ ✦

Frühlicht schien durchs Fenster und weckte die drei Barue. Draußen war es immer noch feucht, die Erblast der vergangenen Tage, aber der Himmel schien sich endlich ausgeregnet zu haben. Sie durften auf besseres Wetter hoffen. Da sie gut vorankommen wollten, aßen sie ein rasches Frühstück aus Röstbrot mit Spiegelei, zahlten und brachen auf. Galar, Wafrudnir und Johan hatten sie seit dem Abendessen nicht mehr gesehen. Wegen des Numenii wäre es zwecklos gewesen, vorzugeben, dass sie einander nicht kannten, aber getrennte Zimmer hatten sie trotzdem genommen, denn der Gastwirt bot Betten in Zwergengröße an. Auch die Barue hatten solche bekommen, die sie als angenehm breit, aber nicht lang genug empfanden. Bryn war mit Nackenschmerzen erwacht, die ihn noch den ganzen Tag begleiten sollten.

Wenn alles lief wie geplant, würden sie die beiden bald genug wiedersehen. Und so war es auch; zur Mittagszeit schlossen sich Galar, Wafrudnir und Johan den Barue an. Aus Galars Miene konnte Bryn schließen, dass er noch einmal versucht hatte, Johan loszuwerden.

«Ich wollte ohne ihn aufbrechen», flüsterte er Bryn etwas später verschwörerisch zu.

Nicht Johan, der die beiden jungen Barue faszinierte, weil er zwar weise daherredete, aber seine eigenen Ratschläge so wenig beherzigte, dass sie sich hätten wegwerfen können vor

Lachen, sondern der vergrübelte und ernste Wafrudnir war der wahre Weise der Gruppe. Wenn die Barue jemand Nachdenkliches sehen wollten, brauchten sie sich nur umzudrehen. Sicher, seine Kopfverletzung bereitete dem Nephelim Schmerzen, aber Bryn konnte sich nicht vorstellen, dass er ohne die Wunde in Johans Gegenwart gesprächiger gewesen wäre. Bryn befürchtete, dass der Gelehrte Wafrudnir für nicht allzu helle hielt, sagte sich dann jedoch verärgert: *Soll der Mensch doch denken, was er will.* Wie sagte ein Aphorismus der apheristischen Kirche? «Sprich nur, wenn du die Stille damit bereicherst.» Jeden Abend kümmerte sich der Hüne um seinen Verband und legte einen neuen Kräuterwickel auf. Zwar stellte ihn nicht zufrieden, was sie auf dem Markt hatten auftreiben können, aber es war immer noch besser als das, was sich um diese Jahreszeit in der freien Natur finden ließ. Als der Fremde ihn einmal fragte, was passiert war, beschied Wafrudnir ihm knapp: ein Jagdunfall.

Johan gab schon wieder kluge Worte zum Besten. Diesmal hob er sogar den Zeigefinger dabei.

«Wie der berühmte Stückeschreiber Wilmar Quiverstaff einmal schrieb: ‹Dein Ohr leih jedem, wenigen deine Stimme …›» Damit hatte er wieder einmal erfolgreich abgelenkt.

Bryn führte das Zitat zu Ende: «‹Nimm Rat von allen, aber spar dein Urteil.›»

Johan war beeindruckt. «Ich merke wohl, dass dies dein bester Schüler ist, Thybil. Unglücklicherweise lässt die Allgemeinbildung im Imperium immer mehr zu wünschen übrig.»

«Apathie, der Fluch der Numenii-Gesellschaft. Die Barue leiden nicht darunter.» Thybil fügte etwas leiser hinzu: «Aber vielleicht werden wir noch unter der ihren leiden.»

«Studieren alle Barue den Quiverstaff und seine Nachahmer?», fragte Johan.

«Nein, aber Bryn möchte einmal Schriftsteller werden. Was Literatur angeht, kann sich keiner in unserem Städtchen mit ihm messen. Er hat schon ein ganzes Buch gelesen – habe ich recht, Bryn?» Bei der Erwähnung ihres Dorfes war ein dunkler Schatten über Thybils Gesicht gehuscht. Aber es hatte durchaus amüsiert geklungen, als er Bryns Lektüre eines vollständigen Buches betonte. Der Brauer bekam rosige Wangen und versuchte, sich dieser ungewollten Aufmerksamkeit zu entziehen. Er murmelte, nicht sonderlich gut zu sein und gar nicht zu wissen, ob er wirklich Schriftsteller werden wolle.

«Du weißt es gar nicht?», sagte Johan. «Du wirst dich einem enormen Wettstreit von Leuten gegenübersehen, die ihr ganzes Leben lang auf dieses Ziel hingearbeitet haben. Im Ernst, du musst eine Universität besuchen, sonst hast du nicht den Hauch einer Chance. Ich möchte dir wirklich nicht die Hoffnung rauben, aber man wird dich nicht einmal zum Studium zulassen, solange du nicht wenigstens *mehrere* Bücher gelesen hast.» Er reckte den Kopf.

Als könnten wir vergessen, dass dieser tolle Kerl die Universität besucht hat, dachte Bryn. Er hatte mehr als ein Buch gelesen, aber es gab keinen Grund, Thybil zu berichtigen. Tatsächlich hatte Bryn bei den Aposteln des Verstehens sogar sehr viele Schriftrollen und Bücher gelesen. Niemand wusste besser als der alte Barue, welche Sorte Bücher der Brauer gelesen hatte; es war alles Teil ihrer Tarnung.

Galar und Thybil redeten nicht mehr so viel miteinander, seit Johan sich ihnen angeschlossen hatte, und das betrübte Bryn. Er konnte sich den Grund denken: Sie wollten bei ihrer Geschichte bleiben. In der Nacht oder wenn Johan sich einmal entfernte, machten sie eifrig Gebrauch von ihrer Ungestörtheit.

Bryn fand, dass die beiden mehr gemeinsame Zeit verdient hatten, also nahm er es von da an auf sich, sich dem Menschen zu widmen. Thybil und Galar wussten dies zu schätzen; sie zwinkerten ihm zu, wenn Johan gerade nicht hinsah. Mittni und Bryn taten ihnen diesen Gefallen nur zu gern, denn ungestört waren dann auch sie, weit entfernt von Thybils gespitzten Ohren.

Felder und Weiden nahmen zu, die Ansiedlungen folgten dichter aufeinander. Zunächst waren Bryn diese Veränderungen wegen des Wetters entgangen. Je näher sie Armaah kamen, desto dichter bevölkert und geordneter war alles.

«Stimmt es, dass man im Imperium für alles und jeden Gesetze hat?», fragte Mittni ihn, als sie wieder einmal durch eine Siedlung kamen.

«Was ich von meinem Aufenthalt bei den Numenii weiß, ist, dass sie es in der Tat übertreiben. Ja, es gibt Gesetze und Vorschriften für alles und jedes. Das Kloster hat natürlich auch seine eigenen, aber wir haben uns dennoch an die staatlichen Gesetze gehalten. Unser Glaube verlangt Gehorsam gegenüber den Gesetzen des Menschen, solange diese nicht in Konflikt mit den göttlichen Gesetzen stehen, die selbstverständlich weit höher einzuschätzen sind.»

«Hmm, dann sollte man doch meinen, dass es hier ein bisschen sauberer sein müsste!», verkündete Mittni und deutete angewidert auf den Abfall, der sich in vernachlässigten Ecken und Nebenstraßen sammelte. «Ein Gesetz gegen Müll wäre gar nicht zu verachten.»

«Die Heilige Schrift erklärt, wie Elyon die vernunftbegabten Wesen geschaffen hat, damit sie über die Welt herrschen.

Das heißt nicht, dass wir mit ihr anstellen dürfen, was wir wollen, wie es manche dümmlichen Kritiker unserer Lehre unterstellen. Wir tragen Verantwortung für das Wohlergehen der Natur, unserer gegenwärtigen Heimat, die wir nicht als Garten oder Spielzeug betrachten, sondern als Elyons Besitz, den er uns als Verwalter geliehen hat.»

Mittni glaubte einen Hauch Wehmut herauszuhören, als sein Freund die Lehre beschrieb, die er im Kloster gelernt hatte. «Und warum ist es hier dann so dreckig?», scherzte er.

«Weil offensichtlich nicht jeder auf das hört, was Elyon uns aufträgt», sagte Bryn ruhig. Er war insgeheim froh, dass Johan sich ihnen dann erst wieder anschloss, denn er hatte keine Lust zu erfahren, was der hochmütige junge Mann über die apheristische Kirche zu sagen hatte. Bryn war selbstverständlich offen für Kritik, aber er legte keinen gesteigerten Wert darauf, als bigott bezeichnet zu werden und sich den nächsten Vortrag anhören zu müssen.

«Tatsächlich haben sie solche Gesetze bereits», nahm Thybil, wie immer ein Quell des Wissens, den Gesprächsfaden wieder auf. «Danach muss man bestimmte Abholgebühren zahlen, je nachdem, was man wegwirft ... was natürlich die entgegengesetzte Wirkung hat. Die Leute werfen ihren Müll einfach in die Gegend, und schon haben sie nichts mehr damit zu schaffen. Die Gesetze sind von Staat zu Staat verschieden, wie viele andere auch – so gilt Bel-Tued zum Beispiel als Steueroase, was reiche Bürger anlockt. Weit besser wäre es daher, die Kosten für die Müllabfuhr aus den allgemeinen Abgaben zu bezahlen – also das Geld einzubehalten, ohne dass die Bürger sich im Einzelnen darüber aufregen können. Dann wären sie bereit, ihren Müll dort abzulegen, wo er gut abgeholt werden kann, und das anscheinend umsonst! Ich habe Gug dies vorgeschlagen, meinem Freund aus der Politik, aber er sagt, dass er nicht mehr in dem Ausschuss sitzt, der mit diesen Dingen befasst ist, und beharrt darauf, dass die neuen Ausschussmitglieder dem Umweltschutz gleichgültig gegenüberstehen.»

Johan hatte von Gug gehört, dem obersten Berater des Imperators, und verfiel für eine Weile in Schweigen. Von da an begegnete er ihnen allen mit mehr Respekt, und ihre Reise wurde um einiges vergnüglicher. Galar war froh, dass ihm die endlosen Belehrungen nun erspart blieben, während Bryn und Mittni es einfacher hatten, das Gespräch auf Fragen zu bringen, die sie selbst bewegten. Bryn fiel wieder ein, was Thybil manchmal sagte: *Es kommt nicht darauf an, was man kann, sondern wen man kennt.*

Im Laufe der Reise merkte der Brauer, dass er sich allmählich an Johan gewöhnte. Nachdem einige Versuche schiefgegangen waren, hatte auch Galar alle Hoffnung aufgegeben, ihn loszuwerden.

Bryn fragte Johan nach den Ostentum, aber Thybil setzte der Neugierde rasch ein Ende.

«Davon bekommen sie nur Albträume», sagte er gönnerhaft. Mittni warf seinem Großonkel einen bösen Blick zu. Von da an weigerte Johan sich, ihre Nachfragen zu beantworten, selbst wenn Thybil gar nicht in der Nähe war. Er schien selbst nicht sonderlich gern darüber zu reden.

Vielleicht weiß er einfach auch nicht viel, dachte Bryn.

Mittni und Bryn sahen sich begeistert die Orte an, durch die sie kamen.

Je weiter sie ins Kernland des Imperiums vordrangen, desto zahlreicher wurden die Straßen und desto besser ihr Zustand. An die Stelle von kleinen Dörfern aus Lehmhütten mit Strohdächern rückten immer häufiger Städte aus Stein; Händler und Reisende waren kein seltener Anblick mehr. Die Landschaft war weniger reizvoll, doch das wurde mehr als wettgemacht durch die Gebäude und die Waren, die auf geschäftigen Marktplätzen feilgeboten wurden.

«Wenn wir nur mehr Geld hätten», sagte Bryn. Er schaute begehrlich zu einem Laden voller Süßigkeiten in leuchtenden Farben. Das Kloster, in dem er während seiner Zeit bei den Aposteln gelebt hatte, befand sich auf dem Land. Die Brüder hatten sparsam und nur mit dem Nötigsten gelebt. Das war vielleicht ein weiterer Grund dafür, dass seine Eltern ihn zu den Mönchen der apheristischen Kirche geschickt hatten, überlegte Bryn: damit er den Wohlstand zu schätzen lernte – und ihn gleichzeitig nicht als unverzichtbar ansah. Mittni stand auf der anderen Straßenseite und sah sich Schwerter an.

«*Schuckel!* Diese Scheide säubert die Klinge auch gleich!», rief er und hatte es eilig, Bryn die Sache vorzuführen. «Es ist irgendein Zauber oder so – sieh mal, wenn du das Schwert in die Scheide steckst, wird es gereinigt!»

Der Brauer ließ vorsichtig einen Finger in die Innenfläche der Scheide gleiten. Sie war braun, und rote Linien waren kreuz und quer in sie eingraviert.

«Und rate mal, wo der Dreck dann bleibt?», fragte Thybil und griff sich Mittni, während Galar den Brauer weiterschob. «Genau, in den roten Vertiefungen. Man muss also immer noch etwas selbst saubermachen.»

Bryn spuckte sich auf den Finger und wischte ihn an der Hose ab.

«Es ist weniger Magie als Abrieb. Magie und die moderne Wissenschaft werden gern verwechselt. Und wenn Geld damit zu machen ist, noch umso lieber. Aus irgendeinem Grunde kaufen die Leute lieber magisches Gerät als bloße Mechanik. Soll angeblich ein Zeichen des Wohlstands sein. Itrim stellt unzählige Güter her; sie haben den Markt buchstäblich überschwemmt. Die törichten Lehrmeister, die in diesem Bereich tätig sind, interessieren sich mehr dafür, ein Vermögen zu verdienen, als Forschung zu betreiben. Im Grunde können die meisten Leute den Unterschied zwischen Magie und fortgeschrittener Technologie gar nicht erkennen.»

Sie kamen an einem heruntergekommenen Eckladen vorbei, und Thybil zeigte auf ein merkwürdig pulsierendes Licht.

«*Okolnit* – ein besseres Beispiel für einen berühmten Lehrmeister und Unternehmer gibt es gar nicht.»

«Nur dass er kein Lehrmeister mehr ist», sagte Johan. Thybil zog die Augenbrauen hoch. «Er wurde aus dem Orden geworfen, weil er seine Geheimnisse an die Industrie verkauft hat.»

«Da kann er sich bei dem Fabrikanten ja bedanken», brummte Thybil.

Bryn wurde das Gefühl nicht los, dass der Orden von Itrim bei aller Feindschaft doch wesentlich interessanter war als die Apostel des Verstehens. Er wäre froh gewesen, hätten neben Geschichte und Philosophie auch Zauberei und Technik auf dem Stundenplan gestanden.

In jeder weiteren Siedlung sahen die Reisenden mehr interessante Angebote. Galar trieb sie dazu an, nicht langsamer zu werden, und versprach ihnen, sie könnten sich in der Hauptstadt ausführlich umsehen – vielleicht sogar mit den Taschen voller Gold, sodass sie sich tatsächlich auch etwas kaufen konnten. Jedenfalls wichen sie den Stadtzentren und Märkten aus, solange sie nichts brauchten. Johan zeigte sich großzügig und kaufte für alle neue Kleider – nur für Galar nicht, der das Angebot zurückwies. Wafrudnir wollte nichts passen, aber sie fanden Ersatz für seinen schweren Umhang.

Die Barue waren betroffen über die vielen Bettler, die sich

ihnen an die Fersen hefteten und mehr oder weniger nachdrücklich um eine milde Gabe baten. Zunächst konnten Bryn und Mittni gar nicht anders, als ihnen etwas von dem Wenigen abzugeben, das sie besaßen. Es reichte gerade, dass ein, zwei Mittellose satt wurden.

«Tut das nicht noch einmal», herrschte Johan sie an, nachdem sie einem etwas Kleingeld gegeben hatten. «Wenn die anderen das sehen, dann stürzen sie sich nur so auf euch. Die meisten sind ohnehin nur undankbare kleine Miesepeter, die sich dafür Wein und Tabak oder Schlimmeres kaufen. Also schaut nächstes Mal einfach durch sie hindurch, verstanden?»

Dennoch erschreckte sie die Armut, die andere Seite der weißen Marmorsäulen und großen Villen. Der Anblick der vielen Bedürftigen überall machte sie unglücklich. Einmal warf Bryn einen Blick in eine Seitengasse und sah entsetzt kleine Kinder halbnackt im Rinnstein spielen. Es war kalt, und er zog seinen Mantel enger um sich. Er fragte sich, wie es ihm an ihrer Stelle wohl gehen würde. Was ihn wirklich verblüffte, waren ihre sorglosen, glücklichen Gesichter. Sie standen in krassem Gegensatz zu den berufsmäßigen, kalten Blicken der meistens gutangezogenen Händler. Bryn wurde den Gedanken nicht los, dass die reichen Bürger des Imperiums bei allem Prunk, trotz ihrer vollen Geldbeutel und Wagenladungen voller Waren weniger zufrieden als ihre bettelarmen Nachbarn waren, mit denen sie widerwillig die Straßen teilten.

✦ ✦ ✦

Zauberei. Magie. Allein der Klang dieser Worte zog sie an. Bryn und Mittni ahnten, dass Thybil es nicht gutheißen würde, aber er konnte sie schlecht daran hindern, wenn er gar nicht wusste, was sie vorhatten.

Johan brach mitten in seinem Vortrag ab, was höchst ungewöhnlich für ihn war, und fragte: «Was würde Thybil wohl sagen, wenn er wüsste, worüber wir uns unterhalten?»

«Gestern Abend hat er doch gesagt, dass er uns etwas über Magie erzählen will», erinnerte Mittni ihn rasch.

Bryn lachte in sich hinein. «Das stimmt. Er hat gesagt, die Zauberei sei nur ein Teilgebiet der Naturwissenschaft.»

«Nun gut. So weit hat er schon einmal recht. Naturwissenschaft und Zauberei sind keine Gegensätze: Das ist ein weitverbreiteter Irrtum, den Anfänger gern machen. Es gibt verschiedene Bereiche der Wissenschaft, und einer davon ist die Zauberei, genau wie Physik oder Chemie. Die Zauberei selbst ist auch noch einmal in verschiedene Bereiche unterteilt, je nachdem, wie der Zauber gewirkt wird. Habt ihr das so weit verstanden?»

Die beiden Barue nickten feierlich.

«Gut, denn ich habe keine Lust, meine Gaben auf lustlose Schüler zu verschwenden.»

«Ach, frag mal Thybil nach lustlosen Schülern», sagte Mittni. Er wollte noch etwas hinzufügen, verkniff es sich aber dann. Er lächelte schuldbewusst.

Johan fuhr fort: «Viele Leute verwechseln Wissenschaft mit Magie. Der Unterschied liegt in der Quelle. Mit wissenschaftlichen Methoden, seien sie nun physikalischer oder chemischer Natur, kann man auf Stoffe, Gegenstände, was auch immer einwirken. Nehmen wir etwas Abstrakteres – Seelenkunde. Selbst unsere Worte haben einen Einfluss auf andere Leute. Das ist noch wissenschaftlich; indem man etwas sagt, kann man ein Gefühl in der anderen Person auslösen. Ursache und Wirkung. Sie lassen sich freilich weder leicht messen, noch sind sie immer gleich. Aber das Prinzip ist dasselbe. Natürliche Ursache – natürliche Wirkung. Als Barue seid ihr

Experten, was Gefühle betrifft, also will ich gar nicht mehr dazu sagen.» Er zwinkerte ihnen zu.

«Mit Magie kann man ebenfalls Gefühle erzeugen, künstliche Gefühle. Als ob man im Labor Gerüche herstellt oder Medikamente benutzt – beides wissenschaftliche oder medizinische Vorgänge –, so kann man mit Magie Gefühle, Sinneseindrücke und Illusionen erzeugen. Das heißt, man erschafft sie – im alten Sinne des Wortes. Anders gesagt, man nimmt ‹nichts› und macht ‹etwas› daraus. Wir werden uns gleich noch genauer ansehen, wie Zauberei funktioniert, und dabei herausfinden, dass es nicht ganz zutrifft; wir stellen nicht aus dem Nichts etwas her. Aber wissenschaftlich gesprochen, physikalisch, ist es so gut wie nichts. Da die Magie eine wissenschaftliche Disziplin ist, ist sie absolut greifbar und messbar. Manche ihrer Richtungen mehr als andere. Aber kein gewöhnliches Mikroskop wird unsere Kniffe aufdecken …»

Seine Worte faszinierten die beiden Barue, und zum ersten Mal hörten sie aufmerksam zu, ohne ihn zu unterbrechen. Es dauerte nicht lange, da beschloss Thybil nachzusehen, was sie so machten, und die beiden Jugendlichen waren erleichtert, dass Johan das Gespräch abrupt auf das Schreiben brachte.

Ihre nächste Lektion ergab sich schneller als erhofft. Johan war kaum wiederzuerkennen, wenn er über Zauberei redete. Man sah ihm an, dass er mit Feuereifer dabei war.

«Ich bin ein ehrlicher Mensch, also will ich euch zuallererst sagen, dass ich kein Fachmann bin.» Er lachte leise. «Wenn ich einer wäre, hätte man mich schließlich in den Orden von Itrim aufgenommen. Doch ich weiß ein wenig über Magie, und ich will es euch gern beibringen. Aber ihr müsst mir versprechen, dass ihr niemandem erzählt, dass ihr es von mir habt. Einverstanden? Und sollte euch jemand auf die Schliche kommen …» Johan warf einen Blick zu Thybil, der ihnen den Rücken zuwandte, «… dann sorgt dafür, dass das Wissen bei ihm bleibt und sich nicht noch weiter verbreitet.»

Bryn und Mittni versicherten ihm das und lauschten mit angehaltenem Atem. Sie vergaßen völlig, wie erschöpft sie eigentlich waren. Ihre müden, von Blasen übersäten Füße und die holperige Straße darunter wurden erträglich. Johan zog sie förmlich in seine Erzählungen hinein, sie konnten sich alle Einzelheiten ausmalen. Das Ganze war sehr vielschichtig, und als Johan versprach, ihnen beizubringen, wie man Magie wirklich anwendete, vergaßen sie das meiste prompt wieder.

«Bevor ich euch mehr erzähle, sagt mir: Wie lauten die fünf Zweige der Magie?»

Bryn spürte Mittnis Verzweiflung wie ein leichtes Zupfen am Ärmel, und er strengte sein Gedächtnis an.

«Es gibt nur zwei Disziplinen der echten Magie, und die sind beide unwissenschaftlich», begann er. «Und verboten. Sie sind als *Magick* bekannt. Der Zauberer, der sie einsetzt, muss den Gesetzen des Ordens von Itrim zufolge mit der Todesstrafe rechnen. Diese beiden heißen Hexerei, auch als Ritualmagie bekannt, und … Wahnsinn.»

Er hatte das alles schon während seiner Zeit bei den Aposteln gehört, aber das wollte er Johan gar nicht verraten. Der Mann applaudierte leise, und Bryn fand es lustig, wie er versuchte, sich nicht so schulmeisterlich zu geben. «Gut, sehr gut. Und die anderen?»

«Beschwörung von Geistern …», sagte Mittni, der unbedingt mithalten wollte. Die Anspannung seines Freundes machte Bryn ganz kribbelig. Er spürte sie als kleine Schauer, die seine Haut entlangliefen. Nachdem sie so viel Zeit zusammen verbracht hatten, war er sehr gut darin geworden, Mittnis Gefühle zu spüren. «Ja, Geisterbeschwörung zählt nicht zu den verbotenen Künsten, aber das ist vielleicht nur eine Frage der Zeit. Nein, Moment – es ist eine verbotene Kunst. Aber … aber es steht nur die Todesstrafe darauf, wenn der beschworene Geist einen Körper besitzt. Und unter noch ein paar Umständen. Nekromantie zum Beispiel.» Bei der Vorstellung, einen Toten zu beschwören, bekam Bryn eine Gänsehaut. Magie war nicht so lustig und märchenhaft, wie er gedacht hatte.

«In der Vergangenheit», sagte Johan und sah in die Ferne, anscheinend ohne etwas wahrzunehmen, «war auch die Beschwörung bei Todesstrafe verboten, durch die apheristische Kirche. Aber das Imperium ist da … toleranter.»

Bryn zählte die restlichen Disziplinen auf und tippte den Ring- und den kleinen Finger dabei an. «Erdenergie und Gedankenkraft sind die beiden durch und durch wissenschaftlichen Disziplinen. Sie sind uneingeschränkt erlaubt und werden gefördert.» Johan öffnete den Mund, und Bryn fügte rasch hinzu: «Ja, gut, sie selbst sind nicht verboten. Aber mit ihnen das Falsche zu tun, ist natürlich auch falsch. Wie wenn man etwas in die Hand nimmt. Das ist auch nicht verboten. Aber an einem Verkaufsstand etwas in die Hand zu nehmen und damit wegzugehen, ohne bezahlt zu haben, ist Diebstahl.»

Johan lachte über den Vergleich. «Sehr gut. Also: Erdenergie und Gedankenkraft auf der einen Seite – Beschwörung, Hexerei und Wahnsinn auf der anderen. Die meisten gewünschten Ergebnisse lassen sich mit einer beliebigen Disziplin erzielen, ganz so wie Verwitterung thermische oder mechanische Gründe haben kann. Aber ihre Wirkungsweise ist unterschiedlich, darum sollte man sich genau überlegen, welche Methode man wählt. Manche Leute beherrschen die eine besser als die andere. Nun ist von uns niemand ein großer Magier, und ich kann nur ein, zwei Kunststücke mit Gedankenkraft – was, glaube ich, der Zweig der Magie ist, den man als Erstes verstehen muss, und zugleich auch der entscheidendste.»

Johan versicherte sich kurz, dass Thybil mit Galar und Wafrudnir beschäftigt war, dann streckte er eine leere Hand vor sich aus und bog langsam die Finger nach innen, als hielte er einen unsichtbaren Ball. Um seine Hand herum blichen die Farben aus, und ihr Umriss verzerrte sich leicht. Bryn blinzelte und rieb sich die Augen, aber die Irritation wollte nicht verschwinden.

Plötzlich hielt Johan einen Apfel in der Hand. Einen roten Apfel.

Er lächelte und biss hinein. Es knackte, und ein Bissen brach heraus, doch als er den Mund aufmachte, war nichts darin.

«Nun ja, das braucht noch ein bisschen Übung. Gute Zauberer machen euch einen Apfel, den ihr schmecken könnt, und die besten machen sogar Essen, das sättigt! Sie werden niemals verhungern.»

Bryn und Mittni wollten es gleich selbst einmal versuchen, aber Johan lachte nur, fast so herablassend wie zu Anfang, und erklärte, so einfach sei das nicht.

«Fangt mit etwas Kleinem an. Ich rechne nicht damit, dass einer von euch beiden das wird nachmachen können, was ich gerade getan habe, aber das ist nicht weiter schlimm. Nehmt euch irgendetwas und versucht, es nur durch Gedanken hochzuheben. Du zuerst, Bryn. Irgendwas, das sich hochheben lässt. Der Stein da? Ein Blatt wäre vielleicht besser gewesen. Nein, bleib dabei. Es war deine Entscheidung. Denk daran, was ich euch erzählt habe. Wie man mit dem Element Verbindung aufnimmt. *Spüre ihm nach.*» Johan machte eine umfassende Handbewegung. «Stell dir vor, dass es auf Befehle wartet. Gut, dann befiehl ihm. Denk daran, Autorität ist der Schlüssel, wenn man erst einmal Verbindung hergestellt hat!»

Die nächsten Augenblicke fand Bryn sehr befremdlich. Als schieße ihm das Blut in den Kopf, so tanzten Sterne vor den Augen. Der Weg, auf dem er ging, bekam etwas Durchscheinendes, die Farben blichen aus, er spürte seine Schritte nicht mehr.

Alles sah verschwommen aus, und für einen Moment glaubte er, kurzsichtig geworden zu sein. Aber dann erkannte er sie: Hunderte kleiner Flecken, wie Staub. Sie tanzten und wirbelten und strudelten. Er konnte auch etwas hören, nicht die Geräusche der Straße, sondern etwas darunter, dahinter, einen fremdartigen, leicht wabernden, hellen Ton. Er kitzelte in den Gehörgängen. Es fühlte sich an wie Ohrenschmalz, und Bryn wollte es schon mit dem Finger wegputzen. Aber da spürte er seinen Körper nicht mehr richtig.

Das war ganz und gar nicht, wie Johan es beschrieben hatte … es war fast wie unter Wasser, wo sich der Körper und alle Bewegungen anders anfühlten. Da war etwas … etwas anderes … außerhalb seines Körpers. Seine Barue-Sinne waren schärfer als sonst. Er streckte die Hand aus und berührte den Stein, den er hochheben wollte. Zu seiner Verblüffung reichte sein Arm viel weiter, als er lang war. Es war nicht sein Arm, es war ein Schatten seines Armes, der sich leicht und flüssig bewegte.

Nun spürte er den Stein. Er spürte ihn nicht mit dem Tastsinn, sondern mit einer anderen Art Berührung, deren er sich bewusst war.

Verbunden, dachte er. *Schritt eins geschafft. Jetzt hochheben!*

Johan und Mittni, die sich aus Bryns Sicht ganz langsam bewegten, sahen entsetzt zu, wie die Farbe aus seinem Gesicht wich. Der Stein sprang einen halben Meter in die Luft und hing dort ruhig, als würde die Luft ihn tragen. Dann sprang noch ein Stein hoch, schwebte neben dem ersten. Auf ähnliche Weise machten drei weitere Steine einen Satz und blieben zitternd in der Luft stehen. Sie bildeten eine gruselig gerade Linie.

Plötzlich beugte Bryn sich vor und brach zusammen. Die fünf Steine fielen ebenfalls herunter, einer nach dem anderen von links nach rechts, schlugen auf und purzelten in verschiedene Richtungen davon.

«Dieser Narr hat Erdenergie eingesetzt!» Bryn öffnete die Augen einen Schlitz und erblickte Thybil, der sich mit einer Flasche Wasser über ihn beugte. Langsam sah der Brauer die Öffnung der Flasche auf sich zukommen. Wasser gurgelte hervor, und er öffnete den Mund, um zu protestieren. Doch er protestierte einen Moment zu spät und spuckte und keuchte, als die eiskalte Flüssigkeit sein Gesicht traf.

«Dem Himmel sei Dank, er lebt noch», schimpfte Thybil. «Was hast du dir bloß dabei gedacht?»

Johan räusperte sich, aber Thybil funkelte ihn so an, dass er schwieg.

«Ich habe keine Erdenergie eingesetzt», sagte Bryn. «Sondern Gedankenkraft. Nun ja, ich dachte …»

«DU HAST WAS …?!», brüllte Thybil. Bryn setzte sich auf und sah sich um. Außer ihnen war niemand zu sehen. Wären Fremde in der Nähe gewesen, hätten jetzt sicher alle gegafft.

Der runzelige Barue fuhr zu Johan herum und packte ihn am Kragen.

«Dann räuspere dich jetzt mal, du tückischer Teufel!»

«Ich kann alles erklären – wirklich, es ist gar nicht so schlimm, wie es scheint. Bitte, lass mich erklären!»

Bryn stand auf und schüttelte den Kopf. Abgesehen von ein bisschen Übelkeit und Schwindelgefühlen ging es ihm gut.

Thybil beruhigte sich ein wenig und seufzte.

«Hätte ich dich bloß nie mitgenommen …», sagte er matt. Bryn war sich ziemlich sicher, dass er damit gemeint war. Dann schien Thybil zu begreifen, dass Johan auch noch da war, und kniff die Lippen zusammen, damit ihm nicht etwas herausrutschte, das er bereuen würde. Er stieß den Menschen grob von sich und hoffte, dass das Ablenkung genug war.

Es brauchte einige Zeit, Thybil zu überzeugen, dass Johan nicht die Kontrolle über Bryns Geist übernommen hatte. Galar hegte anscheinend den Verdacht, dass Johan die Kraft des Wahnsinns eingesetzt hatte. Bryn und Mittni beeilten sich zu sagen, dass Johan ihnen gerade erst eingebläut hatte, dass auf alles, was mit dem Wahnsinn zusammenhing, die Todesstrafe stand. Als die beiden Alten sich dazu durchgerungen hatten, den Menschen nicht auf der Stelle zu vierteilen, gingen sie weiter. Es brauchte viel länger, um zu erklären, was geschehen war. Mittni und Bryn hatten recht gehabt: Thybil war nicht erfreut.

Bryn würde das Gefühl nie vergessen: die Macht, die er über etwas gehabt hatte, das ihm bis dahin wie ein unbelebter Gegenstand vorgekommen war. Vielleicht war «Macht» der falsche Ausdruck. Er hatte eine Übereinstimmung gespürt, ein Verbundensein. Er sah die Welt mit ganz neuen Augen. Es war eine erschütternde Erfahrung, und er hatte nicht vor, sie so schnell zu wiederholen. Aber er würde diesen Moment immer in seinem Herzen bewahren. Während dieses einen Augenblicks, dieser zeitlosen Zeit, hatte er sich wahrhaft frei gefühlt.

Im Laufe des Tages warf ihm Mittni immer wieder die verschiedensten Blicke zu.

«Hör auf, mich so anzugucken, ich bin immer noch ich», sagte er schließlich. Mittni nickte, schien aber nicht überzeugt.

In einem Versuch, die Situation zu entkrampfen, sagte ein erschütterter Johan zu Bryn: «Wie soll man seine Gaben erkennen, wenn man sie nicht einmal ausprobiert?»

Bryn konnte spüren, wie verdutzt Thybil darüber war, dass Johan nach allem immer noch einen Hauch von Selbstgefälligkeit ausstrahlte.

«Weise Worte, junger Mann. Aber von manchen Dingen sollte man besser die Finger lassen, ganz gleich, wie gut man darin wäre.»

«Ich weiß nicht recht, ob ich dir da zustimmen kann …»

«Schweig! Zum brennenden Ruach'zam mit deiner hausbackenen Weisheit!», rief Thybil bitter und rang die Hände. Er wandte sich abrupt zu Johan um und packte ihn beim Arm. «Und ich verbiete dir, von Ruach'zam zu erzählen.»

«Was soll das heißen, hausbackene Weisheit?», fragte Johan, als er seine Stimme wiedergefunden hatte.

«Ich hoffe, das finden meine Barue eines Tages heraus», fauchte Thybil. «Befolge du lieber deinen eigenen Rat.» Eine Zeitlang war der Menschenmann nicht im Geringsten anmaßend. Still und gefügig wanderte er mit einem nachdenklichen Gesicht dahin.

Bryn spürte angesichts dieser Veränderung eine grimmige Befriedigung. Und doch hatte er das Gefühl, dass Thybil sie ungerecht behandelte. Wer war er, sie am Lernen zu hindern, wenn sie seltene Gaben besaßen? Der Brauer merkte, dass Thybil ihn scharf im Auge behielt, und lange Zeit wanderten sie wortlos dahin.

«Meint ihr, ich sollte es auch mal …?», fragte Mittni nach einer schieren Ewigkeit.

«Nein!», bellte Thybil. «Denk nicht einmal daran!»

Der alte Barue wandte sich zu Bryn um und musterte ihn mit einer Mischung aus Bewunderung und Zweifel.

Gedankenkraft und Erdenergie waren die einander ähnlichsten Zweige, das stimmte, und fünf Steine mochten Zufall sein … Aber das Zeichen, wenn es denn ein Zeichen war, passte zu Bryns Beschreibung seiner Erfahrung. Es war keine Erdenergie gewesen, ganz und gar nicht.

Bryn war verwirrt, weil er spürte, dass Thybil im Stillen litt. War es denn nicht gut, was passiert war?

Thybil wandte sich ab und starrte die Straße vor ihnen hinunter. Tränen stiegen ihm in die Augen, aber er wollte sie nicht fließen lassen.

Fünf Steine. Fünf Zweige der Magie.

Dieses Omen war schlimmer noch als die Rückkehr der Ostentum.

Der vollständige Kreis.

Der Fluch der Magie in seiner Vervollständigung.

✦ 12. KAPITEL ✦

Die schwimmende Stadt

Wir müssten unser Ziel morgen erreichen. Am neunten Tag seit unserem Aufbruch vom Sklavenlager», sagte Galar, während Johan außer Hörweite an einem Stand etwas zu essen kaufte.

Das gab ihnen neuen Mut. An diesem Tag malte Thybil ihnen mit Worten ein Bild der Hauptstadt, das in ihnen große Erwartungen weckte. Das gedankliche Gemälde wurde vom recht kleinlauten Johan vervollständigt.

Die Straße war jetzt nur noch an wenigen Stellen nass, da das Wasser sich schon auf die Wiesen zurückzog. Selbst wenn Johan nicht bei ihnen gewesen wäre, hätte die Freunde so kurz vor der Hauptstadt nichts mehr dazu bringen können, getrennt zu wandern. Und was sollte ihnen denn hier, mitten im Herzen des Königreichs Armaah, auch Schlimmeres passieren als das, was sie bereits erlebt hatten?

Alle, besonders aber Bryn und Mittni, waren begeistert von der Aussicht, dass ihre Reise sich dem Ende näherte.

«Lasst uns unsere sichere Ankunft in Armaah mit einem guten Essen, einem Bad und einer Nachtruhe in Betten von feinstem Leinen feiern!», sagten sie zueinander, und: «Vielleicht schreibt Siftex ein Lied zu unseren Ehren, über die aufrechtesten und tapfersten Gefährten unter den Barue, die sich gemeinsam den bösen Ostentum entgegengestellt haben!»

Mittni und Bryn schwelgten in Phantasien eines triumphalen Erfolgs, der sie an das Ende einer Queste erinnerte, doch sie achteten darauf, nicht Johans Argwohn zu erregen. Bis jetzt schien der Mensch ihnen zu glauben. Sie kamen gut miteinander zurecht, selbst Galar wechselte jetzt freundliche Worte mit ihm. Das Wetter war nicht schlecht, und sie kamen auf der Numenii-Straße gut voran und legten nur dreimal Rast ein, bevor es dunkel wurde. Sie beschlossen, die Nacht unter freiem Himmel zu verbringen, unter dem Sternenzelt. Schließlich hatten sie in der vorigen Nacht gut geschlafen, und in der Hauptstadt würden sie sich zwangsläufig einquartieren müssen.

«Ich ziehe das hier einem Gasthof vor», sagte Galar und löschte nach einem leichten Abendessen das Feuer. Wafrudnir, der einen Großteil seines Lebens im Freien verbracht hatte, stimmte bereitwillig zu, und Thybil merkte an, dass es «genau wie früher» sei. Bryn und Mittni wussten die Freiheit und Weite der Natur inzwischen ebenfalls zu schätzen, wenngleich sie nach so anstrengenden Tagen wie diesem durchaus richtige Betten vorgezogen hätten. Die Barue waren es zwar gewohnt, die Nacht unter einem Sternendach zu verbringen, aber doch eigentlich innerhalb ihres Dorfes und nicht mitten in einem wilden Wald. Bryn lachte in sich hinein – als wäre dieser Wald hier noch wild! Mit der daran vorbeiführenden Hauptstraße und den bestellten Feldern ringsum hatte er eher etwas von einem Park oder großen Gemeindegarten.

Die erfahreneren Mitglieder der Gruppe wollten den beiden Jugendlichen unbedingt etwas über ihre Umgebung und jede Wunderlichkeit beibringen, die ihnen auffiel: Pflanzen und Sterne, ihre Namen und Positionen, Vögel, Tiere und Insekten (Letztere waren rar gesät, immerhin war es Schneezeit). Johan war wie verwandelt. Er machte nur selten den Mund auf, und wenn, dann ohne Großtuerei.

Als sie sich fest in ihre Decken gehüllt hatten und die Nachtruhe begann, spürte Bryn, wie ihn jemand sanft anstieß. Es war Galar, der neben ihm lag.

«Bryn, ich werde heute Nacht Wache halten», flüsterte er. «Nach der Gefangennahme neulich gehe ich kein Risiko mehr ein. Ich werde bis Mitternacht wachen, dann wecke ich dich, und du kannst bis drei aufbleiben oder so. Wenn du nicht mehr kannst, wecke Mittni, und er soll dann wieder mich wecken. Einverstanden?»

Bryn dachte einen Moment nach. Er konnte schlecht ablehnen, oder? Aber warum sollten sie überhaupt Wache halten? Sie hatten seit Tagen keine Ostentum oder Nurgor mehr gesehen.

«Ja, meinetwegen, aber woher wissen wir, wie spät es ist?» antwortete er. «Uhren sind selten, einer von zwanzig Numenii-Bürgern hat eine, wenn ich Thybils Statistik richtig im Kopf habe. Aber Johan hat bestimmt eine.»

«Ungefähr reicht», sagte der Zwerg. «Nach Gefühl.»

Bryn stieß Mittni an, der auf seiner anderen Seite lag, und nachdem er sich eine verschlafene Beschwerde anhören musste, bekam er Mittnis Zustimmung zu dem Plan.

«Gut. Ich möchte Wafrudnir wegen seiner Kopfverletzung gern schonen, und Thybil ist nicht mehr der Jüngste. Er braucht seinen Schlaf. Du auch, darum sage ich jetzt gute Nacht.»

«Ich denke, du übernimmst die erste Wache?»

«Tu ich ja auch», grollte der Zwerg.

Bryn war erschöpft und schlief sofort ein.

Er wachte auf, als Galar ihn schüttelte und flüsterte, er sei jetzt an der Reihe. Bryn hatte das Gefühl, eben erst eingeschlafen zu sein, aber am Himmel waren mehr Wolken als vorhin.

«Wenn irgendetwas passiert, auch wenn du dir nicht sicher bist, ob du wirklich etwas gehört hast – du weckst mich auf der Stelle. Verstanden?»

«Ja doch. Aber wenn ich mir nun nur etwas eingebildet habe? Oder wenn es bloß ein Fuchs ist?»

Galar lächelte grimmig. In dem schwachen Licht sah er sehr müde und alt aus, aber so stark und massiv wie Stein. Sein wildes, goldenes Kopf- und Barthaar war so zottelig wie eh und je. Im Mondlicht wirkte es grau. «Wie gesagt, wir gehen kein Risiko ein. Wenn sich irgendwo ein Schatten bewegt, sag es mir. Ich habe einen leichten Schlaf, aber man weiß ja nie … Letztes Mal haben sie uns überrascht. Nun, ich hoffe, es tut sich nichts, aber halte deine Waffe griffbereit, wie immer.» Der Zwerg sah ihn einen Moment lang forschend an, bevor er ihm so fest die Schulter drückte, dass sie prickelte wie eingeschlafen, als er seine schwere Hand wegnahm. «Du wirst das schon machen, Bryn. Glaub mir, der Kampf hat noch gar nicht richtig begonnen, aber du wirst das schon machen. Hab acht.» Er drehte sich auf die andere Seite und war bald eingeschlafen.

Bryn betrachtete die schlafenden Leiber seiner Freunde. Wafrudnir lag am weitesten entfernt, neben Thybil, und Mittni lag in der Mitte. Alle schliefen sie. Bryn schaute gedankenverloren zu den Sternen hinauf und nutzte die Zeit, um über die Ereignisse der letzten Wochen nachzudenken. Alles war so schnell geschehen, und er fragte sich, wie lange es dauern würde, bis alles wieder beim Alten war. Gewiss hatten die Barue nur überreagiert, nachdem sie zu ihrem Unglück auf die einzigen Ostentum getroffen waren, die es in Calaspia gab. Die Lage würde sich normalisieren; sie würden Quivelda wieder aufbauen, Swigny trinken und Siftex lauschen, wie er ein Schrammel über ihre Erlebnisse zum Besten gab.

Aber wenn nun mehr dahintersteckte? Laut Thybil hatte Nequam die Ostentum nach Calaspia gebracht. Wie? Und nach dem Tod des Zauberers waren die Ostentum leichte Beute gewesen. Das hieß doch, dass jetzt ein neuer Anführer hinter ihnen stand. Aber wer konnte sich mit Nequam messen, dem größten Studenten von Itrim? Wie waren die Ostentum zurückgekehrt? Vielleicht lebten sie auf einem anderen Kontinent und waren übers Meer nach Calaspia gebracht worden … oder vielleicht waren sie an irgendeinem geheimen Ort ausgebrütet worden, hatten gewartet, den rechten Augenblick abgepasst und suchten nun Rache … ja, bestimmt. Diese Theorie gefiel Bryn am besten. Es waren einfach Überlebende des Kriegs um das Tor. Woher wollten die Culmus Sangui, die eigens ausgebildeten Krieger, schließlich wissen, dass sie alle Exemplare erwischt hatten? Ihnen konnte doch eine Handvoll entwischt sein, eine Handvoll, die dann ein Leben im Verborgenen geführt hatte. Andererseits bekämpften sie sich Thybil zufolge gegenseitig. Wenn sie einander umbrachten, konnten sie schlecht überlebt haben … In diesem Falle musste ein höchst mächtiger Anführer hinter ihnen stecken, der sie organisierte und im Zaum hielt. Thybil hatte nichts davon gesagt, dass – aber Moment mal!

Immer wieder Thybil. Der alte Barue wusste weit mehr, als er durchblicken ließ, das stand fest. Und doch schwieg er. Gab es ein so finsteres Geheimnis, dass er davor zurückschreckte, sie ins Vertrauen zu ziehen? Vielleicht dachte er ja, sie könnten nicht damit umgehen. Ein schrecklicher, quälender Gedanke drängte sich dem Brauer auf und ließ ihn nicht mehr los: Thybil, der als Einziger zu wissen schien, was vor sich ging, hatte nach dem Überfall auf Quivelda die Sache in die Hand genommen … er allein kannte Galar, und der Himmel wusste, dass der Zwerg eine komische Type war … Thybil! Woher wusste Bryn eigentlich, dass sie dem alten Barue vertrauen konnten? Natürlich, die Vorstellung war lächerlich – Thybil war immer freundlich zu ihm gewesen, beinahe wie ein Vater. Er wollte die Barue wahrscheinlich vor weiterem Schaden schützen. Doch woher hatte er sein großes Wissen? War es nicht genauso gut möglich, dass er … andere Motive hatte? Er war schließlich wie verwandelt gewesen, als sich Bryns magische Fähigkeiten gezeigt hatten. Und er bekam gewaltig schlechte Laune, sobald jemand den Krieg um das Tor auch nur erwähnte … er gestattete ihnen nicht, allein mit Johan zu wandern, weil der ihnen offenbar erzählen könnte … und was? Warum fürchtete der Alte das so sehr? Warum behinderte er sie in ihrem Wissensdurst? Bryn schüttelte den Kopf. Diese Gedanken waren gemein und übertrieben. Thybil war ein Freund und Förderer. Er hatte gewiss seine Gründe, und Bryn wollte ihm vertrauen. Bald würden sie in Armaah sein, und vielleicht ließen sich dort Antworten finden. Er traute sich nicht zu, in der Dunkelheit klar zu denken, und rieb sich die Stirn, um das schreckliche Misstrauen loszuwerden.

Alles lag still, von einer leichten kalten Brise und einer gelegentlichen weitentfernten leisen Bewegung einmal abgesehen. Bryn war erschöpft, und während er der friedlichen Stille der Nacht lauschte, ertappte er sich dabei, in einen trostlosen Schlummer zu gleiten.

Plötzlich ein Flügelschlag. Unmittelbar über ihnen bekam er durch eine Lücke im Blätterdach kurz einen gefiederten

Umriss mit Klauen zu sehen. Entsetzt griff er nach seinem Schwert und starrte in den Himmel hinauf, bereit, die anderen zu wecken. Doch das Wesen entfernte sich.

War bloß eine Eule. Bryn ärgerte sich über sich selbst, weil er eingeschlafen war. Er setzte sich auf und lauschte eine Zeitlang. Der Mond war wieder klar zu sehen, und ihm war sehr kalt. Da er keine Ahnung hatte, wie spät es war, und nicht noch einmal einschlafen wollte, gab er auf und weckte leise seinen Freund. Mittni streckte sich und setzte sich auf, wickelte die Decke um sich und übernahm die Wache über seine schlafenden Gefährten.

Bryn bemerkte eine leise Bewegung im Lager. Wahrscheinlich war er von ihr geweckt worden. Er öffnete die Augen, rührte sich aber nicht, blieb ganz starr vor Besorgnis liegen. Es war immer noch dunkel. Ein Schaudern überlief ihn und brach den Bann. Er hörte jemanden schleichen. Seine Sinne nahmen Nervosität ohne einen Urheber in der unmittelbaren Umgebung wahr, was bedeutete, dass das Gefühl sehr stark sein musste.

Mittni? Bryn hob langsam den Kopf und sah, dass Mittnis Schlafstelle belegt war; seine Wache war also vorüber. Das bedeutete, dass Galar wieder an der Reihe war. Bryn wandte den Kopf herum und sah, dass die Schlafstelle des Zwerges leer war. Er verspürte Erleichterung. Solange der Töter über sie wachte, hatten sie nichts zu befürchten. Er sah sich weiter um und stellte überrascht fest, dass Thybil nicht an seinem Platz lag. Das erklärte, warum er die Emotion hatte spüren können; er kannte ihn gut. Galar war nirgendwo zu sehen.

Verblüfft entdeckte Bryn den Alten in einiger Entfernung. Der Gesichtsausdruck war unmöglich zu erkennen, aber was er tat. Er schien im Mondlicht um das Lager herumzugehen und in die Nacht hinauszustarren. Eine Hand lag auf dem Griff seines Schwertes. Viele mögliche Gründe schossen Bryn durch den Kopf. Er wollte gerade aufstehen und Thybil fragen, was in aller Welt denn los war, da erstarrte der Alte. Dann glitt er mit flüssigen Bewegungen in den Schatten eines Baumes und spähte anscheinend um den Stamm herum. Schließlich trat er mit einem übertriebenen Seufzer ins Freie. Bryn konnte hören, wie er leise sein Schwert in die Scheide schob.

«*Droch!* Was hast du getrieben?», wollte Thybil wissen. Er ging der Person entgegen, die er beobachtet hatte. Auf einmal fiel Bryn wieder ein, was ihm vor dem Einschlafen durch den Kopf gegangen war. Er hatte das Gefühl, mitten in einem Albtraum zu stecken. Es war schwer, die Worte zu verstehen. Bryn nahm seine Decken zusammen, ging auf die Knie und kroch näher an seinen alten Lehrer heran.

«Wo *warst* du?» Das war wieder Thybil. Es klang vorwurfsvoll.

«Auf Wachrunde.» Erleichterung überschwemmte den Brauer. Es war Galar.

«Ich hab schon nach dir gesucht. Was für ein Anflug von Wahnsinn hat dich dazu getrieben, das Lager zu verlassen?»

«Still! Du weckst noch die anderen.»

«Ich bin froh, dass man sie noch wecken kann! Wir waren schutzlos. Sag mir, warum!»

«Ich wollte nur sichergehen, dass alles in Ordnung ist. Ich dachte, ich hätte etwas gehört, aber ich konnte nicht sagen, was.»

«Warum hast du uns dann nicht geweckt?» Thybil starrte den Zwerg an. «Und wenn *sie* es nun gewesen wären?»

«Das wollte ich ja herausfinden.»

«Mach dich nicht lächerlich. Du weißt es besser. Wir hätten

umzingelt sein können, und du spazierst in den Wald davon! Was ist denn in dich gefahren?»

Galar lenkte Thybil von den schlafenden Gefährten weg, und ihre Stimmen wurden leiser. Bryn musste sehr die Ohren spitzen, um noch etwas zu verstehen. Er rückte etwas näher heran.

«Keine Sorge, es war nichts weiter. Wir sind in Sicherheit.»

«Weich mir nicht aus!»

Der Zwerg seufzte. «Tut mir leid. Ich wollte euch nicht wecken. Ich wusste wirklich nicht genau, was dort war. Mein Fehler – wie dumm von mir, euch allein zu lassen …»

Thybil schüttelte langsam den Kopf. «Was in der geistigen Gesundheit Namen ist los? Irgendetwas stimmt mit dir nicht. Du wirst doch nicht etwa langsam zu alt fürs Kriegshandwerk?»

«Nein, ich kann immer noch alles töten, was mir über den Weg läuft, versprochen!» Galar klang beunruhigt und auch ein wenig betroffen. «Du hast recht, Tradurius. Ich bin verletzt. Ich bin müde. Hab nicht darauf geachtet, wie sehr mich diese Mission schon geschafft hat.»

Die Stille hielt so lange an, dass Bryn schon glaubte, sie redeten vielleicht so leise miteinander, dass er sie gar nicht mehr hören konnte.

«Gewiss, sie hat dich einiges gekostet … aber doch nicht den Verstand!», sagte der Barue schließlich. «Ein solcher Fehler wär dir nicht einmal passiert, wenn ein Riese dir auf den Schädel geschlagen hätte!» Thybil packte ihn bei den Armen. «Ich will die Wahrheit wissen, Tawny.»

Der Zwerg seufzte, und Bryn wusste, dass nun auch jede Verstellung von ihm abgefallen war.

«Ich bin wirklich, wirklich ein Narr gewesen. Egoistisch,

stolz – ich habe Johan gerügt, dabei bin ich selbst die ganze Zeit noch um einiges hochmütiger gewesen! Ich habe es vor euch allen geheim gehalten. Ich habe eure Reaktion gefürchtet. Weißt du, mein alter Freund, es hat sich etwas geändert seit unserer letzten Begegnung.» Galar wandte sich ab. Bryn musste die Worte fast erraten, aber auf einmal ergaben sie einen Sinn. «Meine Augen, Thybil. Ich bin kurzsichtig geworden, schon vor einer ganzen Weile … und … ich habe meine Brille zu Hause vergessen.»

Bryn hatte den Eidgenossen noch nie so geknickt und am Boden zerstört erlebt. «Du weißt doch, wie es ist, wenn sich die Landschaft ständig verschiebt. Ich hatte nicht die Zeit, den Weg zurück nach Hause zu suchen. Als Nächstes war ich dann schon im Imperium. Und das war auch gut und richtig so, bis ich auf einmal euch alle angeführt habe. Und dann war ich verantwortlich für euer Wohlergehen und nicht nur dafür, die Nachricht nach Armaah zu bringen. *Droch!* Ich wollte nicht, dass ihr glaubt, ich könnte euch wegen meiner Sehschwäche nicht anständig beschützen – so was Peinliches!»

Galar brach ab, als fürchtete er, dass außer Thybil noch jemand zuhörte. Er drehte sich wieder zu dem alten Barue herum. «Vergib mir, mein alter Freund.»

Bryn erinnerte sich an die Male, wo er Galar die Augen hatte zusammenkneifen sehen. Beinahe hätte er gelacht. Hier ging es bloß um eine Brille? Wie absurd! Gleichzeitig brach ihm der kalte Schweiß aus. Er dachte an die Zeit zurück, als es an ihm und dem Zwerg gewesen war, die anderen zu befreien. Hatte er sich all die Einzelheiten über die Numenii ausgedacht? Oder war er dort hinuntergeschlichen und hatte Bryn mutterseelenallein auf dem Hügel liegen gelassen, nur um einen Blick aus der Nähe darauf werfen zu können, weil der Blick aus der Ferne nicht ausreichte? Bryn überlief ein Schaudern. Wie oft waren sie schutzlos gewesen, weil sie auf Galars Fähigkeit, sie zu beschützen, vertraut hatten, während er nicht einmal Freund von Feind unterscheiden konnte, wenn sie zu weit entfernt waren?

«Wir können nur von Glück reden.» Thybil kratzte sich den Bart. «Ich weiß, du kannst auf dich und andere aufpassen, wenn sie in Reichweite deiner Axt sind. Ich weiß, du brauchst Feinde nicht zu sehen, um zu wissen, dass sie da sind – aber dann sind sie möglicherweise schon zu nahe. Als du uns heute Nacht verlassen hast, hast du wissentlich unser Leben riskiert, nur um dir keine Blöße zu geben. Ich bin sehr enttäuscht, dass du nicht einmal mir dein Geheimnis anvertraut hast.» Er grinste in sich hinein. «Ich frage mich allmählich, ob nicht doch dein Verstand gelitten hat!»

Galar ließ den Kopf hängen. «Wenn du denkst, dass du es den anderen sagen musst, dann verstehe ich das.»

«Von nun an müssen wir für dich sehen. Die Jüngeren wollen wir deshalb nicht aufregen, aber Wafrudnir muss es wissen. Er hat die besten Augen. Himmel, wir müssen reden. Komm, halten wir dort drüben gemeinsam Wache.»

Bryn rührte sich nicht, aus Angst, sie könnten ihn entdecken. Er war inzwischen mehrere Mannslängen von seiner Schlafstelle entfernt, da konnte er sich nicht mehr damit herausreden, irgendwie fortgerollt zu sein. Galar sollte nicht wissen, dass er alles mit angehört hatte. Er war froh, dass sie sich von ihm entfernten und ihre kurzsichtigen Augen auf die Dunkelheit jenseits des Lagers richteten.

Ihre Umrisse entfernten sich, beide ungefähr gleich groß, der eine breit und aufrecht, der andere schmal und gebeugt. Bryn beschloss, Stillschweigen über die Sache zu bewahren. Er kroch wieder neben Mittni. Er wollte nicht, dass sein

Freund sich sorgenvoll ausmalte, was ihnen alles hätte zustoßen können, oder dass er schlecht über Galar dachte. Bryn schlief über dem Versuch ein, sich den Zwerg mit einer Brille vorzustellen.

Alle erholten sich gut in dieser Nacht, und als sie erwachten, war es ein besonders schöner und kalter Morgen. Alle spürten sie ein inneres Prickeln und wussten, dass dieser Tag etwas Bedeutsames mit sich bringen würde. Sie waren jetzt kurz vor dem Ziel. Während Bryn das Essen auspackte, sprach er unauffällig Mittni an.

«Hast du in der Nacht irgendetwas gesehen oder gehört?», fragte er beiläufig.

Mittni zuckte die schmalen Schultern. «Gar nichts. Nur den Wind und die Tiere ab und zu.»

«Die Tiere?»

«Den Fuchs und die Eule oder so.»

Als Bryn das hörte, wurde ihm beklommen zumute. «Du hast eine Eule gesehen? Wo denn?»

«Am Himmel natürlich!» Mittni lachte. «Ich glaube, sie ist genau über uns hinweggeflogen. Nichts Ungewöhnliches. Warum?»

Bryn zuckte die Schultern. Er wollte keine voreiligen Schlüsse ziehen. Aber es kam ihm merkwürdig vor, dass eine Eule zweimal in derselben Nacht über exakt dieselbe Stelle hinwegflog. Bryn nahm sich vor, Wafrudnir zu fragen, der sich am besten in der Wildnis auskannte. Doch bald dachte er nicht mehr daran und vergaß es.

Sie aßen zum Frühstück ihren letzten Proviant und wanderten bis zur Mittagszeit, dann machten sie auf eine warme Mahlzeit in einem Wirtshaus halt und wärmten sich die durchgefrorenen Knochen. Bryns Geld ging allmählich zur

Neige, also kamen sie überein, sich die nächste Mahlzeit selbst zu fangen. Bis dahin war alles gutgegangen.

Bryn fiel der Unterschied im Benehmen seiner älteren Freunde kaum auf. Wäre Galar nicht so glücklich gewesen, mit Thybil wieder im Reinen zu sein, und Wafrudnir nicht noch wachsamer als üblich, Bryn hätte diese Brillengeschichte vielleicht als Traum abgetan.

Die meisten von ihnen fühlten sich sicherer wegen der vielen Leute um sie herum. Sie achteten sehr darauf, die Ostentum nicht zu erwähnen, wenn Johan in Hörweite war. Würden die Ostentum es wagen, sie vor den Augen unzähliger Bürger anzugreifen? Die erfahrenen drei Mitglieder der Gruppe hielten es für unwahrscheinlich, aber Galar wies die Barue nachdrücklich darauf hin, dass es immer noch genug Gelegenheiten für den Feind gab, ihnen zuzusetzen.

✦ ✦ ✦

Während die Sonne höher stieg und alles erhellte und erwärmte, schritten sie mit neuer Spannkraft aus. Der Großteil ihrer Reise und also auch ihrer Mission lag hinter ihnen. Vor ihnen lag Armaah. In der Ferne konnten sie den Armre-See sehen, von dem das Königreich seinen Namen hatte. Und in der Mitte des Sees lag eine Stadt, bei der es sich Thybil zufolge um Armaah handelte.

«Dann wollen wir doch einmal schauen, wie man in die schwimmende Stadt hineinkommt», sagte Wafrudnir, als sie sich dem See näherten.

«Die schwimmende Stadt?», fragte Bryn verblüfft.

«Ihr werdet schon sehen», sagte Thybil mit einem feinen Lächeln. «Bald werden wir für unsere Mühen belohnt werden.»

«Wenn wir reinkommen», sagte Galar.

«Was erwartest du denn? Dass man euch festnehmen lässt?» Johan grinste spöttisch. «Ihr werdet doch nicht etwa steckbrieflich gesucht, hm?»

Galar schluckte und verzog das Gesicht. «Das weiß man nie», brummelte er und setzte sich an die Spitze der Gruppe. Er schien sich über sich selbst zu ärgern und auch, wie Bryn spürte, über Johan.

«Verfolgungswahn», flüsterte Bryn dem Menschenmann zu, der leise lachte.

Am späten Nachmittag erreichten sie den Hafen und konnten die Stadt Armaah sehen. Sie erhob sich als eine große Insel über den glitzernden Wellen und trieb dort wie eine blühende Lotusblüte.

Als ob der See der Himmel wäre, dachte Bryn – und eine Sekunde lang kam ihm das königsblaue Wasser wirklich wie der Himmel vor, denn es spiegelten sich sogar Wolken darin –, *und die Stadt ist ein Stern, strahlend und rein.*

Oder, wie Mittni es ausdrückte: «Einer von diesen feinen weißen Tellern aus Nomidien in einer Badewanne voll Wasser.»

Im Näherkommen konnte Bryn einzelne Inseln erkennen und vor dem Himmel die Umrisse von Türmen mit den verschiedensten Formen. Aufgeregt beschleunigten sie ihre Schritte und gingen zu den Hafenanlagen hinunter, um die herum eine kleine Ansiedlung entstanden war, zweifelsohne um den vielen Gästen der schwimmenden Stadt zu Diensten zu sein. Wafrudnir machte sich auf, um herauszufinden, wie man in die Stadt hineingelangte. Nach einer Weile kehrte er zurück und erklärte, dass er ein geeignetes Boot gefunden hätte, das sie in zehn Minuten hinüberbrächte, wenn sie wollten.

«Es kostet nichts, sie werden von den Behörden bezahlt.»

Dort also fließen unsere Steuergelder hin, überlegte Bryn, der sich noch an die regelmäßigen Klagen der Barue über ihr Geld und das Imperium erinnerte.

«Auf der Überfahrt wird es ganz schön kalt werden», sagte Thybil. «Ich finde, wir sollten uns vorher noch ein Heißgetränk gönnen. Zur Feier des Tages.»

Also suchten sie sich ein passendes Wirtshaus und bestellten heiße Schokolade. Schweigend labten sie sich an ihren dampfenden, schaumigen Getränken und lauschten den geschäftigen Hafenleuten. Dann standen sie auf, gaben Bryns letzte Münzen hin und gingen zum Kai. Wafrudnir zeigte ihnen ihr Fahrzeug, es war ein kleines, schwarzes Boot mit einem schmutzigweißen Segel. Dem zahnlosen, grinsenden Alten, der sie an Bord der Fähre begrüßte, gingen die Haare aus, aber er war ein fähiger Schiffer, und bald waren sie draußen auf dem See.

«Von woher kommt ihr?», fragte er freundlich.

«Aus Quivelda, das liegt jenseits von Ged-Ruak», antwortete Bryn und bereute sofort, diese Information gegeben zu haben.

«Hmm», machte der alte Schiffer. «Was führt euch denn so weit von zu Hause weg?»

Sie servierten ihm die gleiche Geschichte wie Johan. Die Allerweltsgeschichte, dass sie sich Armaah ansehen wollten, um zu erfahren, ob es wirklich so außergewöhnlich war, und dass sie sich auf einer Studienreise befanden. Zu ihrer Erleichterung glaubte der Schiffer ihnen. «Ja, ja, entweder kommt man aus geschäftlichen Gründen her oder als Tourist.»

Wenn sie Armaah aus der Ferne für wunderbar gehalten hatten, dann vermittelte die Stadt ihnen aus der Nähe das Gefühl zu träumen. Sie nahmen den Anblick schweigend in sich auf, und jedem ging anderes dabei durch den Kopf. Die Zeit verflog, während sie über die glatte Wasseroberfläche glitten. Vom Ufer aus schien die Stadt meilenweit entfernt zu sein, sich hinter einer gewaltigen, unermesslichen Wasserfläche zu befinden. Bryn hatte schon ein paar Seen gesehen, aber dieser hier kam ihm mehr wie ein Meer vor. Er schätzte, dass die Überfahrt etwa eine halbe Stunde dauerte, doch es war unmöglich zu sagen.

Die massiven Kuppeln und Säulen hatten aus der Ferne beeindruckend ausgesehen, aber erst im Näherkommen waren die winzigsten, kunstvoll ausgeführten Verzierungen zu erkennen – eine wahre Augenweide. Die marmornen Umrisse und der weiße Stein glitzerten im nachlassenden Sonnenlicht, warfen bunte Farben zurück und schimmerten blassrot und blau und grau. Jäh wurden die Reisenden aus ihrer Verzückung gerissen, als das Boot an den Landesteg stieß. Die Gefährten traten über das Dollbord hinaus, dankten dem grinsenden Schiffer und setzten zögernd ihre Schritte in den legendären Ort.

Ich habe meinen Fuß in, oder besser: auf die Hauptstadt gesetzt!, dachte Bryn selig. Das war einmal etwas, wovon er den Bellysets erzählen konnte. Etwas, das er nicht ihnen zu verdanken hatte.

Johan verließ sie dort. Der Abschied war verlegen, aber friedlich; sie wünschten einander Lebewohl. Galar erwähnte etwas von einem Museumsbesuch, sobald er sich frisch gemacht hätte, und Wafrudnir erklärte lahm, verabredet zu sein. Johan nickte und verkündete seinerseits, er werde in der Ausstellung «Kunst der Gegenwart» erwartet, wo er darüber sprechen solle, wie sich die Stile gewandelt hätten und welche Bezüge sie auf die alten Meister nähmen.

Sobald er weg war, drehte Galar sich zu ihnen um und sagte

barsch: «So, und jetzt können wir uns um unsere Aufgabe kümmern. Hätten ihn gar nicht erst mitnehmen sollen.»

«Was für ein kurzsichtiger Gelehrter», seufzte Thybil, als sie durch die breiten Straßen schlenderten.

«Was macht ihn denn so kurzsichtig?», fragte Bryn geistesabwesend, während er sich in eine Auslage eines Marktstands vertiefte.

«Seine Eitelkeit», antwortete Thybil. «Er hat so lange in den Spiegel geschaut, dass er darüber schlechte Augen bekommen hat. Jetzt sieht er in seinem Hochmut nur noch Dinge, die eine Armeslänge entfernt sind. Er könnte auf dem Gipfel des Wissens stehen, und alle Aussicht wäre auf ihn verschwendet.»

Armaah war groß und erschloss sich nicht auf einen Blick. Es war nicht nur eine einzelne Insel, sondern ein ganzes Konglomerat von Inseln, die durch Brücken und Dämme miteinander verbunden waren und eine wahrhaft große Stadt bildeten. Sie war der Stolz des Numenii-Imperiums, die größte Ingenieursleistung, die Calaspia je gesehen hatte. Unvermittelt wurde Bryn klar, dass die Gebäude, die er anstaunte, nur auf der ersten der kleineren Inseln standen, die um die größte Insel gruppiert waren. Thybil erklärte, dass sich dort die Regierungszentrale des Imperiums befand. Die Gebäude wurden immer beeindruckender, und bald waren die jungen Besucher erschöpft. Durch geschäftige Straßen spazierten sie in Richtung der Zentralinsel. Galar schien seine Umgebung kaltzulassen, Wafrudnir dagegen machte einen ehrfürchtigen Eindruck. Bryn spürte jedoch auch sein gewaltiges Misstrauen; dieser Ort erfüllte ihn mit Angst.

Auf der Mittelinsel lag das *Regere Mansionum*, wie sie eine Steintafel informierte: das Gebäude, in dem der Hohe Rat der Offiziellen und Landesältesten tagte – es war ein so großes

Bauwerk, dass es eine ganze Insel für sich beanspruchte. Diese Insel und die dortigen Anlagen waren die Krönung des Ganzen. Architektur und Handwerkskunst stellten gegenüber den anderen Inseln noch einmal eine Steigerung dar. Das Zentrum von Armaah war der restlichen Stadt haushoch überlegen, und das nicht nur bildlich gesprochen. Es lag etliche Meter höher als die anderen Inseln. Bryn sah nach hinten und begriff, dass nicht nur das Regere Mansionum höher gebaut war – sie waren seit ihrer Ankunft leicht bergauf gegangen. Wenn man von der einen Insel zur anderen wollte, musste man über eine Brücke oder einen Steg gehen, dabei wurde, so vermutete Bryn, dann wohl der Höhenunterschied ausgeglichen.

«Das hat etwas mit der Entwässerung zu tun», sagte Thybil und rollte mit den Augen. «Ist jedenfalls die offizielle Begründung. In Wirklichkeit geht es natürlich um Status. Das ganze Imperium dreht sich um Status oder Rang und Namen, wie immer man es nennen will. Denkt daran, wenn wir das Regere Mansionum betreten, und macht den besten Eindruck.»

Sie würden diesen weißen Palast betreten! Bei der Vorstellung wurde Bryn heiß und kalt zugleich. Wenn die Numenii nach der äußeren Erscheinung urteilten, würde ihr erster Eindruck kein sonderlich guter sein.

Thybil führte sie durch blendend weiße Straßen, aber Bryn und Mittni hatten nur noch Augen für Calaspias größte Insel.

«Erstaunlich, wie sauber alles ist», sagte Bryn. «Im Vergleich zu manch anderer Stadt, durch die wir gekommen sind.» Mittni pflichtete ihm wortlos bei.

«Manche Inseln sind nicht so schön», sagte Thybil und sah zu einer Reihe Embleme hinauf, die in das Steindach eines Durchgangs geritzt waren, in den sie gerade einbogen. «Die werden nie saubergemacht, und respektable Bürger lassen sich dort nicht blicken. Oder achten zumindest darauf, dass man sie dort möglichst selten sieht … auch solche Gegenden haben ihre Attraktionen. Aber der Großteil von Armaah wird erstaunlich gut gepflegt. Man braucht sogar eine Art Passierschein für sein Pferd, damit der Kot in den gepflasterten Straßen nicht überhandnimmt.»

Im Weitergehen fielen ihnen noch andere Details im Stadtbild auf: die leuchtenden Kleider, Ringe und Hüte der Menschen; die Wachen in Rot und Gold mit ihren langen Hellebarden.

«Viele Leute, die vom Festland hierherkommen, sind auf Arbeitssuche, und die Wachen passen auf, dass die Straßen nicht von Bettlern bevölkert werden, denn, wie ihr seht, gibt es hier eine Menge reicher Leute. Dies ist die zweitreichste Stadt des Imperiums – nach Bel-Tued, der Handelsbucht.»

Sie wären gern stehen geblieben und hätten sich die Läden angeschaut oder einfach noch ein großartiges Haus bewundert, noch eine Statue, wären gern durch noch einen symmetrisch angelegten, wunderschönen Garten spaziert, doch Galar wollte es nicht erlauben.

«Dafür habt ihr noch genug Zeit, wenn wir unsere Mission beendet haben. Eins nach dem anderen.»

«Du glaubst doch nicht ernsthaft, dass die Ostentum hier noch versuchen, uns zu erwischen?», spottete Mittni.

Galar antwortete nicht, sah Mittni aber grimmig an.

Sie spazierten weiter, bis sie die Marmortreppe erreichten, die zum Regere Mansionum hinaufführte. Es war das größte und beeindruckendste Gebäude Armaahs. Oben wurden sie von den imperialen Wachen in ihren Samtumhängen aufgehalten. Bryn vermutete, dass es ihnen merkwürdig vorkam, wenn fünf staubige, verdreckte Gestalten das wichtigste Gebäude von Calaspia betreten wollten. Wafrudnir klang ganz wie ein ehrwürdiger Botschafter (nicht dass Bryn oder Mittni je einen gehört hatten), als er das Wort an die Wachen richtete. «Wir haben eine lange, anstrengende Reise hinter uns und bringen wichtige Nachrichten», sagte er mit klarer und volltönender Stimme und sah in gespielter Überheblichkeit auf die Wachen hinab. «Wir kommen im Interesse aller geistig gesunden lebenden Geschöpfe. Wir müssen sofort mit dem Imperator und seinen Ratgebern sprechen, wenn ich bitten darf. So lasst uns denn, im Namen der Ältesten, ein!»

Wafrudnirs beeindruckende Körpergröße und Galars Muskeln schienen die Argumente noch zu unterstreichen. Die Wachsoldaten starrten sie einen Moment lang an.

«Du … du bist doch nicht etwa … Galar Sturlison?», fragte einer und bekam den Mund nicht mehr zu. Er sah zu seinem Kameraden, der nickte und verschwand. Bald öffnete sich eine kleine Seitentür, und sie wurden über Flure geführt, die mit Teppichen ausgelegt und mit Statuen und Ornamenten geschmückt waren. Weitere Wachen liefen neben ihnen her. Der weiche rote Teppich wich einem schimmernden Boden aus makellosem Marmor, und Bryn warf einen verstohlenen Blick nach hinten, um zu sehen, wie viel Dreck er mit hereintrug. Die fünf müden Wanderer bereiteten sich darauf vor, endlich die Aufgabe zu erledigen, für die sie so weit gereist waren und so viele Entbehrungen erlitten hatten. Galar seufzte. Ihm war gerade eine schwere Last von der Seele gefallen. Sie waren endlich hier.

«Du hast dir doch nicht immer noch Sorgen wegen der Bestien gemacht, oder?», fragte Bryn, als er sah, wie Galars Sorgenfalten verschwanden und seine Schultern sich hoben. Er hatte die andauernde Anspannung des Zwerges sogar noch gespürt, als sie bereits die dichter bevölkerten Randbezirke von Armaah auf dem Festland erreicht hatten. Der Zwerg bedachte ihn mit einem Blick, in dem all die Jahre und Erfahrung lagen, die er erlebt hatte.

«Ich staune, dass wir heil hier angekommen sind. Meine Wachsamkeit hat nachgelassen, meine Kampfkraft ist nicht mehr die alte – wir hätten es möglicherweise nicht geschafft. Nie zuvor habe ich eine Gruppe durch solche Schwierigkeiten und solchen Aufruhr geführt wie unsere. Und trotzdem … wir sind da.» Er blickte zu den großen Türen, denen sie sich näherten. «Aber ich werde das Gefühl nicht los, dass sie uns haben laufenlassen … sie hätten uns vernichten können. Warum haben sie es nicht getan?»

Gewiss, das fragte Bryn sich auch, aber warum nicht einmal die positive Seite der Sache sehen und zugeben, dass sie Glück gehabt hatten? Oder, wie er als Bruder der apheristischen Kirche hätte sagen müssen, glauben, dass Elyon ihnen am Ende gewogen gewesen war und ihre stillen Gebete erhört hatte …

«Dies ist der Saal des persönlichen Rats des Imperators.» Die erste Wache klopfte an, und die Eskorte nahm an beiden Seiten des Eingangs Habachtstellung an. Die müden Reisenden betrachteten die hohen Türflügel und das Schnitzwerk in Augenhöhe. Es handelte sich um sechs Flammen, die in einer großen Krone tanzten, als wären die Flammen gekrönt worden. Drum herum waren sechs Schilde angeordnet, auf denen Embleme prangten.

«Die Krone und die Flammen, Symbol des Numenii-Imperiums, und die Flaggen der sechs Reiche», sagte Thybil leise. «Armaah, Bel-Tued, Arleath, Nomidien, Itrim und Nanoak.» Bei jedem Namen zeigte er auf einen der Schilde.

Ein Moment des Schweigens folgte. Auf der anderen Seite näherten sich gedämpfte Schritte. Dann öffnete sich die Tür …

«Seine Majestät, Imperator Opeion, befindet sich in einer Besprechung mit dem Hohen Lehrmeister. Sollte die Nachricht allein für ihn sein, werdet ihr warten müssen», sagte der Schreiber, der die Tür geöffnet hatte. Er trug eine gelangweilte Miene zur Schau und sprach sehr schnell.

«Eridanus ist hier?», entfuhr es Thybil.

Der Mann betrachtete ihn einen Moment lang indigniert. «Ja, der oberste Älteste und Hohe Lehrmeister des Ordens von Itrim ist hier.» Er hatte besonders den Titel betont, als ob er sagen wollte: «Zeig ein wenig mehr Respekt für diejenigen, die über dir stehen!»

«Umso besser!», sagte Thybil. «Bitte gewährt uns eine Audienz bei beiden.»

«Und dürfte ich erfahren, wer ihr seid?», fragte der Schreiber misstrauisch. Zu seiner Verblüffung kam die Antwort aus dem Raum hinter ihm.

«Thybil!», rief ein hochgewachsener Mann mit angenehmer, wenngleich sehr überraschter Stimme und erhob sich aus einem großen Lehnstuhl, um sie zu begrüßen. «Was in aller Welt führt dich hierher? Komm herein, mein Freund!»

Der Mann war älter als Thybil, bewegte sich jedoch mit jugendlicher Spannkraft. Er machte einen kräftigen und geistig regen Eindruck. Sein grauer Bart war länger als Thybils, aber auch gepflegter. Er trug ein schimmerndes dunkelblaues Gewand, das mit einem beeindruckenden Ledergürtel gerafft war, und seinen Hals schmückte ein schmaler Reifen aus Jade. Der Mann kam mit wenigen ausholenden Schritten auf Thybil zu und ergriff den Barue fest beim Arm.

«Sei mir gegrüßt, Thybil.» Er hatte eine dunkle, kräftige Stimme, die Respekt gebot. Er strahlte sie alle jedoch wie ein alter Freund an, der sie nach langer Zeit wiedersah. «Und Galar auch noch! Was bringt euch von so weit hierher?» Bryn konnte spüren, dass er sich aufrichtig freute, aber auch wirklich erstaunt war, sie zu sehen. Die beiläufig an Galar gerichtete Frage war ernster gemeint, als es den Anschein hatte.

«Das ist eine lange Geschichte, Eridanus – vielleicht sollten wir zuerst meine jüngeren Gefährten entlassen? Sie sind erschöpft und hungrig. Der Grund meines Erscheinens ist dringend, doch wir sollten erst sprechen, wenn wir unter uns sind ...»

Bryn und Mittni sahen einander finster an.

«Gewiss, wie immer du möchtest. Bis wir so weit sind, möchte ich euch bitten, euch hier ganz wie zu Hause zu fühlen.» Er lächelte Mittni und Wafrudnir freundlich an, dann richtete er seinen Blick auf Bryn. Sein Lächeln veränderte sich zwar nicht, doch alles andere. Bryn spürte, wie der Blick des Mannes in ihn eindrang, als suchte er nach etwas Verborgenem. Gleichzeitig sahen die Augen an ihm vorbei, fast ins Leere. Die grünen, durchdringenden Augen, die mit blaugrünen Flecken gesprenkelt und von einem gelben Ring umgeben waren, verliehen ihm ein mächtiges, majestätisches Aussehen, und diese Augen waren nun auf Bryn gerichtet. Seltsame, aber beeindruckende Augen. Er konnte sich vorstellen, was für ein Geschenk solche Augen sein mussten, wenn man mit Königen und dergleichen zu tun hatte, wie weise, hilfsbereit oder einschüchternd sie wirken konnten. Doch warum galt dieser mehrdeutige Blick ihm? Es war ein Blick voller Kraft, aber auch voller Traurigkeit. Als bedeutete Bryn einen großen und tragischen Verlust für ihn, seine Anwesenheit ganz und gar keine Freude. Ein beinahe vorwurfsvoller Blick. Unwillkürlich machte Bryn sich klein, drehte sich etwas zur Seite. Von Eridanus gingen keine kalten Emotionen aus, auch keine Furcht, kein Zorn. Es hatte mehr von einer Vorahnung, in die sich Bedauern mischte.

«Und das muss Bryn Bellyset sein», sagte er mit leiser Stimme. Der nächste Schreck durchfuhr den Brauer. Das war das Überraschendste, was ihm im Leben je passiert war. Er war so verdattert, er konnte nicht einmal fragen, warum um alles in der Welt Eridanus, der Hohe Lehrmeister des Ordens von Itrim, eine der berühmtesten und einflussreichsten Persönlichkeiten des Imperiums, seinen Namen wusste. Gewiss, den Namen kannten die meisten – aber sie *erkannten* ihn doch nicht. Er nickte und merkte, dass er zitterte. Er hatte durch seine Zeit bei den Aposteln des Verstehens doch gewiss nicht so sehr Itrims Zorn auf sich gezogen, dass sogar der Hohe Lehrmeister persönlich davon wusste! Nein, die Vorstellung war verrückt.

«Ja, das ist Bryn.» Thybil legte ihm eine Hand auf die Schulter, und die merkwürdigen Gefühle waren wie weggewischt. Bryn sah kurz zu Boden und holte Luft. «Und das ist mein Großneffe Mittni. Der Sohn meines Neffen Bartholdi. Und Wafrudnir, ein Krieger aus Vayido.»

«Seid alle willkommen», sagte der Mann wieder mit seiner tiefen Stimme.

«Vielen Dank, Eure Majestät.» Mittni sank respektvoll auf ein Knie. Bryn gab ihm einen leichten Tritt und flüsterte: «Steh bloß wieder auf!»

Der große, respekteinflößende Mann lachte herzlich und wandte sich um, wies hinter sich. Dabei glitzerte ein Saphirring an seinem Finger.

«Seine Majestät, Imperator Opeion von Calaspia – ich bin nur der Hohe Lehrmeister.»

Mittni errötete leicht und ging rasch mit den anderen nach vorn, um vor dem Imperator niederzuknien. Auf einem großen Thron saß Opeion, hinter sich an der Wand Banner und zwischen den Bannern große Fenster, die mit einer Aussicht auf einen Garten protzten, der nur dazu gemacht war, bewundert zu werden. Der Imperator trug fließende Kleider, die seinen guten Körperbau genau auf die richtige Weise betonten. Alles hier wies auf jemanden hin, der wusste, worüber er sprach, und der mit fähiger Hand regierte. Opeions goldenes Kopf- und Barthaar war nicht so dick wie Galars, aber auch nicht so wild. Auf seiner edlen Stirn saß eine stattliche Krone aus kompliziertem Goldfiligran.

«Erhebt euch, Freunde», sagte er.

«Eure Hoheit, gestattet mir, Euch Galar Sturlison aus Ged-Ruak und Thybil vorzustellen, zwei alte Freunde.»

Opeion betrachtete sie aufmerksam.

«Galar, diesen Namen habe ich schon vernommen, in Geschichtsbüchern zumeist ... Es ist mir eine Ehre, dich kennenzulernen. Das Imperium steht in deiner Schuld, und alles, was ich vorläufig tun kann, ist, dich willkommen zu heißen und dir für deine selbstlosen Dienste während des Kriegs um das Tor zu danken, als mein Vater auf diesem Thron gesessen hat. In seinem Namen danke ich dir.»

Opeion wirkte auf die jüngeren Barue freundlich und hoheitsvoll, doch nicht so beeindruckend und gebieterisch wie Eridanus.

«Thybil! Auch deinen Namen habe ich schon vernommen, aber aus berufenem Munde, nicht aus den Geschichtsbüchern. Ich danke dir für den Dienst, den du uns mit der Unterweisung der Culmus Sangui erwiesen hast.»

Bryn und Mittni warfen einander einen verblüfften Blick zu. Thybil verneigte sich ehrerbietig, aber wie verblüfft war Bryn erst, als er in den Gedanken des alten Barue die Worte *Wenn Ihr wüsstet ...* zu hören meinte.

Einen Moment lang herrschte Schweigen. Der Imperator betrachtete sie interessiert.

«Ihr solltet euch ausruhen und von den Strapazen der Reise erholen», sagte er schließlich. «Ihr scheint schwere Zeiten hinter euch zu haben. Seid ihr sicher, dass ihr keine ärztliche Hilfe benötigt?»

Thybil schüttelte den Kopf. «Habt Dank, aber Nahrung und Schlaf – mehr benötigen wir nicht. Und was Galar und mich betrifft, so kann selbst das warten. Unsere Nachricht ist wichtiger als unsere Erholung. Einzig Wafrudnir ist ernstlich verletzt.»

Der Hohe Lehrmeister lächelte. «So gut wie erledigt.»

Er berührte den verwundeten Nephelim vorsichtig am Kopf und wickelte geschickt den Verband ab. Bryn und Mittni stöhnten auf, als Wafrudnir seine Hände nach oben riss, dorthin, wo seine Wunde – *gewesen* war! Unter dem verkrusteten Blut war eine Narbe zu sehen, sie sah aus wie einen Monat alt. Geheilt.

Eridanus zwinkerte ihnen zu, aber anders, als Johan es so gern getan hatte. Bryn, der fand, dass ein solches Verhalten gar nicht zu seiner Stellung passte, schloss den hochgewachsenen, aufrechten alten Mann sofort ins Herz. «Habt Vertrauen, meine Kleinen», sagte er. «Wer glaubt, hat den Großteil der Arbeit schon getan. Man muss von Anfang an vor Augen haben, wie man die Aufgabe vollendet, oder man braucht gar nicht erst anzufangen.»

Bryn fand diese Worte merkwürdig, aber sie ermutigten ihn trotzdem. Es entsprach auch dem, was Johan ihm über Magie beigebracht hatte.

«Diese Neuigkeiten», sagte der Imperator ernst. «Ist es euch möglich, den Hohen Lehrmeister und mich erst noch unser Gespräch zu Ende führen zu lassen? Ich bedauere zwar, es erst beenden zu müssen, aber es könnte mit eurer Botschaft zusammenhängen, und ich möchte meine Gedanken in dieser

Sache geordnet haben, bevor ich etwas Neues höre. Gebt uns ein paar Minuten. Währenddessen könnt ihr euch ausruhen und eure Worte wählen.»

«Herr, wir werden mit unseren Nachrichten zurückkehren, sobald Ihr uns rufen lasst», sagte Thybil. «Bis dahin lasst mich dafür sorgen, dass unsere Gefährten alles haben, was sie brauchen.»

«Speis und Trank erwarten euch schon. Ich sehe eurer Botschaft hoffnungsvoll entgegen, Thybil und Galar», sagte Opeion zum Abschied.

Nach einer Verbeugung vor dem Thron wandten die fünf Gefährten sich zum Gehen.

«Ich habe Diener mit eurer Bewirtung betraut. Falls ihr irgendetwas braucht, sagt es nur», erklärte der Imperator, als sie bei den verzierten Türen ankamen.

«Alles in Ordnung?», fragte Thybil einige Minuten später. Bryn, Mittni und Wafrudnir wussten nun, wo ihre Gemächer waren, und ein Diener war bereits damit beschäftigt, eine Vielzahl von Speisen zu servieren. Die beiden Barue nickten.

«Aber warum können wir nicht an dem Gespräch teilnehmen? Wir können schildern, was vorgefallen ist, und ansonsten mucksmäuschenstill sein», sagte Bryn.

Thybils Blick wurde hart. «Diese Diskussion hatten wir doch schon! An der Antwort hat sich nichts geändert. Der große Saal liegt gleich hinter der Eingangshalle rechts. Dort wird das Frühstück serviert, und dort werden wir einander morgen wiedersehen.»

Wafrudnir hatte beschlossen, noch ein, zwei Tage bei ihnen zu bleiben, um sich von der Reise zu erholen und sicherzugehen, dass alles wie geplant vonstatten ging.

«Ich würde mich waschen und umziehen, bevor ich dort

erscheine, aber sie werden sich nichts daraus machen», sagte Galar. «Die äußere Erscheinung wird keine Rolle spielen, wenn wir unseren Bericht abgeliefert haben. Zumindest Eridanus legt ohnehin keinen Wert auf Äußeres – hat er noch nie getan. Ist ein guter Kerl.»

«Wer ist das eigentlich?» Mittni biss in ein Stück Käsekuchen. Bryn schüttelte den Kopf über die Ahnungslosigkeit seiner Landsleute. Der Hu-Barue fuhr mit reichlich vollem Mund fort: «Was bedeutet Hoher Lehrmeister, was macht der so?»

Thybil nickte. «Am besten gebe ich dir auf diese Frage die einfache Antwort. Als Erstes musst du etwas über Itrim erfahren, die Stadt der Türme. Dieser Ort ist seit sehr langer Zeit dem Studium verschrieben – er ist unseren Aufzeichnungen zufolge älter als das Imperium. Sehr weise Gelehrte, die sich durch Forschungsarbeiten und Entdeckungen ausgewiesen haben, werden zu Lehrmeistern befördert. Der Leiter des Ordens von Itrim wird als der Hohe Lehrmeister bezeichnet. Zurzeit ist es Eridanus. Eridanus war der jüngste Gelehrte, der je zum Lehrmeister berufen wurde, zusammen mit – unwichtig. Viel wichtiger ist: Er war mit unfasslichen neunzehn Jahren auch der jüngste Hohe Lehrmeister! Während des Kriegs um das Tor war er einer der stärksten Anführer auf unserer Seite. In jenen schlimmen Zeiten haben wir einander kennengelernt. Seine Aufgabe ist es also, den Orden von Itrim zu lenken, dessen Aufgabe es wiederum ist, zu forschen und Entdeckungen zu machen und über Geheimnisse zu wachen, die nicht in die falschen Hände fallen dürfen. Bisher alles verstanden?»

Mittni nickte. «Ja, sicher. Ach, ob ich wohl noch eins von diesen Küchlein …»

Thybil sah Bryn an und verdrehte die Augen, seufzte und

rief, als er einen Herold erblickte: «Galar! Es ist Zeit zu gehen.»

«Nun also zu euren Neuigkeiten», sagte Eridanus und schenkte seinen Freunden Wein ein.

Der legendäre Zwerg rührte die Flüssigkeit nicht an, sondern zog einen merkwürdigen Klumpen aus der Tasche und ließ ihn auf den kleinen Beistelltisch neben sich fallen. Ein Beweisstück, an das nur sehr schwer heranzukommen war, wie der Zwerg besser als jeder andere wusste. Der Hohe Lehrmeister stellte den Krug hin und hob das Beweisstück auf. Es war der Kopf eines Ostentum, wie er sogleich erkannte. Scharf holte er Luft, biss die Zähne zusammen und ließ ihn angeekelt wieder fallen.

«O nein», sagte er leise, fiel zurück in seinen Stuhl und stützte die Stirn in die rechte Hand.

«Ich fürchte, doch», sagte Galar verdrießlich.

«Wie ist das möglich?» Der Hohe Lehrmeister holte tief Luft. «Warum weiß Itrim davon nicht? Wir halten den Gipfel des Wahnsinns unter ständiger Beobachtung, wir haben Instrumente, die uns sagen, ob Derartiges geschehen ist. Erkläre mir … was du weißt.» Eridanus sah den Imperator unter schweren Lidern an. «Opeion, mein Herr, wir haben Neuigkeiten. Schreckliche Neuigkeiten.»

✦ ✦ ✦

Bryn und Mittni verbrachten zu ihrem Glück einen Abend ohne schlechte Neuigkeiten und gingen zu Bett, sobald der Kuchen vertilgt war. Während die beiden einflussreichsten Führungspersönlichkeiten des Imperiums den Darstellungen Galars und Thybils lauschten, waren die Wärme und Sicherheit eines Federbettes und ein voller Bauch alles, was die beiden jungen Barue interessierte.

«*Schuckel!* Besser geht's nicht», sagte Mittni. «Ich frage mich, welchen Zweig der Magie Eridanus benutzt hat, um Wafrudnir zu heilen.»

«Das Imperium ist gar nicht so schlecht, hm?» Bryn hatte sich gerade in die dicken, weichen Decken gekuschelt. Nach mehr als einer Woche voller Strapazen wirkte dieser Lebensstil sehr anziehend auf die beiden.

Mittni nickte schläfrig. «Ja, aber es wird schön sein, wieder so wie früher zu leben.»

Bryn hätte ihm mit einem Grunzen recht gegeben, aber er war bereits eingeschlafen.

✦ 13. KAPITEL ✦

Spione!

Einige Tage waren vergangen seit dem ersten Abend, an dem die kleine Gruppe das Regere Mansionum betreten hatte. Opeion hatte eine Versammlung von Calaspias Offiziellen und Landesältesten einberufen. Die jungen Barue wussten nicht genau, was das bedeutete, aber sie erlebten die Auswirkungen des Ganzen auf ihre Umgebung. Im Palast waren wesentlich mehr Leute zugange: Überall wurde rigoros saubergemacht, Gemälde wurden vom Staub befreit und Rüstungen zu solch makelloser Perfektion poliert, dass Bryn einmal, als er einen Gang hinunterging, entsetzt feststellte, dass ihm lauter Bryn-Spiegelbilder entgegenstapften. Thybil schimpfte darüber, dass das *Numenii Wochenblatt* bereits über die Krisensitzung berichtete und darüber spekulierte, wozu sie einberufen wurde.

«Untergangspropheten, die allen möglichen Mist vorhersagen», grummelte er während eines Mittagessens mit Bryn und Mittni. «Ohne auch nur in die Nähe der Wahrheit zu kommen. Angeblich geht es um die Wirtschaft und die Grundrechte. Pah!»

Als erster Herrscher traf König Ureof ein. Seine Vorhut erreichte Armaah, bevor der zu ihm entsandte Bote seinen

Regierungssitz Arleath überhaupt erreicht haben konnte. Das überraschte alle außer die Barue, die begriffen, dass Yerfi, Drattni und Aesir ihre Mission erfüllt haben mussten. Bryn hoffte, dass sie inzwischen auch heil bei den anderen Barue in Wenfeld angekommen waren. Mittni und er befanden sich zufällig in der Nähe des Haupteingangs, als Trompetenstöße die Ankunft des Königs und seines Gefolges ankündigten. Es versprach ein großartiger Anblick zu werden, also eilten die beiden zum Tor. Die meisten seiner Männer waren auf dem Festland geblieben, aber einige edelgekleidete Wachen eskortierten ihn und seine Ratgeber ins Regere Mansionum. Sie trugen Gold und Grün, die Farben von Arleath, und Bryn sah überrascht, dass einige verwundet waren.

Die Tore standen offen, und Opeion persönlich wartete auf der Freitreppe, zusammen mit Eridanus und weiteren Persönlichkeiten. König Ureof führte die Prozession auf seinem großen Schlachtross an, begleitet von vier Wachen in strahlend goldener Rüstung, die einen besonderen Status zu genießen schienen. Er war leicht zu erkennen: Seinen ungekrönten Kopf zierte eine Mähne aus fedrigem braunem Haar, das bereits ergraute, sein ansehnliches Profil sprach von Adel, gepaart mit Erfahrung und Bildung. Eine Adlernase ragte zwischen hellblauen Augen hervor, und ein dichter Schnauzbart krönte seine Oberlippe, die sich zu einem liebenswürdigen Lächeln verzog, das vielleicht Amüsiertheit ausdrückte. Im Gegensatz zu seinem Haupthaar zeigte sein dichter Bart keine Anzeichen des Alters. Er trug einen Brustharnisch, aber selbst Bryn konnte sehen, dass dieser nur für Zeremonien geeignet war und ihm in der Schlacht wenig nützen würde. Auf diese Rüstung war augenscheinlich das Wappen von Arleath gemalt. Ein grüner Umhang, dunkler und prächtiger als diejenigen seiner Begleiter, lag über seinen kräftigen Schultern. Ihm folgten Ratgeber und andere Beamte. Der berittene Zug kam vor der Treppe zum Stehen, und König Ureof schwang sich vom Pferd. Die Ratgeber taten es ihm nach, nur die Wachen blieben im Sattel. Stalljungen, die abseits gewartet haben mussten, liefen herbei und nahmen die Zügel. Dann erst schritt der König zur Treppe, die der Imperator und die anderen nun herunterkamen, um ihn willkommen zu heißen. Weder Bryn noch Mittni konnten verstehen, was gesagt wurde, aber die beiden Herrscher begrüßten sich freundlich und umfassten einander bei den Unterarmen. Vorstellungen wurden gemacht, während die Gruppe die Stufen hinaufging und im Gebäude verschwand.

«Komm, Mittni!», sagte Bryn. «Gehen wir wieder rein.» Sie hatten einen respektvollen Abstand zwischen den Herrschern und sich gelassen.

«Ja, vielleicht sind dort ja interessante Leute, und wenn nicht, so ist das Essen jedenfalls das beste der Welt!»

Die beiden nahmen eine Abkürzung, die sie entdeckt hatten, und schlüpften durch einen bewachten Seiteneingang, um sich den Haupteingang zu ersparen. Als sie zurück zur Eingangshalle gegangen waren, hatten sie die versammelten Würdenträger wieder eingeholt. Die bewegten sich weiter zum Festsaal, wo das Personal den ganzen Tag lang ein Büfett vorbereitet hatte. Die beiden folgten ihnen und nahmen wieder eine kleinere Tür.

«Sieh mal!», sagte Bryn wenig später und zeigte zu König Ureof. Mittni konnte gerade noch vermeiden, sich an dem Kuchenstück zu verschlucken, das er von dem sagenhaften Büfett ergattert hatte. Irgendwie war es Thybil bereits gelungen, sich an dem Gespräch mit König Ureof persönlich zu beteiligen. Er schien dort gut hineinzupassen. Die beiden plauderten höflich miteinander, aber Bryn bezweifelte, dass sie einander schon kannten.

Mittni stieß ihn verschwörerisch an, und Bryn grinste. Unauffällig bewegten sie sich näher an den König heran und taten so, als bewunderten sie die Wandbehänge. Sie waren es durchaus wert, bewundert zu werden, aber das hatten die beiden längst erledigt.

«Zunächst wollte ich ihnen nicht glauben», sagte König Ureof gerade. «Die Geschichte war so haarsträubend, dass ich sie ohne Umschweife abwies, in der sicheren Gewissheit, dass Eridanus gewusst hätte, wenn irgendetwas nicht stimmte. Das war noch vor der Schlacht.»

«Eine Schlacht? Nurgor zweifelsohne», sagte Thybil mit etwas Hoffnung.

«Nurgor, jawohl – Hunderte. Sie lagerten vor unserer Tür. Hatten wohl noch auf Verstärkung gewartet.» Ein Lächeln zerknitterte sein wettergegerbtes Gesicht. Er sah zäher aus als ein gewöhnlicher Adliger, war ebenso sehr Krieger wie Herrscher. «Zum Glück sind eure Freunde vorher schon über sie gestolpert. Sie flohen zurück nach Arleath, ein ganzes Heer auf den Fersen, und wir haben gekämpft. Aesir, die blonde Nephelim, hat sich als geschickte Kämpferin von großer Tapferkeit erwiesen, und ich muss zugeben, dass ich ohne sie jetzt nicht hier bei euch sein würde. So kam es, dass ich ihrer Geschichte nun doch Glauben schenkte.»

«In meinem ganzen Leben habe ich Nurgor noch nie mit so etwas wie List handeln gesehen … es ist allerdings viele, viele Jahre her, dass ich tatkräftig gegen sie gekämpft habe», sagte Thybil.

«Genau. Das hat mich davon überzeugt, dass man sich ihre Geschichte doch einmal anhören sollte. Auf jeden Fall habe ich eure Freunde nach der Schlacht gebeten, mich hierher nach Armaah zu begleiten. Zu diesem Zeitpunkt war zwar die Krisensitzung noch nicht einberufen worden, aber ich überlegte selbst, eine anzuberaumen.» Ureof holte unsicher Luft. «Sie waren einverstanden.»

«Einverstanden?» Thybil machte große Augen. «Aber wo sind sie denn dann?»

Bryn und Mittni konnten nicht mehr so tun, als ob. Sie wandten sich um und starrten den König unverhohlen an. Ureof sah besorgt aus. Er schien die jungen Barue gar nicht zu bemerken.

«Wir sind in einen Hinterhalt geraten – wieder Nurgor. Mein Gefolge war klein, und sie zu schlagen, bestand keine Hoffnung. Wir können froh sein, dass wir entkamen. Seitdem habe ich eure Freunde nicht mehr gesehen, aber ...» An dieser Stelle wirkte der König völlig ratlos. «Plimpe. Glaubst du an sie?» Thybil nickte rasch. «Nun, zwei Tage nach dem Hinterhalt stieß ein Plimp zu uns. Anscheinend hatten unsere Freunde sich im Wald von Lar-Gren in Sicherheit gebracht ... sie sind jetzt auf dem Weg hierher, und sie werden von Plimpen angeführt. Dem Boten zufolge werden sie in zwei Tagen hier eintreffen.»

«In zwei Tagen!», entfuhr es Bryn und Mittni.

König Ureof sah überrascht zu ihnen und lachte herzlich. «Noch mehr Barue? Das Schicksal sucht sich zu seiner Erfüllung oder zur Rettung der Welt wirklich die unwahrscheinlichsten Leute aus! Ich will nicht behaupten, dass ich wüsste, welche Abenteuer eure Freunde erlebt haben; das müsst ihr sie schon selbst fragen. In zwei, drei Tagen hoffentlich, denn mein Gewissen wird keine Ruhe finden, wenn ihnen irgendetwas zugestoßen ist ... Ich stehe jedenfalls tief in ihrer Schuld, was mein Reich betrifft.»

Bryn, Mittni und Thybil konnten es kaum erwarten, ihre Freunde wiederzusehen. Sie trugen die Neuigkeit prompt zu Wafrudnir. Er brummelte nur, dass Aesir wohl auf eine

Rundreise gegangen sei, schien aber dennoch erfreut über die Neuigkeit.

In den nächsten Tagen ging es im Regere Mansionum zu wie in einem Bienenstock. Die Ratsversammlung wurde vorbereitet. Nachdem sie sich von den Strapazen der Reise erholt hatten, machten Bryn und Mittni sich nützlich, wo immer sie konnten. Das Personal war nicht gewillt, sie arbeiten zu lassen, aber ab und zu ließ es sich doch helfen. Bryn interessierte sich vor allem für die Küche.

An Speisen und Erholung für die müden Wanderer war kein Mangel – was sie alle dankbar annahmen. Als die Barue sich gerade ein frühes Abendessen schmecken ließen, stieß Galar Sturlison hinzu. Er hatte sie kaum erblickt, da ließ er rasch seine neue Brille verschwinden. Bryn fand, dass der Zwerg sehr intellektuell damit wirkte, was für die Ratsversammlung sicher nur von Vorteil war. Mittni hatte es gar nicht mitbekommen, er war zu sehr mit Galars sonstigen Veränderungen beschäftigt. Ein ordentliches Bad und ein langer tiefer Schlaf hatten ihn völlig verwandelt. Seine goldene Mähne und der üppige Bart waren mit Ringen geschmückt und mit Bronzefäden zu vielen Zöpfen geflochten. Und er war ausnahmsweise einmal vollständig bekleidet. Was andere von ihm dachten, war ihm zwar gleichgültig, aber er erklärte, er passe so besser zwischen die übrigen Ratsmitglieder. Nur ihretwegen hatte er sich so herausgeputzt.

«Gibt mir mehr Glaubwürdigkeit, wenn ich zu ihnen spreche, wisst ihr», sagte er und schüttelte den Kopf, als täte es ihm leid, das zugeben zu müssen. «Nicht zu fassen, welche Wichtigkeit sie deiner Herkunft und deiner Erscheinung beimessen.»

Kurz darauf trafen, einer nach dem anderen, die übrigen Herrscher mit einer Schar von Ratgebern und Familienangehörigen ein. Alle waren fein gekleidet, sprachen vornehm und lächelten viel, aber den Barue erschienen sie innerlich kalt. Sie erspürten Ungeduld und Verachtung.

Thybil hatte den beiden von Anfang an gesagt, dass sie an der Veranstaltung nicht teilnehmen würden, was sie erboste. Sie hatten genauso viel auf sich genommen und erlitten wie Thybil oder Galar, um hierher zu gelangen! Bryn fragte Wafrudnir, ob er daran teilnehmen würde, aber der Nephelim lachte nur. «Ich bin froh, wenn ich nicht mit all diesen Heuchlern in einem Raum sein muss», sagte er und schüttelte seine feuerrote Mähne.

Bei aller Scheu vor den vielen Leuten liebte Wafrudnir gewisse Aspekte der vielfältigen Stadt. Er verbrachte den Großteil seiner Zeit allein, sah sich die Holz- und Steinmetzarten an und besuchte, wie Bryn überrascht entdeckte, die respekteinflößende Bibliothek. Der Brauer hingegen wollte sich gerade nicht mit Lesen aufhalten. Ihm gingen zu viele Fragen durch den Kopf, zu viel geschah um ihn herum.

Wenn sie auch nicht an der Ratsversammlung teilnehmen durften, so hatten Bryn und Mittni doch das Glück, Onkel Gug kennenzulernen, Opeions obersten Ratgeber, von dem Thybil ihnen erzählt hatte. Der ältere Herr war so freundlich, sie einen Blick in den Raum werfen zu lassen, in dem der Rat tagen würde. Er sagte «Raum» dazu, aber für Bryn war es mehr ein Saal, ein sehr vornehmer Saal mit einer hohen Decke, geschmückt mit gerahmten Gemälden, Wandteppichen und kostbaren Ornamenten. Das war zugegebenermaßen nichts Neues: Das gesamte Mansionum war eine einzige Pracht. Doch dies war die Krönung des Ganzen … so etwas hatte Bryn noch nie gesehen. Für jeden Herrscher gab es einen eigens angefertigten Stuhl mit dem Wappen seines Reiches. Hinter diesen standen im Halbkreis viele weitere Lehnstühle für ihre Angehörigen und Ratgeber. Der «Raum» maß beinahe die Hälfte der großen Festhalle und lag auf der anderen Seite des riesigen, um einen Park führenden Rechtecks, aus dem das Regere Mansionum bestand. Wahrscheinlich hatte man ihn nirgendwo anders unterbringen können.

«Onkel Gug, warum nennt man den Hohen Rat COLA?», fragte Bryn. Der Begriff war ihm in einem Artikel aufgefallen, den Thybil ihnen vorgelesen hatte; außerdem hatten ihn schon mehrere Leute erwähnt.

«Das ist eine Abkürzung, mein Junge, und steht für ‹Calaspias Offizielle und Landesälteste›.» Gug nickte einem Wachsoldaten zu, der die großen Türen öffnete, um sie durchzulassen.

«Das wissen wir, Herr», sagte Mittni, und Bryn spürte, dass er sich große Mühe gab, nicht respektlos zu klingen. «Aber wir verstehen nicht, welchen Sinn es hat, etwas nicht bei seinem richtigen Namen zu nennen. Wenn man anfängt, alle möglichen Organisationen nur mit Buchstabenfolgen zu benennen, wie soll man dann noch behalten, wofür sie stehen und wozu sie gut sind?»

Dem Alten fiel vor Lachen fast das Monokel herunter. «Ja, fürwahr, wie soll man da noch mitkommen?» Er klemmte es wieder fest und strich sich eine weiße Haarsträhne hinters Ohr. Sein Haar war so weiß wie Thybils, aber er hatte weit weniger davon; sein Kinn war haarlos, und auf dem Kopf wuchsen nur noch spärliche Reste. «Ihr müsst bedenken, dass in diesem unserem Imperium die meisten Dinge als selbstverständlich angesehen werden. Die Oberschicht pflegt einen extravaganten und müßigen Lebensstil, und auch wenn ihr Wohlstand groß ist, ist sie eifrig damit beschäftigt, mehr Geld zu verdienen oder anzulegen oder auszugeben. Je weniger Zeit etwas kostet, desto besser; umso schneller und ausgiebiger können die Leute nie erahnte Bedürfnisse befriedigen, die ihnen dankenswerterweise die Werbung aufgedeckt hat. Ihr könnt euch vorstellen, was für Zungenbrecher lange Namen sind, wenn man es eilig hat. Und in meinem hohen Alter habe ich leider zunehmend Probleme, sie zu behalten.»

Das leuchtete ein. Bryn und Mittni dachten sich später weitere Abkürzungen aus, aber keine klang so gut wie COLA und ergab auch noch einigermaßen Sinn. Dieser Hang zum Abkürzen von Namen, überlegte Bryn, spiegelte auf faszinierende Weise die Kultur der Numenii wider. Wenn sie so sehr darauf aus waren, alles schnell zu tun, dann bedeutete das wenigstens ein rasches Ende für die Ostentum und die Schrecken, die sie brachten. Darüber würde er einmal mit Thybil sprechen müssen.

Bryn mochte den obersten Ratgeber des Imperators sehr. Die Kultur der Barue gebot, dass jeder ab einem gewissen Alter respektvoll mit «Onkel» angeredet wurde, und die Besucher waren von der Bescheidenheit bewegt, die Gug an den Tag legte, indem er seine Untergebenen ermunterte, ihn so anzusprechen. In den Gemeinschaften der Barue herrschte eine Vertrautheit, die in ganz Calaspia nicht ihresgleichen hatte, was sich unter anderem daran zeigte, dass Gleichaltrige mit «Bruder» oder «Schwester» angesprochen wurden, Barue aus einer anderen Gemeinde mit «Vetter» oder «Base» und ältere Barue mit «Onkel» oder «Tante». Auch Thybil wurde von einigen Barue aus Quivelda «Onkel» genannt, von allen unter vierzig und vielen darüber, und es war manchmal gar nicht so leicht zu behalten, dass seine einzigen wirklichen Großneffen und -nichten Mittni, Telseara und Dordios waren.

Onkel Gug war in Bryns Augen ein Barue. Der Alte erinnerte an zu Hause, und das war recht tröstlich. Wenn Bryn an zu Hause dachte, überkam ihn Unbehagen. Inzwischen konnte alles Mögliche passiert sein. Er ertappte sich dabei, keine Geduld mehr für das Gelächle und die Verbeugungen und oberflächlichen Gespräche aufzubringen, die um ihn herum endlos weitergingen. Aber Mittni versicherte ihm, dass alles in Ordnung kommen würde. Sie hatten es doch schließlich geschafft! Bald würden sie wieder unterwegs sein, nach Wenfeld diesmal, mit ganzen Wagenladungen voller Lebensmittel und mit Soldaten, die die Ostentum den Geschmack der Niederlage kosten lassen würden.

Am Abend der ersten COLA-Sitzung war Bryn sehr erfreut, sowohl von Galar Sturlison als auch – was noch überraschender war – vom Hohen Lehrmeister Eridanus Besuch zu bekommen. Er hatte vor beiden großen Respekt entwickelt. Ihre Gesichter verhießen jedoch nichts Gutes. Die Tür nahm sich hoch und schmal aus gegen Galar, als er sie sorgfältig hinter sich schloss.

«Wir wollen uns verabschieden, Bryn. Es war mir eine Ehre, dich kennenzulernen», sagte Eridanus statt eines Grußes. Der Brauer hatte Swigny angesetzt, endlich einmal wieder. Tatsächlich war das letzte Mal kaum mehr als eine Woche her, aber ihm kam es länger vor. Mit diesem Brauansatz hoffte Bryn, sich und seinen Gefährten ein wenig mehr Respekt zu verschaffen. Nach außen hin waren die Offiziellen freundlich, aber Bryn hatte ihre wahren Gefühle mehr als einmal gespürt. *Was wollen die hier? – COLA tagt, und einige der besten Zimmer sind von gewöhnlichen Barue belegt, während meine werte Familie mit schlechteren vorliebnehmen muss. – Seit wann gehen die denn Numenii-Angelegenheiten etwas an?*

Bryn legte seine Schöpfkelle beiseite. «Wo wollt ihr denn

hin? COLA hat doch gerade erst angefangen. Brauchen wir eure gewichtigen Stimmen denn bei den nächsten Sitzungen nicht mehr?»

«Du weißt doch, Bryn, dass wir nur so lange bleiben wollten, bis feststeht, dass alles seinen Gang geht», sagte Galar und drehte sich eine Locke seiner (geradezu unanständig sauberen) goldenen Löwenmähne um den dicken Zeigefinger. Bryn wusste, dass dieses Zeichen von Nervosität höchst ungewöhnlich war, auch wenn er Galar kaum länger als eine Woche kannte. Ein solches Zeichen der Schwäche hatte er an ihm noch nicht erlebt, nicht einmal während ihrer Gefangenschaft. Dem Zwerg war das Thema unangenehm, und er war besorgt, was ihr Ziel anging. Bryn war neugierig, aber er wollte auch nicht aufdringlich sein. Es war schon eine große Ehre, dass sie sich überhaupt verabschieden kamen. Er wollte sie nicht aufhalten; wer war er denn, dass er den Sinn von allem verstehen wollte, das *hier* vor sich ging?

«Es geht alles nicht so gut seinen Gang, wie es könnte, und darum brechen wir auf. Aber das ist nicht anders zu erwarten gewesen. Wir haben damit gerechnet.»

«Unsere Mission wird den Umschwung bringen», sagte Eridanus. «Die Offiziellen sind der Trägheit anheimgefallen. Sie glauben, wenn sie nur die Augen schließen, wird das Problem schon verschwinden. Sie werden sich nur schwer aufrütteln lassen. Deshalb müssen wir ins Unbenennbare Land reisen. Wenn alles gutgeht, werden wir den Rat von der Wahrheit überzeugen.»

Als Bryn den Hohen Lehrmeister ansah, wollte er kaum glauben, dass die Ratsmitglieder ihm nicht jedes Wort abnahmen und eifrig taten, was er verlangte, zumal es die Sicherheit des Imperiums betraf. «Wir hoffen außerdem, zwei Fliegen mit einer Klappe zu schlagen, indem wir sie außerdem davon überzeugen, dass ihr aufrichtig seid und die Leute von Quivelda rechtmäßig Anspruch auf Hilfsgüter erheben.»

Eridanus warf einen besorgten Blick zum Fenster, war aber augenscheinlich beruhigt. Niemand würde sie beobachten können, sie befanden sich im dritten Stockwerk. «Bevor wir gehen, wollte ich sicherstellen, dass etwas den Weg in deine Hände findet, wo es hingehört», sagte er leise zu Bryn. «Es lässt sich nicht abschätzen, was aus uns werden wird oder wann wir uns wiedersehen.» Galar wollte etwas sagen, doch Eridanus brachte ihn mit einer Handbewegung zum Schweigen. «Unter diesen Umständen wirst du mir wohl darin zustimmen, dass alles weitestmöglich erledigt sein sollte, damit man nicht hinterher etwas bereut. Wir können zwar in die Zukunft sehen, aber genau wissen wir nicht, was sie bereithält. Darum fühle ich mich veranlasst, ihn dir jetzt zu geben. Du wirst seine Macht oder seine Bedeutung für dich noch nicht verstehen, aber es handelt sich um dein Erbe – ein größeres Erbe, als dir deine Eltern je hinterlassen werden, behalte das immer im Kopf. Aber mit ihm kommt Verantwortung. Versprich mir, dass du nicht auch nur versuchen wirst, seine Geheimnisse zu ergründen, bevor die Zeit reif ist.»

Bryn nickte verwirrt. Was besaß dieser Mann, dem er vor seinem Besuch in Armaah nie begegnet war, das ihm gehörte? Oder zustand? Eridanus steckte eine Hand in seine Robe, und als seine langen Finger wieder zum Vorschein kamen, lag etwas darin, das wie ein bläulicher Stein aussah. Er hielt ihn hoch, sodass Bryn ihn sehen konnte, machte aber keine Anstalten, ihn ihm zu geben.

«Er gehört dir zwar, aber er gehört dir noch nicht jetzt. Vergiss das nicht! Ich gebe ihn dir heute nur zur sicheren Verwahrung. Halte ihn versteckt und geheim, führe ihn stets bei dir. Er stellt einen Quell großer Macht dar, die Essenz von

Gerechtigkeit und Stärke. Doch wenn du ihn vor der Zeit benutzt, bevor du verstehst, dann gebrauchst du ihn falsch und missbrauchst ihn.» Sein Blick bohrte sich in Bryns Augen. Dann wurde seine beeindruckende Stimme weicher und nahm einen väterlichen Ton an. «Ich stelle dich höchst ungern vor eine solche Versuchung, aber lass dir versichern, dass es nur für kurze Zeit sein wird. Der Feind fordert uns dort heraus, wo wir schwach sind, auf Gebieten, die uns kostbar sind. Kostbarkeiten sind es wert, dass man auf sie wartet. Nur indem wir auf den rechten Moment warten, werden wir ihnen gerecht. Gerechtigkeit ist unvollständig, wenn sie unredlich geübt wird.»

Eridanus ließ den Stein los, und er fiel ein Stück, bevor er von seiner Schnur gehalten wurde. Ein Anhänger, begriff Bryn.

«Stell dich in den Dienst des Richtigen und nicht in den der Rache.»

Bryn streckte die Hand aus und nahm, was ihm gehören sollte. Der Hohe Lehrmeister straffte sich und ordnete sein Gewand. Als er fortfuhr, war es, als wäre die Übergabe nie geschehen. «Bevor wir gehen, nehmen wir noch an der nächsten Sitzung teil, und danach sehen wir uns vielleicht nicht mehr.»

«Keine Sorge», sagte Galar, nun wieder ganz der Alte. «Wir sind zurück, bevor COLA auseinandergeht. Also pass gut auf dich auf.»

Er zerraufte Bryn das dunkle Haar, zwinkerte ihm zu, und damit waren sie fort. Bryn konnte es nicht ausstehen, wenn ihm jemand das Haar zerraufte, aber diesmal war er zu beschäftigt, um sich darüber aufzuregen. Außerdem war der Zwerg einen Kopf kleiner als er, da war der Effekt nicht ganz derselbe. Sprachlos stand Bryn im Zimmer, allein mit dem Stein. Er war milchig blau. Nur wenn er das Licht fing, wurde er schwarz. *Wie mein Haar*, dachte Bryn, *das ist in manchem Licht auch schwarz*. Wenn der Stein schwarz war, erinnerte er ihn an dieses Gestein, das die anderen Barue für die Ostentum hatten abbauen müssen, Schwarzgold. Ein Schauer überlief ihn, und er verstaute das Amulett sicher in einer Innentasche, während ihm viele Fragen durch den Kopf schwirrten.

✦ ✦ ✦

«Mittni, Mittni!», rief Bryn, als er zurück in ihr Zimmer stürzte. Mittni verschluckte sich und spuckte in den Becher, aus dem er gerade hatte trinken wollen.

«Erschreck mich doch nicht so!» Er tupfte sich die Kleider mit einem Laken ab.

«Entschuldige. Warte, ich helf dir.» Bryn gab ihm ein Taschentuch. «Ich hab dich überall gesucht.» Er stellte Mittnis Becher auf die Anrichte und war zu aufgeregt, um Mittnis schuldbewusstes Gesicht zu bemerken oder dass der Topf Swigny leerer war als vorhin. «Im ganzen Haus. Dann fiel mir ein, dass du ja wieder hier sein könntest. Wo hast du gesteckt?»

«Ach, ich war ein bisschen spazieren», sagte Mittni unverbindlich und wollte Bryn nicht ansehen.

«Du hast versucht, den Rat zu belauschen, stimmt's?» Aber es lag ein Lächeln auf Bryns Gesicht.

«Nun ja, belauschen würde ich es nicht gerade nennen …» Mittni grinste und konnte ein Kichern nicht unterdrücken. «Aber darum geht's eigentlich.»

Ohne etwas zu sagen, wussten die Freunde, was sie tun würden.

«Vergiss nicht, einen Spiegel mitzunehmen», sagte Bryn.

«Also bitte …» Mittni tat verärgert. «Telseara ist schließlich *meine* Schwester.»

An Spiegeln war kein Mangel, ein sehr hoher hing an der Wand, und sie hatten jeder einen kleinen mit Handgriff auf dem Nachttisch liegen. Die beiden zogen möglichst einfache Kleidung an, was gar nicht so leicht war – es gab jede Menge in kräftigen Farben, geschmückt und verziert, und wenig Kleidung, die nicht glitzerte oder leuchtete. Diener hatten sie den Barue wegen des jämmerlichen Zustands ihrer Kleider bei der Ankunft gebracht.

Dennoch gingen sie Minuten später munter die mit Teppichen ausgelegten Gänge hinab und waren etwa so gekleidet wie die Knappen eines Adligen – sie sahen hoffentlich aus wie Diener des Mansionums, die wussten, was sie zu tun hatten und wohin sie sollten. Sämtliche Diener trugen prächtige Kleider, aber im Gegensatz zu den Offiziellen und ihren Familien keinerlei Schmuck. Bryn trug den Stein, den Eridanus ihm gegeben hatte, immer noch sicher in der Innentasche verstaut, und er hoffte, ihn sich noch einmal genauer ansehen zu können, wenn sie COLA ausgekundschaftet hatten. Er hatte Mittni nichts von dem Besuch erzählt. Wenn sie ein bisschen in die Sitzung hineinhörten, gab ihnen das vielleicht Hinweise darauf, wie ernst die Mission von Eridanus und Galar war. Was würden seine Apheristenbrüder sagen, wenn sie wüssten, wie viel er mit dem Hohen Lehrmeister zu tun hatte? Trotz allem, was die Apostel sich über Eridanus' Orden von Itrim erzählten, und sicher zu Recht, konnte den Hohen Lehrmeister kein persönlicher Vorwurf treffen. Er wirkte zwar einschüchternd, aber auch sehr vernünftig und freundlich. Ob er wusste, dass Bryn ein Bruder bei den Aposteln gewesen war?

Das Gebäude war ihnen immer noch faszinierend fremd, sie verliefen sich und machten Umwege und waren schon froh, überhaupt irgendwohin zu finden. Es war ein Prunkbau und so groß, dass Bryn sich vorkam wie im Inneren eines Berges. Die höchsten Gebäude, die er kannte, waren zwei, drei Stockwerke hoch. Hier hatten sie Probleme, überhaupt die eine Ebene von der anderen zu unterscheiden. Nicht nur, dass sie gleich aussahen, es nützte auch nichts, wie sonst aus dem Fenster zu sehen und die Entfernung zum Boden abzuschätzen. Bryn konnte den Höhenunterschied zwischen dem vierten und dem fünften Stockwerk nicht erkennen.

Bryn und Mittni kannten den mittleren Teil des Erdgeschosses mit dem Empfang und der Festhalle – die Letztere war zutreffend bezeichnet, denn hier war jede Mahlzeit ein Fest. Sie kannten auch Teile des zweiten und dritten Stockwerks, wo sich ihre Zimmer befanden. Aber davon einmal abgesehen, kannten sie gar nichts. Sie kamen an Ritterrüstungen vorbei, an echten Soldaten in Rüstungen, an zahllosen Gemälden und Bildteppichen und wollten schon aufgeben, da sahen sie Onkel Gug vor sich. Die beiden Barue folgten ihm unauffällig etwa eine Minute lang, bevor Bryn Mittni beiseitezog.

«Wir sind zumindest auf der richtigen Seite des Gebäudes. Aber wir können nicht einfach einen Blick durch die Türen werfen, wir werden von irgendwo aus lauschen müssen, wo sie uns nicht sehen können, von irgendeinem Versteck aus … Was hast du letztes Mal gemacht?»

Mittni sah auf seine Füße. «Ich – ich … hab den Saal nicht gefunden», sagte er kleinlaut. Bryn verdrehte die Augen, und sein Freund fügte rasch hinzu: «Aber fast! Und ich hab bei anderen Sälen gelauscht, nur dass es nicht so gut funktioniert hat. Es war ein bisschen auffällig, durch die Schlüssellöcher zu gucken …»

Bryn lachte leise. «Warte mal. Weißt du noch, wie Onkel Gug uns zum Ratssaal mitgenommen hat? Denk mal nach – als wir dort waren, hast du ein zweites Stockwerk gesehen? Eine zweite Ebene?»

«Ich weiß noch, dass die Decke sehr hoch war», sagte Mittni. «Aber nein, ich kann mich nicht … doch! Doch, gab es! Einen Rang! Er ging ganz um den Saal herum. Und weiter unten waren noch kleinere Ränge, Balkone.» Die beiden freuten sich über diese Entdeckung und sausten eine Treppe hinauf, um nach dem Eingang zu den erwähnten Aussichtspunkten zu suchen.

Sie fanden eine Tür, von der sie vermuteten, dass sie auf den Rang führte, und sobald sie sichergestellt hatten, dass keine Wachen oder Diener zu sehen waren, öffneten sie sie einen Spalt. Sie konnten hören, dass unten geredet wurde, aber die Stimmen waren zu undeutlich. Mittni öffnete die Tür noch ein Stück und erstarrte. Vor ihnen beugte sich ein Wachsoldat über das Geländer, um besser sehen zu können. Er trug Gold, die Farbe von Armaah, und Rot. Zumindest wussten sie jetzt, dass es der richtige Saal war. Sieben Reihen gepolsterte Bänke trennten sie von dem Wachsoldaten, und er schien den Gesprächen unten konzentriert zu lauschen. Mittni bedeutete Bryn, dass er hineingehen sollte. Der Brauer holte tief Luft und machte einen Schritt. Ganz langsam und vorsichtig schlichen sie durch die Tür und machten sie leise hinter sich zu. Bryn duckte sich hinter eine Bank, sodass der Soldat ihn nicht sehen konnte. Sein Herz klopfte. So weit hatten sie es immerhin geschafft.

Der Rang lief um den gesamten Saal herum und bot bei anderen Gelegenheiten unzähligen Zuschauern Platz. *Bei glücklicheren Gelegenheiten*, dachte Bryn. Die Aufregung, hier zu sein, war überwältigend, und er spürte, wie es ihm in den

Fingern juckte. Hoffentlich musste keiner von ihnen niesen. Auf diesen Gedanken folgte das Unausweichliche: Seine Nase begann zu kribbeln. Er atmete tief ein und aus und schaffte es, den Drang zu unterdrücken. Dann sah er sich wieder den Saal an.

Hier hereinzukommen war ein Volltreffer gewesen, aber es war immer noch schwer, etwas zu verstehen, wenn die jeweiligen COLA-Angehörigen nicht betont deutlich sprachen. Bryn zerbrach sich den Kopf nach einer Alternative, und ihm fiel wieder ein, dass es weiter unten noch kleinere Ränge für weniger große Gruppen gab. Onkel Gug hatte erklärt, die seien für bestimmte Abordnungen von Interessengruppen oder für besondere Gäste und ihr Gefolge. *Also für uns*, sagte er sich grinsend. Aber wie dorthin gelangen? Bryn sah sich um und entdeckte eine Treppe, die nach unten führte. Er stieß Mittni an und machte sich auf den Weg. Sie gelangten ungehindert dorthin, mussten aber feststellen, dass den geschwungenen Rang entlang noch mehr Wachen verteilt waren.

Die Treppe war schmaler und steiler als alle, die sie sonst in dem Gebäude gesehen hatten, außerdem sehr zugig. Mittni holte den Spiegel heraus und schob ihn durch das Geländer, um zu überprüfen, ob sich auf dem Rang unter ihnen jemand befand.

«Niemand.»

Geduckt schlichen sie die Treppe hinunter, deren Bauweise sie zum Glück vor Blicken schützte. Auf diesem Rang gab es nur zwei kurze Bänke. Es war einer von mehreren Rängen, die sie gesehen hatten, als Onkel Gug sie unten herumführte. Keiner von ihnen war bewacht, und sie waren ein ganzes Stück näher über der Versammlung. Die beiden Barue legten sich flach auf den dicken Teppich und lauschten. Dabei hielten sie den Spiegel vorsichtig so, dass sie sehen konnten, was unten vor sich ging. Nun waren unten einzelne Persönlichkeiten zu unterscheiden. Der Imperator war anwesend, dazu Eridanus, Galar, Onkel Gug, König Ureof. Bei den anderen musste es sich um die Regenten sowie die eine Regentin der übrigen Reiche handeln, hinzu kamen Offizielle, Ratgeber und Landesälteste.

«Abschließend», sagte ein Mann mit schütterem Haar gerade, »bleibt immer noch der Mangel an konkreten Beweisen auf Seiten derjenigen, die behaupten, die Ostentum seien zurückgekehrt. Sollte es sich tatsächlich so verhalten, würde sich gewiss niemand gegen ein rasches Handeln sperren. Wir halten es jedoch für unangebracht, zu einem solch frühen Zeitpunkt unumkehrbare Tatsachen zu schaffen ... Wir müssten den Notstand ausrufen, und das würde in unserer gegenwärtigen Lage unliebsame Konsequenzen nach sich ziehen, die es zu vermeiden gilt. Was wir am wenigsten wollen, ist, dass das Land in Panik verfällt. Darum schlagen wir vor, eine Gruppe von Kundschaftern zu entsenden, die Hinweise und Beweismittel sammelt und sie nach ihrer Rückkehr dem Rat vorlegt.» Er setzte sich, und zu den Sinnen der Barue waberte Selbstgefälligkeit hinauf wie der Duft von kräftigem Käse.

Imperator Opeion ergriff das Wort. «Selbstverständlich würde ich mich nicht so entschlossen hinter diese Leute stellen ...» Er wies knapp zu Thybil, den die Barue erst jetzt bemerkten, und zu Galar, «... wenn ich nicht absolut von ihrer Darstellung überzeugt wäre. Ich frage nicht nach weiteren Beweisen, genauso wenig wie viele andere hier im Saal. Es sind jedoch, aus den von euch erwähnten Gründen und um euch zufriedenzustellen, Vorkehrungen zum Entsenden von zwei Gruppen getroffen worden.» Das schien einem Teil des Rats zu gefallen, der lächelte und mit dem Kopf nickte. «Die eine der beiden Gruppen», fuhr der Imperator fort, «wird nach Arleath, genauer gesagt, nach Quivelda entsandt, um alles über den Angriff auf diese Siedlung der Barue herauszufinden. Anschließend wird sie eine Untersuchung des Sklavenlagers vornehmen. Thybil hat bereits die genaue Lage beider Orte mitgeteilt.» Er nickte zu Thybil hinüber, der zurücknickte. Bryn bekam den Eindruck, dass Nicken auf politischen Versammlungen sehr wichtig war. «Diese Untersuchungen bilden dann die Beurteilungsgrundlage für die von den Barue beantragte Anhörung hinsichtlich der Belieferung mit Hilfsgütern. Als Bürger der Imperiums steht ihnen das zu. Diese Gruppe, die von General Marnus angeführt wird, soll binnen einer Woche zurückkehren.»

Ein Mann, der sich in seinen Stuhl zurücklehnte, lächelte und hob leicht den Kopf, um anzudeuten, dass er die bezeichnete Person war. Mittni sah Bryn an und grinste. Der Brauer zeigte mit dem Finger auf sie beide und machte dann das Daumen-hoch-Zeichen. Sie hatten in den vergangenen Tagen selten an Quivelda gedacht, und wenn, dann mit Schuldgefühlen. Aber jetzt würde etwas getan werden.

«Die andere Gruppe wird in das Unbenennbare Land reisen.» Daraufhin rutschten die Leute auf ihren Stühlen herum, aber der Imperator fuhr ungerührt fort. «Dort wird es ihre Aufgabe sein herauszufinden, wie weit der Feind vorgedrungen ist, Beweise für seine Anwesenheit zu sichern und so viele Informationen über die Natur seiner Anführer zu sammeln wie möglich. Als Fachleute auf diesem Gebiet werden Eridanus, der Hohe Lehrmeister von Itrim, und Galar Sturlison, beides Veteranen des Kriegs um das Tor, dafür verantwortlich zeichnen.» Diese Wahl schien einen Teil der Anwesenden zu verblüffen. Bryn begriff, dass es bei einer solchen Ratsversammlung auch darum ging, zu sehen, wie Leute reagierten, wenn man etwas sagte. Die Kopfhaltung schien eine zentrale Rolle zu spielen. Bryn schwor sich, niemals in die Politik zu gehen, weil ihn der Versuch herauszufinden, was jede einzelne Haltung bedeuten mochte, gewiss völlig verwirren würde.

Der Imperator war zum Ende gekommen. Eridanus stand auf, doch dann geschah etwas, das die beiden Barue völlig von dem ablenkte, was unten vor sich ging. Sie hörten, wie hinter ihnen eine Tür aufging, und wandten die Köpfe herum. Unter den Bänken hindurch sahen sie ein Paar schwarzglänzende Stiefel. Als sie die Treppe hinuntergegangen waren, hatten sie ihre Umgebung offensichtlich nicht sorgfältig genug überprüft. Zwei Hände erschienen über ihren Köpfen, gefolgt von zwei Armen, die auf das Geländer gelegt wurden. Von seiner liegenden Position aus sah Bryn einen behelmten Kopf auftauchen und beiläufig hinunter zur Ratsversammlung schauen. Dann richtete der Mann sich wieder auf und ging. Bryn seufzte erleichtert. Was ein Fehler war. Das Klirren von Metall deutete darauf hin, dass ein Schwert aus der Scheide gezogen wurde. Er wechselte einen entsetzten Blick mit Mittni, und als er wieder nach oben schaute, starrte er genau auf das blanke Schwert.

«Ich werd nicht mehr!», sagte der Wachsoldat und erbleichte. Sie konnten seinen Zorn spüren. Mit der Spitze seines Schwertes bedeutete er den beiden aufzustehen. Sie kamen auf die Füße und fühlten sich ganz elend, weil sie so unaufmerksam gewesen waren. Bryn hätte sich dafür, dass sie überhaupt hierhergekommen waren, in den Allerwertesten beißen können. Sie hätten sich damit zufriedengeben sollen, Thybil zu fragen, was auf der Versammlung passiert war, anstatt einen solchen Mist anzustellen.

«Ich glaube, ihr zwei kommt besser mit», knurrte der Wachsoldat. Bryn sah sich um und tat, als sei er überrascht, wo er sich befand.

«Meinen Sie uns?», fragte er und setzte ein Lächeln auf, das hoffentlich als freundlich durchging. Der Soldat war kräftig gebaut, vielleicht sogar etwas zu kräftig, vor allem um den Bauch herum. Seine Haare waren unter dem beeindruckenden Helm nicht zu sehen – wohl der übliche Kurzhaarschnitt. An seinem Gürtel hing eine leere Scheide, auf der anderen Seite ein Dolch. Er machte den Eindruck, dass er beide Waffen zu nutzen verstand und auch nicht davor zurückscheute.

«Erspar mir das, das wirkt nicht. Jetzt kommt hübsch mit nach draußen. Aber leise! Wir wollen COLA nicht stören.» Langsam bewegten Bryn und Mittni sich zu der Tür, durch die der Soldat gekommen war.

«Vielen Dank …», begann Bryn. Vielleicht hatten sie ja Glück. «Wir …»

«Mitkommen», befahl der Soldat. Sie gehorchten. Er lenkte sie durch die Tür, durch die er gerade erst eingetreten war, und aus dem Ratssaal. Sie wurden über einige kleinere Flure gebracht, bis sie einen besonders unscheinbaren hinuntergingen, der in einer unverzierten Tür endete. Der Soldat hielt sie auf, und sie mussten in einen Raum eintreten, der voller Leute war. Alles Wachen, wie Bryn mit einem flauen Gefühl im Magen bemerkte. Ein Soldat, der seinem Alter und den vielen Abzeichen auf der Uniform zufolge hier die Befehlsgewalt hatte, sah von seinem Schreibtisch auf, als sie eintraten.

«Und?» Mehr sagte er nicht.

«Spione, Herr. Hatten sich im Ratssaal versteckt», sagte der erste Soldat.

«Was?» Der Kommandant nahm seinen Kneifer ab und funkelte sie an.

«Spione! Wir sind doch keine Spione», sagten die beiden Barue schnell. Sie hatten doch nicht spioniert. Sie hatten nur … einem Gespräch zugehört, mehr nicht.

«Ruhe!», bellte der Kommandant der Wache. «Zu euch komme ich noch. Fahr fort.»

«Wie ich gesagt habe. Sie haben versucht, COLA auszuspionieren, als ich sie entdeckte. Sie haben keinen Widerstand geleistet, aber sie waren oben auf dem Balkon. Dachte, dass solltet Ihr wissen, Herr.»

«Ja, ganz recht», sagte die ältere Wache. «Du kannst jetzt gehen.» Er nickte knapp, und nach einem raschen Gruß verschwand der Wachsoldat wieder. Auf eine Handbewegung des Kommandanten gingen die anderen ebenfalls, und auf einmal waren die Barue mit ihm allein.

«Ihr seid euch hoffentlich darüber im Klaren, dass der Imperator Spionage nicht gutheißt», sagte der Kommandant eisig. «Erst recht nicht, wenn sie auf ihn oder den Rat abzielt. Ihr steckt wahrhaft in Schwierigkeiten.»

Das brauchte er den Barue nicht zu sagen. Was hatte sie nur dazu getrieben? Warum hatten sie sich nicht damit zufriedengeben können, wie jedermann auf die Nachrichten zu warten? Zu Hause bei den Barue wären sie vielleicht damit durchgekommen. Möglicherweise. In Quivelda kamen sie mit fast allem durch. Dass Bryn ein Bellyset war und Mittni Bartholdis Sohn, hatte gewisse Vorteile. Aber hier saßen sie gehörig in der Klemme.

«Und was geschieht jetzt mit uns?», fragte Mittni kleinlaut. Es brach Bryn fast das Herz, als er die darunterliegenden Emotionen spürte. Hoffnungslos, niedergeschlagen. *Nun ja*, dachte Bryn, *wir sind auf frischer Tat ertappt worden. Daran lässt sich nicht rütteln!*

Ein wissendes Lächeln beunruhigte sie. Die Antwort durchfuhr sie bis auf die Knochen. Ihnen drohte Schreckliches: Der Mann hatte vor, sie unter Bewachung in den Ratssaal zu bringen, mitten in die Sitzung hinein, und der gesamten Versammlung zu berichten, dass die Barue beim Spionieren ertappt worden waren. Dort sollte auch gleich das Urteil über sie gefällt werden.

Das würde Thybil ihnen nie verzeihen! Mittni sah aus, als stünde der Weltuntergang bevor. Bryns Gedanken rasten, als er verzweifelt nach einem Ausweg suchte. Er fand keinen. Aber vielleicht ließ sich der Kommandant irgendwie beschwichtigen und der Ärger, in dem sie steckten, abmildern? Die einzige Frage war, wie?

Hoffnung durchfuhr Bryn, als ihm etwas einfiel, das Thybil über die Numenii gesagt hatte: Ihr schwacher Punkt sei die Korruption. Bryn hatte das furchtbar gefunden und sich gewünscht, dass sie rechtschaffener wären, doch jetzt kam ihnen das vielleicht zugute.

«Solltet Ihr geneigt sein, diesen Vorfall zu vergessen, so wird es Euch zum Nutzen gereichen», sagte Bryn zu seiner eigenen Überraschung. Sein Herz klopfte schmerzhaft in seiner Brust. Er zwang sich zu einer ruhigen Haltung. Mittni sah so schockiert aus, wie es Bryn insgeheim war. Der Kommandant lächelte.

«Und wie ließe sich dieser Nutzen … beziffern?», fragte er beiläufig, lehnte sich in seinen Stuhl zurück und zündete sich eine Zigarre an. Bryn wandte den Kopf ab, damit er den ekelhaften Rauch nicht einatmen musste. Trotz des erstickenden Gestanks spürte er die Belustigung des Mannes. Er mochte ihn mit jeder Minute weniger.

Mittni ergriff die Gelegenheit beim Schopf. «Zehn Silbermonde.»

Das raue Lachen des Soldaten ließ Mittni erröten und

machte Bryn wütend. Von dieser Summe konnte man sich eine Woche lang ernähren.

«Ich fände zehn Goldkronen tröstlicher», sagte der Kommandant. «Wobei die Silbermonde mich dazu bringen könnten, die Bedeutsamkeit dieses Zwischenfalls herunterzuspielen.»

Wie viel Geld besaßen sie eigentlich noch? Zu Hause noch genug, aber hier hatten sie praktisch nichts mehr. Doch sie würden es schon irgendwie zusammenbringen … Nur wollte der Soldat sicher etwas auf die Hand. Was konnten sie ihm noch anbieten? Es musste doch nicht unbedingt Geld sein …

«Seid Ihr verheiratet, Herr? Habt Ihr Kinder?», fragte Bryn.

«Ja – ich meine, vielleicht.» Er beugte sich vor und kniff misstrauisch die Augen zu Schlitzen zusammen. «Warum?» Bryn spürte, dass er beunruhigt war. Vielleicht griffen schlimmere Gesetzesbrecher oder Leute, denen keine andere Möglichkeit offenstand, zu Drohungen statt zu Bestechung? Bryn schämte sich, überhaupt zu einem solchen Mittel zu greifen. Warum führte die eine Übeltat immer gleich zur nächsten? Er hoffte, das würde sich nicht so fortsetzen und sich zusammenziehen wie das Netz einer Falle. Wenn das Netz nicht mehr enger werden konnte, würde die Wahrheit ans Licht kommen. Und wie viel hässlicher war ihr Antlitz dann, weil ihr so übel mitgespielt worden war. Bryn wusste dies aus Erfahrung, aber bis jetzt war es um kindliche Ängste und Fehler gegangen. Hier würde die Sache weit, weit schlimmer enden.

Der Brauer holte tief Luft. «Mein Name ist Bryn Bellyset. Was würdet Ihr von einem handsignierten Fass Swigny halten? Beeindruckt Eure Gäste sicher ungemein.»

Der Kommandant lehnte sich zurück und dachte nach. Er kramte in einer Schublade herum und zog zwei Krüge heraus.

«Apropos, wie wäre es mit einem Schluck?», fragte er, als wären sie Freunde auf Stippvisite. «Lassen wir uns eure Optionen einmal durch den Kopf gehen.»

✦ 14. KAPITEL ✦

Wieder vereint

«Was habt ihr euch bloß dabei gedacht?», fragte Thybil. «Begreift ihr denn nicht, dass wir schon tiefer im Schlamm stecken, als wir dachten?»

Er war nicht einmal laut geworden, das war das Schlimmste daran. Seine Enttäuschung war nicht auszuhalten. Bryn war schuldig, war ein Betrüger. Obwohl Mittni das meiste abbekam, war Bryn beschämt. Er wich Thybils flehenden, traurigen Blicken aus. Die wenigen Leute, die noch anwesend waren, gaben sich alle Mühe, so zu tun, als sei nichts geschehen, aber sie warfen immer wieder verstohlene Blicke herüber.

Nach dem Ende der COLA-Sitzung waren sie in den Ratssaal gebracht worden, wo man sich mit ihnen befasste. Das Swigny und das bisschen Geld, das sie noch hatten, diente dazu, ihre Bestrafung zu mildern.

Trotzdem war es die peinlichste, schmerzvollste Situation, die Bryn je erlebt hatte. Der Brauer hatte es gewagt, einen kurzen Blick zu Thybil zu werfen, und es sofort bereut. Diesen Anblick würde er so schnell nicht vergessen: den ungläubigen Ausdruck in Thybils blassen Augen und den in Fassungslosigkeit leicht geöffneten Mund. Anstatt öffentlich zu verkünden, was sie getan hatten, hatte der Kommandant der Wache Thybil ins Ohr geflüstert und die Versammlung rätseln lassen. Sie hatten mit ihm abgemacht, dass er schweigen würde, falls jemand fragen sollte, solange es nicht der Imperator persönlich war, dem er erklären würde, dass sie sich verlaufen hatten. Die verbliebenen Landesältesten tuschelten miteinander über den außergewöhnlichen Vorfall. In Anbetracht der Lage waren die beiden Barue noch glimpflich davongekommen. Bryn schwor sich, nie wieder eine solche Dummheit zu begehen. Seine Handflächen waren schweißnass. Er wischte sie an der Hose ab.

Bryn holte tief Luft und schaute zu einer Schnitzerei über dem Thron des Imperators hinauf. Das dunkle Holz war kompliziert geformt und so glatt wie Marmor. Flüchtig begriff er, dass es sich um das Symbol des Imperiums handelte: die Krone mit den sechs Flammenzungen darin.

Er schloss die Augen und verpasste sich im Geiste eine Ohrfeige für das, was er getan hatte. Es war natürlich sein Fehler, dass Mittni ebenfalls in Schwierigkeiten steckte. Weil Eridanus und Galar gekommen waren, um sich zu verabschieden, hatte er gewusst, dass der Rat gerade tagte. Und das machte es umso schlimmer. Nachdem zwei der weithin geachtetsten Persönlichkeiten Calaspias ihm Lebewohl gesagt hatte, hatte er sie hintergangen.

Thybil hatte Bryn bisher noch nie ernsthaft gescholten – nur nach einem besonders gewagten Streich einmal ausgeschimpft –, und es war keine Erfahrung, die er gerne noch einmal wiederholt hätte. Glücklicherweise leerte sich der Saal schnell; die Offiziellen schlenderten in Gespräche vertieft zum Ausgang. Onkel Thybil bereitete ihm ein so schlechtes Gefühl, dass es schon körperlich weh tat, und das alles mit dieser leisen, eindringlichen Stimme. Er ließ sich darüber aus, wie sie dazu beitrugen, dass die Barue nur noch weniger beliebt waren und dass es ihre Anhörung schlecht beeinflussen würde. Sie hatten ganz Quivelda im Stich gelassen. Sie waren nach Armaah gekommen, um Hilfslieferungen zu beantragen, und hatten sich stattdessen dabei erwischen lassen, wie sie den Rat ausspionierten.

Muss er es denn unbedingt ‹ausspionieren› nennen, dachte Bryn, aber dann sah er Eridanus und Galar zu ihnen herüberkommen, was die Sache nur noch schlimmer machte. Sie blieben neben Thybil stehen, der seine Maßregelung unterbrach. Eridanus flüsterte dem alten Barue etwas ins Ohr, dieser nickte und klopfte dem hochgewachsenen Mann auf die Schulter, wozu er recht hoch greifen musste. Sie nickten einander in der Art der Nephelim zu, knapp und verständnisvoll.

Einen Moment lang sagte der Hohe Lehrmeister nichts, sondern richtete seinen befremdlichen, hoheitsvollen Blick auf die beiden jungen Barue. Bryn wand sich unter diesem Blick. Die Traurigkeit war wieder spürbar, und die Enttäuschung. Die Augen sahen tief in Bryns Innerstes, und er spürte, wie er darunter erbebte. Warum nur, warum hatte er das getan? Eridanus konnte nicht wissen, was vorgefallen war, aber Bryn hatte das Gefühl, dass er es dennoch wusste. Eridanus sah ihn immer noch an. Bryn hielt seinem Blick stand, aber er ließ die Schultern und den Kopf hängen und schaffte es kaum, Eridanus in die Augen zu sehen. Er war sich vage bewusst, dass Mittni neben ihm etwas murmelte.

Galar zuckte hinter dem Rücken des Hohen Lehrmeister die Schultern und schenkte ihnen ein mitfühlendes Lächeln. Bryn war dankbar für seine Freundlichkeit, doch auch ihn hatten sie im Stich gelassen, nach allem, was der Zwerg auf sich genommen hatte, um sie heil hierherzubringen. Sie waren Verbündete; ein beschädigter Ruf schadete auch ihrer Sache.

Die Barue lernten gerade, wie wichtig die Boten für die Botschaft waren.

«Nun sehe ich euch früher wieder als erwartet», sagte Eridanus schließlich. «Ich habe nichts zu diesem Vorfall zu sagen. Tatsächlich habe ich nichts weiter zu sagen als dies: Passt auf euch auf.» Und dann ging er, schritt mit wehender Robe durch die Tür, Galar in seinem Schlepptau. Bryn war sich sicher, dass er diese Worte ernst gemeint hatte, doch sie halfen ihm nicht weiter. Das Gefühl von Nichtsnutzigkeit nahm Eridanus nicht mit, wie Bryn gehofft hatte. Stattdessen wuchs es noch. Bryn hatte nicht einmal gesagt, dass es ihm leidtat. Diese Chance hatte er vertan. Das Letzte, an was Eridanus sich auf dem Weg zum Unbenennbaren Land und seinen Schrecknissen erinnern würde, war, dass Bryn COLA ausspioniert hatte. Dass er zu neugierig und unreif war, um die Nachrichten abzuwarten wie alle anderen. Vielleicht sogar, dass Bryn sich für besser als die Leute hielt, die nicht zum Kreis der Eingeweihten zählten. Keine besonders gute Art, jemandem in Erinnerung zu bleiben.

Bryn versuchte, schonungslos ehrlich zu sich zu sein. Vielleicht war er ja wirklich neugierig, unreif und hochmütig. Er starrte zu Boden und spielte mit dem Stein in seiner Tasche. Als ihm Johans fürchterliche Überheblichkeit einfiel, drehte er sich zu Thybil herum, der ihn konzentriert beobachtete.

«Es tut mir leid, Thybil. Es tut mir wirklich leid.»

«Der Schaden ist angerichtet. Manchmal, junger Bryn», sagte Thybil mit trauriger Stimme, «manchmal reicht es nicht, dass es einem leidtut.»

Bryn hätte am liebsten geweint.

Dann waren die beiden Barue sich selbst überlassen. Thybil schien noch weniger Zeit für sie zu haben. Er war verärgert und enttäuscht, aber er hatte beschlossen, sie nicht zu bestrafen, nachdem die beiden ihm versichert hatten, dass nur wenige Leute je erfahren würden, was vorgefallen war. Diese Aussicht hatte ihn über die Maßen erleichtert, und so hatte er nur geseufzt, sie umarmt, die Schultern gezuckt und war davongeeilt.

Nun verbrachten Bryn und Mittni ihre Zeit damit, über den See zu schauen und in den Außenbezirken der Stadt der Inseln herumzustreifen. Seit sie von König Ureof erfahren hatten, dass die anderen Barue erwartet wurden, zog es sie zu den Kaianlagen. Sie hatten das Interesse an der Stadt verloren und erwarteten sehnsüchtig die Ankunft ihrer Freunde. Und ihre Mühen machten sich bezahlt, als sie zwei Tage nach dem «Spionage»-Zwischenfall am späten Nachmittag ein Boot erspähten, in dem die anderen möglicherweise saßen. Ihre Laune stieg, als sie die Gestalten zweier Barue und den unverwechselbaren großen Umriss eines Nephelim in dem Boot ausmachten, außerdem den Schiffer und ein affenähnliches Wesen, das wahrscheinlich sein Haustier oder Gehilfe war. Während das Boot näher kam, fiel ihnen jedoch noch etwas ganz anderes auf.

«Was in aller Welt …», sagte Mittni und sprang auf. Er vollführte einen merkwürdigen Tanz und kreischte, als hätte ihn etwas gestochen. «Telsea und Dordios!», schrie er, und die Farbe wich aus seinem Gesicht. «Ihr Götter! *Droch!* Was macht *ihr* denn hier?»

Telsearas Grinsen war sogar über das Wasser hinweg ansteckend. Dordios machte beim Anblick seines großen Bruders ein ängstliches Gesicht, konnte jedoch seine Aufregung nicht unterdrücken.

«Wir sind weggelaufen», sagte Telseara stolz, als sie nah genug herangekommen waren, um sich in normaler Lautstärke zu unterhalten.

«Ihnen hinterher», sagte Dordios etwas weniger überschwänglich.

Die Farbe kehrte in Mittnis Gesicht zurück, um einiges kräftiger als zuvor. Seine Wangen waren jetzt rot, und das lag nicht nur an der Kälte. «Was habt ihr mit Drattni und Yerfi gemacht?»

Bryn nickte. «Wir haben gedacht, die zwei Barue, die König Ureof erwähnt hat, wären *sie* – und nicht ihr!»

Nachdem die beiden sich vergewissert hatten, dass Telseara und Dordios wohlauf waren, umarmten die Gefährten einander und lachten ausgelassen. Die zwei sahen ganz schön mitgenommen aus, waren aber wunderbarerweise unverletzt.

«Keine Sorge, Bryn, wir haben ihnen gesagt, dass sie Mama Bellyset von dir grüßen sollen», sagte Telseara und machte ein sorgenvolles Gesicht. Bryn lachte und schüttelte den Kopf. Das war nun wirklich das Letzte, woran er bei ihrem Anblick gedacht hätte.

Sie beschlossen, sich die großen Erklärungen für später aufzuheben, und während sie einander auf den Rücken schlugen oder gegen die Schulter boxten, stand Aesir, die Kundschafterin der Nephelim, lächelnd daneben. Zur großen Überraschung der beiden Freunde kam ein kleiner Pelzbursche angeflitzt – den Bryn für ein Haustier gehalten hatte – und umarmte sie, als kenne er sie schon ebenso lange wie Telseara und Dordios, obwohl er zugleich ein irgendwie verblüfftes Gesicht machte. Bryn mochte das Wesen, das Telseara ihnen als «Kik-Eritee, ein Plimp» vorstellte, auf Anhieb. Es, oder vielmehr er, sah wirklich ein wenig wie ein Affe aus, war aber in mancherlei Beziehung intelligenter als ein Mensch (was, ermahnte Bryn sich, manchmal auch nicht viel besagte). Seine großen Augen strahlten eine gelassene Weisheit aus, die sein albernes Benehmen Lügen strafte. Kik-Eritee war interessant, aber selbst er musste warten, bis er an der Reihe war und Bryn und Mittni ihm ihre Aufmerksamkeit zuwandten.

Die vier Barue standen einen Moment lang da und sahen einander in stiller Wertschätzung an. Wer hätte das vor ein paar Wochen gedacht? Bryns sämtliche Freunde, die Leute, mit denen er in Quivelda auf Questes gegangen war, standen nun leibhaftig in einem echten Abenteuer voreinander! Sobald er Zeit hätte, sich ihre Geschichte anzuhören, würden darin gewiss diese legendären Geschöpfe eine Rolle spielen, die magischen Plimpe.

Kaum ein Wiedersehen ist so glücklich wie das wahrer Freunde, die für eine Zeitlang getrennt gewesen sind und einander wiedersehen, nachdem sie Widrigkeiten und Gefahren durchstanden haben. Selbst die vorbeikommenden Numenii empfanden es als einen herzerwärmenden Anblick, obwohl sie gar nicht wussten, was die Freunde durchlitten hatten. Allein schon die Tatsache, dass zwei gutgekleidete Calaspier zwei abgerissene Landstreicher umarmten wie Gleichgestellte, ließ viele Armaaher Bürger stehen bleiben.

«Erzählt uns alles!», sagte Bryn, nachdem er Aesir verlegen die lange, schmale Hand geschüttelt hatte. «Und ich hege keinen Zweifel, dass es eine besonders farbenfrohe Darstellung werden wird, wenn man bedenkt, wer hier ist.»

«Was hast du erwartet?», fragte Telseara. «Dass wir es geheim halten würden?»

«Aber es ist eine lange Geschichte; lasst uns irgendwo hingehen, wo es gemütlicher ist und nicht so kalt», sagte Dordios.

«Das wird genau wie eine Queste bei dir zu Hause, Bryn, nur dass diesmal alles wirklich passiert ist! Und wenn es etwas Anständiges zu essen gibt, das unsere Erinnerung beflügelt, umso besser», sagte Telseara. «Nicht, dass du uns nicht mit gutem Essen versorgt hättest, Aesir», beeilte sie sich hinzuzufügen. «Es war ja auch sehr gesund und so weiter. Aber es wäre eine schöne Abwechslung, mal wieder etwas Gekochtes zu essen!»

«Keine Sorge, wir werden euch schon satt kriegen», antwortete Bryn mit einem Lächeln und führte sie ins Innere der Insel.

«Ich bin nur froh, dass Onkel Thybil uns noch nicht gesehen hat ...» Dordios sah sich nervös um. Mittni schob grimmig den Unterkiefer vor. Bryn spürte, dass auch er nicht allzu erfreut über ihre Anwesenheit war. Sicher, er freute sich, sie zu sehen, aber die Umstände hätten besser sein können. Vielleicht machten sie sich ja zum Narren. Unvermittelt fiel ihm sein eigenes Versagen ein. Viel Schlimmeres konnten Telseara und Dordios bestimmt auch nicht anstellen, oder? Nun, wenn er es recht bedachte, würde er es ihnen schon zutrauen. Besser nichts sagen, was als Herausforderung aufgefasst werden konnte.

Die Neuankömmlinge bekamen den Mund vor Staunen kaum zu, als sie ihre Umgebung in sich aufnahmen.

«Wir wohnen im vornehmsten Gebäude von Armaah», sagte Mittni und setzte sich selbstzufrieden an die Spitze vor Barue, Nephelim und Plimp, fest entschlossen, sich ihrer Wiedervereinigung so lange wie möglich zu erfreuen. Bald konnten sie das Regere Mansionum vor sich aufschimmern sehen. Bryn und Mittni mussten ihre Freunde alle paar Minuten weiterziehen, wenn sie stehen blieben und irgendein prächtiges Gewand oder die Auslage eines Standes begafften. Bryn fiel ein, dass es bei ihm nicht anders gewesen war, vor wenigen Tagen erst. Die Stadt war immer noch interessant, aber er hatte sich schon ein wenig an sie gewöhnt. Und ihn beschäftigte anderes als Reiseandenken.

«Ist der Hohe Lehrmeister hier?», fragte Aesir, als das Geplauder kurz abebbte.

«Eridanus? Er war hier, ist aber nach Nomidien aufgebrochen», sagte Bryn. Er hatte sich zunächst gefreut, mit seinem Wissen glänzen zu können, dann aber verwirrte ihn der besorgte Gesichtsausdruck der Nephelim. «Warum?»

«Ach, nur so, weiter nichts», sagte Aesir. Ihre Stirn glättete sich, und ihre Stimme klang bald wie immer. Aber Bryn spürte, dass mehr dahintersteckte.

Unter lautem Geplauder und Gelächter erreichten sie die Mittelinsel von Armaah. Als sie das Regere Mansionum in seiner ganzen Pracht erblickten, verstummten die Neuankömmlinge. Bryn wusste noch, wie er den ersten Anblick erlebt hatte, das herrliche Leuchten der glatten weißen Steine, die herausgeputzten Soldaten, die in der üppigen grünen Anlage auf Wachgang waren, und die im Wind flatternden Wimpel. Jetzt merkte er erst, wie seltsam ihr Eintreten gewesen war.

Alle, die kamen und gingen, wurden sorgsam kontrolliert und beobachtet – aber nicht so, wie er es sich vorgestellt hatte. Die neuen Besucher durchliefen die gleiche Prozedur wie Bryn vor ein paar Tagen, nur dass sie es vor ihrem Eintreten taten. Bryn und Mittni war eine Audienz beim Imperator gewährt worden, ohne dass sie sich vorher der Kontrolle hatten unterziehen müssen. Das verwunderte ihn.

Um die notwendigen Passierscheine zu erhalten, die zum freien Bewegen auf der Regierungsinsel ermächtigten, mussten Gäste sich in einem kleinen Wachhaus am Rand der Insel melden. Die Prozedur wirkte harmlos, aber Thybil hatte ihnen im Flüsterton erzählt, was wirklich dahintersteckte. Aesir lehnte die Registrierung ab und erklärte, sie würde ohnehin am Abend mit Wafrudnir abreisen.

Der Stift, mit dem man die Dokumente unterschrieb, war zwar aus Gold und entsprechend wertvoll, wirkte ansonsten aber normal. Sie schrieben ihre Namenszüge auf Pergament, machten ein paar Kreuze, und das war's. Bryn wusste jedoch, dass der Stift nicht nur Fingerabdrücke des Benutzers abnahm, sondern dass der Stein, auf dem der Unterschreibende stand, auch sein Gewicht maß und eine Metallrute seine Größe. Diese Einzelheiten und vielleicht noch einige mehr, von denen er gar nichts wusste, wurden in eine magische Datenbank gespeist. All dies geschah unbemerkt, und Bryn konnte über diesen Geniestreich nur ehrfürchtig staunen. Die Steinstufen, die in das große Gebäude führten, ermittelten das Körpergewicht der Besucher, und ihre Karten wurden magnetisch überprüft, sodass der Sicherheitsdienst jederzeit wusste, wer wann das Gebäude betrat oder verließ. Es ließ sich sogar mehrere Wochen rückwirkend überprüfen, wer gekommen und gegangen war. Thybil hatte ihnen die Funktionsweise der Datenbank erläutert, doch Bryn hatte es nicht begriffen. Modifizierbare Daten, die nicht auf Papier festgehalten wurden, sondern auf oder in irgendeinem magischen Gegenstand? Und nicht mit Buchstaben und Ziffern, sondern durch irgendeine Verschlüsselung?

Kik-Eritee wurde als Erster überprüft und registriert, weil er die Wachen beunruhigte und am meisten Schreibarbeit erforderte – Plimpe waren nirgendwo in Calaspia ein alltäglicher Anblick; die meisten Leute glaubten nicht einmal an ihre Existenz. Als er abgefertigt war, unterhielten sich Bryn und Mittni angeregt mit ihm. Er war etwas kleiner als sie und sah wie ein mit Fell bedeckter Mensch aus. Doch ließ ihn das nicht wild oder primitiv wirken wie ein Affe, sondern hochintelligent, oder vielleicht war *weise* das richtige Wort. Er besaß lange Finger und einen kleineren Kopf als die meisten Menschen, lange Beine und einen gedrungenen, aber muskelbepackten Leib. An manchen Stellen waren seine Haare dünner und länger als am restlichen Körper, so zum Beispiel am Kinn und auf dem Kopf, wie Kopfhaare und Bart, außerdem um die Taille herum. Er war fast am ganzen Körper braun – auch seine Augen, die leuchteten wie glühende Kastanien.

«So, du bist also ein Plimp!», sagte Mittni vielleicht ein wenig beleidigt, weil seine jüngeren Geschwister vor ihm einen kennengelernt hatten. Dann tat Bryns bester Freund etwas Erschreckendes: Er fing an, Kik-Eritee kräftig die langen Schlappohren zu reiben und ihm das ledrige Gesicht zu streicheln.

«Mittni! Was tust du da?», flüsterte Bryn mit zusammengebissenen Zähnen und sah entsetzt zu, wie Mittni den Plimp streichelte. «Ich hab mal was über sie gelesen, sie sind sehr schlau. Das ist kein Hund, weißt du!»

Mittni lachte und tätschelte der fremdartigen, pelzigen Kreatur den Kopf. Kik-Eritee störte sich in keiner Weise daran, schien es im Gegenteil zu genießen. «Keine Sorge, Onkel Thybil hat mir alles über diese Burschen erzählt. Sie sind toll! Intelligent, ja – aber was Zuwendung angeht, sind sie wie Katzen.»

«Katzen?» Der Plimp klang schwer beleidigt und schob die Brust heraus. Mittni sah ganz verdutzt aus.

«Du weißt aber schon, dass die meisten Leute denken, dass es euch überhaupt nicht gibt, oder?», sagte Mittni zu dem Plimp. Bryn ächzte. Er wusste, wie es war, seiner Abstammung wegen im Zentrum der Aufmerksamkeit zu stehen. Kik-Eritee sagte nichts, sondern zog fragend zwei außergewöhnlich buschige, ja lockige Augenbrauen hoch.

«Ja, wir haben auch gedacht, die gäbe es nur im Märchen», sagte Dordios. «Und dann sind wir mitten in sie hineingestolpert …»

«Dann haben sie uns geschnappt, meinst du wohl», berichtigte Telseara ihn.

«Ja, meinetwegen. Jetzt wissen wir es jedenfalls! Werden die anderen nicht neidisch sein?»

«Ob wir für euch Märchenwesen sein tun, weiß ich nicht – aber wir haben keine Schwanzen!», piepste Kik-Eritee selbstgerecht.

Telseara war die Letzte, die unterschreiben musste, und als sie sich umwandte, um ihre Papiere und ihren Passierschein in Empfang zu nehmen, gab es plötzlich einen Ruck, der sie beinahe zu Fall gebracht hätte, und sie konnte nicht mehr weitergehen. Mittni beeilte sich, sie zu stützen. Verlegen zog Telseara den goldenen Stift aus ihrer Tasche und steckte ihn in seinen Halter zurück.

«Wie dumm von mir, das hab ich für einen Moment ganz vergessen, dass er nicht mir gehört!», sagte sie und wurde rot.

Der Stift war nicht mit einer Kette gesichert, wie es in anderen Einrichtungen üblich war, die Bryn sich in Armaah angeschaut hatte, so etwa die Poststation der FTG*, aber stehlen konnte ihn trotzdem niemand.

«Keine Sorge, Schatz», sagte die ältere Dame hinter dem Schreibtisch und sah durch dicke Brillengläser zu Telseara hinauf. «Der Stift wird durch eine unsichtbare, magische Kette gehalten, weißt du. Nun, eigentlich ist es keine Kette … aber er steht unter einem Umgebungsbann – er kann nicht mehr

* Die FTG, Fluss-Transport-Gesellschaft war ein Eilboten- und Transport-Unternehmen, das im ganzen Numenii-Imperium tätig war, zum Teil sogar über dessen Grenzen hinaus im Norden und Süden Calaspias. Es bediente sich vornehmlich der Flüsse und hatte vor über dreihundert Jahren seinen Anfang auf dem Fließle genommen. Bald setzte das Unternehmen nicht nur Schiffe auf allen großen Wasserstraßen ein, sondern auch Pferde, Vögel und Magie sowie in letzter Zeit auch Luftschiffe aus Zwergenproduktion.

als einen halben Meter von seiner Basis entfernt werden, also von seinem Halter.» Sie lächelte. «Ich weiß, dass du es nicht mit Absicht getan hast. Hier sind deine Papiere.»

Bryn atmete schwer aus. Sie waren jetzt seit wann in Armaah? Seit zehn Minuten? Und Telseara hatte sich fast schon Ärger eingebrockt. Glücklicherweise hatte sie so ein ehrliches Gesicht. Damit war sie bei Fremden schon oft davongekommen. Trotzdem, das war reichlich knapp gewesen. Der goldene, extravagante Stift sah ja nun wirklich nicht so aus, als gehörte er einer verdreckten Sechzehnjährigen, die seit Tagen auf der Straße lebte.

Bryn versuchte, den Neuankömmlingen zu erklären, dass sie sich benehmen sollten, solange sie hier waren, weil sie sich nur selber schaden würden, wenn man sie erwischte.

Mittni nickte nachdrücklich. «Wenn wir irgendeine Dummheit anstellen, ratet mal, wer am meisten darunter leidet? Nicht wir, sondern die Leute von Quivelda und Wenfeld. Wir riskieren nicht nur unseren Ruf, wenn wir etwas anstellen; hier geht es ums Überleben. Wenn wir Unsinn machen, was wird dann aus unserer Glaubwürdigkeit?»

«Ich weiß, dass wir brav sein sollten, Bryn», flüsterte Telseara, als sie die breiten Stufen zu den schweren Toren des Regere Mansionum erklommen. «Aber das sollte dein nächstes Geburtsabendgeschenk werden. Das war ein prima Stift!»

«Sie waren nur zu dritt, so hofften sie, weniger Aufmerksamkeit auf sich zu ziehen und schneller voranzukommen», sagte Telseara. «Wir sind ihnen mit Abstand gefolgt, aber es dauerte nicht lange, da hat Aesir uns bemerkt und beinahe erschossen. Dann merkte sie, dass wir Barue sind, und erkannte uns aus dem Sklavenlager. Und dann …» Sie brach ab und bekam beinahe einen Lachanfall. «Dann hat sie Drattni und Yerfi nach

Hause geschickt! Sie waren wohl feige und haben sich ständig beschwert. Also hat sie lieber uns mitgenommen.» Sie gab sich alle Mühe, nicht allzu selbstgefällig zu grinsen.

«Obwohl ihr noch minderjährig seid!» Mittni starrte sie ungläubig an. «Das war sehr verantwortungslos.» Erst jetzt schien er zu merken, dass die Nephelim neben ihm war, denn er verstummte abrupt.

«Das war eine Notlage», sagte Aesir gereizt. «Wir taten das Beste, was wir unter diesen Umständen tun konnten. Nephelim gehen nicht nach dem Alter, sondern nach Mut und Fähigkeit. Und ich habe nie gesagt, dass sie feige wären!»

«Aber angedeutet hast du es!», gab Telseara zurück.

Dordios kicherte. «Ist doch egal, wir haben jedenfalls überlebt und kamen gerade zur rechten Zeit. Wir hatten immer noch ein kleines Vermögen aus der Familiengrotte dabei.» (Bartholdi hatte ihnen ganz und gar keine Vorhaltungen gemacht, sondern ihnen im Gegenteil auf die Schulter geklopft und erklärt, wie überaus stolz er auf ihre Initiative sei, zumal es ja um Quiveldas Rettung gegangen war. Er hatte es freilich ein wenig anders ausgedrückt ... ein wenig länger.)

Als die Gefährten das Regere Mansionum betraten, hatten sie sich viel zu erzählen. Sie waren erfreut, als ein Diener erklärte, dass sie für die Zeit ihres Aufenthalts benachbarte Zimmer bekommen würden. Die Stadt übte auf die Neuankömmlinge nicht die gleiche Anziehungskraft aus wie auf Bryn und Mittni kürzlich, denn sie wollten lieber einander ihre Abenteuer erzählen. Bryn führte sie natürlich als Erstes zu einem wohlverdienten Begrüßungshappen in den Festsaal. Danach gingen sie auf Bryns und Mittnis Zimmer, weil sie lieber unter sich sein wollten. Sie waren hier sowohl in Bezug auf Essen als auch auf Leute gut untergebracht.

Aesir verabschiedete sich, um Wafrudnir zu suchen. Die

Barue dankten ihr für ihre Freundlichkeit und ihren Schutz während der Reise, was sie mit einem Nicken quittierte und ging. Das störte die Barue nicht; sie waren zufrieden und redeten noch ungezwungener als vorher, machten Anmerkungen zu dem, was der andere sagte, warfen fröhlich unlogische Schlussfolgerungen in die ausufernden Diskussionen und kamen vom Thema ab. Barden schätzen keine Einmischung in ihre Erzählweise, und da sie alle gern Anekdoten zum Besten gaben, kam es mehr als einmal zu freundschaftlichen Knüffen.

Die Geschichte wurde stückweise zusammengefügt, mit vielen Unterbrechungen und Sprüngen von einer Begebenheit zur anderen. Zwar wurde die chronologische Reihenfolge reichlich gebeutelt, aber es ergab sich doch bald ein guter Überblick über die Geschehnisse.

«Aesir bestand darauf, dass wir nachts unterwegs waren und tagsüber schliefen», sagte Telseara.

«Ja, aber daran mussten wir uns erst mal gewöhnen. Wenigstens war es tagsüber wärmer, nachts hat die Kälte ganz schön gebissen.» Dordios seufzte. «Scheint alles schon lange her zu sein, findest du nicht?»

«Weißt du noch, wie Aesir immer all diese Innereien gefuttert hat? Hasendarm, Schafshirn und all so was! Sie meinte, die enthielten wertvolle Blablablas und dass es die besten Stücke wären … Könnt ihr euch das vorstellen?»

Dordios beschrieb daraufhin einige noch ekligere Bestandteile des Ernährungsplans der Nephelim, und die anderen lachten und wechselten rasch das Thema. Nach einem guten, hauptsächlich aus süßen Sachen bestehenden Essen waren sie alle gesättigt und, immer noch knabbernd, nicht in der Stimmung, sich solche Scheußlichkeiten anzuhören. Essen war zu schön, um es sich zu verderben.

Nach vielleicht einer halben Stunde Geplauder wurde Kik-Eritee gebeten zu erzählen, wie sie sich kennengelernt hatten.

Er seufzte. «Tu ich besser zeigen als sprechen. Ein Bild ist tausend Worte!»

«Du hast dir ein Bild davon gemacht?», witzelte Bryn frech. Telseara und Dordios sahen einander mit aufgeregten Gesichtern an, und der Brauer überlegte, dass seine Bemerkung vielleicht gar nicht so geistreich gewesen war.

«Dann kannst du das auch?», fragte Telseara. «Visionen zeigen? Wie der Herr der Plimpe?»

Kik-Eritee wedelte unbestimmt mit der Hand. «Alle Plimpe tun das können, tun das machen.»

«Ach, es muss ja lustig zugehen bei euch!» Telseara beugte sich in ihrem Stuhl vor.

«Wegen was?», fragte Bryn.

«Ihr werdet staunen», sagte Dordios und machte ein seliges Gesicht. «Kik-Eritee, wir würden auch gern sehen, was ihnen so passiert ist!»

Der Plimp nickte. «Ich will auch gern eure Abenteuer sehen, bevor ich euch gefindet hab», sagte Kik-Eritee zu den beiden Barue, die ihn nach Armaah begleitet hatten. «Tut ihr mir erlauben, das zu zeigen?»

Telseara und Dordios waren mehr als bereit.

«Dann tut die Augen zumachen und vorstellen. Ihr müsst mich in euern Kopf lassen. Tut euch erinnern, was passierte! Erinnern …»

Seine Stimme wurde dünner, und auf einmal fühlten sich alle sehr müde. Ihre Augenlider sanken herab, und die Wände des Zimmers schienen in weite Ferne zu rücken, als wären sie Zuschauer. Das Zimmer verschwand, wurde dunkler; dazu hatten sie das Gefühl zu kreisen. Blaugraue Schatten wurden schleichend silbrig, verschoben sich und verschmolzen miteinander wie die flüssigen Bewegungen zweier vollkommener Tänzer.

Was als Nächstes geschah, war atemberaubend, und die Bilder, die folgten, sollten sich ihnen für immer ins Gedächtnis prägen.

✦ 15. KAPITEL ✦

Arleath

Wie von weitem und doch schrill hörte Bryn Kik-Eritees Stimme. Sie bohrte sich in seinen Kopf. Er war sicher, dass es der Plimp und dass es eine Stimme war, aber während er sie noch hörte, begriff Bryn, dass seine Gedanken sondiert wurden. Was er für eine Stimme gehalten hatte, kam ihm nun wie eine Ranke vor, die in seinen Kopf hineinwuchs. Erinnerungen blitzten vor seinen Augen auf: Galar im Kampf gegen Ostentum, das Gespräch mit Dorak Nalaín und den Zwergen von Ged-Ruak, die Flucht aus den Zelten, etwas wie eine Eule oben in der Luft … Die Szenen folgten einander so schnell, dass ihm die gesamte Reise binnen Sekunden durchlebt schien. Bryn sah sich mehrmals selbst und war zwischen Amüsiertheit, Stolz und Scham hin und her gerissen. Er wollte nicht, dass die anderen noch mehr sahen. Er widersetzte sich der tastenden Ranke und dachte nur noch an Telseara und Dordios. Rasch zog die Ranke sich zurück, und er war unter leichten Schwindelgefühlen wieder allein in seinem Kopf.

Bryn spürte *Respekt*, den Keim der Ehrfurcht, am Gewebe seiner Sinne zupfen. Freude durchfuhr ihn, als er begriff, dass Kik-Eritee verblüfft war über seine Fähigkeit, seinen Geist vor der Sonde zu verschließen. Es ließ sich mit der geistigen Aktivität während der magischen Gedankenkraft vergleichen. *Johan hat mir wirklich etwas beigebracht.* Oder hatte es nichts mit Johan zu tun? Der Brauer konnte sich nicht erinnern, ob er irgendetwas in dieser Richtung gesagt hatte.

Dann breitete sich etwas aus, das Bryn wie weißer Nebel erschien. Die Ränder des Raumes verschwammen immer mehr, bis es sein gesamtes Blickfeld ausfüllte. Zunächst hatte er Angst und glaubte zu erblinden. Er blinzelte, aber das half überhaupt nichts. Dann aber berührte eine beruhigende Präsenz seinen Geist, und er entspannte sich. Bryn schloss die Augen. Er spürte, wie ihm eine leichte Brise das Haar zerzauste, und er nahm vage Umrisse um sich herum wahr. Seine Augen waren noch immer geschlossen.

✦ ✦ ✦

Die Bäume des Trabatrawaldes wichen einer Hügellandschaft, und diese machte den Ebenen von Arleath Platz. Drattni und Yerfi wechselten immer wieder panische Blicke und flüsterten miteinander. Sie ignorierten Aesir die meiste Zeit über und waren langsame und widerwillige Gefährten. Die Zeit verwirbelte. Sie verging so schnell, dass man kaum hinterherkam.

Nun aßen die Arleath-Reisenden. Yerfi hatte den Eindruck, dass weniger Proviant da war als noch am Vorabend. Er teilte diese Überlegung den anderen mit und beschuldigte Drattni – der wohl mehr als seine Portion gehabt hatte. Aesir wollte nichts davon hören und erklärte, dass es ihnen als Gemeinschaft schaden würde; passiert war passiert, und sie würden in Zukunft hoffentlich besser handeln. Sie kamen wieder auf die schmerzenden Füße und marschierten weiter.

Der Blickwinkel, aus dem Bryn das Ganze sah, wechselte. Vermutlich war auch einige Zeit vergangen. Aesir beugte sich ernst über Drattni und Yerfi.

«Ich glaube, wir werden verfolgt, vielleicht sogar schon eine ganze Weile», flüsterte sie. «Sagt aber kein Wort darüber, sie sollen denken, dass wir nichts wissen. Haltet die Augen offen und sagt mir sofort Bescheid, wenn euch irgendetwas Seltsames auffällt. Wir sind vielleicht noch anderthalb Tage von zu Hause entfernt, doch das heißt nicht, dass uns nichts mehr widerfahren kann.»

Als Nächstes sprach immer noch Aesir, aber eine Weile später.

«Wir sollten vorsichtiger sein. Bei diesem Schnee kann uns jeder leicht folgen, wenn er dicht genug hinter uns ist und wenn es zu schneien aufhört. Liegen unsere Verfolger weit genug zurück, werden unsere Spuren erst einmal durch die frische Schneedecke ausgelöscht.» Drattni und Yerfi blickten nervös zurück.

Unvermittelt hatte Bryn das Gefühl, zehn Meter über dem Boden zu schweben. Unter ihm raste Gras vorbei, er sah die Umrisse zweier Barue und einer Nephelim dahinhasten. Er hatte das Gefühl abzusinken und folgte seinen Freunden am Boden.

Nun kam Drattni auf gleiche Höhe wie Aesir, vor Yerfi, und pfiff leise vor sich hin, um sich Mut zu machen. Bald ging sein Pfeifen im Tosen eines Wasserfalls zu seiner Linken unter. Er wandte sich zu seinem Freund um und bedeutete ihm, sich zu beeilen. «Nun mach schon, Yerfi. Ich will nicht, dass diese verflixte Reise länger dauert, als unbedingt sein muss.»

Dann plötzlich Aesirs Stimme über dem Tosen des Wasserfalls: «Runter, Drattni!»

Die Hu-Barue konnten sich gerade noch hinwerfen, als von der unteren Weide her, wo der Fluss sich glitzernd vom Amboss nach Arleath hinunterergoss, fünf geflügelte Kreaturen auf sie zustürzten. Drattni zog wimmernd sein Schwert und wappnete sich. Der Angriff musste jeden Moment erfolgen. Er hielt sich dicht am Boden und versuchte hastig, Deckung zu finden. Ledrige Schwingen raschelten, ein Schrei ertönte. Drattni kniff die Augen zu. Aber die Kreaturen flogen an ihnen vorbei. Mit Entsetzen wurde Bryn klar, dass es sich um dieselben Monster handelte, die seine Gruppe ausspioniert und zwischen dem Sklavenlager und dem Berg angegriffen hatten – Kundschafter hatte Thybil sie genannt. Hinter einem Felsbrocken beim Fluss, der zum Wasserfall führte, sahen sie eine Bewegung. Offenbar wollten die Ostentum dorthin. Im nächsten Moment wurde der Grund dafür klar: Zwei kleine Gestalten schossen hinter dem Fels hervor und liefen auf das nahe Buschwerk zu. Sie sahen rasch ein, dass sie es nicht schaffen würden, und zogen ihre Waffen. Die eine Gestalt führte ein Schwert, die andere schwang einen Bogen. Diejenige mit dem Schwert stieß ihre Waffe mit solcher Heftigkeit vor, dass sie geradewegs durch einen der geflügelten Feinde ging und in dem Untier dahinter stecken blieb. Zur gleichen Zeit ließ diejenige mit dem Bogen einen Pfeil fliegen und sah zu, wie dieser sich in den Leib eines weiteren Feindes bohrte. Drei der Verfolger waren am Boden, nur zwei flogen noch mit hoher Geschwindigkeit auf die kleinen Gestalten zu.

Bryn fürchtete um ihr Leben, und er konnte sogar ihre Angst spüren, wie er es auch sonst getan hätte. Alles, was er sah, wirkte überaus echt; er konnte den Wasserfall hören und die Gischt spüren, auch die Furcht, von der die fünf erfüllt waren. Die geflügelten Monster waren so schnell, dass sie die Kontrolle zu verlieren schienen. In rasender Wut kamen sie heran, unter lautem, schrillem Kreischen. Es dauerte nicht einmal eine Sekunde, da hatten sie die letzten Meter überwunden. In dem Augenblick, als sie auf die beiden Verfolgten stoßen mussten, sprang der eine hoch in die Luft, und der andere warf sich flach auf den Boden. Die beiden Geflügelten kamen in einem solchen Winkel zueinander angestürzt, dass sie ihr Ziel verfehlten und zusammenstießen. Die Menschenwesen spürten den Wind von den Flügeln der Angreifer auf dem Gesicht; Bryn konnte sehen, wie er ihnen die Haare zerzauste. Die Monster bissen und kratzten einander brutal, bevor sie in einen Baum krachten, zwei zuckende Bälle aus Fell und Klauen. Es dauerte nicht lange, und sie hatten sich gegenseitig in ledrige Fetzen zerrissen.

Nun konnte Bryn die beiden Gestalten durch Yerfis Augen erkennen. Es waren Barue! Und nicht nur irgendwelche Barue … es waren Telseara und Dordios, Mittnis kleine Geschwister. Die Taugenichtse, die ihnen bei so manchem Streich geholfen hatten – und die dabei geholfen hatten, das Dorf zu retten. Oben beim Wasserfall trafen sich alle. Sie mussten schreien, um sich verständlich zu machen. Im Stillen bewunderte Aesir die beiden Barue, die so geschickt mit den fünf Monstern fertig geworden waren. Die beiden waren ein Stück kleiner als Yerfi und Drattni und einige Jahre jünger.

Während sie sich langsam von den stürzenden Wassern entfernten, hielt Drattni den beiden Neuankömmlingen eine ordentliche Standpauke, um am Ende zu erklären, dass sie mit ihnen kommen durften. (Yerfi und Aesir mussten sich das Lachen verkneifen; die schuldbewussten, ernsten Mienen, die Telseara und Dordios aufsetzten, und der gestrenge, väterliche Tonfall, zu dem Drattni griff, waren einfach zu komisch.)

«Wenn ich es mir recht überlege», sagte Yerfi zögernd, «sollten wir sie vielleicht lieber bei der nächsten Flusstransport-

Station abliefern. Ihr zwei könntet euch zu euren Verwandten bringen lassen. Was meint ihr, Drattni, Aesir?»

Die Situation war unübersichtlich. Aber aus dem Durcheinander schälte sich schließlich eine Schlussfolgerung heraus: Es lag auf der Hand, dass Yerfi und Drattni nicht allzu abenteuerlustig waren. Aesir wies so unverblümt darauf hin, wie Nephelim es zu tun pflegen. Bryn fragte sich, wie sie es schaffen wollte, einen Schlussstrich unter das Thema zu ziehen, aber als Nächstes stand schon fest, dass Telseara und Dordios blieben («Wir sind sowieso anderthalb Tage von zu Hause weg», erklärte Dordios), und zwar anstelle von Drattni und Yerfi.

Der Brauer schmunzelte vor sich hin. Nun wusste er, was geschehen war.

✦ ✦ ✦

Bryn versank so tief in den Abenteuern seiner Freunde, dass er das Gefühl hatte, sie wirklich mitzuerleben.

Die Gruppe war in der alten Stadt Arleath angelangt. Diese war bei weitem nicht so ehrfurchtgebietend wie das moderne Armaah, aber es handelte sich um eine große Stadt, die von Steinmauern und gut instandgehaltenen Befestigungsanlagen umgeben und auf andere Weise beeindruckend war. Außer Altehrwürdigkeit strahlte die Stadt auch Stabilität aus. Die meisten ihrer Häuser waren strohgedeckt und aus Stein erbaut.

Binnen weniger Sekunden sah Bryn seine Freunde vor der vertrauten Gestalt von König Ureof knien. Diesmal hörte er keine Worte, aber er spürte die tiefe Enttäuschung, die von seinen Freunden ausging, denn der König wies sie ab.

Sie saßen in einem Wirtshaus. Um ihre Laune zu heben, schütteten sie ordentlich Swigny in sich hinein.

Dordios war hellauf begeistert. «Bartholdi würde uns nie diese Sorte Swigny und solche Sachen trinken lassen. Er meint, dazu wären wir zu jung.» Telseara trat ihn unter dem Tisch und flüsterte: «Halt doch den Mund, musst du uns denn alles verderben!» Sie sagte es wahrscheinlich absichtlich so laut, dass Aesir es hören konnte, denn die Nephelim hatte Mitleid mit ihnen. Sie erklärte schmunzelnd, das sei schon recht so, wo sie jetzt doch dazugehörten.

«Bei Bryn trinken wir es ja auch, wenn wir auf Questes gehen», fügte Telseara hinzu. Bryn grinste und nahm sich vor, bei ihrem nächsten Besuch nur noch normales Swigny auszuschenken.

Die Szene wechselte. Aesir und die beiden Barue verließen Arleath. Dordios, der weiter vorn marschierte, drehte sich ab und zu um und drängte seine Schwester, schneller zu gehen. Sie erklommen einen Hang. Aesir überholte Dordios, weil sie trotz der Nähe zu Arleath einen Überblick über die Gegend bekommen wollte. Nur diese Seite des Berges war bewachsen. Der Wald dünnte bereits aus, und Dordios hatte den Gipfel fast erreicht, als Aesir plötzlich erstarrte. Dordios ging weiter.

«Still! Stehen bleiben!», flüsterte die Nephelim.

«Was ist denn?», fragte Dordios und sah zu ihr nach hinten. Er dachte nicht daran, stehen zu bleiben. Dabei sah es Dordios gar nicht ähnlich, in eine Falle zu tappen. Bryn spürte, wie sich sein eigener Puls beschleunigte.

Inzwischen hatte Dordios den Schutz der letzten Bäume verlassen und erreichte den flachen Gipfel. Unter ihm fiel der Berg in sanftem Schwung zu der für das Königreich typischen, leicht hügeligen Landschaft ab. Dordios' Blick schweifte über die unzähligen schwarzen Punkte auf den Feldern unten. Auch diese Ebene war noch mit Bäumen bestanden. Ungewöhnlich für Arleath. Bryn zuckte zusammen, obwohl er seinen Körper weder sehen noch spüren konnte. Nein, das waren keine Bäume … das waren haarige, gehörnte, schwarzäugige Nurgor. Tausende.

Sie warteten nicht erst ab, bis das hauerbewehrte Gesicht des Anführers sich vor Zorn verzerrte und er etwas zu ihnen heraufbrüllte. Nurg'uzrael sind sehr große, kräftige Viecher, aber sie brauchen eine Weile, um zu begreifen, was vor sich geht – noch länger als ihre Nurgor-Verwandten. Anscheinend begriff der Anführer erst jetzt, dass Dordios nicht zu ihnen gehörte, sondern ein Feind war. Er hatte den Barue angebrüllt, dass er gefälligst zu ihnen herunterkommen sollte. Bevor Aesir sich wieder in den Schutz der Bäume zurückzog, stellte sie überrascht fest, dass der rotäugige Nurg'uzrael-Kriegsherr seine Untergebenen davon abzuhalten versuchte, die Verfolgung aufzunehmen. Er schien damit aber keinen Erfolg zu haben.

Aesir und die Barue liefen um ihr Leben den Berg hinab. Buschwerk und Grasboden verschwammen ihnen vor den Augen, als die Gruppe im Zickzack zwischen Bäumen hindurchlief und Felsen hinuntersprang und sich der donnernden Hufe nur zu bewusst war, die beständig aufholten. Sie hörten Zorngebrüll hinter sich. Sie flogen schier über das Gras, als sie auf die Stadtmauern zurannten. Zum Glück rangelten ihre Verfolger wild miteinander, weil jeder sie als Erster kriegen wollte. Das gab ihnen ein wenig mehr Zeit.

Sie erreichten das Tor, Aesir rief atemlos zu den Soldaten auf der Stadtmauer hinauf, sie sollten Alarm geben, und dann waren sie heil in der Stadt angekommen.

Das Heer der Nurgor blieb vor dem geschlossenen Tor stehen, typischerweise ohne zu merken, dass es zwei weitere Zugänge gab, aus denen nun Reiterei hervorpreschte. Bryn wurde vom Hochgefühl des Kampfes erfasst. Wie aus weiter Ferne spürte er den Stein in seiner Tasche warm werden. Pfeile und Steine flogen aus den Befestigungsanlagen und brachten zahlreiche Angreifer zu Fall. Die verwachsenen, grausigen Gestalten schleuderten Speere gegen die Verteidiger auf der Mauer und warfen sich gegen die Tore. Nach einigen kurzen Kampfhandlungen teilte sich die Horde, und in ihrer Mitte kam ein Rammbock zum Vorschein. Vielleicht ein Dutzend kräftig gebaute, brüllende Nurg'uzrael trugen ihn, und bald krachte er gegen die Holzstämme des Stadttores. Die uralten Torflügel bebten und wurden mit jedem Stoß mürber, und die Krieger von Arleath nahmen die Träger der Kriegsmaschine rasch unter Beschuss. Aber immer neue Nurgor packten die Ramme und ersetzten die Gefallen; es waren einfach zu viele. Nach einer Weile hielt das Tor nicht länger stand. Doch als der Stoß kam, der es gesprengt hätte, waren die Arleather Bürger vorbereitet. Der Rammbock war nur noch wenige Schritt von den Torflügeln entfernt, da schwangen sie ein Stück auf, sodass die Monster, weil sie ihren Schwung nicht mehr stoppen konnten, mit ihrer Kriegsmaschine mitten hindurchrannten und erschlagen wurden. Nurgor stürmten hinterher und stürzten sich in den tödlichen Nahkampf mit dem Feind. Die Verteidiger waren von der brutalen Wucht der Attacke überrascht und fielen zunächst zurück, bevor sie sich neu gruppierten und mit gleicher Heftigkeit konterten.

Inzwischen waren von beiden Seiten her die Reitertrupps bei den Nurgor angelangt. Zwei mal fünfzig Ritter fuhren dem Feind wie Blitz und Donner in die Flanken. Die dichten Reihen des Feindes erbebten und brachen auseinander, während unter dem Zusammenstoß buchstäblich die Erde zitterte. Die Pferde trampelten nieder, was nicht unter dem scharfen Stoß eines Speeres oder dem Schlag eines Schwertes zu Boden gegangen war. Damit war eine halbe Hundertschaft Nurgor vom Rest der Truppe abgetrennt. Feige, wie sie waren, flohen sie das Schlachtfeld. Das Klirren von Schwert auf Schild und Speer auf Helm, das Gebrüll der Verwundeten und der Donner der Hufe, die Kriegsschreie von Mensch und Nurgor zerrissen die Luft. Da fingen Aesirs feine Ohren etwas anderes auf, kaum hörbar bei all dem Kampfeslärm, leise, doch beständig, ein Schwirren von Metall, das rasch näher kam. Der Klang wollte ihr überhaupt nicht gefallen; es war das Geräusch einer großen Klinge, die durch die Luft sirrte wie ein Wurfmesser, nur viel, viel schneller und weit größer.

Das Geräusch wurde rasch lauter. Als sich angstvolle Schreie aus vielen Kehlen über den Lärm erhoben, sah Aesir, wie das Sonnenlicht auf einer Silberscheibe aufblinkte, die mit verheerender Geschwindigkeit auf die Kämpfenden zuflog. Es überlief sie heiß und kalt bei dem Anblick, zwischen ihren Schulterblättern machte sich ein Prickeln breit. Eine mehr als mannsgroße Metallscheibe von höchstens einem Fingerbreit Stärke, aber mit scharfen, gezackten Kanten, die eine Rüstung gewiss wie Butter zerschneiden konnte, kam auf die Verteidiger von Arleath zugeschwirrt. In ihrem ganzen Leben hatte Aesir noch keine so verheerende Massenvernichtungswaffe gesehen; dieses Ungetüm vermochte ja in wenigen Sekunden ein ganzes Regiment auszulöschen! Sie biss kräftig die Zähne zusammen und drängte die schwarzen Punkte am Rand ihres Gesichtsfeldes zurück, als Dutzende von Menschen und Nurgor in die Scheibe gerieten. Zorn loderte in der Nephelim auf, als das grausige Geschoss endlich den Boden traf und sein Todesflug zu Ende war.

Nun verzerrten die Bilder sich, und ein entsetzter Bryn sah nur noch Fetzen dessen, was geschehen war. Der Geruch von

Heu erfüllte seine Nase, und er sah fasziniert zu, wie Aesir sich ein Ross besorgte. Jedes Pferd in diesem Stall hätte gute Dienste geleistet; Arleath war berühmt für seine Reittiere. Die Einwohner brüsteten sich zu Recht damit, dass es in ganz Calaspia niemand mit ihrer Reitkunst aufnehmen konnte.

Dann ritt Aesir hart durch einen Wald. Als sie die Bäume hinter sich ließ, erschienen einige massige Vehikel, die Bryn nicht richtig erkennen konnte. Plötzlich war Aesir mitten zwischen ihnen, und Blut bedeckte die Klinge der Nephelim.

Als Aesir von ihrem Abstecher zurückkehrte, war die Schlacht fast vorbei. Die meisten der Nurgor waren geflohen, doch eine Hundertschaft verteidigte immer noch tapfer (oder dümmlich) ihren Kriegsherrn.

Ureof hatte Probleme, und Aesir bahnte sich einen Weg zu ihm. Sie zog geschickt den Bogen von ihrem Rücken, wählte einen speerartigen Pfeil, zielte kurz, vergewisserte sich, dass der König außer Schusslinie war – und schoss. Der Pfeil traf ins Ziel, und wieder einmal bewies Aesir, dass sie mit Recht die beste Kundschafterin war. (Die meisten Nephelim sind der Meinung, dass Pfeil und Bogen eher zum Handwerkszeug eines Kundschafters als zu dem eines Kriegers gehören.) Sie traf den Kriegsherrn mitten zwischen den Schulterblättern. Er erstarrte für einen Moment, bevor er aufheulte wie das verletzte Tier, das er war. Nurgor sind zäh und nicht besonders schmerzempfindlich. Und obwohl diese Wunde schlimm genug war, um dem Kriegsherrn sehr starke Schmerzen zuzufügen, war sie andererseits so tief, dass sie sein Rückenmark zerstörte. Vielleicht, wenn sie es denn mit Absicht getan hatte, schätzte Aesir es nicht, ihren Opfern mehr Schmerz zuzufügen als nötig.

Sie ließ den Bogen fallen und schwang ihr rechtes Bein zur anderen Seite des Pferdes hinüber. Sekunden später war sie nah genug und warf sich auf den Kriegsherrn, gab ihm mit einem flinken Schwerthieb den Rest.

Abrupt wechselte das Bild. Bryn sah kurz Telseara und Dordios mit zwei Nurgor um ihr Leben kämpfen. Auf den Verlust ihres Kriegsherrn hin flohen die Nurgor, sodass die Schlacht gewonnen war. Reiter nahmen die Verfolgung auf und brachten sie nicht lange danach zur Strecke. Die Stadt barst von Freudengesängen und -tänzen, Flaggen wurden gehisst, und Fanfaren erschallten. Überall hallte der Ruf wider: «Sieg!»

Die Schlacht war vorüber.

Keiner unserer Helden war verwundet, von Dordios einmal abgesehen, der eine scheußliche Kratzwunde auf dem Rücken hatte. Er lachte und zuckte die Schultern, obwohl die anderen sehen konnten, das die Wunde schmerzhaft war. «Hab ich mir beim Ringen mit einem Nurgor zugezogen, dessen Schwert zerbrochen war. Eine Schramme, mehr nicht!»

«Ja sicher, du hast da hinten ja bloß völlig zerfetzte Kleider und blutest», sagte Telseara spöttisch, aber besorgt.

Damit verging das Bild, und Bryn fühlte einen Schwall Luft auf dem Gesicht. Licht erfüllte seine Augen und ordnete sich, bis seine Umgebung wieder klar erkennbar war.

Aesir erwachte mitten in der Nacht, sicher, etwas gehört zu haben. Sie ergriff ihr Schwert und verließ leise, um niemanden zu wecken, das Zelt. Es war frisch und kalt draußen, eine wolkenlose Nacht. Alles schien friedlich. Die Nephelim kauerte sich eine Weile hin und atmete ruhig, während ihre Augen sich an die Dunkelheit gewöhnten. Ihre feinen Ohren hörten zu ihrer Rechten leise Schritte im Schnee. Gleich hinter den Schlafzelten schlich jemand Richtung Küchenzelt. Sie fasste ihr Schwert etwas fester und bewegte sich auf die Geräusche zu. Sehr langsam und leise bewegte sie sich um ein Schlafzelt herum. Dort wartete sie und beobachtete. Es lag nur noch wenig Schnee, doch der war harsch und vereist, was der Nephelim die Verfolgung erleichterte. Sie folgte den Schritten zur Küche, wo ein kleines Licht angemacht und abgeblendet wurde, sodass nur ein sehr dünner Strahl zur Beleuchtung der Szene übrig blieb. Aesir schlich näher und beobachtete eine seltsame Gestalt, die sich in der Küche zu schaffen machte. Sie konnte sie nicht richtig erkennen, hatte jedoch das ungute Gefühl, dass es sich um eines der Monster handelte, die sie in letzter Zeit so oft gesehen hatte. Ihre Befürchtungen bestätigten sich, als das Wesen ins Licht geriet – lange, grobschlächtige Arme, kleine Spitzohren, die vom Kopf abstanden, rotbraune Haut. Es gab keinen Zweifel mehr; das war ein Nurgor. Er wollte die Flamme gerade löschen, da bohrte sich mit einem scharfen Geräusch ein großer Nephelimpfeil in ihn hinein.

Bilder rauschten vorbei, die Bryn nicht richtig erkennen konnte, dann sagte Telseara: «Und es hätte nur die wichtigsten Leute getroffen, denn es wurden ausschließlich die besten Tropfen und Delikatessen vergiftet.»

«Der Nurgor hätte es nie auch nur ins Lager schaffen dürfen.» Bryn erkannte König Ureofs erboste Stimme. «Wachen, mehr Arbeitseinsatz bitte! Ihr zieht mir die Maschen ab sofort enger zusammen.» Der König schüttelte fassungslos den Kopf. «Das ist ein böses Omen, und es besorgt und verwirrt mich, dass unser hirnloser Feind solche Gerissenheit an den Tag legt. Was sind das für Tricks?»

Nach der Weiterreise ordnete König Ureof am nächsten Tag eine kurze Rast zum Tränken der Pferde und zum Essen an. Die meisten waren bereits abgestiegen. Dordios wollte es gerade tun, da wieherte sein Pony auf und wehrte sich gegen seinen Reiter. *Nicht schon wieder*, dachte Telseara (denn Dordios war an diesem Tag schon einmal vom Pferd gefallen), als auf einmal ihr eigenes Ross schnaubte und nervös mit den Hufen scharrte.

«Aufsitzen!», rief Aesir. «Schnell!» Die Leute sahen sich um, und die Wachen eilten zu ihren Waffen. «Nurgor! Weiter!»

«Was ist denn los?», rief Dordios und versuchte verzweifelt, mit den anderen mitzuhalten.

«Dordios' Pferd … die Witterung … da war die Richtung klar.» Aesir zog den großen Langbogen von ihrem Rücken, der ihr bereits einen guten Ruf eingebracht hatte, und legte einen Pfeil auf die Sehne. «Ein Hinterhalt!», rief sie. «Schnell, wir müssen weiter rauf, bevor sie uns eingeholt haben. Auf erhöhtem Gelände haben wir bessere Chancen.» Sie hielt kurz an, lange genug, um zu zielen. Ein Körper krachte aus dem Wipfel eines Baumes herab, eine Pfeilspitze in der Brust so scharf wie Aesirs Augen. König Ureofs Eskorte hatte das Wesen nicht einmal bemerkt.

Als wäre aus einem Damm ein Stein entfernt worden, so strömten nun Nurgor aus ihren Verstecken. Sie hatten am Waldrand gelauert. Der nächste Pfeil brachte einen herandonnernden Nurg'uzrael mit Schaum vor dem Mund zu Fall. Als er zu Boden krachte, zerquetschte er einen Nurgor unter sich, und andere stolperten über ihn.

Es ging alles durcheinander, als die Partei des Königs hastig versuchte, irgendeine Formation anzunehmen, doch der Feind war zu schnell über sie gekommen. Im Süden, zu ihrer Rechten, befand sich ein ausgedehntes Waldgebiet, und sie versuchten mit Kräften, aus dem Tal hinaus auf erhöhtes Gelände zu gelangen. Die Nurgor kamen von beiden Seiten des Tals und von hinten und versuchten nun, den Ring zu schließen, aber die Soldaten des Königs preschten nach vorn und nahmen das Hochland in Beschlag, verwickelten die Nurgor dort in den Nahkampf. Eine Nachhut war postiert worden, die Flanken wurden ebenfalls gesichert, was den Kutschen genug Zeit gab, aus dem Tal zu fahren, wo einige besondere Leibwachen, die als die Goldene Wacht bekannt waren, eine erbitterte und erfolgreiche Offensive zum Zurückdrängen der Nurgor begonnen hatten.

Nun sah es schon um einiges besser für den König und seine Leute aus: In der Richtung, in die sie wollten, hatte die Goldene Wacht die Nurgor zerstreut, sodass die Kutschen und alle, die nicht kämpften, ostwärts fliehen konnten, wo der Himmel bereits dunkler wurde. Die Leibwache des Königs und einige Junker bildeten einen Wall gegen die Nurgor, die versuchten, die königliche Familie zu verfolgen.

Unten im Tal sah es währenddessen nicht so gut aus. «Ich hab euch *gesagt*, dass ihr besser mit der Kutsche fahrt!», mussten Telseara und Dordios sich von Aesir anhören. Um sie herum kämpften zwanzig Soldaten wacker gegen die angreifenden Nurgor. Hätten sie gewusst, dass den Kutschen die Flucht gelungen war, hätten auch sie sich den Kameraden angeschlossen. Sie waren in der Minderzahl und eindeutig unterlegen. Irgendetwas musste geschehen, oder die kleine Gruppe Verteidiger war verloren.

König Ureofs Soldaten sowie Aesir, Telseara und Dordios hatten gerade einer Gruppe Nurgor den Garaus gemacht, als aus dem Nichts eine weitere erschien und mit schweren, hufähnlichen Füßen auf sie zudonnerte. Aesir drehte sich zu ihren Kameraden herum.

«Lauft!», rief sie über die Kriegsschreie der Nurgor hinweg und hob einen großen Ast auf, der neben ihr lag. «Ich wehre sie ab!»

Aesir schob ihr Schwert in die Scheide, sodass sie den Prügel in beide Hände nehmen konnte. Ihre Gefährten flohen alle, nur die beiden Barue nicht, die ihre Freundin nicht im Stich lassen wollten. Sie packten ihre Waffen fester und machten sich für den Zusammenstoß bereit, der sie alle töten würde. Als sie noch gute zwanzig Schritt entfernt waren, stürzte Aesir sich wie ein wütender Stier auf den Feind. Sie benutzte den großen Ast nun als Waffe und schlug den vordersten Nurgor damit zu Boden. Bryn dachte, sie würde den Ast mitten zwischen sie werfen, aber die Nephelim behielt ihn, und auf diese Weise konnte sie die Angreifer in Schach halten. Allerdings kündigten dann Kriegsschreie und donnernde Schritte zu ihrer Linken die Ankunft von Nurg'uzrael mit riesigen verdrehten Hörnern und roten Augen an. Sekunden später kamen weitere von hinten herangeprescht. Aesir schwang den großen Ast ein letztes Mal im Kreis, die Armmuskeln straff gespannt, und ließ den Prügel schließlich mitten zwischen die Nurgor krachen.

Hinter ihnen waren die Nurg'uzrael fast herangekommen. Bryn konnte sehen, dass der letzte verbliebene Fluchtweg nun nach Süden führte, in den dunklen und abweisenden Wald von Lar-Gren.

✦ 16. KAPITEL ✦

Die Herzvollen

Mehrere Stunden vergingen in funkelndem Flug. Die nächsten Szenen, die für Bryns Freunde einen Tag oder mehr umfasst haben mussten, flackerten in kleinsten Einzelheiten vor seinen Augen, als wäre er selbst dort. Er sah sich die meisten Vorgänge von hoch oben an, und dennoch kam es ihm manchmal so vor, als schlüpfte er in einen der Freunde: beim Essen, Gehen, Schlafen. Es war eine höchst merkwürdige Erfahrung, aber als sie zu Ende war, hatte er das Gefühl, es sei überhaupt keine Zeit vergangen.

«Ich hasse diesen Wald!», rief Dordios plötzlich, und Bryn wusste zunächst nicht, ob es der Dordios hier bei ihm im Zimmer war oder der Dordios von vor ein paar Tagen, in seiner Erinnerung. Jedenfalls war er angespannt und hatte ein rotes Gesicht. Die anderen beiden, die sitzende Aesir und die auf dem Boden liegende Telseara, sahen ihn traurig an, sagten jedoch nichts. Nach der Flucht vor den Nurgor hatten sie sich im Wald verlaufen. Sie waren recht weit in seinem Inneren, weil die Bestien die Verfolgung erst aufgegeben hatten, als ihre Beute einen großen Strom durchquerte; die Nurgor verabscheuen Wasser und können meistens nicht schwimmen. Der Wald war überaus schön und beruhigend still, aber nun war es Nacht, und sie fanden einfach nicht mehr hinaus. Sie saßen nun schon eine ganze Weile dort herum, ratlos und mit leeren Mägen. Aesir hatte erklärt, dass es nicht klug sei, in der Dunkelheit weiterzuwandern. Nicht einmal die Nephelim-Kundschafterin konnte sagen, wo Norden und Süden waren.

In diesem Moment meldete sich eine andere Stimme: «Warum denn tust du unseren Wald hassen?»

Die drei sprangen auf und rissen ihre Waffen heraus. Aber sie konnten niemanden sehen. «Kommt aus eurem Versteck, wer immer ihr seid!», rief Dordios wütend.

«Darf man nicht mal Fragen fragen?», ertönte wieder die merkwürdige Stimme. Sie kam Bryn bekannt vor, aber erst aus jüngster Zeit. «Erst tut ihr die Waffen weglegen, dann tun wir vielleicht einmal darüber nachdenken rauszukommen.» Es klang sehr selbstzufrieden.

«Haltet ihr mich für so dumm, dass ich mich wie ein wehrloses Küken abschlachten lasse?», erwiderte Dordios. «Kommt raus und zeigt euch! Ohne irgendwelche Tricks!»

«Wenn das so ist, habe ich keine andere Wahl.» Die Stimme klang bedauernd, aber sachlich. «Sie tun vielleicht herzvoll sein, aber … zum Angriff!», kreischte sie schrill.

Die kleine Gruppe fand sich plötzlich von allen Seiten und von oben angegriffen, doch ganz anders, als sie gedacht hätte. Kleine Wesen schwangen sich an Seilen von den Bäumen herab und sprangen sie an. Alle drei gingen zu Boden, und es dauerte nicht lange, da wurden sie gefesselt und mit verbundenen Augen durch den Wald geführt. Sie hatten keine Ahnung, wer ihre Häscher waren, ahnten jedoch, dass es sich nicht um Ostentum handelte. Für Bryn war es sehr merkwürdig zu spüren, wie seine Freunde hilflos und blind über den weichen und unebenen Waldboden stolperten. Einerseits wusste er, dass er sich immer noch im Regere Mansionum befand und in Sicherheit war, andererseits war er in diesem Moment gefangen. Er war blind, wie seine Gefährten, und voll dunkler Vorahnungen.

Die Augenbinde wurde entfernt, Licht überflutete Bryns Blickfeld und bereitete ihm Kopfschmerzen, während seine Augen sich an die Helligkeit gewöhnten. Zu seiner Überraschung war Nacht, doch selbst das wenige vorhandene Licht blendete ihn. Und es kam aus dem Boden … Langsam konnte er seine Umgebung erkennen. Der Raum, in dem sie sich befanden, war kühl und luftig, und als er sich umsah, entdeckte er zwar eine hohe Decke, jedoch keine Wände. Es war schön hier und friedlich. Säulen mit Tier- und Pflanzenschnitzereien trugen die hohe Decke. Der Boden war mit zahllosen Steinen in leuchtenden Farben bedeckt, die dicht aneinandergefügt waren und Bilder ergaben. Aber woher kam das Licht? Als er wieder klar sehen konnte, entdeckte er die Lichtquelle. In der Mitte des Bodens befand sich eine gerundete Vertiefung im Stein. Aus diesem flachen Becken drang ein sanftes Glühen, Lichtreflexe tanzten an der hellen Decke und den Säulen. Der Anblick war atemberaubend, wie ein Wasserfall aus Licht.

Was für Wesen bauten solche Häuser? Der junge Barue schaute sich aufmerksam um. Nein, das waren ganz gewiss keine Ostentum. Von der Form her erinnerten sie an Menschen, waren aber etwas kleiner und von Kopf bis Fuß in den verschiedensten Brauntönen behaart. Die weich wirkenden Haare (das Fell, wenn man es so nennen durfte) waren an den meisten Stellen kurz. Die Wesen hatten freundliche, kluge Gesichter und Augenbrauen, die sich elegant über großen, kreisrunden Augen lockten. Die Köpfe waren rund, mit ledrigen Schlappohren.

«Was sind denn das für welche?», fragte Dordios leise Aesir.

«Klingt vielleicht komisch, aber ich glaube, das sind Plimpe», flüsterte die Nephelim ihm zu, als sie von einem der Wesen durch den Wald in eine andere Halle geführt wurden. Dordios schnaubte überrascht. Bartholdi hatte erzählt, dass es Plimpe nur im Märchen gab, und Mittni hatte gemeint, wenn es sie überhaupt je gegeben hatte, dann seien sie seit Jahrhunderten ausgestorben. Thybil hatte sich auf ein geheimnisvolles Lächeln beschränkt.

Es wurde plötzlich wärmer und dunkler, und sie blieben stehen. Ein Gebäude, vermutete Bryn. Der Plimp bedeutete ihnen, sich auf harte, flache, runde Gegenstände zu setzen, auf Baumstümpfe, wie sie rasch entdeckten. Er konnte jetzt sehen, dass sie sich in einer schwachbeleuchteten Halle befanden und – das konnte doch nicht sein! – die Wände aus lebenden Bäumen gemacht waren! Auch das Dach war aus zurechtgebogenen und geflochtenen Ästen geformt, durch die nur wenig Licht fiel. An manchen Baumstämmen waren merkwürdige Muster angebracht, Schriftzeichen vielleicht, dazu Bilder, aus denen Bryn nicht schlau wurde. Vor ihnen stand ein großer Eichenholztisch, dahinter ein erhöhter Stuhl aus grobbehauenem Holz. Irgendjemand Kleines saß darauf. Bryn versuchte, ihn in dem Zwielicht besser zu erkennen. Der merkwürdige Jemand ließ sich mit Begeisterung große Weintrauben und andere Früchte schmecken. Auf einmal unterbrach er sich und wandte sich zu ihnen um, als wäre ihm gerade erst klargeworden, dass er nicht allein war. Er stand auf, stellte sich auf die Sitzfläche, um besser sehen zu können, und schielte zu ihnen hinüber, den Kopf neugierig schiefgelegt. In diesem Augenblick erst schien Bryns Freunden zu dämmern, dass sie tatsächlich einen Plimp vor sich hatten. Eines dieser legendären Wesen, von denen sie geglaubt hatten, dass es sie nur im Märchen gab. Und es sah auch genauso aus.

«Ja?», sagte der Plimp erwartungsvoll, ungeduldig fast. «Der Grund für eure Anwesenheit in Lar-Gren, dem Westligen Königreich der Plimpe?»

Die Gefangenen waren völlig perplex. Sie hatten doch gar nicht vorgehabt, hier vor diesen Herrscher der Plimpe zu treten, und da stellte er sich hin und fragte *sie*, warum sie zu ihm gekommen waren! Telseara fand als Erste ihre Sprache wieder.

«Es tut mir leid, Herr, aber wir sind nicht aus freiem Willen hier. Eure Untertanen haben uns gefangen genommen. Es muss sich um ein Missverständnis handeln. Wenn Ihr nichts dagegen habt, werden wir einfach …» Ihr Blick huschte zur Tür und wieder zurück. Der Plimp betrachtete sie noch eine Weile länger.

«Nein, kein Missverständnis!», sagte er bestimmt mit einer hohen, quietschenden Stimme. Es klang nicht feindselig, sondern beinahe väterlich, aber … nicht menschlich.

«Es tut immer einen Grund für Gäste geben. Sie tun euch nur gefangen nehmen, wenn ihr drohen tut. Routinemaßnahme, leider. Aber immer mit Absicht. Wenn ihr euch nicht mehr erinnern tut, was euch hierhergebracht hat, dann tut wenigstens für eine kleine Erfrischung bleiben.»

Damit klatschte er dreimal in die Hände, und vier weitere Plimpe erschienen aus den Schatten, wo sie leise gearbeitet hatten, sahen ihren König an und erwarteten seine Befehle. Diese Plimpe machten sehr merkwürdige Geräusche, aber die Barue-Geschwister fanden, dass es angenehme Geräusche waren, so wie sie ein Welpe vielleicht machte. Nein, es klang schon ein bisschen mehr nach Menschen. Oder jedenfalls intelligent. Der König flüsterte mit den Plimpen, wedelte mit den Händen in der Luft und zeigte auch ein-, zweimal zu den Gefangenen. Die Plimpe eilten davon, und bald wurde Essen aufgetragen: Platten mit frischem Obst und Gemüse und auch einigen interessanten Wurzeln und Blättern, die niemand aus der Gruppe je gesehen hatte.

«Tut Saftis essen!», rief der König und warf sich mit großem Genuss die nächste pflaumengroße Weintraube in den Mund. Er schwang sich lässig vom Thron zum Boden hinab, als würde er ein Treppengeländer hinunterrutschen. Heiter bedeutete er ihnen, sich zu ihm an den Tisch zu gesellen.

Der Granitboden unter ihnen war eindeutig von allerhöchster Qualität und über die Jahrhunderte so abgetreten worden, dass seine Oberfläche inzwischen an Eis erinnerte. Sie rutschten vorsichtig zum Tisch und setzten sich. Plimpe rannten hin und her und servierten ihnen köstliche Speisen und Getränke. Sie schienen keinerlei Probleme mit dem Boden zu haben.

Als die Gäste gesättigt waren, klatschte der König erneut in die Hände und rief: «Bologgi!» Rasch brachte man eine gewaltige Silberschüssel, die von einem ebenso gewaltigen Deckel verschlossen wurde, sodass die Schüssel fast kugelrund war. Als der «Ober» den Deckel lüftete, kam ein ordentlicher Haufen dampfender Klöße zum Vorschein. Sie maßen ungefähr zwei Fingerbreit im Durchmesser und schmeckten wie Reis mit Fleisch, schön pikant. Danach waren sie sehr satt, aber die Plimpe dachten nicht ans Aufhören: Nach dem Bologgi wurde Reh aufgetragen, dann Lauch-Kartoffel-Suppe und schließlich Nachtisch.

«Tut essen, esst!», beharrte der König. «Damit ihr groß und stark werdet!», sagte er zu Dordios und schlug ihm auf die Schulter. Und mit einem Seitenblick zu Aesir: «Wie kommt's, dass die Große hier so groß ist, wenn sie so wenig essen tut?»

Der Nachtisch bestand aus kandierten Früchten und «Gulabi», wie ihnen einer der Ober bereitwillig erklärte. Gulabi war ebenfalls von runder Form, sehr reichhaltig und cremig, extrem süß, sogar für Telsearas und Dordios' Geschmack, getränkt mit kräftigem, klarem, zuckerigem Sirup. Endlich wurden die letzten Teller abgeräumt.

Jetzt wollten die Gefährten eigentlich nur noch eines, nämlich ein Nickerchen halten, und zu ihrer Überraschung wurde genau das von ihnen erwartet, denn man führte sie aus der Halle und eine Wendeltreppe hinauf (die anscheinend allein durch die unterste Stufe und eine Verbindung zum nächsten Stockwerk gehalten wurde). Es war schwer zu sagen, was die Plimpe gebaut hatten und was einfach gewachsen war, beziehungsweise ob die Plimpe es der Natur befohlen hatten, so zu wachsen. Oben wurden die Freunde in ein kleines, aber gemütliches Schlafzimmer mit sechs Betten verfrachtet. Dankbar fielen sie auf die großen, weichen Lager. Merkwürdigerweise waren die Betten sogar für Aesir groß genug, obwohl Telseara und Dordios in ihnen auch nicht gerade verlorengingen. Sie waren zu müde, um es zu bemerken.

«Wir müssen uns unbedingt das Rezept für diese Bologgi- und Gulabi-Teilchen geben lassen; die möchte Bryn bestimmt einmal ausprobieren. Wobei auch ich absolut nichts dagegen hätte, sie nochmal zu essen!», sagte Dordios.

Bryn konnte nicht anders, er fragte sich prompt, ob sie das Rezept wohl tatsächlich bekommen hatten. Aber irgendwie hatten die Plimpe etwas an sich, das ihn vermuten ließ, dass er ihre Gerichte ohnehin nicht nachkochen könnte.

«Das ist die beste Gefangenschaft, die ich je erlebt habe», sagte Telseara und gähnte herzhaft.

Als Dordios darauf hinwies, dass es die erste Gefangenschaft sei, die sie je erlebt hätte, drehte Telseara sich auf die andere

Seite und begann zu schnarchen. Die anderen beiden waren zu satt und matt, um mehr zu tun, als amüsiert zu brummen.

Nach ein paar Minuten waren sie alle eingeschlafen und träumten davon, in Marmorhallen zu sitzen, von kleinen Pelzwesen aufgetragen zu bekommen und mit exzentrischen Königen zu plaudern.

Am Morgen erwachten sie vom Duft dampfender Kräutertees, die ihnen die Plimpe brachten. Bryn sah Dordios an der Nasenspitze an, dass er dachte: *Also war es gar kein Traum*. Die Sonne war längst aufgegangen und hatte die Morgennebel aufgelöst. Nun konnte er nur drei Betten sehen; aber er hatte das Gefühl, es wären sechs gewesen.

Sie gingen nach unten frühstücken. Es gab Schwarzbrot mit Marmelade. Nachdem sie ausreichend gegessen hatten, wurden sie wieder vor den Herrn der Plimpe gebracht.

«Einen guten Morgen tu ich euch wünschen!», begann er mit einer melodiösen Stimme. «Ihr habt hoffentlig gut geschlafen! Aber jetzt tut ihr mir sagen müssen, warum ihr hierhergekommen seid. Bestimmt tut ihr euch doch jetzt erinnern. Kommt, es gibt keinen Grund für geheime Krämerei! Die wird nicht reichen tun. Nach guter Erfrischung und gutem Schlafen tut jeder sich erinnern! Ist immer so. Also warum seid ihr hierhergekommen?»

«Großer Herr, wir haben den König von Arleath nach Armaah begleitet, was die Hauptstadt des Numenii-Imperiums ist, das wiederum eine Allianz aus sechs …», begann Aesir, wurde jedoch durch schallendes Gelächter von Seiten des Königs unterbrochen.

«Tut ihr denken, wir Plimpe leben hinter dem Mond?», fragte er und betrachtete die Nephelim wie ein Vater, dem die kleine Tochter gerade beibringen möchte, dass «a» der erste

Buchstabe des Alphabets ist. «Wir tun solche Sache längst wissen – nur nichts über euch! Ihr habt den König Ureof zum Treffen der Offiziellen und Landesältesten begleitet. Aber warum *ihr*? Alles ist klar außer das. Nur Könige und Ratgeber tun dabei sein dürfen. Und warum überhaupt der COLA-Ruf?» Der Plimp legte die langen Finger aneinander und stützte sein Kinn darauf, betrachtete seine Gäste mit Interesse. «Ich habe das Gefühl, dass ihr etwas über Sachen wissen tut, über die ihr nichts wissen tut!»

Bryn war verblüfft. In diesem Moment war er sich nicht einmal sicher, ob Aesir, Telseara und Dordios überhaupt wussten, dass COLA einberufen worden war, obwohl sie natürlich davon hatten ausgehen können, nachdem König Ureof in Armaah eingetroffen war.

«Nach einem Tagesritt sind wir in einen Hinterhalt der Nurgor geraten. Um unseren Freunden die Flucht zu ermöglichen, haben wir uns der zweiten Angriffswelle entgegengestellt und ihnen Zeit zum Fliehen gegeben.»

«Noble Tat!», lobte der Plimp.

«Wir haben es gerade noch rechtzeitig in euren Wald geschafft und uns dann aber verlaufen. Plötzlich wurden wir von Plimpen überfallen, die uns fesselten und hierherbrachten. Wir wollten zusammen mit dem König nach Armaah gehen, aber jetzt haben wir ihn gewiss verpasst. Es war eine ziemlich wichtige Angelegenheit, wisst Ihr.»

«Ah, seht ihr», sagte der Herr der Plimpe. «Jetzt tut ihr euch erinnern. Was war diese wichtige Angelegenheit, eh? Ihr werdet mir das doch bestimmt sagen, denn ich bin der Herr der Plimpe des Westens, und Plimpe tun auf viele Weise helfen können! Sie muss der Grund dafür sein, dass ihr mit dem Imperator und dem Hohen Rat sprechen wollt. Bitte tut fortfahren!»

«Nun, wir werden das erst einmal untereinander besprechen müssen, um zu schauen, ob wir Euch ins Vertrauen ziehen wollen oder nicht», sagte Aesir entschieden.

«Wie ihr wollt», stimmte der König zu. «Aber ich mitschicke euch sowieso eine Plimpwache, damit sie euch sicher nach Armaah bringt und was los ist herausfindet. Besprecht!»

Sie berieten sich und kamen zu dem Schluss, dass sie dem Herrn der Plimpe alles erzählen würden. Telseara und Dordios spürten seine ehrlichen Absichten, und Aesir hatte keine Bedenken. Sie wechselten sich dabei ab, ihm alles zu erzählen, was sich zugetragen hatte, angefangen mit der Zerstörung Quiveldas. Der Herr der Plimpe dachte eine ganze Weile über alles nach.

«Das ist wirklig hochinteressant», sagte er dann ernst. «Wir tun zwar viel von der Außenwelt hören, aber wir haben gedacht, dass sich nur die Nurgor wieder herumtreiben tun. Ich muss einen Rat der Plimpe zusammenrufen und entscheiden, wie wir dem Königreich und allen anderen Wesen helfen können. Ihr seid natürlig auch eingeladen, wenn ihr wollt!» Damit klatschte er dreimal in die Hände und sprach mit dem Diener, der hereingehastet kam.

Er gestikulierte wild und sprach sehr schnell, und der Diener eilte davon. Er wandte sich zu der Gruppe um und sagte: «Kommt mit zum Ratszimmer!» Damit stand er von seinem Thron auf und spazierte durch eine Hintertür davon. Die Gefährten wurden zu einer Hütte geführt, in der viele Kunstgegenstände und seltsame Pfeifen und Blasinstrumente hingen. Es gab sieben Sitze, drei weitere wurden rasch für die Gäste hingestellt.

Die anderen sechs Ratsmitglieder trafen kurz danach ein: Plimpe mit sehr langen grauen und weißen Haarbüscheln und den unglaublichsten Augenbrauen. Telseara hätte sie am liebsten umarmt; sie sahen so alt und gebrechlich aus, hielten sich aber mit solcher Würde. Als alle Platz genommen hatten, begann der Rat.

Die Plimpe redeten in einem fort. Ihre Zungen bewegten sich schneller, als ihre Gäste für möglich gehalten hätten. Eigentlich sprachen sie Numii, aber die Freunde verstanden trotzdem kaum etwas. Bryn hatte den Eindruck, dass Kik-Eritee ohnehin das meiste übersprang. Nach einer Weile gelangten sie zu einer Entscheidung.

«Wir tun etwas sehr Wichtiges besitzen, das wir seit vielen Jahren hüten», sagte der König. «Wir glauben, jetzt ist es eine gute Zeit, es dem anderen Besitzer zu geben, der vielleicht besser darauf aufpassen können tut und der es verwenden kann als Waffe gegen diese neue Bedrohung. Wir sind sogar zu dem Schluss gelangt, dass ihr aus genau diesem Grunde hierhergekommen seid. Dieses Artefakt vertrauen wir euch jetzt an. Es ist eure Aufgabe, es heil zum Hohen Lehrmeister zu bringen. Niemand anders darf es anfassen tun!»

Er sah sie einen Moment lang grimmig an. «Wenn dies in die falschen Hände fallen tut, ist unser Reich auslöschlig verloren. Besser geht einer von unseren Kundschaftern mit, dann tut ihr schneller vorankommen und seid vor Gefahren sicher. Lasst mich einmal …»

Der König brach ab, als ein junger Plimp in die Hütte platzte, aufgeregt mit den Armen herumfuchtelte und irgendetwas schnatterte. Die Wachen hatten Schwierigkeiten, ihn zurückzuhalten. Der König bedeutete den Wachen, ihn vorzulassen.

«Kik-Eritee, reinkommen!», sagte er streng. (Er sprach den Namen so schnell aus, dass Bryn zunächst gar nicht begriff, wer da hereingekommen war.) «Was hast du zu sagen?»

Der junge Plimp neigte respektvoll den Kopf und hob ihn

wieder, stand kerzengerade da, eine ungewöhnliche Haltung für einen Plimp, und sagte laut und deutlich: «Ich will gehen tun, Herr. Ich will sie begleiten tun. Und kämpfen und das Allerwichtigste mit meinem letzten Seufzer beschützen tun!» Indem er das sagte, kniete er vor dem König nieder und küsste den Saum seines Mantels. (Bryn fragte sich, ob das der Grund für das Kleidungsstück war – der Herr der Plimpe war der Einzige, der hier etwas anhatte.) Unvermittelt begriffen die Barue, dass dies der Plimp war, der den Angriff gegen sie geführt hatte. Bryn war verblüfft, dass er ihn nicht schon früher erkannt hatte. Der König sah seine Ältesten an und beriet sich kurz mit ihnen. Kik-Eritee kniete immer noch, die Augen geschlossen. Dordios glaubte fast, er sei eingeschlafen, und Telseara kicherte.

«Da du ein sehr guter Kundschafter bist und tatkräftig obendrein und dich nichts hier halten tut … und dein bescheidenes Eintreten und selbstaufopferndes Verhalten überaus herzvoll waren … sollst du sie nach Armaah begleiten tun. Aber du musst tun, was sie sagen, wenn du es gut findest. Nimm auch das.» Er gab Kik-Eritee eine kleine Ledertasche. Kik-Eritee öffnete sie vorsichtig. Aus der Tasche rollten verschiedene glatte, bunte Steine ins Licht. Kik-Eritee lächelte breit, dann stand er auf und salutierte vor seinem König und den Ältesten und flüsterte mit respektvoller Stimme: «Danke schön, weise Plimpe …» Er stand dort, und die anderen konnten ihn zum ersten Mal seit seinem Eintreten richtig sehen: einen kleinen, braunen, muskulösen Plimp mit großen, leuchtend braunen, klugen Augen, die vor Eifer brannten, mit überaus kräftigen pelzigen Beinen, die in gutgepolsterten, ledrigen Füßen endeten. Sein Leib war schlank, seine Schultern waren breit und stark. Sie waren froh, einen solchen Führer zu bekommen.

Plötzlich fiel Aesir wieder ein, dass sie doch den König nach Armaah hatten begleiten sollen.

«Herr», begann sie zögernd, «wir wollen dem Hohen Lehrmeister gern bringen, was immer Ihr uns anvertraut, aber wir haben eine andere Pflicht … Wie Ihr wisst, sollten wir zusammen mit König Ureof nach Armaah! Was meint Ihr dazu?» Der Plimp dachte eine Weile nach und antwortete dann: «Es ist zu gefährlig, an der Seite des Königs von Arleath zu reisen tun. Er zieht vieles Mögliche an, Hinterhalte zum Beispiel. Eridanus hört immer schon ein paar Tage früher vom Ruf nach Armaah und kann unglaublig schnell reisen. Also spart euch die Mühe, nach Itrim zu gehen, wo Eridanus herrschen tut, sondern geht stracks die Schnur nach Armaah. Es tut mir leid, dass ihr nicht mit Ureof gehen könnt. Kik-Eritee kann ihm eine Nachricht von euch bringen, wenn ihr wollt, und euch begleiten. Keine Sorgenqualen.»

Die anderen waren sich da nicht so sicher. «Die erreicht ihn nie, bevor er in Armaah ankommt», sagte Telseara. Der König lächelte gewitzt.

«Wir haben unsere Mittel und Wege», sagte er. Dann reichte man ihnen ein Bündel ungefähr von der Größe einer Nephelim-Hand, und Aesir nahm es auch. Es war schmal, zerbrechlich und leicht.

«Was ist das für ein Gegenstand, Herr?», fragte Telseara.

«Ach ja, natürlig, ihr wisst das ja noch nicht.» Der Plimp lachte in sich hinein, als fände er das überaus amüsant. Nichtsdestotrotz schwang in seinem Verhalten ein Hauch von Verlegenheit mit, doch er wurde rasch wieder ernst. «Das ist ein überaus wichtiges Ding, geschaffen von dem ältesten Plimp, der je gelebt hat. Wie ihr vielleicht wissen tut, sind Plimpe unsterblig. Sie müssen sich entscheiden, wenn sie von diesem Körper und seinen Beschränkungen fort sein wollen. Dieser eine, Dattu, der älteste Plimp – da er so viel mehr gewusst hat als jeder andere und so viel mehr Jahre gesehen hat als jeder andere –, fühlte große Verantwortligkeit auf seinen Schultern für uns Plimpe. Wollte uns nicht allein lassen.» Der Plimp machte vor Ehrfurcht große Augen, als er von diesem uralten Helden erzählte. Er warf sich wieder eine Weintraube in den Mund. (Bryn fragte sich, wie viele er eigentlich in der Stunde verspeiste und wie er in der Lage war, mit so vollem Mund deutlich zu sprechen. Er führte es schließlich auf Hamsterbacken zurück.)

«Also machte er ein großes, *großes* Artefakt … viel Wissen und Weisheit floss in die Erschaffung. Nachdem er dies hier gemacht hatte, plagte den Schöpfer nicht länger die Pflicht zu leben, also fühlte er sich frei zu gehen, also starb er.»

Er ruckte mit dem Kinn scharf nach unten, eine Form der Trauerbezeugung anscheinend. Es gab ein schmatzendes Geräusch, als er eine riesige Weintraube durchbiss. Er sah sie alle einen Moment lang schweigend an, als wollte er das wirken lassen. Wäre er Brillenträger gewesen, er hätte die Freunde sicher über den Rand hinweg angesehen. Da er keine trug, starrte er sie nur an, während ein Teil seiner Augen unter seinen buschigen Augenbrauen verschwand und viel Weiß sichtbar war.

«Uralt ist es, voller Kraft. Eine Menge verborgenes – manchmal verlorenes – Wissen ist darin aufbewahrt. Aber nicht nur angenehmes … Ja, viele dunkle Geheimnisse sind eingehüllt durch das, und wenn diese in die falschen Hände fallen tun, wird etwas Schreckliges passieren tun. Tatsäglig weiß das niemand, aber Nequam persönlig hatte etwas von dem, was hier drin ist, in seiner Hand, und man sieht ja, was dabei herausgekommen ist!» Er schüttelte sich.

«Nequam?», fragte Telseara schnell und stürzte sich auf die

Gelegenheit, mehr über etwas zu erfahren, von dem Bryn wusste, dass es diese beiden Barue schon lange interessierte: der Krieg um das Tor. Thybil war immer so geheimnistuerisch, was das anging, und benahm sich, als wisse er auch nicht viel mehr als sie. Bryn erinnerte sich an Thybils Darstellung dieser Zeit und fragte sich, wie es wohl wäre, einmal aus einem anderen Blickwinkel darüber zu hören.

Der Blick des Plimps wurde hart, er kniff missfällig die Augen zu, und sein Gesicht verzog sich zu einer schrecklichen Maske der Qual. Telseara sah aus, als hätte sie die Frage am liebsten zurückgenommen, und Dordios griff vor Angst nach ihrer Hand. Der König sah reichlich unheimlich aus mit seinem finsteren Blick und der von Abscheu verzerrten Miene. Die Gefährten hatten das Gefühl, ein ganz leichtes Beben des Bodens spüren zu können. Auf jeden Fall spürten sie die überwältigende Woge von Gefühlen, die von den dort sitzenden Plimpen ausging, Hass und Furcht vor allem.

«Verfluchter, verhasster, schlimmer Mann!», schrie der Plimp schließlich wie ein ausbrechender Vulkan. Die Barue zuckten zusammen. «Mörder, Verräter, verfluchte Ausgeburt des Wahnsinns!», tobte er. Er packte die Armlehnen seines Stuhls so fest, dass seine Hände ganz weiß wurden und die schmalen Knochen hervortraten. Obwohl sie weniger Zorn ausdrückten, konnte Bryn bei den anderen Plimpen unter der Oberfläche ebenso starke Emotionen spüren. Selbst Kik-Eritee, der eigentlich gar nicht so alt sein konnte, dass er den Krieg um das Tor noch erlebt hatte, dünstete, wahrnehmbar für die ungewöhnlichen Sinne der Barue, Verachtung aus.

«Verflucht sei der Mann!», begann der König von Neuem. «Eintausend Dämonen mögen seine verdammte Seele verschlingen tun! Für immer in den Feuerschlünden von

Ruach'zam verrotten soll er! Sein Geist in der Unterwelt verloren gehen!»

Seine Stimme war laut und beängstigend, und das wenige Licht in der Hütte schien noch mehr zu schwinden. Die einzige Kerze, die den Raum erleuchtete, flackerte und verlosch. Vielleicht war es den Freunden nicht aufgefallen, dass seine letzten Sätze grammatisch korrekt gewesen waren, aber selbst wenn, sie hätten ihn jetzt nicht dafür gelobt. Der oberste Plimp holte mehrmals tief Luft und beruhigte sich dann. Er schloss einen Moment lang die Augen, und als er sie wieder öffnete, waren sie nicht voller Zorn, sondern voller Trauer.

«Am Anfang war er ein guter Mann», sagte der Plimp mit leiser Stimme. «Dem Wahnsinn ein Ende setzen wollte er. Er hatte einen Plan und versuchte sein Bestes, versuchte er … aber er scheiterte. Wie alles, was sich in die verdrehten Bahnen des Wahnsinns begeben tut, geriet auch er unter dessen dunklen Willen.» Seine Stimme bebte. «Finstere Zeiten. Unter den Studierten war niemandem zu trauen, aus Furcht, dass auch sie nur die Macht wollten, die er ihnen geben konnte. Vertrauen war rare Saat unter den weniger hohen Meistern; schrecklige Macht und die Freiheit, die Itrim nicht gestattete, tat sich durch Nequam ihnen anbieten. Und kein Vertrauen unter Soldaten und Offiziellen, denn auch sie konnten Diener seines Wollens sein.

Nequam war ein Gelehrter aus Itrim, der sehr viele Versprechen zeigte. Ach, wie kann ich euch erklären …» Er verstummte und saß grübelnd da. Keine Minute später setzte er sich auf und verkündete: «Erklären tun ist schlecht, zeigen tun muss ich.» Der Plimp schloss wieder die Augen.

Die Freunde fragten sich, wie er ihnen mit geschlossenen Augen etwas zeigen wollte, da trübte sich plötzlich ihr Sehvermögen, als wallten um sie herum Nebelschleier auf.

«Aesir?», rief Dordios. Seine Stimme schien aus weiter Ferne zu kommen.

Schon konnten sie nichts mehr von ihrer Umgebung sehen. Es spielte sich alles sehr schnell ab. Die Hütte und die Plimpe waren kaum verschwunden – zusammen mit den Geräuschen, Gerüchen und Gefühlen von Lar-Gren –, da schälten sich andere Umrisse und Farben aus dem Nebel. Selbst Gefühle waren zu erspüren. Die Freunde konnten einander nicht sehen, und nach einigen Sekunden der Panik wurde ihnen rasch klar, dass der Plimp es ihnen wortwörtlich zeigte. Siftex hatte den Barue öfters Schrammel über die geheimnisvollen, magischen Plimpe und ihr seltsames Tun vorgesungen. Hier handelte es sich offensichtlich um einen solchen Plimpzauber.

Für Bryn wurde das alles jetzt langsam ein bisschen sehr merkwürdig. Er hatte keine Schwierigkeiten, die Phänomene wiederzuerkennen, die ihm widerfahren waren, als Kik-Eritee ihnen die Erinnerungen seiner Freunde «zeigen» wollte. Nun stand er kurz davor, die Vision, die der Herr der Plimpe seinen Gefährten gezeigt hatte, *innerhalb* von Kik-Eritees Vision mit anzusehen! Es war ein sehr seltsames Gefühl, gezeigt zu bekommen, wie jemand etwas gezeigt bekam. Er nahm an, dass es so ähnlich war, wie in einem Traum zu träumen, dass man träumt, oder einem Barden zu lauschen, der ein Lied von einem Barden singt, der ein Lied singt. Bryns Zustand erschwerte es ihm, sich zu konzentrieren, und er hatte Probleme, klar zu sehen. Die Vorstellung war zu absonderlich. Sie hatten auch nicht viel Zeit, sich an diese fremdartigen Eindrücke zu gewöhnen, da ging es schon weiter. Die Zeit wartet nicht, nicht einmal in der Erinnerung.

✦ 17. KAPITEL ✦

Das geistige Auge

Der Klang vieler Stimmen, unruhiger Stimmen, drang an ihre Ohren. Zugleich schimmerte ein großer runder Raum um sie herum auf. Die einzigen Fenster waren hoch oben an den Wänden, und Lichtbahnen fielen durch sie herab. Es war kalt hier, und die Stille, die sich langsam über die Versammlung legte, hatte etwas sehr Frostiges. Zahlreiche Männer und Frauen, gehüllt in fließende, einfarbige, zumeist weiße Gewänder, saßen hier versammelt. An der einen Seite des Saals stand ein langer Tisch mit ungefähr einem Dutzend Stühlen. Auf jedem Stuhl saß eine gebieterisch wirkende Person. Vor ihnen auf dem Tisch lagen zahllose Pergamentrollen und sogar eine Steintafel. An einer der Wände hing ein riesiger Bildteppich eines Berges, dessen Steilwand mit Wolken und Sternen geschmückt war: das Symbol des Reiches Itrim. Nach den Kleidern der Versammelten und den weißen Wänden des Gebäudes zu urteilen, handelte es sich wahrhaftig um die Versammlung der Lehrmeister in der Stadt der Türme. Die Gelehrten sahen einander ernst an.

«Höret den Hohen Lehrmeister!», erklang eine Stimme, die wie von Zauberhand verstärkt im ganzen Saal widerhallte. «Der oberste Älteste Amalric wird sprechen. Sind die Ankläger bereit?» Mehrere Alte mit ergrauenden Häuptern nickten lebhaft.

Es schien sich um eine Art Gerichtsverhandlung zu handeln. Bryn erkannte einen breiten grünen Ring um Amalrics Hals: den Jadereifen, ein machtvolles Artefakt von schützender Kraft, das vom einen Hohen Lehrmeister zum anderen weitergegeben wurde. Ihm dämmerte die Erkenntnis, dass er gerade Eridanus' Vorgänger vor sich sah.

«Bringt den Angeklagten herein!», rief die Stimme.

Ein mahlendes Geräusch ertönte, als im Boden Steinplatten auseinanderfuhren, und die Gefährten sahen gebannt zu, wie gegenüber dem Tisch, an dem der Hohe Lehrmeister und die Ältesten saßen, unter metallischem Klirren die Oberseite eines großen Käfigs zum Vorschein kam.

Also existieren die berüchtigten Verliese unter Itrim tatsächlich, dachte Bryn. *Wie viele magische Straftatbestände mag es geben? Und wie viele Straftäter?*

Langsam stieg das Behältnis aus dem Boden auf, bis es auf einer Ebene mit dem Fußboden war. Dort hielt es mit einem abschließenden, dröhnenden Schlag an. In dem Käfig stand ein kleiner, schmaler Mann mit langen, aber gepflegten Haaren und sauberen, makellosen Gewändern; er mochte zwar seine Freiheit eingebüßt haben, aber seine Würde hatte er nicht aufgegeben. Er schien von der ganzen Prozedur höchst gelangweilt und sprach beinahe träge zu der Versammlung.

«Dann bringt es hinter euch.» Ein gewisser Fatalismus lag in seiner Stimme, als stellte er sich müde dem Unausweichlichen. Bryn verspürte ein befremdliches Mitgefühl für den Gefangenen. «Ich kenne die Gesetze besser als jeder andere, ich könnte euch jetzt schon sagen, was dabei herauskommt.»

«Dann gibst du also zu, dich mit den dunklen Mächten des Wahnsinns eingelassen zu haben?», rief Amalric mit erschrockener Stimme. «Ich hatte gehofft, dass wir uns irrten, dass es nur eine vorübergehende Narretei war …»

«Ja, ich gebe es zu. Aber ihr werdet doch nicht meiner Begründung lauschen wollen, oder?» Der Gefangene sprach jetzt ernst, und während seine Stimme an Ernst zunahm, wurde sie auch lauter.

«Den Gesetzen unseres Ordens zufolge», fuhr der Hohe Lehrmeister fort und wackelte vorwurfsvoll mit dem Finger, «wird der bereitwillige Umgang mit der Macht des Wahnsinns mit dem Tode bestraft. Bist du dir dessen bewusst?»

Der Mann umfasste die dicken Gitterstäbe. Zum ersten Mal fiel Bryn auf, wie jung er war; er konnte nicht älter als er selbst sein, höchstens zwanzig. Es war schwer zu sagen bei diesen Menschenmännern, sie bekamen schon so früh diese unangenehme Wolle um das Kinn herum.

«Ja, aber ich habe es nicht zu meinem persönlichen Vorteil getan!», rief der Gefangene. «Das habe ich euch schon so oft gesagt, aber ihr wollt mich ja nicht einmal zu Ende anhören.» Er wandte sich flehend an die größere Versammlung der Lehrmeister, die in einem Halbkreis um ihn und die Richter herum saß. «Ich habe einen Plan. Er mag ungeheuerlich klingen und unwahrscheinlich … aber es ist der einzig gangbare Weg.»

Trotz seiner Verzweiflung klang er überzeugend, glaubwürdig. Die Lehrmeister wechselten wissende Blicke.

«Es gibt keinen Mittelweg, Junge», bellte Amalric. «Was immer deine Absichten und Motive sein mögen, du musst deinen Willen unter den deines Ordens stellen!»

«Aber wenn dieser einen Fehler begeht?», fragte der Angeklagte und sah zu der Gestalt auf, die er anscheinend einst verehrt hatte; Bryn konnte spüren, dass es einst eine verständnisvolle Beziehung zwischen den beiden gegeben hatte.

«Der Orden von Itrim hat stets angestrebt, das Wissen über unsere Umwelt zum Nutzen aller zu vergrößern», sagte ein anderer Lehrmeister und erhob sich von seinem Stuhl mit der hohen Rückenlehne am Vortragstisch. «Uns gibt es seit Jahrtausenden, junger Lehrmeister, und unzählige Male sind wir Zeugen der rücksichtslosen Zerstörung und der verzerrten Hüllen geworden, die der Wahnsinn hinterlässt. Du stellst keine Ausnahme dar. Jung und von hoher Auffassungsgabe magst du sein, aber bilde dir nicht ein, deine wilden Ideen wären wahr, wo doch unsere bewährten Methoden und Überlieferungen länger bestehen als das Imperium selbst! Du bist unverschämt und hochmütig, vor allem aber unwissend.»

Der junge Mann funkelte ihn an.

Amalric erhob sich. «Wir müssen abstimmen. Seine Schuld steht fest … was aber soll die Konsequenz sein?» Die strahlenden Augen des Alten richteten sich auf die Versammlung. «Tod? Oder Gnade? Solange er der Niedertracht nicht abschwört, der Tod. So steht es geschrieben, und so muss es sein, zum Wohle Calaspias. Aber wir sind ein versöhnlicher Rat, und ich empfinde Mitleid, wenn ich sehe, was aus diesem jungen Menschen geworden ist. Ich sage: eine zweite Chance für den Jungen, wenn er seine Torheit bereut. Wie lautet das Urteil des Rats?»

Der Mann, der Nequam sein musste, ließ sich in seinen Käfig zurücksinken; er verschränkte die Arme vor der Brust und sah sich zornerfüllt um. Bryn hatte das Gefühl, dass ihm diese Haltung bei den Abstimmenden nicht gerade zum Vorteil gereichen würde.

Am Vortragstisch wurde eine Zeitlang ernst diskutiert. Für die Betrachter aus der Zukunft schien die Zeit auf sehr merkwürdige Weise zu vergehen. Sie flog dahin, während sie die

Einzelheiten besprachen, als drehte jemand mit der Hand die große Uhr weiter. Mit einem Ruck bewegte sich alles wieder natürlich, und das Urteil wurde verkündet.

«Da du ansonsten nicht gegen die Vorschriften unseres Ordens oder die Gesetze des Imperiums verstoßen hast, wollen wir dir, obwohl du dich mit dem Wahnsinn eingelassen hast, Gnade gewähren, wenn du öffentlich dein Fehlverhalten einsiehst, um Verzeihung bittest und den Schwur leistest, dich nie wieder mit dem Wahnsinn zu befassen, sondern sein finsteres Locken zu fliehen. Dann sollst du leben, und wir wollen dich wieder in unseren Reihen willkommen heißen. Dir wird ein Monat Rückzug und Genesung auferlegt, an den sich eine dreijährige Heilbehandlung anschließt. Während dieser Zeit sind dir alle magischen Handlungen vollständig untersagt, und der Zutritt zur Stadt der Türme bleibt dir verwehrt, bis du wieder rein bist und keines der widerwärtigen Male des Wahnsinns mehr trägst. Das wird der Heilungsprozess sein. Für weitere sechs Jahre wirst du als ein Novize in unserem Orden leben, dies soll die Strafe für deine Tat sein. Habe ich mich verständlich ausgedrückt?»

Nequam verdrehte ärgerlich die Augen und biss wütend die Zähne zusammen, atmete laut ein und aus. Die Barue konnten spüren, dass dieses Urteil ein Schlag gegen seine Würde war und seiner Ehre, sollte er es akzeptieren, eine klaffende Wunde schlagen würde.

«Ich war der jüngste Lehrmeister, den dieser Orden je gesehen hat.» Er sprach jetzt zornig. «Und ihr wollt meine Fähigkeiten für sechs Jahre in Fesseln legen? Ich war erst sechzehn, als ich ein Lehrmeister wurde; bedenkt, welche Gaben verschwendet würden. Dies sind meine besten Jahre!»

«Darum wirst du auch nicht zu zehn oder noch mehr Jahren verurteilt!», bellte Amalric. «Oder zum Tode! Unser Urteil ist gefällt, die Entscheidung liegt bei dir. Zeige Demut oder stirb!»

Die anderen Lehrmeister murmelten und nickten weise.

«Hochmut kam noch stets vor dem Fall», hörte Bryn den einen leise zu seinem graubärtigen Nachbarn sagen, der nickte und flüsterte: «Ganz gewiss.»

Amalric runzelte voll Mitgefühl die Brauen. «Mach nicht den Fehler, Stolz über Vernunft zu stellen», sagte er ruhig. Tränen stiegen ihm in die Augen, wollten jedoch nicht fallen.

Nequams Augen funkelten gefährlich, als er sich zu seiner vollen, wenig beeindruckenden Größe aufrichtete.

«Diese Kurzsichtigkeit und Missachtung ertrage ich nicht länger!», schrie er den Vortragstisch an. «Ihr habt die Rätsel des Wahnsinns für unlösbar erklärt – ich aber habe sie gelöst. Ihr lehrt, dass er bis zum Ende bestehen wird – und doch weiß ich, wie man ihm ein Ende setzen kann!»

«Warum bedienst du dich dann seiner Macht?», rief Amalric umso lauter. «Und stehst in Verbindung mit seinen Monstern!» An seinem Hals schwoll eine Ader, und seine Augen traten ihm leicht aus dem Kopf. Sein Zorn war groß. «Dies ist deine letzte Chance, junger Narr – gib auf oder stirb!»

«Du wirst mich nie dazu bringen, mich euren lächerlichen Vorschriften zu beugen, noch werde ich meinen Willen dem euren unterordnen. Du hast zu mir gesagt, ich solle willig alles, was ich muss, dem opfern, woran ich glaube, und das ist es, was ich jetzt vorhabe. Tut mit mir, was ihr wollt!»

«Dein Hochmut ist dein Untergang! Du musst sterben, wie alle, die da meinen, dass sie über dem stehen, was der gesunde Verstand gebietet. Schafft ihn weg!», dröhnte Amalric. «Tod und Vergessen für diese Torheit!»

Mit einem metallischen Geräusch begann der Käfig zu sinken. Doch dann änderte sich etwas in der Atmosphäre;

die Erde bebte, und der Käfig blieb stehen. Nequams Augen leuchteten von einer inneren Macht, und sein kaltes Lachen klirrte in ihren Köpfen.

«Eure Kräfte sind genauso lachhaft wie eure geistige Beschränktheit!», hörten sie ihn aus voller Kehle schreien, als etwas wie Blitze die Gitterstäbe auf und nieder fuhr, die sich in Pfützen aus geschmolzenem Eisen verwandelten. Aber schon wurden die Geräusche leiser, wurde das Bild blasser. Nequam machte eine Handbewegung, und Purpurflammen schossen vom Boden empor und umgaben ihn schützend gegen die weniger wirkmächtigen Zauber der Lehrmeister. Majestätisch trat er aus seinem zerstörten Gefängnis und schritt zu den großen Türen. Lehrmeister eilten nach vorn, um ihn aufzuhalten, und als das Bild beinahe verschwunden war, konnten die Gefährten das Gesicht des Gesetzlosen noch kurz aus nächster Nähe sehen. Die Augen glühten von einem unergründlichen Licht, er murmelte irgendwelche wahnsinnigen Silben und zeigte dabei auf verschiedene Lehrmeister, die ihn aufzuhalten versuchten. Leiber brachen zusammen, Zauber prallten von magischen Schilden ab. Dann zerbarst die Tür in tausend flammende Splitter. Nequam floh ins Freie. Seine Gewänder bauschten sich hinter ihm wie Fledermausflügel. Draußen lag ein wunderschöner Garten; Bryn erhaschte einen Blick auf Gras und einen silbrigen Wasserfall. Dann erlosch das Bild ganz, und mit ihm erloschen auch die Gefühle. Der Barue konnte ferne Stimmen hören, sie drangen aus Itrim herüber.

Amalric ist tot. Er hat den Hohen Lehrmeister umgebracht.

Bryn sah, wie seine drei Freunde die Augen öffneten und sich in der Waldhütte wiederfanden. Der Herr der Plimpe, der sie mit auf diese unerwartete Reise genommen hatte, redete mit leiser Stimme weiter, in guter Grammatik.

«Niemand wusste, was aus ihm wurde. Er verschwand für drei Jahre aus unserem Wissen. Dann kam der Krieg um das Tor.»

Die Barue hielten geradezu den Atem an, so sehr fürchteten sie, den Fluss der Erzählung zu unterbrechen, erpicht auf die Geheimnisse, die ihnen Thybil so lange verwehrt hatte.

«Nurgor, Nurg'uzrael – also Nurgor, die sich ganz dem Wahnsinn hingegeben haben –, sogar Ostentum … schreckliche Geschöpfe waren das, die alle vernunftbegabten Leben jagten und Lust an der Zerstörung fanden. Wir wissen nicht, wie, aber er hat sie gelenkt wie Sklaven. Und sie waren noch nicht einmal das Schlimmste … die verderblichen Kräfte des Wahnsinns verschlangen hungrig die Lande, und selbst Menschen schlossen sich seinen Reihen an. Nequam hatte ein mächtiges Heer übler Kreaturen um sich geschart, das als Ragnarok bekannt wurde, denn die Leute sagten: ‹Das Ende ist gekommen.› Selbst innerhalb des Numenii-Reiches standen hochrangige Offizielle und Gelehrte von Itrim ‹insgeheim› auf seiner Seite. Die Sehnsucht nach verbotenem Wissen lockte sie, weil es zum ersten Mal seit der Gründung des Imperiums vor beinahe achthundert Jahren auf der anderen Seite jemanden gab, der seinen Willen durchsetzte. Einen Gesetzlosen, der tatsächlich mit seinen Intrigen davonkam …

Finstere Zeiten waren das, finstere und schreckliche. Die Plimpe wurden zu Hunderten dahingemetzelt; aus irgendeinem unbekannten Grunde hasste der Feind uns mehr als alle anderen Intelligenzwesen. Ganze Städte wurden ausradiert, überall auf der Welt tobten widernatürliche Stürme. Die Soldaten des Imperiums hatten einer solch jenseitigen Bösartigkeit nichts entgegenzustellen … zum Glück kamen dann die Culmus Sangui, und das verzweifelte Bündnis gegen seine Herrschaft setzte sich durch. Der Rest ist Geschichte.

In den nächsten fünfundvierzig Jahren ist Calaspia allmählich geheilt.»

«Welche Zerstörung eine einzelne Person bringen kann … wenn sie die Gelegenheit bekommen tut.» Ihr künftiger Führer, Kik-Eritee, lächelte sie traurig an. «Es ist an uns, ihm keine weiteren Waffen in die Hände zu spielen.»

«Ja», sagte der Herr der Plimpe. «Was auch der Grund ist, warum wir uns mit schnellhandelnder Vorsicht dieser neuen Ausprägung des Wahnsinns stellen müssen. Ein Jammer, dass wir nicht selbst gehen können.»

Die Gefährten zogen die Brauen hoch. Genau das hatte Bryn sich auch schon gefragt.

Der Plimp wandte sich ab. «Es gibt nur noch wenige Plimpe auf der Welt, sehr wenige … Wir sind gering an Zahl und von schwacher Gesundheit. Der Wahnsinn der Welt hat schwer auf unseren Schultern gelastet. Wir sind erschöpft und verwirrt. Ich bezweifle, dass es noch viele Plimpe gibt, die eine solche Mission auf sich nehmen würden, selbst wenn sie dazu in der Lage wären. Bei der Erwähnung der Ostentum, den Krieg um das Tor noch vor Augen, würde sich niemand noch einmal aus diesen Wäldern wagen. Niemand außer Kik-Eritee!»

Er wandte sich mit einem grimmigen Stirnrunzeln zu ihnen um. «Bringt diese beiden Stücke von Dattus Geschenk dem Hohen Lehrmeister und gebt sie unter keinen Umständen irgendjemand anderem, nicht einmal, wenn ihr schon im Regere Mansionum seid! Nein, dort erst recht nicht! Wenn dies hier in die falschen Hände fällt, wäre es für uns alle besser, nie geboren worden zu sein. Ich vertraue es Eurer Fürsorge an. Mächtiges und zerstörerisches Wissen liegt darin. Eure Mission darf nicht fehlschlagen.»

✦ ✦ ✦

Es war unmöglich zu sagen, wie groß Lar-Gren genau war. Manchmal klangen die Plimpe so, als lebten sie überall in den Wäldern und die wenigen zusammenhängenden Gebäude hier bildeten ihre Hauptstadt. Dann wieder schien dies der einzige Teil zu sein, in dem sie lebten. Sie klärten die Gefährten nie darüber auf, die manchmal den Eindruck hatten, dass sie es selbst nicht so genau wussten. Schweigend gingen sie zu der rätselhaft erleuchteten Halle. Die Augen des Königs funkelten, als er sah, wie erstaunt sie waren.

«Wasser aus dem Quell», konstatierte er schlicht, mit vor Bewunderung leiser Stimme, «das Kapital der Plimpe. Seht, wie das Wasser glitzert und leuchtet ... es heilt Krüppel und Versehrte.»

Dordios dachte plötzlich an eine junge Frau mit gelähmter linker Hand, die er in Quivelda kannte. Er wollte schon nach einer Flasche des Wassers fragen, um sie ihr mitzubringen, da wurde ihm klar, dass er sie seit dem Angriff auf das Dorf nicht mehr gesehen hatte ... Bei dem Gedanken an das junge Mädchen musste er schlucken. Sie war immer so bescheiden gewesen und hatte trotz ihrer Behinderung so hart gearbeitet. Auch Bryn, der vier Jahre lang von Quivelda fort gewesen war, erinnerte sich plötzlich wieder an sie und ertappte sich dabei, ebenfalls still um sie zu trauern.

«Sollten wir nicht trotzdem etwas davon mitnehmen?», fragte Telseara und betrachtete das Wasser gierig. «Für den Fall, dass wir unterwegs verwundet werden?»

Der König der Plimpe ging weiter. «Nein. Nicht. Weil das Wasser für uns kostbar sein tut. Und außerdem tut es so nicht heilen, ist dann zu alt. Man muss frisches aus dem Quell nehmen tun.»

Auf dem Weg nach draußen zeigte der König ihnen ein weiteres Wunder von Lar-Gren: einen ausgedehnten, ertragreichen Obst- und Weingarten. Die Pflanzen waren schwer beladen, und die gigantischen Weintrauben, die Leibspeise des obersten Plimps, warteten nur darauf, gepflückt zu werden; reif und saftig lockten sie die Bewunderer. Die Gefährten fragten sich, wie ihnen der Garten bis jetzt hatte entgehen können. Es war eine riesige Lichtung mitten im Wald, für die es keine Erklärung gab. Die Plimpe mussten sie selbst angelegt haben.

«Oooh, dürfen wir welche pflücken?»

Der König, der gelassen und stolz dagestanden hatte, riss erschrocken die Augen auf.

«Saftis pflücken? Himmel, nein!», rief er. «Die sind noch nicht reif. Die tun selber abfallen, ohne Einmischen in natürliche Ordnung. Kein Einmischen, keine Probleme.»

«Also für mich tun die Saftis ganz schön reif aussehen …», sagte Dordios und ließ seinen Blick begehrlich über die schönen Früchte gleiten, als sie den Garten verließen und gemeinsam in den Wald hinausgingen. Nach einigen hundert Metern blieben sie stehen.

«Hier, ja. Nehmt reife Saftis.» Der König überreichte ihnen eine große Auswahl Früchte, die er aus der Luft gegriffen zu haben schien.

Sie hatten den Garten kaum verlassen, da fiel die Temperatur ab. Drüben im Garten stieg aus einem kleinen Tümpel Dampf auf.

«Das erklärt den Wein und anderes Obst, an das man in der Schneezeit nicht so leicht herankommt», sagte Aesir.

«Warum ist es eigentlich so heiß?», fragte Telseara.

«Fußbodenheizung», sagte der König, als wäre das etwas ganz Alltägliches.

Auf einmal waren sie nicht mehr im Wald, sondern wanderten durch Wiesen dahin.

Kik-Eritee wollte sie nicht zu König Ureof gehen lassen, weil das «nur Zeitverschwendigung» wäre. Also gingen sie in Richtung Armaah. Sie genossen Kik-Eritees Gesellschaft ohne Einschränkungen. Er hatte anscheinend nicht nur niemals Angst und war stets unbekümmert, sondern es war auch sehr lustig mit ihm. Er brachte sie oft allein durch seine Mimik und die komische Art zu reden zum Lachen. Sie hofften, dass er ihnen dafür nicht böse war, aber es schien ihm nichts auszumachen; im Gegenteil, es sah aus, als ob er sie gern zum Lachen brachte. Entweder tat er so, als würde er es gar nicht bemerken, oder er grinste verlegen, als würde er sich ein bisschen für das schämen, was er gerade getan hatte. Die Zeit verging viel schneller als auf dem Weg nach Arleath, obwohl er ein mörderisches Tempo anschlug.

«Ihr wolltet zum König von Arleath gehen tun?», fragte Kik-Eritee unvermittelt nach einigen Stunden. Am Horizont erhoben sich majestätisch die zerklüfteten Berge von Ged-Ruak, ihre Gipfel waren hinter großen grauen Wolken verborgen. Waldflecken bewuchsen sie wie Haarbüschel den Schädel eines alten Mannes, und die erhabenen Hänge waren von Schnee bedeckt, dass es aussah wie eine zum Stillstand gebrachte Lawine.

«Ja, wollten wir, aber …», begann Aesir und wurde von Kik-Eritee unterbrochen.

«Und was wolltet ihr ihm sagen tun?», fragte der Plimp erwartungsvoll.

«Nun, dass wir in Sicherheit sind, aber uns ihm nicht anschließen können, und dass er darum weiterreisen soll und wir hoffen, ihn bei COLA zu sehen – falls wirklich COLA einberufen worden ist, wie der Plimpkönig gesagt hat.»

«Keine Probleme, ich tu es ihm sagen. Ich sag ihm, dass ihr am Montag in Armaah seid. Wir sichten uns, halber Stunde vielleicht!» Damit sauste er davon, mit unfasslicher Geschwindigkeit.

«Ja, klar doch!», rief Telseara ihm nach. Sie wandte sich zu den anderen um, die mit offenen Mündern dastanden. Sie sah zu dem Plimp, der nur noch eine winzige Gestalt in der Ferne war. Seine stämmigen Beine wirbelten unter ihm, als wäre er ein Straußenvogel.

«Dann lässt er uns im Stich?», fragte Dordios.

«Ich glaube nicht …», sagte Aesir. «Bei dieser Geschwindigkeit, mit diesen Beinen, hat er ihn vielleicht wirklich bei Sonnenuntergang gefunden … davor gewiss nicht. Dann muss er zu uns zurückkehren … Sie haben starke Pferde; er kann sein Wort unmöglich halten.»

«Ich bezweifle, dass er dieses Tempo überhaupt länger als ein paar Minuten durchhält», sagte Dordios.

Schweigend gingen sie weiter, starrten immer wieder zu der Stelle, wo ihr Führer am Horizont verschwunden war.

«Wenn er wirklich vorhat, zum König zu gehen, dann wird er ein bisschen länger als eine halbe Stunde brauchen, fürchte ich», sagte Aesir.

Sie marschierten weiter in Richtung der Berge von Ged-Ruak, die sie an diesem Wochenende zu überqueren hofften. Nachdem sie vielleicht zwanzig Minuten gegangen waren, sahen sie von vorn eine Gestalt auf sich zurasen.

«Wenn das Kik-Eritee ist, dann …», begann Telseara, aber da stand schon fest, dass er es tatsächlich war.

«Das wär's», sagte der Plimp. Er atmete ruhig und gleichmäßig. «Ich habe dem König von euch erzählt. Aber er wollte mir nicht glauben tun. Weinerlig, aber was soll man machen? Jetzt wird es Zeit, dass wir wieder unser *Läuferchen* machen.» Er sagte «Läuferchen», als ob er ihnen einen großen Gefallen täte und es mit kleinen Kindern zu tun hätte. Damit wandte er sich ab und ging weiter. Die anderen sahen einander ungläubig an, dann liefen sie ihm nach.

«Kik-Eritee, das kann nicht sein!», sagte Aesir. «Du kannst diese Strecke unmöglich geschafft haben. Es sei denn, du hast es mit Zauberei gemacht?» Sie klang ziemlich angespannt bei der Vorstellung.

«Nein, nein, keine Magie», antwortete der Plimp. «Nur so schnell gehen, wie man können tut.»

«Wenn sie so nahe sind, dass du innerhalb von zwanzig Minuten dorthin gehen, eine Nachricht überbringen und wieder zurückkommen kannst, dann müssten wir sie doch praktisch sehen können!», sagte Dordios. «Dann müssten sie auf dieser Seite der Berge sein.»

«Ich glaube, du musst erst noch lernen, Zeit und Entfernungen richtig einzuschätzen, Kik-Eritee», sagte Telseara und versuchte, nicht zu besserwisserisch zu klingen. Das merkwürdige Wesen ging einfach weiter und sagte unschuldig: «Für euch lahme Babas mag es unmöglig sein, aber für einen der weltschnellsten Plimpe ist es leicht! Kommt schon, sonst tun wir es nie nach Armaah schaffen!»

Sie gingen weiter und legten an diesem Tag eine ordentliche Strecke zurück. Kurz vor Sonnenuntergang schlugen sie ihr Lager auf.

«Kommt, ich zeig euch, wo wir auf der Karte sein tun!», sagte Kik-Eritee während des Abendessens. Er zog eine große, gefalzte Karte anscheinend aus seinem Fell, vielleicht hatte er sie auf dem Schoß liegen gehabt, und deutete auf eine Stelle weit drinnen im Territorium von Arleath, gleich neben den südlichen Bergen von Ged-Ruak, kurz über den Bergen von Itrim.

«Hier tun wir sein!», verkündete er. «Ich denkte am Anfing, ihr nicht so schnellig. Aber jetzt ich bin sehr zufriedet mit euch.» Der Plimp strahlte kurz zu ihnen hinauf, voller Wärme, dann verstaute er die Karte in einer Tasche in seinem Bein … *in seinem Bein!*

«W-wo hast du sie hingesteckt?», fragte Telseara entsetzt.

Kik-Eritee sah sie gelassen an. Seine großen Augen und die leicht geschwungenen Lippen malten ihm eine unschuldige, arglose Miene ins pelzige Gesicht.

«Die Karte. Wo ist die jetzt?», fragte Dordios.

Der Plimp blinzelte ein paarmal und verzog die Lippen zu einem Lächeln.

«Ach, ihr meint die *Beintaschen* …?»

«Die was?!», sagten alle drei im Chor.

Kik-Eritee lachte leise, als hätten sie ihn ein wenig eingeschüchtert. Sie drängten sich um ihn, woraufhin der Plimp zögerte und sie mit diesem verstohlenen, großäugigen Blick fixierte, den eine Katze einem zuwirft, wenn sie etwas vorhat und mit einer Pfote in der Luft stehen bleibt. Langsam, vorsichtig senkte er die rechte Hand, schob sie in sein Fell (das vor allem an den Beinen länger war) und öffnete eine Art Hautfalte. Telseara unterdrückte einen überraschten Aufschrei, und Dordios fiel die Kinnlade herab. Als der Plimp ihre schockierten Gesichter sah, entschuldigte er sich. Er zog die Hand rasch zurück und setzte eine schuldbewusste Miene auf.

«Tut mir vergeben … das sind meine Taschen. Darum tu ich keinen Beutel tragen.»

Er holte tief Luft und seufzte, als hätte das Geschehene auch seine Nerven angegriffen. Dann lächelte er schwach, und seine lustigen Augenbrauen verschwanden fast in dem, was man seinen Pony hätte nennen können – er war fast von der gleichen Farbe wie sein Fell, aber länger, dunkler, dicker und lockiger. Das also war der Grund, warum er nie etwas in den Händen trug und auch einen Rucksack abgelehnt hatte. Dort versteckte er wahrscheinlich auch seine Steine, überlegte Bryn.

Aesir ging auf, dass sie, wenn die angegebene Position auf der Karte stimmte, eine Strecke zurückgelegt hatten, für die man normalerweise drei Tage benötigte! Die Nephelim wies ihren Plimpführer darauf hin, doch eine Erklärung bekam sie nicht.

«Wenn man den richtigen Weg kennt und die richtige Art zu gehen», sagte er mit einem schlauen Grinsen, das kleine, weiße, gleichmäßige Zähne sehen ließ, «dann passiert es einem, dass man viel schnelliger irgendwohin kommt.»

Dann hob Kik-Eritee einen runden Stein vom Boden auf und verstaute ihn in seiner Beintasche.

«Wisst ihr, die Mamas tun die kleinen Babas in die Taschen stecken …» Der Gedanke schien ihn zu erfreuen, und ein seliger Ausdruck breitete sich auf seinem beweglichen Gesicht aus. «So waarm, so gemüütlig … so herzvoll …»

Er benutzte den Ausdruck «herzvoll» recht oft, und als die anderen ihm erzählten, dass es dieses Wort eigentlich gar nicht gab, verteidigte er sich stolz. Der Plimp schien überzeugt, dass es so viel wie herzerwärmend, hinreißend oder lieb bedeutete. Nach einigem Herumprobieren empfanden die Reisenden das Wort durchaus «herzvoll», und bevor sie es recht merkten, benutzten sie es selbst. So etwas passierte mit Kik-Eritee oft. Es gab viele ungewöhnliche Phrasen, die sich aufgrund großer Nachfrage in ihr offizielles Numii-Vokabular einschlichen. «Kein Problem», «Babas» (Kinder) und «kein Gekuller» standen auf dieser Liste weit oben.

An diesem Abend aßen sie von dem Proviant, den ihnen der Plimpkönig mitgegeben hatte, und schlürften Swigny in sich hinein, dass Kik-Eritee auf seinem Weg zu König Ureof (oder wieder zurück) aufmerksamerweise in einer Stadt für sie gekauft hatte – es fragte niemand, in welcher, denn die Gefährten hatten keine Ahnung, welche Stadt er meinen konnte.

Als sie sich tief in ihre Decken kuschelten, gewann Dordios' Neugierde die Oberhand, und er fragte: «Kik-Eritee?» Der Plimp hob den Kopf, um zu zeigen, dass er ihn gehört hatte, und gab ein hohes fragendes Geräusch von sich. «Wofür sind die Steine gut, die der König dir gegeben hat?»

Kik-Eritee sah ihn erstaunt an. «Das weißest du nicht?», fragte er. Dordios zuckte die Schultern, und so stemmte der Plimp sich auf die Ellbogen. «Alle Plimpe sind stolze Steinewerfer. Steine sind unsere wichtigste Angriffs- und Verteidigungswaffe. Wir tun sogar jedes Jahr große Wettbewerbe machen. Kik-Eritee hat zwei Jahre in Verfolgung gewonnen!» Den letzten Satz sprach er mit dem Stolz eines Goldmedaillengewinners, und genau das war er auch.

«Ich hab meinen Stein beim ersten Mal 118 Meter gewerft, beim zweiten 120! Aber man musste nicht nur einfach werfen, man musste auch die rechte Stelle treffen tun!» Der Plimp setzte sich ganz auf und reckte die Brust. In dem schwachen Mondlicht konnte Bryn, durch Dordios' Augen hindurch, nicht viel mehr erkennen, als dass der Plimp eine wichtigtuerische Miene aufgesetzt hatte, aber sie sah seltsam aus. Kik-Eritee trug den Kopf jetzt direkt oben auf dem Hals, anstatt ihn vorzurecken wie eine Giraffe. Das ließ seinen schmalen Hals breiter wirken; er hatte sich durch das Zurückziehen des Kopfes ein Doppelkinn zugelegt, was überaus lustig aussah. In dieser Position ließ er seinen Kopf von Seite zu Seite wackeln und sah überaus selbstzufrieden dabei aus.

Dordios konnte nicht anders, er musste lachen. Er wollte nicht unhöflich wirken und versuchte, seinen Lachanfall zu unterdrücken, also vergrub er das Gesicht in den Decken, bis er vorüber war. Zum Glück war es finster. Als er wieder aufsah, schlief Kik-Eritee. Dordios fragte sich, ob er einfach nur so tat, als ob. Leise Schnarchtöne drangen aus der kleinen bärenartigen Nase, tief und gleichmäßig.

Für Bryn dauerte es nur Sekunden, sich die Reise der Freunde durch die Berge anzusehen, obwohl sie in Wirklichkeit sehr viel länger gebraucht hatten.

Die Gefährten genossen die Aussichten sehr, sogar Aesir, die sie schon kannte. Kik-Eritee dagegen schien für die Schönheiten des Gebirges blind zu sein. Einmal, als sie einen besonders steilen Pass entlanggingen, erwischte der Brauer ihn dabei, wie er hinunterschaute und Furcht empfand. Der Brauer schmunzelte bei dem Gedanken, dass der Plimp Höhenangst hatte.

Der Rest der Reise verging für Bryn auf etwas abgehackte Weise, und er sah nur Bruchstücke der Handlung; augenscheinlich war nichts weiter passiert. Sie durchquerten bereits das Wiesenland von Armaah.

Ebendann wurde das wirbelnde Weiß, das seinen Blick verschleierte, wieder vertrieben, und er sah, wie seine Freunde umzingelt wurden, anscheinend von Soldaten.

Der Anführer warf sich auf Kik-Eritee, der zwischen seinen Beine hindurchhuschte und ihn flink mit den kräftigen Hinterbeinen umstieß. Der Anführer stand sofort wieder auf, aber Kik-Eritee war zu weit entfernt für einen Nahkampf, also hob er seinen Speer und holte mit ihm aus. Kik-Eritee wartete jedoch nicht, sondern zog einen seiner Steine. Er warf ihn mit aller Kraft und traf seinen Gegner an der Stirn, genau auf das V, das dort in die Haut gebrannt war. Der Stein durchschlug seinen Schädel und tötete ihn auf der Stelle, was Kik-Eritee gerade noch vor dem Speer rettete, der einen halben Meter von ihm entfernt landete.

«Hab dich ... und daneeeben!», rief er und schaute mit Überlegenheit auf die tote Wache hinab. Aesir fällte mehrere der Männer, bevor sie sie erreicht hatten, und als sie näher gekommen waren, zog sie ihr Schwert, um die Barue zu schützen. Telseara und Dordios sahen so klein und hilflos aus, dass eine der Wachen sie sich einfach greifen wollte ... nur um ihre Faustschläge abzubekommen. Verblüfft ließ der Soldat los und musste feststellen, dass Telseara und Dordios ihm nun Kurzschwerter an die Kehle hielten. Die beiden jüngsten Mitglieder der Gruppe waren die Ersten, die Gefangene nahmen.

Wieder ließ dieser Nebel ihre Erlebnisse einen Satz machen, und Bryn sah, dass seine Freunde der Umzingelung entronnen waren und Atem schöpften. Kik-Eritee sah zum rasch herannahenden Feind und wählte einen grauen Stein aus seiner Beintasche. «Wenn wir jetzt angreifen tun, macht sie das ganz wirre. Konterung!»

Er stürzte brüllend auf den Feind los, riss die anderen mit sich. Sie hatten völlig die Orientierung verloren, griffen aber dennoch an und brüllten ihren Trotz heraus. Der Plimp verlagerte sein Gewicht auf das rechte Bein, zeigte mit dem linken Arm schnurgerade auf den Feind wie ein Speerwerfer und warf den Stein in hohem Bogen. Obwohl Kik-Eritee angeblich der beste Steinewerfer war, schien er das Ziel zu verfehlen; Dordios ächzte auf, als der Wurf zu kurz ausfiel.

Plötzlich erschütterte eine Explosion den Boden; dichter grauer Nebel wallte auf, wo der Stein gelandet war, und hüllte die Männer ein. Kik-Eritee blieb stehen und bedeutete den anderen, es ihm gleichzutun. Er hob einen gewöhnlichen Stein vom Boden auf und warf ihn in den Nebel.

«Tut Krach machen!», kreischte er und schlug Dordios'

Kurzschwert gegen Aesirs Schild. Die anderen begriffen und imitierten Kampfeslärm. Bald drangen Schreie, Schwerterklirren, Ächzen und dumpfe Schläge aus dem Nebel herüber. Die feindlichen Soldaten schienen weit, weit weg zu sein, so leise waren die Geräusche.

Aus diesem Grunde also hatte der Plimp gewollt, dass sie einen Angriff vortäuschten. Kik-Eritee klopfte sich die Hände ab, als hätte er nur etwas Schmutziges angefasst. «Lasst uns gehen tun.»

Am nächsten Morgen ließ der «Sklaventreiber» (Kik-Eritee) sie ungefähr zehn Meilen marschieren, bevor er ihnen ein Mittagessen gestattete. Nach einer kurzen Rast kamen sie weiter gut voran. Wandern war langweilig, und ihnen taten mit jedem Schritt die Beine weh, doch sie waren von den zivilisierten Numenii-Bauten in der Ferne so fasziniert, als hätten sie nie zuvor ein Dorf oder eine Stadt gesehen. Aesir erinnerte Bryn an Wafrudnir, denn die dichter bevölkerten Gegenden erweckten ihr Misstrauen.

«Unnötiges Zeitvertun», sagte der Plimp jedes Mal, wenn sie ihn fragten, ob sie nicht auf einem Markt einmal irgendetwas Erfrischendes kaufen könnten; dazu schloss er die Augen und hob die lockigen Brauen, um diese offensichtliche Tatsache zu unterstreichen. So ging es mit leichten Abwandlungen die ganze Zeit. Er kam Bryn wie ein Vater vor, der quengeligen Kindern etwas zu naschen vorenthielt.

Sie waren froh, so weit vorangekommen zu sein, aber seit dem Angriff auch wachsamer. In dieser Nacht verzichteten sie aus Angst vor den Soldaten, die sie mittels des künstlichen Nebels abgehängt hatten, auf ein Feuer.

Den Barue kam es vor, als wäre es Ewigkeiten her, dass sie den Ostentum begegnet waren und die merkwürdige Folge von Ereignissen ihren Anfang genommen hatte, die sie auf dieses Abenteuer führte. Dordios und Telseara wussten schon nicht mehr genau, wie manche der Monster ausgesehen hatten. Als sie darüber sprachen und gewisse abstoßende Aspekte im Erscheinungsbild dieser Teufel zu beschreiben anfingen, machte der Plimp ein angewidertes Gesicht und gebot ihnen durchaus höflich, den Mund zu halten.

Der folgende Tag war milde, und als sie die nächste gute Numenii-Straße erreichten, kamen sie leichter voran. Sie folgten ihr bis zu einer Kreuzung. Aesir blieb stehen, um (mit Telsearas Geld) in einem Laden am Straßenrand Brot zu kaufen, denn sie hatten fast nichts mehr zu essen.

Im Laufe der Zeit begann sich das Flachland beinahe unmerklich zu neigen. Unerwartet kam Wasser in Sicht.

«*Schuckel!* Ich glaube, Kik-Eritee hatte recht», sagte Dordios. Alle blieben sie stehen und schauten in die Ferne. Im Norden und Süden erhoben sich befestigte Städte aus der Ebene wie Ameisenhügel.

Aesir fehlten die Worte, als sie mit ihren scharfen Augen die Entfernung zum nächsten Bestimmungsort abschätzte. Schließlich fand sie die Sprache wieder. «Wie wir das Land in einer solchen Geschwindigkeit durchqueren konnten, begreife ich nicht. Ureof ist vielleicht gestern erst eingetroffen. Wir sind im Zeitplan mehrere Tage voraus … Dank des Plimps!»

Auf dem größten See Calaspias trieb, schimmernd wie eine Perle in der Sonne, Armaah.

Bryn spürte einen Windstoß, und als er tief einatmete, war die Luft sehr kalt. Sie drang als erfrischender Strom in seine Lunge. Zum ersten Mal an diesem Tag fühlte er sich wirklich wach. Vor seinen Augen wurde unvermittelt alles schwarz, und er tappte blind umher. Alles war still.

Dann hob sich der Schleier, und Bryn sah seine Freunde vor sich, mit blassen Gesichtern. Bryn merkte, dass seine Kleider feucht waren. Waren sie tatsächlich draußen unterwegs gewesen und hatten das Abenteuer körperlich noch einmal durchlebt? Er lachte aufgeregt, als ihm klarwurde, dass er völlig durchgeschwitzt war. Auch wenn sie das Gebäude gar nicht wirklich verlassen hatten, sie befanden sich wieder im Regere Mansionum, und er war froh, dass Telseara und Dordios und Mittni bei ihm waren. Und der Plimp.

✦ 18. KAPITEL ✦

COLA

Im Mansionum wimmelte es von Leben, und die Barue fühlten sich etwas unwohl zwischen so vielen Fremden, die alle zu den höchsten Offiziellen des Landes gehörten. Man konnte sich unmöglich mit ihnen bekannt machen, aber das war noch nicht einmal das Problem. Sie hatten ja einander, und sie bevorzugten es, ganz typisch für Barue, unter sich zu bleiben. Bryn war durch seine vielen Jahre fern der Heimat an fremde Gesichter gewöhnt – es war Teil seiner Ausbildung. Telseara und Dordios machten die Leute auch nicht so viel zu schaffen, wobei sie allerdings mit kaum jemandem mehr als ein paar Worte wechselten.

«Sie sind jung und noch nicht zu Gefangenen ihrer eigenen Kultur geworden», wie Thybil es ausdrückte. Der Alte war überglücklich, dass die Gruppe wohlbehalten eingetroffen war, aber zugleich auch zornig, dass die beiden jüngsten Mitglieder dabei waren. Sie hatten sich die schlimmste Standpauke ihres Lebens anhören müssen, aber danach hatte Thybil ihre Anwesenheit akzeptiert und war wieder zu seiner alten Gewohnheit zurückgekehrt, ihnen etwas beibringen zu wollen.

Bryns Erklärung fiel ein wenig anders aus: Die jungen Barue waren auf der Suche nach Abenteuern und ließen sich nicht so leicht abschrecken. Weder die fremde Umgebung noch die gewichtigen Persönlichkeiten überall konnten sie aufhalten. Tatsächlich schien es ihre Forscherlust noch zu steigern. Im Nu kannten Telseara und Dordios das Regere Mansionum und einige andere Teile der Stadt besser als jeder andere Barue oder Nephelim, möglicherweise mit Ausnahme von Thybil, der hier schon mehr als einmal gewesen war. Bryn gab es nur ungern zu, aber er machte sich Sorgen, dass die beiden Jugendlichen etwas anstellen und ihre Mission gefährden könnten. Er bekam sie nicht oft zu sehen, da er seine Zeit mit Mittni verbrachte. Er ging davon aus, dass sie sich anders verhalten würden, wenn sie das Gleiche erlebt hätten wie Mittni und er. Die beiden Reisen vom Sklavenlager nach Armaah waren doch sehr unterschiedlich verlaufen.

König Ureof war ihnen gegenüber der mit Abstand freundlichste Herrscher. Er freute sich, dass ihnen nichts zugestoßen war, und lauschte aufmerksam ihrem Bericht von den Geschehnissen, seit sie getrennt worden waren.

Der König erklärte, dass ihm tatsächlich ein Plimp ausgerichtet hatte, dass sie wohlauf wären und am Montag beim COLA-Rat eintreffen würden. Mit Freuden begrüßte er ihren Führer aufs Neue. Alle Diener und Wachen waren natürlich überaus interessiert an Kik-Eritee, und wann immer sie Zeit hatten, verleiteten sie ihn dazu, ein paar Steine zu werfen und Anekdoten und Geschichtliches über die Plimpe zu erzählen. Zum Glück war Ureofs Gefolge mit heiler Haut dem Hinterhalt entkommen.

«Kik-Eritee?», fragte Dordios verlegen.

«Ahu?», machte der Plimp sein fragendes Geräusch, das wohl einem «Was denn?» entsprach. Die Bedeutung dieses Wortes hing davon ab, in welcher Situation es gebraucht wurde. Es war ein freundlicher Klang, und die unschuldige

Miene, von der es begleitet wurde, wenn es einem Vorwurf zu begegnen galt, brachte sie oft zum Lachen und außerdem dazu, ihm auf der Stelle zu vergeben. Kik-Eritee war zwar ein meisterhafter Führer und Anführer, aber er besaß (so sagte Thybil) wie alle jungen Plimpe eine unstillbare, manchmal gefährliche Neugierde und die liebenswerte Unbeholfenheit eines Kleinkinds. Diese Ungeschicktheit war im Regere Mansionum, wo überall zerbrechliche Ziergegenstände harmonisch arrangiert waren, besonders verheerend. Mehr als einmal wäre ihm beinahe eine Vase oder irgendein anderes kostbares Stück heruntergefallen, das er im letzten Moment noch zu fassen bekam und zwischen seinen Händen jonglierte, bis er es endlich vor die Brust drücken konnte. Dann sank er damit zu Boden, stieß einen Seufzer aus und schloss erleichtert die Augen. Manchmal war er auch nicht schnell genug oder drückte es zu fest vor seine Brust … er war beim Reinigungspersonal nicht gerade beliebt.

«Kik-Eritee, ich möchte mich gern dafür entschuldigen, dass ich an dir gezweifelt habe», sagte Dordios. «Es war überaus freundlich von dir, uns ‹schnellig› hierherzubringen. Und König Ureof unsere Botschaft zu übermitteln.»

«Na», sagte der Plimp und winkte ab, bescheiden vielleicht. Dabei achtete er nicht darauf, sein Handgelenk steif zu halten, sodass die ganze Hand wieder einmal lustig nach vorne plumpste und dort wie leblos herumbaumelte, bis ihrem Besitzer irgendetwas anderes damit einfiel. «Kein Gekuller!»

«Er meint, das spielt doch keine Rolle», übersetzte Dordios eifrig für Bryn, obwohl der Brauer es selbst verstand. «Er hat meine Entschuldigung angenommen.»

Aesir und Wafrudnir beschlossen, so rasch wie möglich abzureisen. Sie wollten gern zu ihrem Volk zurückkehren.

«Euer Volk wird es uns gewiss neiden, dass wir von eurem Können so sehr profitiert haben, und eure Rückkehr schon erwarten», sagte Thybil. «Vielen Dank für alles, was ihr für uns getan habt.»

Es war ein gefühlvoller Abschied, denn sie hatten so viel miteinander erlebt. Aber es gab auch etwas Förmliches.

«Versprecht mir, dass wir uns wiedersehen», sagte Mittni.

«Man verspricht nichts, was man nicht halten kann», sagte Aesir.

«Oder, wie Apherist gesagt hat, versprich nie etwas – halte einfach nur dein Wort.» Wafrudnir, der ansonsten eine undeutbare Miene aufgesetzt hatte, zwinkerte zu Bryn herüber.

Sie nickten einander mit ernsten Gesichtern zu, bevor Wafrudnir weich wurde und vorsichtig erst Thybil umarmte und dann die anderen. Aesir folgte seinem Beispiel, einigermaßen verlegen, wie Bryn merkte. Die Nephelim hatte ihre getreuen kleinen Gefährten doch recht liebgewonnen.

Im Hohen Rat von Calaspia herrschte ungewohnte Unruhe. Eine COLA-Krisensitzung hatte nichts Gutes zu bedeuten. In jedem Fall stand eine Entscheidung an: eine wichtige und zumeist schwerwiegende Entscheidung. So auch diesmal. Die Neuigkeiten, die der Anlass für die Einberufung des Rates waren, hatten inzwischen unter den Herrschern die Runde gemacht. Ungläubigkeit, Angst, Besorgnis: das waren die verbreitetsten Reaktionen gewesen. Sämtliche anwesenden Herrscher wussten, was die Rückkehr dieses besonderen Feindes zu bedeuten hatte. Sie hofften, dass es sich nur um den Überrest einer Streitmacht handelte, um das letzte Röcheln der Mächte des Wahnsinns, die während des Kriegs um das Tor zerrieben worden waren. In den letzten Stunden hatte der Rat besprochen, welche Vorsichtsmaßnahmen zu ergreifen waren, falls sich bestätigen sollte, dass es sich um mehr als Gespenster der Vergangenheit handelte.

Opeion saß am Kopfende des Tisches. Zu seiner Rechten sein Ratgeber, der alte Onkel Gug. Weitere Ratgeber sowie Opeions Mundschenk Perduellis hatten Sitze hinter ihm. Neben dem Imperator saßen seine Kinder: Aurgelmir, der ältere Sohn (welcher Imperator werden würde, wenn Opeion starb oder abdankte), Peasmi, die einzige Tochter, und Rameon, der jüngere Sohn, ein heißblütiger Prinz. Die anderen Herrscher saßen alle auf ihrem Thron: Lady Turissa aus Bel-Tued, der Handelsbucht, der blonde, große und mächtige König Haggar aus Nanoak und der schwarzhaarige, dunkelhäutige, glattzüngige Lord Imal aus dem Königreich Nomidien im Südosten. Alle hatten sie vertraute Ratgeber und einige ihrer engsten Angehörigen mitgebracht.

Als Vertreter von Itrim kam natürlich nicht Eridanus in Frage, der ja zum Unbenennbaren Land aufgebrochen war. Der Dekan (ein dem Lehrmeister übergeordneter Rang) hatte seinen Platz eingenommen, Djutoris. Die vormittägliche Besprechung war vorbei, und sie entspannten sich während der kurzen Pause bis zum Mittagessen; jeder plauderte mit seinem Nachbarn.

Es war der zweite Versammlungstag, und Thybil war über die gemachten Fortschritte nur ansatzweise erfreut. Dass die Herrscher sich gegen die Vorstellung sträuben würden, dass eine so mächtige Bedrohung zurückgekehrt war, damit hatte er gerechnet. Doch sie erwiesen sich als noch weit störrischer als erwartet. Der alte Barue unterhielt sich gerade mit Gug, doch er erhob sich und ging zur Tür, sobald er Dordios erblickte, der seine Aufmerksamkeit zu erheischen versuchte. Aus irgendeinem Grunde hatte er Angst, seinen Fuß auf den roten Teppich des Ratssaals zu setzen. Das war wenig überraschend, wenn man bedachte, was für ein ungutes Gefühl Bryn und Mittni anscheinend diesem Raum gegenüber hatten.

«Nun, was hast du angestellt?», fragte Thybil und zerraufte seinem Großneffen liebevoll die Haare.

«Kik-Eritee sagt, es ist sehr wichtig und ich soll dich holen.» Dordios sah sich unruhig um und senkte die Stimme. «Eigentlich hätte ich Eridanus holen sollen, aber der ist unterwegs … und da wir nicht wissen, wann er zurückkommt …»

Thybil begriff, dass es um etwas Ernsteres gehen musste und nicht nur um die übliche Bitte, ihnen irgendeine unwichtige Einzelheit zu erklären, die ihnen aufgefallen war.

«Können wir es beim Mittagessen besprechen?»

«Nein. Unter vier Augen.»

«Nun gut.»

Währenddessen erfreuten sich Bryn und Mittni an einem königlichen Mittagsmahl. Da es viel zu viel gute Speisen zu genießen gab, sprachen sie nicht viel, sondern sahen sich nur die gemeißelte Decke, die geschmückten Säulen und das große Herdfeuer an. Nicht lange nachdem sie zu essen begonnen hatten, gesellten sichTelseara und Dordios zu ihnen.

«Wo ist Onkel Thybil?», fragte Mittni. Telseara und Dordios sah man meist allein, aber mittags schlossen sie sich üblicherweise den anderen Barue an. Selbst sie fühlten sich verletzlich, wenn sie eine Weile in geschlossenen Räumen waren, in denen es von Fremden wimmelte. Sie sahen zum ersten Mal, seit sie von ihrem Großonkel ausgeschimpft worden waren, schlecht gelaunt aus.

«In ein Gespräch vertieft», sagte Telseara und knallte ihren Teller auf den Tisch, denn Gäste mussten sich zum Mittag an einem Büfett selbst bedienen. Die Herrscher hatten die

Möglichkeit, in ihren Gemächern zu essen, wo ihnen die eigenen Diener auftrugen. König Haggar war bei allen weniger hochgestellten Gästen des Regere Mansionum beliebt, weil er sich gern lachend und plaudernd unter sie mischte. Er machte ein ganz alltägliches Gesicht und tat so, als würde nichts Außergewöhnliches geschehen. Doch in seinem Inneren trug er eine Schlacht aus. Bryn konnte es spüren, wann immer er ihm in die Augen sah oder in seiner nächsten Nähe war. Sorgen und Ärger wühlten in ihm und verlangten Aufmerksamkeit. Der Brauer sah den Saal hinab, wo König Haggar seinen Platz hatte. Vielleicht lag es einfach an den anstrengenden Sitzungen, aber es ging ganz gewiss nicht nur um die Nachricht, dass sich ein paar Ostentum herumtrieben. Manchmal glaubte Bryn zu spüren, dass den König etwas ganz Bestimmtes beunruhigte. Aber es war nicht nur König Haggar, der litt. Bryn hatte es in allen COLA-Teilnehmern gespürt.

Dann betrat Thybil im Gespräch mit Onkel Gug und Kik-Eritee den Speisesaal. Sie sahen alle überaus ernst aus und sahen nicht einmal zu Bryn und den anderen hinüber, sondern setzten sich ein paar Tische weiter in eine Ecke für sich. Bryn konnte ihre Unruhe spüren, besonders Thybils und Gugs. Sie redeten ernst, mit gesenkter Stimme.

«Seht nur. Ich wette, sie kommen sich jetzt ganz wichtig vor. Die haben uns einfach so weggeschickt. ‹Das betrifft euch nicht›», sagte Telseara mit tiefer Stimme. Sie ahmte Thybil nach, obwohl der gar keine sonderlich tiefe Stimme hatte.

«Macht mir bloß nicht weis, selbst die beiden frechsten Spione in der Stadt wüssten nicht, was ihr Großonkel vorhat», sagte Bryn. Denn obwohl die beiden Geschwister erst kurz hier gewesen waren, kannten sie doch schon fast so viele Leute mit Namen wie Thybil und wussten auch, wo sie untergebracht waren, was Thybil nicht so sehr interessierte.

Telseara warf der kleinen Gruppe, die über ihrer Mahlzeit die Köpfe zusammensteckte, nur einen finsteren Blick zu.

«Es muss diesmal wirklich etwas richtig Wichtiges sein, jede Wette. Sie weihen wahrscheinlich nicht einmal COLA mit ein», sagte Dordios.

«Wie kommst du denn auf so was?», fragte Bryn. «Was, bitte schön, sollte so wichtig sein, dass es nicht einmal im Hohen Rat besprochen wird?»

Dordios schluckte sein Essen hinunter (Thybil hatte ihm beigebracht, nicht mit vollem Mund zu sprechen, was Telseara nie gelang) und antwortete mit einer Gewissheit, die der junge Barue nicht oft an den Tag legte. «Weil wir Eridanus etwas sagen sollten. Nur ihm. Vielleicht hast du recht, und nichts ist zu wichtig für COLA. Wenn aber doch, dann bleibt dieses bestimmte Thema nicht deshalb unbesprochen, weil es so unwichtig ist, sondern weil der Rat nichts darüber wissen soll. Es ist etwas, das nur für die Ohren des Hohen Lehrmeisters bestimmt ist.»

Telseara setzte ihr Glas mit Wucht auf den Tisch; die Flüssigkeit schwappte über den Rand und auf die Tischdecke.

«Das reicht!», fauchte sie. «Sag nichts mehr. Wir könnten etwas verraten. Nicht, dass wir viel wüssten», fügte sie mit Verspätung hinzu.

«Weißes Tischtuch verschmutzt schnell, junge Dame», sagte ein großer Mann, der am Tisch vor ihnen saß. «Du bist herzlich eingeladen, nachher beim Saubermachen zu helfen.» Sein Kopf war kahlrasiert, was Bryn bisher selten gesehen hatte. Er lächelte, und Bryn konnte spüren, dass es ungekünstelt war.

«Wer ist das? Kennt ihr ihn?», fragte er leise, als die Angesprochene sich wieder umwandte.

«Der Mundschenk des Imperators persönlich», sagte Telseara stolz. «Er redet manchmal mit uns, stimmt's, Dos?»

«Ja. Perduellis heißt er. Netter Mann.»

Bryn war froh, dass wenigstens noch jemand außer Onkel Gug, König Ureof und ihnen ein gutes Herz und Raum für anderes als Sorge und Eigennutz hatte. Er war zuletzt immer deprimierter und niedergeschlagener gewesen. Die Atmosphäre war erdrückend, und er war nicht der Einzige, der dies in den Gefühlen anderer erspürte. Telseara und Dordios waren jünger, darum war ihr Talent, sich in andere hineinzufühlen, noch nicht so stark entwickelt. Sie logen immer noch wie kleine Kinder und spielten den Leuten Streiche, was die Entwicklung der Gabe erschwerte. Je mehr ein Barue seine Gefühle verbergen muss, desto ungeschickter wird er darin, diejenigen der anderen zu erspüren. Das liegt daran, dass die gleiche Blockade, die andere Barue daran hindert, seine wahren Gefühle zu erspüren, auch ein Hindernis für seine eigenen, aus ihm hinausspürenden Sinne darstellt. Aber Mittni und selbst Telseara und Dordios spürten den Druck der Gefühle um sie herum durchaus. Thybil war zu beschäftigt, um darüber zu sprechen, aber er kannte solche Situationen sicher.

«Diese Person dagegen», sagte Telseara verächtlich und deutete ans andere Ende des Saals, «ist ein verwöhntes kleines Schätzchen. So etwas Hochnäsiges hast du noch nicht gesehen.»

«Ich weiß nicht … ihr habt Johan noch nicht kennengelernt!», lachte Bryn und wechselte einen amüsierten Blick mit seinem besten Freund.

Der Brauer war es nicht gewohnt, dass Telseara so über Leute sprach, darum sah er nur vorsichtig zum hintersten Tisch hinüber. Ihm fiel niemand auf, auf den die Beschreibung passte.

«Wen meinst du denn?»

«Prinzessin Peasmi», sagte Telseara spöttisch. «Sie guckt mich immer wieder so an. Sehr beunruhigend.»

Bryn warf noch einen Blick zu dem Tisch hinüber und erkannte die schöne Prinzessin sofort. Er wusste nicht recht, warum Telseara so von ihr sprach, aber sie hatte sich immer gewünscht, eine Prinzessin zu sein.

Ein Mann eilte über einen der zahlreichen Korridore des Regere Mansionums. Auf der Suche nach jemandem hatte er gerade den Festsaal verlassen. Seine Füße trugen ihn in Richtung Ratssaal, wohin derjenige verschwunden war. Es dauerte nicht lange, und er hatte Onkel Gug in einem abgeteilten Besprechungszimmer neben dem Saal gefunden. Der Alte schien über die Störung überrascht.

«Ah, ich habe hier gar nicht mit dir gerechnet. Ich dachte, du wärst noch beim Essen», sagte er und lächelte höflich.

«Nun, es gab noch eine Angelegenheit, um die ich mich zu kümmern hatte», erwiderte der hochgewachsene Mann.

Die übliche Art zu sagen ‹Ich hatte etwas zu tun, was dich nichts angeht!›, dachte Gug immer noch lächelnd. Politik war doch immer gleich.

«Erfolgreich, hoffe ich. Aber du bist ein fähiger Mann; ganz bestimmt warst du erfolgreich.»

«Ja, danke, Gug.» Das Kompliment schien ihn zu überraschen. «Aber nicht annähernd so fähig wie Ihr. Darum würde ich auch gern rasch ein paar Worte mit Euch wechseln. Ich will ganz offen sein. Ich bin von der Rückkehr der Ostentum überzeugt, genau wie Ihr, Eridanus und die anderen.»

Diesmal war es an Gug, überrascht zu sein. «Ja? Das freut mich. Was macht dich so sicher?»

«Ach, es gab verräterische Anzeichen, wie der Hohe Lehrmeister gesagt hat. Und wie könnte es sein, dass Eridanus,

Galar und die Barue zufällig mit so ähnlichen Geschichten aufwarten? Eridanus und Ihr seid Führungspersönlichkeiten mit Wissen und Verstand.»

«Nun, Perduellis, so weit würde ich nie gehen», sagte Gug bescheiden und machte sich wieder an seine Schreibarbeit. «Aber was versuchst du mir eigentlich zu sagen?»

«Nur dies: dass ich auf Eurer Seite bin. Ich weiß, Ihr denkt, der Großteil des Rats wäre gegen Euch, aber dem ist nicht so. Sie sind halsstarrig und haben wenig Lust, die Neuigkeit anzunehmen, das ist alles. Wenn Eridanus und Galar mit Beweisen zurückkehren und die nach Arleath entsandten Soldaten ebenfalls, dann bleibt ihnen nichts anderes übrig. Dennoch, ich glaube Euch und stehe voll hinter Euch. Das ist alles, wirklich.» Damit wandte er sich ab und schritt davon. Gug stand einen Moment lang da und putzte mit einem leisen Lächeln sein Monokel. So gab es im Rat also doch noch ein paar verständige Leute. Selbst wenn der Mundschenk Perduellis in der Hierarchie sehr weit unten stand – er hatte doch zahlreiche und einflussreiche Kontakte. Und das war ermutigend.

Bryn brauchte dringend frische Luft und die Gesellschaft von Barue, also spazierte er mit Mittni, Telseara und Dordios durch Armaah. Auch Thybil war dabei; er hatte seine geheimen Unterredungen beendet, wollte sich aber nicht darüber äußern. Der erste überwältigende Eindruck der Stadt war abgeklungen, und sie erkannten hinter dem Glanz und dem Gold eine charmante Mischung aus Raffinesse und Einfallsreichtum. Dennoch einigten sie sich nach einigem Herumstromern und einem Museumsbesuch gesättigt und erschöpft, ins Regere Mansionum zurückzukehren. Dordios war meist schnell zu Fuß und blieb an einem der zahlreichen Springbrunnen, mit denen die Stadt protzte, stehen, um auf seine

Freunde zu warten. Dieser befand sich in der Mitte einer Kreuzung und war von kleinen Statuen umgeben. Dordios interessierte sich nicht sonderlich für Baukunst, aber er sah sich gern Skulpturen an, die eine Geschichte erzählten. Als die anderen bei ihm anlangten, wandte er sich zu ihnen um und zog eine Braue hoch.

«Diese Wasserspeier erinnern mich an die braunen Untiere, die uns gefolgt sind», sagte er.

«Es gibt eine gewisse Ähnlichkeit», bestätigte Thybil. «Aber sie haben ganz gewiss nichts mit ihnen zu tun.»

Bryn beugte sich über den äußeren Steinring, der die stürzenden Wasser des Springbrunnens fing, um besser sehen zu können.

«Stimmt, sie ähneln ein bisschen den Ostentum-Kundschaftern … Wisst ihr noch, Telsea und Dos?», sagte Mittni. «Das war ein Kampf, stimmt's? Ich bin froh, dass euch nichts passiert ist.»

Thybil runzelte die Stirn. «Was für ein Kampf?», fragte er geistesabwesend, worauf die jungen Barue Blicke wechselten und nichts weiter sagten. «Nun, diese Kundschafter, wie du sie richtig genannt hast, dürften jedenfalls die schwächsten Ostentum sein, darum überrascht es mich nicht, dass Mittni und Bryn damals im Sklavenlager mit ihnen fertig wurden, ohne … ohne sich Verletzungen zuzuziehen. Aber sie sind die beweglichsten und am besten zur Überwachung geeignet.»

Bei Thybils letzten Worten zuckte Bryn zusammen. Ihm war wieder die Nacht mit Galar und Mittni eingefallen, in der er Wache gehalten hatte. *Am besten zur Überwachung geeignet.* Bryn merkte, wie ihm das Blut in den Kopf stieg, und mischte sich sofort in das Gespräch der anderen ein.

«Das erinnert mich an die Nacht vor unserer Ankunft in Armaah.» Er ergriff Thybil beim Arm, damit er ihm zuhörte.

«Ich habe oben etwas fliegen sehen und gedacht, es wäre eine Eule. Aber am Morgen sagte Mittni mir, dass er auch eine gesehen hatte. Das müssen diese Ostentum-Kundschafter gewesen sein!»

Thybil fiel in tiefes Schweigen und grübelte.

Dordios wandte sich scharf zu seinem Freund herum. «Was ist geschehen? Seid ihr angegriffen worden?»

«Nein. Das ist es ja», sagte Thybil langsam. «Genau das ist es ja gerade … In gewisser Weise wäre es mir lieber gewesen, sie hätten uns angegriffen. So aber wissen wir, dass etwas anderes vor sich geht, etwas Weiterreichendes. Das bestätigt Galars und meinen Verdacht …. Wenn Bryn recht hat, wussten sie sogar, wo wir waren. Also ist es demjenigen, der hinter all dem steckt, offensichtlich ganz gleichgültig, dass wir heil in Armaah angekommen sind.»

Er blinzelte in die Ferne, ohne die vielen farbenfrohen Menschen und Gebäude zu sehen.

«Oder schlimmer noch: Er wollte uns hier haben.»

Thybil zuckte zusammen, als ihm etwas anderes aufging.

«Galar! Eridanus! Verflixt nochmal, ich hoffe, sie sind wohlauf. In welche Gefahr begeben sie sich, wenn der Feind über alles Bescheid weiß?»

Der Brauer sah Thybil an. Er wirkte eindeutig verstört. Aber hatte Bryn denn erst die Ostentum-Kundschafter erwähnen müssen, damit er zu solchen Schlüssen gelangte? War er gerade geistig etwas träge? Bryn fiel auch wieder ein, wie er über Thybil nachgedacht hatte, bevor die fliegenden Wesen zu sehen gewesen waren. Es waren keine schönen Gedanken gewesen.

Keiner von ihnen sagte etwas, als sie zum Regere Mansionum zurückeilten.

Beim Eintreten sah Bryn sich in der großen Halle um. Seine Freunde verschwanden zu irgendeinem Gesellschaftsspiel, und Thybil eilte davon. Der Brauer wollte sich schon abwenden und auf sein Zimmer gehen, da fiel ihm Telseara auf, die sich mit der Prinzessin unterhielt. Bryns Neugierde siegte. Vielleicht war das *die* Gelegenheit herauszufinden, woher die Feindseligkeit rührte, die sie an den Tag gelegt hatte. Er tat ganz unauffällig, holte sich ein Glas Saft und setzte sich an einen Tisch beim Eingang, von dem aus er ihnen zuhören konnte. Zum Glück saß Telseara mit dem Rücken zu ihm und hatte ihn nicht bemerkt. Als Bryn hörte, worüber sie sprachen, traute er seinen Ohren kaum.

«Oh, was für schöne Haut du hast, Telseara. Ich wünschte, ich hätte solche – du hast nicht einmal Spuren von alten Pickeln, dabei bist du jünger als ich. Das ist einfach nicht gerecht. Mich haben viele der großen Ärzte des Landes untersucht, aber die sagen alle, dass man nicht viel machen kann. Verrat mir dein Geheimnis.»

Bryn hatte die Stimme noch nie gehört, aber es musste Peasmi sein. Eine Spur Neid schwang darin mit.

«Das kommt von einer gesunden, ausgewogenen Ernährung und viel frischer Luft», hörte Bryn einen Mann antworten. «Nichts von den herrlichen Sachen, die einem hier serviert werden. – Aber eigentlich liegt es daran, dass sich unsere Leiber mit unterschiedlicher Geschwindigkeit verändern. Hast du dich je gefragt, warum Rameon einen Bart hat und Bryn nicht, obwohl er älter ist? Weil sich unsere Entwicklung völlig von der euren unterscheidet, haben wir auch unterschiedliche Probleme.»

Diese Stimme kannte Bryn in- und auswendig, und er merkte, wie ihm Blut in die Wangen stieg. Hoffentlich erwischte ihn niemand beim Lauschen. Er hörte Schritte und blickte sich um. Der Brauer war erleichtert, als er sah, dass Thybil weitergegangen war, hinaus aus der großen Halle. Und doch wäre es gut, mit dem alten Barue zu reden. Es war anständig von ihm, dass er das bisschen freie Zeit, das er hatte, mit ihnen verbrachte.

Bryn seufzte. Alles, worüber Telseara und Peasmi reden konnten, war Kosmetik und ihre Haut. Er kehrte auf sein Zimmer zurück.

Nur Mauern – er wusste nicht wie viele, aber mehr als fünf konnten es nicht sein – trennten Bryn von den wichtigsten Gesprächen, die in ganz Calaspia geführt wurden. Nichts Sinnvolles zu tun zu haben, machte ihn mürrisch. Er war es gewohnt, an irgendetwas zu arbeiten, etwas Schöpferisches herzustellen. Telseara und Dordios mochten sich unbegrenzt die Zeit vertreiben können, aber ihm ging es anders. Bryn hatte die berühmte Hauptstadt so viel bewundert, wie er konnte. Statuen. Wasser, das von Säulen oder Figuren floss. Fachmännisch ausgeführte Bauten und Gemälde ... Diese Dinge interessierten ihn nicht mehr, so schön sie auch waren. Nachdem er erst einmal über die Oberfläche hinausgekommen war, hatte er einen ersten Blick ins Innere bekommen. Der Appetit war ihm rasch vergangen, als er das gesetzlose Treiben der Numenii sah, wenn sie glaubten, unbeobachtet zu sein. Bryn verfiel in eine düstere Stimmung. In seinem Kopf sah alles schlimmer aus als in Wirklichkeit.

Er faulenzte in seinem Zimmer herum, sah der Sonne zu, wie sie sich dem Horizont näherte. Das Fenster stand trotz des kalten Windes offen. Er ertrug es nicht, einen Augenblick länger in Armaah zu sein als nötig. Wie König Haggar trug die schwimmende Stadt eine Maske. Dahinter verbargen sich Misstrauen, Lüge, langgehegter Groll und Hass, Loyalität allein gegen sich selbst, Gleichgültigkeit gegen Werte und Abneigung vor der Abhängigkeit von anderen. Es war einfach das Letzte. Bryn schloss das Fenster und machte sich auf den Weg zu Thybils Zimmer. Zu dieser späten Stunde würde der alte Barue bestimmt da sein.

Doch er war nicht allein. Onkel Gug war bei ihm, und als Bryn anklopfte, brachen die beiden alten Herren ihr Gespräch ab. Er merkte, dass es um etwas Wichtiges ging, und fragte, ob er störe.

«Nein, nein, keine Sorge, junger Bryn», antwortete der Ratgeber prompt. «Dann werde ich euch beide einmal allein lassen ... Wird höchste Zeit, dass ich ... hm. Ihr wisst schon, schlafen gehe und so weiter.» Gug zog eine teure Uhr aus der Tasche und lachte aufgekratzt in sich hinein. Verschwommenes Licht von einer Gaslampe spiegelte sich auf seinem Monokel und der Uhr und gab dem freundlichen Herrn einen leicht manischen Anstrich. «Meine Güte, wie die Zeit vergeht, wenn man ein angeregtes Gespräch führt!»

Lag es an Bryns Stimmung, oder war der alte Ratgeber heute ein wenig unruhig und nervös? Auf einmal hatte sich die ganze Atmosphäre dieses Ortes zum Schlechten verändert. Er erinnerte sich an den Abend, an dem auch Galar so anders gewirkt hatte. Er schob diese beunruhigenden Gedanken beiseite und wünschte Onkel Gug eine gute Nacht.

«Vergiss deine Sachen nicht», sagte Thybil spitz und gab dem glatzköpfigen Mann einen handgemachten Fellbeutel. Er war recht klein, und Bryn fragte sich, was wohl darin war. Thybil fingerte geistesabwesend unter seinen Kleidern herum. Bryn konnte es nicht deutlich sehen, aber es sah wie ein Gürtel aus. Was hatte ein Gürtel in der Höhe der Brust zu suchen? Onkel Gug packte Bryns Hand und schüttelte sie kräftig. Der kleine Mann hauchte ein freundliches «Auf Wiedersehen» und ging sehr schnell davon. Er trabte beinahe den Gang hinunter. Sonst ging der alte Herr immer würdevollen, gemessenen Schrittes.

«Was hat er denn?», fragte Bryn.

Der alte Barue war tief in Gedanken versunken. «Gar nichts, mein Junge.» Thybil zog die Decke um seine schmalen Schultern zurecht. «Es sind eben … schwere Zeiten. Wir müssen abwarten. Einfach abwarten.»

Bryn war enttäuscht, Thybil in dieser Stimmung anzutreffen, aber er schlug trotzdem vor, einen kleinen Spaziergang zu machen und vor dem Schlafengehen noch etwas frische Luft zu schnappen. Ihm ging viel durch den Kopf.

«Wollen wir in den Garten gehen?», schlug Thybil vor, der die Last spürte, die auf Bryn lag. Die Idee freute Bryn. Der Lustgarten war ein friedlicher Ort voller Farbe und Ruhe, an dem er sich entspannen konnte.

«Warum nicht? Aber wir sollten nicht so lange unterwegs sein.»

«Trotzdem schlage ich vor, dass wir etwas Swigny mitnehmen, um den Leib und den Geist zu erfrischen. Das war eine anstrengende Zeit, nicht wahr?»

Bryn nickte.

✦ ✦ ✦

Kik-Eritee amüsierte sich wie noch nie. Dies war das erste Mal, dass er ganz allein in einer Stadt der Numenii war, und er genoss es sehr, keinerlei Verpflichtungen zu haben und sich nicht ständig von älteren Plimpen sagen lassen zu müssen, er solle lieber den Kopf einziehen und keine Dummheiten machen. Plimpe lebten im Allgemeinen sehr lange (solange nicht schlichte Dummheit ihrem Leben ein ebenso tragisches wie abruptes Ende bereitete, weil sie sich etwa über eine Klippe beugten, um einen besseren Ausblick zu genießen), aber sie blieben dabei für lange Zeit geistig jung. Vor allem bis zum Alter von fünfzig Jahren waren Plimpe extrem unberechenbar und neugierig, denn sie lernten durch Erfahrung und neigten dazu, guten Rat rasch wieder zu vergessen, wenn er nicht sofort auf ihr Leben anwendbar war.

Kik-Eritee hatte sich jedoch an Thybils Rat, seine verräterischen Züge zu verbergen, gehalten und probierte mit Freuden verschiedene Verkleidungen aus. An diesem Abend hatte er das bis jetzt beste Kostüm gefunden: einen dunklen Mantel, der ihm viel zu groß war, und einen Filzhut mit breiter Krempe. Thybil hatte sich ziemlich über die Wahl amüsiert und bemerkt, dass er wie ein «Detektiv» aussähe, was immer das sein mochte …

Kik-Eritee saß in einem teuren, vornehmen Lokal, um neue Getränke in nicht gar so vornehmen Mengen zu konsumieren. Er konnte lesen, wie alle Plimpe, und war beeindruckt von dem Anblick eines bestimmten Wortes, das ihm auf Numii, der Gemeinzunge, noch nie begegnet war. In der Kultur der Plimpe spielten Sprachen eine bedeutende Rolle. Ihre eigene Sprache, den Schülern und Lehrmeistern von Itrim als die Alte Zunge bekannt, war von sehr hoher magischer Bedeutsamkeit. Die Hohe Zunge, mit der zauberkundige Lehrmeister gern ihre Sprüche zu verstärken versuchten, stellte kaum mehr als eine Verfälschung der Sprache der Plimpe dar. Darum war die Alte Zunge hochbegehrt. Niemand ahnte, dass die Plimpe sie sprachen, und sie taten es auch nur heimlich, damit niemand zufällig mithörte und sie Gefahr liefen, eines Wortes ihrer kostbaren Sprache beraubt zu werden. Tatsächlich hing die Zauberkraft der Plimpe eng mit ihr zusammen. Sie betrachteten ihre Fähigkeit zur gezielten Veränderung von

Gegenständen zwar als «allgemeine Gnade», aber eigentlich hatte sie mehr damit zu tun, dass die Plimpe nicht in der Lage waren, zwischen Wunschdenken und Möglichkeiten zu unterscheiden. Der eine Teil des Zaubervorgangs war, ihn sich bildlich vorstellen zu können, und der andere war der felsenfeste Glaube, dass er wahr werden würde. Der Orden von Itrim hatte einiges Licht ins Dunkel der Magie gebracht, und die Zauberkundigen lernten zahlreiche Sprüche und folgten strengen Vorgaben. Plimpe dagegen mussten keine Magie lernen. Sie war ihre natürliche Begabung, ihr Anteil an den Wundern der Schöpfung.

Das besondere Wort, das Kik-Eritee wie ein Magnet anzog, hatte selbst etwas Magisches, Exotisches, und es war vor allem seine Aussprache, die den Plimp faszinierte. Und dann noch die erste Silbe, Al. Kik-Eritee erinnerte sich vage, davon gehört zu haben; sie hatte irgendetwas mit «Trinken» zu tun. Er trank gern, am liebsten Milchmischgetränke, also bestellte er sich sofort einen Krug von dem Zeug. Der Kellner sah ihn verblüfft an und eilte davon. Kik-Eritee grinste zufrieden in sich hinein, weil er den Blick als prüfend-respektvoll missverstand (in Wahrheit hatte den Kellner nur seine Gesichtsbehaarung überrascht). Ihm fiel wieder ein, dass es gewisse Getränke gab, die zu trinken die Menschenbehörden nur Älteren gestatteten. Um ein solches Getränk handelte es sich wohl. Sein Lächeln wurde breiter. Er war ja schon ein großer Plimp.

Der Kellner hatte ein Glas mit gelblicher Flüssigkeit gebracht, auf der Schaum lag. Kik-Eritee bemerkte, dass ihm der Geruch nicht sonderlich gefiel, aber er stürzte sie trotzdem hinunter. Seine Erziehung gebot, auch den letzten Tropfen zu trinken. Danach fühlte Kik-Eritee sich weit besser. Der Raum wirkte heller, das Feuer fröhlicher, die Leute sympathischer. Er sah sich mit einem abwesenden Grinsen um, ohne irgendetwas richtig wahrzunehmen, als der Kellner in sein Blickfeld trat.

«Hat das Bier geschmeckt, der Herr?», wollte der Mann wissen und versuchte verzweifelt, einen besseren Blick unter den großen, die Augen des Plimp verbergenden Hut zu werfen, ohne aus seiner berufsmäßigen Rolle zu fallen oder zu plump vorzugehen.

«Ich … dachte … Alakolkol», entgegnete Kik-Eritee. Bei dem komplizierten Wort brach er sich fast die Zunge. «Nicht Bier.»

Der Mann lächelte gelassen. «Bier enthält Alkohol, der Herr, und eine Anzahl anderer Getränke ebenfalls. Sogar Swigny – falls Euch das etwas sagt.»

Dieser Satz war es, der alles ins Rollen brachte. Kik-Eritees Augen leuchteten auf, als ihm klarwurde, dass sämtliche in dieser Rubrik aufgelisteten Getränke diese von ihm neuentdeckte Substanz enthielten. Es sprach eigentlich nichts gegen ein wenig mehr von dieser Essenz. Vor allem nicht, wenn es verschiedene Sorten gab.

«Wenn ich dann jedoch zuerst das Geld sehen dürfte, der Herr.»

Kik-Eritee beugte sich geheimnistuerisch vor und zog eine Handvoll Münzen aus der Manteltasche. Sein Plimpzauber diente ihm wie immer gut, und der Mann nickte höflich.

«Bitte vielmals um Entschuldigung, aber das machen wir immer so», log der Kellner entschuldigend.

Kik-Eritee verstand überhaupt nicht, was er damit meinte.

«Was darf es sein?»

Kik-Eritee musste an Bryn Bellyset denken und bestellte ein alkoholhaltiges Swigny.

Der Weg zurück zum Regere Mansionum war sehr seltsam. Einerseits war Kik-Eritee entsetzt, dass sich anscheinend alles verdoppelt hatte und die Insel sich drehte, als wäre sie mitten in einem widernatürlichen Sturm gefangen. Als wäre einem schwindelig. Andererseits war er zu fröhlich, um sich darüber den Kopf zu zerbrechen. Der seltsame Zustand, in dem er sich befand, ließ sich durchaus genießen. Es war jetzt zwei Stunden her, dass er sich in den bequemen Sessel beim Feuer gesetzt und ein Al…, Alho… Dingsbums bestellt hatte. Auf einmal stolperte Kik-Eritee und bekam gerade noch einen Laternenpfahl zu fassen, der gefährlich schwankte. Der Plimp fragte sich kopfschüttelnd, warum die Welt sich so merkwürdig verändert hatte, dann setzte er sich mit einem Plumps an den Rand der Brücke. Sein Hinterteil tat kaum weh, es war wie betäubt. Er war in einer sehr vornehmen Gegend von Armaah ausgegangen, und die stattlichen Gebäude verfügten sogar über eigene Brücken, auf denen man in luftiger Höhe von der einen Insel zur nächsten gelangte. Glücklicherweise waren die meisten mit Geländern ausgestattet, anderenfalls hätte der Armre-See den Plimp wohl längst verschluckt. Er blieb dort lange sitzen, es fühlte sich an wie Stunden.

Dann begann er schrill vor sich hin zu pfeifen, noch unmelodischer als sonst. Er riss sich zusammen, um darüber nachzudenken, was diesen merkwürdigen Zustand verursacht hatte, und bald fiel es ihm wieder ein. *Alhokol … Alakoloh …* Er lallte die putzig klingenden Namen in die Nacht, die einzige Zuhörerschaft, die er hatte, und musste lachen. Der Lachanfall schien eine Ewigkeit zu dauern, und danach tat ihm richtig schön der Bauch weh. *Mehr Bauchmuskeln*, dachte er. Die Aussicht ließ ihn lächeln. Er würde Kishmish, seinen herzvollen alten, in jeder Hinsicht erfahrenen Freund, einmal fragen müssen, ob ihm dieses göttliche Gesöff je über den Weg gekommen war. Er brauchte ungefähr zehn Minuten länger als sonst, um zum Regere Mansionum zurückzukehren, und die Wachen schüttelten den Kopf und tauschten verächtliche Blicke, als der Plimp sie passierte. Aber insgeheim waren sie amüsiert. «Ganz schön angesäuselt», sagte der eine Wachsoldat zum anderen, und sie lachten in sich hinein.

Am nächsten Morgen war Kik-Eritee nicht zum Lachen zumute. Sein Kopf fühlte sich an, als drückte ihm jemand ein Bügeleisen darauf. Oder vielleicht eher, als ob ein Riese ihm erbarmungslos mit seinen schweren Händen die Schläfen zusammenpresste. Der Plimp ächzte. Darüber nachzudenken, machte es nur noch schlimmer. An diesem Tag, so beschloss er, blieb er lieber im Bett.

✦ ✦ ✦

Während Kik-Eritee seine persönliche Odyssee erlebte, bereiteten Thybil und Bryn ernstere Angelegenheiten Kopfschmerzen. Der Lustgarten lag im gewaltigen Innenhof des Regere Mansionum, das den Grundriss eines Rechtecks hatte. Mitten in dem wunderschönen, ausgefallenen Garten stand ein großer, atemberaubender Springbrunnen, von Fackeln erleuchtet.

Die beiden Barue saßen eine Zeitlang dort, ohne viel zu sagen, und ließen sich ihr Swigny schmecken. Leise plätscherndes Wasser und ferne Stimmen aus dem Gebäude waren die einzigen Geräusche.

«Ich hab mich gefragt, wann wir wohl nach Hause zurückkehren. Es ist hier sehr schön, aber ich kann nicht behaupten, dass ich mich wohl fühle.» Bryns Geduld war beinahe aufgebraucht. Er fühlte sich geistig erschöpft und verwirrt. «Wie lange muss dieses COLA-Treffen denn noch dauern? Und wie lange müssen wir noch dabei sein?»

Thybil schmunzelte. «Politiker!», sagte er und grinste. «Sie reden wochenlang über alles Mögliche, und am Ende kommt nichts dabei heraus. Dieses Mal», sagte er mit einem Seufzen und wurde sofort wieder ernst, «ist nichts beredet worden, aber alles Mögliche kommt dabei heraus.»

Bryn hatte eher eine andere Antwort erwartet; diese gab ihm das Gefühl, von Anfang an vielleicht gar nicht so viel verstanden zu haben.

«Thybil, mir will das nicht in den Kopf.» Er atmete die kalte Luft ein und überlegte, wie er es seinem älteren Freund deutlich machen konnte. «Ich frage mich», begann er, «warum du an den Sitzungen von COLA teilnehmen musst. Ich dachte, wir wären hierhergekommen, um eine Entschädigung für unser Volk zu beantragen. Du hast mit Würdenträgern gesprochen, geplant, Reden gehalten ... was natürlich alles gut ist – aber unsere Freunde, Thybil. Unsere Verwandten. Sie verhungern vielleicht, wenn wir nicht bald zurückkehren.» Nachdem er sich zumindest das von der Seele geredet hatte, entspannte Bryn sich ein wenig.

«Das beschäftigt dich also. Sei unbesorgt, so etwas braucht im Imperium seine Zeit. Ich habe bereits eine Anhörung für uns arrangiert.» Thybil lächelte ihm väterlich zu. «Diese Versammlung ist, wie du bemerkt hast, von höchster Wichtigkeit für die Zukunft unserer Welt. Ich versuche, gewisse Leute ... hmm, davon zu überzeugen, welchen Weg wir einschlagen sollten.»

Bryn nahm die günstige Gelegenheit wahr, eine Frage zu stellen, die ihm schon eine Weile im Kopf herumging. Das andere, was ihn quälte.

«Thybil, was belastet eigentlich alle so? Alle sind so angespannt, so verkrampft … Das kann doch nicht nur daran liegen, dass man ein paar Monster gesichtet hat, oder doch? Sie waren nicht dabei, sie wissen nicht, wie es ist, einer Horde dieser abscheulichen Wesen gegenüberzustehen. Auch wenn man die Ostentum für ausgestorben gehalten hat und so weiter. Sicher, sie zerbrechen sich den Kopf darüber, wo sie auf einmal herkommen. Aber es steckt doch noch mehr dahinter. Vielleicht geht es um etwas, das sich nicht mit dem Schwert klären lässt? Es muss etwas sein, das während einer COLA-Versammlung besprochen worden ist. Nur diejenigen, die an den Sitzungen teilnehmen, haben solche Furcht. Die anderen Leute hier sind ganz ausdruckslos. Sie tragen Masken, um ihre Gedanken und Gefühle zu verbergen. Sie haben auch Geheimnisse, aber andere.» Bryn kratzte sich das Kinn. «Persönliche Geheimnisse, die nichts mit dem großen Ganzen zu tun haben.»

Thybil nippte an seinem Swigny, aber anstatt davon zu trinken, benetzte er nur seine Lippen.

«Sag es mir! Ich weiß, dass du Bescheid weißt!»

Thybil seufzte. «Du hast recht, Bryn.» Seine Augen glänzten zärtlich, als er ihn ansah. «Und du bist viel zu neugierig. Ihnen macht etwas Sorgen, und das ist nicht nur das Auftauchen von brutalen Monstern. Das sind dumme Geschöpfe, irre, ohne Vernunft. Ohne einen Herrn, einen gestrengen Herrn, würden sie sich sogar gegenseitig jagen, bis zum Punkt des Aussterbens. Nein. Wir fürchten die Kräfte, die sie antreiben.» Er machte eine kleine Pause. «Manche davon mehr als andere.»

«Kannst du das genauer erklären?», fragte Bryn vorsichtig.

«Nein. Nicht zu diesem Zeitpunkt, fürchte ich. Es wäre einfach nicht richtig, dich in das alles hineinzuziehen. Ich weiß es ja selbst nicht, und Vermutungen würden dich nur ebenso quälen, wie sie mich quälen.» Thybil lächelte ihn an. «Wenn alles wie geplant vorankommt, dann hast du nichts zu fürchten. Vertrau mir.»

«Und was werden wir tun?»

Thybil seufzte erneut und sah in die unermessliche Ausdehnung des sternenübersäten Himmels hinauf. «Wir müssen warten, Bryn. Wir können nur warten und beten, dass Elyon uns gnädig ist.»

Bryn fragte sich, ob der alte Herr scherzte, aber er spürte nichts dergleichen.

«In der Zwischenzeit tu, was du am besten kannst; sorg für unser Essen und für Swigny vom Feinsten! Aber fürs Erste bleibt uns nur, schlafen zu gehen. Wir sehen uns morgen früh. Gute Nacht!»

Und so überließ ihm Thybil, die Ereignisse des Tages zu durchdenken. Bryn zog den geheimnisvollen blauen Stein heraus, den Eridanus ihm gegeben hatte, und untersuchte ihn, wie er es oft tat, wenn niemand in der Nähe war. Bryn fand heraus, dass der Nebel im Inneren des Steins zu der Stelle an der Oberfläche, an die er seine Fingerspitzen legte, gezogen wurde. Davon abgesehen behielt der Stein seine Geheimnisse für sich. Und Bryn hatte nicht vor, einen Zauber auf ihn anzuwenden. Eridanus hatte gesagt, dass er warten solle, und das würde er auch tun. Sie hatten so schon genug Probleme. Er dachte mit Schrecken und Verwirrung an die befremdlichen Resultate des Versuchs zurück, mit dem fünften Element zu zaubern. Wer wusste schon, welche Kräfte *das* freisetzen mochte? Bryn steckte den Stein weg, um nicht in Versuchung zu geraten. Er saß eine Weile da und lauschte der tiefen, überwältigenden Stille der Nacht. Seine Augenlider wurden schwer. Es war angenehm ruhig hier, wenn auch kalt. Bryn hörte eilige Schritte von der Verbindungsbrücke zwischen den beiden Teilen des Regere Mansionum her, und als er nach oben sah, hastete eine kleine Gestalt darüber, kaum größer als ein Zwerg. Diese Gestalt hatte das Schwert gezogen und hielt etwas in der anderen Hand, ein kleines Bündel vielleicht. Bryn war sich nicht sicher, doch es konnte Onkel Gug gewesen sein.

✦ 19. KAPITEL ✦

Attentäter

Der nächste Tag war zermürbend, und Bryn beschloss, früh ins Bett zu gehen. Jedoch nicht um zu schlafen, sondern aus einem anderen Grund. Mittni, mit dem er sich das Zimmer teilte, saß bei einem Brettspiel im Hauptsaal, aber Bryn hatte dazu jetzt nicht die Nerven. Er hatte mitbekommen, dass Telseara und Dordios wieder irgendetwas im Schilde führten, und diesmal wollte er herausfinden, was. Es ärgerte ihn ziemlich, dass sie immer noch Unfug treiben mussten. Reichte es denn nicht, ein echtes Abenteuer zu erleben? Ständig mussten Mittni und er fürchten, dass die beiden etwas anstellten, und verbrachten viel Zeit damit, ein Auge auf sie zu haben beziehungsweise in Mittnis Fall so zu tun, als gehörten sie nicht zur Verwandtschaft. Die Barue konnten sich keinen weiteren Schnitzer leisten. Auch deshalb nahmen die beiden älteren Barue ihre Aufgabe, auf Telseara und Dordios aufzupassen, so ernst. So konnten sie ihre eigenen Dummheiten wiedergutmachen.

Bryn ließ sich auf das herrlich weiche Bett fallen und schloss die Augen.

So eines muss ich mir besorgen, wenn wir Quivelda wiederaufbauen, dachte er. *Falls wir das je tun werden.*

Die Numenii-Betten waren so groß, dass er sich die ganze Nacht lang nach Herzenslust darin herumwälzen konnte. Und die luxuriösen Betten des Regere Mansionums waren so weich und das Bettzeug so seidig, dass man aufpassen musste, nicht den ganzen Tag im Bett zu verbringen. Es war ihm anfangs richtig schwergefallen aufzustehen, aber nach einigen Kostproben der hiesigen Kochkunst war die Bereitschaft schon größer gewesen. Er stand jeden Morgen fünfzehn Minuten vor dem Frühstück auf, was gerade zum Waschen und Anziehen reichte, und sauste in den Festsaal hinunter. Das Morgenmahl wurde zwischen halb acht und neun Uhr serviert, also kam Bryn immer um Viertel nach sieben in der Küche an und half, die Teller und Schüsseln in den Hauptsaal zu tragen.

In diesem Augenblick hörte er leise Schritte im Flur, dann ging nebenan die Tür. Es mussten Telseara und Dordios auf dem Weg ins Bett sein … Bryn wusste, dass sie noch nicht schlafen würden. Er hatte zufällig einen Teil des Plans mit angehört, der beinhaltete, mitten in der Nacht aufzustehen und noch einmal wegzugehen; wohin, wusste er nicht. Seine Neugierde war geweckt worden.

Außerdem treiben sie es ja vielleicht zu weit und müssen zurückgehalten werden, dachte er. *Oder sie geraten in irgendwelche Schwierigkeiten.* Wahrscheinlich würde er noch ein paar Stunden warten müssen, zumindest so lange, bis Mittni ins Bett ging und die Haupthalle, in der die Mahlzeiten serviert wurden, sich geleert hatte. Vorher würden Telseara und Dordios sich wohl nicht hinauswagen.

Auf einmal schreckte Bryn hoch. Er ärgerte sich über sich selbst, weil er eingeschlafen war. Wenn man in einem solchen Bett lag, fiel es schwer, wach zu bleiben. Hatte er sie verpasst?

«Alles in Ordnung», sagte eine vertraute Stimme. Mittni war ins Zimmer gekommen.

«Ach, du bist es.» Bryn seufzte erleichtert; dann war es noch nicht zu spät. «Schönes Spiel gehabt?»

«Ziemlich.» Mittni kicherte. «Dordios hat wieder versucht zu betrügen. Eine Unschuldsmiene aufsetzen kann er schon gut, bloß mit dem Lügen hapert es noch …»

Bryn lächelte und kratzte sich eine juckende Stelle am Kopf. Er musste aufpassen, dass er nicht noch einmal einschlief.

Bald lag Mittni im Bett und schnarchte. Hervorragend. Bryn konnte schlecht einschlafen, wenn neben ihm jemand schnarchte. Mittni schnarchte nur gelegentlich; Bryn konnte von Glück sagen, dass er es jetzt gerade tat.

Bryn suchte in seinen Sachen herum, bis er das Gewünschte gefunden hatte: ein Stück Papier. Er hatte sich mit ein paar Leuten vom Küchenpersonal ziemlich angefreundet und sich für später ein Rezept abgeschrieben. Einige der Gerichte hier waren einfach umwerfend. Da er nicht schnell genug schreiben konnte, war nur eine Liste mit Stichpunkten dabei herausgekommen. Er sagte sich gerade die Zutaten für «Halbgefrorenes mit Karamellcreme» (sein persönlicher Favorit) auswendig auf, da hörte er schwache Geräusche an der Tür nebenan. Er setzte sich auf und lauschte. Ja, es war so weit. Mit klopfendem Herzen holte er den blauen Stein unter seinem Kopfkissen hervor und steckte ihn sorgfältig in die rechte Tasche. *Führe ihn stets bei dir*, hatte Eridanus gesagt. Bryn band seinen Schlafrock fest zu. *Schuhe oder Pantoffeln?*, fragte er sich. Er nahm die Schuhe, obwohl sie lauter waren. Vielleicht wollten die Gauner ja ein Stück gehen.

Bryn wartete, bis sich leise die Tür öffnete und Flüstern zu hören war. Die Abenteuerlust und die Angst der beiden, erwischt zu werden, waberten zu ihm herüber wie leichte Küchendüfte … langsam drückte er die Klinke und öffnete die Tür einen Spalt. Telseara und Dordios verschwanden gerade um die Ecke. Rasch schlüpfte Bryn hinaus und schloss leise hinter sich die Tür. Als er an der Ecke ankam, verschwanden die beiden erneut, diesmal eine Treppe hinauf. Verstohlen eilte er ihnen nach.

Gerade noch rechtzeitig, dachte er und behielt einen kleinen Sicherheitsabstand bei. Nachts wurden die Flure des Regere Mansionums durch weiche, flammenlose Lampen beleuchtet, gerade hell genug, um sich zu orientieren. Geräuschlos bewegten sich die Geschwister an Zimmern vorbei und über Korridore. Ab und zu blieben sie stehen und lauschten, dann schlichen sie weiter. Einmal warf Dordios über die Schulter einen Blick nach hinten, und Bryn befürchtete schon, dass er zu sehen gewesen war, als die beiden Barue scharf abbogen und in einem Stoffwirbel verschwanden. Bryn war völlig perplex, behielt seinen Blick aber auf dieselbe Stelle gerichtet. Als er dort ankam und sich in die Richtung wandte, in der sie verschwunden waren, sah er nichts als einen Bildteppich vor sich.

Diese raffinierten kleinen Gauner, dachte er und schob den Wandbehang beiseite. Wie er es sich gedacht hatte: Dahinter befand sich eine Öffnung von etwa einem Meter Durchmesser. Es war stockfinster darin, und ihm war nicht ganz wohl bei dem Gedanken, ihnen zu folgen, doch am Ende siegte die Neugierde. Er konnte nur staunen, wie gut Telseara und Dordios diesen Bau inzwischen kannten. Auf diese Weise kamen sie also immer so schnell ungesehen vom einen Teil des Gebäudes in den anderen. Bryn kroch in das Loch und tastete sich einen Gang entlang. Er war rund und stabil, und die Steine fügten sich so sauber ineinander, dass der Tunnel eigentlich schon vom Erbauer des Regere Mansionums angelegt worden sein musste. Wo er wohl hinführte? Es ging stetig aufwärts. Telseara und Dordios vor ihm waren weder zu hören oder zu sehen noch zu spüren, aber sie konnten nicht weit weg sein.

Nach einer Weile endete der Tunnel, vorn war abgeblendetes Licht zu erkennen. Bryn eilte dorthin und ertastete einen dicken Wandteppich, schob ihn zur Seite. Hoffentlich kam er nicht zu spät. Er wollte sie nicht länger als nötig ungesehen lassen. Er blickte sich rasch um und erkannte, wo er sich befand. Dies war das Stockwerk über dem Küchentrakt. Wenn er die Flure bis ganz ans Ende ging und dann die Treppe hinunter, kam er in die Haupthalle. Jetzt war er sich ziemlich sicher, wo die Barue hinwollten: in die Speisekammer. Das erboste ihn ziemlich. Sie wurden wie Ehrengäste behandelt (zumindest vom Personal und von Seiten des Imperators, wenn schon nicht von den übrigen Politikern), und trotzdem zogen die beiden jüngsten Mitglieder ihrer Gruppe los, um noch mehr zu stehlen, als sie ohnehin schon an großartigen Speisen bekamen. Doch Bryn kam nicht umhin, sich zu fragen, welche erlesenen Köstlichkeiten sich die Herrscher der sechs Reiche wohl in ihre Privatgemächer bringen ließen. Selbst die Gerichte fürs Personal waren schon so gut – welche Gaumenfreuden mussten da erst die hochrangigen Gäste genießen! Bryn war ein guter Koch, aber ihm standen weder die Ausrüstung noch die Zutaten der hiesigen Küche zur Verfügung. Manche Gewürze und Kräuter kamen sogar von anderen Kontinenten, hatte Merilynn, die Chefköchin, mit der er sich angefreundet hatte, ihm verraten.

Er zog den Wandteppich wieder zurecht und wäre beinahe schon in Richtung Küchentrakt gegangen, als ihm am anderen Ende des Flurs eine Bewegung auffiel. Anscheinend war dort gerade jemand vorbeigegangen. Dann wollten die

Gauner also gar nicht zur Küche? Er seufzte erleichtert. Aber wohin dann? Er schlich dorthin, wo er die Bewegung gesehen hatte, und spähte um die Ecke. Ein Treppenabsatz mit Stufen nach oben und nach unten sowie ein Gang nach links lagen vor ihm. *Welchen Weg haben sie genommen?*, fragte er sich. Die Treppe nach oben zum nächsten Stockwerk hatte etwas Vornehmes. Irgendetwas sagte ihm, dass er diese Richtung nehmen musste. Auf den Stufen klopfte ihm das Herz bis zum Hals. Alles schien sich auf etwas höchst Bedeutsames zuzuspitzen. Ein paar Minuten und einige Kurven später begriff er, dass er sich in einem Teil des Regere Mansionums befand, den er noch nie betreten hatte. Und dass er Telseara und Dordios endgültig verloren hatte und nicht einmal mehr genau wusste, wie er wieder zurück in sein Zimmer kam. Er blieb stehen und überlegte, was er jetzt tun sollte. Er hatte eine vage Ahnung, warum die Porträts an den Wänden, die Teppiche, die Stühle und Rüstungen auf den Treppenabsätzen hier so viel luxuriöser wirkten. Der ganze Trakt atmete Bedeutsamkeit und Erhabenheit. Bryn beschloss, den Weg, den er gekommen war, lieber wieder zurückzugehen, falls er ihn noch fand.

Ein plötzlicher Gedanke durchzuckte ihn. Vielleicht befand er sich ja in den Privatgemächern des Imperators. Angeblich hatte Opeion einen Teil des Regere Mansionums für sich allein. Langsam schlich Bryn über die Flure. Sein Herz klopfte zum Zerspringen, sein Atem ging keuchend, flatternd. Was wurde aus ihm, wenn er mitten in der Nacht in der Nähe der Schlafgemächer des Imperators erwischt wurde? Wie sollte er irgendjemandem begreiflich machen, dass er zwei unverschämte junge Barue verfolgt hatte? Bryn bog um eine Ecke und zuckte vor Schreck zusammen. Er entspannte sich wieder. Seine Nerven hatten ihm einen Streich gespielt.

Eine Ritterrüstung in der Ecke hatte er für einen lebenden Menschen gehalten. Er lächelte und hoffte, er würde sich beruhigen. Vergeblich.

Ach, ich sollte einfach machen, dass ich hier rauskomme, dachte er verärgert.

In diesem Moment spürte er es. Das war untertrieben – es traf ihn eher wie ein Faustschlag: ein intensives Hassgefühl. Es durchpulste ihn – aber es war nicht sein eigenes, sondern das von jemandem in seiner Nähe. Bryn holte tief Luft, da stürzte die nächste Emotion auf ihn ein, so heftig wie ein Schlag ins Gesicht. Angst, Panik, Verzweiflung … Er ging zitternd in die Knie. Das war noch jemand anderes, nicht die Person mit den Hassgefühlen. Bryn hätte schreien können, doch seine Kehle war wie zugeschnürt. Alles ging ganz schnell. Und war dann ebenso plötzlich wieder vorbei, wie es gekommen war.

Nichts. Als hätte jemand eine Kerze ausgepustet. Die Angst, die ihn so unerwartet überflutet hatte, verschwand restlos, spurlos. Bryn holte tief Luft und musste mehrmals ein- und ausatmen, bevor er wieder auf die Füße kam. Der Schmerz war beinahe körperlich. Bestimmt war in dem Moment jemand gestorben, jemand ermordet worden. Bryn wollte nur zu gern hier weg, doch sein Verantwortungsgefühl drängte ihn nachzusehen, ob Telseara und Dordios nichts zugestoßen war. Er hoffte wider alle Vernunft, dass sie in Sicherheit waren. Dieses Erlebnis war äußerst befremdend gewesen … nie zuvor hatten ihm seine Sinne einen solchen Schmerz bereitet; überhaupt hatte er noch nie die Gefühle anderer auf so große Entfernung so intensiv gespürt. Er konnte die Beteiligten nicht einmal sehen. Es ist recht ungewöhnlich, Gefühle über eine Distanz hinweg zu spüren, selbst wenn man sich sieht. Wenn ein Barue die Person kennt und mit ihr vertraut ist, dann kann er umso besser ihre Gefühle erspüren. Irgendwie schien es ihm nicht so, als wären Telseara und Dordios in das Verbrechen verwickelt gewesen. Beschämt, diese Möglichkeit überhaupt in Erwägung gezogen zu haben, stand Bryn vor der Wahl: Er konnte versuchen, heil wieder zurück ins Bett zu kommen und damit das Risiko eingehen, dass er die beiden in einer gefährlichen Lage zurückließ, oder er konnte sich in Gefahr begeben und versuchen, sie zu retten – falls sie wirklich hier irgendwo waren. Vielleicht waren sie ja ganz woanders unterwegs, trieben irgendwo in Sicherheit ihren Schabernack und bekamen von diesen grausigen Vorgängen überhaupt nichts mit? Zurückkehren war gar keine schlechte Idee. Wo waren die Wachen? An einem Ort wie diesem musste es doch nachts etliche geben. Ja, in die andere Richtung zu laufen, das schien eine weise Entscheidung. Telseara und Dordios würden es genauso machen, wenn sie in der Nähe wären. Und wenn sie in Sicherheit waren, dann kehrten sie vielleicht sogar schon gerade ins Bett zurück. Vielleicht gratulierten sie einander gerade zu ihrem erfolgreichen Beutezug und mampften im Bett Schokolade. Sie waren in Sicherheit. Vielleicht aber auch nicht. Nein, er hätte es gewiss gespürt, wenn ihnen etwas zugestoßen wäre.

Aber sie könnten die Nächsten sein!

Er hatte keine Wahl. Schließlich konnte er seine Angst beherrschen und eilte die Stufen hinauf zu einem prächtig dekorierten Treppenabsatz. Warum hatte er sein Schwert nicht mitgenommen? Der Brauer hatte in seiner Hast und Sorge keinen Blick für den weichen roten Teppich, die Landschaftsgemälde und bequem aussehenden Lehnstühle. Auf Zehenspitzen ging er bis zum nächsten Flur und lugte um die Ecke. Niemand zu sehen. Doch da war ein Fleck auf dem Teppich … Er versuchte, sich davon nicht irremachen zu lassen, und schlich zögernd weiter. Schweiß trat ihm auf die

Stirn, seine Hände zitterten. Nachdem er einmal rechts und einmal links abgebogen war, stand er unvermittelt vor einer Kreuzung.

Vor Schreck fuhr er zusammen.

Vor ihm lag, in unnatürlicher Haltung auf den Fußboden gekrümmt, ein Wachsoldat. Bryn war für einen Moment so entsetzt, dass er sich nicht rühren konnte. Er stand da und starrte auf das bleiche Gesicht, die reglosen Augen, die gekrümmte Gestalt. Der Mann war jung, vielleicht ein wenig älter als er, in den Zwanzigern. Bryn war sich sicher, dass er tot war, aber es war kein Blut zu sehen. Es gab nur noch eine Richtung, in die er jetzt gehen konnte, und das war an dem Toten vorbei, dem Mörder hinterher. Es drängte ihn nicht gerade danach. Verzweiflung und Trauer erfüllten ihn. Als er seine Kraft wiedererlangte, rief Bryn, so laut er konnte, um Hilfe. Er rief und brüllte, dass ihm fast der Kopf platzte. Als ihm die Tränen kamen, gab er es auf. Falls ihn jemand gehört hatte, war jedenfalls nichts davon zu merken. Aber vielleicht hatte ihn ja der Mörder gehört! Bryn griff über den Toten hinweg nach dessen Schwert, ohne sein Gesicht anzusehen. Für das, was ihm bevorstand, brauchte er vielleicht eine Waffe. Wäre er doch bloß vorhin nicht aufgestanden! Hätten sie doch bloß nach dem Überbringen der Botschaft die Stadt gleich wieder verlassen! Für einen Moment kniff er fest die Augen zu. Er war hinter die Ecke zurückgetreten, damit man ihn von dem Gang aus nicht sehen konnte.

Schließlich machte er sich mit einem trotzigen Brüllen selbst Mut und trat wieder hervor. Die Waffe fest mit beiden Händen gepackt, eilte er den Gang hinunter und rief weiter um Hilfe. Der Flur verzweigte sich erneut. Bryn vertraute seinem Bauchgefühl und bog nach rechts ab. Wenn er Glück hatte, liefen die Flure ja auf der anderen Seite wieder zusammen. Sekunden später hörte er weiter vorn etwas. Telseara und Dordios vielleicht! Froh darüber, jetzt nicht mehr allein zu sein, lief er weiter. Der nächste Gang öffnete sich vor ihm.

Weiter vorn tobte ein erbitterter Kampf zwischen zwei Wachen und einem Schatten. Die Soldaten versuchten, ihn davon abzuhalten, in eine große Doppeltür aus Eichenholz einzudringen, die wahrscheinlich zu den Gemächern des Imperators führte. Das war er, der Mörder! Bryn blieb wie angewurzelt stehen. Er wusste nicht, was er tun sollte. Die beiden Wachen schienen gegen ihren flinken Feind nicht viel ausrichten zu können; er hatte noch nie jemanden so schnell, so wütend kämpfen gesehen – nicht einmal die Ostentum oder Nurgor, denn die waren unbeholfen. Es war nur eine Frage von Sekunden, bis dieser Attentäter die beiden getötet haben und die Gemächer betreten würde. Er war schwarz gekleidet und trug einen Umhang, der mit jeder seiner blitzartigen Bewegungen nach links und rechts flatterte. Eine Maske bedeckte sein Gesicht, ein seltsames Muster aus dunkelblauen und roten Wirbeln, das Bryn bekannt vorkam. Sein Hinterkopf war unter einer engen Kapuze verborgen. Die Maskerade gab dem Fremden etwas Grausiges, Furchteinflößendes, und Bryn fiel wieder der starke Hass ein, den er vorhin gespürt hatte. Die Emotion konnte gut und gern von diesem Maskierten herrühren.

Erst jetzt fiel Bryn auf, dass ihm gegenüber, auf der anderen Seite der Kämpfenden – denn der Gang besaß zwei Zugänge von dieser Seite her; hier trafen sich die Flure tatsächlich wieder – jemand stand und ebenfalls zuschaute. Es handelte sich um einen dieser Elitesoldaten. Bryn war ihm schon mehrmals begegnet, manchmal auch außerhalb des Regere Mansionums, in der Stadt. Er war unter den Wachen weithin respektiert, schien aber irgendwie nicht richtig dazuzugehören. War es nicht seltsam, dass er den beiden unterlegenen Wachen nicht beisprang?

In diesem Moment bemerkte er Bryn, seinen Blick, und im nächsten Moment warf er sich in den Kampf. Einer der Wachsoldaten stolperte einige Schritte von dem Maskierten weg und brach zusammen. Bryn hoffte, dass er nicht tot war. Nein, er lebte noch, zog sich mit blutenden Händen zur Tür, keuchend und nach Luft schnappend. Blut hustend hämmerte er an die Türen zu den Gemächern des Imperators und riss an einem Strick, der wie ein Glockenseil im Kirchturm neben der Tür hing.

Aber der Hinzugekommene glich den Verlust mehr als aus. Er war beinahe so gut wie diese grausige schwarze Umhanggestalt mit ihren zwei Schwertern. Bryn machte ein paar unsichere Schritte auf die Kämpfenden zu. Er wusste nicht, wie, aber er wollte gern helfen. Vielleicht konnte er sich ja anschleichen und den Feind von hinten angreifen – was nicht gerade leicht sein dürfte, denn sie wechselten ständig die Positionen, sprangen vor, duckten sich weg; manchmal so schnell, dass er ihnen nicht folgen konnte, nicht einmal mit den Augen. Schon standen sich nur noch der Maskierte und der Elitesoldat gegenüber; der zweite Wachsoldat war auch gestürzt. Für ihn gab es keine Hoffnung. Ein sauberer Schnitt durch die Kehle hatte ihm einen schnellen Tod bereitet.

Der Neuankömmling schlug sich wacker, parierte jeden Schlag. Das Klirren der Schwerter hallte laut im Gang; ein Lärmen, das bis ins Mark drang.

Auf einmal sah der Maskierte nach hinten zu Bryn, der noch ein Stück entfernt war, erschrak und ergriff die Flucht. Er lief genau in die Richtung davon, aus der dieser besondere Soldat gekommen war. Bryn fragte sich verdutzt, warum er, ein kleiner Barue, für den Maskierten einen so furchterregenden Anblick bot.

«Ihm nach!», dröhnte der Soldat. Was sollte er bei einer solchen Hatz schon für eine Hilfe sein? Aber Bryn rannte trotzdem, so schnell er konnte, dem Mörder nach, hinter dem Soldaten her. Der überlebende Wachsoldat war viel zu schwer verletzt, um aufstehen und an der Verfolgung teilnehmen zu können. Einige Sekunden später begriff Bryn, dass hinter ihm Leute waren. Darum also hatte der Feind die Flucht ergriffen! Aber der Brauer blieb trotzdem nicht stehen. Die anderen waren noch viel zu weit entfernt, und er fühlte sich in der Pflicht, alles zu unternehmen, was er konnte. Keuchend, mit flatterndem Schlafrock, lief er weiter. Hinter sich hörte er Brüllen, Rempeln, hastiges Trampeln.

«Aquiuss!», rief jemand in der Menge hinter ihm. Nun wusste er den Namen des großen Elitesoldaten. Bryn konnte nicht sagen, was, aber irgendetwas verlieh ihm heute Nacht Flügel, er flog förmlich durch die Korridore. Gemälde und anderen Wandschmuck sah er nur verschwommen aus den Augenwinkeln. Einige Wachsoldaten überholten Bryn, aber er rannte trotzdem weiter, weil er unbedingt das Ende miterleben wollte. Er konnte sein Herz in der Brust pochen spüren. Das war genau die Art Abenteuer, die er sich in Quivelda immer mit seinen Freunden ausgemalt hatte. Er verspürte einen Anflug von Stolz, dass er bei dieser wilden Hatz dabei war, außerdem fühlte er Hass auf die dunkle Gestalt vor ihm. Weiter vorn waren Leute, die sich dem Maskierten in den Weg gestellt hatten, beiseitegeworfen worden. Ein oder zwei bluteten von Schwerthieben.

Bald hatten die anderen Wachen Aquiuss und Bryn überholt. Bryn besaß kürzere Beine und weniger Ausdauer, und Aquiuss war bereits vom Kampf erschöpft. Sie bogen um eine

Ecke und sahen einen sehr langen Flur vor sich. An seinem Ende befand sich ein großes Buntglasfenster, hinter dem die Stadt zu sehen war. Der Maskierte hielt genau darauf zu. Als liefe die Zeit plötzlich verlangsamt, sah Bryn, wie er sich mitten durch das Fenster warf, in einer Explosion bunter Scherben, und verschwand. Die vordersten Verfolger wären ihm fast nachgesprungen, bremsten aber ab und sahen in die Nacht hinaus. Himmel nochmal, sie befanden sich im dritten Stockwerk! Sie schrien durcheinander, dann begannen die meisten, die Stufen hinunterzulaufen. Bei diesem Tempo würde der Feind ihnen entwischen.

In diesem Moment schoss Aquiuss an Bryn vorbei und sprang zur Verblüffung aller Anwesenden durch das zerborstene Fenster. Bryn zögerte keine Sekunde – und sprang ihm nach! Er hatte es gewiss nicht vorgehabt, aber er war die letzte Minute neben Aquiuss hergelaufen und lief einfach mit ihm mit, ohne darüber nachzudenken. Es fühlte sich an, als besäße er keine Kontrolle mehr über seinen Leib, als lenkte ihn jemand von oben.

Ein Rest der Scheibe zerbarst, als Bryn mit der Schulter dagegenstieß.

Stille. Sein Schrei zerriss sie auf geisterhafte Weise. Für Bryn klang es gar nicht nach seiner eigenen Stimme. Luft schoss an seinem Gesicht vorbei; sein Magen hob sich, und er sah zum ersten Mal, was unter ihm war. Er konnte die Brücke sehen, über die man auf die oberste Insel kam. Hätte der Maskierte ein Fenster zum Innenhof des Regere Mansionums genommen, dann säße er jetzt in der Falle.

Die Zeit gefror. Glasscherben fielen in die Dunkelheit unter ihm hinab. Ihre kristallinen Formen glitzerten in hundert verschiedenen Farbtönen, bis sie aus dem Licht hinausstürzten und Bryn sie nur noch in Schwarzweiß sehen konnte.

Der gepflegte Parkstreifen unten wirkte wie eine andere Welt, und die wenigen Spaziergänger dort, die wahrscheinlich eine friedliche, stille Stunde außerhalb des Mansionums genossen, merkten nicht, was geschah. Bis der Maskierte mit einem großen Klatscher die Oberfläche des Sees durchstieß.

Die Spaziergänger sahen auf und schnappten nach Luft, als sie zwei weitere Gestalten durch die Luft fliegen sahen. Jemand schrie. Eine Sekunde später schlug Aquiuss ins Wasser, allerdings ein ganzes Stück näher am Inselufer als der Mörder. Wassertropfen flogen himmelwärts und glitzerten vor Bryn auf, als sie das Mondlicht fingen. Der Boden raste ihm entgegen, und er kniff die Augen zu. Entsetzen verschlang ihn. Es fühlte sich an, als würden seine Eingeweide zu fliehen versuchen. Spritzer nässten sein Gesicht. Aquiuss hatte es gerade noch bis in den See geschafft, und der Brauer rechnete für sich mit dem Schlimmsten.

Mit angehaltenem Atem wartete er auf den Aufschlag. Er würde sich jeden Knochen im Leib brechen, sterben würde er.

Doch der Aufschlag kam nicht. Mit einem Klatschen fiel Bryn ins Wasser, sank tief in die kalten Fluten ein und kam spuckend wieder hoch. Er sah hinter sich. Das Ufer der Regierungsinsel war nur wenige Handbreit entfernt. Er konnte von Glück sagen, dass es künstlich angelegt war und nicht sanft zum Wasser hin abfiel wie ein Strand. Dann wäre er nicht mehr in der Lage gewesen zu schwimmen, dann würden seine zerschmetterten Überreste jetzt dort im Wasser hängen wie Treibgut, wie ein lebloses, groteskes Bündel aus Holz und Lumpen, bis ihn jemand herausfischte.

Der Maskierte kreuzte bereits die Brücke. Aquiuss zog sich an Land, und das triefende Wasser sah aus wie Blut, als es die Steine traf. Sie mochten zwar mitten auf dem Armre-See sein, aber Bryn wusste, dass der Mörder hier nicht würde entkommen können, denn das Regere Mansionum war als Zentrum von Armaah von kleineren Inseln umgeben. Es war unmöglich, von hier aus das offene Wasser zu erreichen. Der Feind würde erst einen Teil der Stadt hinter sich bringen, also mehrere Inseln überqueren müssen, bevor er in die Freiheit kam – vorausgesetzt, er wollte überhaupt zum See. Angesichts des ganzen Geredes über Korruption wäre Bryn nicht überrascht gewesen, wenn ihm innerhalb der Stadt Unterschlupf gewährt wurde.

Die Brücke lag gleich zu Bryns Linken, nur ein paar Schritte entfernt, und mit Erleichterung schwamm er darauf zu. Es war harte Arbeit mit dem Schwert, aber sie war es wert, denn er würde eine Waffe brauchen, wenn sie den Flüchtenden einholten. Ein älterer Herr half ihm, ans Ufer zu kommen. Er sah verblüfft auf Bryns Füße und wollte etwas sagen, aber Bryn keuchte ein knappes «vielen Dank» und eilte weiter. Aquiuss war noch zu sehen. Bryn begann zu laufen. Leute schlossen sich ihm an, nicht die Mansionumswachen, sondern Soldaten und Passanten aus dem Park.

Sie rannten durch die Stadt, drängten sich zwischen Spaziergängern hindurch, bogen in leere Straßen ein, in Hintergassen und wieder hinaus, an geschlossenen Geschäften, versperrten Türen und verrammelten Fensterläden vorbei, trampelten über Glasscherben hinweg und traten ein Gartentor um. Bryn hatte den Eindruck, als wäre die ganze Stadt erwacht. Von überall her kam Geschrei. Fackeln warfen ein unheimliches Licht. Mehrmals musste der Maskierte scharfe Haken schlagen, um einem neuen Wachtrupp zu entkommen. Bald jedoch gelangten sie in eine heruntergekommene Gegend, wo es weniger Licht gab und nur schmale, verwinkelte Gassen. Es dauerte nicht lange, und der Mörder hatte alle Verfolger außer Aquiuss abgehängt. Langsam erstarb der Lärm.

Die Verfolger teilten sich in so viele Gruppen wie möglich, um das Viertel gründlich durchsuchen zu können. Manchmal hörte Bryn aufgeregte, alarmierte Schreie, wenn die eine Gruppe auf die andere stieß und glaubte, den Mörder gefunden zu haben. Sie versuchten den Maskierten Richtung See zu treiben, ohne zu rennen, in einem vorsichtigen Tempo. Niemand wusste, wo er sich versteckt haben könnte. Aber einige Minuten später spürte Bryn, dass jemand in ihre Richtung kam.

«Vorsichtig!», flüsterte er. Die Männer um ihn herum nickten und fächerten sich auf, um dem Näherkommenden den Weg abzuschneiden.

«Freunde!», kam eine Stimme von vorn.

«Aquiuss, bist du das?», wollte eine der Wachen wissen.

«So ist es. Habt ihr ihn noch einmal gesehen?»

«Nein, wir dachten, du wärest noch hinter ihm her!», sagte Bryn verwirrt.

«War ich ja», sagte Aquiuss. «Bis er mir auch entwischt ist. Aber ich könnte mir denken, wohin er will.»

Aquiuss und die meisten anderen hatten ihre Schwerter weggesteckt. Bryn bedauerte, es ihnen nicht nachtun zu können.

«Ich glaube, er hat mich abgehängt, indem er eine zweite Spur hinterlassen hat», fuhr Aquiuss fort. «Also ist er nicht um die Ecke gebogen, sondern geradeaus gelaufen. Das bedeutet, er ist immer noch hier irgendwo in diesem Viertel – ich bin mir ganz sicher. Wenn wir uns in vier Gruppen aufteilen und das Gelände durchkämmen, werden wir ihn finden. Die Stadtwachen beobachten bereits den See. Es sind jetzt schon über hundert, aber es werden noch mehr kommen.»

Er betrachtete die erschöpften, erhitzten Gesichter. Bryn war immer noch tropfnass. Er zitterte vor Kälte.

«Wir können es uns nicht leisten, ihn zu verlieren.» Aquiuss sah von einem zum anderen. «Er kann der Schlüssel zu den Antworten auf eine ganze Reihe Fragen sein.»

Rasch teilten sie sich auf. Zwei Gruppen sicherten die Außenränder und umrundeten das Viertel, die anderen gingen hinein und durchkämmten es. Einige Wachen gingen Hilfe holen. Zum Glück war Armaah so übersichtlich angelegt worden, mit geraden Häuserzeilen und symmetrischen Vierteln, denn das bedeutete, dass der Mörder in der Falle saß, sofern er wirklich noch hier war. Sie mussten nicht mehr tun, als jeden am Verlassen des Viertels zu hindern und die vielleicht hundert Häuser zu durchsuchen. Bryn schloss sich Aquiuss' Gruppe an, einer der beiden, die das Gebiet durchkämmten. Er hatte gesehen, über welche außergewöhnlichen Fähigkeiten der Maskierte verfügte, und traute ihm so gut wie alles zu. Vielleicht war er ja längst entkommen und schwamm quer über den See zum anderen Ufer …

Während alle anderen eifrig damit beschäftigt waren, den Boden abzusuchen, hielt Bryn den Flüchtigen für etwas raffinierter. Vielleicht verbarg er sich in einem Haus oder auf einem Dach, vielleicht sogar in einem Abwasserrohr. Die Leichtigkeit, mit der er sich bewegt hatte, brachte Bryn auf die Idee, dass es sich um einen guten Kletterer handelte, also richtete er seinen Blick, während alle anderen mit gezogener Waffe um irgendwelche Ecken herumsprangen, zu den Dachkanten nach oben.

Einige Straßenzüge später spürte Bryn, als er gerade zum Dach eines leerstehenden Lagerhauses hinaufschaute, jemandes hämische Freude, sehr schwach nur, sodass sie gewiss nicht von einem seiner Kameraden kam. Wenn er nicht so angespannt gewesen wäre, hätte er sie vielleicht gar nicht bemerkt. Sie kam von sehr hoch oben, zu ihrer Rechten.

Es war dunkel, aber Bryn meinte kurz etwas schwarzen Stoff verschwinden zu sehen. Sein Herz begann zu hämmern, und er blickte zu seinen Gefährten, die aber immer noch den Boden absuchten.

«Dort! Auf dem Dach!», rief er und zeigte ihnen die Richtung. Er wusste nicht genau, ob es der Maskierte war, aber er wollte kein Risiko eingehen, sondern lieber einmal zu viel nachsehen.

Die meisten liefen zu dem bezeichneten Gebäude, Aquiuss jedoch blickte sich nach einem anderen Weg auf das höchste Dach um. Bryn beschloss, gemeinsam mit einigen anderen unten zu bleiben; sie gingen langsam in die Richtung weiter, in die der Maskierte anscheinend wollte.

In einem Anflug von Genialität raste Aquiuss zu einem heruntergekommenen Gebäude und schwang sich auf einen Fenstersims, stieß sich ab und sprang zu einem Schild, das dort im Wind schaukelte. Es war aus festem Material gemacht und hing an einer stabilen Metallstange, die nicht nachgab, als er sie ergriff. Er holte Schwung und ließ los. Es gelang ihm, die Regenrinne zu fassen zu bekommen.

«Das schafft er nie», sagte jemand bedauernd zu Bryn, als Aquiuss dort oben hing. «Aber schön gedacht.»

Der Mann keuchte auf, als Aquiuss abrutschte und nur noch an der linken Hand baumelte. Die Fallhöhe war durchaus beachtlich. In diesem Moment zog Aquiuss sich mit der Rechten hinauf und packte mit der Linken die Brüstung des Daches. Der Skeptiker machte große Augen, als Aquiuss sich weiter hochzog und die Beine über die Kante schwang.

«Donnerwetter», sagte er voller Bewunderung. «Das ist es, was ihn von uns unterscheidet.»

«Was ist er überhaupt für einer?»

«Er gehört der Goldenen Wacht an.»

Die anderen schienen zu wissen, was das hieß. Sie nickten beeindruckt. Bryn bat um eine Erläuterung.

«Die Goldene Wacht ist eine eigene Einheit, in die man berufen werden muss. Den Titel eines Goldenen erwirbt man sich durch mutige Taten und hervorragende Leistungen. Sie werden als Leibwächter eingesetzt, glaube ich. Die meisten Herrscher haben mindestens einen Goldenen in ihrem Gefolge. – Aber wenn du mich fragst, schlägt Aquiuss sie alle. Ich kann mir nicht vorstellen, dass der alte Fergus das geschafft hätte …»

«Manche sagen, er sei sogar mehr als ein Goldener … ein Paladin … was das gemeine Volk einen *Rächer der Enterbten* nennt.»

Jemand schnalzte mit der Zunge. «Diese ‹Rächer› gibt es nur im Märchen. Es gibt nur zwei Sorten Einzelkämpfer, die zwergischen Töter – und ganz gewöhnliche Banditen. Du glaubst doch nicht im Ernst, die besten Krieger Calaspias würden einfach bloß als Helfer von Witwen und Waisen durchs Land spazieren! Aber jetzt lasst uns hinterhergehen, so gut wir können, falls sie wieder runterkommen.»

Inzwischen hatten auch einige andere die Dächer erreicht. Sie schlossen sich Aquiuss an, der dem Mörder am dichtesten auf den Fersen war. Bryn hatte das richtige Gespür gehabt. Der Maskierte war dort oben und bewegte sich ausgesprochen flink, trotz der hinter ihm liegenden Hetzjagd. Selbst große Häuserlücken hielten ihn nicht auf. Weitere Männer von einem anderen Suchtrupp erschienen auf den Dächern. Sie kamen von der anderen Seite her, und plötzlich sah es so aus, als hätten sie ihn in der Falle. Es gab nur noch eine Richtung, die ihm nicht versperrt war, und die führte weiter in die

Stadt hinein. Er nahm sie. Es sah aus, als hätte er schließlich genug von der Hatz in den Lüften.

Er sprang von einem Dach hinunter. Aquiuss und seine Männer konnten ihn nicht mehr sehen. Glücklicherweise waren Bryn und die anderen unten geblieben. Sie sahen ihn kommen und eilten ihm entgegen. Der Maskierte baumelte für einen Moment genauso an einer Regenrinne, wie es Aquiuss vor wenigen Minuten getan hatte, dann aber glitt er am Fallrohr entlang zu Boden. Obwohl ihn dort bereits mehrere Männer mit gezückten Waffen erwarteten, gab er sich nicht geschlagen. Sie kreisten ihn ein, so gut sie konnten.

Wieder spürte Bryn eine Woge des Hasses, aber sie kam ihm schwächer vor als vorhin im Regere Mansionum. Vielleicht lag es daran, dass sein Leib das Adrenalin längst freigesetzt hatte und ihm der Schweiß auf der Stirn stand. Der Maskierte begriff, dass er umzingelt war – Bryn konnte den Zorn spüren, der ihn durchschoss –, und sah sich nach einem Fluchtweg um.

Was als Nächstes geschah, begriff der Barue nicht recht: Der Feind fing aus dem Stand zu rennen an. Und zwar genau auf Bryn zu! Aber er zog seine Waffen nicht, sondern schien Bryn einfach wie einen Kegel umwerfen zu wollen, wenn der Barue nicht aus dem Weg sprang.

Dem Brauer fiel nicht mehr ein, als sich zu ducken und schützend die Hände hochzureißen. Er dachte überhaupt nicht daran und tat es ganz bestimmt nicht mit Absicht, doch in dieser Bewegung riss er sein Schwert mit in die Höhe. Der Feind war sehr hoch gesprungen, weit über den Kopf des Barue hinweg, doch an dem Schwert blieb er hängen. Das Jubeln von Bryns Gefährten zerriss die Stille, und sie rannten dem Mörder hinterher. Der hatte sich eine üble Wunde zugezogen, und als er auf dem Boden aufkam, gab sein rechtes Bein nach. Stolpernd rannte er noch ein Stück weiter und stürzte dann hin. In der Zwischenzeit waren weitere Wachen hinzugekommen; jeder Fluchtweg war ihm versperrt. Als der Maskierte sich dieser Überzahl gegenübersah, zog er die zwei langen, schmalen Schwerter aus ihren Scheiden auf dem Rücken und ging in Grundstellung.

«*Blazzak!*», rief er mit hasserfüllter Stimme. Bryn wurde eiskalt davon.

Er hatte es kaum gerufen, da begann seine schwarze Gestalt vor ihren Augen zu flimmern, als ob er von flirrender Hitze umgeben war, und auf einmal – Bryn traute seinen Augen kaum – standen dort vier Maskierte! Er hatte sich vervierfacht.

Alle wirkten sie furchterregend echt, als sie sich ihren Verfolgern zum Kampf stellten. Es war unmöglich zu sagen, welcher der Echte war. Sie hinkten alle.

Bryn schob sich durch die Menge. Er hatte eine Idee. Wenn einer von ihnen echt war und die anderen falsch, was unterschied ihn dann von den anderen? Seine Gefühle. Sie würden die Wahrheit ans Licht bringen.

Es war Schwerstarbeit, bei den vielen Soldaten um Bryn herum. Sie behinderten sich gegenseitig. Plötzlich schrie einer von ihnen auf, als ihm das Schwert eines der Maskierten den Hals entlangfuhr. Der Numenii ließ seine Waffe fallen und umfasste seinen Hals mit beiden Händen. Der Maskierte kämpfte längst mit anderen, da schrie der Mann immer noch, obwohl sein Hals ganz offensichtlich heil war. Dieser Maskierte musste falsch sein, denn er konnte keine Verletzungen zufügen. Rasch nahm Bryn sich den Nächsten vor. Er war sicher, dass auch dieser nicht echt war, als er nur die Kampflust und die Angst des Soldaten spürte, der mit ihm kämpfte.

Der Brauer sah sich die übrigen zwei an. Welches war der Echte? Einer der beiden steckte im dicksten Kampfgetümmel, während der andere sich allmählich zurückzog. Das gab den Ausschlag. Problematisch war, dass diejenigen, die gegen das Trugbild kämpften, immer noch Angst hatten, dass es sie vielleicht tötete, und sich nicht abwandten. Da flog von einem nahegelegenen Dach der Schatten eines Menschen auf den echten Maskierten zu. Er traf seinen Gegner mitten zwischen die Schulterblätter, sodass er zu Boden stürzte. Prompt hielten ihn die Soldaten, die mit ihm gekämpft hatten, an Armen und Beinen fest.

«Ergib dich!», bellte Aquiuss ihm ins Gesicht. «Und du wirst leben!»

Bryn konnte nur das wilde Glühen der Augen hinter der Maske sehen. Als der Mörder antwortete, lagen Hochmut und Verachtung in seiner Stimme.

«Träum weiter», flüsterte er. Alles war verstummt. Die drei Trugbilder standen starr da, als ihnen niemand mehr Aufmerksamkeit schenkte. Jemand nahm dem Maskierten die Waffen fort.

«Niemals», sagte der Gefangene lauter, und Bryn war überzeugt, dass auf seinem Gesicht ein Lächeln zu sehen gewesen wäre, hätte er keine Maske getragen.

Aquiuss ließ sich nicht beirren. Er wollte ihn lebend.

«Deine Mission ist gescheitert», verkündete er. «Der Imperator ist in Sicherheit, du hast versagt. Gib auf, und wir werden dir Gnade erweisen.»

Der Maskierte lachte freudlos.

«Es sind ja noch andere willens.»

«Das ist nicht wahr!», rief Aquiuss und schüttelte seinen Gefangenen grob. «Du lügst!»

Der gescheiterte Attentäter begann gackernd zu lachen.

«Er ist gewiss längst tot», waren seine letzten Worte.

Ein heftiges Zittern überkam ihn, er stieß scharf den Atem aus. Dann rührte er sich nicht mehr.

«Der elende Mistkerl hat sich umgebracht», sagte eine der Wachen zutiefst enttäuscht. Alle waren sie begierig darauf gewesen, mehr über ihren merkwürdigen Gegner herauszufinden.

Aquiuss biss die Zähne zusammen, stand auf und begann, zum Regere Mansionum zu laufen.

«Bringt den Toten mit!», befahl er über die Schulter nach hinten.

Im Regere Mansionum waren die Schaulustigen fortgeschickt worden; dann hatte man sich vergewissert, dass der Imperator wohlauf und die Verfolgung des Täters aufgenommen worden war. Sämtliche Sicherungsmaßnahmen wurden ergriffen. Opeion befand sich in seinen Gemächern, und die Goldene Wacht sowie eine Anzahl Soldaten ließen ihn nicht aus den Augen. Perduellis war einer der Ersten dort gewesen, die eine gewisse Autorität besaßen, wenn auch in seinem Falle keine große. In Wahrheit hatte er nur geringfügig mehr Autorität als die Dienerschaft. Aber dass er der Mundschenk des Imperators und Lehrer von dessen ältestem Sohn Aurgelmir war, hatte ihm einigen Respekt verschafft. Sein Zimmer lag gleich neben dem des Imperators, und er hatte Bryns Hilferufe gehört. Sofort hatte er den nächsten Wachtposten alarmiert und einige Wachen dazu abgestellt, auf Opeion aufzupassen. Die nächste Autoritätsperson, die eintraf, war Gug.

«Ah», seufzte er erleichtert. «Wie froh ich bin, dass schon jemand Zuverlässiges hier ist, Perduellis.»

Der Mundschenk senkte respektvoll den Kopf.

«Es bleibt noch viel zu tun, um die Sicherheit Ihrer Majestät zu gewährleisten.»

✦ ✦ ✦

Telseara und Dordios hatten sich doch in den Küchentrakt geschlichen, und sie bemerkten erst, dass irgendetwas los war, als sie wieder auf ihr Zimmer wollten.

«Schlafen die denn heute alle nicht?», sagte Dordios, als sie Stimmen und eilige Schritte hörten.

«Komm, nehmen wir einen anderen Weg», schlug Telseara vor (was in solchen Situationen einem Befehl gleichkam). Da der dritte Stock offensichtlich von Leuten wimmelte, stiegen sie zum vierten hinauf und ersparten sich neugierige Blicke.

Sie gingen gerade den langen Flur entlang, als ihnen eine offene Tür auffiel. Telseara ging daran vorbei, aber Dordios blieb stehen.

«Telsea», rief er leise. «Das ist Perduellis' Zimmer. Ein Arbeitszimmer.»

«Ja und?»

«Dort wollten wir doch schon immer einen Blick reinwerfen. Der persönliche Mundschenk des Imperators …», versuchte er, seine Schwester neugierig zu machen.

Telseara überlegte. Es sah Dordios nicht ähnlich, so etwas vorzuschlagen. Aber da Perduellis offensichtlich nicht in der Nähe war und es Dordios wichtig zu sein schien, sagte sie: «Gut, aber nur ganz kurz.»

Sie betraten sein bescheidenes Zimmer. Sofort fiel ihnen das größte Möbelstück ins Auge, ein Schreibtisch, auf dem alte Pergamente verstreut lagen. Sonst standen nur noch eine halb heruntergebrannte Kerze und ein Krug mit Wasser darauf. Telseara ging zu einer Truhe neben dem Schreibtisch, während Dordios den Beutel mit stibitzten Speisen auf den Boden stellte und zu einem Schrank trat. Er öffnete ihn, sah nichts Interessantes darin, nur Gewänder, und schloss ihn wieder. Telseara dagegen bückte sich und wollte die Truhe gerade öffnen, da glaubte sie, draußen etwas gehört zu haben. Sie gab ein sehr leises, tiefes Pfeifen von sich, das Dordios' Aufmerksamkeit auf sie lenkte, wie sie es so oft geübt hatten. Sie bedeutete ihm, den Flur zu beobachten. Dordios hob prompt den Beutel wieder auf und huschte zur Tür. Er sah nach links und nach rechts. Nichts. Aber wenn Telseara wollte, dass er Wache hielt, dann hatte sie gewiss ihre Gründe dafür. Er blieb entschlossen bei der Tür, bis Telseara eine Minute später herauskam und etwas an ihre Brust drückte, das wie ein Bündel Pergamente aussah, aber er konnte es nicht richtig erkennen.

«Gut», flüsterte seine Schwester. «Gehen wir wieder ins Bett! Ich glaube, das reicht für eine Nacht.»

Dordios wusste, dass Telseara ihm später schon sagen würde, was sie mitgenommen hatte. Also drängte er sie nicht, trotz seiner Neugierde und obwohl er es gewesen war, der vorgeschlagen hatte, in Perduellis' Zimmer hineinzugehen. Bald waren sie wieder in ihrem Schlafraum angelangt.

«Möchte mal wissen, was da hinten los war.»

«Irgendetwas Größeres, wie es aussah.»

«Nun, es kümmert uns nicht. Wir waren die ganze Zeit im Bett, und wir werden morgen früh herausfinden, worum es ging, wie alle anderen rechtschaffenen Leute.»

Einige Minuten später hätte jeder, der einen Blick ins Zimmer warf, angenommen, dass die beiden jungen Barue die ganze Nacht dort gewesen waren, von den verräterischen Krümeln auf ihren Kopfkissen einmal abgesehen.

✦ ✦ ✦

Bryn fiel es schwer, mit Aquiuss Schritt zu halten. Hinter ihnen kamen noch andere, Wachen hauptsächlich. Noch weiter hinten begleitete eine stetig anwachsende Menge von Schaulustigen die Tragbahre, auf der der tote Attentäter lag.

«Wo ist der Imperator?» Der Goldene stürmte durch das Regere Mansionum, dass die Leute vor ihm auseinanderstoben wie Vögel, bis er vor Opeions Gemächern stand. Zehn Wachen richteten die Waffen auf ihn.

«Tritt zurück, Herr», sagte der Anführer, der einen Helm mit Federbusch trug. «Es darf niemand hinein.»

«Hauptmann, ich sage das nur ein einziges Mal.» Aquiuss sah sehr bedrohlich aus. «Tritt zur Seite. Der Imperator ist in ernster Gefahr.»

«Ja, und wir sorgen für seine Sicherheit», erwiderte eine Wache. «Die brauchen keinen Goldenen, du stehst da drin nur im Weg.»

Bryn kam zusammen mit einigen weiteren Wachsoldaten dazu.

«Als kenntest du die Lage, du warst doch die ganze Zeit in der …», begann ein anderer, wurde aber unterbrochen.

«Aus dem Weg!», dröhnte Aquiuss. Er zog sein Schwert und ging weiter. «Ich warne euch. Wenn ich bis fünf gezählt habe, gehe ich durch diese Tür. Es ist eure Entscheidung, ob ihr euch dabei weh tut oder nicht! – Eins … zwei …»

Der Trupp wich in Richtung der Eichentüren zurück, die Waffen weiterhin auf Aquiuss gerichtet.

«Tu nichts Unüberlegtes! Du wirst es bereuen!», rief der Hauptmann.

«Drei …», fuhr Aquiuss fort.

«Man wird dich degradieren!»

«Vier …»

Genau in diesem Moment kam keuchend ein völlig erschöpfter Mann angelaufen. Auch er war Aquiuss durch die Stadt gefolgt.

«Wartet!», rief er. «Ich bin ein Ratgeber des Imperators und verlange, dass er eingelassen wird.»

Der Mann mittleren Alters reckte etwas in die Höhe, das wie eine sehr große Goldkette aussah. Es musste eine Art Ermächtigung sein.

«Nun gut», sagte der Hauptmann der Wache mit verbissenem Gesicht. «Geht zur Seite, Männer.» Er machte zwar ein Gesicht, als ob dies eine Schande wäre, doch erkannte Bryn, dass er froh war, nicht gegen jemanden von der Goldenen Wacht kämpfen zu müssen. Vielleicht durften die Wachen ihn eigentlich immer noch nicht hineinlassen, und dies war nur eine gute Ausrede?

Der Mann mit dem federgeschmückten Helm wandte sich an den Ratgeber. «Ich kenne Euch … äh, Herr, anderenfalls würde ich ihn nicht hineinlassen. Und es ist ja nicht so, dass wir keine guten Gründe dafür hätten … Wir haben unsere Befehle, wisst Ihr. Von ganz oben, weit über Euch. Es sind Wachen bei ihm dort drinnen, Onkel Gug hat sogar einige zusätzliche Goldene postiert, es ist absurd …»

«Genug», sagte Aquiuss.

Er stieß die schweren Türen auf und trat ein, zog die Türflügel wieder hinter sich zu. Bryn wartete eine Weile. Wegen seiner zunehmenden Sorge um Telseara und Dordios wollte er eben gehen, da hörte er, wie die Türen wieder geöffnet wurden. In Aquiuss' Miene mischten sich Zorn und Fassungslosigkeit. Alle waren still.

Er sah sie der Reihe nach an. Seine Stimme war traurig und leise.

«Wir haben versagt.»

Die Stille wurde nur von einigen entfernteren, gedämpften

Stimmen unterbrochen. Als der Goldene fortfuhr, bebte seine Stimme. Bryn hatte seine Zweifel gegenüber Aquiuss gehabt, aber in diesem Moment, als er ihm ins traurige Gesicht und die zornflammenden Augen sah, waren sie wie weggefegt.

«Imperator Opeion ist tot.»

✦ 20. KAPITEL ✦

Nachbeben

Am nächsten Tag standen alle unter Schock. Alle Barue, auch Telseara und Dordios, konnten die bedrückende Atmosphäre spüren, die über der Hauptstadt lag. Trauer empfanden die Barue nicht, um der Wahrheit Genüge zu tun; sie hatten mit dem Imperator nur ein einziges Mal gesprochen. Aber sie waren erschüttert. Das Gefühl von Entsetzen und Wut hing schwer in der Luft, es belastete sie wie ein ständiges Gewicht auf den Schultern, machte sie melancholisch. Sie mussten immer wieder an die Leute von Quivelda denken.

Bryn kam sich betrogen vor; da hatte er selbst mitgeholfen, den Maskierten zu stellen, und dann das! Er bekam immer noch eine Gänsehaut, wenn er daran dachte, wie dessen böse Emotionen über ihn hereingebrochen waren. Aber darüber konnte er nur mit Thybil und Mittni sprechen. Die Nachricht von Opeions Ermordung hatte schnell die Runde gemacht, und wohin man auch ging, überall wurde darüber gesprochen. Furcht lag über den Bewohnern, denn der wahre Attentäter lief immer noch frei herum. Die Prinzen Aurgelmir und Rameon und die Prinzessin Peasmi wurden nicht mehr ohne eine Leibwache von mindestens fünf Soldaten gesehen, zu denen üblicherweise ein Goldener gehörte. Das Gleiche galt für sämtliche Regenten.

Bryn schüttete Mittni sein Herz aus. Die beiden hatten die übrigen Stunden dieser schicksalhaften Nacht im Gespräch verbracht.

«Wie ist er gestorben?», fragte Mittni leise im Festsaal. Die Mahlzeiten glichen nicht mehr einem Fest, sondern waren zu einer bedrückten, düsteren Angelegenheit geworden. Die Regenten ließen sich erst gar nicht blicken, sie speisten in ihren Gemächern.

«Wie ist er ermordet worden, meinst du?» Bryn zuckte die Schultern. «Das will niemand genau sagen. Anscheinend war die Goldene Wacht ebenfalls tot, aber von den anderen Wachen fehlte jede Spur! Und was Imperator Opeion selbst betrifft, ist es entweder so grausig, dass sie es geheim halten wollen, oder … sie wissen es selber nicht.»

«Ganz recht», sagte eine Stimme hinter ihnen. Mittni verschluckte sich an seinem frischgepressten Orangensaft.

Thybil war gekommen. «Wenn ihr zwei euch weiterhin so den Kopf zerbrecht, werdet ihr zwischen all den weithergeholten Möglichkeiten auch die Wirklichkeit mit aufzählen. Wenn ich euch so höre, fühle ich mich verpflichtet, euch von solch drastischen Gedankengängen zu erlösen.» Er stellte seinen Teller auf den Tisch und setzte sich, ordnete sein Gewand. «Ihr habt es tatsächlich schon wieder geschafft, näher an der Wahrheit zu sein, als ihr glaubt. Die höchsten Ärzte sind ratlos. Woran er gestorben ist, wissen wir nicht. Es könnte ein natürlicher Tod gewesen sein. Aber es gibt keinen Hinweis auf eine Schwächung oder Erkrankung irgendeines seiner Organe, und der Zeitpunkt wäre schlicht unglaublich … um zu wissen, dass das kein Zufall ist, brauchen wir keinen Galar.» Die beiden jungen Barue lächelten flüchtig.

«Allerdings gab es Anzeichen von erhöhtem Innendruck, vor allem im Kopf. Die Augen waren wohl … geschädigt. Ich selbst habe den Leichnam nicht gesehen, und ich möchte es auch nicht. Opeion war auf seine Art ein großer Mann, und ich möchte ihn gern so in Erinnerung behalten, wie er zu Lebzeiten war.»

Eine Staatstrauer von vollen drei Tagen war angeordnet worden. Danach musste das Leben wieder aufgenommen, ein neuer Imperator gewählt werden, und auch mit COLA musste es weitergehen.

Bryn fand es verwirrend, dass der Imperator gewählt wurde. Er dachte, in Regierungsangelegenheiten rückte immer der älteste Abkömmling nach. Wenn es keinen gab, kam der naheste Verwandte auf den Thron. Er sprach Thybil darauf an.

«Onkel», sagte er. «Warum machen sie es sich so schwer und wählen den Imperator?»

«Nun, zum einen begreift sich das Imperium nicht als Monarchie, sondern jeder hat das Recht, bei der Entscheidungsfindung auf höchster Ebene mitzuwirken. So wird das gemeinhin verstanden. Es hat sich jedoch eingebürgert, dass der älteste Sohn des verstorbenen Imperators an dessen Stelle rückt.»

Bryn betrachtete ein riesiges Wandgemälde, auf dem ein großer Krieger abgebildet war, den eine Steintafel darunter als «Apherist» bezeichnete. Der Begründer seines Ordens konnte es nicht sein – Bryn empfand ihn jedenfalls immer noch als seinen Orden –, aber wie viele andere Apheristen gab es? Vielleicht war das in ferner Vergangenheit ein verbreiteter Name gewesen. Er fühlte sich zu dem Porträt dieses mächtigen Mannes seltsam hingezogen. Er erinnerte ihn an einen Nephelim, machte allerdings einen gefühlsbetonteren Eindruck.

«Du meinst, sie sagen einfach bloß ‹wählen› dazu, nehmen aber sowieso den ältesten Sohn?», fragte Bryn jetzt nur noch verwirrter.

«Aber nein, ganz und gar nicht! Verstehst du, es verhält sich im Moment so, dass wir zwar die Möglichkeit haben, aber nicht die Pflicht. Und es mag der Tag kommen, wo wir nicht den Sohn eines Imperators auf dem Thron haben wollen, sondern jemanden anders. In diesem Fall können wir für jemanden stimmen, der eine so verantwortungsvolle Position besser ausfüllen kann, anstatt unter der Herrschaft eines weniger Geeigneten zu leiden.»

Mittni wollte nachsehen, was seine Geschwister taten. Bryn spürte, dass Thybil in einer merkwürdigen, nachdenklichen Stimmung war, und entschuldigte sich ebenfalls. Immerhin sah er jetzt etwas klarer als vor ihrem kurzen Gespräch. Er zog sich auf sein Zimmer zurück. Wann sie wohl endlich die Entschädigung zugesprochen bekamen, die sie zur Unterstützung der Leute von Quivelda benötigten? Ihre Freunde brauchten sie dringend, und außerdem wollte Bryn gern zu seiner einfachen Lebensweise zurückkehren. Thybil hatte erklärt, dass er eine Anhörung organisiert habe, was immer das bedeutete …

Einige Stunden später spazierte er gerade vom Küchentrakt (wo er noch eines von Merilynns Rezepten mitgeschrieben hatte) zur anderen Seite des Gebäudes, als er unter einem Balkon vorbeikam, auf dem leises Schluchzen zu hören war. Es betrübte ihn, und er war froh, dass er die Gefühle des armen Mädchens nicht spüren konnte. Er vermutete, dass es sich um Prinzessin Peasmi handelte, die den Verlust ihres Vaters betrauerte, denn er wusste jetzt, wo die imperialen Gemächer lagen. Wenn er nur etwas hätte tun können, um sie zu trösten.

In diesem Augenblick rief jemand zu seiner Überraschung seinen Namen.

«Bryn Bellyset!»

Er wandte sich um. Eine Wache kam auf ihn zugelaufen.

«Das bin ich.» Bryn straffte die Schultern. «Was gibt es?»

«Deine Anwesenheit bei Calaspias Offiziellen und Landesältesten ist erforderlich.»

«Meine?», erschrak Bryn. Denn er hatte schon längst jeden Gedanken daran verworfen, den Ratssaal einmal betreten zu dürfen. «Bist du dir sicher?»

«Ja», sagte der Wachsoldat. «Ich bin ganz sicher. Sie brauchen dich sofort und haben mich geschickt, damit ich dich hole.»

«Dann sollte ich wohl mitkommen», sagte Bryn. «Nach dir.»

Auf dem Weg zum Ratssaal überlegte Bryn, wofür in aller Welt man ihn so dringend brauchte. Hatte er irgendetwas gesagt oder getan? Aber ihm fehlte die Zeit, länger darüber nachzudenken, denn schon wurde er in den Saal eingelassen. Sein Blick blieb an einigen der erlesenen Verzierungen hängen, und er hätte sich am liebsten einmal ausführlich umgeschaut, aber dies war nicht der rechte Moment dazu. Seine Aufmerksamkeit richtete sich auf die Anwesenden, die in einem Halbkreis um einen thronartigen Stuhl hockten, auf dem jedoch niemand saß. Warum, brauchte Bryn sich nicht erst erklären zu lassen.

«Bryn Bellyset», stellte ihn eine der Wachen an der Tür vor. «Der als Augenzeuge geladene Barue.»

Während er zum Thron ging, rasten seine Gedanken. Natürlich! Es musste darum gehen, dass er über den Attentäter gestolpert war und ihn mit verfolgt hatte. Mehrere Personen hatten ihn in diesem Teil des Gebäudes gesehen. Bryn trat zu der ihm angewiesenen Stelle und wartete. Zu seiner Rechten sah er Thybil sitzen, der ihm aufmunternd zulächelte.

«Bryn Bellyset», begann ein kräftig gebauter Mann mit einem Schnurrbart: König Haggar, der Herrscher von Nanoak. Ein Bild stahl sich in Bryns Gedanken: wie Mittni und er daheim an seinem Tisch saßen und eine Queste vorbereiteten, die in diesem nordöstlichen Land spielen sollte. Nun befand er sich mit dem König dieses Reiches im selben Raum! «Du musst dir darüber im Klaren sein, dass du hier in diesem Rat die Wahrheit, die reine Wahrheit und nichts als die Wahrheit sagen sollst. Wirst du das tun?» Bryn war verwirrt; er verstand nicht, was der Unterschied zwischen der Wahrheit, der reinen Wahrheit und dieser noch anderen Wahrheit war. Aber er nickte.

«Ich fürchte, du wirst schon mit ja oder nein antworten müssen, Bryn», sagte König Haggar schmunzelnd, sodass seine Mundwinkel unter dem borstigen Bart verschwanden. «Unseren Schreibern dürfte es schwerfallen, Bewegungen zu protokollieren.» Er nickte nach hinten, wo vier Schreiber alles Gesagte aufzeichneten.

«Ja», sagte Bryn, der sich sehr unwohl fühlte. «Ich werde die Wahrheit sagen und nur die Wahrheit und die … die reine Wahrheit.»

«Gut, das soll uns genügen», sagte jemand anderes. Er war älter als König Haggar, hatte aber freundlichere Züge – König Ureof, Monarch von Arleath. Telseara und Dordios hatten viel von ihm erzählt, und Bryn kannte ihn von dem Tag, als er mit seinem Gefolge in die Hauptstadt eingeritten war. «Deine Gemeinde ist in Arleath angesiedelt, darum will ich die erste Frage an dich richten. Ihr seid nach Armaah gekommen, um Entschädigung für den Angriff durch Monster zu beantragen, die euer Dorf zerstört haben sollen. Trifft das zu?»

«Ja», sagte Bryn, der sich an den Ablauf gewöhnte. «Das ist richtig.»

«Nun zu den Ereignissen der gestrigen Nacht.» Alle beugten sich in den Sitzen vor. «Kannst du bitte darstellen, worin deine Tätigkeiten zwischen gestern Abend und heute Morgen bestanden?»

«Nach dem Essen war ich noch kurz in der Küche. Anschließend ging ich auf mein Zimmer, bis Mittni, mein Mitbewohner, von einer Spielerunde mit Dordios und Telseara zurückkehrte. Er schlief bald ein. Sein Schnarchen hielt mich wach, und so …» An dieser Stelle wurde Bryn von jemandem unterbrochen, einem Landesältesten oder Ratgeber vermutlich.

«Schnarcht dein Mitbewohner sonst auch?» Die so unwichtig wirkende Frage brachte Bryn aus dem Konzept. Er brauchte ein, zwei Sekunden, bis er antworten konnte.

«Äh, nicht immer, nein, aber manchmal schon.» Die Antwort schien den Mann zufriedenzustellen, und Bryn fuhr fort. «Also, wegen Mittnis Schnarchen konnte ich nicht einschlafen. Ich lag wach …»

Seine Gedanken rasten. Er wusste nicht, ob er Telseara und Dordios mit hineinziehen sollte. Er hatte zwar versprochen, «die Wahrheit, die eine Wahrheit und nichts als die Wahrheit» zu sagen, aber die beiden hatten mit dieser ganzen Angelegenheit ja eigentlich gar nichts zu tun. Andererseits: Welche Erklärung hatte er denn dafür, dass er um diese Uhrzeit so dicht bei den Privatgemächern des Imperators gewesen war? Aus irgendeinem Grunde fiel ihm plötzlich wieder ein, was Telseara einmal gesagt hatte: *Sag nur dann die Wahrheit, wenn du dir noch keine passende Vertuschung ausgedacht hast.* Mit einem grimmigen Lächeln beschloss er, bei der Wahrheit zu bleiben. In gewisser Weise hatte Telseara ihm diesen Rat ja selbst gegeben …

«Da hörte ich, wie eine Tür geöffnet und wieder geschlossen wurde. Ich erkannte die Stimmen der beiden jüngeren Barue, Telseara und Dordios. Da ich im Laufe des Tages mehrmals gesehen hatte, wie sie die Köpfe zusammensteckten, kam ich zu dem Schluss, dass sie wieder einmal etwas im Schilde führten. Also beschloss ich, ihnen zu folgen und dafür zu sorgen, dass sie keine allzu großen Dummheiten anstellten.» An dieser Stelle unterbrach ihn Thybil, der bis jetzt geschwiegen hatte.

«Wenn ich kurz anmerken dürfte», sagte er mit seiner offiziellen Stimme, die Bryn schon kannte, «dass Telseara und Dordios fortwährend in Schwierigkeiten geraten aufgrund ihrer … hmm, nennen wir es vielleicht: Umtriebigkeit – für die sie sich zu Hause oft Ärger einhandeln.»

Bryn erklärte, wie er ihnen den ganzen Weg bis fast zum Küchentrakt gefolgt war, bevor er dann, wie ihm jetzt klarwurde, aus Versehen dem Maskierten folgte.

«Willst du damit sagen», fragte eine gutgekleidete Dame, die vor Schmuck nur so funkelte und bei der es sich wohl um Lady Turissa aus Bel-Tued handelte, «dass du tatsächlich der Person gefolgt bist, die im Begriff war, unseren Imperator zu ermorden?»

«Ja, Mylady, aber ohne dass ich es begriff!», fügte er rasch hinzu. Lady Turissa sah ihn entgeistert an. Bryn schaffte es, in seiner Darstellung bis zu dem Punkt fortzufahren, wo er sich verlaufen hatte und weder von dem Attentäter noch von Telseara und Dordios eine Spur sah, da wurde er erneut unterbrochen. Diesmal durch Perduellis, den hochgewachsenen Mundschenk, dem er zusammen mit Telseara und Dordios beim Mittagessen begegnet war.

«Du sagst, dass du nicht mehr wusstest, wo du warst. Und dass du keine Spur mehr von Telseara und Dordios oder dem Attentäter sahest – den du freilich für die beiden jungen Barue gehalten hast. Wenn dem so war, warum bist du dann nicht umgekehrt und wieder auf dein Zimmer gegangen?»

«Nun, weil ich dachte, dass ich sie vielleicht gleich wieder zu sehen bekäme oder auf etwas stoßen würde, aus dem sich schließen ließ, wohin sie gegangen waren. Ich kannte diesen Teil des Regere Mansionums nicht, und ich war neugierig, wohin sie gegangen waren und was sie dort wollten. Außerdem dachte ich, dass es schade wäre, jetzt umzudrehen, wo ich ihnen schon so lange gefolgt war. Ich wollte also gerade weitergehen, als ich … nun, wisst Ihr, ich kannte mich dort nicht so aus …» Er brach, leicht verlegen, ab. «Ich bekam es mit der Angst.» Seine Wangen glühten, und er spürte die Blicke der vielen Männer und Frauen auf sich. «Und als ich dann diesen starken Hass spürte, der von dem Täter ausging, und die Überraschtheit und Angst der Wache, da überwältigte mich das. Ich glaube, ich bin sogar kurz umgefallen. Es …» Doch wieder wurde er unterbrochen. Jetzt sahen ihn recht viele Leute sehr merkwürdig an.

«Was meinst du damit, als du den Hass, die Überraschtheit und Angst spürtest? Menschen können das nur, wenn sie ganz nah bei der betreffenden Person sind, und selbst dann fallen sie nicht gleich um!», sagte einer der Herrscher. Bryn vermutete aufgrund seines dunklen Haars und der braunen Haut, dass er der Regent von Nomidien war.

«Darauf möchte ich antworten, Lord Imal», sagte Thybil zu Bryns Erleichterung. «Einige der Anwesenden sind sich einer gewissen Fähigkeit nicht bewusst, über die wir Barue verfügen. Ich möchte niemanden mit Einzelheiten langweilen, aber in den Grundzügen ist es folgendermaßen: Jedes intelligente Wesen hat Gefühle und Gedanken. Manche Leute mögen in der Lage sein, sie herunterzuspielen oder gar vorzutäuschen, aber das kommt selten vor. Wir können Emotionen auf so ziemlich dieselbe Weise erspüren, wie Ihr jetzt meine Stimme hört und meine Worte versteht. Die Barue haben gelernt, zwischen verschiedenen Gefühlen zu unterscheiden; das erklärt wohl, wie Bryn in der Lage war, ‹starken Hass, Überraschtheit und Angst› zu erspüren. Es war ungefähr so, als würde Euch jemand ins Ohr schreien, da würdet Ihr auch den Kopf zurückziehen. Es braucht jedoch eine sehr starke Emotion, um eine solche Wirkung zu erzielen, wie sie Bryn Bellyset widerfahren ist. Es ist sozusagen unser sechster Sinn. Aber er soll in seinem Bericht fortfahren.»

«Ja», sagte Bryn und war wieder verlegen. «Ich musste erst einmal wieder zu Atem kommen, aber dann ging ich in die Richtung weiter, aus der die Gefühle kamen. Ich spürte noch entsetzlichere Angst – dann nichts mehr. Ich begriff, dass jemand gestorben war, ermordet worden war.»

Bryn führte aus, wie er den toten Wachsoldaten fand, dessen Schwert an sich nahm und dem Attentäter folgte. Er wurde erst unterbrochen, als einer der Landesältesten um eine genaue Angabe bat, an welcher Stelle Aquiuss gestanden hatte, als Bryn ihn zum ersten Mal sah.

«Er stand auf der anderen Seite. Aber als der erste Soldat fiel und er mich sah, hat er sich in den Kampf gestürzt. Ich glaube, er ist zur gleichen Zeit wie ich dort angekommen.» Danach wurde Bryn nicht mehr unterbrochen. Er erzählte dem Rat, wie er dabei geholfen hatte, den Attentäter durch Armaah zu jagen und gefangen zu nehmen, dann beschrieb er, wie Aquiuss in Opeions Gemächer trat und wieder herauskam und verkündete, der Imperator sei tot. Und wie er, Bryn, danach wieder ins Bett gegangen war.

«Vielen Dank, Bryn», sagte König Haggar. «Deine Darstellung mag sich als nützlich erweisen. Du kannst jetzt gehen.»

«Warte!», rief der glatzköpfige Perduellis ernst. Bryn blieb stehen und wandte sich um. «Versteh mich nicht falsch: Ich bin überaus beeindruckt, wie du mit der Situation umgegangen bist.» Seine harten Züge wurden einen Moment lang weicher. «Aber, wie soll ich sagen, vielleicht ein wenig zu beeindruckt. Erzähl uns doch einmal: Wie konntest du mit dem Maskierten mithalten? Deiner Darstellung nach bist du ungefähr eine Stunde lang neben Aquiuss hergelaufen! Durch Gassen gerannt, über Dächer balanciert und sogar … durch ein Glasfenster gesprungen.»

Er kniff die Augen zusammen. «Keiner der anderen Wachsoldaten, allesamt gut ausgebildet, die Besten ihres Fachs, hat das gewagt. Sie gingen davon aus, dass der Sturz den beiden das Leben kosten würde, und nahmen die Treppe. Aus Feigheit, könnte man sagen, aber das bezweifle ich. Drei Stockwerke sind mächtig hoch, das überlegt man sich besser zweimal. Aber du nicht, wie?» Bryn spürte, wie sich Kälte in seiner Brust ausbreitete. «Zwanzig Wachsoldaten, darunter Mitglieder der Goldenen Wacht, laufen die Treppe hinunter, und ein einfacher Barue, von Beruf Brauer, stürzt sich aus dem Fenster ins Unbekannte. Und du überlebst nicht nur, du schwimmst zur Brücke und läufst ihm nach!»

Neugieriges Gemurmel erhob sich.

«Ich will damit nicht sagen, dass du lügst», fuhr Perduellis fort, «denn mehrere Wachen haben diese Darstellung bereits bestätigt. Ich möchte nur gern wissen, wie du das fertiggebracht hast.» In seinen hellen Augen stand Skepsis. «Besitzt du magische Fähigkeiten, die du in deinem Antrag auf Zutrittsberechtigung zum Regere Mansionum nicht angekreuzt hast? Oder bist du einfach nur ein talentierter, robuster Bursche, der mehr Glück als Verstand hat?»

Thybil stand auf. «Er ist gut in Form, unser Bryn. Und während er in der Tat über magische Fähigkeiten verfügen mag, von denen wir nicht wissen, glaube ich, dass er sich seine nächtlichen Taten durchaus selbst zugutehalten darf, seiner Konstitution und Willenskraft – mehr nicht.»

König Ureof räusperte sich. «Ich möchte hinzufügen, dass die Barue aus weit härterem Holz geschnitzt sind, als man ihnen ansieht. Ich war von der Flinkheit überrascht, mit der sie Arleath gegen die Nurgor zu verteidigen halfen.» Er zögerte. «Ich verdanke ihnen sogar mein Leben.»

König Haggar funkelte Perduellis an, der nickte. «Ich habe mich nur gefragt, ob es noch eine andere Erklärung dafür gibt. Ich danke dir, Bryn Bellyset.»

Bryn warf einen Blick zu Thybil, der ihm leicht zunickte und einen Daumen reckte, und verließ den Ratssaal. Diesen Anblick würde Bryn nie vergessen: wie der fein gekleidete und frisierte Thybil dort entspannt in einem Stuhl saß, der viel zu groß für ihn war, ihm zunickte und seinen verknitterten kleinen Daumen hochhielt, um ihm ein «Gut gemacht!» zu signalisieren. Und das, ohne eine Miene zu verziehen, weiterhin den erhöhten Stühlen der Regenten zugewandt. Es war die freche Geste eines Jüngeren – jemand Altes und Respektables tat so etwas einfach nicht. Manchmal, konnte Bryn nicht umhin zu denken, war Thybil einfach großartig.

Auf dem Weg nach draußen dachte Bryn über das nach, was Perduellis gesagt hatte. Es war eine berechtigte Frage, eine Frage, auf die Bryn ebenfalls liebend gern eine Antwort gehabt hätte. Sicher, er konnte sich leicht einreden, dass er eben stark und sehr gut in Form war und Glück gehabt hatte, aber er wusste, dass das nur die halbe Wahrheit war. Stattdessen hatte er den quälenden Verdacht, dass dieser Ausbruch von Stärke und Schnelligkeit etwas mit dem Stein zu tun hatte. In der Nacht, während der Verfolgungsjagd, hatte er nicht an ihn gedacht, aber jetzt schweiften seine Gedanken oft zu ihm ab. Als er ein bisschen Zeit für sich allein hatte, holte er ihn heraus und untersuchte ihn. Eridanus hatte etwas über Stärke und Gerechtigkeit gesagt, und genau das war doch geschehen. Aber hatte er ihn «benutzt»? Nein, wie denn? Er hatte ihn zu diesem Zeitpunkt ja völlig vergessen gehabt. Nachdenklich ging er die anderen suchen.

Später saß Bryn mit Telseara in einem der zahlreichen Salons – das waren gutausgestattete, abgetrennte Räume, in denen die Leute ihre Freizeit in angenehmer Gesellschaft zu verbringen pflegten. Seit dem Attentat waren die Salons meist leer, aber das störte Bryn nicht. Ihm war nicht nach großem Rummel zumute. Manchmal lieh er sich in der Bibliothek, die Tausende schöner Bände bereithielt, ein Buch aus. Er fand die Sprache schwierig und den Inhalt meist nicht sonderlich interessant … Politik, Geschichte, Gesellschaft und wissenschaftliche Forschung. Mit anderen Worten: nichts Lesenswertes. Diese behaglichen Räume wurden von den Barue sehr geschätzt, weil es hier immer etwas zu knabbern in silbernen Schälchen oder im Schrank gab; Obst war in wunderschön bemalten Schalen angerichtet. Die hochnäsigen Adligen ließen sich hier nicht oft blicken.

Telseara hatte es sich in einem breiten Sessel gemütlich gemacht und brütete über irgendwelchen Schriftrollen.

«Das ist ja mal was ganz Neues, dass du liest», sagte Bryn. Vermutlich war es darauf zurückzuführen, wie ihre letzte bekannte Eskapade ans Licht gekommen war. Telseara schenkte ihm ein schlaues Lächeln.

«Und was für eine schöne Überraschung es erst ist, dass sich mal etwas zu lesen lohnt. Vielleicht willst du ja auch einen Blick hineinwerfen, wenn ich damit durch bin. Nach Dordios, versteht sich.»

«Ich glaube nicht», sagte Bryn mit Blick auf einige der Bücher, in die er sich einzulesen versucht hatte. «Anscheinend sind die Texte hier nicht so geschrieben, dass unsereins etwas daraus lernen kann.»

«Ach, das eine oder andere schon», antwortete sie listig.

Bryn lachte. «Du klingst wie Onkel Thybil. Und ich weiß nicht, ob ich das gut oder schlecht finden soll!»

«Nun, ich eigne mir gern Wissen an, das Onkel Thybil uns vorenthält.» Sie sprach immer noch mit dieser hintergründigen Stimme.

«Telsea», sagte Bryn. «Was willst du mir damit eigentlich sagen?»

«Komm her und schau dir das an, ja? Ich bin sicher, das findest du interessanter als alle Bücher hier zusammen.»

«Das ist kein Kunststück», tönte er. «Die alle auf einmal – das wäre ja noch schlimmer.» Aber seine Neugierde war geweckt. Er ging hinüber und blickte auf die Schriftrolle in Telsearas Händen. Es dauerte nicht lange, da hatte er begriffen, worum es hier ging.

«Aber, das …!» Für einen Moment fehlten ihm die Worte. Telsearas selbstzufriedenes Gesicht trug auch nicht dazu bei, seine Fassung wiederzuerlangen. «Wo hast du das her? Ach, egal … das ist unglaublich!»

Es war ein Artikel über den Krieg um das Tor. Geschichte war gar nicht immer langweilig! Bryn hatte den starken Verdacht, dass diese Schriftrolle reden würde, wo Onkel Thybil schwieg. Telseara war eine langsame Leserin, und sie warfen einander immer wieder verschwörerische Blicke zu, was ihr Vorankommen noch erschwerte. Sie fanden zwar nicht viel, was ihnen Thybil oder der König der Plimpe noch nicht erzählt hatte, aber es war eine ausführlichere, persönlichere Schilderung, und sie genossen jede Einzelheit. Wäre es nicht um die Ostentum und Quivelda gegangen, hätte Bryn wetten können, dass es sie gar nicht einmal so interessiert hätte, bestenfalls als Rohstoff für ihre Questes. Sie lasen eine Weile leise vor sich hin, bis sie an eine Stelle kamen, die sie mehrmals lesen mussten. Sie sahen sich an. Aus der Miene des anderen konnten sie schließen, dass sie beide gleichermaßen verblüfft waren.

Telseara öffnete den Mund, aber bevor sie etwas sagen konnte, schwang die Tür auf. Bryn sprang auf. Sie hatte die Schriftrolle gerade hinter einigen Büchern verborgen, da trat Thybil ein. Ein mattes Lächeln überzog sein Gesicht, als er die beiden jungen Barue beieinander sah. Er hatte Ringe unter den Augen – größere als sonst. Und er sah müde und erschöpft aus.

«Tut mir leid, ich kann nicht allzu lange bleiben … wollte bloß mal nach euch schauen …»

«Dass wir auch ja nichts anstellen!», sagte Telseara indigniert und stand ebenfalls auf. Thybil zog die Augenbrauen hoch.

«Du hast uns angelogen, Onkel!», sagte sie. «Und mach uns bloß nicht weis, du hättest nichts davon gewusst – du bist *dort* gewesen!»

Bryn versuchte, die Lage zu entspannen. Es musste eine vernünftige Erklärung für den Wahnwitz geben, auf den sie gerade gestoßen waren.

«Onkel, kanntest du den Hohen Lehrmeister Eridanus während des Kriegs um das Tor schon?», fragte er. Thybil nickte.

«Warum hast du uns dann belogen?», fragte er fassungslos.

Thybil breitete in einer Geste der Unschuld die Hände aus. «Sagt ihr's mir.»

Telseara schlich um ihren Großonkel herum wie eine wütende Katze. Sie funkelte ihn giftig an und tauschte wissende Blicke mit Bryn, der die Hände in die Hüften stemmte.

«Eridanus war *sein* Freund! Nequams *bester Freund*!» Telseara hatte Tränen in den Augen und drohte Thybil mit der Faust. «Dieser gemeine, niederträchtige Mordbrenner! Und *er* hat die ganze Zeit mit ihm gemeinsame Sache gemacht? Also könnte es ja sein, dass *er* die Ostentum zurückgeholt hat!»

Thybil holte tief Luft und lächelte. Das ärgerte Bryn, aber er bereitete sich auf eine vernünftige Erklärung vor. Zugleich erschien ihm der Thybil, der ihn während der Anhörung im Ratssaal ermutigt hatte, auf einmal ganz anders: ein alter Mann von eitler Selbstgefälligkeit, der seine jüngeren Gefährten in wahnwitzige Abenteuer führte und ihnen nicht einmal sagte, was vor sich ging. Rückblickend kam Bryn sein herausgeputztes Äußeres im Ratsaal wie eine Maskerade vor, hinterhältig sogar.

«Ich habe euch nicht belogen», sagte der alte Barue. Bevor Bryn ihn unterbrechen konnte, fuhr er fort. «Ich habe gesagt, dass Eridanus zur gleichen Zeit wie Nequam in Itrim studiert hat. Sie waren Freunde, das lässt sich nicht bestreiten; richtig gute Freunde, jawohl. Ich habe auch gesagt, dass sie erbitterte Feinde waren, was ebenfalls stimmt. Während des Kriegs um das Tor war Eridanus der bitterste, mächtigste Lehrmeister von allen. Ohne seine Hilfe, das lasst euch versichern, hätten wir den Krieg verloren. Als Nequam Schande über sich brachte und sich den Mächten des Wahnsinns anschloss, hat Eridanus sich von ihm losgesagt. Unglücklicherweise war er in jener Zeit nicht vor Ort, sonst hätte er dem Treiben vielleicht rasch ein Ende gesetzt …»

«Oh», machte Telseara leise, auf einmal keine fauchende Katze mehr, sondern ein Kätzchen.

«Entschuldige, dass wir so wütend waren, Onkel.» Bryn lächelte unsicher. «Wir wussten natürlich, dass es eine logische Erklärung dafür gibt.»

Thybil mahlte mit den Kiefern, antwortete jedoch nicht unfreundlich. «Genau aus diesem Grunde habe ich euch nicht davon erzählt. Es hätte eure Sicht auf den größten Mann beeinflusst, den ich kenne … Ich kann nicht mehr sagen, als dass die Person, mit der Eridanus Umgang pflegte, nicht derselbe Mensch war, der den Tod von Tausenden von Unschuldigen auf dem Gewissen hat. Und davon abgesehen ist es eine unwichtige Einzelheit – dass ihr solche Nebensächlichkeiten wisst, ist überflüssig.» Er räusperte sich. «Wenn ihr mich jetzt entschuldigen würdet.» Er öffnete die Tür und wollte gehen.

«Nein, wir werden dich nicht entschuldigen!», fauchte Telseara. Sie war zwar oft vorlaut, in diesem Ton hatte Bryn sie aber noch nie mit Thybil sprechen gehört. Thybil bedeutete ihr dringend zu schweigen und schloss die Tür wieder. «Immer gehst du ohne uns weg», fuhr seine Großnichte fort. «Nie sagst du uns irgendetwas! Was geht hier vor sich? Wir wollen Antworten, keine Ausreden.»

Thybil seufzte. «Ich habe keine Zeit für solche Spielchen, Telseara. Du dürftest eigentlich gar nicht hier sein, junge Dame. Du kannst von Glück reden, dass ich dich nicht sofort wieder nach Hause geschickt habe – der Himmel allein weiß, warum Drattni es nicht gleich am Anfang getan hat.»

Bis jetzt hatte Bryn ihn nur als ziemlich herablassend empfunden, aber diese Schelte war regelrecht ärgerlich. «Und wenn du mir noch ein einziges Mal so kommst …»

Telseara setzte sich hin und kniff die Lippen zusammen, sah Bryn aber flehend an. Der Brauer blickte zu Thybil, der wieder die Tür öffnete. War das wirklich noch der freundliche, liebevolle Barue aus Quivelda, der immer stundenlang über alles mit ihnen gesprochen hatte, das sie wissen wollten?

«Gut, dann ist Telseara aus dem Spiel», sagte Bryn hitzig. «Aber ich will auch Antworten. Die Art, wie du uns behandelst, ist ungerecht. Dürfen wir denn jetzt nicht einmal mehr fragen?»

«Antworten, Antworten», grollte Thybil. «Fragt endlich mal jemand anderen!»

«Wen denn?», sagte Bryn reichlich laut. Er bekam selbst einen Schreck, bedauerte es jedoch kein bisschen. Er hatte schon auf der Reise nach Armaah mehr zu erfahren gehofft, hatte seine Hoffnungen dann auf die Zeit der COLA-Sitzungen gerichtet. Und der Alte hatte sich nicht einmal ihm anvertraut, dabei konnte man ihm als Apostel des Verstehens doch gewiss ernstere Angelegenheiten zutrauen. «Du hast mich hier auf diesen nutzlosen Gang mitgeschleppt!», schimpfte er. «Eridanus ist weg, sonst könnte ich ja Nequams alten Kumpel fragen. Und Galar ist auch noch nicht wieder da.»

Thybils Gesicht war rot; offensichtlich hatte Bryn einen wunden Punkt getroffen. «Ihr steckt eure Nasen in Angelegenheiten, die euch nichts angehen. Ich hätte euch beide nicht mitnehmen sollen!»

«Ja, vielleicht wäre das besser gewesen. Aber du hast uns nun einmal mitgenommen, also bist du auch in der Pflicht.»

Telseara stand abrupt wieder auf. «Schön, wenn du uns nicht willst … dann verschwinden wir eben. Komm, Bryn, wir haben Besseres zu tun, als darauf zu warten, dass dieser … dieser Verschwörer … uns einmal Antworten gibt.»

Sie machte Anstalten, den Raum zu verlassen, aber Thybil hielt sie mit erhobenen Händen zurück. «Nein, geht nicht. Ihr dürft nicht gehen, es steht zu viel auf dem Spiel. Denkt ihr denn nicht an eure Leute? Quivelda wird nicht lange überleben; tatsächlich bringen sie sogar Wenfeld in Gefahr, wenn die Vorräte nicht bis zur Ernte ausreichen.»

«Wenn wir deshalb hierhergekommen sind, warum sind wir dann nicht längst mit Hilfslieferungen auf dem Weg?», herrschte Telseara ihn an. «Stattdessen sitzen wir hier herum und lassen uns von den Offiziellen schmähen! Sie hassen uns, obwohl wir unser Leben für ihre Sicherheit aufs Spiel gesetzt haben. Wir haben sie vor den blöden Ostentum gewarnt und unsere großartige Mission erfüllt. Und wo bleibt die Belohnung? Stattdessen wird der Imperator ermordet, und irgendwelche Verrückten laufen frei in der Stadt herum!»

Die unangenehmen Fragen, die Bryn in die hinterste Ecke seines Kopfes verbannt hatte, kamen wieder zum Vorschein, und er konnte nicht anders als zweifeln. Es war ebenso wahrscheinlich wie das, was Thybil behauptete: Sein Wort stand gegen die Umstände.

«Die Lage ist viel zu kompliziert, als dass ihr sie verstehen könntet», sagte Thybil unendlich müde. «Nein, das war nicht gemein von mir – ich gebe nicht vor, dass ich sie selbst verstehe. Wenn ihr jetzt geht, werde ich das Gericht nie von unserer Not überzeugen. Dann wären wir umsonst hierhergekommen.»

Er wandte sich an Bryn und versuchte ein Lächeln. «Verfluchte Bürokraten, was?» Nun war seine Miene freundlich und verständnisvoll. Bryn schämte sich und bereute sein Misstrauen. «Telseara, geh auf dein Zimmer. Ich werde mit dir reden, sobald ich mit Bryn fertig bin.» Telseara stürmte kochend vor Wut aus dem Salon, aber Bryn konnte spüren, dass sie mit dem Ergebnis zufrieden war.

Thybil legte dem Brauer fest eine Hand auf die Schulter und sah ihm in die Augen.

«Verstehst du denn nicht, dass sie uns gegeneinander ausspielen wollen?», sagte er. «Vertrau mir doch einfach, mein Sohn, so wie früher.»

Bryn wich dem Blick seines Förderers aus und erwiderte kühl: «Das ist die perfekte Ausrede. Ich meine, du würdest genau dasselbe sagen, wenn du ein Verräter wärst.»

«Ein Verräter?» Thybil klang verletzt. Bryn spürte Wellen der Verwirrung. «Was meinst du damit? Ein Verräter von was? Ihr glaubt doch nicht etwa, dass ich auf der Seite der Ostentum bin?»

«Nein, ein Verräter gegenüber uns. Ich weiß nicht, was hier vor sich geht, und das scheint dir auch ganz recht zu sein. Aber wie dem auch sei, ich hoffe, du hast wenigstens gute Gründe dafür.»

«Die habe ich, Bryn, vertraue mir. Und ich hoffe, dass ich sie euch irgendwann sagen kann.»

Die beiden betrachteten einander einen Moment lang traurig. Die Umarmung war warm und liebevoll. Bryn vergoss eine Träne, er konnte nicht anders. So fern der Heimat kam Thybil für ihn am nächsten an einen Vater heran. Seinen richtigen Vater hatte er seit über einem Jahr nicht gesehen, und er war ganz anders als Thybil.

«Tut mir leid», flüsterte Bryn. «Ich weiß nicht, was über mich gekommen ist, es war schrecklich. Ich kam mir so schutzlos vor, so ohne jede Hoffnung. Ohne dich haben wir schließlich niemanden.»

«Und ich habe einen ganz schlechten Alten abgegeben. Ich weiß, dass das eine schwierige Zeit für euch ist. Für uns alle.» Als er das sagte, fiel Bryn erst richtig auf, wie sehr die Anspannung an Thybil zerrte, schlimmer als je zuvor. «Ich bin stolz auf dich, Bryn Bellyset. Das hast du gut gemacht bei deiner Anhörung, und das nach dieser Nacht.» Er klopfte ihm auf die Schulter. «Jeder würde früher oder später unter diesem Druck zusammenbrechen. Besser, dass es hier drin geschehen ist als in der Öffentlichkeit. Das würde uns auch nicht mehr

Freunde einbringen, oder?» Für einen kurzen Moment schien sich das Gesicht des alten Barue wieder finster zu verzerren, doch gleich darauf strahlte es nur die reinste väterliche Besorgnis aus. «Du weißt auf dich aufzupassen, und das zumindest hat sich bezahlt gemacht. Ich bin stolz auf dich, Bryn.»

✦ 21. KAPITEL ✦

Die Krönung

Ungefähr eine Woche nach Bryns Anhörung wurde Aurgelmir zum neuen Imperator gekrönt. Bryn hatte ihn vorher ein-, zweimal gesehen. Ein blasser junger Mann, der stets höflich und zuvorkommend zu den Leuten um sich herum war. Die Vorbereitungen hatten unmittelbar nach der dreitägigen Staatstrauer angefangen. Die eigentliche Krönung sollte auf dem Festland in der Stadt Liborec stattfinden, die für die Öffentlichkeit leichter zu erreichen war und bessere Örtlichkeiten aufwies als Armaah, das bei allem Prunk für ein solches Ereignis nicht geeignet war. Seit sich herumgesprochen hatte, dass Aurgelmir den Thron seines Vaters übernehmen würde, machten sich stetig Leute von der Hauptstadt zum Festland auf. Bryn war froh über diese Veränderung, denn nun waren die Straßen nicht mehr so voll, die Anspannung löste sich. Den Barue waren einige der üblichen Ehrenplätze für die Gäste des Regere Mansionums angeboten worden, und sie hatten gern angenommen. Da sie noch nie bei einer Krönungsfeierlichkeit dabei gewesen waren, bekamen sie den Rat, sich auf riesige Volksmassen gefasst zu machen.

Bryn hatte Merilynn gerade mit der Zubereitung der Speisen geholfen. Es war kurz nach dem Mittagessen, und die

Feierlichkeiten sollten am frühen Abend beginnen. Er machte sich Sorgen, etwas von der eigentlichen Zeremonie zu verpassen, aber seine Freundin versicherte ihm, dass ihn vor allem sinnloses Geschwätz erwartete.

«Ehrlich, Bryn», sagte sie und schrubbte an einem hartnäckigen Fleck in einer sonst blitzblanken Pfanne herum. «Ich begreife nicht, warum so viele Leute kommen, nur um sich stundenlang zu Tode zu langweilen, während der neue Imperator eine Rede darüber hält, wie er alles besser machen wird als sein Vorgänger. Einen winzigen Moment werden sie die Krone in den Händen des Hohen Lehrmeisters sehen, bevor sie auf das wohlparfümierte Haupt unseres neuen Imperators gesenkt wird.» Sie runzelte die Stirn. «Wobei das diesmal wohl jemand anders übernehmen wird als der Hohe Lehrmeister, weil der sich irgendwo herumtreibt. Heißt es. Jedenfalls werden die Leute dann jubeln, sodass alle, die inzwischen eingeschlafen sind, rechtzeitig zum großen Essenfassen wieder aufwachen. Und dann feiern sie ein Riesenfest, das mindestens bis zum nächsten Morgen dauert und sich um alles dreht, nur nicht um die Krönung unseres neuen Imperators. Tanzen, Trinken und all so was.» Bryn hatte sich längst an Merilynns Art zu reden gewöhnt. Die Küchenchefin lästerte gern. Am liebsten über die «aufgeblasenen hohen Herren». Selbst Merilynn, die Köchin, hatte diese Einstellung; dabei konnte sie noch nicht einmal spüren, was in ihnen vorging!

«Aber die Erfahrung wird dir guttun», fügte sie hinzu. «Du wirst dich amüsieren, vor allem nach der eigentlichen Krönung.»

Bryn starrte aus dem Fenster zu den schweren, wogenden Wolken hinauf. Der Himmel war völlig zugezogen.

«Hoffentlich klart es noch auf bis zur Zeremonie.»

Die Krönung fand am Rande von Liborec statt. Die Wolken hatten sich ein Stück nach Süden verzogen, und nur noch ein trauriges Häuflein hing über der Stadt. Bryn hörte gerüchtehalber, einige Lehrmeister hätten eigens für diesen Anlass ein Abregnen verhindert, und fragte sich, wie weit ihre magischen Fähigkeiten wohl wirklich reichten. Inzwischen waren die Straßen gerammelt voll, und Thybil und er brauchten eine ganze Weile, um zu dem Ort zu gelangen, an dem die Zeremonie abgehalten werden sollte. Je näher sie kamen, desto sichtbarer galten erhöhte Sicherheitsmaßnahmen. Wegen der Umstände von Opeions Tod waren deutlich mehr Wachsoldaten als sonst unterwegs. Die beiden kämpften sich durch wimmelnde Straßen und an Händlern vorbei, die ihnen Fahnen, Krönungs-Bierhumpen und andere Andenken verkaufen wollten.

Ihr Ziel erwies sich als ein rundes Stadion, von Säulen gesäumt und von Tausenden absteigender Sitzplätze umgeben. Riesige Steinkreise, die nach unten hin stufenförmig zu einer Bühne hinab immer enger wurden. Sie sahen aus wie Ringe im Wasser, nachdem man einen Stein hineingeworfen hatte. Unten standen eine Menge Offizielle herum und taten verzweifelt so, als hätten sie etwas zu tun. Prinz Rameon, Prinzessin Peasmi, Onkel Gug, Perduellis und andere, Aurgelmir nahestehende Personen hatten Plätze in der ersten Reihe, ganz unten, direkt vor der Bühne. Hinter ihnen saßen die Barue, denn Mittni, Telseara und Dordios waren schon früher mit anderen aus Armaah hierhergekommen.

Bryn kannte einige Leute vom Sehen aus dem Regere Mansionum. Er war froh, dass Thybil auf ihn gewartet hatte; wenn er sich allein einen Weg durch diese Massen hätte bahnen müssen, wäre er sich schrecklich allein und verloren vorgekommen. Thybil hatte eine Erklärung für die eigentümlichen konzentrischen Kreise, wie er für fast alles, was dem Brauer neu war, eine Erklärung zur Hand hatte.

«Das nennt man ein Amphitheater, Bryn. Die Numenii halten hier gern Konzerte ab und *athletische Spiele*. Wie du siehst, zielt die Konstruktion darauf ab, dass möglichst viele Leute gut sehen und hören können.» Da Thybil «athletische Spiele» so merkwürdig betont hatte, überlegte Bryn, um was für Sportarten es sich wohl handelte.

«Wird hier geboxt?» Er dachte an seine Übungsstunden bei den Aposteln zurück, die auf die Bellyset'schen Selbstverteidigungskurse gefolgt waren. Er hatte sich gewundert, warum sie, die Anhänger eines friedlichen Glaubens, Boxen üben mussten, und die Antwort war gewesen, Calaspia sei eine gefallene Welt und ein gefährlicher Ort. Er hatte den leisen Verdacht gehabt, dass sie sich so gegen eine Entführung durch Ordensleute aus Itrim wappnen sollten. Es waren auch Gerüchte von einem militaristischen, hochspezialisierten Zweig der Apostel kursiert, die angeblich Meister der Zauberkunst waren und einen Angriff vereiteln sollten. Nun, da Bryn den Hohen Lehrmeister von Itrim persönlich kannte, kam ihm diese Vorstellung albern vor.

Thybil lachte missmutig. «Ja, in gewisser Weise boxen sie. Manchmal mit mehr Gewalt. Siehst du den Boden des Stadions?»

Bryn sah eine niedrige Mauer, die die Zuschauer von der Bühne trennte. Ihm fiel auf, dass der Boden mit Sand bestreut war.

«Der Sand saugt das Blut der Kämpfer auf, die Spiele spielen müssen zur Unterhaltung derjenigen, die mehr Glück im Leben hatten als sie. Daher kommt auch der Name Arena: das bedeutet Sand.» Thybil schüttelte verdrießlich den Kopf. «Es ist das Überbleibsel einer grausameren Zeit, in der Intelligenzwesen wie Gegenstände verkauft wurden. Glücklicherweise sind solche Praktiken heutzutage verboten, und selbst wenn sie in manchen Teilen des Imperiums immer noch ausgeübt werden, müssen die Verantwortlichen bestraft werden, und das werden sie auch, wenn man sie erwischt.»

Sie hatten die Arena schon von weitem sehen können, noch bevor sie hatten anstehen müssen, um in die Anlage hineinzukommen. Thybil deutete zu den kleinen Punkten von Leuten, die auf der anderen Seite des Amphitheaters saßen. Bryn fragte, wie viele Personen es fasste.

«Tausende und Abertausende strömen noch hinein.» Thybil begann die vielen kleinen Stufen hinunterzugehen, die in einer geraden Linie nach unten führten. Es war schwierig, nicht ins Stolpern zu geraten, denn die Stufen waren schmal. Schließlich kamen sie in der vorletzten Reihe an und zwängten sich nach rechts durch, wo die anderen saßen. Fröhlich wurden sie von den drei Geschwistern begrüßt, die sich gleich über die harten, kalten Sitze beschwerten, aber sie hatten leuchtende Augen dabei.

«Wo ist Aurgelmir?», fragte Telseara, die aufgestanden war und den Kopf reckte, um zur Straße über den Rängen zu schauen.

«Ich denke, er wird einen etwas geschützteren Weg nehmen», sagte Thybil.

Sie plauderten angeregt und mussten ziemlich laut sprechen, um sich bei dem allgemeinen Lärm verständlich zu machen. Die Offiziellen, die immer noch geschäftig taten, sahen gewaltig erleichtert aus, als aus einer Tür hinter ihnen zwei Diener traten und eine schwere rote Rolle hereinschleppten. Die Sitzplätze zogen sich nicht um die ganze Arena herum. Hinter dem Podium befand sich eine sechs oder sieben Sitzreihen hohe Einbuchtung, die mit einer glatten Steinwand abschloss, wie eine kleine Klippe. Darin befanden sich zwei Öffnungen, von denen die eine mit einer Holztür verschlossen, die andere nicht mehr als ein schwarz gähnendes Loch war. Zwischen den beiden Türöffnungen führte eine Flucht majestätisch großer, in den Stein gehauener Stufen die Klippe hinauf. Auf dieser Treppe rollten die Diener einen roten Teppich aus. Als sie wieder hinuntereilten, achteten sie sorgfältig darauf, ihn nicht zu betreten. Auf halber Höhe der Treppe führte zu beiden Seiten ein Weg weg. Dort waren balkonartige Ausbuchtungen in die Wand geschnitten, besondere Logen mit großzügigen Steinsitzen darin.

«Ehrenplätze», erklärte Thybil ihnen. «Hier sitzt man sehr dicht beim Podium, so hat man direkten Blick auf alles, was geschieht. Heute werden dort zweifelsohne die fünf Herrscher der anderen Reiche Platz nehmen.»

In der Ferne erhob sich Jubeln. Es kam erstaunlich langsam näher und kündigte den künftigen Imperator an, wie Rauch von Feuer kündet. Schließlich erschollen Trompeten. Aurgelmir kam!

Um die Barue herum lärmte die Menge nun noch lauter; Tausende von Menschen sprangen auf und klatschten. Die Ränge wurden zu einem Meer schwenkender Fähnchen und flatternder größerer Flaggen.

«Das Geschäft dürfte heute richtig gebrummt haben», rief Thybil lachend in Bryns Ohr. Nun konnte sich niemand mehr über dem Lärm verständlich machen, also stimmten sie in die Sprechgesänge mit ein. Die Trompeten schmetterten erneut eine Fanfare, wuchtige Trommeln setzten dröhnend ein.

Die Prozession war klein und würdevoll. Vom Kopf der Treppe in der Steinwand, genau vor und über den Barue, marschierte ein Trupp prächtig geschmückter Wachsoldaten herab. Sie trugen, je nach Rang und Leistung, verschiedene

Federbüsche, Orden und Umhänge. Nach vielleicht einem Dutzend dieser militärischen Offiziellen folgten die fünf Herrscher der anderen Reiche. Alle waren sie in die jeweiligen Landesfarben gekleidet; auch die Wachen, die sie eskortierten, trugen seidene Umhänge in den Farben ihrer Heimat. Das jeweilige Reichswappen war Bestandteil der Heeresuniform, und zu diesem Anlass hatte man sie auf Hochglanz poliert. Selbst an den Blasinstrumenten der Trompeter wehten Bänder in den sechs Farben des Imperiums.

Die fünf Herrscher bogen zu den Logen ab und setzten sich auf ihre Ehrenplätze, wie Thybil vorhergesagt hatte. Schließlich erschien Aurgelmir oben. Er war ganz in weiße Gewänder gehüllt, der Umhang im Rot von Armaah lag um seine Schultern. Vor ihm schritt mit wippendem rotem Federbusch der General des Heeres von Armaah die Stufen hinab. Nach Aurgelmir folgte eine Abordnung kirchlicher Würdenträger mit Kapuzen und robentragender Lehrmeister. Den Abschluss bildete die Goldene Wacht. Zwei der Goldenen erkannte Bryn: Aquiuss und Fergus, einen überaus behaarten Veteranen aus Armaah, der seine besten Jahre wohl schon hinter sich hatte. Er hatte sich während des Kriegs um das Tor besonders hervorgetan und war einer der jüngsten Goldenen aller Zeiten geworden.

Die Zeremonie war lang und umständlich und schloss die fünf anderen Herrscher des Imperiums und die religiösen Würdenträger mit ein, vor allem den Pontifex der apheristischen Kirche und seine Bischöfe, die dem künftigen Imperator ihre Ehrerbietung erweisen mussten. Eine Ziege wurde geschlachtet, dann ließ Aurgelmir eine Taube fliegen, beides symbolhafte Handlungen, wie Thybil erklärte.

Links und rechts von Aurgelmir wurden Feuerreihen entzündet, dann kam die Krone. Sie wurde vom Dekan von Itrim hereingetragen, Djutoris, der, ganz in Blau gehüllt, Eridanus vertrat. Ein so prächtiges Schmuckstück hatten die Barue noch nie gesehen; gebannt hingen ihre Blicke daran. Jeder der sechs Zacken glitzerte und funkelte im Licht der Feuer. Djutoris setzte die Krone auf einen satinbezogenen Schemel vor dem Thron.

«Die Krone Calaspias!», verkündete der Dekan und hob die Hände zum hellen Himmel.

Daraufhin traten, aufrecht und edel, fünf weitere Lehrmeister zwischen die Flammenreihen, drei Frauen und zwei Männer. Sie bildeten einen Kreis um Aurgelmir, auch sie in die Farben ihrer Reiche gehüllt: Rot für Armaah, Grün für Arleath, Gelb für Nanoak, Braun für Nomidien und Violett für Bel-Tued. Die sechs Lehrmeister fassten sich leise singend bei den Händen und gingen langsam um den künftigen Imperator herum. Die Menge war unheimlich still.

«Der Segen», flüsterte Thybil.

Sie blieben stehen. Sie sangen. Bryn kniff die Augen zusammen: Jeder Lehrmeister schien von einem schwachen Glühen umgeben zu sein. Für eine Sekunde leuchteten strahlend und rein die Farben des Reiches auf, dann ließen die Männer und Frauen einander los und richteten ihre Hände auf Aurgelmir.

Die bringen ihn um!, schoss es Bryn durch den Kopf – ein völlig abwegiger Gedanke, denn ihre Hände wanderten Richtung Krone. Bunte Energiestrahlen ergossen sich aus ihren Fingern, wanden, kreuzten, vermischten sich gleißend. Als sie die Krone trafen, begann sie in allen Farben des Regenbogens zu leuchten. Fluoreszierend von Licht, liefen kräftige Farben über ihre Oberfläche wie wandernde Blitze. Die Krone schimmerte und funkelte in überirdischem Glanz. Sie glühte immer stärker auf, bis Bryn glaubte, sie müsste schmelzen. Mit großen Augen sah er zu, wie die Farben sich wieder trennten und eine jede nach oben in einen Zacken der Krone hinaufschoss. Nun leuchtete sie in goldenem Glanz, kräftig und klar. Der einzige Hinweis, dass die Krone eben noch in Farben gefunkelt hatte, war ein winziges, irisierendes Juwel an jedem ihrer Zacken.

«Es ist eher schön anzusehen als symbolhaft», erklärte Thybil rasch. «Natürlich gehören auch Rituale für Wohlstand und so weiter zur Zeremonie. Aber die Farben und das alles – das sind eben einfach nur Farben.»

Das mochte sein, aber Bryn empfand trotzdem Ehrfurcht. Die Lehrmeister öffneten den Kreis und stellten sich hinter ihrem Imperator auf. Jeder legte seine rechte Hand auf Aurgelmirs Kopf. Der Dekan hob seine Linke zum Himmel empor.

«Nayana d'onis inei denant yrdanor drobis nayani, blendanor bartis usdun, rut Calaspia, rut'ono ata rut'agen!»

«Das ist die Hohe Zunge, die Sprache der Gelehrten», flüsterte Thybil in Bryns Ohr. Auch für die anderen übersetzte er: «Wir salben diesen Mann … dass er … über uns sei … und vereine in Sache und Geist … ganz Calaspia. Alles und jeden.»

«Anwel bartis sangui ata culmus, maduadunl ata dryst, con bartis leeren ata na'kata agos, d'onis flyria, nakanagis, nanagosagis, d'ono inei dantan», verkündete Djutoris.

Thybil übersetzte wieder. «Weder – nein, ob in Blut und Klinge … Schwertkampf und Elend … oder in Frieden und Zeiten der Fülle … dieses Leben, wo auch immer, wann auch immer … er regiert.»

«Linghanor Itlin lupi nuanta, d'onis nayanon inei pwallisalei.»

«Möge Weisheit ihn leiten, diesen unseren schnellsten Mann.»

«Wieso schnellsten?», fragte Mittni.

«In dem Sinne, dass er der Erste ist», antwortete Thybil leicht gereizt. «Sprachen sind eigen, weißt du, sie lassen sich nicht direkt übersetzen.»

«Yrda danuet!»

«Sei gekrönt!»

Die Lehrmeister wandten sich seitwärts und sahen zu, wie Dekan Djutoris die Krone aufnahm. Dann kam der große Moment. Nachdem Onkel Gug sorgfältig das salbende Öl auf das edle Haupt gegossen hatte, setzte der Dekan respektvoll die Krone auf Aurgelmirs Kopf.

«Sehet unseren Imperator, Aurgelmir, Regent der Numenii!», rief er. Seine Stimme ging rasch im Tosen Tausender jubelnder Stimmen unter.

«Am besten gehen wir jetzt gleich!», brüllte Thybil den Barue zu, und sie standen rasch auf und machten sich auf den Weg zur nächsten Treppe. Die Zeremonie war noch nicht zu Ende, aber Thybil machte deutlich, dass es eine Ewigkeit dauern würde, hier wegzukommen, wenn sie noch bis zum Schluss blieben. Auch andere waren schon auf dem Weg aus dem Stadion hinaus, aber die große Masse blieb glücklicherweise auf ihren Plätzen. Wie es aussah, würde Aurgelmir gleich noch eine Rede halten.

«Ihr braucht nicht traurig zu sein, wenn ihr die verpasst», sagte Thybil außer Atem, als sie oben ankamen. «So etwas hören wir im Regere Mansionum noch oft genug.» Sie waren von der Anstrengung erhitzt, als sie sich dem wachsenden Strom von Leuten anschlossen, der sich in die vollen Straßen von Liborec ergoss.

«Das *Numenii-Wochenblatt* wird sicher jedes Wort seiner Rede dokumentieren und seitenweise Kommentare dazu drucken. Als wäre es das Wichtigste der Welt. Dabei hat er die Rede nicht einmal selbst geschrieben …»

Dennoch sahen fast alle zu dem frischgekrönten Aurgelmir hinunter, der einen ehrfurchtgebietenden Anblick bot. Seidene Gewänder flossen bis zu den Knöcheln hinab; die Falten der Roben fielen wie Wasser, kräuselten sich bei jeder Bewegung wie Wellen. Flackerndes Fackellicht warf einen bernsteinfarbenen Schimmer auf seine durchscheinende Haut und das helle Blondhaar; es ließ den schweren Goldschmuck an Hals und Handgelenken glühen, als Aurgelmir feierlich zu verschiedenen Stellen des Amphitheaters schritt, um seine neuen Untertanen zu begrüßen. Es war bereits Abend, und er würde in einem Teil von Liborec feiern, zu dem das Volk keinen Zutritt hatte.

Die Barue befanden sich inzwischen hoch oben über den noch Sitzenden und etwas abseits vom Hauptstrom der Bürger, die das Amphitheater bereits verließen. Telseara und Dordios hatten darauf bestanden, einen anderen Weg zu nehmen, sodass sie immer noch einen guten Blick auf das Spektakel hatten. Bryn half Thybil gerade eine besonders hohe Stufe hinauf, nachdem die anderen drei vorangegangen waren, als in seiner rechten Hosentasche etwas sehr heiß wurde. Der Stein! Er wollte ihn berühren, da fiel ihm eine Bewegung ins Auge: Hinter einer Säule versteckte sich jemand, im Rücken durch Buschwerk abgeschirmt, und zielte mit einem Pfeil auf die Bühne unten.

Es wurde zwar bereits dunkel, aber der Anblick konnte nicht täuschen. Sie waren ganz oben, über der höchsten Sitzreihe, und niemand achtete darauf, was noch weiter oben geschah. Bryn stieß einen Warnruf aus, und als Thybil herumfuhr, rannte Bryn bereits auf den Mann mit dem Bogen zu. Empörung und Adrenalin brodelten in ihm hoch. Mit einem Aufschrei warf der Brauer sich auf den Mann. Noch im Sprung fiel ihm auf, dass die Waffe gar kein Bogen war, auch wenn ihre Form an einen erinnerte; sie war kurz und aus Metall.

Er schaffte es: Der Pfeil flog harmlos über die Versammlung hinweg. Bryn wollte gerade um Hilfe rufen, als ihn starke Hände von hinten packten und von dem Mann herunterrissen. Er wurde ohne viel Federlesens zu Boden geworfen, und die beiden Verschwörer rannten davon. Brüllend hetzte Bryn ihnen nach. Er warf einen raschen Blick zurück. Mittni, Telseara und Dordios stürmten ihm bereits hinterher, und sie brachten Wachen mit. Die beiden Flüchtenden gewannen Abstand und hatten rasch die ersten Häuser von Liborec erreicht. Bryn folgte ihnen auf der Mauer oben auf dem Amphitheater. Die vielen Treppen heute hatten seine Beine erschöpft. Er wurde langsamer, keuchte, bekam Seitenstiche. Seine Freunde lagen noch weiter zurück. Er musste etwas tun, sonst entkamen die Übeltäter! Wie konnte er sie aufhalten? Er musste sofort handeln.

Der Stein fiel ihm wieder ein, und Bryn holte ihn aus seiner Tasche. Vor ihm war niemand, also würde niemand es mitbekommen. Die Oberfläche des Steins schimmerte hellblau, der Nebel in seinem Inneren dagegen war schwarz. Bryn war voller Zorn. Gerechtigkeit! Wenn sie je gebraucht wurde, dann jetzt. Er brauchte Kraft. Wenn dieser Stein überhaupt etwas taugte, dann würde er ihm jetzt doch wohl helfen. Er hatte ihm in der Nacht des Mordanschlags Kraft verliehen, und das sollte er jetzt auch tun. Bryn holte tief Luft und zwang sich zur Ruhe. Eridanus hatte ihm davon abgeraten, den Stein zu benutzen, solange die Zeit nicht reif war, aber wann das sein sollte, darüber hatte er sich nicht genauer ausgelassen … Bryn hatte keine Ahnung, wie man ihn benutzte, aber es lag nahe, womit man es einmal versuchen konnte.

Sich hineinversetzen! Er tastete sich mit seinem Geist

hinein. Es war nicht so leicht wie beim ersten Mal. Der Stein – er konzentrierte sich darauf. Auf einmal hörte er ganz leise Stimmen, wie Musik, die aus einem weitentfernten Zimmer kam. Hatte er sich mit dem Element verbunden? Mit all seiner Geisteskraft bearbeitete Bryn den Stein. Wenn dieser irgendwelche Macht besaß, dann in seinem Inneren. Also musste er an dieser blauen Schale vorbeikommen, musste die Oberfläche des Steins durchbrechen, um an den schwarzen Nebel heranzukommen – die Gabe. Dies war sein Erbe, es stand ihm zu! Der Hohe Lehrmeister hatte gesagt, es sei noch nicht so weit, aber konnte er eine Anleihe bei dem Stein machen, so wie man sich Geld lieh? Bryn atmete tief ein. Seine Gedanken bildeten ein Schwert des Zorns, und er trieb es so fest in den Stein, wie er konnte.

«Öffne dich!», rief er. Unvermittelt glühte der Stein hell auf, und mit einem Aufflammen von Saphirblau, das sich über sein Sichtfeld legte, erfüllte Energie seinen Körper wie frische Luft die Lunge. Er hängte sich die Kette rasch um den Hals.

Dann flog er über Stein und Erdboden hinweg, und der Wind peitschte seine Kleider und zerrte ihm an den Haaren. Bryn fühlte sich lebendiger als je zuvor. Er sah alles klar, seine Beine fühlten sich leicht und kraftvoll an. Die Feinde waren zwar noch weit vorn, aber er holte rasch auf.

Die beiden waren drauf und dran, hinter einem Gebäude zu verschwinden, als Bryn ein parkendes Fuhrwerk sah, vor das zwei Pferde gespannt waren. Er sprang auf den leeren Kutschbock und griff sich die Zügel. Ein befremdliches Gefühl stieg in ihm auf. Er war sich vage bewusst, dass ihn jemand anschrie, dann machte der Wagen einen Satz, und die Pferde preschten los. Die beiden Männer warfen einen Blick zurück, und Bryn sah die Angst in ihren Gesichtern, spürte, wie sie ihm entgegenwehte. Aus irgendeinem Grund fühlte er sich gut dabei, machtvoll.

Die Männer trennten sich. Bryn riss die Zügel hinüber und folgte dem rechten. Der Wagen schoss um die Ecke und hätte sich fast überschlagen, prallte jedoch gegen eine Hauswand und kam wieder auf Spur. Zum Glück befanden sich die meisten Leute bei den Krönungsfeierlichkeiten, und die Straßen waren so gut wie leer.

Bryn hetzte den Mann durch die Stadt und hatte bald jede Orientierung verloren. Er wusste nur noch, dass die Gestalt dort vorn versucht hatte, Aurgelmir zu ermorden. Es war der zweite Anschlagsversuch, bei dem er dabei gewesen war und den er hatte vereiteln können. Auf einmal merkte er, dass die Straßen um einiges schmaler geworden waren. Wenn das so weiterging, kam er mit dem Wagen bald nicht mehr hindurch. Nirgendwo war jemand zu sehen, und der Mann vorn ermüdete allmählich. Wenn es ihm nur gelänge, noch eine Idee schneller zu fahren …

An einer Kreuzung erwischte Bryn den Mann. Er richtete sich auf, bereit, sich auf ihn zu stürzen, und sah den Hund erst, als es zu spät war. In dem verzweifelten Versuch, das gefleckte Tier, das aus der Seitenstraße gelaufen kam, nicht zu überfahren, riss Bryn die Zügel herum. Das war zu viel für den Wagen. Für einen Moment schien er in der Schwebe zu hängen, ein Rad in der Luft, dann drehte er sich um seine Achse. Bryn wurde vom Kutschbock geschleudert. Die Pferde brachen aus. Bryn sah kurz etwas Schwarzweißes auf der anderen Seite des Wagens. Der Hund hatte es geschafft. Leute schrien. Einer der Schreie brach plötzlich ab, es krachte und splitterte.

Bryn schlug hart auf und bekam keine Luft mehr. Benommen öffnete er ein Auge. Ein Wagenteil krachte nur Zentimeter neben seinem Gesicht herunter, und er riss den Kopf zurück. So blieb er dort liegen, ohne sich zu bewegen, holte keuchend, zitternd Luft. Zum Aufstehen fehlte ihm die Kraft. Jemand rief etwas.

«Der hat ihn erwischt! Einfach kaltgemacht!»

Wo kamen die vielen Leute her? Ihm dröhnte der Schädel. Es fühlte sich an, als ob sein Kopf jeden Moment platzte.

«Ooh», sagte eine andere unfreundliche Stimme. «Erst den Wagen klauen und dann jemanden damit umbringen. Der kommt hinter Gitter, das ist schon mal klar.»

«Kaltblütiger Mörder.»

Erst da begriff Bryn, dass sie ihn meinten.

✦ KAPITEL 22 ✦

Ohne Prozess

Bryn wusste überhaupt nicht, wie ihm geschah. Er wurde ein Stück weggeschleift, dann verbanden sie ihm die Augen. Er wehrte sich heftig, aber ohne Hoffnung, schlug und trat um sich, so fest er nur konnte. Er fühlte sich ausgelaugt. Ihm tat alles weh. Ob etwas gebrochen war? Wundersamerweise hatte er sich nichts Schlimmeres eingehandelt als Schrammen und Blutergüsse. Die Männer fesselten ihm die Hände, dann zerrten sie ihn weiter.

«Na dann», sagte eine kratzige Stimme. «Rein mit ihm.»

Bryn wurde hochgehoben. In den Leuten, die ihn festhielten, spürte er grimmige Befriedigung darüber, dass sie hier ihre Pflicht taten.

«Ich bin unschuldig, wirklich!», stammelte er. Die ganze Situation war völlig absurd. Doch konnte es auch kein böser Scherz sein. Das hätte er gespürt.

«Klar doch, und ich bin Imperator Opeions Großmütterchen», höhnte ein anderer Mann. «Du glaubst doch wohl nicht, du kannst mit einem Mord davonkommen, eh?»

Langsam begriff Bryn. Er war froh, dass er den Plan des Mannes vereitelt hatte. Der Unfall tat ihm zutiefst leid, aber er hatte den Mann ja nicht mit Absicht überfahren. Den Mann, der Aurgelmir ermordet hätte, und das wenige Tage nach dem Attentat auf dessen Vater.

«Ich habe den Imperator beschützt!», rief Bryn. Er ertrug diese Ungerechtigkeit nicht länger. «Dieser Mann hat versucht, Aurgelmir zu ermorden!»

Kaltes Lachen ertönte.

«Euch Barue-Pack kennen wir schon. Erst beschert ihr uns Monster und jetzt auch noch ein Attentat. Das war ein ganz gewöhnlicher Bürger, den du da getötet hast.»

«Mörder!», rief ein anderer.

«Und dafür kommst du so sicher ins Gefängnis, wie Mutterns Nudeln immer verkocht sind.»

Bryn schrie auf, als er unsanft auf Holzplanken geworfen wurde. Jemand kletterte ihm nach und trat ihn grob.

«Maul halten, oder du wirst auch noch geknebelt», sagte jemand verärgert.

Bryn begriff, dass er in einem Fuhrwerk lag, als vor ihm ein Pferd wieherte und eine Peitsche knallte. Er war erschöpft, und die Seite, auf die er bei dem Unfall gestürzt war, tat weh. Hungrig war er auch.

«Wohin fahren wir?», fragte der Brauer, als das Fuhrwerk schneller wurde.

«Hab ich doch schon gesagt», antwortete sein Aufpasser knapp. «Auf eine der Inseln. Ins Gefängnis.»

Während ihrer Streifzüge durch die Stadt hatte Bryn auf keiner der Inseln ein Gefängnis bemerkt, allerdings hatte er einige Wachinseln gesehen, die Garnisonen.

Die Fahrt dauerte ungefähr zwanzig Minuten, aber Bryn kam sie wesentlich länger vor. Einmal hielten sie an, und es gab ein hitziges Wortgefecht, aber er konnte nichts verstehen. Sie setzten zur Hauptstadt über. Es war ein merkwürdiges Gefühl, mit verbundenen Augen in einer Kutsche zu liegen, die auf einer Fähre stand. Bryn nickte ein, wurde aber, wie es ihm vorkam, gleich wieder wachgerüttelt.

«Auf geht's», sagte der Mann, der ihn getreten hatte. «Raus mit dir.»

Bryn stand unsicher auf und machte einige wackelige Schritte.

«Falsche Richtung, Schwachkopf!», fauchte sein Aufpasser und stieß ihn grob zurück. Er schien sich gut zu amüsieren.

Bryn fand den Ausgang, ein warmes, jedoch gedämpftes Glühen vor ihm, wo sich die Luft frischer anfühlte, aber er zögerte. Er stieß mit den Füßen an ein Brett, das höchstwahrscheinlich dazu da war, dass unterwegs keine Ladung verlorenging. Er zum Beispiel. Er war sich nicht sicher, wie tief es dahinter hinunterging.

«Nun mach schon, Kleiner.» Bryn spürte den Atem des Mannes im Nacken. Er bekam eine Gänsehaut und tastete mit den zusammengebundenen Händen nach einem Riegel, mit dem sich das Brett hinunterklappen ließ.

«Ich kann nichts sehen. Wie komm ich hier raus?»

«So!»

Er bekam einen harten Schlag zwischen die Schulterblätter und flog nach vorn. Seine Knie schlugen gegen das Holz, er bog den Rücken durch, um das Gleichgewicht wiederzuerlangen, und taumelte über die Kante. Er riss die Hände hoch und konnte den Sturz abfangen, schürfte sich glücklicherweise nur ein wenig Haut von den Handkanten und Unterarmen. Er wurde auf die Füße gerissen und weitergeschoben.

«Wer ist das?», wollte jemand Neues wissen. Sie waren stehen geblieben.

«Irgendein Krimineller», sagte der Mann, der ihn hinten auf der Ladefläche bewacht hatte. «Wird immer schlimmer mit der Jugend. Der hier darf wegen *Mordes* einsitzen.»

Es folgte eine kurze Pause, in der Bryn eine Feder kratzen hören konnte.

«*We...gen ... Mor...des.* Ist er schon vorgeführt worden?», fragte der neue Mann gleichgültig.

«Nein. Wir kommen nachher nochmal und bringen ihn vor den Richter.»

Bryn konnte sich nur vorstellen, wie der Wärter die Augenbrauen hochzog.

«Keine Sorge. Wir haben ihn selbst dabei erwischt», sagte die krächzige Stimme mit einem Flüstern. «Und dann wollen wir *das hier* auch nicht vergessen.»

Bryn fragte sich, was «das hier» sein mochte. Angesichts der Situation vielleicht irgendeine Art Ausweis oder Genehmigung, wie sie der Ratgeber den Wachen gezeigt hatte, damit Aquiuss in Opeions Gemächer durfte.

Es gab eine kleine Pause. «Nun gut. Kommt rein.»

Bryn versuchte wieder, sich zu erklären, diesmal vor allem an den Wärter zu appellieren, aber sein Häscher schlug ihn erneut.

«Das übliche Gerede davon, unschuldig zu sein», sagte er und schob Bryn voran. «Wollen wir doch mal sehen, wie er darüber denkt, wenn er seine Strafe abgesessen hat. Dann hast du da mal richtig in aller Ruhe drüber nachdenken können, junger Mann.»

Sie führten ihn ein, zwei Minuten lang über trockene, holperige Erde. Er konnte lautes Scheppern hören und Stimmen. Die Geräusche wurden leise und hörten schließlich auf. Bryn wurde vorangestoßen. Er hatte das Gefühl, sich an einer windgeschützten Stelle zu befinden, in einem geschlossenen Raum. Aber es war immer noch sehr kalt. Zu kalt für ein normales Gebäude der Numenii.

Der Mann mit der krächzigen Stimme und der Wärter

verabschiedeten sich höhnisch. Eine Tür knallte ins Schloss, und Metall vibrierte laut. Die Schritte der Männer entfernten sich.

«Hallo», sagte eine freundliche Stimme, und sanfte Finger nahmen ihm die Augenbinde ab. Licht blendete ihn, dahinter kam das verwitterte Gesicht eines grauhaarigen Mannes von vielleicht fünfzig Jahren zum Vorschein. Der Brauer war überaus erleichtert, endlich wieder ein freundliches Gesicht zu sehen, und starrte ihm eine Weile in die warmen blauen Augen. Der Mann machte ihm nichts vor, das spürte er. Sein Bart war vielleicht eine Woche alt.

Der Mann sprach mit sehr vornehmem Akzent. Bryn hörte ihm kaum zu; er genoss einfach den Klang seiner Stimme. Sie war fröhlicher als die vornehmen Stimmen, die er im Regere Mansionum gehört hatte. Als der Mann ihm die Fesseln zu lösen begann, weinte Bryn. Er fragte sich, wo Thybil war und warum die anderen ihm nicht gefolgt waren, ihm nicht geholfen hatten. Das war alles so schrecklich. Er war viel schneller gewesen als sie. Es bestand keine Hoffnung.

«Na, na, junger Mann. Sei tapfer.»

«Wo bin ich? Wer bist du?», stammelte Bryn.

Der Mann schmunzelte.

«Mein Name ist Humphrey, Sir Humphrey Jethro Aelic. Du bist hier im Gefängnis … aber das ist nicht so schlimm, wie es sich anhört.»

«Bloß ungerecht.»

Humphrey machte ein grimmiges Gesicht und lauschte den Schritten von Bryns Häschern nach, bis sie verklangen.

«Würde es dir bessergehen, wenn du mir deine Geschichte erzählst?»

Bryn nickte.

«Hier, nimm erst einen Happen Brot.»

Es war altbacken, aber das spielte keine Rolle. Er hatte einen Freund gefunden. Es war Bryn egal, was für ein Verbrechen Humphrey begangen hatte. Solange da keine bösen Absichten waren, kein Ausnutzen … sondern einfach nur Freundlichkeit.

✦ ✦ ✦

In der Zwischenzeit fragten die anderen Barue sich, wo Bryn steckte. Sie hatten ihn mit dem Karren davonrasen gesehen, hatten ihm zu folgen versucht, aber er war zu schnell gewesen.

«Keine Sorge, der taucht schon wieder auf», sagte Thybil. «Vielleicht hilft er ja dabei, die Täter zu fassen oder einen von ihnen. Wie in der Nacht des Attentats … Ich werde die Wachsoldaten bitten, nach ihm Ausschau zu halten.»

«Einige Wachen sind Bryn ja auch noch gefolgt. Dann werden sie den Verbrecher wohl kriegen und wieder hierherkommen, oder nicht?»

«Ich hoffe, er kriegt den Kerl», sagte Mittni. «Wenn ich bloß bei ihm sein könnte.»

Sie stromerten eine Zeitlang rastlos in den Straßen herum, dann kehrten sie auf das Fest zurück. Nach der Krönungszeremonie erfreuten sich die Barue daran, Appetithappen in rauen Mengen zu verschlingen. Das Essen war reichlich und ebenso gut wie das aus der Küche des Regere Mansionums. Aber ohne Bryns Kommentare zu den verwendeten Gewürzen oder der vorzüglich abgestimmten Speisenfolge schmeckte ihnen alles gleich. Ihre Gedanken waren woanders.

Am Ende des Tages gab es immer noch kein Lebenszeichen von ihrem Lieblingsbrauer. Inzwischen machten sie sich alle Sorgen.

«Warum konnte er nicht einfach bleiben, wo er war, und die Wachen das erledigen lassen?», schimpfte Dordios. «Anstatt in diesen Karren zu hüpfen und den Helden zu spielen.»

«Als ob du es anders gemacht hättest», sagte Telseara. «Bist du neidisch, weil es dir nicht eingefallen ist, oder was?»

«Er war näher dran», protestierte ihr hartnäckiger Bruder.

Thybil beendete die Diskussion, bevor sie in einen Streit ausartete. «Ihr zwei habt euch bis eben gut benommen. Zerstört den guten Eindruck nicht. Wir gehen jetzt zurück nach Armaah, dann frage ich die Wache nach Bryn. Wahrscheinlich ist er längst wieder auf der Insel.»

Das war er auch, doch in einer ganz anderen Situation, als Thybil sich vorstellte.

✦ ✦ ✦

Bryn hatte Humphrey die ganze Geschichte erzählt, und der hatte sich alles ruhig angehört, nur ab und zu genickt oder mitfühlend den Kopf geschüttelt.

«Was ist mit dir?», fragte Bryn. «Warum bist du hier?»

Der Mann strich sich das fettige Haar mit den Fingern zurück und runzelte die Stirn.

«Sagen wir einfach, weil ich … auf der falschen Seite stand.»

«Was meinst du damit? Bist du ein Kriegsgefangener?»

«Du meine Güte, nein.» Humphrey lachte. «Ich meinte politisch. Ich bin unfreiwillig in eine Verschwörung hineingeraten; das ist das richtige Wort. Alle mussten auf derselben Seite sein. Sie benutzten scheußliche Methoden, um die Leute davon zu überzeugen.»

«Und du bist eingesperrt worden, weil du dazugehört hast?»

Die freundlichen Züge des Mannes wurden hart, und er kniff die Augen zusammen.

«Nein. Ich bin festgenommen worden, weil ich nicht mitmachen wollte. Ich habe mich nicht erpressen lassen.»

Bryn war entsetzt.

«Das ist ja schrecklich! Aber wie?»

«Macht, Bryn. Hier giert jeder danach. Wer einmal davon gekostet hat, will mehr und schreckt vor nichts zurück. Diese Verschwörung, so fand jemand, wäre genau das Richtige, um seine Macht zu mehren.»

«Gegen wen richtete sich die Verschwörung?»

«Gegen Aurgelmir.»

«Wie bitte?» Bryn fiel die Kinnlade herunter. «Aber der ist doch gerade erst gekrönt worden. Heute – ich war dabei!»

«Ja, das hast du mir schon erzählt. Aber dieses Komplott wurde schon seit Opeions Tod geschmiedet … wenn nicht noch länger. Es lag auf der Hand, dass Aurgelmir der Thronfolger sein würde. Ein junger, naiver Regent lässt sich leicht verderben, junger Bryn, wenn die Falschen Einfluss auf ihn haben.» Humphrey lächelte niedergeschlagen. «Wenn man die richtigen Methoden anwendet.»

«Dann bist du ja noch unschuldiger als ich», sagte Bryn. Die Ungerechtigkeit des Ganzen ärgerte ihn gewaltig. «Ich habe schließlich jemanden … umgebracht.»

Die Worte klangen schrecklich in seinen Ohren. Er hatte niemanden *umbringen* wollen. Es war einfach irgendwie geschehen, eines dieser Missgeschicke, die sonst immer anderen zustießen. In Geschichten. Bryn fragte sich, warum um alles in der Welt er über solche Sachen hatte schreiben wollen. Der Tote und das viele Blut auf der Straße flackerten wieder vor seinen Augen auf. Er kniff sie fest zusammen, um das Bild zu vertreiben.

«Ich wünschte, wir wären nie hierhergekommen», sagte er schließlich. «In diese Stadt der Gier. Diese Lasterhöhle. Wir wollten doch nur Hilfslieferungen für unser Volk … wenn es so weitergeht, sind sie alle verhungert, bis wir zurück sind.»

«Kopf hoch, junger Mann!» Humphrey stand abrupt auf. «Wir müssen das System bekämpfen! Dieser Versklavung des Willens ein Ende setzen. Wir werden die Ordnung im Imperium wiederherstellen, Bryn, moralische Ordnung.»

Er hielt Bryn die Hand hin, und der Barue ergriff sie.

Dieses blöde Imperium kann mir gestohlen bleiben, dachte Bryn düster. *Man sieht ja, wo es hinführt. Ist es denn zu viel verlangt, ein einfaches, friedliches Leben führen zu wollen wie bisher?*

«Aber ich schlage vor, dass wir uns jetzt nicht weiter über solche Themen unterhalten. Sie werden uns bald zur Arbeit abholen.»

Arbeit bedeutete Steineklopfen. Gewöhnliche Steine diesmal, kein Schwarzgold, wie seine Freunde es abgebaut hatten.

«Es ist immer das Gleiche», sagte Humphrey, als sie sich Dutzenden anderer Gefangener anschlossen. «Tag um Tag, jahrein und jahraus … nicht, dass ich schon so lange hier wäre, versteht sich. Aber meine Muskeln sind diese Sorte Arbeit nicht mehr gewöhnt. Als junger Mann, ja … da war ich stark.»

Am nächsten Tag arbeiteten Bryn und sein Zellengenosse ein wenig von den anderen entfernt im Steinbruch. Bryn wollte mehr über die Verschwörung erfahren.

«Wer ist der führende Kopf dahinter?»

«Du meinst, wer der hinterhältige Feigling ist, der den Leuten das Messer an den Rücken hält, damit sie tun, was er will?»

Bryn nickte.

«Wer weiß? Es könnte jeder von ihnen sein. Er ist findig, so viel steht fest. Findig und einflussreich, wenn auch noch nicht in einer Machtposition.» Humphrey ließ seine Spitzhacke auf einen Felsbrocken krachen, als wäre es der Schädel seines verborgenen Unterdrückers persönlich. «Er selbst macht sich die Hände natürlich nicht schmutzig. Er bringt andere dazu, das für ihn zu tun. Ein ganzes Netz aus Drohungen und Erpressung. Ich wünschte bloß, unser System wäre durchschaubarer. Manchmal ist es schwer zu sagen, wer wirklich die Macht innehat.»

«Ich dachte, wir besäßen eine Demokratie», sagte Bryn. Das hatte Thybil jedenfalls erklärt. Die Numenii waren mächtig stolz darauf.

«Haben wir ja. Nach außen hin. Aber man kann nie sagen, was sie anstellen. Wie leicht es ist, die Wahlen und die Auszählung der Stimmen zu manipulieren. Die Leute haben keine Ahnung, Bryn. Was dort oben wirklich vorgeht, ist manchmal erschreckend. Ich wünsche mir oft, ich hätte mich nie auf die Politik eingelassen und wäre immer noch im Heereskommando.»

«Du warst beim Militär?» Bryn betrachtete seine breiten Schultern und die kräftige Figur. Wie es aussah, hatte er seit dem Ausscheiden einiges an Gewicht zugelegt.

«*Sir* Humphrey …», sagte der Mann. Sein Blick war zum Himmel gerichtet, ins Leere, und er machte ein wundersames Gesicht. «Das waren Zeiten, mein Junge, großartige Zeiten. Die Entdeckung des Ostkontinents, der Kampf gegen die Kaperfahrer … verglichen mit dem Krieg um das Tor war das Leben leicht danach. Ich war sehr jung damals, aber ich habe unser Volk in die neue Welt geführt. Nach dem Krieg um das Tor, meine ich. Da war alles einfacher. Keine diplomatischen Lösungen, keine Dolchstöße, einfach nur gutes altes Kriegshandwerk. Und in manchen dieser Kriege ist nicht ein einziger Zivilist getötet worden! Ich erinnere mich noch wie heute daran, als in Bel-Tued die Armada ausgelaufen ist, um die zahllosen Boote überall am Horizont abzuwehren ...»

Bryn lauschte Humphreys Geschichten gern. Dann merkte man die Schinderei nicht mehr so, und die Zeit ging auch schneller herum. Er machte sich Sorgen, was aus Mittni und den anderen geworden war, aber er war sich sicher, dass sie ihn irgendwann hier herausholen würden – wenn sie konnten. Thybil besaß jedenfalls die richtigen Verbindungen. Auch Humphrey betonte, es sei wichtiger, wen man kannte, als was man konnte. Trotzdem musste Bryn an seine Freunde denken und fragte sich, wann sie kämen.

Als er in dieser Nacht in der Zelle lag, versuchte Bryn, wach zu bleiben. Er war erschöpft, und ihm tat alles weh, aber er wollte nicht schlafen. Jedes Mal, wenn er die Augen schloss, musste er die Ereignisse noch einmal durchleben, die zum Tod jenes Mannes geführt hatten. Dann wachte er in kalten Schweiß gebadet auf, hatte den Verzweiflungsschrei des Mannes und das zermalmende Geräusch immer noch in den Ohren. Sir Humphreys Schnarchen neben ihm war beruhigend – sie teilten sich die Zelle mit niemandem sonst.

Warum ist das Leben so ungerecht?, dachte Bryn, drehte sich um und vergrub das Gesicht in dem stinkenden Heu, das ihnen als Matratze diente. *Warum müssen wir leiden und sterben?* Als Apostel des Verstehens kannte Bryn natürlich all die theoretischen Antworten, die sein Orden bot. Er hatte sie selbst jedem geboten, der sie hören wollte, hatte so fest an ihre Gültigkeit geglaubt. *Schlimmer noch, warum müssen wir töten?* Und jetzt hatte er selbst getötet. Er, Bryn Bellyset.

Es war ein Unfall!, sagte er sich.

Aber wer war schuld daran?

Der Mann, den ich getötet habe, war schuld! Er war ein Attentäter; er wollte selbst jemanden töten!

Aber das war noch lange kein Grund, sich darüber zu freuen, ihn getötet zu haben.

Er wäre entkommen! Er hätte sich einfach absetzen können, wäre ich nicht gewesen!

Ja, und vielleicht hatte er ja entkommen sollen … Bryn hatte ihn bereits daran gehindert, seine Mission zu erfüllen; er hatte den Schaden abgewendet. Und nur wegen des Steines, da war er sich ganz sicher. Bryn tastete nach ihm; die Kette hing immer noch beruhigend um seinen Hals. Der Stein war heiß geworden und hatte ihm ermöglicht, den Attentäter zu entdecken.

Bryn knirschte mit den Zähnen. *Ja, und nur des Steines wegen ist der Mann jetzt tot!*

Er hätte den Stein nicht benutzen dürfen. Als er ihn unabsichtlich benutzt hatte, hatte der Stein ihm auf unterbewusster Ebene anscheinend geholfen. Aber vielleicht geschah, wenn Bryn ihn dazu zwang, ihm zu helfen, immer etwas Schlimmes. Der Mann war getötet und Bryn festgenommen worden; beides wäre vermeidbar gewesen.

«Gerechtigkeit ist unvollständig, wenn sie unredlich geübt wird», hatte Eridanus gesagt. Bryn hatte den Drang verspürt, den Angreifer zu bestrafen, ihn an der Flucht zu hindern. Er hatte unredlich gehandelt. Der Brauer ließ sich das durch den Kopf gehen. *Stell dich in den Dienst dessen, was richtig ist, und nicht in den der Rache.* Was wäre anderes geschehen, wenn er dem Stein nicht seinen Willen aufgezwungen hätte? Der Mann wäre entkommen, daran bestand kein Zweifel. Aber er hätte weitergelebt, und vielleicht wäre er danach anständig geworden. Bryn seufzte. Was immer auch geschah, er würde

die Worte des Hohen Lehrmeisters von nun an ernster nehmen.

Die Gedanken an den Leichnam des Mannes brachten Bryn die Erinnerungen an den Angriff auf Quivelda zurück. Er durchlebte die schlimmste Zeit seines Lebens noch einmal, als er dort lag und leise weinte. Schließlich brachte die Erschöpfung Frieden, und er schlief ein, ohne dass ihn quälende Bilder der Vergangenheit heimsuchten.

✦ ✦ ✦

«Du bist noch nicht vorgeführt worden, oder?», fragte Humphrey scharf. Drei Tage waren seit Bryns Ankunft an diesem elenden Ort vergangen, und nichts deutete darauf hin, dass Hilfe unterwegs war.

«Vorgeführt?»

«Dem Richter, natürlich. Du weißt schon, um festzustellen, ob du überhaupt hier hereingehörst.»

«Ach ja. Vorgeführt. Ich glaube, der Wärter hat das Wort erwähnt.»

«Und? Bist du nun vorgeführt worden?» Humphrey strich sich eine graue Haarsträhne aus dem Gesicht.

«Nein.»

«Das dachte ich mir. Ich auch nicht. Anscheinend kaum einer hier. Dieses Recht steht jedem Bürger zu – das Gesetzbuch schreibt es vor. Aber dies sind gesetzlose Zeiten, Bryn. Sei dennoch vorsichtig, nicht alle hier sind unschuldig. Manche habe scheußliche Verbrechen begangen. Und sie schrecken nicht davor zurück, es wieder zu tun.»

«Die Männer, die mich hier abgeliefert haben, haben dem Wärter gesagt, dass sie noch einmal wiederkommen, um mich dorthin zu bringen.»

«Noch einmal wiederkommen, von wegen! So ein Dreck!» Humphrey schnaubte. «Nein, Bryn. Die siehst du nie wieder. Sei froh!»

Sein neuer Freund hatte die meiste Zeit über eine lässige Art zu reden, doch dahinter verbargen sich Besorgnis und Unsicherheit, wie Bryns feine Sinne errieten. Sowohl das Äußere als auch das Innere gaben Bryn Trost, so verwirrt und erschüttert, wie er war.

«Da fällt mir etwas ein», sagte er. «Ich glaube, der Wärter wollte sie zuerst nicht reinlassen. Dann haben sie ihm etwas gezeigt, und er sperrte sich nicht länger.»

Humphrey rieb sich mit Daumen und Zeigefinger das Kinn. «Das … ist interessant. Es würde sich perfekt in unsere Verschwörungstheorie einfügen. Diese Leute haben eine besondere Erlaubnis, zu tun und zu lassen, was sie wollen.» Mehr sagte er nicht, aber Bryn war sich sicher, dass diese Neuigkeit seine Gedanken in die verschiedensten Richtungen lenkte.

Am Nachmittag, nach einer Mahlzeit aus trockenem Brot und kaltem Spinat, sprach Bryn seinen Zellengenossen noch einmal auf die Verschwörung an. Es war ein Thema, dem der General im Ruhestand anscheinend gern auswich.

«Humphrey», begann Bryn vorsichtig. «Wenn wir von dieser Insel herunterkommen, kannst du den Leuten dann nicht erzählen, was mit dir geschehen ist? Du weißt schon, von dieser Verschwörung und so weiter.»

Humphrey kniff die Augen zusammen und schüttelte langsam den Kopf.

«So einfach ist das nicht, mein Freund. Niemand weiß, wer dahintersteckt. Man kann sich doch schlecht auf eine Kiste stellen und Reden darüber schwingen, dass *irgendjemand* versucht, uns in eine Zusammenarbeit mit dem Feind zu zwingen, eh?» Er runzelte die Stirn, als er über etwas nachdachte.

«Andererseits gibt es durchaus ein paar Leute, die man informieren könnte … vorausgesetzt, sie wissen nicht längst Bescheid.»

Bryn konnte spüren, dass sein neuer Freund sich nicht weiter darüber auslassen würde.

«Du kennst Galar?» Humphrey blieb der Mund offen stehen. Der war voll, und es dauerte einen Augenblick, bis der Mann sein ungebührliches Verhalten bemerkte. Er schloss ihn abrupt, schluckte schwer und begann zu husten. Bryn klopfte ihm zaghaft auf den Rücken.

«Gewiss», antwortete er. «Wir sind zusammen nach Armaah gereist.»

Humphrey, der sich eben erst von seinem Hustenanfall erholt hatte, verschluckte sich erneut. Bryn war das sehr unangenehm; er wusste nicht, was er falsch gemacht hatte.

«Weißt du genau, dass es Galar war? Nicht Durgar oder so? Sie sehen sich ziemlich ähnlich, weißt du. Es gibt, oder gab, mehrere Sturlisons – allesamt Töter.»

«Nein, es war Galar Sturlison. Thybil kannte ihn sehr gut. Ich glaube, er nannte ihn Tawny.»

Sir Aelic seufzte und verdrehte die Augen. «Junge, kommt dieser Zwerg herum.» Er lachte leise. Bryn sah ihn neugierig an.

«Der Zwerg hat mich besucht, zu Hause in Tyr Baldor, gleich nachdem er irgendetwas in Ragnarok entdeckt hat. Er bricht also vom Südosten nach Armaah auf … und eine Woche später trifft er dort ein, nur dass er jetzt genau aus der anderen Richtung kommt!»

Sie lachten beide.

«Als ich ihn nach drei Tagen Fahrt immer noch nicht eingeholt hatte, bin ich davon ausgegangen, dass er bei irgendjemandem mitgefahren ist. Ich hätte mir nie träumen lassen, dass er inzwischen in Arleath war! Wie das?»

Bryn schüttelte den Kopf. «Ich wusste nicht, dass es sich so verhielt. Er hat gesagt, er sei Zeuge von irgendetwas geworden … im Süden. Wir werden ihn fragen müssen, wenn wir ihn das nächste Mal sehen.»

«Nun, ich bin geehrt, mit demjenigen einzusitzen, der ihn nach Armaah begleitet hat.» Humphrey strahlte ihn an. «Erzähl mir von euren Abenteuern.»

Auch Bryn war überglücklich, in dieser Lage auf jemanden so Vertrauenswürdiges gestoßen zu sein. Es versetzte seinem Herz einen Stich, als ihm die Auseinandersetzung mit Thybil wieder einfiel. Wenn Galar Humphrey vertraute und Thybil Galar, dann wollte Bryn ihm auch vertrauen.

Bryn aß das letzte Stück verbranntes Brot und staunte wieder einmal über den Unterschied zwischen dem Frühstück hier und dem im Regere Mansionum. Er fühlte sich ganz schwach, obwohl er eigentlich von seinen Muskeln beeindruckt war, die ihm schon größer vorkamen. Er war immer ziemlich klein und dünn gewesen; dennoch hatte er sich bei den Aposteln des Verstehens zwischen den anderen jungen Männern des Imperiums behaupten können, und dort war er ein ganzes Stück gewachsen. Als er nach Quivelda zurückgekehrt war, hatten die anderen Barue klein gegen ihn gewirkt.

Die Gefangenen waren ein Haufen Entmutigter. Wenn sie aus dem Steinbruch kamen, spielten sie mit Karten oder Steinen – was meistens in einem gern auch mit Fäusten ausgetragenen Streit darüber endete, wer gewonnen hatte. Der Barue pulte sich gerade ein Stück Kohle aus den Zähnen, als er jemanden rufen hörte.

«He, Knirps!» Für Bryn war es nichts Neues, so gerufen zu werden, obwohl er inzwischen nur noch knapp unter der Durchschnittsgröße maß; darum sah er sich um.

Weiter hinten saß ein gutgebauter Mann mit rasiertem Schädel und aß Fleisch. Er grinste sardonisch zu Bryn herüber. Eine Anzahl Männer gammelte im Hof herum und unterhielt sich noch ein bisschen nach dem Essen. Als der Fremde erneut rief, lauter diesmal, hörten sie zu reden auf und blickten hoch. Spannung lag in der Luft.

«Kleiner, hier!» Der Mann wirkte nicht freundlich. Er trug zwar ein Lächeln im Gesicht, aber es wirkte mehr wie eine Grimasse, das Grinsen eines Haifischs. Er stand auf und machte sich auf den Weg zu Bryn herüber. Der Brauer hatte noch nichts mit ihm zu tun gehabt, also beschloss er, ihn nicht weiter zu beachten, und stand auf, um in seine Zelle zu gehen. Aber so leicht ließ ihn der Mann nicht davonkommen.

«Ich hab gehört, du bist so hart, wie du klein bist.» Er grinste.

Bryn blieb stehen, als der andere ihm eine Hand auf die Schulter legte.

«Ach ja?», sagte er. «Wie interessant.» Er schüttelte die Hand des Glatzköpfigen ab und ging weiter. Der Blick des Fremden gefiel ihm gar nicht.

«Kneifst du oder was?», höhnte er. Bryn war klar, dass der Mann irgendetwas loswerden wollte, also blieb er stehen und wandte sich um. Er würde nicht kneifen. Wenn er ihm heute auswich, kam der Kerl wahrscheinlich morgen wieder. Bryn blickte um sich, aber keiner der Wärter war zu sehen. Diese Stelle gleich vor der Kantine war von den Wachtposten aus nicht einsehbar.

«Na schön, was willst du?»

«Ah, da ist er ja, der kleine harte Bursche!», sagte der Fremde zu seinen Kumpanen und grinste breit. «Der *Killer*», hauchte er und sah wieder zu Bryn. Bryn schnappte nach Luft. Woher wusste er das?

«Hör mal, das war ein Unfall! Lass uns …»

«Hat der Killer auch einen Namen?»

«*Bryn Bellyset* … Bryn. So heiße ich. Und du?»

«Bryn Bellyset?», höhnte der Mann. Seinen eigenen Namen schien er nicht verraten zu wollen. «Was für ein Name ist das denn? Zweimal B und dann auch noch *Belly*-set.» Er legte seine Hände auf den nichtvorhandenen Bauch und schwenkte ihn hin und her.

Die meisten Häftlinge um sie herum kannten den Namen und waren beeindruckt; Swigny hatte die Familie berühmt gemacht. Bryn bedauerte, die Information herausgegeben zu haben, dass er ein Bellyset war, aber andererseits erfuhr Thybil auf diese Weise vielleicht, wo er steckte.

«Waren deine Vorfahren fett oder was?», versuchte der Mann ihn weiter zu reizen. «Schämst du dich nicht für den Namen?»

Bryn schüttelte den Kopf. Ihm gefiel der Name zwar wirklich nicht, aber er war stolz, in diese Familie hineingeboren zu sein. Und selbst wenn es eine ganz einfache, unbekannte Familie gewesen wäre, er würde jederzeit aufstehen und ihre Ehre verteidigen.

«Na, aber deine Familie schämt sich jetzt bestimmt.» Der Fremde trat näher. «Mit so einem Killer wie dir am Hals.» Er sah sich grinsend zu den anderen um. «Ein Killer in seinem Karren. Ein Killer, wenn er Pferdestärken hat.»

Er sah Bryn angewidert an.

«Jetzt wohl eher nicht. Vielleicht hätten deine fetten Vorfahren sich besser als du in einem richtigen Kampf gehalten. Ohne Karren.»

Bryn war sehr gut im waffenlosen Kampf, ob man das nun glauben wollte oder nicht. Im Ringen nicht gerade, aber er war ein exzellenter Boxer. Zum Glück hatte bis jetzt keiner der Barue mit seinen Fäusten Bekanntschaft machen müssen. Das letzte Mal hatte er bei den Aposteln geboxt, wo ihn ein ehemaliger Militärausbilder und Experte im waffenlosen Nahkampf unterwiesen hatte. Diese Zeit schien jetzt weit zurückzuliegen. Die Zeit, als sie, die Ostentum auf den Fersen, nach Armaah unterwegs gewesen waren, ebenfalls. Boxen hätte auch nichts gegen ihre Schuppenpanzer und grausigen Knochen ausgerichtet. Manche von ihnen besaßen sogar Exoskelette. An denen hätte er sich nur die Knöchel zerschlagen. Doch hier lag der Fall anders. Bryn verspürte sogar ein wenig Lust, sich mit einem Menschen zu messen; nach den Ostentum schüchterten ihn der Größenvorteil oder die kräftigen Muskeln des Mannes nicht mehr ein.

«Bist ein richtiger Killer – jedenfalls mit einem Fuhrwerk unterm Hintern.»

«Ich kann boxen», sagte Bryn schlicht.

«*Ich kann boxen*», ahmte ihn der Glatzköpfige nach. «Ich wette, du hast keine Ahnung. Abgebrochener Riese. Dich schlag ich zu Brei.»

Der Mann hob die Fäuste und ging auf Bryn los. Bryn duckte sich unter einem Schlag weg und nahm die Deckung hoch. Diesmal schoss der Gegner eine druckvolle Rechte auf seine Schläfe ab. Der Brauer wollte mit einem klassischen Cross kontern, entschied sich aber dagegen, als er die kurzen Rohrstücke in den Fäusten seines Gegners sah. Knapp konnte er sich unter dem Schlag wegducken. Nun war er an der Reihe. Dieser Mann würde ihn ernstlich verletzen, wenn er nicht gut reagierte, und jetzt hatte er seine Gelegenheit.

Bryn feuerte eine Dreierkombination auf seinen Bauch

ab – *rumms*, der letzte Treffer saß –, und seinem Herausforderer wich das Blut aus dem Gesicht.

Aber er kam nochmal. Diesmal täuschte er eine Gerade an. Bryn riss die Deckung hoch, bevor er es begriff, und als er sie rasch wieder herunternahm, traf ihn etwas hart in die Beine. Sie gaben nach, und er ging zu Boden. Der Mann lachte und sah die anderen an, versuchte, sie zum Mitlachen zu bringen.

«Sind sogar zum Laufen zu kurz, die Beinchen», höhnte er atemlos, ein unechtes Lächeln auf den Lippen. «Ich wette, du kommst kaum mit deinen Armen an mich ran, wenn wir mal zu kämpfen anfangen.»

Bryn stand auf. Jetzt war er wütend.

«Erst gehst du mit Waffen auf mich los, und dann setzt du die Beine ein.»

«Zu viel für den kleinen Bellyset?» Der Mann feixte.

«Friss meine Fäuste», sagte Bryn kalt und ging seinen Gegner zielstrebig an. Einige Männer in dem Halbkreis, der sich um sie gebildet hatte, feuerten ihn an. Er fand seinen Rhythmus wieder. Er war zuversichtlich, den Mann auf die Bretter bringen zu können.

Der Glatzköpfige täuschte eine weitere Gerade an oder legte vielleicht auch nur so wenig Druck dahinter; Bryn konnte es nicht sagen. Er tauchte unter seiner Deckung hindurch und brachte eine Rechts-links-rechts-Kombination gegen seinen Kopf an. Bryn spürte, wie der alte Kampfgeist in ihm erwachte. Ein prickelndes Hassgefühl schoss durch seine Adern – und eine merkwürdige, kalte Grimmigkeit, die er nie zuvor gespürt hatte. Er fühlte sich unerklärlich stark, wie ein alter, erfahrener Kämpfer, muskelbepackt, über die Maßen agil, tausendfach erprobt. Ein Drache, der eine Fliege zerdrückte. Ob nun mit oder ohne Waffe, dieser Mann war ihm nicht gewachsen. Bryn hatte das Gefühl, aus einem langen Schlaf erwacht zu sein; so fühlte es sich an, lebendig zu sein, frei zu sein. Voller Verachtung dachte Bryn an die Reise nach Armaah, wie sie sich im Wald versteckt hatten und vor den Ostentum und Nurgor weggelaufen waren. Er lachte. Das war nicht Bryn gewesen, sondern ein Schatten, eine Kleinkindversion, ein jämmerlicher Abklatsch dieses Titanen. Bryn hier brauchte nie wieder jemanden zu fürchten, sich nie wieder unterlegen zu fühlen. Die Ungerechtigkeit der Ereignisse, die über ihn hereingebrochen waren, stand ihm flammend vor Augen, und brüllender Zorn brach sich Bahn.

Bryn schoss einen linken Haken auf seinen Widersacher ab und ließ einen druckvollen rechten Cross folgen. Er legte seine ganze Kraft in diese Attacke, all seine Wut über die Hilflosigkeit, Verwirrung und Scham, die er hatte erleiden müssen. Wie gut es sich anfühlte, seinen Feind zu bestrafen! Der Schlag erwischte den Mann punktgenau an der Schläfe und riss ihn um. Die Zuschauer riefen «ooh» und «aah», als der Boden unter seinem Aufschlag bebte. Der Mann lag da, Blut lief ihm aus dem Mund. Er stand nicht wieder auf. Bryn stieß einen schweren Seufzer aus und rieb sich die Knöchel. Die Gefühle von Hass und Macht flossen aus ihm heraus. Es traf ihn wie ein Donnerschlag, als er merkte, wie heiß der Stein an seiner Brust glühte. Der Brauer kehrte dem Mann den Rücken zu. Wenigstens hatte er den Stein nicht absichtlich benutzt. Er hatte Bryn nur beschützt, wie in der Nacht von Opeions Ermordung. Oder vielleicht war das auch immer noch eine Auswirkung der Verfolgung des Attentäters mit diesem Fuhrwerk.

Das wird dem Glatzkopf eine Lehre sein, dachte er selbstgerecht. Jubel stieg von der Menge um sie herum auf, aber der brach abrupt ab, als sich ein junger Mann neben Bryns besiegten Gegner kniete und ihn untersuchte. Bryn traute seinen Ohren nicht, als er die Worte hörte.

«Er ist tot», sagte der Häftling ernst. «Er hat ihn kaltgemacht.»

Vielleicht hörten die Auswirkungen der Verfolgungsjagd ja nie auf.

Bryn stolperte einige Schritte von dem Mann weg, den er umgebracht hatte, und schlug die Hände vors Gesicht. Übelkeit stieg in ihm auf; ihm schien das Herz in der Brust zu verdorren. In seinem ganzen Leben hatte er sich noch nie so elend gefühlt.

✦ ✦ ✦

Thybil hatte seit der Krönung an keiner Sitzung mehr teilgenommen. Er konzentrierte sich ausschließlich darauf, Bryns Verschwinden aufzuklären und seinen Aufenthaltsort herauszufinden. Viel hatte er nicht in Erfahrung gebracht. Augenzeugen auf dem Festland hatten einen Unfall mit einem Fuhrwerk gesehen, bei dem jemand gestorben war. Andere hatten von einem Wagen berichtet, der mit der Fähre nach Armaah übergesetzt worden war. Thybil hatte sich bereits mit den Behörden in Verbindung gesetzt – Bryn war noch am Leben, jedenfalls laut Sterberegister.

Seit vier Tagen fehlte nun jede Spur von dem Brauer, und Mittni hatte längst begonnen, auf eigene Faust nach ihm zu suchen.

«Diesen Numenii kann man nicht trauen», hatte Dordios wütend erklärt. «Die haben doch nichts davon, wenn sie uns helfen; also werden sie es auch nicht tun. Obwohl Bryn verschwunden ist, gerade weil er ihnen geholfen hat.»

Auch Telseara und Dordios hatten losziehen wollen, aber

Thybil hatte es ihnen zunächst verboten. Seit Opeions Tod verbrachte er wieder mehr Zeit mit den beiden.

«Sie wollen mich nicht bei den Sitzungen dabeihaben», erklärte er, als Dordios ihn fragte, warum er nicht mehr so viel zu tun hatte. «Ich gehöre nicht dem Gefolge irgendeines Herrschers an, und für einen Gast, der ja nur Zuschauer sein soll, mache ich zu oft den Mund auf. Und ich wollte auch nicht Ureof bedrängen, mir einen Platz unter seinen Ratgebern zu geben. Ich habe gesagt, was ich zu sagen hatte, und wenn sie nicht zuhören wollen, ist das ihre Sache. Meine Hände sind sauber, und an den Folgen ihrer Entscheidungen trage ich keine Schuld.»

Thybil hob einen dampfenden Becher Kräutertee an seinen Mund.

«Was meinst du damit? Was hast du ihnen gesagt? Welche falschen Entscheidungen werden sie treffen?»

Ihr Großonkel riss die Augen auf, schluckte zu schnell, hustete und stellte den Becher abrupt wieder hin.

«Ach, gar nichts. Kaum der Rede wert.» Er wischte sich den wolligen weißen Bart mit einem Taschentuch ab und lachte. «Nein … es war nicht weiter wichtig, und darum wollten sie wahrscheinlich auch nicht, dass ich immer wieder davon anfange.» Er lächelte sie an. «Wenn ein alter Mann sich etwas in den Kopf gesetzt hat, dann hört er so schnell nicht wieder auf … *haha*.»

Telseara und Dordios kannten ihn gut genug, um sich davon nicht täuschen zu lassen. Ihm war da gerade etwas herausgerutscht, und die Sache war ernst.

«Ich glaube, er verursacht ihnen Schuldgefühle», sagte Telseara später, als sie mit Dordios allein war. «Irgendwas läuft da, und sie müssten eigentlich irgendwas dagegen unternehmen, aber sie tun es nicht, aus welchen Gründen auch immer.

Er hat darauf beharrt, aber sie wollen nichts mehr davon hören …»

«Irgendwas und irgendwas», sagte Dordios niedergeschlagen. «Alles ist immer so vage, seit Quivelda zerstört worden ist. Thybil sagt uns nichts, Galar hat uns nichts gesagt … Wo, wenn nicht hier, müsste bekannt sein, was hinter den Kulissen vorgeht? Aber niemand will uns sagen, was.»

«Weil wir zu jung sind», sagte Telseara trotzig. «Der Jugend trauen sie nichts zu.»

Dordios schüttelte den Kopf. «Mittni ist volljährig und Bryn fast volljährig – also nicht zu jung. Und die wissen auch nicht mehr als wir.» Er zuckte die Schultern. «Vielleicht hat es was damit zu tun, dass wir keine Numenii sind.»

Telseara machte ein finsteres Gesicht. «Ja … aber andererseits wissen Mittni und die anderen viel weniger, als wir jetzt wissen, stimmt's?» Sie blinzelte ihrem Kumpanen zu. «Du weißt schon.»

Dordios verzog die Lippen. «Das stimmt. Wir haben eine Menge rausgekriegt.»

«Aber das war nur eine kleine Geschichtsstunde, der Hintergrund sozusagen. Ich finde, es wird Zeit, dass wir einmal herauskriegen, um was es in den COLA-Sitzungen eigentlich geht.»

Mittni hatte bereits zusammen mit Kik-Eritee die meisten Schenken und Plätze des öffentlichen Lebens abgeklappert. Nirgendwo hatte ihnen jemand einen Hinweis darauf geben können, wo Bryn abgeblieben war. Heute hatte Thybil endlich Telseara und Dordios gestattet, ihren älteren Bruder zu begleiten, weil Kik-Eritee nun ebenfalls verschwunden war. Das allerdings war kein Grund zur Besorgnis, denn der Plimp kam und ging, wie es ihm gefiel.

«Vielleicht ist Bryn ja gar nicht mehr in Armaah. Inzwischen könnte er überall sein!», sagte Mittni aufgebracht.

«Ja, aber doch nicht freiwillig, oder?», sagte Telseara. «Wir müssen überlegen, was er unter bestimmten Umständen tun würde, und dann allen Möglichkeiten nachgehen.»

«Ich dachte, so was überlassen wir Thybil.»

«Das Überlegen, meinst du? Jetzt hör aber auf, Dos, Denken tut doch nicht weh.»

Dordios gab ihr keine empörte Antwort, wie er es sonst getan hätte – das zeigte, wie wichtig es ihm war, Bryn zu finden.

Die drei waren fünf Inseln vom Regere Mansionum entfernt und saßen mitten auf einem geschäftigen Marktplatz auf einem großen Steinquader (bei dem es sich um ein Denkmal für einen gewissen Lueth Rann handelte). Sie kamen zu dem Schluss, dass nur zwei Möglichkeiten übrig blieben: Entweder wich Bryn ihnen *absichtlich* aus, oder er war entführt worden ... oder noch schlimmer.

«Und was wäre mit Gefängnis?», sagte Dordios nach einer Weile missmutig.

«Jetzt werd nicht albern. Bryn lässt sich doch nicht wegen irgendwas einbuchten, oder? Aber wir können es ja mal überprüfen», fügte Mittni hinzu.

«*Schuckel!* Wo ist bloß die Zeit geblieben?», seufzte Dordios. «Wir hätten uns vor fünf Minuten mit Thybil treffen sollen.»

Telseara warf einen Blick zur Kirchturmuhr. «Es könnte nicht schaden, wenn wir einmal einigermaßen pünktlich kommen. Pass auf dich auf, Mittni. Ich hab ein viel besseres Gefühl, wenn Kik-Eritee bei dir ist.»

«He, mach dir keine Sorgen!» Mittni klang viel selbstbewusster, als er sich fühlte. «Ich komme nach, ich will bloß schnell einmal das Haftregister überprüfen. Diese Berechtigungsausweise vom Regere Mansionum sind schon praktisch», schloss er mit einem Grinsen.

Telseara und Dordios gingen. Mittni verließ den Platz und nahm eine stillere Straße, die in die Außenbezirke der schwimmenden Stadt führte. Es war merkwürdig, an einem solchen Ort zu wohnen, aber man bekam nicht das Gefühl, wirklich abgetrieben zu werden. Thybil zufolge war die Insel verankert und schwamm nur ein bisschen hin und her. Anscheinend konnten die Inseln so bewegt werden, wie es dem Imperator gefiel, und ließen sich an jede Stelle des Sees lenken, die tief genug war. Aus Sicherheitsgründen, zum Handeltreiben oder um mal etwas anderes zu sehen, hatte Thybil gesagt.

Jeder Tag der Suche nach Bryn war wie der andere gewesen, und Mittni war entmutigt. Sie standen morgens auf, stromerten ziellos durch die Stadt, befragten Leute, bekamen immer die gleiche Antwort, gingen weiter. Die Aussichten waren trübe. Die Barue konzentrierten sich auf Wachsoldaten und Wachtposten. Dann kehrten sie mit längst knurrenden Mägen zum Abendessen zurück. Die Restaurants waren zu teuer; darum nahmen sie sich für den Mittagsimbiss immer nur etwas Proviant vom Regere Mansionum mit.

Mittni bemerkte ein Fuhrwerk in der Nähe. In Armaah gab es nicht viele Pferde. Man brauchte eine besondere Genehmigung dafür. Die meisten wurden dazu benutzt, Leute und Lasten zu transportieren. In diesem Augenblick kam der Karren um die Ecke gebogen und raste in seine Richtung. Er war verflucht schnell.

Können die nicht aufpassen? Schnell zur Seite, dachte Mittni.

Der Barue trat an den Straßenrand und sah staunend

zu, wie der Wagen herangedonnert kam. Die beiden Pferde schnaubten und galoppierten, so schnell sie konnten. Schaum troff von ihren Mäulern, die Glöckchen an ihrem Geschirr klingelten wild.

Hätte in diesem Moment jemand zugesehen, wäre er arg ins Grübeln geraten. Ein Barue stand an der Seite und sah zu dem Fuhrwerk, das in seine Richtung raste. Als der Wagen vorbei war, stand an der Stelle kein Barue mehr. Er war verschwunden, wie vom Erdboden verschluckt.

Alles ging so schnell, dass Mittni gar nicht wusste, wie ihm geschah. Er rieb sich den Nacken, der noch von dem scharfen Ruck weh tat, und versuchte, in dem dunklen Wagen etwas zu erkennen. Jemand hatte ihn beim Kragen gepackt und hereingerissen, während der Wagen in unvorstellbarer Geschwindigkeit an ihm vorbeigedonnert war. Mittni lag mitten auf der Ladefläche, auf den mit Heu bestreuten Planken.

«Wer seid ihr?», rief der Hu-Barue, stand trotzig auf und fegte sich das Heu von den Kleidern. Drei Männer und eine Frau befanden sich bei ihm im Laderaum. Er konnte nicht nach draußen sehen, weil der Wagen rundum mit schweren schwarzen Planen verhängt war, die die Ladung vor der Witterung schützen sollten.

«Wir gehören einer Geheimorganisation an, von der du vielleicht schon einmal gehört hast», sagte ein Mann. Er war hochgewachsen und gut gebaut. Es war recht dunkel hier drin, das einzige Licht kam von der Decke des Laderaums, wo ein Schlitz in der Plane klaffte. Ein Lächeln kräuselte die Lippen des Mannes. Er trug eine Kapuze, die die obere Hälfte seines Gesichts in noch tiefere Schatten hüllte.

«Und wenn du schon einmal etwas über uns gehört hast, dann sicher nichts Zutreffendes.» Die Augen konnte Mittni nicht erkennen. Er versuchte, sich auf seine Barue-Sinne zu konzentrieren. Es war unmöglich zu sagen, ob sie feindselige Gefühle wahrnahmen.

«Was habt ihr mit mir vor?», fragte Mittni. Er war unbewaffnet und konnte nicht abschätzen, ob das für die vier auch galt, denn sie waren in weite Umhänge gehüllt. Außerdem waren sie vielleicht auch ohne Waffen gefährlich.

«Wir nehmen dich mit», antwortete der Mann schlicht. Seine Stimme kam Mittni bekannt vor, aber er konnte sie nicht zuordnen.

«Wer seid ihr?»

«Wir, Mittni», sagte der Mann und warf die Kapuze zurück, um ein Gesicht zu enthüllen, das er schon mehrmals gesehen hatte, «sind die Culmus Sangui. Doch über unseren Orden weißt du nichts. Bisher.»

Mittni schnappte nach Luft. Es war Aquiuss.

✦ 23. KAPITEL ✦

Aurgelmirs Ratgeber

Perduellis schien es die Sprache verschlagen zu haben. Das Glas Wein, das er eben an die Lippen hatte führen wollen, ließ er wieder sinken.

«Ich danke Euch und nehme untertänigst an, Mylord», antwortete er schließlich. Imperator Aurgelmir hatte ihm soeben einen sehr hohen Posten angeboten.

Traditionsgemäß wählte der neue Imperator bald nach der Krönung seine persönlichen Ratgeber aus. Es stand ihm natürlich jederzeit frei, sie auszutauschen oder neue zu ernennen. Aurgelmir wählte zwei zu seinen obersten Ratgebern, Perduellis und Gug. Onkel Gug schien zufrieden und antwortete mit: «Gewiss, Eure Hoheit.» Er war schließlich Opeions oberster Ratgeber gewesen, so lange Aurgelmir zurückdenken konnte.

«Aber, Sire, ich bin ein einfacher Mundschenk. Was berechtigt mich, eine so verantwortungsvolle und auserlesene Position zu bekleiden?»

«Ich brauche Leute, denen ich vertrauen kann, Perduellis», erklärte Aurgelmir. «Der Senat, der Hohe Lehrmeister Eridanus, Onkel Gug, die Regenten und eine Anzahl anderer erfahrener und kompetenter Persönlichkeiten können mich beraten, aber ich brauche jemanden, der die Speerspitze meiner

Regentschaft bildet. Ich möchte, dass du meine ausführende und meine schützende Hand zugleich bist.» Er betrachtete Perduellis eine Zeitlang ernst. Der Mundschenk erwiderte seinen Blick ruhig und neugierig. «Mir wurde zugetragen, dass es im Hohen Rat Fälle von Illoyalität und Korruption gibt, aber darüber unterhalten wir uns später. Du hast meinem Vater treu gedient und warst mir ein guter Lehrer. Verlass mich nicht jetzt, da ich alle Unterstützung brauche, die ich bekommen kann.»

«Gewiss, Sire, gern. Aber entlasst mich nicht aus meinen Pflichten als Mundschenk, ich flehe Euch an!»

«Diese Bitte will ich dir gern erfüllen», sagte Aurgelmir nach kurzem Überlegen. «Es sei denn, versteht sich, deine Ratgeberpflichten vertragen sich nicht damit. In diesem Fall musst du mir jemanden suchen, der die Stelle als Mundschenk übernimmt, denn diese Tätigkeit ist nicht so wichtig wie deine neue. Den Becher zum Mund führen kann ich auch allein, wenn es sein muss.» Der Imperator schien seine Bemerkung witzig zu finden.

Onkel Gug saß währenddessen dort und starrte auf den Steinfußboden. Er hielt die Entscheidung des neuen Imperators für keine sonderlich gute Idee.

An diesem Tag fand keine COLA-Sitzung statt. Aurgelmir richtete sich in seiner neuen Position ein und besprach sich ausführlich mit seinen Beratern.

«Ich würde es gutheißen, wenn Ihr Euch eine entschiedene Meinung zu den dringlichsten Themen bilden würdet», sagte Gug, nachdem sie bereits einige Stunden lang ins Gespräch vertieft gewesen waren. «Damit Ihr sozusagen gewappnet in die Arena ziehen könnt, was COLA und andere Zusammenkünfte betrifft.»

«Welche sind diese dringlichsten Themen?», fragte der junge Imperator.

«Der Grund für unsere Ratsversammlung ist natürlich am besorgniserregendsten, aber Ihr müsst Euch entscheiden, wie Ihr ihn in der Öffentlichkeit darstellt – noch vor den anderen Regenten und ihren Ratgebern, meine ich.»

«Warum?», verlangte der Imperator zu wissen. «Warum sollte ich die Öffentlichkeit nicht einfach informieren? Erwartest du von mir, dass ich ihr gegenüber von meiner Darstellung im Rat abweiche? Mein Volk hat ein Recht darauf, über drohende Gefahren Bescheid zu wissen.»

«Ja, informieren müsst Ihr das Volk. Aber informiert es mit den richtigen Worten; das ist überaus wichtig. Wir wollen keine Panik auslösen.»

«Ja, genau», pflichtete Perduellis ihm scharf bei. «Wir sollten eine Panik vermeiden. Wir müssen handeln, darin stimme ich Gug zu. Es gibt jedoch keinen Grund, die breite Bevölkerung zu warnen. Viel zu viele kopflose Narren würden in Angst und Schrecken versetzt, wenn diese Nachricht durchsickert. Ihr werdet sicher nicht wollen, dass das Volk nur Wochen nach Eurem Regierungsantritt in Angst und Schrecken versetzt wird. Das wäre kein guter Anfang …»

Gug unterbrach. «Damit der Anfang als ein guter betrachtet werden kann, müsst Ihr entschieden auftreten! Das Volk weiß, dass etwas nicht stimmt; die Presse hat berichtet, dass COLA intern als Krisensitzung eingestuft ist … Im Norden sind Dörfer zerstört worden, in den Ambossbergen rotten sich die Nurgor zusammen. Eine COLA-Krisensitzung wird nicht ohne guten Grund angesetzt, also wird das Volk sich seine Gedanken machen! Im Falle einer Ostentumsichtung werden die Leute zu denselben Schlüssen kommen wie wir, aber ohne Eure Führung und Festigkeit werden sie wahrlich den Kopf verlieren! Das gefällt mir nicht im mindesten, und ebenso wenig ...»

«Herr!» Perduellis funkelte Gug an und fuhr fort. «Ihr tut recht daran, mit dieser Frage zu ringen, da die Regenten in ihr zu keiner Einigung gelangen können. Lady Turissa ist überzeugt, dass es verheerende Auswirkungen auf die Wirtschaftslage hätte; Imal hält dem entgegen, dass sein Volk sich wappnen können muss. Wer könnte ihm das vorwerfen? Sein Land wäre unmittelbar betroffen, wenn im Unbenennbaren Land tatsächlich der Feind gefunden wird. Der Rat ist gespalten, und Ihr solltet ihn wieder zusammenführen. Wie könnten wir sonst je den Obersten Gerichtshof überzeugen? Wir müssen den besten Weg suchen, irgendeinen Kompromiss erzielen ... auf die Bedrohung mit der gebührenden Aufmerksamkeit reagieren und die militärischen Vorbereitungen anlaufen lassen, ohne dass dies auch der letzte Bürger erfährt und wehklagt, das Ende der Welt sei nahe.»

Gug nahm sein Monokel heraus und putzte es mit seinem Taschentuch. «Wir müssen handeln, ja, aber handeln, ohne nachzudenken, ist unklug. Geheime Vorbereitungen lassen sich nur in gewissen Grenzen treffen. Das ist eine ganz andere Frage als diejenige, ob die Öffentlichkeit informiert werden muss. Der Beweis für eine nicht unerhebliche Bedrohung liegt auf der Hand. Man braucht keine Weisheit, um die Zeichen richtig zu deuten, nur gesunden Menschenverstand. Auch ich bestehe darauf, dass wir handeln; diese Frage stellt sich gar nicht. Aber wir müssen unsere Bürger auf eine Weise in Kenntnis setzen, die ihre breite Unterstützung und Zusammenarbeit gewährleistet. Viele von ihnen wissen, dass etwas im Gange ist; sie wissen nur nicht, was. Es liegt in unserer Verantwortung, sie über die Gefahren aufzuklären, damit sie entsprechende Vorsichtsmaßnahmen treffen können.»

Er setzte sein Monokel wieder ein und blinzelte.

«Wir sollten warten, bis Bestätigung eintrifft», sagte Perduellis und sah Gug leicht verstimmt an. «Zwei der berühmtesten Veteranen aus dem Krieg um das Tor sind in diesem Augenblick am Gipfel des Wahnsinns. Wenn sie die Bedrohungslage nicht feststellen und einschätzen können, wer dann?»

«Aber wo bleiben diese Helden?», fragte Gug. «Wir haben viel zu lange nichts von ihnen gesehen oder gehört. Eridanus und Galar hätten letzte Woche schon zurückkehren müssen!» Er seufzte. «Ich mache mir Sorgen um ihr Wohlergehen. Das zeigt nur wieder, wie real die Bedrohung ist. Wenn der Feind mit dem Hohen Lehrmeister und mit demjenigen fertig geworden ist, der mit eigenen Händen Nequam getötet hat …»

Perduellis ging mit neugeschöpftem Selbstvertrauen und gemessenen Schrittes quer durchs Zimmer zu seinem Kollegen. Sein langes Gewand floss elegant hinter ihm wie flüssiges Silber, und er schien förmlich über den Marmorboden zu gleiten. Der hochgewachsene Mann beugte sich zu Gug hinab und legte ihm einen Arm um die Schulter. Der Alte runzelte über diesen Mangel an Respekt des jungen Ratgebers die Stirn und trat einen Schritt zurück. Da sie jedoch gewissermaßen, den Regeln der hohen Politik zufolge, auf derselben Seite standen, versuchte er, den Arm nicht allzu gereizt abzuschütteln.

«Komm, Gug», sagte Perduellis lächelnd und stirnrunzelnd zugleich, was seinem Gesicht einen schmerzlichen Ausdruck verlieh. «Das Unbenennbare Land hat schon immer seine, äh, unbenennbaren Tücken gehabt!» Er lachte nervös. «Du weißt ebenso gut wie ich, dass sich seine Landschaft beständig verändert … alles Mögliche könnte sie aufgehalten haben. Wir müssen auf das Beste hoffen und ihre Rückkehr abwarten.»

«Nicht Eridanus und Galar!», sagte Gug entrüstet. «Ihnen kann die Landschaft nichts anhaben. Sie sind fähiger als jeder Soldat, den man entsenden könnte …»

«Ich bezweifle weder ihre Fähigkeit noch ihre Bereitschaft», sagte Perduellis. «Tatsächlich bin ich der festen Überzeugung, dass sie bald mit Neuigkeiten zurückkehren werden. Warum also nicht warten? Unglücklicherweise ruht die Angelegenheit nicht gänzlich in unseren Händen; im Gegenteil: Selbst wenn wir zu einer Lösung gelangen sollten, die uns hier Anwesenden gänzlich behagt, so fehlte es den übrigen Ratsmitgliedern doch immer noch an Entschlusskraft. Sie wollen Beweise und werden erst handeln, wenn man ihnen diese um die Ohren geschlagen hat.» Über die eigene Kühnheit verblüfft, zögerte Perduellis. Gug schmunzelte insgeheim. Vielleicht würde dieser Mundschenk gar keinen schlechten Ratgeber abgeben. Er schätzte Männer, die mit ihrer Meinung nicht hinter dem Berg hielten. «Glaube nicht, dass ich nicht zutiefst besorgt über die Rückkehr der Ostentum wäre. Ich möchte helfen, so gut ich nur kann. Aber es gibt andere …»

«COLA ist ausgesetzt. Unsere Helden sind noch unterwegs. Wir müssen handeln!» Gug hielt inne, bevor er fortfuhr. Es sah aus, als würde er seine nächsten Worte erst im Stillen erproben, bevor er sie aussprach.

«Ich bin gewiss, dass sie an unserer Stelle dasselbe tun würden. Sie wissen noch nicht einmal, dass … Euer ehrenwerter Vater …»

Ihm stiegen Tränen in die Augen.

Aurgelmir erhob sich von seinem Thron. Er versuchte, seine Gefühle im Zaum zu halten und mit fester Stimme zu sprechen. Die Trauer war noch frisch.

«Wenn ich euch beide richtig verstanden habe, dann schlägt Gug vor, mit umfassenden Kriegsvorbereitungen zu beginnen und die Öffentlichkeit zu informieren – auf kluge Art, Stück für Stück vielleicht –, und Perduellis ist dafür, der Öffentlichkeit überhaupt nichts zu sagen, aber nichtsdestotrotz militärische Maßnahmen vorzubereiten.»

Seine beiden Ratgeber nickten.

«Sehr schön», sagte der neue Imperator mit einem Seufzen. «Dann werde ich wohl meinen Privatrat einberufen. Sagt ihnen Bescheid.»

✦ ✦ ✦

«Ich bin recht zufrieden damit, wie Aurgelmir zurechtkommt», erklärte Gug einige Tage nach dieser Sitzung, «auch wenn er noch nicht gerade eine eigene Meinung hat.» Er saß kurz nach dem Abendessen mit Thybil im Garten. Die untergehende Sonne verlieh dem Springbrunnen hinter ihrem Rücken ein angenehmes Glühen, das sich vor ihnen in den hohen Fenstern spiegelte. «Er wird ein energischer Herrscher sein – sobald er einmal Position bezogen hat. Noch verlässt er sich viel zu sehr auf seine Berater. Was die Mehrheit will, das tut er.»

Thybil war amüsiert. «Ist das denn so schlecht? Wir leben doch schließlich in einer Demokratie. Sollte er da nicht tun, was die meisten für richtig halten?»

«Sicher», antwortete Gug. «Aber nicht, wenn ‹die meisten› manipuliert werden.»

«Was willst du damit sagen?», fragte Thybil scharf.

«Es gibt mehrere Hinweise darauf, dass jemand hinter den Kulissen die Kontrolle übernimmt. Die Art, wie der Rat sich gibt. Die Stadtwache arbeitet anscheinend anders … Glaubst du ernsthaft, dass die Anzahl der Verbrechen in den paar Wochen so sehr gestiegen ist? Ich bezweifle das. Aber ich habe die Gefängnisse überprüft, und die Zahl der Gefangenen ist dramatisch gestiegen. Und zwar schon vor der Ermordung.»

«Da magst du recht haben. In letzter Zeit ist es kein ungewöhnlicher Anblick, dass jemand in Armaah verhaftet wird.» Thybil saß vorgebeugt da, krummer als sonst.

«Du meinst, sie werden weggesperrt, weil sie nicht … kooperieren wollen?»

«Wäre eine Möglichkeit. Nein – ich halte das sogar für wahrscheinlich.»

Das waren beunruhigende Neuigkeiten, und sie kamen überein, in alle Richtungen die Augen offen zu halten.

«Am meisten erschreckt mich, wie alles plötzlich ineinandergreift», sagte Gug. «Niemand geht herum und schüchtert die Leute der Reihe nach ein – jedenfalls nicht, soweit wir wissen. Kein langsames Anwachsen der Unterstützung. Es muss eine Verschwörung sein, die von langer Hand vorbereitet worden ist und auf ein Zeichen hin angefangen hat, umfassend auf die Machtergreifung hinzuarbeiten.»

«Beeindruckend.» Thybil runzelte die Stirn. «Aber das würde bedeuten … wer immer dahintersteckt, wusste, dass Opeion ermordet werden würde!»

«Oder hat es sogar arrangiert.» Gug gestattete sich ein bitteres Lachen.

Bis auf das Plätschern des Springbrunnens und ferne Stimmen war es eine Zeitlang still. Es war sehr kalt, und darum kam auch kaum jemand hierher. Es war genau der richtige Ort, um sich in Ruhe zu unterhalten, ohne Mithörer befürchten zu müssen.

«Irgendetwas Neues von Bryn?», fragte Gug hoffnungsvoll.

«Nichts.» Thybil seufzte. «Ich habe auch sämtliche Gefängnisse überprüft. Niemand mit dem Namen Bellyset. Ich hoffe nur, er hat keinen falschen Namen angegeben. Er wittert überall Leute, die versuchen, ihm das Rezept für Swigny zu stehlen, weißt du. Nicht, dass er selbst es schon kennen würde. Aber das weiß ja niemand, dass er es noch gar nicht allein hinbekommt.»

«Das überrascht mich nicht. Wenn mein Urgroßvater das Swigny erfunden hätte, wäre ich auch misstrauisch.»

Onkel Gug und Thybil waren eine Zeitlang still, aber in ihren Köpfen dröhnten die Gedanken.

Der Ratgeber räusperte sich. «Wenn … Nehmen wir einfach einmal an, es verhielte sich tatsächlich so … wenn da wirklich jemand hinter den Kulissen steckt, der über sehr viel Macht verfügt, dann könnte er den Namen des Brauers doch sicher geheim halten. Eigentlich bräuchte er überhaupt keinen Namen anzugeben; er könnte sich ohne weiteres über sämtliche Vorschriften hinwegsetzen. Die Wärter sind weisungsgebunden; es ist nicht ihre Aufgabe, Befehle zu hinterfragen. Beziehungsweise, sie haben eben diese Haltung. Das ist ja sogar Bestandteil ihrer Ausbildung.»

Thybil nickte ernst. «Wäre eine Möglichkeit. Und was bedeutet das, Bryn betreffend? Dass wir jede Zelle einzeln durchsuchen müssen?» Er seufzte. «Und noch etwas macht mir Angst – was Bryn darüber erzählt hat, wie er die Gefühle anderer wahrnimmt. Etwas Derartiges hat niemand von uns je erlebt. Gefühle so zu spüren, als wären sie etwas Greifbares, das übersteigt unsere Fähigkeiten. Gewiss, Bryn hat noch nie gespürt, wie jemand ermordet worden ist … ich aber schon. Und ich habe es nicht so erlebt, wie er es beschrieben hat. Das ist zutiefst verwirrend, aber vielleicht fügt es sich früher oder später ins Bild.» Er beugte sich vor. «Da fragt man sich schon, ob das alles vielleicht zusammenhängt, oder? Wenn der Verschwörer die Ermordung arrangiert hat, würde es erklären, warum Opeion doch noch gestorben ist. Die innere Bedrohung war schlicht ebenso groß wie die äußere, die wir abgewehrt haben.»

«Oh, ich bin mir sicher, dass sie irgendwie zusammenhängen.» Gugs Miene drückte Besorgnis aus, und Thybil konnte diese auch spüren. Er senkte die Stimme zu einem Flüstern, obwohl es unwahrscheinlich war, dass sie jemand hörte. «Die Sache ist die, er muss außerordentlich mächtig sein. Es sei denn, er hat die meisten Leute bereits unter Kontrolle. In diesem Fall muss er von Anfang an Hilfe gehabt haben …»

«Vielleicht von beidem ein bisschen», antwortete Thybil. «Aber wen kennen wir, der so mächtig ist? Für sich allein genommen, meine ich.»

Gug schüttelte den Kopf. «Ich weiß es nicht. Jemand, der schon eine Weile dabei ist und noch nicht allzu viel Aufmerksamkeit auf sich gezogen hat. Ein bescheidener, aber wesentlicher Posten vielleicht. Er hat Verbindungen zu einem Großteil des Senats, wie es scheint.»

Thybil schaukelte vor und zurück. «Was ist mit dem Attentäter? Er ist nach Itrim gebracht worden, oder nicht?»

«Wird er noch, zunächst einmal aber muss die Leiche entsprechend konserviert werden. Das braucht seine Zeit. Vielleicht morgen.»

«Eis?»

Gug nickte. «Fürs Erste. Vor stärkeren Konservierungsmethoden sind wir bis jetzt zurückgeschreckt, weil die sich auf sein Blut auswirken könnten … das natürlich dringend für Proben benötigt wird.»

«Meinst du, er wird sich tatsächlich als ein Tahl Uthnae herausstellen?»

«Er war wie einer gekleidet und hat wie einer gekämpft. Aber wie in aller Welt könnten sie zurückgekehrt sein? Die Numenii haben sie ausnahmslos getötet. Die Tahl Uthnae hatten einige sehr merkwürdige Glaubenslehren … zu denen Menschenopfer und alle möglichen anderen Scheußlichkeiten gehörten. Ich bin froh, dass wir ihnen den Garaus gemacht haben.»

«Dreihundert Jahre ist es jetzt her, nicht wahr? Seit sie alle ausgerottet wurden?»

«Ungefähr. Der Attentäter könnte natürlich einfach ein Verrückter sein, der von den ursprünglichen Tahl Uthnae besessen war und unbedingt selbst einer werden wollte. Wer weiß, es könnte einen ganz neuen Orden geben.» Gug schien die Vorstellung nicht zu erfreuen. «Nun, wenigstens wären es dann keine echten Thal Uthnae.»

«Nein, ich denke, an der Sache ist mehr. Den Augenzeugenberichten zufolge hat er sich wirklich wie einer *bewegt*. Du weißt, was ich meine …» Er führte es nicht weiter aus, aber Gug nickte energisch.

«Warte mal!», keuchte Thybil. «Vorhin haben wir festgestellt, dass die Verschwörung und Opeions Ermordung miteinander zusammenhängen. Das heißt doch aber, dass dieser Verschwörer entweder mit den Thal Uthnae verbündet ist oder sie unter Kontrolle hat.»

«Ja, vielleicht hat ja *er* ihre Ideologien und Methoden wiederaufleben lassen.»

«Und ihnen auch wieder ihre körperlichen und geistigen Kräfte verliehen.» Thybil massierte sich sein Kinn. «In diesem Fall ist er mächtiger, als wir uns je vorgestellt haben. Und hat weit bessere Verbindungen. Er verfügt entweder über ein beachtliches magisches Potenzial oder hat entsprechende Leute zu einer Zusammenarbeit gebracht. Vielleicht ist Itrim hineinverwickelt.»

«Es wäre nicht das erste Mal, dass Lehrmeister sich gegen das wenden, wofür Itrim steht.»

Thybil knackte bestürzt mit den Knöcheln. «Man kann eigentlich davon ausgehen, dass Itrim involviert ist! Und wenn der Verschwörer Lehrmeister auf seiner Seite hat, und seien es noch so wenige, wie riskant ist es dann für uns, die Leiche nach Itrim zu bringen! Sie könnten sie problemlos verschwinden lassen oder die Untersuchungen manipulieren.»

«*Droch!* Du hast recht!», rief Gug. «Wir müssen dafür sorgen, dass sie von Culmus Sangui nach Itrim gebracht und von Leuten untersucht wird, die wir kennen und denen wir vertrauen. Oder wir könnten ihn in der Eisfeste untersuchen lassen, weit weg von gierigen Händen und neugierigen Blicken. Aber verfügen sie über die entsprechende Ausstattung? Ach, wenn nur Eridanus hier wäre!»

«Aber wo wir gerade bei dem Attentäter sind – wie wurde Opeion denn nun ermordet? Und durch wen?»

Gug breitete die Hände aus. «Da können wir nur raten.»

«Dann tun wir es doch! Meine jungen Mitstreiter würden es genauso machen, und bis jetzt haben sie mit ihren Verrücktheiten auch immer die Wahrheit getroffen. Wobei diese ihnen natürlich auch immer nur wie eine Verrücktheit vorkommt.»

«Eine gute Idee, denn das raubt mir den Schlaf.»

«Erstens, es war kein Tahl Uthnae, selbst wenn es noch mehr von ihnen gibt. Der Mörder wurde aufgehalten, bevor er Opeions Gemächer betreten konnte. Zweitens, sobald Aquiuss, Bryn und die anderen die Verfolgung aufgenommen hatten, wurden die Sicherheitsmaßnahmen in geradezu unglaublichem Maße verstärkt. Ich habe noch nie erlebt, dass so viele Wachen eine einzige Person im Inneren eines Gebäudes geschützt hätten. Die Türen waren verschlossen, und niemand kam herein ... drinnen war wer, die Goldene Wacht und gewöhnliche Soldaten?»

«Ja, drei Goldene und zehn Soldaten. Ich habe sie selbst dort postiert. Wäre ich nur bei ihm geblieben!» Gug verzog das Gesicht, er bebte vor Zorn und Enttäuschung. «Ich habe schrecklich versagt. Er war mein Herr, ich habe ihn über alles geliebt!»

«Ich weiß, alle wissen das.» Thybil legte ihm tröstend eine Hand auf die Schulter. «Aber du warst keiner seiner Leibwächter! Deine Aufgabe war es, ihn zu beraten; das hast du gut und gewissenhaft getan. Mach dir keine Vorwürfe. Böse Menschen können ihre Wünsche in die Tat umsetzen, wenn sie auf Gleichgesinnte stoßen.»

«Du hast recht. Und wenn ich herausfinde, wer die Verantwortung dafür trägt ...» Gug schüttelte traurig den Kopf. «Wir können nicht einmal erkennen, wie er gestorben ist, ganz zu schweigen davon, wer es getan hat.»

«Lass uns nicht gleich aufgeben. Er hatte, wie du gesagt hast, dreizehn fähige Leibwächter bei sich. Die Türen waren verschlossen und vor ihnen zehn Wachen postiert. Die Türen wurden nicht mehr geöffnet, bis etwa eine halbe Stunde später Aquiuss erschien und es entdeckte. Er stellte fest, dass die drei Goldenen tot waren: mit Schwertern erschlagen, wie es aussieht. Von den anderen Wachen fehlte jede Spur. Ist das richtig?»

«Ja, so war es», gab Gug zu. «Also haben sich die zehn Soldaten vielleicht gegen ihre Kameraden gewandt und die Goldenen niedergemetzelt und anschließend Opeion ermordet.»

«Ich stimme dir zu, die zehn dürften die drei erschlagen haben, aber es passt noch nicht ganz. Der Imperator hatte keine Anzeichen körperlicher Gewaltanwendung, was natürlich heißen könnte, dass seine Wunden auf magischem Wege geheilt wurden. Aber die Wachen vor der Tür haben auch nichts von einem Kampf gehört. Außerdem, wo sind die zehn Soldaten abgeblieben?»

«Opeions Gemächer sind groß. Es gibt zahlreiche Fenster, aber er wurde ja auch vom Erdboden aus bewacht. Ach, ich werde einfach nicht schlau daraus!», schimpfte Gug.

«Es sei denn, es kommt Magie ins Spiel. Wenn dieser Verschwörer tatsächlich ein Zauberer ist oder sich mit Lehrmeistern verbündet hat – er könnte ja sogar selbst einer sein! –, dann dürfen wir das nicht unberücksichtigt lassen. Opeions Leichnam hatte nicht einen Kratzer. Er muss mit Magie ermordet worden sein.»

«*Droch!* Du hast schon wieder recht. Himmel, mein Hirn versagt heute seinen Dienst. Schnell! Wer beherrscht Tiefenmagie? Wer ist stark genug, so etwas zu schaffen? Wir haben die Register und Akten. Es ist alles verzeichnet, wir könnten es nachschlagen.»

Thybil zuckte die Schultern. «Bryn hatte auch gewisse magische Fähigkeiten, und doch hat das System sie nicht erkannt. Sie sind nicht als potenzielle Bedrohung eingestuft worden. Vielleicht sind seine Gaben noch nicht ausgeprägt genug, um bei einem Test herauszukommen.»

«Aber auf das Zaubervermögen anderer haben wir sehr genau aufgepasst. Jeder, der mehr als einen Funkenregen auslösen kann, musste sein Potenzial drosseln lassen. Also schon einmal sämtliche Lehrmeister! Ein langer und mühseliger Vorgang, aber sie haben alle gut mitgearbeitet. Wir müssen die Formulare durchsehen.»

«Wenn unser Gegner so einfallsreich ist, dann bezweifle ich, dass wir in den Akten irgendetwas finden werden. Trotzdem, einen Versuch ist es wert.» Thybil fuhr auf. «Aber was, wenn es jemand ist, der schon längst da war? Der den Drosselungsvorgang gar nicht erst durchlaufen musste?»

Gug biss sich auf die Lippen. Das hatte Thybil bei ihm noch nie erlebt. «Junge, stecken wir im Dreck. Das Personal, die Dienerschaft … nein, von denen hat niemand irgendwelches Potenzial. Nein, es muss jemand in höherer Position sein, der die anderen Politiker kennt.»

Der Alte seufzte.

«Das verkleinert den Kreis der Verdächtigen natürlich enorm. Ich danke dir, alter Freund. Wir müssen die Augen offen halten und ganz genau beobachten, wer in diesem Haushalt vielleicht über magische Fähigkeiten verfügt. Das wäre dann der Mörder, wenn auch vielleicht noch nicht der Kopf hinter allem.»

«Einverstanden. Allerdings wundert mich, dass er ausgerechnet in dieser Nacht ermordet worden ist», sagte Thybil langsam. «Wenn die Täter wirklich zum Regere Mansionum gehören, dann hätten sie bis zum nächsten Tag warten und ihn vergiften oder mit einem Giftgas ersticken oder Wochen später während eines Jagdausflugs in einen Hinterhalt locken können; die Möglichkeiten sind endlos …»

«Eine kluge Beobachtung, mein Guter», sagte Gug anerkennend. «Wer immer diese grässliche Tat begangen hat, muss sich einen Vorteil davon versprochen haben, dass die anderen Regenten präsent waren. Zum einen brauchten sie nicht erst anzureisen. Das hat Zeit gespart.»

«Ja!» Thybil schlug sich mit der flachen Hand vor die Stirn. «Jetzt ergibt es einen Sinn. Wenn es eine Verschwörung gibt, wie wir besprochen haben, dann mussten alle Beteiligten beisammen sein, sowohl die Verantwortlichen als auch diejenigen, die wankelmütig sind. Oder über die Klinge springen sollen. Sie haben die Gelegenheit genutzt, dass die COLA-Krisensitzung einberufen worden war. Abgesehen davon entkommt der Verschwörer auch gerade deswegen leichter, weil so viele Leute hier sind. Aber warum hat man uns nicht auch zu erpressen versucht?»

«Du bist ja eben erst wieder auf der Bildfläche erschienen. Und dass ich meine eigene Arbeit nie verraten würde, weiß jeder Diener und seine Großmutter», sagte Gug bitter. «Darum ist Opeion wahrscheinlich überhaupt ermordet worden. Er hätte nie zugelassen, dass mit Calaspia etwas schiefgeht. Lieber wäre er gestorben!» Gug sank in sich zusammen. «Ist er ja dann auch.»

«Aber das bedeutet, dass jetzt Aurgelmir in Gefahr ist», sagte Thybil. «Wenn sie ihn als Galionsfigur benutzen wollen ...»

«Ich werde dafür sorgen, dass daraus nichts wird», schwor Gug.

Thybil sah seinen Freund mit großen Augen an. «Aber begreifst du denn nicht? Wenn sie Opeion wegen seiner Stärke und Willenskraft getötet haben, warum sollten sie dann davor zurückschrecken, es mit dir genauso zu machen?»

Gug holte tief Luft. «Ich habe den Großteil meines Lebens in Gefahr verbracht. Welche üblen Machenschaften sie sich auch einfallen lassen, ich werde mich niemals selbst betrügen. Ich habe keine Angst vor dem Tod. Und bis zu dem Tag, an dem man mich beseitigt, werde ich mit aller Kraft dafür sorgen, dass Aurgelmir anständige Leute um sich hat.»

Thybil lächelte schwach. «Ich habe Angst um dich. Ich kenne dich viel zu lange, um einfach nur dazustehen und zuzusehen, was passiert.»

Gug zog sein Hemd zurecht. «Keiner von uns wird die Zeit haben, einfach nur zuzusehen. Wer immer dieser Verschwörer auch ist, er wird sich noch wundern! Noch verfügen wir über Waffen, die nicht einmal Aurgelmir anwenden könnte, sollte er sich in diesem grausigen Netz verfangen.»

Damit hatten sie fürs Erste alles gesagt. Die beiden alten

Freunde saßen noch eine Weile dort, bevor sich die Kälte bemerkbar machte, die der Sonnenuntergang mit sich brachte. Dann gingen sie hinein und wärmten sich mit dampfendem Swigny. Es war sehr verlockend, ein starkes alkoholisches Getränk zu bestellen und die zahllosen Fragen einmal zu vergessen, auch wenn beide ein ausgeprägtes Verantwortungsgefühl besaßen.

«Wie läuft denn die Anhörung?», fragte der alte Ratgeber.

«Nicht allzu gut», antwortete Thybil. «Wobei ich natürlich nicht erwartet habe, dass der Hof einfach sagt: ‹Jawohl, euch ist ein Unrecht geschehen. Hier habt ihr zwölf Millionen Goldkronen und Lebensmittel obendrein.› Hilfslieferungen soll es durchaus geben, aber erst, nachdem unsere Angaben bestätigt worden sind. Sie wollen warten, bis die Sondereinheit zurückkehrt, die überprüfen soll, ob der Angriff wirklich erfolgt ist, wie viele Leute versorgt werden müssen und so weiter. So behaupten sie jedenfalls. Wenn die Einheit nichts findet und Galar und Eridanus aus irgendeinem unerfindlichen Grund nicht in der Lage sind, Beweise für die Rückkehr der Ostentum zu liefern, ist es hoffnungslos.»

«In der Tat. Und wie geht es den beiden Kindern?»

«Sie amüsieren sich. Aber selbst sie merken, dass hier jetzt ein unguter Geist weht.» Thybil lächelte. «Und sie wollen natürlich wissen, was aus ihrem großen Bruder geworden ist.»

Gug zog die Augenbrauen hoch. «Was hast du ihnen erzählt?»

«Wenig. Meine Verschwiegenheit hat sie fürchterlich aufgeregt. Ich habe ihnen nur gesagt, dass es ihm gutgeht und dass er aufregende Zeiten durchlebt. Wenn wir gewartet und den Kindern eine Chance gegeben hätten, sich von ihm zu verabschieden, hätten sie darauf bestanden, ihn zu begleiten. Es ist schon besser so.»

«Gut. Solange sie nicht denken, er wäre … entführt worden.» Gug lachte zaghaft. «Nun, ist er ja gewissermaßen. Aber ganz anders als der arme Meister Bellyset.»

Thybil bedeckte die Augen mit der Hand. «Ich kann es nicht glauben. Ihm muss irgendetwas zugestoßen sein.» Er seufzte. «Es ist wohl mein Fehler, ich hätte vorsichtiger sein müssen.»

Gug legte ihm einen Arm über die Schulter. Nun war er an der Reihe, Trost zu spenden. Es brauchte nicht die besonderen Fähigkeiten eines Barue, um zu wissen, was sein alter Freund empfand.

Thybil zog ein Taschentuch hervor und schnäuzte sich.

«Ich glaube nicht, dass wir es uns leisten können, hier noch viel länger zu bleiben, Gug», sagte er ernst. «Die Lage spitzt sich schrecklich zu. Jeden Tag können Nachrichten eintreffen, die in unserer Sache den Durchbruch oder die Niederlage bringen. Aber ich darf es nicht riskieren, das Ergebnis abzuwarten; nicht, wo noch so viel anderes geschieht. Ob mit oder ohne Bryn, wir müssen aufbrechen. Du wirst allein auf Galar und Eridanus warten müssen; es ist den Kindern gegenüber nicht gerecht, wenn ich noch bleibe.»

«Das stimmt.» Gug schob den Unterkiefer vor. Er würde allen Mut und Verstand aufbringen müssen, den er besaß. «Und ich werde alles tun, um Bryn zu finden.»

«Pass auf dich auf. Schalte nötigenfalls Zwischenmänner ein. Stell dich nicht offen gegen irgendetwas, sonst gerätst du selbst in die Schusslinie. Für den Moment bist du wohl sicher, weil es so viele Leute gibt, die dir vertrauen und Respekt entgegenbringen. Selbst der Verschwörer weiß, dass es im Sinne von Ordnung und Stabilität nur von Vorteil ist, wenn du wohlbehalten an deinem Platz bist. Einige Culmus sind immer noch hier, für den Fall, dass etwas fürchterlich schiefgeht …» Thybil sprach sehr leise, damit es niemand anderes hören konnte.

Wenig später ging der alte Barue auf sein Zimmer, das nun gleich neben dem von Dordios und Telseara lag, und Gug machte sich auf zu seinen Privatgemächern. Dort erwartete ihn eine unliebsame Überraschung. Und in diesem Fall konnten ihm nicht einmal die Culmus Sangui helfen.

✦ ✦ ✦

Am nächsten Tag führte Thybil seine beiden Schützlinge zum Mittagessen aus. Es tat gut, sich auch einmal außerhalb des Regere Mansionums zu entspannen. Die beiden jungen Barue hatten sich an den Anblick feudaler, hoher Häuser gewöhnt und blieben nicht mehr so oft stehen, um nach oben zu schauen. Hier standen die prächtigsten Bauwerke, Statuen, Springbrunnen und Parkanlagen, die sich im Imperium finden ließen, und von Armut war weit und breit nichts zu sehen. Das Viertel war wie ein funkelnder Edelstein, von dem alles gewöhnliche Gestein abgeschlagen worden war.

«Schaut mal!», sagte Dordios, als sie an einem kleinen Laden vorbeigingen, der Zeitungen, Tabak und Flusstransport-Marken verkaufte, mit denen man den Kurierdienst bezahlen konnte. «Ist das nicht Onkel Gug?»

Es gab nur eine Zeitung, die im ganzen Imperium ausgeliefert wurde, und das war das *Numenii-Wochenblatt*. Thybils Ansicht nach war es die einzige, die zu lesen sich lohnte. Sie kam nur einmal in der Woche heraus, weil es schlicht unmöglich war, sie täglich zu drucken und in alle sechs Reiche des Imperiums auszuliefern. Thybil war nur mäßig interessiert. Der Artikel besagte wahrscheinlich nur, dass Gug und Perduellis zu obersten Ratgebern ernannt worden waren. Aber dann sah er die Schlagzeile: *«Onkel» Gug flüchtet aus Regere Mansionum.*

Thybil griff sich eine Ausgabe und verschlang den Text wie ein hungriger Löwe.

Gregarius «Onkel» Gug, Chefberater unseres neuen Imperators Aurgelmir, verließ gestern Abend überraschend die schwimmende Stadt, nachdem Wachen Hinweise auf eine Verstrickung in die rätselhafte Ermordung Opeions gefunden hatten. Er entzog sich so einer Festnahme, was darauf hindeutet, dass er Verbündete beim Sicherheitsdienst hat. Glücklicherweise hat Aurgelmir zugleich auch den Mundschenk seines Vaters zum Ratgeber ernannt, der gegenwärtig eigenhändig neue, vertrauenswürdige Wachsoldaten auswählt. Doch das führt uns zu der Frage: Wem können wir vertrauen? Es kursieren Gerüchte, dass der Hohe Lehrmeister Eridanus, der seit vielen Jahren zu Gugs engsten Vertrauten zählt, in den vergangenen Wochen nicht gesehen wurde. Andere fragwürdige Freunde Gugs, Barue aus Arleath, haben dem angesehenen COLA-Rat beigewohnt, ohne ihm anzugehören. Der Anlass für die Krisensitzung, die Opeion vor einigen Wochen anberaumt hatte, ist weiterhin unklar und unterliegt der «höchsten Geheimhaltungsstufe», wie ein Ratgeber erklärte. Ein Politiker gab an, der Grund seien die Barue. «Sie verbreiten abscheuliche Lügen und versetzen die Regenten grundlos in Aufregung.» Welcher Natur diese Lügen sind, scheint niemand erklären oder kommentieren zu wollen.

Weiter wollte Thybil nicht lesen. «Unmöglich!», brummelte er. «Wie konnten sie diesen Artikel so schnell drucken … es sei denn, sie wussten vorab, was geschehen würde.» Er stopfte die Ausgabe zornig in den Ständer zurück und wandte sich abrupt um.

«Kommt!», rief er Telseara und Dordios zu. Er wurde seiner Wut kaum Herr. Sie mussten rennen, um ihn einzuholen.

«Wo gehen wir hin?», fragte Telseara.

«Nach Hause», antwortete Thybil düster.

«Und was wird aus Bryn?», rief sie entsetzt.

«*Schuckel!* Und aus Mittni!», sagte Dordios.

«Bryn zu finden, werden wir anderen überlassen müssen – was wird aus uns? Wenn wir nicht aufpassen, enden wir genau wie er, wo immer er sich befindet. Vielleicht verschwinden wir aus dem Blickfeld unserer Freunde, und dann können unsere Feinde mit uns machen, was sie wollen. Um Bryn müssen sich Leute kümmern, die mehr Macht haben als wir. Wegen Mittni macht euch keine Sorgen, der ist sicher.»

«Warum sind wir in Gefahr, Onkel?», fragte Dordios.

«Ich bin in einer vergleichbaren Position wie Eridanus, nur weniger bekannt in der Öffentlichkeit. Wir können nur hoffen, dass wir dem Feind nicht über den Weg laufen.»

Im Nu waren sie wieder beim Regere Mansionum angelangt.

«Stimmt es, dass er nicht mehr hier ist?», bellte Thybil.

«Ja, Thybil, leider», sagte der Wachsoldat leise. Er verließ seinen Posten und ging ein Stück mit dem alten Barue mit. Er sah besorgt aus. «Es gibt noch andere Neuigkeiten – schlechte Neuigkeiten.»

Thybil sah ihn an. «Spuck aus.»

«Die Spezialeinheit, die die Schlacht mit den Ostentum und Nurgor untersuchen sollte, bei der euch Nephelim zu Hilfe geeilt sind, ist zurückgekehrt.» Er sprach sehr schnell, als ließe sich die Wirkung seiner Worte damit abschwächen. «Sie haben Verluste auf Seiten der Barue und der Nephelim bestätigt, aber nicht *eine* Spur von Ostentum gefunden. Merkwürdigerweise melden sie auch keine Hinweise auf ein

Nurgorheer, wobei sie jedoch nicht ausschließen wollen, dass einzelne Nurgor in der Nähe gewesen sein können. Ich dachte, das solltest du wissen – bevor es andere erfahren.»

«Ich danke dir, Emryk, gute Arbeit. Bleib hier, ich bin gleich zurück.» Der alte Barue ging weiter und zog Telseara und Dordios in einen Schatten. «Packt sofort eure Sachen», sagte er leise. «Kommt in mein Zimmer, sobald ihr fertig seid. Schnell!»

Die beiden Jugendlichen rannten los. Sie fragten sich, was vorging. Thybil war ernstlich beunruhigt.

Thybil kehrte zu Emryk zurück und stemmte die Hände in die Hüften. «Entweder, diese Einheit spricht die Unwahrheit, oder das Schlachtfeld ist manipuliert worden. Oder beides. In jedem Fall wird ihr Bericht an COLA negativ ausfallen.»

«Genau das», sagte der Wachsoldat. «Die Frage ist, wie werden die anderen auf diese Neuigkeiten reagieren? Wir haben natürlich immer noch Eridanus und Galar, doch selbst wenn sie mit Beweisen zurückkehren, hilft das eurer Sache nicht unbedingt.»

«Die Anhörung kann mir gestohlen bleiben!», ächzte Thybil. «Wir sehen sowieso kein Geld und keine Lebensmittel mehr – jetzt geht es mir mehr darum, heil hier herauszukommen. Wenn die Einheit dem Rat berichtet, wird er zu dem Schluss gelangen, dass wir Lügner und Betrüger sind.»

«Wenn ich mir die Bemerkung erlauben darf, Herr, das denkt ein Teil ohnehin schon. Dies wäre nur der Tropfen, der das Fass zum Überlaufen bringt – der Beweis *gegen* euch, auf den man nur gewartet hat. Das mit den Ostentum möchte sowieso niemand wahrhaben, und wenn ihr erst einmal verleumdet seid, hat sich diese ganze Krisensitzung gleich mit erledigt.»

«Ja. Ja, das kann ich mir gut vorstellen: Nephelim und Barue bauen irgendeinen dummen Unfall, der viele Tote fordert. Sie reisen nach Armaah und behaupten, dass ‹Monster› schuld waren, um so an Entschädigung für ‹unterbliebenen Schutz› heranzukommen. Gleichzeitig kommen sie sich sehr wichtig vor. Man wird denken, dass wir das alles nur inszeniert haben, weil wir nicht versichert waren!» Thybil schnaubte. «Wir müssen rasch handeln. Sag den Jungs, heute kommt noch was auf sie zu. Ich brauche die ganze Truppe einsatzbereit, so schnell es geht.»

Der Soldat verneigte sich. «Aber, Herr, wenn wir es nun vertuschen? Wir können die Wachen zum Schweigen bringen, unsere eigenen Leute in die Gruppe einschleusen und die Wahrheit sagen!»

Thybil dachte nur kurz darüber nach, dann schüttelte er den Kopf. «Es ist zu spät; uns bliebe nicht genug Zeit zur Vorbereitung! Soweit wir wissen, haben sie dem Privatrat schon berichtet.»

Thybil griff sich seine wichtigsten Sachen und stopfte sie in eine Tasche; den Rest ließ er liegen. Er zurrte gerade die Riemen der Schultertasche fest, da klopfte es laut an die Tür.

Telsea und Dos, dachte er und war froh, dass sie endlich einmal nicht herumgebummelt hatten.

«Kommt herein», sagte er und richtete sich auf. Thybil hängte sich die Tasche um – und sah in das zornige Gesicht eines Wachsoldaten. Hinter ihm standen noch weitere. Der alte Barue wollte gerade fragen, was es gab, da packten sie ihn bei den Armen.

«Durchsucht ihn», sagte der Anführer. «Er hat es bestimmt bei sich.»

Thybil wehrte sich, aber vergeblich. Er war zu alt.

«Wonach sucht ihr? Warum sollte ich irgendetwas stehlen?» Er war so wütend wie lange nicht.

«Du weißt nur zu gut, was du dir genommen hast, du dreckiger Dieb», sagte der Soldat, der seine Tasche durchwühlte. Thybil hatte zwar damit gerechnet, dass die andere Seite zu einem solchen Mittel greifen würde, aber nicht so schnell. Sie würden natürlich etwas «finden», das er «gestohlen» hatte: damit sie ihn festnehmen konnten.

Es fügte sich bestens in das Bild der Barue als habgierige Betrüger, die nur auf Geld und Ruhm aus waren.

«Ich versichere euch», sagte er und wehrte sich nicht länger gegen den Griff der Soldaten, «dass ich nichts gestohlen habe! Ich bin unschuldig.»

«Natürlich.» Der Hauptmann grinste. «Und ich bin gerade zum General befördert worden. Wir haben ausdrücklichen Befehl, das Testament des Imperators zu konfiszieren, das du entwendet hast. Wie konntest du es wagen? Schande über dich, du Bandit!»

Bei diesen Worten fuhr Thybil zusammen. Die Anschuldigung diente nur dazu, ihn verhaften zu können, gewiss … Aber warum ein *Schriftstück*? Er *hatte* ein Schriftstück, wenn auch nicht Opeions Testament. Aber was für eine lachhafte Lüge! Er hatte gedacht, dass nur Gug und er von diesem Dokument wussten – und Kik-Eritee natürlich. Aber die waren beide über jeden Verdacht erhaben.

Es sei denn … Thybil musste an den Zeitungsartikel denken, den er vorhin gelesen hatte. Und wenn die Meldung über Gug nun stimmte? Dann durfte er nicht einmal mehr den Culmus Sangui trauen dürfen. Er hatte lange nicht mehr mit ihnen zusammengearbeitet. Wenn sich ihre Motive nun geändert hatten? Das wurde ja immer schlimmer. Aber dann machte Thybil sich mit einem Kopfschütteln von solchen Zweifeln frei.

Gug hat genug Gelegenheiten gehabt, das Buch an sich zu

nehmen, wenn er es hätte haben wollen, sagte er sich. *Nein. Da steckt entweder jemand dahinter, der uns Barue rund um die Uhr hat überwachen lassen, oder jemand, der einfach geraten hat. Aber wer würde mich festnehmen lassen, um an das Buch heranzukommen? Wenn wir Glück haben, ist das mit dem Buch nur Zufall, und sie wollten eigentlich an mich heran. Sie wissen bestimmt nicht davon – es ist nur eine gute Ausrede. Aber finden werden sie es dennoch …*

Mehr Zeit zum Nachdenken hatte Thybil nicht, denn nun zerrte ihm ein Soldat die Jacke herunter.

«Aha!», rief einer der Soldaten, zerriss Thybils Unterhemd und nahm ihm ein altes Buch weg. Der Umriss des Dokuments hatte sich unter Thybils Kleidung abgezeichnet; es war mit einem Gürtel an seinem Bauch befestigt gewesen, gleich unterhalb der Brust.

«Mitkommen», befahl ein Soldat und sah ihn bedrohlich an. Als sie den Flur zur Haupthalle hinuntergingen, warf der Hauptmann Thybil einen neugierigen Blick zu.

«Eigentlich habe ich dich immer sehr geschätzt, Thybil.» Er mahlte mit den Kiefern. «Bis heute. Du warst kleiner als wir alle, aber so selbstbewusst, so sicher in deinen Meinungen. Und dein Rat war voller Weisheit, so schien es jedenfalls.» Er wandte den Blick ab. «Nun weiß ich, was dich wirklich umtreibt», sagte er bitter. «Ich bin, gelinde gesagt, enttäuscht.»

«Dieses Buch hat nichts mit der Stadt zu tun», argumentierte Thybil und bemühte sich, vernünftig zu klingen. «Ich besitze es schon seit einer Ewigkeit – es stammt nicht von hier! Frag die Bibliothekare, die Aufsicht – sie werden es bestätigen!»

Thybil wurde mit festem Griff von einer Wache in Richtung Haupthalle gelenkt.

«Darum hattest du es dir auch am Leib festgebunden, unter den Kleidern versteckt», sagte der Soldat gehässig. «Wenn das nicht verdächtig ist, dann weiß ich auch nicht …»

«Nur weil man seine Besitztümer versteckt, heißt das noch lange nicht, dass sie gestohlen sind. Sieh dir doch das Alter dieses Buches an! Warum sollte Opeion *dort* sein Testament hineinschreiben?»

Aber er wusste, dass es hoffnungslos war. Er würde es anders angehen müssen. Weniger diplomatisch.

«Wohin bringt ihr mich?», fragte Thybil nach einer Weile. Ihm war noch keine weniger diplomatische Lösung eingefallen, aber er arbeitete daran.

«Hausarrest. Zwei Wochen», grunzte der Soldat. «Aber freu dich nicht zu sehr darüber, das ist nur der Anfang. Bis uns etwas Besseres eingefallen ist.»

«Ich versichere euch, das wäre ein Fehler! Zwei Wochen ist zu lange. Mein Volk wird verhungern; es ist darauf angewiesen, dass ich die Hilfslieferungen auf den Weg bringe.»

«Erzähl mir nichts; ich tue nur meine Pflicht.» Ein abfälliges Lächeln schlich sich in seine Miene. «Und natürlich doch – dein Volk braucht Hilfslieferungen, was denn sonst? Ich werde dich nicht fragen, was für üble Lügen du dir ausgedacht hast, in der Hoffnung, Reichtümer für dein Volk zu erlangen. Abgesehen davon kann jeder zwei Wochen durchstehen. Ein paar Sachen verkaufen, *teilen* vielleicht …? Ihr könntet die ganze Schneezeit überleben!»

Thybil gestand sich widerstrebend ein, dass der Soldat in gewisser Weise recht hatte. Aber sie waren nicht nur wegen Lebensmitteln gekommen, sondern auch, weil sie Schutz brauchten. Es hatte alles keinen Sinn …

An einer Stelle kreuzten sich die Flure, und einige Soldaten, die Thybils beschlagnahmtes Buch mit sich führten, marschierten in die andere Richtung davon. Das war schlimm. Das Buch war zu wichtig. Wenigstens wurde er jetzt nur noch von zweien bewacht. Aber Wachen waren Wachen, und sie hatten wahrscheinlich ihre Erfahrung mit Tätern, die versuchten, mal eben ihre eigenen Wege zu gehen. Und sie waren groß und stark im Vergleich zu dem Barue. Auch waren ihre scharfen Schwerter nicht zu unterschätzen. Das flackernde Licht der Fackeln spiegelte sich auf ihren polierten Oberflächen.

Die Fackeln brachten ihm die subtilen Veränderungen wieder in Erinnerung. Ja, sogar tagsüber kam es einem hier drinnen kälter und dunkler vor. *Seit Opeions Tod*, dachte Thybil. Normalerweise wurden die Fackeln erst nach dem Abendessen angezündet, aber inzwischen brannten sie den ganzen Tag, von morgens bis abends. Thybil führte es jedoch nicht auf das Wetter zurück. Die Atmosphäre dieses Ortes hatte sich verändert. Die Leute ebenfalls.

Niemand sagte ein Wort, als sie durch den leeren Gang marschierten und vor der Haupthalle abbogen. Ihre Schritte hallten gespenstisch in der Vorhalle wider. Die einzigen Leute, denen man dieser Tage in den offenen Bereichen des Regere Mansionums begegnete, waren Wachen. Die Regenten und ihr Gefolge blieben in ihren Gemächern und wagten sich nur noch zu den vereinbarten Sitzungen heraus.

«Ich verlange eine vorhergehende Verhandlung», beharrte Thybil, als sie eine Treppe hinaufgingen. «Es gibt überhaupt keine Beweise gegen mich und auch keinen Grund, warum ich eines eurer Bücher meinen unzähligen vorziehen sollte. Ich habe immerhin Lehrmeister unterrichtet! Das magere Wissen, das ihr in euren Bibliotheken verwahrt, kann mich nicht sonderlich locken. Wenn wir in Itrim wären, ja, das wäre etwas anderes ...»

Die Wachen sahen ihn nur böse an. «Es geht hier um ein *Testament*, das Testament eines Imperators. Bestimmt werden wir irgendeine Zeile darin eingefügt finden, die ungefähr besagt: ‹Und an die Barue geht, für ihre treuliche Warnung des Imperiums, mein Gold und Silber.› Armselig!»

«Dann seht es euch doch an, lest selbst!», erwiderte Thybil. «Das ist kein Testament. Testamente enthalten keine Geschichtsbeschreibungen, und solche schon gar nicht. Sie sind auch nicht in der Alten Zunge verfasst! Eine Sprache, die Opeion gar nicht beherrscht hat. Prüft es nach!»

«Das steht mir nicht zu», sagte der Hauptmann, obwohl er die Aufforderung durchaus nachvollziehen konnte – Thybil spürte es. «Aber die Behörden werden es herausfinden und angemessen beurteilen. Sie sind gerecht, und wenn du unschuldig bist, hast du nichts zu fürchten. Seit dem Anschlag und der Krönung Seiner Majestät Aurgelmir haben wir viele schwache Glieder in der Kette ersetzt.» Er lächelte grimmig. «Ich freue mich, sagen zu können, dass nun fähigere, verantwortungsvollere Leute das Sagen haben. Selbst die Wachen wurden eigens nach Gehorsam und Ehrbarkeit ausgewählt.»

Der falschen Stimme gegenüber gehorsam sein ist schlimmer als Ungehorsam, dachte Thybil. *Und in der Feigheit liegt keine Ehre.* Die Gefahr, ihren gesetzlosen Bestrafungen zu erliegen, bestand nicht – die Culmus Sangui konnten ihn überall herausholen –, aber was wurde aus Telseara und Dordios? Vielleicht stapften sie schon verwirrt und allein durch die Flure. Oder in Ketten!

Thybil hörte, dass weiter oben jemand ein fröhliches Lied schmetterte. Es klang so unschuldig und sorglos, so kindlich, dass es den alten Barue mit Freude erfüllte und ihm das schwere Herz wärmte. Er fragte sich gerade, wer diese glückliche Person sein mochte, als an der Biegung der Treppe ein langer, pelziger Arm hervorschwang, dem gleich darauf dessen munter ausschreitender Besitzer folgte.

«Hallo, Thybil», sagte Kik-Eritee geistesabwesend. Er bemerkte die Wachen und riss unvermittelt die Augen auf, als er die Lage der Dinge begriff. Thybil sollte den Anblick und das eigentümliche, wiewohl geschickte Vorgehen des Plimps niemals vergessen.

«Halloooo!», rief er schon viel lauter. Er gab eine leicht komische Figur ab, weil er immer den Hals nach vorn reckte, wenn er das «O» in «Hallo» aussprach.

«Hallo-o!», sagte er. Das zweite «O» war einige Noten tiefer als das erste, als ob einen jemand von weitem ruft. Der Plimp ging entschlossen auf sie zu.

«Aus dem Weg, du dummes Tier», grollte der Soldat rechts neben Thybil. Er fühlte sich bedroht, spürte der Barue erfreut.

Aber Kik-Eritee schien ihn nicht gehört zu haben. Tatsächlich schien er überhaupt nichts zu hören, was irgendjemand von ihnen sagte, denn er begann, aus voller Kehle «Hallooooo!» zu schreien. Er machte eine zunehmend beunruhigte Miene. Inzwischen war der Plimp nur noch wenige Schritte von den dreien entfernt, und einer der Soldaten hob sein Schwert. Kik-Eritee schien die Länge des tödlich geschärften Metalls nicht zu bemerken, und Thybil machte sich Sorgen um sein Wohlergehen. Bei Plimpen wusste man nie. Nun wedelte Kik-Eritee mit den Händen vor ihren Gesichtern herum wie jemand, der die Aufmerksamkeit eines anderen auf sich lenken will.

«Hallooo!», schrie er abschließend, dann schob er die Klinge des Mannes beiseite und machte einen Satz nach vorn. Einen Moment lang sahen die Arme des Plimps sehr lang aus, als er sich auf Thybils Unterdrücker warf, sie beide vorn an der Brust erwischte und mit ihnen die Treppe hinunterpolterte.

«Wir machen dich fertig, du elendes Vieh!», brüllte der eine Soldat.

«Ab, aus, kusch, Platz!», kreischte der andere hysterisch.

Als die Wachen sich wieder aufgerappelt hatten, mussten sie feststellen, dass der Plimp und der alte Barue in die Richtung flohen, aus der sie gekommen waren. Wie hatte das Tier so schnell wieder aufstehen und davonsausen können, fragten sie sich und jagten ihnen nach. Aber auf die beiden Pechvögel wartete schon die nächste Überraschung. Sie bogen um eine Ecke und sahen Kik-Eritee und Thybil gerade noch in einem anderen Gang verschwinden. Die Wachen hetzten hinterher, so schnell sie konnten, aber genau dort, wo die Gänge sich kreuzten, stießen sie mit etwas zusammen und gingen zu Boden. Es waren Telseara und Dordios, die den Plimp hatten schreien hören und nachsehen wollten, was los war.

Der eine Soldat schob Dordios unsanft von sich runter und stand rasch auf.

«Pass doch auf», sagte er zornesrot.

Glücklicherweise hatten die beiden Barue ihr Gepäck dabei, das den Sturz abfederte. Die Wachen besaßen keine Federung, sie trugen Rüstung (was erstens ohnehin schon unangenehm genug ist und zweitens schmerzhaft, wenn auf die richtigen Stellen Druck ausgeübt wird).

Der andere Soldat wollte seinem Kameraden schon folgen, als ihm auffiel, wer ihre Verzögerer waren. Er packte Telseara bei den Schultern.

«Ihr kommt schön mit uns mit», knurrte er und rief dem anderen nach: «He, lass uns diese beiden nehmen! Die anderen fangen wir eh nicht mehr ein, aber wegen der Kinder werden sie hierher zurückkommen müssen.»

Der andere Wachsoldat kehrte um. Telseara und Dordios rangen mit ihrem Bewacher.

«Ruhig bleiben, oder ich benutze mein Schwert!», rief er und hatte alle Mühe, ihre rebellische Energie im Zaum zu halten.

«He, tu ihnen nichts», sagte der andere, der fast wieder bei ihnen war. Er nahm wohl an, dass die eigentliche Herausforderung jetzt hinter ihnen lag, und ließ sich Zeit, um wieder zu Atem zu kommen.

«Keine Sorge», sagte der Soldat, der Telseara und Dordios festhielt, und setzte ein böses Grinsen auf. «Sind doch nur ein Halbwüchsiger und eine liebliche Mädchenblüte. Ich würde doch gegen Unschuldige niemals Waffengewalt anwenden, oder?»

In diesem Moment erstarrte er, denn aus dem Augenwinkel sah er eine Schwertklinge herabsausen, die nur Fingerbreit vor seinem Hals gebremst wurde.

«Wir aber schon, stimmt's, Dos?», sagte Telseara triumphierend. Die beiden hatten oft mit Holzschwertern gegeneinander gekämpft und Mittni genau bei seinen Fechtübungen zugesehen. «Keine Bewegung, oder er verliert den Kopf!», rief Telseara dem herankommenden Soldaten zu. Sie sah aus, als ob sie es ernst meinte, und er blieb stehen.

«Du würdest mir doch nichts tun, doch nicht so ein hübsches junges Ding wie du?», sagte der Gefangene, ein schmerzliches Lächeln auf den Lippen. Blass geworden war er trotzdem, und er zitterte auch leicht. Es war lange her, dass diese Wachen einmal in eine brenzlige Situation geraten waren.

Telseara überhörte diese Bemerkung und fauchte den anderen Soldaten an.

«Geh zur Haupthalle weiter. Sofort! Oder dieser Kerl hier ist tot!»

Dem Soldaten blieb nichts anderes übrig, als zu gehorchen. Sobald er ein gutes Stück entfernt war, richtete Telseara ihre Aufmerksamkeit auf ihre Geisel. Dordios hatte den Mann bereits entwaffnet und drückte ihm die eigene Klinge ins Kreuz.

«Versprich mir, dass du uns in Ruhe lässt», sagte Telseara kalt und legte die Klinge an seine ungeschützte Haut. «Denk nicht einmal daran, uns zu folgen.»

Der Soldat schüttelte knapp den Kopf und zog den Hals von der tödlichen Bedrohung zurück.

«Tu nichts, was du bereuen könntest», stammelte er. «Bitte, ich habe Kinder, die brauchen ihren Vater noch.»

«Die armen», sagte Telseara und warf ihrem Mittäter einen frechen Blick zu. «Sollen wir ihnen einen Gefallen tun und sie vaterlos aufwachsen lassen?»

Dordios kicherte nervös. Er bekam kaum Luft. Vielleicht ging seine Schwester ja doch etwas zu weit. Sie neigte zur Übertreibung, wenn sie einmal das Sagen hatte.

Es erleichterte ihn ungemein, als sie das Schwert zurückzog. Na also, es war nur ein Spruch gewesen. Sie hatte wahrscheinlich einfach eine geistreiche Bemerkung machen wollen.

«Komm, wir müssen Thybil finden», sagte sie. Ein Schatten der Besorgnis zog über ihr Gesicht hinweg.

Dordios zog ebenfalls seine Waffe zurück. Der Wachsoldat schimpfte leise vor sich hin.

«Die Jugend von heute wird auch immer schlimmer», sagte er düster. «Besonders die Mädchen.»

Sie wollten gerade hinter ihrem Großonkel herrennen, da kehrte Telseara noch einmal zu dem Soldaten zurück, als hätte sie es sich anders überlegt. Dordios stand da wie angewurzelt vor Angst.

Klatsch. Wieder war Dordios erleichtert.

Telseara hatte dem Soldaten nur eine kräftige Ohrfeige verpasst.

«Da hast du deine unschuldige, liebliche Mädchenblüte», fauchte sie. «Jetzt können wir, Dos.»

Die beiden rannten los und ließen einen entgeisterten Wachsoldaten mit einer knallroten Wange zurück.

Wenig später stießen sie auf Thybil und Kik-Eritee, die gerade zurückkamen, um nach ihnen zu suchen. Thybils altes, sorgenvolles Gesicht entspannte sich, und seine Augen leuchteten auf, als er die beiden auf sich zulaufen sah. Er runzelte kurz die Stirn angesichts der Schwerter, dann umarmte er sie herzlich.

«Schön, dass ihr kommen tut», sagte Kik-Eritee leise. Er schwang den Kopf nach links und nach rechts, um sicherzugehen, dass ihnen niemand folgte. Sein langer Hals ragte so weit nach vorn, dass es nichts mit einem Haltungsschaden zu tun haben konnte.

Die vier eilten durch die großen Holztore des Gebäudes nach draußen und über die Schwelle. Hoffentlich hielten die Wachen sie nicht auf. Aber …

«Wartet!», rief jemand und lief ihnen entgegen.

Thybils Hand zuckte zu seiner Waffe.

«Mögen eure Schwerter ruhig bleiben», sagte der Wachsoldat rasch. «Thybil, ich weiß, wo Bryn Bellyset ist.»

«Bryn? Wo ist er?», entfuhr es Telseara.

«Er lebt?», fragte Thybil leise. In seinen Augen leuchtete neue Hoffnung auf.

«Bryn Bellyset befindet sich in dem leerstehenden Lagerhaus.» Der Mann zeigte unbestimmt hinter sich. «Du weißt, wo», sagte er knapp. «Im Hauptquartier. Zwei unserer Leute werden euch beschatten, nur für den Fall. Geht!»

✦ 24. KAPITEL ✦

Davongekommen

Mit einem befriedigenden Klicken sprang das Schloss auf. Bryn Bellyset grinste trotz der verzweifelten Lage. Telsearas stundenlange Unterweisungen hatten sich also doch gelohnt.

«Humphrey», flüsterte er zu der Gestalt hinter sich. «Ich hab's geschafft!»

«Lass mal schauen!», sagte Sir Humphrey und schlich zu der Stelle, wo Bryn kauerte. «Donnerwetter», sagte er. «Volltreffer! Gratuliere, Junge.»

«Nur die Ruhe, mein Guter», sagte Bryn. Seine Redeweise hatte sich während der vergangenen Woche im Gefängnis mit Humphrey etwas verändert. «Frei sind wir noch lange nicht.»

«Aber du hast es geschafft, das Schloss zu knacken! So weit wäre ich nie gekommen. Dann wollen wir mal sehen, wie aufmerksam diese Wachen sind.»

Bryn grinste immer noch, und Humphrey ließ sich davon anstecken.

«Wenn wir hier raus sind, werde ich mir als Erstes etwas Anständiges zu essen besorgen!»

«Und ich könnte eine Schüssel Halbgefrorenes mit Karamellcreme, wie es Merilynn im Regere Mansionum immer macht, ganz allein auslöffeln.»

Wenn sie in den vergangenen Tagen am Morgen aus der Zelle geholt und am Abend wieder darin eingeschlossen worden waren, hatten sie herauszufinden versucht, ob die Schwingtür dabei ein Geräusch machte. Wegen des Lärms der anderen Häftlinge war es unmöglich zu sagen gewesen. Vorsichtshalber hatten sie die Scharniere mit Fett eingerieben, damit sie nicht quietschten. Das hatte bedeutet, ihre Fleischrationen zu opfern (die Stücke, an denen die Wärter kein Interesse hatten). Jetzt war der Zeitpunkt gekommen, zu prüfen, ob es sich gelohnt hatte, auf die Proteine zu verzichten.

Humphrey presste das Gesicht an die Gitterstäbe und überzeugte sich, dass kein Wächter in der Nähe war. Er gab Bryn das Daumen-hoch-Zeichen. Die Tür kratzte über den Boden wie immer; sie waren erleichtert, dass das eigens auf den Boden gestreute Heu gute Dienste leistete. Sie hielten den Atem an, als das obere Scharnier ein nervöses Krächzen von sich gab. Bryn hörte sofort auf zu ziehen. Er holte tief Luft, dann riss er die Tür rasch so weit auf, dass sie hindurchschlüpfen konnten. Metall quietschte, dann war es still. Hatte sie irgendjemand gehört? Stille.

Ihn überlief ein Prickeln. Das war's! Endlich konnte er fliehen. Vorsichtig streckte Bryn seinen Kopf aus der Tür und sah sich um. Die Luft war rein. Auf Zehenspitzen schlichen sie den Gang entlang. Sie bekamen einen Schreck, als irgendein Häftling etwas grummelte, als sie an seiner Zelle vorbeikamen, aber er redete nur im Schlaf. Im Schutz der Dunkelheit verließen sie das Gebäude; es gab nur eine Laterne in jedem Gang. Die Nachtluft war erfrischend, sogar die beißende Kälte empfanden sie als angenehm. Sie konnten Lichter auf den Hauptinseln Armaahs sehen und hörten fernes, schallendes Gelächter aus einer Schenke. Bryn hatte sich schon gedacht, dass sie noch in Armaah waren – das war nicht schwer gewesen angesichts der Inseln um sie herum –, aber diese Insel lag am äußersten Rand der Stadt. Als sie an den Steinen vorbeikamen, flüsterte Humphrey: «Auf Nimmerwiedersehen, Sklavenarbeit.»

Das Gefängnis nahm die gesamte Insel ein; eine kleine Kantine, die unmöblierten Baracken, in denen die Häftlinge die langen, kalten Nächte verbrachten, und ein großer Haufen Steine zum Zerkleinern – mehr gab es außer den Räumen für die Wachen und das Personal nicht. Die Insel war vollständig von einer Mauer umgeben. Die war zwar nicht hoch, vielleicht zweieinhalb Meter, aber mehr war auch nicht nötig. Nachts waren die Gefangenen schließlich in ihren feuchten Zellen eingeschlossen, und tagsüber bewachten über zwanzig Wärter die Tore – besonders die Nebeneingänge, durch die die weniger zufriedenen Häftlinge oft zu fliehen versuchten. Und selbst wenn die Mauer noch höher gewesen wäre: Bryn würde jetzt nichts mehr aufhalten.

Sie hatten nicht die Gelegenheit gehabt, herauszufinden, wie gut das Gefängnis bei Nacht bewacht wurde, aber dass es so wenige Wärter waren, überraschte sie dann doch. Sie sahen keinen einzigen. Aber es lag auf der Hand, dass die Brücke, die ihre Gefängnisinsel mit dem restlichen Armaah verband, rund um die Uhr gut bewacht wurde. Es war spät gewesen, als Bryn in dieser traurigen Stunde vor so vielen Nächten hier abgeliefert worden war. Humphrey schien ebenso verblüfft über den Mangel an Sicherheitsvorkehrungen wie sein kleiner Gefährte. Es schien fast, als wäre dem Personal alles egal. Gut, die Tür war abgeschlossen gewesen, und der Hof war von einer Mauer eingefriedet … aber das Schloss war billig und die

Mauer nicht sonderlich hoch. Bryn sah sich noch einmal gut um, um sich zu vergewissern, dass sie allein waren, und verschränkte dann die Hände für seinen Freund.

«Meinst du wirklich?», fragte Sir Humphrey und zeigte auf die kleinen Hände des Barue.

«Kein Gekuller», ahmte Bryn den Plimp Kik-Eritee nach. Humphrey setzte einen Fuß auf die Handflächen des Brauers und legte Gewicht hinein. Zu seiner Überraschung hielt die provisorische Stufe.

Er hatte gewusst, dass Bryn über beachtliche Kraft in den Armen verfügte, seit dieser wie ein Ungetüm in die Zelle geschlurft gekommen war und verkündet hatte, er hätte «schon wieder einen getötet». Aber ein Zufallstreffer gegen einen Schwachkopf war etwas anderes, als das Gewicht eines ausgewachsenen Mannes zu halten. Und Humphrey war nicht nur in senkrechter Hinsicht ausgewachsen – das Numenii-Militär bringt eine bestimmte Sorte Mann hervor, die sich unter anderem durch äußerst gesunden Appetit auszeichnet.

Der Brauer war zutiefst deprimiert und verzweifelt wegen des Kampfes gewesen. Die Wärter hatten den Toten natürlich gefunden, aber es hatte sie wenig bekümmert. Was bedeutete ihnen schon der Tod eines Hundes? Verblüfft waren sie dennoch gewesen, und sie hatten auch «eine Untersuchung eingeleitet», wie sie es ausdrückten. Bryn hatte dem Druck der Wärter, die herausbekommen wollten, was geschehen war, beinahe nicht mehr standgehalten.

Aber was hatte er sich eigentlich eingebildet, Sir Humphrey gegenüber von *Aufrichtigkeit* und *Wahrheit* zu schwätzen? In einer solchen Umgebung hatte die Wahrheit nichts verloren. Man musste sich einfach mit dem bisschen zufriedengeben, was das Leben einem bot, und ansonsten davon träumen, es wieder einmal genießen zu können … oder auch nicht. Immerhin hatte sein Widerwillen zu schweigen gezeigt, dass er eine ehrliche Haut war. So etwas gab es heutzutage selten. Und die anderen Häftlinge hatten Bryn ja auch gedeckt. Manche waren wohl gar nicht so übel. Auch in den verdammtesten Seelen waren, Humphreys Erfahrung nach, noch Herz und Mitgefühl zu finden. Wenn die Wärter den Täter gefunden hätten, wäre er wahrscheinlich gehängt worden.

«Nun mach schon», grunzte Bryn vor Anstrengung. Humphrey streckte sich und bekam einen Spalt in der Mauer zu fassen, den sie in der vergangenen Woche immer wieder unauffällig mit ihren Spitzhacken vertieft hatten. Er zog sich ein Stück hoch und trug sein eigenes Gewicht, was Bryn ermöglichte, ihn weiter hinaufzuschieben. Dann zog er sich selbst hoch und schwang die Beine über die Mauer. Er blinzelte in die Dunkelheit zwischen den Sternen und konnte erkennen, dass Sir Humphrey es geschafft hatte.

«Danke», hörte er ihn hinter der Mauer sagen. «Den Rest schaff ich allein. Viel Spaß noch mit den Wachen.»

Bryn klappte der Mund auf. Er konnte nicht fassen, was er gerade gehört hatte. Humphrey war doch sein Freund!

Doch Humphrey verschwand und ließ Bryn in Verzweiflung zurück. Er bebte vor Zorn, als er die fernen Emotionen des Menschenmannes spürte: Heiterkeit. Dieser verfluchte Verräter fand es lustig, ihn im Stich zu lassen!

Sollte er versuchen, wieder in seine Zelle zurückzuschleichen, und sich hinlegen? Das war eine wahnwitzige Idee; die Wärter würden sich denken können, dass er an der Flucht dieses schäbigen Kerls beteiligt gewesen war. Sie waren Zellengenossen! Er fühlte sich verraten und verkauft und schäumte vor Wut. Wenn er diesen Betrüger je in die Finger bekam, würde er es ihm heimzahlen.

«War nur ein Scherz», sagte Humphrey und steckte seinen

Kopf über die Mauer. Er lachte leise und wäre beinahe abgerutscht.

Nun wusste Bryn, warum der Mann amüsiert gewesen war. Er konnte allerdings nicht darüber lachen. Einen Moment lang war er zutiefst verstört und entsetzt gewesen. Aber seine Rachegedanken lösten sich in Wohlgefallen auf, und Erleichterung überkam ihn. Sie würden beide fliehen. Gemeinsam, als Freunde.

«Tu das *nie* wieder», flüsterte Bryn eisig, als Humphrey ihm über die Mauer half.

«Keine Angst, junger Mann, die Gelegenheit ergibt sich so schnell nicht wieder. Man genießt nicht oft das Privileg, mehr als einmal in demselben verfluchten Gefängnis mit demselben guten Kameraden einzusitzen; und selbst wenn, so wird man wohl kaum zweimal auf dieselbe Weise fliehen können, und …»

«Schluss jetzt! Das reicht», zischte Bryn, während sie sich von der Wand herunterließen.

Als Erstes entledigten sie sich ihrer Kleidung. Humphrey bestand mit Nachdruck darauf, dass der Stoff sie nur herunterziehen und nicht einmal wärmen würde. Im Gegenteil, er würde noch lange nass und kalt bleiben, nachdem sie das Wasser wieder verlassen hatten – vorausgesetzt, sie kamen so weit. Bryn wusste seinen Rat rasch zu schätzen. Bevor sie ins Wasser tauchten, überzeugte er sich davon, dass sein Erbstein sicher um seinen Hals hing. Wenn er ihn im Armre-See verlor, würde er sich das nie verzeihen. Obwohl das Leben ohne ihn vielleicht einfacher war.

Sie versuchten, ein Plätschern zu vermeiden und sich hineingleiten zu lassen «wie ein erhabenes Seeungeheuer in sein langersehntes Herrschaftsgebiet», wie Humphrey es ausdrückte. «Hineinwaten, selbst wenn die Kälte einen umbringt, darum geht's.» Bryn fand nicht, dass Seeungeheuer etwas Erhabenes hatten, und er bezweifelte auch, dass sie sich ins Wasser gleiten ließen, sofern es sie überhaupt gab. Sein Kamerad hatte manchmal wirklich eine seltsame Wortwahl.

«Das ist ja eiskalt», japste Bryn, kaum dass er im Wasser war. Die Kälte griff nach seinem Kopf wie die Hand eines Riesen. Es tat richtig weh. Um dem Schmerz zu entrinnen, musste er den Kopf über Wasser halten, was die Gefahr einer Entdeckung erhöhte.

«Wohin?»

Humphrey zeigt nach links um die Mauern ihres einstigen Gefängnisses herum. «Zur nächsten Insel weiter drinnen – die ist von den Garnisonen aus nicht einsehbar.»

Langsam, um keine Geräusche zu machen, stießen die beiden Freunde sich vom Ufer ab, um diese Mauern hoffentlich für immer hinter sich zu lassen, und machten sich auf den langen, eisigkalten Weg in Sicherheit oder Tod. Das Wasser sah schwarz aus, weiter entfernt sahen sie gedämpfte Lichter.

«Schön langsam und gleichmäßig», keuchte Humphrey, während sie die Gefängnisinsel umrundeten und über einen offenen Wasserstreifen hinweg zum nächsten Stadtteil schwammen. Bryn versuchte, kräftige Stöße und Paddelbewegungen zu vermeiden. Er hatte gehofft, sein Kreislauf könnte die Kälte abhalten, aber seine erschöpften Muskeln fühlten sich bereits an, als bewegten sie sich seit Stunden. Er ging zu sparsameren Bewegungen über.

Sie passierten die nächste Insel. Bryns Füße waren eiskalt, und er wusste nicht, wie lange er durchhalten würde. Das Gefängnis schien immer noch gefährlich nahe; es dräute über dem Wasser wie eine dunkle Monstrosität, eine der wenigen vollständig dunklen Inseln der Stadt.

«Gut.» Bryn hörte es kaum, so laut war das Pochen in

seinen Ohren. Der Schatten neben ihm pflügte mit gleichmäßigen Armbewegungen durch das Wasser.

Gespenstisches Mondlicht fiel über den See, bildete einen sich kräuselnden Silberstreifen. Zum Glück waren sie inzwischen ein gutes Stück von dem Gefängnis entfernt. Wo der durchdringende Schein des Mondes nicht hinreichte, war das Wasser, in dem sie schwammen, bis auf die Spiegelungen ferner Stadtlichter tiefschwarz. Und selbst dort, wo Lichtstrahlen auf die Oberfläche des Armre-Sees fielen, vermochten sie seine dunklen Tiefen nicht zu durchdringen. Bryn wurde ganz anders bei der Vorstellung von Seeungeheuern, die dort unten umherglitten.

Ihm tat der Hals weh; seine Kehle brannte, als ob darin ein Feuer schwelte. Fast sehnte er sich ein Seeungeheuer herbei, dass seiner Qual ein Ende bereitete. Krämpfe in Rücken und Waden drohten ihn jeden Moment zu übermannen. Aber er zwang sich weiter vorwärts, Mittni und die anderen vor Augen.

Endlich schien Humphrey mit dem Abstand zufrieden zu sein.

«Geht's gut, alte Wasserratte? Bereit für die Landung?»

«Ja», brachte Bryn mit Mühe über die Lippen, die sich wie gefroren anfühlten. Sein Schädel dröhnte. Beide waren heilfroh über die Aussicht, gleich an Land zu sein – und endlich wieder frei.

«Du zuerst, alter Junge», sagte Humphrey leise. Bryn wollte schon widersprechen, aber er schwieg und gehorchte.

Schlotternd und zitternd zog er sich aufs Trockene. Einen Moment lang lag er da und klammerte sich an den massiven Stein. Verglichen mit dem See schien er warm, aber Bryns Leib war so taub, dass er es nicht mit Bestimmtheit sagen konnte. Er atmete ein, tief, vorsichtig. Es stach in der Lunge.

Seine Rippen fühlten sich an wie gebrochen, als wäre sein Brustkorb ganz weich.

«Ich werde die Stadt so bald wie möglich verlassen», flüsterte Bryn. Seine Zähne klapperten.

«Ich auch», antwortete sein Freund zu seiner Überraschung. «Ich glaube, ich werde wieder irgendeinen Feldzug übernehmen. Das bringt mehr als politische Kampagnen!»

Sie konnten einander kaum verstehen. Sie hatten keine Ahnung, wie laut ihre Stimmen in Wirklichkeit waren. Ihre gefühllosen Lippen waren steif, in ihren Ohren dröhnte ihr Puls.

«Und jetzt?», fragte Bryn. «Zum Mansionum?»

«Müssen wir wohl, früher oder später. Aber vielleicht lieber nicht tropfnass und mitten in der Nacht. Wir werden uns einen anderen Schlafplatz suchen müssen.»

«Ich habe kein Geld», ächzte Bryn. «Auf der Straße können wir nicht bleiben …»

«Auf gar keinen Fall. Aber ich habe Freunde.»

Bryn versuchte sich zu räuspern, aber es stieg nur eine Atemwolke auf. Tödliche Stille lag über ihnen, bis auf das sanfte Plätschern des Wassers an der Uferbefestigung. Nach einer gefühlten Ewigkeit betastete Bryn seine Brust mit einem gummiweichen Arm; er konnte nicht sagen, was von beiden kälter war. Dieses Fleisch fühlte sich fremd und unnatürlich an. Sein Kopf tat weh, seine Kehle brannte, und den Rest spürte er kaum. Mit dem Gefühl würde auch der Schmerz kommen. Aber hier konnten sie nicht bleiben. Zu unsicher.

Langsam, mühsam zwang Bryn sich auf die Knie. Er wusste nicht, wie lange er hier schon lag. Humphrey war nirgendwo zu sehen. *Nicht schon wieder so ein schlechter Scherz.*

Bryn richtete sich auf und machte mehrere schmerzhafte,

wackelige Schritte zu dem schützenden Schatten des nächsten Gebäudes hin. Seine Beine waren bleischwer. Er wandte sich zu dem Wasser um, das er gerade verlassen hatte, und versuchte angestrengt, etwas zu erkennen.

«Humphrey», rief er, aber seine Stimme ging in einem Windstoß unter. Zitternd ging der Brauer zur nächsten Hauswand weiter. Er sollte lieber im Schatten warten, damit ihn niemand sah. Als er ihn fast erreicht hatte, glaubte er schon, seinen Freund dort zu hören. Leise Schritte, Atmen, aber so schnell, so nah. Er wollte rufen, wollte weglaufen, aber sein Leib gehorchte ihm nicht. Und bevor er noch überlegen konnte, traf eine schwere Hand seine Schulter. Den eigentlichen Schlag konnte Bryn nicht spüren, aber der Ellbogen und das Schulterblatt begannen zu prickeln.

«Wer ist dort?», fragte jemand nervös. Das war auf gar keinen Fall Humphrey. Bryn schaffte es nicht zu antworten, und eine kurze Klinge tauchte vor ihm auf.

«Tu nichts Unbesonnenes», sagte der Mann. Bryn nickte, so gut er konnte. Der Mann schien zu bemerken, dass Bryn tropfnass war und nicht antworten konnte, denn er sagte schlicht «Folge mir!» und wandte sich ab. Bryn besaß keine Waffe. Er fühlte sich schwach und verletzlich und gehorchte, ohne auch nur eine Sekunde zu zögern. Während er dem Mann hinterherstapfte, fragte er sich, was aus Humphrey werden würde.

Plötzlich warf sich aus dem Nichts ein Schatten auf den Häscher des Barue. Bryn begriff, dass *das* Sir Humphrey war, und half ihm, indem er sich auf die Beine seines Häschers stürzte.

«Aufhören!», fauchte eine gefährlich klingende Stimme. Sie sahen hoch und entdeckten, dass sie umzingelt waren, von Männern mit Schwertern.

«Diese Runde geht an die anderen, mein Freund», sagte

Humphrey. Er kam hoch und stand zitternd in der Kälte. Bryn stöhnte auf. Eigentlich hatte er für den Rest seines Lebens genug vom Gefängnis. Instinktiv griff die Hand des Brauers an seine Brust. Der Stein war noch da, so kalt wie der See.

✦ ✦ ✦

Drei Barue und ein Plimp eilten leise eine Seitengasse hinab. Bis jetzt hatte sich niemand ihrer Flucht aus dem Regere Mansionum in den Weg gestellt, und sie befanden sich bereits vier Inseln weiter.

«Und jetzt?», fragte Telseara, als sich die Gasse verzweigte.

«Pst! Folgt mir einfach», sagte Thybil und trabte nach rechts weiter. Verrammelte Fenster und dicke Schlösser legten beredtes Zeugnis davon ab, dass es in der Stadt nun weniger Sicherheit und mehr Misstrauen gab. Thybil führte sie durch die ruhigeren Gegenden der Stadt und wich Wirtshäusern und Schenken aus, wo immer es ging. Er schien genau zu wissen, wo er hinwollte.

Auf einmal blieb er stehen und hob eine Hand, damit die Jüngeren es ihm gleichtaten. Vor ihnen war ein Trupp Numenii-Soldaten. Ihre Uniformen in Rot und Gold zeigten, dass es sich um Stadtwachen handelte. Das war nicht weiter überraschend, aber ein bemerkenswertes Detail. Irgendwie erschien es Thybil weniger wahrscheinlich, dass Soldaten aus den anderen fünf Reichen tun würden, was ihnen die falschen Leute befahlen.

Bald waren die Wachen weitergezogen, und Thybil ging wieder voran. Dieser Teil der schwimmenden Stadt lag da wie ausgestorben. Sie konnten nicht einmal irgendwo in der Ferne Nachtschwärmer lärmen hören, was ungewöhnlich war. Telseara und Dordios gefiel das überhaupt nicht.

«Seht ihr das Gebäude dort vorn?», flüsterte Thybil seinen Schützlingen zu. Das Haus war unscheinbar. Es schien nicht einmal aus Stein oder Glas zu bestehen, den bevorzugten Baumaterialien in Armaah, sondern aus Holz. «Dorthin wollen wir.»

Telseara stotterte: «Warum? Ist Bryn da drin?»

«Ich hoffe es. Wenn alles so ist, wie man uns gesagt hat», zischte er. Sie überzeugten sich davon, dass ihnen niemand folgte, dann huschten sie über die Straße in den Schatten, den das Haus warf; an den meisten größeren Straßen standen Laternen, die trübes Licht auf das Pflaster warfen. Als sie bei den Türen angelangten, stellte sich ihnen eine verhüllte Gestalt in den Weg.

«Ich bin's, Thybil. Wir sind wegen Bryn hier!»

Im Inneren war das Gebäude noch weniger beeindruckend als von außen. An den Wänden der Scheune stapelten sich Heuballen und Säcke aus grobem Leinen. Aber es war warm hier und roch auch nicht unangenehm.

Eine Gestalt kam auf sie zugesaust. Es war Bryn. Er umarmte Thybil fest, und die Jüngeren schlossen sich an. Kik-Eritee legte Bryn feierlich eine Hand auf den Kopf, als würde er ihn segnen. In vielerlei Hinsicht war es ein emotionaleres Wiedersehen als neulich nach dem Abschluss ihrer jeweiligen Missionen.

«Wir werden später reden müssen», sagte Thybil. «Bryn, bist du so weit, dass du Armaah verlassen kannst?»

«Nichts lieber als das. Meine Besitztümer sind mir egal, ich hatte erst ein paar Andenken.»

Und das Wichtigste nehme ich ja mit, dachte der Brauer und betastete den Stein unter seinem trockenen Hemd.

«Wo sind die anderen?», fragte Bryn und merkte, wie ihm die Farbe aus dem Gesicht wich. «Mittni!»

«Das wirst du alles noch erfahren», sagte Thybil etwas knapp. «Fürs Erste muss Vertrauen deine Fragen bändigen.»

Und das tat es. Bryn hatte viel zu erzählen, aber wichtiger war es ihm, die schwimmende Stadt zu verlassen. Die Männer, denen Humphrey und er in die Arme gelaufen waren, hatten erklärt, auf Thybils Seite zu stehen – und sie hatten behauptet, Culmus Sangui zu sein. Das hatte Bryn verwirrt. Wie konnten Thybils Freunde es so schnell geschafft haben, diesen Orden von Elitekämpfern wiederzubeleben? War COLA ein Erfolg gewesen? Antworten hatte er keine bekommen, nur das eine oder andere wissende Lächeln, das einen zur Weißglut bringen konnte, sowie die dahinter spürbare Freude an der Geheimniskrämerei. Nach einem Imbiss aus Swigny und Keksen hatte Humphrey sich verabschiedet, um seine Freunde zu suchen. Der Veteran hatte versprochen, in Verbindung zu bleiben, wenn Bryn auch nicht wusste, wie das gehen sollte.

Vorsichtig verließen sie das Gebäude. Eine hochgewachsene Gestalt im schlichten Gewand der Culmus Sangui – wenn sie das denn waren – schloss sich ihnen an.

«Wir gehen getrennt, um keinen Verdacht zu erregen. Große und kleine Leute können nicht unauffällig gemeinsam unterwegs sein.»

Thybil nickte. «Wie steht es im Mansionum?»

«Schlimm. Unsere Seite hat dort gegenwärtig keinerlei Einfluss mehr; die Wachen sind handverlesen, und nur zwei unserer Leute wurden auserwählt.»

«Was natürlich nicht auf fehlende Qualifikation zurückzuführen ist … Aber ich brauche etwas, das sich in dem Gebäude befindet.»

«Etwas sehr Wichtiges?»

«Ja. Können wir uns dort einschleichen?»

Der Culmus Sangui schüttelte den Kopf. «Leider nein!

Wir sind nicht stark genug. Es ist Magie im Spiel. Und die Anzahl der Wachen wurde unglaublich erhöht. Man braucht jetzt besondere Passierscheine, um das Gebäude betreten zu dürfen.»

Thybil spielte unglücklich mit seinem Bart. «Es wird seine Zeit dauern, sie zu fälschen.»

«Im Moment fehlt uns diese Zeit. Kommt, wir müssen gehen.»

Die vier Barue und Kik-Eritee folgten ihrem Führer, bis sie zu einem Turm gelangten, der die Ecke eines Häuserblocks bildete, typischerweise als Rechteck angelegt, wie es den Vorstellungen der Stadtplaner entsprach.

«Ich werde euch hier verlassen, aber wir sind nicht weit entfernt», sagte der Mann.

Bryn dankte ihm für das Essen und die trockene Kleidung. «Und richte Humphrey meinen Gruß aus.»

«Das werde ich tun. Und reist mit Vorsicht, Freunde.»

Alle sahen sie die Stadt nun in einem ganz anderen Licht, als sie sich auf den Weg zu dem arrangierten Treffen machten. Thybil hatte darauf bestanden, dass sie sich nicht an einem Hafen trafen, was zu viel Aufmerksamkeit auf sie gelenkt hätte. Die oberen Fenster der Steinhäuser kamen ihnen wie herunterschielende Augen vor, und hier fiel grelles Licht auf die Straßen. Vom See her ging ein kalter Wind, und sie zogen ihre Kleider enger um sich.

«Irgendetwas stimmt hier nicht», flüsterte Telseara nach einigen Minuten. «Ich glaube, wir werden verfolgt.»

«Sehr richtig, junge Dame. Das sind unsere Beschützer.»

Wenn sie sprachen, stiegen Atemwolken vor ihren Mündern auf. Nebel senkte sich auf Armaah herab wie eine wollene Decke. Thybil hastete mit ihnen weiter.

«Nein, es ist jemand anders», sagte Telseara und sah sich

um. «Vertrau mir, ich bin eine Expertin darin, Leute auszuspionieren. Ich weiß, wie man das anstellt!»

«Nun, und was willst du dagegen unternehmen?», fragte Thybil. «Gehen wir einfach so schnell zum Treffpunkt, wie wir können.»

Und das versuchten sie auch. Leider kam ihnen etwas in die Quere. Jemand, um genauer zu sein. Wachen. Glücklicherweise schienen die Soldaten sie nicht zu bemerken. Thybil zog seine Gruppe beiseite.

«Ich glaube, du hast recht, Telsea. Wir müssen eine andere Route nehmen. Die suchen eindeutig nach uns. Ich frage mich nur, wie sie uns so schnell auf die Schliche gekommen sind.»

«Wir teilen uns auf!», sagte Telseara. «Und treffen uns am Leuchtturm. Ihr geht dort entlang, Bryn und ich nehmen diesen Weg.»

Bryn hatte keine Ahnung, was der Leuchtturm war, aber Thybil schien es zu wissen.

«Wenn du meinst.» Er klang unsicher. Das war nicht der alte Barue, den Bryn kannte. «Aber ich halte es nicht für gut, wenn wir uns trennen.»

Doch es war zu spät; Telseara hatte Bryn bereits bei der Hand genommen, und sie verschwanden in den dunklen Gassen.

«Na fein», grummelte Thybil. «Schön zusammenbleiben, Dos. Kik-Eritee, hör auf zu summen …»

Bryn war beeindruckt davon, wie gut seine Freundin hier Bescheid wusste. Sie kannte sich unglaublich gut aus. Hier hatte sie sich also immer herumgetrieben. Durch die Großstadt zu streifen, war nicht gerade ungefährlich für zwei junge Barue. Er überlegte, wie erfolgreich sie sein könnte, wenn sie ihre Kräfte nur einmal auf etwas Sinnvolles richten würde.

Aber was ist schon sinnvoll?, dachte Bryn. *Mathematik bestimmt nicht in einer Situation wie dieser.*

Wenn sie jetzt heil davonkämen, würde er nie wieder kritisieren, auf was Telseara ihre Talente richtete.

Er hatte die Orientierung längst verloren, aber Telseara kannte alle Seitenwege. Indem sie ihn ab und zu beiseitezog oder plötzlich stehen blieb, entkamen sie mehr als einmal Numenii-Wachtrupps. Zugegeben, die Männer suchten nicht gerade gründlich, aber die bloße Anwesenheit der Bewaffneten war entmutigend. Er dachte an die zahlreichen Techniken, mit denen sie das Kommen und Gehen im Regere Mansionum überwachten, und konnte nur darüber staunen, wie schnell sie ihre Spur aufgenommen hatten. Ein Culmus Sangui hatte ihm erzählt, dass es Ärger mit den Numenii gab, aber was nur konnte solche Feindseligkeit ausgelöst haben?

Schließlich flüsterte Telseara ihm zu, dass sie ihr Ziel erreicht hatten. Der Brauer starrte zu dem Leuchtturm hinauf. Er leuchtete gar nicht, er war sogar ziemlich dunkel. Nur ganz oben brannten ein paar Lichter und warfen ihren Schein über die ruhigen Fluten. Als Bryn den Blick wieder senkte, kam ihm unten dagegen alles fast schwarz vor.

«Wo sind Thybil und Dos?»

Sie warteten eine ganze Weile dort in den Schatten. Die Zeit verging quälend langsam. Der Nebel wurde dichter. Allmählich konnte man kaum noch etwas sehen.

Telseara hockte da und lauschte aufmerksam. Einige Straßen weiter waren laute Stimmen und schwere Schritte zu hören. Telseara und Bryn wichen zurück, pressten sich flach an die Wand und warteten ungeduldig, dass die Leute vorbeigingen.

«Wohin bringt ihr uns?», hörten sie Thybil laut fragen.

Telseara und Bryn ächzten leise im Chor; ihre Freunde waren gefangen genommen worden.

«An einen Ort, von dem ihr nicht so leicht entkommt, jede Wette», sagte ein Wachsoldat. Telseara und Bryn machten sich bereit, ihnen zu folgen. Vorsichtig huschten sie über die Straße und ihren Gefährten nach.

Der geräuschvollen Prozession zu folgen, war nicht weiter schwer, und es gab auch immer genug Möglichkeiten, sich zu verstecken. Sie gelangten zu einem großen Gebäude und sahen zu, wie Dordios und Thybil hineingeführt wurden. Kik-Eritee war nirgendwo zu sehen.

«*Schuckel*, wie sollen wir das je knacken?», sagte Telseara und knabberte an ihren Fingernägeln.

Jemand packte Bryn bei den Schultern.

«Hab ihn!», brüllte ihm jemand ins Ohr.

«Jetzt haben wir die ganze Sippe», sagte ein Zweiter.

Sie hatten jede Hoffnung verloren. Mindestens zwanzig Soldaten standen drohend in der Halle, bewaffnet mit Schwertern und Hellebarden. Das Gebäude war bis auf verschiedene Holzkisten leer – ähnlich wie das «Hauptquartier», in dem Bryn untergebracht gewesen war, nur kälter. Die Barue standen niedergeschlagen in einer Ecke der Halle. Die Wachen schlenderten umher; offensichtlich warteten sie auf jemanden. Einer von ihnen drängte, die Gefangenen auszupeitschen, aber davon wollte der Feldwebel nichts wissen. Bryn betrachtete die Wände des Gebäudes. Sie hatten große Fenster, aber sehr hoch oben; nur ein Riese hätte aus ihnen hinaussehen können.

«Nun ist unsere Mission also doch noch gescheitert», sagte Dordios verzweifelt. «Nicht nur, dass *wir* sterben werden, nein, die Leute von Quivelda werden verhungern und erfrieren …»

«Nach allem, was wir überlebt haben, nach Ostentum und Nurgor, sollen wir jetzt durch die Hand gewöhnlicher Soldaten sterben?», fragte Telseara.

«Haben sie denn vor, uns zu töten?», fragte Bryn. Falls dem so war, dann hatte er nicht vor, hier wie Schlachtvieh herumzustehen.

«Nein, ich glaube nicht», sagte Thybil. «Keine Sorge, im schlimmsten Fall kommen wir ins Gefängnis. Jedenfalls, wenn die Gesetze von Armaah noch ihre Gültigkeit haben», fügte er hinzu. «Aber die Hoffnung stirbt zuletzt.»

«Wo ist Kik-Eritee?», fragte Telseara, als sie das hörte.

Thybil kehrte ihr den Rücken zu. «Das Letzte, was wir von ihm gesehen haben, war … ein Fellbündel auf dem Boden. Er hat sich nicht bewegt, und …» Thybil sprach es in seiner Erschütterung nicht aus. Die anderen waren überwältigt vom Verlust ihres Gefährten. Der gute, liebe Kik-Eritee! «Die Wachen haben ihn wahrscheinlich für ein Tier gehalten, obwohl Plimpe zu den Intelligenzwesen zählen. Darum haben sie sich erlaubt, ihn …» Die Stimme des alten Barue brach.

Genau in diesem Moment kam jemand in die Halle marschiert, als gehöre ihm das Haus.

«Tötet sie!», rief er statt eines Grußes. Keiner der Gefährten kannte ihn. Bei seinen Worten drängten sie sich aneinander. Hinter ihm schritt ein zweiter Mann mit der gleichen Autorität herein. Er trug eine Kapuze.

«Rührt sie nicht an», warnte er mit eisiger Stimme. Der erste Mann drehte sich blitzschnell um, und Bryn konnte selbst in dem trüben Licht erkennen, dass er ein überraschtes Gesicht machte. Der zweite Mann hielt ein langes Schwert in der Hand. Er warf die Kapuze zurück und enthüllte ein bekanntes Gesicht, das ernster war, als sie es je zuvor gesehen hatten.

Aquiuss zog eine zweite, kürzere Klinge und näherte sich drohend den Wachen.

«Zur Seite – oder ihr seid des Todes!»

«Ergreift ihn!», rief der erste Mann und fiel prompt tot um, als Aquiuss' kleinere Klinge seine Hand verließ. Die Soldaten näherten sich dem Eindringling. Der Culmus Sangui würde ihnen einen tapferen Kampf liefern, bevor er starb, davon gingen die Barue aus. Vielleicht würde sogar einem von ihnen die Flucht gelingen.

Die ersten fünf Wachen erreichten Aquiuss. Drei von ihnen trugen Hellebarden. Sie lachten einander an, als sie ihren Vorgesetzten einkreisten. Er hatte keine Chance. Keiner von ihnen sah sonderlich betrübt über den baldigen Tod von Aquiuss aus. Gute Aussichten für eine Beförderung, vermutete Bryn.

Gerade als der erste Soldat mit seiner Waffe ausholte, ertönte ein ohrenbetäubendes Bersten. Bryn dachte, ihm wären die Trommelfelle geplatzt, doch als er nach oben sah, waren die großen Fenster zersprungen, und zehn Krieger, ebenso gekleidet wie Aquiuss, sprangen die zweieinhalb Meter herab, landeten sicher auf ihren Füßen und verwickelten die Soldaten sofort in einen Kampf. Sie schwangen ihre Waffen anmutig und elegant, aber mit tödlicher Geschwindigkeit und Genauigkeit. Glasscherben lagen überall auf dem Boden.

Die Barue rührten sich erst, als keiner der Wachsoldaten mehr auf sie achtete. Obwohl auf jeden von Aquiuss' Männern zwei Wachen kamen, schlugen sie diese mit Leichtigkeit und erschreckten den Rest zu Tode. Bryn konnte sich nicht erinnern, je jemanden so kämpfen gesehen zu haben – bis auf jene schicksalhafte Nacht vor etwa zwei Wochen, als er dem Beinahe-Attentäter bis zu Opeions Gemächern gefolgt war.

«Alle Baba an Bord?», fragte Kik-Eritee, als sie auf die Flöße sprangen, die am Kai warteten. Denn er war es gewesen, der in unvergleichlicher Plimpmanier erst den Wachen entkommen war und dann dafür gesorgt hatte, dass an einer strategisch günstigen Stelle Transportmittel bereitstanden, nachdem ihre Beschützer sie befreit hatten.

«Das wär's, auf geht's!», sagte Thybil zu dem Plimp. Wasser gluckerte leise unter ihrem Fahrzeug.

Der alte Barue schien erst jetzt zu begreifen, mit wem er da sprach.

«Kik-Eritee, du lebst!», rief Thybil.

«Ahu?» Der Plimp sah ihn verdutzt an. «Warum nicht?», fragte er, als wäre er nie verletzt worden. «Tut sich doch besser anfühlen!» Nur ein humorvolles Glitzern in den Augen verriet ihn. Die Barue sahen fragend zu ihrem Ältesten. Thybil kicherte und schüttelte ungläubig den Kopf.

Schließlich fand er die rechten Worte. «Weißt du, dass man über Katzen sagt, sie hätten sieben Leben? In diesem Fall müssen Plimpe zehn haben!»

Sie lachten leise, aber Kik-Eritee schien keine Ahnung zu haben, was daran so lustig war. Unvermittelt wandte Thybil sich zu Aquiuss herum.

«Warum habt ihr so lange gebraucht?» Inzwischen hatten sie sich ein ganzes Stück von der nahesten Insel entfernt. Die zehn Culmus Sangui hatten sie zum Ufer begleitet wie Leibwächter und sich auf die beiden Flöße verteilt. Mehrere von ihnen hielten Langbogen schussbereit. Die drei jüngeren Barue waren von der Rettungsaktion überaus angetan, aber Thybil schien das ganz anders zu sehen.

«Es wird eine offizielle Beschwerde geben, wenn das nicht besser wird, Aquiuss, auch wenn deine Kühnheit wie immer unvergleichlich war. Erst das Attentat, und jetzt beinahe wir.

Das ist nicht gut genug. Außerdem ist mir zu Ohren gekommen, dass uns das Regere Mansionum aus den Händen geglitten ist. Was hast du zu deiner Verteidigung zu sagen?»

Aquiuss trat von einem Fuß auf den anderen.

«Wir haben scharfen Gegenwind bekommen», sagte er und sah die anderen Passagiere argwöhnisch an. «Doch dies ist nicht der Ort, um so etwas zu besprechen.»

«Schön, dann reden wir später. Seid ihr wenigstens mit der Leiche weitergekommen?»

Aquiuss nickte. «Wir haben sie dabei, transportbereit.»

Die Barue waren erstaunt; so respekteinflößend und bestimmt kannten sie Thybil nicht einmal aus Quivelda. Bryn war nicht gewillt, schlecht über ihre Befreiung zu urteilen. Ihn interessierte nur, dass er diese schreckliche Stadt jetzt hinter sich ließ. Hoffentlich für immer.

Zwei lange Ruder durchschnitten die dunkle Oberfläche, glitten durch das Wasser und lenkten ihr Floß zum Festland an der Westküste des Sees. Zarte Wolken bedeckten den Himmel, sodass ein Großteil des Sternenhimmels nicht zu sehen war. Wo sie konnten, zwinkerten ihnen die entrückten Beobachter durch die Wolken hindurch zu.

Als sie ankamen, wurden sie von einer kleinen Menschengruppe erwartet. Alle begrüßten Thybil respektvoll. Unter ihnen schien ein Ranghöherer als Aquiuss zu sein, und Thybil ging entschlossen zu ihm.

Im nächsten Moment waren Bryn alle Krieger dieser Welt egal, welche Verbindung zu Onkel Thybil auch immer sie haben mochten. Alle – bis auf einen Hu-Barue.

«Mittni!»

✦ 25. KAPITEL ✦

Ein schmerzvolles Erbe

Die Eichentüren klappen mit einem dröhnenden Schlag zu. Das Bild verdunkelt sich. Alles ist still. Dabei befinden sich vierzehn Leute in dem Raum. Die meisten tragen Rüstungen und stehen mit gezogenen Waffen Wache. Grimmige Mienen in den Gesichtern. Ihre Blicke sind so hart wie ihre schimmernden Schwerter.

Das Bild dreht sich, zeigt nun Seidenvorhänge und weichgepolsterte Sitze, einen Armlehnstuhl mit Hocker und einen Sessel, der seine Last massiert; höchster Komfort in Calaspia. Hier finden sich Kristallgläser, goldene Kelche, aufwendig gerahmte Gemälde berühmter Künstler im Wert von Millionen Goldkronen; feines Schnitzwerk ziert die Mahagonischränke; Dekorationsgegenstände sind mit getriebenem Gold und Filigran belegt und mit Quarzen, Diamanten, Saphiren und Rubinen besetzt – Pracht in ihrer Vollendung. Ich erkenne diese Gemächer.

Die ranghohen Soldaten – im ganzen Land respektiert und geachtet, wie ihre Orden belegen – stehen bei den Panoramafenstern und großen Türen Wache; drei von der Goldenen Wacht, die auserlesensten, getreuesten und grimmigsten Leibwächter, schirmen meinen blassgesichtigen Vater ab, den Imperator. Niemand sagt ein Wort.

Vater Opeion, wie froh wäre ich, dich noch einmal umarmen zu können. Wie oft haben wir unsere Gefühle zurückgehalten, weil die Öffentlichkeit zusah? Vor den Augen ganz Calaspias würde ich dich umarmen, würde zu deinen Füßen weinen, wenn du nur lebtest und mir beistehen könntest. Doch jetzt, in diesem Augenblick, lebst du. Ich sehe dich, wie ich dich immer gesehen habe: stets aufmerksam, wie müde du auch scheinst, Weisheit und Ruhe ausstrahlend trotz aller drohenden Gefahr.

Ein Gefühl von Dringlichkeit ergreift mich in einer Woge unerklärlicher Angst. Irgendetwas wird geschehen. Irgendein schreckliches Schicksal wird sich offenbaren. Ich möchte schreien, die Wachen warnen, aber kein Laut kommt über meine Lippen. Die dreizehn Männer stehen immer noch reglos da, sie bemerken die steigende Anspannung nicht.

Ein Mann taucht aus dem Nichts auf, gehüllt in nachtfarbene Roben, verborgen hinter Geheimnis und Autorität. In seiner rechten Hand hält er einen Stock; die linke ist offen, ausgestreckt. Ein vertrautes Gesicht: Aber statt der gewohnten weisen, gelassenen Miene sehe ich von Bosheit und Hass verzerrte Züge. Er äußert kein Wort des Grußes. In die Falten seines Gesichts hat sich harte Entschlossenheit eingegraben. Warum kann ihn niemand anders sehen?

Nun tritt die finstere Gestalt einen entschlossenen Schritt tiefer in den Raum. Sie wedelt mit der Hand, und ich fühle die Macht dieser Bewegung. Luft fließt in einer tödlichen Brise an meinem Gesicht vorbei. Die Augen der Gestalt blitzen kurz von roter Energie. Ich schreie auf, aber niemand hört mein Rufen. Die zehn Soldaten stürzen zu Boden. Tot. Bevor ich noch ihre leeren Blicke sehen kann, flüstert die Gestalt ein Wort, «Norratanor!», und ihre leblosen Leiber lösen sich auf, fließen in den Fußboden hinein.

Nein! Vater, hinter dir!

Der Angreifer macht einen weiteren ruhigen Schritt; die Morde, die er gerade begangen hat, scheinen ihn kaltzulassen. Die Goldenen bemerken ihn endlich und fahren mit einem Aufschrei herum. Der erste Leibwächter reißt seine Waffe hoch und wirft, es geht ganz schnell. Aber Widerstand ist zwecklos. Der Angreifer ist zu mächtig. Nun hebt er die Hand in einer abwehrenden Auswärtsbewegung: Die Waffe bleibt in der Luft hängen, und auf die gleiche Geste hin fangen die drei Goldenen sich zu winden an und brüllen auf vor Schmerzen.

Zornentbrannt springt mein Vater auf und greift sich das Schwert einer Wache. Aber bevor er die Klinge noch gegen den unerwünschten Besucher wenden kann, trifft ihn eine betäubende Kraft, lähmt ihn und fesselt seine Arme. Starr, wie zu Eis geworden, wankt Opeion und fällt zu Boden.

Die Goldenen wehren sich, wollen ihren Herrn immer noch beschützen. Ihre Waffen fallen geräuschlos zu Boden. Ihre Helme sind plötzlich halb heruntergeschlagen, das Haar darunter ist feucht. Einem Mann rinnt ein Schweißtropfen die Stirn hinab und verdampft dabei mit einem aggressiven Zischen. Aber die Qualen der Goldenen haben noch nicht ihren Höhepunkt erreicht.

«Naya maduanor lumon sangui», faucht die vertraute Stimme. Die Silben klingen gehässig.

Das Gesicht des Attentäters verzerrt sich vor Schadenfreude. Er ballt seine Hand zur Faust und lässt einen seiner vier Finger ausgestreckt, um seine Gegner zu verdammen. Er richtet den langen Finger auf die Wachen, malt damit unsichtbare Linien über ihre Leiber.

Wenn sie eben noch gebrüllt haben, dann heulen sie jetzt! Wo die Gestalt mit dem Finger einen Hieb andeutet, da erscheint eine grässliche Wunde am Leib des Goldenen. Rüstung und Leder reißen und brechen, Stoff zerfetzt, Fleisch klafft auf. Den

Schmerz unzähliger Schwertwunden fügt der Angreifer seinen Opfern zu.

Dann, als hätte seine Gräueltat ihn befriedigt, lässt er die Hand fallen. Da fallen auch die von der Goldenen Wacht. Opeion wird aus seiner Lähmung entlassen. Er zittert, stöhnt. Ach, wie weh es tut, meinen Vater leiden zu sehen!

Der Imperator bringt immer noch Mut auf. Ungebrochen steht er auf, stellt sich demjenigen entgegen, der einmal einer seiner vertrautesten Freunde gewesen ist. Sie reden, aber ich kann ihre Worte nicht hören. Ein Rauschen legt sich auf meine Ohren, auch die Kraft meiner Augen lässt nach. Es sieht aus, als ob die Gestalt etwas haben will; etwas, das mein Vater ihr verweigert.

Wieder dreht sich das Bild, dreht sich immer schneller um sich selbst, ein Wirbelwind aus Farben und Klängen, ein Strudel aus Bildern. Alles wirbelt, kreist, verschiebt sich. Plötzlich bricht sich ein Schrei Bahn; der Imperator kreischt, als der Verschwörer die Hände hebt. Weiße Blitze knistern. Niemand hört den Hilferuf meines Vater. Auf sein verzweifeltes Flehen schweigt der Angreifer.

Vater!

Dann greift der Imperator sich an die Kehle, stumm und voller Angst. Er tastet um sich, will sich festhalten, reißt einen Vorhang mit zu Boden.

Der Mörder, er ist es – der Mann, den ich immer respektiert und geachtet habe. In seiner Hand liegt der Schädelstab des Wahnsinns, einst Nequams Waffe. Er strotzt von freigesetzter Magie, funkelt vor Macht, vor Kraft. Er strahlt ein blasses, pulsierendes Licht aus, dem nur das irre Flackern in den Augen seines Herrn ebenbürtig ist.

Mit einem Ruck erwachte der neue Imperator. Er atmete schwer, Schweiß stand auf seiner Stirn. Erleichterung durchströmte ihn, als er begriff, dass es nur ein Traum gewesen war.

Er setzte sich auf und sah sich rasch um. Seine Kleider lagen dort, wo er sie hingelegt hatte. Sogar die Krone Calaspias war dort und warf das wenige vorhandene Licht in einem gedämpften, majestätischen Glanz zurück. Sein Zimmer war so, wie es sich gehörte.

Aurgelmir verzog gequält das Gesicht, zermarterte sich das Hirn. Nein, es war nicht wahr. Er hatte nur geträumt.

«Sag es mir, Perduellis! Ganz gleich, wie unangenehm die Wahrheit auch sein mag, ich muss sie wissen!»

Aurgelmir bog scharf um die Ecke, zerrte seinen gewaltigen Umhang hinter sich her. Die schwere rote Seide bauschte sich, als er die breiten, flachen Stufen zu seinem Thron hinaufstürmte und sich mit verschränkten Armen hineinfallen ließ.

Perduellis richtete sich vorsichtig aus seiner Verbeugung auf und sah seinen gebieterischen Imperator an. «Eure Majestät, ich werde Euch sagen, was ich erfahren habe, aber bitte glaubt nicht auch nur einen Moment lang, dass mir die Schlussfolgerungen behagen. Eure Hoheit werden sie zweifellos ebenso beunruhigend finden wie ich … bitte betrachtet dies alles als vorläufig, ich teile Euch lediglich mit, was andere …»

«Sag es! Sprich es aus, Mann, und wenn es dir dein Hund erzählt hat! Ich will nur die Möglichkeiten kennen – worauf die Fakten hindeuten – alles! Weißt du, wie lange mein Vater jetzt tot ist? Und ich weiß noch immer nicht, wie er gestorben ist oder wer ihn ermordet hat!»

«Selbstverständlich, Eure Imperiale Lordschaft.» Perduellis schnitt eine Grimasse, als müsse er sich vor dem wappnen, was nun kam. «Wie Ihr wisst, muss es jemand sein, der über ein großes magisches Potenzial verfügt.»

«Ja, darauf sind wir schon vor einer ganzen Weile gekommen. Ich will Namen, Perduellis. Alles andere genügt nicht.»

«Ihr wisst weiterhin, dass die Barue und diese … diese ihre Geschichte … dass es alles nur Lug und Trug war, so ungern ich das auch sage. Sie hätten uns beinahe damit getäuscht, wobei ich manchmal denke, dass sie vielleicht unschuldig sind, dass sie wirklich davon überzeugt waren, das Richtige zu tun.»

«Ach ja? Ich habe ihrer Darstellung keine Sekunde lang geglaubt! Ostentum! … Aber was hat das mit meinem Vater zu tun?» Der Imperator streckte die Hand zu dem Tisch aus, der neben seinem Thron stand. Seine Finger zögerten, wanderten zwischen dem Glas und dem Kelch hin und her. Er entschied sich für den Kelch und nahm einen langen Schluck.

«Die Sache ist die», sagte Perduellis, «soll man glauben, dass *eine Handvoll Barue* mit einer so drastischen Lüge daherkommt? Nein, ganz gewiss nicht. Das sind doch lächerliche Gestalten. Wenn ich den Umfang ihrer betrügerischen Tat bedenke, komme ich jedes Mal zu demselben Schluss: Sie waren Werkzeuge. Ich halte es für möglich, dass sie mit einer List dazu gebracht worden sind, hierherzukommen und uns diese Geschichte aufzutischen. Und selbst wenn sie bewusst gelogen haben sollten, aus welchem Grund hätten sie sich uns als hilfsbedürftig darstellen sollen?»

«Sie waren auf Geld aus, wie die Landesältesten von Anfang an gesagt haben.» Zwischen Aurgelmirs Augen stand eine tiefe Falte, und Perduellis fuhr rasch fort.

«Die Barue sind insgesamt ein begütertes Volk, wenn auch ungebildet und närrisch … sie können sich diese Lüge unmöglich allein ausgedacht haben. Darum müssen wir unseren Blick auf die weiteren Beteiligten richten: Eridanus und Galar. Diese beiden großen Veteranen *wissen*, wovon sie reden, wenn es um Ostentum und so weiter geht.»

«Ja, fahr fort.» Aurgelmir griff nach dem Weinglas und drehte es zwischen seinen Fingern.

«Sie würden sich nicht täuschen lassen. Eridanus ist der erste Mann in Itrim; sie haben Messwerkzeuge, mit denen sich die Bewegungen des Wahnsinns ermitteln lassen. Daraus lässt sich schließen ... Ich sage es wirklich ungern, Herr, aber Ihr habt verlangt, dass ich geradeheraus antworte.» Perduellis befeuchtete seine Lippen. «Die Untersuchung kommt zu einem eindeutigen Ergebnis, was die möglichen Täter betrifft.»

Aurgelmir beugte sich auf seinem Thron vor wie ein Löwe, der Beute sieht. Seine Hand krampfte sich um das Bleikristall. Seine Stimme war leise und bedrohlich. «Sprich weiter.»

Perduellis schien davor zurückzuschrecken. «Herr, ich zeige Euch den Ort lieber.» Er zögerte. «Ich verurteile die Täter nur ungern, denn sie haben sich einst sehr verdient gemacht.»

«Nun denn.» Der Imperator leerte das Glas mit einem großen Schluck, warf es dann hinter sich auf einen Haufen Satinkissen und erhob sich von seinem Thron. Mit rauer Stimme sagte er: «Denk an die Erfrischungen, Mundschenk.»

Die Gemächer seines Vaters zu sehen, brachte dem jungen Imperator schmerzliche Erinnerungen und auch seinen Albtraum zurück. Es war notwendig, hier zu ein.

«Schritt eins – Euer hochgeschätzter Vater ist drinnen und wird von Dutzenden Wachen hinter und vor der Tür bewacht. Von draußen kommt niemand herein, also haben die Mörder von hier aus zugeschlagen.» Perduellis machte eine umfassende Armbewegung. «Schritt zwei – hier befinden sich dreizehn Wachen: drei getreue, zehn ungetreue. Kaum sind die Türen geschlossen, kaum können sie sicher sein, dass niemand etwas hört, töten sie die getreuen Wachen.»

Perduellis hielt kurz inne, um seinem Herrn einzuschenken.

«Dann töten sie den Imperator nicht etwa, sondern ermöglichen das dem Verschwörer. Warum, weiß ich nicht, aber so muss es sich abgespielt haben, denn die Soldaten beherrschen keine Todesmagie. Wobei sie selbstverständlich gegen magische Attacken vorbereitet waren. Sie verfügten über die übliche Ausrüstung an Warn- und Anti-Magie-Geräten.»

Aurgelmir sah seinen Ratgeber skeptisch an und kippte den Inhalt seines Kelches hinunter.

«Ich könnte mir vorstellen, dass der Verschwörer den großen Opeion nur getötet hat, weil dieser nicht bereit war, seinen irrwitzigen Plan zu unterstützen», fuhr Perduellis fort. «Wir, das heißt der Untersuchungsausschuss, haben die Liste der Verdächtigen auf eine Person eingegrenzt.» Der kahlköpfige Ratgeber zögerte. «Es widerstrebt mir, das bis in die letzten Züge zu durchdenken, und ich vertraue dem Urteil des Ausschusses auch nicht, aber er ist jedenfalls zu folgendem Ergebnis gekommen: Der Hohe Lehrmeister persönlich hat Euren Vater ermordet.»

Aurgelmir setzte sich anders hin. Eine Sekunde lang sah er fassungslos aus, dann zutiefst nachdenklich, als wäre ihm gerade etwas klargeworden. Erstaunen spiegelte sich auf seinem Gesicht wider. «Dann stimmen sie also doch ...», flüsterte er und rieb sich das helle Haar.

Perduellis wartete. Er atmete gequält.

Der junge Imperator lachte. Seine Stimme klang hohl und bitter in diesem Raum. «Du Narr.»

Der Ratgeber zuckte zusammen und kratzte sich die lange, in Missfallen gerümpfte Nase. Er beeilte sich, den hingehaltenen Kelch zu füllen. «Ich wusste, dass Ihr die Sache so sehen würdet wie ich, Eure Erhabenheit. Allein schon Eridanus in Erwägung zu ziehen, ist lächerlich und unerhört …»

«Schweig! Wie kannst du nur so ein Narr sein, dem Ausschuss nicht zu glauben! Aber du bist ein gutmütiger Narr; du kennst die politische Arena noch nicht, die Schakale, die auf unseren Knochen herumkauen. Gestatte einmal *mir*, die Indizien aufzuführen.»

Perduellis erbleichte und bemerkte das leere Glas gar nicht, das der Imperator ihm hinhielt. «Sire, vielleicht sollten wir dies ein andermal besprechen. Bedenkt, von wem wir reden. Dieser Mann dient Calaspia als höchster Offizieller Itrims seit über einem halben Jahrhundert! Er hat den bösen Nequam bekämpft wie kein anderer.»

«Er war Nequams bester Freund.» Perduellis wollte etwas sagen, aber ein warnender Blick seines Herrn ließ ihn schweigen. «Begreifst du denn nicht? Der Verräter war die ganze Zeit über auf seiner Seite! Zuerst hat er so getan, als würde er uns helfen, aber in Wirklichkeit stand er auf der Seite des Feindes. Als er sah, dass wir gewinnen würden, schien er zufrieden mit der Situation zu sein. Eridanus war schließlich sicher – mehr als sicher. Sein Verrat blieb unbemerkt. Er war Calaspias Held.»

Perduellis zog die Augenbrauen hoch und schenkte seinem Herrn ein. Aurgelmir klang durchaus vernünftig.

«Selbst wenn wir den Krieg um das Tor einmal beiseitelassen, musst du doch sehen, welche Indizien jetzt gegen ihn sprechen. Erstens: Der Mörder ist ein Zauberer von unglaublicher Macht. Stark genug, sämtliche Abwehrmaßnahmen zu durchbrechen. Zweitens: Er gehört zum inneren Kreis – er wurde nicht überprüft, er hat freien Zugang zum Regere Mansionum. Drittens: Der Hohe Lehrmeister verschwindet wochenlang! Wir wissen jetzt, dass die Darstellung der Barue falsch war, und du sagst selbst, dass jemand anders dahinterstecken muss. Wer kennt die Ostentum besser als Eridanus und Galar? Und wer könnte COLA besser überzeugen als diese beiden?» Aurgelmirs Stimme wurde immer lauter, und er schlug mit der Faust auf die Armlehne des Stuhls, um seine Worte zu unterstreichen. «Also sind sie erst gar nicht zum Unbenennbaren Land aufgebrochen! Sie wussten ja, dass sich dort gar keine Beweise finden ließen! Nein, sie haben sich hier in der schwimmenden Stadt versteckt, um diese grässliche Tat vorzubereiten!»

Der Imperator warf seinen goldenen Kelch auf den Boden, wo er scheppernd ausrollte, und zerschlug sein Weinglas am Tisch. An seinem Hals trat eine dicke Ader hervor, und seine Augen waren weit aufgerissen vor Zorn. «Er hat alle dreizehn Wachen getötet – zehn in Luft aufgelöst und drei verwundet, damit es so aussah, als ob *sie* die Verräter wären und die von der Goldenen Wacht getötet hätten!» Der junge Imperator hörte nicht auf, mit dem zerbrochenen Weinglas auf den Tisch zu schlagen; dunkelrote Flüssigkeit und Scherben bedeckten das Leinentischtuch. «Warum die Wachen draußen nicht gehört haben, was geschah? *Droch*, er ist der Hohe Lehrmeister! Ein Wink seiner Hand, und sie sind taub! Das erklärt auch, wieso er in der Lage war, den Raum zu betreten und wieder zu verlassen, ohne dass ihn jemand dabei sah: Dieser Fuchs kann mit der unsichtbaren Welt verschmelzen wie ein Dämon – er ist ja selbst einer!»

Speichel gesellte sich zu den Weinflecken, und Perduellis stimmte ihm eilends zu. «Wie weise Ihr seid, mein Gebieter!», rief er in einem wackeren Versuch, seinen Regenten zu beruhigen. «Jetzt leuchtet mir alles ein; das ist also der Grund, warum wir sie so lange nicht mehr zu Gesicht bekommen haben! Eridanus ist gar nicht ins Unbenennbare Land gereist, weil er ja wusste, dass sich dort keinerlei Beweise finden ließen! Aber er hat so getan, als ob, damit ihm niemand seine grässliche Tat vorwerfen kann. Dieser perfide Hund!»

Der glattrasierte Ratgeber seufzte vor Erleichterung. Die Worte seiner Lordschaft zu wiederholen, war genau das Richtige gewesen.

Aurgelmir wurde sehr ruhig und spielte mit dem beschädigten Glas, als wäre es noch ganz.

«Dann hat er meinen Vater ermordet», sagte er mit lebloser Stimme. «Er hat ihn gefoltert, um ihn zur Mitarbeit zu zwingen, aber mein Vater war wacker und aufrecht bis zum Ende. Sein Körper ist unversehrt, weil er mit Hilfe der Magie erstickt worden ist. Opeion hat sich geweigert, Calaspia zu verraten, und Eridanus hat ihn ermordet. Er hat sein Lebenslicht einfach ausgelöscht wie eine Kerze.»

Perduellis starrte den Imperator in ehrfürchtigem Staunen an. «Woher wisst Ihr das alles?»

«Ich sehe mehr, als die Leute denken», antwortete der Imperator, und über sein schönes Gesicht huschte ein düsterer Schatten. «Die äußere Erscheinung täuscht.» Seine Stimme gehörte einem jüngeren Mann: erregt, stolz und doch unsicher. «Fleisch sieht nur Fleisch, aber der Geist sieht alles.»

Kurz funkelte Triumph in den Augen von Perduellis auf. «Recht habt Ihr, Eure Hoheit. Und was tun wir mit dem Mörder und Verräter nun, wo wir ihn kennen?»

«Das Gute daran ist», sagte der Imperator mit gepresster Stimme, «dass er zurückkehren wird. Er denkt, wir ahnen nichts von seiner Täterschaft; dabei wollen wir es auch belassen. Und wenn er kommt …»

Aurgelmir rieb die blutenden Hände aneinander; er bemerkte gar nicht, dass er sich geschnitten hatte. «Bring mir mein Zepter – und die Krone Calaspias», flüsterte er. «Ruf die Lehrmeister. Wenn er kommt, werden wir bereit sein.»

Mit grimmiger Befriedigung beeilte Perduellis sich, dem Befehl nachzukommen.

✦ ✦ ✦

Tau schmückte das Gras der Berge, die Tropfen aus flüssigem Kristall schimmerten in der prächtigen Sonne. Es war ein Bild von Sauberkeit, Frische und Erneuerung. Die leichte Brise trug den Klang fließenden Wassers heran. Obwohl die Hänge steil waren, wirkte der Bach ruhig und friedlich, sogar dort, wo er in die Tiefe rauschte. Es handelte sich um einen Nebenfluss des Pendix, der in den Armre-See floss.

Die Gefährten waren dem Pendix zwei Tage lang stromaufwärts in die Ambossberge gefolgt. Im Verlauf der Reise waren die Städte am Horizont von Wäldern abgelöst worden und die gepflasterten Straßen von Wiesen. Vor ihnen erhoben sich die Bergriesen von Ged-Ruak, deren Gipfel sich in einem Dunst aus Nebel und Wolken verloren. Anstatt den Amboss hier, wo man nur langsam und mühevoll aufsteigen konnte, gen Westen zu überqueren, wollte die Gruppe weiter nach Norden wandern und einen Pass nehmen, der weniger hoch lag.

Die Gefährten hatten einander rasch auf den neuesten Stand gebracht. Bryn hatte den anderen von Humphrey und der Verschwörung erzählt und Thybil davon, wie sie gezwungen gewesen waren, aus dem Regere Mansionum zu fliehen, nachdem sich Onkel Gug bereits abgesetzt hatte.

Die Barue konnten es gar nicht erwarten, in Wenfeld anzukommen. Sie redeten beinahe ebenso wenig wie die verhüllten Krieger und teilten die Last der Enttäuschung und Entmutigung schweigend miteinander. Sie versuchten nicht einmal, ihre Verwirrung in Worte zu fassen. Ihre Mission hatte so überstürzt begonnen, mit so vielen Fragen und so wenigen Antworten. Sie hatten angenommen, im Laufe der Zeit würde sich alles klären. Nun war alles, was sie in Erfahrung gebracht hatten, alles, woran sie sich hatten halten können, hinfällig geworden, zunichte gemacht durch die beharrliche Undurchsichtigkeit des Imperiums. Bryn tauschte keine Verschwörungstheorien mit Mittni mehr aus. Die Ostentum würden wie eine Flut über das ungewappnete Calaspia hereinbrechen und alles verheeren.

Geschähe ihnen recht, dachte er bitter.

Als Thybil sie also mittags zusammenrief, fand es Bryn wenig sinnvoll, irgendetwas zu besprechen. Ihre Pläne hatten sich am Ende als vergeblich erwiesen, wozu also neue schmieden?

«Wie spät ist Zeit?» Kik-Eritee verzog sein lustiges Gesicht zu einer fragenden Miene.

«Das, mein Freund, ist einmal eine tiefsinnige und philosophische Frage», sagte Thybil und zwinkerte. Kik-Eritee schien diese Antwort zu verwirren, aber die anderen lachten. «Zeit fürs Mittagessen», sagte Thybil, worauf der Plimp ernst antwortete: «Zeit für Übungen erst.»

«Gerne, denn wir Barue haben einiges zu besprechen.» Als das Pelzwesen sie verließ, wandte der Alte sich um und sah seine Verwandten und Bryn an. «Ich möchte mich gern bei euch für eure Verbundenheit, Tapferkeit und euer Vertrauen bedanken», sagte Thybil. Er tat Bryn leid. Er hatte sich solche Mühe gegeben, damit alles klappte. Andererseits ärgerte es den Brauer auch, dass er sich nach einer so hoffnungslosen Niederlage zu einer moralhebenden Rede aufschwang. Alles war umsonst gewesen, nur weil die Numenii-Regenten das Ganze nicht wahrhaben wollten.

«Dann möchte ich mich gern dafür entschuldigen, dass ich

euch so lange habe im Dunkeln herumtappen lassen. Denn wie es aussieht, kann ich euch vieren vertrauen.»

Ein Funken Interesse stieg in Bryns Geist auf, ein Flackern der Hoffnung.

«Wir werden wie geplant nach Wenfeld gehen, aber kein Wort zu den anderen Barue von unserem Versagen», fuhr Thybil fort. «Calaspia ist in ernster Not, und das Imperium ist wenig geneigt zu helfen, im Moment jedenfalls. Aber es gibt noch andere Mächte – stärkere Verbündete –, die wir mobilisieren können.»

Der Funken fing Feuer. Thybil biss von seinem Brot ab und hob die Hand zum Gruß.

«Aquiuss!», rief er, und der Angesprochene kam zu ihnen herüber. Thybil wandte sich wieder an die Barue. «Wie ihr bemerkt habt, handelt es sich bei den Kriegern, die uns die Flucht erleichtert haben und uns nun nach Hause geleiten, um die Culmus Sangui.» Aquiuss war bei ihnen angelangt und setzte sich.

«Wie hast du sie so schnell wieder ins Leben gerufen?», fragte Bryn.

Thybil lachte leise und warf einen verschwörerischen Blick zu Aquiuss. «Die Culmus Sangui existieren seit Jahrhunderten. Tatsächlich sogar länger als das Imperium.»

«Du hast uns belogen!», sagte Telseara indigniert, und sie war nicht die Einzige, die so empfand.

«Wartet, hört mich an!» Thybil hob die Hand, um ihren Vorwurf zu entkräften. «Während des Kriegs um das Tor wollten wir uns nicht der Öffentlichkeit zu erkennen geben. Aber eine Zusammenarbeit mit dem Imperium war unerlässlich. Also taten wir so, als ‹gründeten› wir eine Elitetruppe zum Kampf gegen die Ostentum. Zusätzlich zu den ursprünglichen Culmus nahmen wir Hunderte der besten Numenii-Krieger in unsere Reihen auf und unterzogen sie einer besonderen Schulung. Die Allianz funktionierte gut, und sobald wir Nequam besiegt hatten, machten wir uns an die ‹Auflösung› der Culmus Sangui. Wir stellten den alten Zustand wieder her; wir blieben dieselbe Geheimorganisation – ergänzt um einige vorzügliche Neumitglieder aus der Zeit des Krieges, könnte man sagen. Galar Sturlison unter anderem, wenngleich seine Methoden etwas … ganz Eigenes sind.»

Der alte Barue seufzte. «Ihr seht also, wenn ich von den Culmus Sangui sprach, meinte ich jene aufgelöste Organisation, die die breite Öffentlichkeit kannte. Nun versteht ihr hoffentlich auch, warum ich über gewisse Themen nicht sprechen wollte.» Er lachte leise. «Weil ich euch nicht belügen mochte! Erinnert ihr euch noch an Johan? Er verfügte über die herkömmliche Weisheit des Imperiums. Der Grund, warum ich euch davon abhalten wollte, euch seine ‹geschichtlichen Fakten› anzuhören, war, dass er sich in manchen Dingen irrte. Ich wollte vermeiden, dass ihr schon falsche Vorstellungen und Halbwahrheiten in den Köpfen habt; die Tafel sollte sozusagen unbeschrieben sein, wenn es Zeit wurde, euch die Sachlage zu enthüllen. Um das Ganze nicht noch komplizierter zu machen. Aber ihr müsst wissen, wie die Numenii die Geschichte sehen, damit ihr nicht aus Versehen irgendwelche Geheimnisse verratet.»

Diese Neuigkeit mussten sie erst einmal verdauen. Mittni, Telseara und Dordios wechselten bedeutsame Blicke miteinander.

Mittni hatte Bryn von seiner Entführung durch die Culmus Sangui erzählt, aber es hatte keinen Sinn ergeben, und er war nicht einmal besonders wissbegierig gewesen. Es war einfach ein weiteres dieser rätselhaften Ereignisse gewesen, die Thybil zu verstehen, aber nicht erklären zu wollen schien. Er war zum Festland gebracht worden, in ein Lager in der Nähe, und hatte dort eine gewisse Ausbildung erhalten. Bryn war über Mittnis Wortwahl leicht amüsiert gewesen, denn sie erinnerte ihn an seine eigene «Ausbildung», die ihm Jahre elender Einsamkeit eingetragen hatte, aber auch Jahre der Freundschaft mit den Leuten von Quivelda. Bryn sah zur anderen Seite des Lagers hinüber, wo Kik-Eritee irgendwelche merkwürdigen Übungen ausführte und die langen Arme herumschwang. Er hätte beinahe gelacht über die ernste Miene und die lustigen Bewegungen.

«Dann habt ihr also bloß auf mich aufgepasst?», wollte Mittni von Aquiuss wissen. Es klang enttäuscht.

Der hochgewachsene Krieger schüttelte den Kopf. «Wir haben dir auch eine Einführung in unsere Prinzipien und Übungen gegeben.»

Mittni versuchte, nicht allzu erfreut darüber auszusehen. «Ich hab gedacht, das wäre nur gewesen, damit die Zeit schneller vergeht. Und sag mir … warum wolltet ihr mir überhaupt eine Einführung geben?», fragte er beiläufig. Jetzt klang der Hu-Barue hoffnungsvoll.

«Wir dachten, wir könnten die gemeinsame Zeit ebenso gut auch sinnvoll verbringen», antwortete Aquiuss mit einem listigen Lächeln.

Thybil stand auf. «Ich hatte das Gefühl, ihr solltet wissen, mit wem ihr unterwegs seid, das ist alles», sagte er. «Wir sind in guter Gesellschaft. Die Culmus Sangui stellen eine unserer stärksten Waffen dar. Ich habe euch noch mehr zu sagen – später.»

Sie räumten ihre Sachen zusammen und setzten ihre Reise mit neuem Feuer in den Herzen fort. Es war gut zu wissen, dass sie nicht allein waren.

Ungefähr zwanzig Culmus Sangui reisten mit ihnen. Die

Mehrheit war zu Fuß unterwegs, weil sich so die Spur schwerer lesen ließ und Pferde für das Gelände ungeeignet waren, das sie durchqueren würden. Die wenigen Rosse, über die sie verfügten, waren vor einen Wagen gespannt. Bryn fragte sich oft, was er enthielt, denn er schien gut bewacht. Bestimmt waren Ausrüstung wie zusätzliche Decken und Proviant dort untergebracht, aber fast alle trugen das Benötigte selbst. Es musste noch etwas anderes auf dem Wagen sein.

Der Wald war nicht mehr nackt, sondern trug ein Kleid aus Kiefernnadeln. Das Gras war jetzt kurz und struppig, aber fest. Weiße Felsen ragten aus dem Boden, als hätte ein Riese die Berge zerschmettert. Es wurde kälter. Nachts schliefen sie mit zusätzlichen Decken und kuschelten sich nah ans Feuer. Glücklicherweise lag kein Schnee, aber sie sahen, dass er im Norden und im Süden die höheren Gipfel des Ambosses einhüllte. Das sie umgebende Gebirge war viel niedriger als dasjenige, das sie bei Ged-Ruak durchquert hatten, doch es schien genauso alt zu sein. Vielleicht sogar älter: abgeschliffen, abgetragen von der Zeit und den Elementen.

Sie sahen niemanden, und wenn doch einmal, dann als eine einsame Reihe von Punkten in der Ferne. Die Schneezeit lud nicht zum Reisen ein. Dennoch wichen sie von der Straße ab, wenn der natürliche Pass leichter zu begehen war. Das Tal bot viele Wege, und sie entschieden sich für eine weniger bereiste Route.

«So etwas wie einen sicheren Weg gibt es nicht», sagte Thybil. «Aber wo ihr die freie Wahl habt, da vermeidet Risiken lieber. Die Bequemlichkeit für die Sicherheit zu opfern, das ist die Mühe wert.»

Diesmal war Bryn einverstanden. Die Hauptstraße, eine der Seiten des Goldenen Dreiecks, lag unter ihnen im Norden, und ihr bloßer Anblick weckte ein Gefühl der Unsicherheit in ihm. Welche Ironie, dass ihnen die Straße auf dem Weg nach Armaah genau das gegenteilige Gefühl vermittelt hatte, dass sie sie da am liebsten mit so vielen Bürgern wie möglich geteilt hatten. Es war eine gute Straße, die sich durch einen flachen, aber trockenen Teil der Talsohle schlängelte. Ab und zu sahen sie Wachhäuser. Über weite Strecken waren die Straßen leer, aber die Freunde mieden sie trotzdem. In der Handelssaison herrschte auf dieser Strecke viel Reiseverkehr, und Soldaten aus Armaah, Arleath und Bel-Tued patrouillierten hier. Eigentlich gehörte dieser Pass zum Zwergenland, und der höchste Berg im Norden trug immer noch den Namen Lal Ak, Roter Berg, denn hier hatten sie die Nurgor aus ihren tiefen Höhlen getrieben. Bryn erinnerte sich vage an irgendeinen Zusammenhang zwischen diesem Pass und Galars Vater Sturli dem Töter. Er konnte nur hoffen, dass der Eidgenosse und Eridanus wohlauf waren.

Im Westen des Ambosses folgte diese Seite des Goldenen Dreiecks der Grenze zwischen Arleath und Armaah durch einen großen Wald – den Trabatra. Dieser Wald war für Händler ebenso gefährlich wie die Berge; beide Gebiete boten reichlich Verstecke für Räuber und Banditen. Zwischen den Bergen und dem Wald lag Wenfeld. Quivelda dagegen lag im Süden desselben Waldes und weiter von den Bergen entfernt. Von Wenfeld aus konnte man den Amboss sehen, aber wenn der Himmel nicht klar war, erschien einem das Gebirge wie Wolken am Horizont.

Sie hatten die Berge inzwischen zur Hälfte überquert und würden in wenigen Tagen am Ziel sein, wenn alles gutging. Bei Bryn machte sich der Fußmarsch allmählich bemerkbar, und er war froh, wenn sie für den Tag haltmachten. Die Culmus Sangui gaben ein beeindruckendes Tempo vor, und von den Barue wurde erwartet, dass sie mithielten.

Die Schmerzen in Bryns Armen, Schultern und Rücken aus der Zeit mit Humphrey im Gefängnis hatten nachgelassen. Nach der tagelangen schweren Arbeit fühlte er sich körperlich stärker als je zuvor. Er war sich seiner Muskeln bewusst. Sein Leib war von einem gesunden Gefühl ruhender Kraft erfüllt, die nichts mit seinem blauen Stein zu tun hatte. Seine Beine waren eine andere Sache. In dem Luxus des Regere Mansionums hatten sie sich recht schnell erholt, ebenso wie seine Füße, aber er fürchtete, nicht mehr so gut in Form zu sein wie auf dem Hinweg. Nach einer körperlich und geistig belastenden Zeit in der Gefangenschaft ohne heißes Wasser, in dem sich entspannen ließ, ohne Sprudelbäder, Massagestühle und Diener, die einem paradiesisches Essen zubereiteten und servierten, hatte er die Rückreise in einem Zustand der Erschöpfung angetreten. Bryn fand, dass die friedlichen Wanderungen seine Seele und das Durcheinander seiner Gedanken beruhigten. Der Wind schien ihm die Sorgen von den Schultern zu nehmen und die bitteren Gedanken aus dem Kopf zu blasen. Der Brauer rieb sich die schmerzenden Muskeln, bevor er am Ende des Tages in den Schlaf fiel.

Jemand rüttelte Bryn an der Schulter.

«Was? Schon Morgen?» Er streckte sich.

«Pst! Sei still!»

Er öffnete die Augen und sah sich um. Es war noch dunkel. Er konnte gerade einmal die Gestalt erkennen, die sich über ihn beugte.

«Telsea, was ist los?», flüsterte er. Verschiedene unangenehme Möglichkeiten schossen ihm durch den Kopf.

«Nichts. Komm einfach mit. Und sei leise.»

Bryn stand auf und sah die anderen jungen Barue hinter ihr. Telseara ging voran. Ihre Haltung hatte etwas Überhebliches an sich (aber das war nichts Neues). Sie führte die Gruppe ein ganzes Stück von den Schlafenden fort und zündete eine Kerze an. Dann steckte sie eine Hand in die Tasche und holte eine verwitterte Pergamentrolle hervor.

«Telsea, was …»

«Pst. Die anderen sollen nicht wach werden. Ich habe etwas sehr Interessantes herausgefunden, das du vielleicht wissen möchtest. Hör zu.»

Bryn schloss aus Telsearas Art, dass es sich um etwas Wichtiges handelte und nicht ein weiterer ihrer Streiche war.

«Das hier ist während des Kriegs um das Tor geschrieben worden.»

Unvermittelt erkannte Bryn das Pergament wieder, das sie hielt; es war dasjenige, aus dem sie erfahren hatten, dass Eridanus einmal Nequams bester Freund gewesen war. Telseara sah zu den schimmernden Gesichtern um die Kerze herum und begann vorzulesen:

Von allen Dokumenten, die sich an der Geschichtsschreibung versuchen, ist keines so vollständig und so geheim wie eine Schrift, die als «Buch der Zeiten» oder «Dattus Buch» bekannt ist. Sie wurde von Dattu, dem Plimp, zusammengestellt. Er behauptet, der erste Plimp zu sein, der je das Licht der Welt erblickt hat, und die wenigen, die seine Lebenszeugnisse gelesen haben, glauben ihm. Seine Erzählungen reichen von der Zeit vor dem ersten Eindringen des Wahnsinns, die er detailreich schildert, bis zur Gründung des Numenii-Imperiums und dessen Anfangskämpfen. Nach der Vollendung seines Buches empfand Dattu nicht länger die Notwendigkeit, um seines Wissens und seiner Weisheit willen am Leben zu bleiben. So verschied er siebzig Jahre nach Anbeginn des

Numenii-Imperiums. Doch dank seiner genauen Arbeit beim Verfassen des Buchs der Zeiten wurde der Großteil seines Wissens – Wissen von Ereignissen, die 8000 Jahre zurückreichten – bewahrt und ging nicht verloren. Die meisten Leute glaubten, dass ein großes Zeitalter vor ihnen lag. Das noch junge Imperium sicherte den Frieden in Calaspia, und dank Dattu, der vermutlich auch Begründer des Ordens von Itrim gewesen ist und die bekannte Welt mit seinem Buch inspirierte, richteten die Leute ihr Augenmerk auf Bildung und Erziehung.

Das Buch der Zeiten war Segen und Last zugleich, denn es barg dunkle Geheimnisse zwischen seinen zahlreichen Seiten. Wenngleich es den Plimpen vermacht worden war, geriet bald – durch Missgeschick, Betrug und sogar durch das Wohlwollen der Plimpe – mehr als die Hälfte des Manuskripts in die Klauen des Imperiums. Das sieben Bände umfassende Dokument wurde aufgelöst und durch eine Folge unglücklicher Ereignisse in alle Winde zerstreut, zum Teil über die Grenzen Calaspias hinaus. Nur ein einziger Band blieb intakt; die anderen wurden zumeist zerstückelt und verstreut. Eine goldene Seite nach der anderen fiel Gier und Betrug zum Opfer; um keiner anderen Sache willen wurde seit der Gründung des Imperiums so viel Blut vergossen – mit Ausnahme der Sache des Friedens – die hat immer die meisten Leben gekostet, und so wird es immer sein. Dattus Buch fiel dem Vergessen anheim, was noch von der Tatsache unterstützt wurde, dass nur wenige lesen und schreiben konnten. Viele hundert Seiten wurden durch Zauberei zerstört, denn weder Feuer noch Wasser konnten ihnen etwas anhaben, und Hunderte weitere verschwanden auf mysteriöse Weise – durch die verdorbenen Herzen derer zerstört, die sie suchten, wie man sagt. Bald war das Dokument ins Reich der Sagen und Legenden übergegangen, und noch später waren selbst diese nur noch wenigen bekannt. Um eine einzelne Seite aus dem Buch der Zeiten wurden Kriege geführt.

Das Wissen um das Buch geriet in Vergessenheit. Jahrhundertelang verhielt es sich so. Doch dann fielen Teile davon einem jungen Studenten in die Hände, der dem Orden von Itrim angehörte, ebenjenem Orden, den Dattu gegründet hatte, um das Wissen zu bewahren und seine Grenzen zu erweitern. Es ist paradox, dass von dort jemand kam, mit vielen Geringeren an seiner Seite, der für die Verfälschung vieler Tatsachen verantwortlich ist. Er interpretierte seinen Fund auf eine Weise, die ihn zu der Entscheidung kommen ließ, dem Leben Tausender ein Ende setzen zu müssen. Denn auch seine Geschichte dreht sich im Wesentlichen um das Buch der Zeiten. Wegen dieses Buches und seiner zahlreichen Nachahmungen kam es schließlich zum Krieg um das Tor. Dieser Mann hieß Nequam.

Telseara machte eine dramatische Pause, und die anderen in dem Lichtkreis sahen einander an. Auf ihren Gesichtern spiegelte sich Begreifen. Sie steckte das Pergament wieder ein und sah sie erwartungsvoll an.

«Das muss es also gewesen sein, was der König der Plimpe Aesir gab!», flüsterte Dordios.

«Ja, genau.» Ein zufriedenes Lächeln umspielte Tesearas Lippen. Es war offensichtlich, dass sie schon eine ganze Weile darauf gebrannt hatte, ihnen das zu zeigen.

«Unvorstellbar, ein 8000 Jahre alter Plimp», überlegte Mittni. «Wenn er irgendwelche Ähnlichkeiten mit Kik-Eritee hat, bin ich, glaube ich, gar nicht so erpicht darauf, viel von dem zu lesen, was er geschrieben hat.» Sie alle stellten sich einen 8000 Jahre alten Kik-Eritee vor, der versuchte, seine Gedanken zu Papier zu bringen. Sie mussten kichern.

«Aber es muss faszinierend sein», sagte Bryn. «Achttausend Jahre *wirklicher* Geschichte, mit all den verborgenen Motiven, die hinter den Kriegen stecken. Nicht bloß die Propaganda, die die Regierung ihren Bürgern eintrichtert. Ich würde so gerne die Gesichter sehen, die die Apostel des Verstehens dann machen würden. Herrlich!»

«Gefährlich, meinst du wohl.» Telseara sah den Brauer in dem flackernden Licht an.

«Sicher, das auch. Aber wo ist der Teil des Buches, den Aesir Eridanus hätte übergeben sollen?», fragte Bryn. «*Sie* sollte es doch nur dem Hohen Lehrmeister geben; der Herr der Plimpe hat nicht einmal gesagt, was sie tun sollte, falls Eridanus nicht da war.»

Dordios hustete. «Ich musste Onkel Thybil einmal aus dem Rat holen, und während des Mittagessens unterhielt er sich mit Kik-Eritee und Onkel Gug. Sie müssen über das Buch gesprochen haben.»

«Wir könnten Onkel Thybil fragen! Stellt euch sein Gesicht vor, wenn er erfährt, dass wir Bescheid wissen.» Telsearas Augen strahlten bei der Aussicht, ihren Onkel überraschen zu können, aber die anderen waren nicht überzeugt.

«Stell dir sein Gesicht vor, wenn er erfährt, dass wir das hier gelesen haben», sagte ihr Bruder leise.

Bryn meinte, einen Zweig knacken zu hören, und sah sich um, aber er konnte in der Dunkelheit nichts erkennen. Es war wahrscheinlich nur der Wind in den Bäumen gewesen. Einen Moment lang standen sie still da und ließen die Nachricht wirken, dass Thybil einiges vom begehrtesten Wissen der Welt bei sich trug. Telseara zog eine zweite Schriftrolle hervor. Bryn konnte ihre Aufregung spüren, aber sie schien nicht ganz so groß wie vorher.

«Etwas hiervon kennen wir schon: nämlich, was Thybil und der Herr der Plimpe uns erzählt haben. Aber es rundet doch das Bild ab:

Nequam ging in das verbotene Ruach'zam, die Geisterwelt, und benutzte die Kräfte des Wahnsinns. Der Orden von Itrim konfrontierte Nequam mit seiner Gesetzlosigkeit und verkündete sein Todesurteil. Jede einzelne seiner Taten war Grund genug für die Todesstrafe. Doch er entkam. Wohin, ist nicht mit letzter Sicherheit erwiesen, wenngleich die meisten meinen, dass er direkt in die Scheußlichen Berge und zur alten Feste der Nurgor zog, wo ein hervorstehender schwarzer Stein himmelwärts zeigt wie ein grotesker Finger. Dies ist Garakron, der Gipfel des Wahnsinns.

Einige Jahre lang gab es keine Nachrichten über Nequam. Das Nächste, was man von ihm hörte, war Krieg, denn er führte ein Heer von Tausenden von Monstren an. Er hatte ein Portal in eine andere Welt geöffnet, durch das die Ostentum kamen. Und auch Horden von Nurgor waren unter seinem Banner versammelt, um das Imperium zu vernichten. Es gab sogar einen Kult der Menschen, die zur anderen Seite wechselten und den Wahnsinn anbeteten. Sein Zeichen war ein in die Stirn oder die rechte Hand geritztes oder gebranntes V. Das Gebiet um Nequams Feste wurde einmal mehr als Ragnarok bekannt – denn viele glaubten, das Ende der Welt stünde bevor. Von dort entsandte Nequam seine Legionen. Ayactan, ein Dämon aus einer anderen Welt als der der Ostentum, war

Nequams Feldherr. Manche sagen, er stammte direkt aus Ruach'zam.

Das Imperium konnte solch mächtigen Heeren nicht standhalten. Seine Soldaten waren nicht darin geschult, das Widernatürliche zu bekämpfen. So wurde unter dem Namen Culmus Sangui ein neuer Orden gegründet – Elitekrieger, ihrer Fähigkeiten und ihres Heldenmuts wegen eigens auserwählt.

Galar Sturlison, der ruhmreichste Culmus Sangui, schloss sich ihren Reihen an, nachdem Nurgor seinen Vater ermordet hatten. Er war es, der Nequam schließlich tötete und der zunehmenden Verheerung, der Ausbreitung der Schlachtfelder ein Ende bereitete.

Die führerlosen Ostentum waren leicht zu besiegen. Das Tor wurde geschlossen, und der Nachschub der monströsen Truppen riss ab. Niemand weiß, wie Nequam sie während seiner Schreckensherrschaft unter Kontrolle gehalten hat. Es gibt Theorien darüber, wie ihm dies gelang; ihre Überprüfung obliegt freilich dem Orden von Itrim. Es wurde berichtet, dass nicht einmal Ayactan, seine rechte Hand, sie zu beherrschen vermochte. Der Orden der Culmus Sangui wurde zur Vernichtung der versprengten Ostentum aufrechterhalten. Zwei Jahre darauf waren sie ausgelöscht. Seither ist kein Ostentum mehr beobachtet worden. Das Tor wurde für immer zerstört; seine Trümmer wurden zermahlen und über das Erdenrund verstreut, bis weit über die Grenzen des Numenii-Imperiums hinaus. Die Lehrmeister und die mächtigsten Magier Calaspias schufen ein Geflecht von Zaubern um das Gebiet herum, auf dass dort nie wieder ein Tor errichtet werden kann.

Wenngleich erzählt wird, dass Durgar, Galars Bruder,

Ayactan getötet hat, den Favoriten Nequams – der Leib des Dämons wurde nie gefunden.

«Nun wissen wir, warum der Krieg um das Tor so heißt!», sagte Mittni. «Woher also kommen die Ostentum diesmal? Das Tor ist zerstört … Nequam getötet. Was wurde wohl aus Ayactan?»

«Sehr gute Fragen», sagte Thybil leise. «Fragen, wie sie während der COLA-Sitzungen aufgeworfen wurden.»

Bryn zuckte zusammen. Der alte Barue hatte sie alle überrascht. Für Telseara war es keine freudige Überraschung.

«Es beginnt also wieder von vorn. Wie sind sie zurückgekehrt? Und, viel wichtiger noch, wie wird der Konflikt enden?»

Thybil sah sie alle einen Moment lang streng an.

«Woher habt ihr dieses Papier?», fragte er. Er war nicht zornig, nur ernstlich besorgt.

Mittni fand als Erster die Sprache wieder. «Sie haben es gestohlen.» Er zeigte auf Telseara und Dordios und hatte damit die Last der Verantwortung eilig von Bryn und sich abgewälzt.

«Sie war es – ich habe nur an der Tür Wache gestanden», sagte Dordios. Seine Standardausrede.

«W-was denn gestohlen?», stammelte Telseara.

«Nun, die Schriftrolle, die du hinter deinem Rücken zu verstecken versuchst, natürlich.» Offensichtlich war Thybil schon etwas länger in der Nähe gewesen.

«Diesmal hatte Dordios aber die Idee!», erklärte Telseara. «Weißt du, die Tür stand offen …»

«Zu welchem Raum, wenn ich fragen darf?»

«Im Regere Mansionum. Perduellis' Zimmer, glaube ich. Du weißt schon, der Mundschenk.»

«Und die Rolle lag einfach auf seinem Schreibtisch ... komm, du kannst uns doch nicht vorwerfen, dass wir uns mal etwas ansehen, das jemand einfach so herumliegen lässt!»

«Ich bin ganz und gar nicht zufrieden mit euch», sagte Thybil. «Gegenstände ohne die ausdrückliche Erlaubnis ihrer Besitzer an sich zu nehmen, selbst in der Absicht, sie wieder zurückzugeben, ist eine Straftat ...»

«Die unsereins als ‹stehlen› kennt», sagte Bryn und zwinkerte Telseara zu.

«Nein, ich meine es ernst, Bryn; das ist nichts, worüber man Witze reißen sollte. Ab und zu irgendein derber Streich, darüber kann man hinwegsehen, aber nicht über Diebstahl. Ich möchte nie wieder davon hören – das soll heißen, ich möchte, dass du so etwas nie wieder tust. Ich bin mir sicher, dass ich nur die Hälfte dessen erfahre, was du anstellst. Vielleicht ist es besser so. Und du, Dos: Ich möchte, dass du deine Schwester das nächste Mal von so etwas abhältst!»

Dordios schluckte und warf Telseara einen ängstlichen Blick zu.

«Wenn wir unsere Freunde oder unsere Angehörigen nicht davor bewahren, Falsches zu tun, dann teilen wir die Schuld daran. Bevor ich euch wieder ins Bett schicke, sollten wir vielleicht über das sprechen, was ihr gelesen habt. Ich werde bereitwillig antworten, und sei es nur, um dafür zu sorgen, dass ihr über die Tatsachen richtig Bescheid wisst und nicht herumspaziert und allen, die es hören wollen, irgendwelchen Unsinn erzählt.»

Die Bande stieß einen Seufzer aus; Thybil hatte zu predigen aufgehört. So schlimm war es gar nicht gewesen.

«Was also wissen wir über dieses Tor?», fragte Mittni. «Könnte es noch einen anderen Weg geben, die Ostentum zurückzuholen?»

«Ein guter Ausgangspunkt. Aber ich glaube, wir können mehr Fragen beantworten, wenn wir einfach davon ausgehen, *dass* die Ostentum zurückgekehrt sind.» Thybil zog sich die Decke, die um seine Schultern lag, bis auf den Kopf, was Bryn an gewisse höhergestellte Apheristenbrüder denken ließ. «Habt ihr je darüber nachgedacht, warum ausgerechnet wir versklavt worden sind? Warum nicht Numenii? Oder Zwerge? Zwerge verstehen schließlich viel mehr vom Bergbau als wir.»

Die Barue nickten. Bryn hatte durchaus darüber nachgedacht. Er war zu dem Schluss gelangt, dass das Fehlen der Leute von Quivelda nicht so auffallen würde wie das der Bevölkerung einer Numenii-Stadt, die im beständigen politischen und wirtschaftlichen Austausch mit ihrer Umgebung stand.

«Vielleicht haben sie ja gedacht, wir wären Zwerge», schlug Telseara vor, und alle lachten.

«Es wird Zeit, dass ich es euch sage. Der Grund ist ganz einfach: Wir waren die Einzigen, die für diese Arbeit in Frage kamen. Barue sind die Einzigen, die dieses Zeug sehen können!»

«Und wie kommt es, dass sie uns dann danach durchsucht haben?», fragte Dordios.

«Weil sie es dann alle sehen konnten. Die Sache ist die, nur wir Barue können Schwarzgold sehen, *bevor* es gewonnen wird. Solange es noch in der Wand war, konnten die Monster es nicht sehen. Niemand kann das, außer uns.»

«Wozu wollten sie das Schwarzgold, Onkel?», fragte Mittni. «Was ist das Besondere daran? Und warum können andere Völker das Material nicht sehen, bevor es abgebaut wird?»

«Über das Erstere können wir nur Vermutungen anstellen, aber der Grund für das Letztere ist einfacher. Bedenke, was uns von den anderen unterscheidet. Genau: unsere Sinne. Es liegt daran, dass Schwarzgold mit dem Denken zusammenhängt. Tatsächlich handelt es sich bei Schwarzgold um das seltene Gegenständlichwerden der Gedankenkraft. Es wird für höchst komplexe und mächtige Zauber verwendet. Womit wir wieder beim Tor wären. Es bestand teilweise aus Schwarzgold. Vielleicht brauchen sie mehr davon, damit das Tor richtig funktioniert – falls es denn ein neues gibt. Aber wie sonst hätten sie zurückkehren sollen?» Thybil runzelte die Stirn. «Jedenfalls läuft es darauf hinaus, dass die Ostentum von jemandem angeführt werden, der sich auskennt. Und uns ganz gewiss nicht mit Zwergen verwechselt hat.»

Es tat gut, wenigstens einmal zu wissen, *warum* sie angegriffen worden waren. Aber Bryn überlief ein Schauer bei dem Gedanken, dass sie für den Feind wichtig waren. Hoffentlich gab es noch ein Wenfeld, wenn sie dort ankamen.

«Dann wurden wir also versklavt, um Schwarzgold für sie abzubauen», sagte Mittni langsam. «Aber sie hatten auch menschliche Gefangene! Bryn hat sie selbst gesehen!»

«Ja, das passt nicht recht ins Bild; es sei denn, sie wären den Ostentum zufällig über den Weg gelaufen und gefangen genommen worden, um nichts verraten zu können», sagte Thybil. «Das wäre eine mögliche Erklärung. Wie ihr seht, weiß auch ich längst nicht alles. Was ein weiterer Grund dafür ist, dass ich euch nicht viel erzählt habe: Was ich wusste oder für die Wahrheit hielt, hätte sich jederzeit ändern können.»

Thybil streckte die Hand vor und deutete damit an, dass er die gestohlene Schriftrolle endlich haben wollte. Telseara seufzte und zog sie aus ihrer Tasche. Bryn begriff, dass sie darauf gehofft hatte, ihr Großonkel hätte die Rolle inzwischen vergessen. Der Brauer sah sie auffordernd an, als Thybil die Rolle an sich nahm, aber Telseara schüttelte entschlossen den Kopf. Von der anderen Schriftrolle wusste Thybil ja nicht …

«Und warum hatte die COLA Angst?», fragte Bryn.

«Weil es keinen Hinweis darauf gibt, was hinter der Rückkehr der Ostentum steckt», sagte Thybil. «Wie sind sie zurückgekehrt? Das Tor ist zerstört, und sie stammen aus einer anderen Welt oder Zeit. Zweitens, wo sie nun einmal da sind, wer ist ihr Anführer? Nequam ist die einzige Person der Geschichte, von der man weiß, dass sie das gesamte Heer erfolgreich lenken konnte. Ist er zurück? Er war einer von wenigen Menschen, die überhaupt mit den Nurgor arbeiten konnten. Wir können nur raten, wie man das anstellte.»

«Und darum sind Eridanus und Galar gegangen?»

«Zum Gipfel des Wahnsinns», bestätigte Thybil.

«Um zu schauen, ob die alte Feste, Garakron oder wie sie heißt, bewohnt ist?», fragte Telseara. «Und ob ein neues Tor errichtet worden ist?»

Thybil nickte. Er hatte dunkle Ringe um die alten, faltigen Augen, und er sah schrecklich müde aus. «Und um Beweise mitzubringen … Galar weiß bereits, dass dort Ostentum sind. Aber wir haben nichts mehr von den beiden gehört.» Er zog sich an dem kurzen Bart. «Und noch etwas gibt uns Rätsel auf. Sämtliche Ostentum waren dumme, tierhafte Wesen, die nicht einmal das bisschen Intelligenz der Nurgor besaßen. Wie kommt es, dass manche von ihnen nun sprechen können – in Gemeinzunge? Wer weiß, vielleicht sprechen sie sogar die Hohe Zunge?»

Bryn erinnerte sich mit einem Schaudern an ein hochgewachsenes, dürres Etwas mit extrem hoher Stimme: an den Aufseher.

«Nequam hat einen blutenden, geschundenen Kontinent hinterlassen, aber er muss auch die Saat für die nächste Generation des Schreckens ausgeworfen haben.»

Die eine Hälfte von Thybils Gesicht wurde schwach von Telsearas Kerze beleuchtet, die andere lag im tiefen Schatten der Kapuze seines Umhangs sowie der Decke verborgen. Dieses Erscheinungsbild erinnerte Bryn an Ikuyl, einen der sechs Avatare der Legende, den Göttlichen Schelm. Ikuyl war das Symbol für Wissen im guten wie im bösen Sinne. Um dieses Gleichgewicht zu verdeutlichen, wurde sein Gesicht in Darstellungen längsgeteilt und zur Hälfte weiß, zur Hälfte schwarz bemalt. Die Avatare hatte Bryn bei den Aposteln des Verstehens studiert. Sie gehörten zum Mythos des Anfangs, bevor noch der Wahnsinn die Welt berührt hatte. Tatsächlich, fiel ihm mit einem Schaudern ein, war der Legende zufolge Ikuyl sogar für die Erschaffung des Wahnsinns verantwortlich gewesen.

«Kreaturen wie der Aufseher mögen die straffe Führung der Monster erklären», sagte Bryn, «aber damit wissen wir immer noch nicht, wer ihr Anführer ist. Wer steckt denn nun dahinter?»

«Manches, was der Aufseher Boss Osten gesagt hat, gibt uns Hinweise, aber noch keine Antworten. Meine Vermutung ist Ayactan. Wie ihr gelesen habt, wurde seine Leiche nie gefunden. Der Leichnam von Galars Bruder dagegen schon. Der arme Durgar. Sturli der Töter, sein Vater, wäre stolz auf ihn gewesen …»

Bilder der Ostentum kehrten mit neuer Klarheit ins Bryns Gedächtnis zurück. Er musste an die besorgten Offiziellen im Regere Mansionum denken. Und am lebhaftesten sah er die schreckliche bunte Maske des Attentäters vor sich; sie grinste ihn aus den Tiefen seines aufgewühlten Geistes an.

Thybil redete weiter, diesmal beinahe zu sich selbst. «Das erinnert mich an etwas, das Galar gesagt hat und deinen Eulen weitere Glaubwürdigkeit verleiht, Bryn. Warum haben die Ostentum uns nach Armaah entkommen lassen? Der Plan muss geändert worden sein … auf einmal war es nicht mehr so wichtig, dass wir die Hauptstadt nicht erreichten. Ich frage mich, was diesen Stimmungswandel verursacht hat, diese Befehlsänderung. Sie hätten uns vernichten können. Was hat ihre Hand innehalten lassen? Irgendetwas hat sich geändert, an der Spitze. Ich wünschte nur, wir wüssten, was … Und davon einmal abgesehen, sind die Offiziellen eingeschüchtert worden. Genau das ist der Grund, warum wir jetzt, als Lügner gebrandmarkt, auf der Flucht sind. Das verdanken wir alles einer Verschwörung, die das Ziel hat, die Rückkehr der Ostentum geheim zu halten. Opeion wurde ermordet, weil er fest an uns geglaubt hat und unsere Sache mit Nachdruck vertreten hätte. Aurgelmir hatte bisher mit keinem von uns etwas zu tun gehabt und wäre darum weniger geneigt gewesen, uns sein Vertrauen zu schenken. Jemand setzt sich dafür ein, dass wegen der Rückkehr der Ostentum nichts unternommen wird. Wer würde ungeachtet aller Beweise vorgeben, dass alles so ist, wie es sich gehört? Und gar noch uns vorwerfen, hinter all dem Ärger zu stecken?»

Bryn musste wieder an die Verschwörung denken, von der Humphrey gesprochen hatte.

«Was ist mit dem Buch?», fragte Telseara. «Das die Plimpe uns gegeben haben?»

Thybil war wie vom Schlag getroffen. «Woher weißt du etwas über das Buch der Zeiten?», herrschte er sie an.

Dordios wollte schon antworten, aber Telseara kam ihm zuvor. «Das war doch einfach. Wir haben einfach zwei und zwei zusammengezählt», beeilte sie sich zu erklären. Dies war die zweite Gelegenheit, auch die andere Schriftrolle herzugeben, aber Bryn wusste bereits, dass sie das nicht vorhatte. «Der Plimpkönig von Lar-Gren hat uns ein bisschen darüber erzählt.»

«Ich bin überrascht … das kommt höchst unerwartet.»

Thybil rieb die Hände aneinander. «Ich kann euch nichts darüber sagen», erklärte er nach einer ganzen Weile.

«Aber du weißt Bescheid, gib es zu! Ich seh es dir doch an. Und deine Gefühle verraten dich!»

Thybil verspürte immer Beklommenheit, wenn das Buch erwähnt wurde. «Sagen wir, es ist besser, wenn ihr nichts darüber wisst», erwiderte er. «Für den Moment jedenfalls.»

«Du meinst, so wie wir auch nichts über den Krieg um das Tor wissen sollten?»

«Das reicht, Telsea», schalt Thybil sie. «Dieses Dokument ist … etwas völlig anderes. Ich möchte nicht, dass ihr es irgendjemandem gegenüber erwähnt. Die meisten Gelehrten von Itrim wissen nicht einmal von seiner Existenz! Tut so, als ob ihr nie davon gehört habt. Es ist von höchster Wichtigkeit für diese Auseinandersetzung, dass ihr es geheim haltet. Ja?»

Sie nickten, ohne etwas zu sagen.

«Gut, nun kann ich es euch erzählen», erklärte Thybil zu ihrer Verblüffung. «Jetzt, da ihr versprochen habt, es für euch zu behalten. So ist die Lage: Wenn der Verschwörer es weiß, warum solltet ihr es dann nicht auch wissen? Da Eridanus nicht in Armaah war, haben Gug und ich das Dokument aufgeteilt. Es waren zwei Teile, also haben wir jeder einen genommen. Ich stand so kurz davor, mit Dattus Text aus Armaah herauszukommen – aber dann wurde er im letzten Moment beschlagnahmt. Und das nur durch einen unglücklichen Zufall, nicht einmal durch einen Glückstreffer! Jedenfalls hoffe ich, dass es sich so verhält. Es wäre das Grauen, wenn der Feind vom Buch der Zeiten wüsste. Ich zittere bei dem Gedanken.»

«Aber Onkel Gug ist mit seinem Teil entkommen?», fragte Bryn.

«Das hoffe ich sehr», flüsterte Thybil. «Darauf beruhen

unsere Hoffnungen. So, nun wisst ihr Bescheid», sagte der alte Barue ernst. Seine Augen waren wie Eisscherben in dem zarten Licht. «Die Tage der herrlichen Ahnungslosigkeit und stolzen Unabhängigkeit sind gezählt. Für einige von uns jedenfalls. Eine neue Zeit ist angebrochen, die uns alles abverlangen wird.»

Thybil überflog Telsearas Dokument und nickte zustimmend, ein beinahe listiges Leuchten in den Augen. Bryn glaubte zu wissen, was der alte Barue gerade dachte.

Thybil glättete die Rolle. «Ich würde euch gern einen Abschnitt vorlesen, bevor er aus eurem Gedächtnis verschwindet, während wir bei unseren Verwandten sind. Von dem Krieg habt ihr genug gehört. Nun hört euch einmal an, welche Folgen er hatte:

> Viel gibt es nicht mehr zu erzählen. Wir kehrten nach Hause zurück und versuchten, ein normales Leben zu führen. Wir waren Helden, manche von uns, aber das war kein Trost für den Verlust, den wir erlitten hatten. Zahllose Leben waren zerstört, zahllose Familien auseinandergerissen worden, und nichts vermochte den Schmerz der Leute zu lindern. Es gab keinen Trost für Entvölkerung und Elend. Der Anblick der toten Ostentum gab den meisten von uns nichts; sie waren eher Tiere als Intelligenzwesen, und so war die Rache keine süße. Ist sie es je? Als ob ich das wüsste. Ich bezweifle es.

«Erzählt den anderen Barue nicht, was ihr erfahren habt. Ich fürchte, es wäre zu viel für sie, und welchem guten Zweck sollte es dienen? Sie würden nur Angst haben. Vor allem wenn man bedenkt, wie wir für das Schwarzgold herangezogen wurden. Und wenn man bedenkt, dass wir es gewesen sind, die das Imperium auf Ayactan aufmerksam gemacht haben, wenn wirklich er dahintersteckt – sie werden fürchten, dass er seinen Zorn noch heftiger über uns ergießen wird als über die anderen. Deshalb würde ich für die Barue gern so bald wie möglich einen sichereren Aufenthaltsort finden.»

«Warum nur müssen wir so etwas durchleben?», wollte Bryn wissen.

«Nequam hat dieser Generation wahrlich ein schmerzvolles Erbe hinterlassen …»

«Warum müssen Unschuldige leiden?»

«Das Schicksal mag für die Vergangenheit verantwortlich sein, Bryn, und damit auch für unsere gegenwärtige Situation. Wir können nichts daran ändern. Aber wir haben eine Wahl, was die Entscheidungen betrifft, die wir fällen. Werden wir auf eine bessere Welt zusteuern? Glauben wir an die Möglichkeit, dass die Barue wieder ohne Sorgen um ein offenes Feuer herumsitzen und einem einfachen Schrammel lauschen können? Glauben wir an die Freiheit? Welche Werkzeuge auch immer uns die Vergangenheit in die Hand gibt, es ist an uns, die Zukunft damit zu gestalten. Das Schicksal unserer Welt liegt in unseren Händen. Es liegt an uns, die Zukunft zum Besseren zu wenden und sie nicht den Egoisten zu überlassen.»

Er genoss einige Atemzüge der kalten Nachtluft. «Was kann ein Barue schon ausrichten, fragt ihr euch vielleicht. Ein unbedeutendes Volk, dem es an Helden mangelt, gegen den mächtigsten und bösartigsten Zauberer der Zeit und gegen Monster, die so stark sind wie Nephelim? Jeder von uns ist ein Held, wenn wir für das einstehen, woran wir glauben, ungeachtet der Folgen. Die Kleinen stellen die Großen in den Schatten. Selbst die Mächtigen sind gestürzt, und die Weisen sind genarrt worden, weil sie aufgegeben haben. Fürchtet euch nicht, Kinder. Wir haben genug, worüber wir uns heute sorgen müssen; das Morgen wird bringen, was es bringen muss. Durch unsere Handlungen beeinflussen wir es zum Besseren oder Schlechteren. Und jede Wahl, die wir treffen, ist von ewiger Konsequenz. Früher oder später kommt alles ans Licht. Darum werden wir vor unserer Verantwortung nicht zurückschrecken. Wir werden die Verschwörung aufdecken und das Imperium wieder zur Vernunft bringen. Ihr müsst willens sein, große Opfer zu bringen, wenn ihr der nächsten Generation den Frieden und die Ordnung gönnen wollt, die ihr genossen habt. Also seid tapfer und steht ein für das, was ihr wertschätzt.» Er versuchte, sie aufmunternd anzulächeln.

«Es tut nichts Gutes geben, außer man tut es eben», sagte eine melancholische Stimme von irgendwoher im Schatten. Es war Kik-Eritee, der aus der Dunkelheit geschlichen kam und sein Kinn auf Bryns Schulter legte, um den Kreis aus großen, traurigen Augen anzusehen. Thybil wandte sich voller Zuneigung zu dem Plimp um und kraulte ihm die ungebändigten Stirnlocken. Bryn hatte selbst schon ein paarmal den Drang verspürt, das zu tun, aber im Gegensatz zu Mittni nie den Mut dazu aufgebracht. Er hatte gedacht, es könnte den Plimp herabwürdigen; aber ganz im Gegenteil, Kik-Eritee hatte die Augen nun geschlossen und genoss es wie eine Katze. Wieder einmal staunte der Barue über die merkwürdige Mischung von außergewöhnlicher Intelligenz und tierhaftem Verhalten bei den Plimpen.

«Solange unsere Freunde ehrlich zu uns und wir ehrlich zu ihnen sind, wird der Feind uns nicht brechen», sagte Thybil. «Er wird es versuchen, aber wir müssen seine Fallen mittels Vertrauen und Hingabe überwinden. Unseren Verstand und unsere Leiber kann er brechen, aber lasst nicht zu, dass er unsere Freundschaft zerbricht.»

Bryn gab sich einen Ruck und streichelte kurz Kik-Eritees Mähne, die sich überraschend weich und warm anfühlte.

«Aber die Beweise sind doch eigentlich erdrückend! Opeion wurde ermordet! Selbst wenn sie die Ostentum nicht akzeptieren wollen, müssen sie doch wissen, dass etwas nicht stimmt.»

«Ja, aber reicht es zu wissen? Wozu ist Wissen gut, wenn man es nicht umsetzt? Weh dem, der die Wahrheit kennt, aber seine Augen vor ihr verschließt.» Thybils Blick wurde hart. «Und noch Schlimmeres dem, der die Wahrheit verdreht ...» Er schien so voller Zorn, dass Bryn seine Gefühle wie Wellen von seinem Leib ausgehen spürte.

«Warum? Warum verschließen sie die Augen?», fragte Mittni wütend.

«Die Leute haben ihre Gründe, mein Sohn. Sie kennen in vielen Dingen die Wahrheit, zeigen es aber nicht. Es ist in ihrem Interesse, andere irrezuführen ... entweder das, oder sie haben Angst, sich der Realität zu stellen. Und wir vergessen dabei die Verschwörung. Wie viele Leute werden dazu gezwungen, ihre Meinungen zu ändern? Oder dazu gebracht, einer Lüge Glauben zu schenken?»

Thybil legte seine Hände beruhigend auf Mittnis und Bryns Schultern, wie damals, kurz bevor er ihnen gesagt hatte, dass sie ihn nach Armaah begleiten würden. Dieser Moment schien unendlich lange her. «Die Regenten werden schon noch glauben, bald genug. Jeder Einzelne von ihnen. Sobald Galar und Eridanus zurückkehren, wird ihnen gar nichts anderes übrigbleiben.»

Diese Worte flößten den jungen Barue neuen Mut ein – bis ihr Lehrer hinzufügte: «Glauben ist das eine. Aber selbst wenn sich alle Kräfte des Imperiums einig sind, was können wir ausrichten? Wenn die finstere Begegnung naht, die unausweichlich heranrollt, wenn ihre Streitkräfte angriffsbereit vor unseren Toren stehen, wer wird standhalten? Zum Glück verfügen wir über Waffen, von denen das Imperium nichts weiß. Wir werden sowohl diesem Verschwörer als auch dem Anführer der Ostentum zeigen, dass sie sich gehörig verrechnet haben!»

Ein Windstoß ließ die Kerze, die Telseara hielt, flackern und verlöschen. Ihnen blieb nur noch das Licht des Mondes. «Genau die richtige Ermahnung, endlich wieder schlafen zu gehen», sagte Thybil. Er rollte das Dokument zusammen und zog die Decke enger um sich. «Morgen werden wir all unsere Kraft brauchen.»

✦ 26. KAPITEL ✦

Aller Illusionen beraubt

Verzeih, ich hatte ganz vergessen, dass du eine Abneigung gegen Höhen hast», sagte der Hohe Lehrmeister. Galar Sturlison lag zusammengesackt auf dem Bauch, stand jedoch rasch auf und klopfte sich erzürnt ab.

«Jedenfalls, wenn ich nichts unter den Füßen habe, ja!» Er rückte seine Brille zurecht und funkelte Eridanus an. «Das hat weniger mit luftigen Höhen zu tun, mein Freund, als mit Schmerz. Wenn du uns das nächste Mal irgendwohin teleportierst, dann doch bitte freundlicherweise auf den Boden und nicht ein paar Meter darüber. Als ich das letzte Mal abgestürzt bin, hatte ich es auch dieser … Gegend zu verdanken.» Er ließ den Blick wachsam über die karge Landschaft schweifen. Böse sah er Eridanus an, der sanft zu Boden schwebte und beiläufig seine Gewänder ordnete. «Im Gegensatz zu dir kann ich nämlich nicht schweben», fügte der Zwerg hinzu. «Und ich hab auch keinerlei Bedürfnis, es zu lernen.»

Der Mensch lächelte schmerzlich. «Nicht einmal du, mein lieber, hochgeschätzter Freund, kannst die komplexe Kunst der Magie einfach erlernen – viele versuchen es und wundern sich, wenn sie scheitern. Es braucht eine gewisse angeborene Fähigkeit, um Zauber zu wirken. Weder Wissen noch Fähigkeit allein reichen aus. Die Gesetze der Schwerkraft zu überwinden, mag vergleichsweise einfach sein; so einfach wie die Überwindung eines Naturgesetzes eben sein kann … aber warum reden wir von solchen Dingen? Es ist ja nicht so, dass ein Töter, wie du einer bist, je Magie einsetzen würde, selbst wenn er es vermöchte, es sei denn vielleicht, er kann dem Feind damit mehr Schaden zufügen.»

Galar machte, die schwere goldene Axt fest gepackt, einen entschlossenen Schritt auf Eridanus zu, und der Hohe Lehrmeister fand seinen Ernst wieder. Nur die schrecklichsten Ungerechtigkeiten veranlassen jemanden dazu, den Eid eines Töters zu schwören, und so empfiehlt es sich grundsätzlich nicht, ihn daran zu erinnern, warum er zum Töter geworden ist. «So, wollen wir jetzt tun, wozu wir hierhergekommen sind, oder juckt es dich dermaßen, es mir heimzuzahlen?»

Der Hohe Lehrmeister schnaubte. «Ich weiß gar nicht, wovon du sprichst.»

In Wahrheit jedoch wusste er es. Die beiden hatten sich seit dem Moment in den Haaren gelegen, als feststand, dass sie den Weg nach Garakron gemeinsam würden wagen müssen, zum Gipfel des Wahnsinns.

«Ich muss den Hohen Lehrmeister begleiten, um sicherzustellen, dass ihm nichts zustößt.» Mit diesen Worten hatte Galar ihre Reibereien unwiderruflich eröffnet. Aber Eridanus hatte sich sofort revanchiert und beklagt, der Zwerg würde ihn deutlich langsamer machen.

«Dann wirst du mich eben mitnehmen müssen … du weißt schon, auf deine Art. Auf die schnelle Art.» Zum ersten Mal hatte Galars Vorstoß sich gegen ihn selbst gerichtet. Sein Blick war beklommen zu dem unverzierten Holzstab in Eridanus' Händen gehuscht. «Das geht zu zweit genauso schnell. Also bring uns schon hin – wenn du kannst.»

Eridanus hatte die Herausforderung selbstverständlich angenommen, und so kam es, dass die beiden nur Tage nach der Ankunft von Thybil, Bryn Bellyset und den anderen in Armaah ihr Ziel bereits erreicht hatten. Mit der Teleportation zum Gipfel des Wahnsinns hatte Eridanus die erste richtige Gelegenheit gehabt, es dem Zwerg heimzahlen zu können. Der Konflikt jedoch hatte weit früher begonnen …

Galar Sturlison und Eridanus waren während des Kriegs um das Tor so etwas wie Rivalen geworden. Gewiss, sie kämpften auf derselben Seite und bewunderten insgeheim die Durchschlagskraft, die der andere gegen den gemeinsamen Feind ins Feld führte, aber sie verspürten den fortwährenden Drang, einander im Kampf um die Rettung Calaspias zu übertrumpfen. Der Hohe Lehrmeister war voller Ehrfurcht darüber, wie der kleine Zwerg eine feindliche Horde auseinandernahm, ohne auch nur die eigene Haut schützen zu müssen, während der Töter nicht begreifen konnte, wie dem Magier dies ohne jede Feindberührung gelang.

Eridanus und Galar unterschieden sich so sehr wie Honig und Salz. Der Zwerg war klein, temperamentvoll, stämmig, muskulös und empfand gegenüber der Zauberei ein unverhohlenes, tiefes Misstrauen. War sie es nicht schließlich gewesen, die den Wahnsinn und den Krieg um das Tor überhaupt erst in Gang gesetzt hatte? Nun, vielleicht war es nicht ganz gerecht, das zu behaupten – niemand kannte sich mit all den Fürs und Widers solch heikler Verhältnisse aus, darum überließ man sie ja am besten dem Orden von Itrim –, aber was Galar betraf, war es eben so.

Eridanus dagegen war groß und ausgeglichen und ein wahrer Meistermagier. Er war der Kopf des Ordens von Itrim, der oberste Lehrmeister. Die beiden Freunde waren die stärksten Einzelkämpfer, über die Calaspia verfügte, und das betonten sie auch gern. Dass sie sich im Moment aufhetzten, hatte jedoch weniger mit einem übermäßig entwickelten Ego zu tun. Tatsächlich waren beide schrecklich nervös, und so handelte es sich mehr um den Versuch, ihrer Beklommenheit Herr zu werden. Sie hatten nicht gerade Angst, jedenfalls nicht um die eigene Person. Aber in ihnen wohnte eine gewisse Furcht, was aus Calaspia werden würde, wenn sie versagten. Bisher hatten sich ihre Nerven nicht beruhigen lassen, und als es Abend wurde, stellten sie die Sticheleien ganz ein.

Das Unbenennbare Land konnte einen aber auch nervös machen, selbst Menschen (und Zwerge) von solchem Format. Nur ein einziger Ort blieb immer gleich. Jeder, der so weit nach Süden gewandert und auch wieder zurückgekehrt war, um davon zu erzählen, berichtete von den Bergen von Ragnarok und dem Gipfel des Wahnsinns, Garakron, der alles überragte wie ein Riese. Die trostlosen, düsteren Felsen waren Stoff für Legenden und Märchen gewesen, vor allem aber für Albträume bei denen, die sie erblickt hatten.

Unglücklicherweise waren die meisten dieser Geschichten wahr.

Es hatte immer wieder Berichte über seltsame, brutale Monster und verzerrende Kräfte im Unbenennbaren Land gegeben, denn dort war der Einfluss des Wahnsinns besonders stark. In letzter Zeit waren diese Berichte glaubwürdiger geworden. Galar war ebenso wie die Barue Zeuge der Rückkehr der monströsen Ostentum geworden. Aus diesem Grunde waren sie jetzt hier. Eigentlich war es unmöglich, dass die Ostentum zurückgekehrt waren. Tatsächlich jedoch war das Unmögliche geschehen.

✦ ✦ ✦

«Schön, wieder hier zu sein, nicht wahr?», flüsterte Eridanus und beobachtete wachsam die Umgebung. «Gehen wir mal ein bisschen näher heran.» Er spähte über den Felsdurchbruch hinweg, der sie verbarg.

«Noch näher? Was erwartest du – sollen wir mitten durch das Tor spazieren?», konterte der Zwerg. Der Hohe Lehrmeister schien die Absicht zu haben, aufzustehen und genau das zu tun, aber Galar packte ihn bei der Robe und zog ihn wieder herunter.

«Bist du verrückt? Es ist erst ein paar Wochen her, da hat es an diesem Ort nur so gewimmelt von ihnen!»

«Das ist auch heute noch so. Wie immer. Nurgor …»

«Nein, ich meine Garakron. Oder Ragnarok. Und es hat natürlich von Ostentum gewimmelt!»

Die beiden Veteranen waren bereits durch Lager von Nurgor geschlichen. Normalerweise war der Gipfel des Wahnsinns geradezu verseucht von ihnen. Diesmal jedoch schienen sie sich alle in einiger Entfernung von dem Turm niedergelassen zu haben.

«Da ist was faul. Gefällt mir nicht.» Galar starrte böse zum Gipfel. Sie standen so nah vor ihm, dass sie seine Spitze hoch oben nicht mehr sehen konnten. «Dass sich hier keine Nurgor herumtreiben, kann nur bedeuten, dass da drin noch etwas viel Gefährlicheres lauert als sie.»

«Oder dass sie Befehl haben, ihm fernzubleiben.»

«Oder beides.» Der Zwerg nickte grimmig. Dann begriff er, was sein Gefährte gesagt hatte, und sah ihn fragend an. «Was meinst du damit? Warum sollte jemand ihnen das befohlen haben?»

Eridanus schüttelte den Kopf. «Es gibt nur einen Weg, das herauszufinden.»

«*Droch!* … Na gut, dann gehen wir eben!»

Meistens war Galar derjenige, der sich kopfüber in jede gefährliche Situation stürzte. Der Zwerg war verblüfft, dass Eridanus sich nicht mehr so sehr auf seine Nase verließ wie früher. *Wird auf seine alten Tage noch großspurig,* dachte er. *Für einen Menschen ist er alt. Nimmt die Bedrohung nicht mehr ernst.*

Als die beiden durch das Tor gingen, das unbestritten das Territorium von Garakron markierte, überlegte Eridanus wiederum, was für ein misstrauischer, nervöser Alter Galar doch geworden war. *Muss an seinem hohen Alter liegen,* dachte er. *Aber er ist ein Zwerg. Ich dachte immer, die werden bis zum Tod immer stärker und selbstsicherer. Vielleicht ist er ja wegen seiner Augen so unsicher. Aber warum eigentlich? Solange er noch mit seiner Axt umgehen kann, gibt es nichts zu befürchten.*

Der Gipfel des Wahnsinns erhob sich mitten aus Ragnaroks trostlosem Gebirgszug. Eine unheimliche Distanz trennte ihn von den anderen Bergen, als hätten diese sich aus Furcht oder heftiger Abneigung über die Jahrhunderte von ihm zurückgezogen. Aus der Ferne schienen sie alle dicht beieinanderzustehen, aber in Wirklichkeit ragte der Gipfel wie eine verfluchte, einsame Insel aus einer Ebene auf.

Seit Nequam diese Gegend zu seiner dunklen Trutzburg auserkoren hatte und die Nurgor, nach Jahrhunderten der Verstreuung, verursacht durch eine Säuberungsaktion des Imperiums, in ihre Feste zurückgekehrt waren, fingen die Leute wieder an, diese Berge Ragnarok zu nennen. Unter diesem Namen kannten die Nurgor sie seit Jahrtausenden.

«Und ‹Wutfelsen› sind es wirklich», grollte Galar, während sie zu dem turmartigen Berg eilten. «Wenngleich sie sich gegen ihn hier richtig harmlos ausnehmen.»

Diese Nurgor finden auch für alles noch irgendeinen dummen Namen, dachte der Zwerg. Es hatte Monate gedauert, bis er

«Ragnarok» nicht mehr mit «Garakron» verwechselte. Dazu musste er erst die jeweiligen Wortbedeutungen auswendig lernen.

Das Tor, durch das sie geschritten waren, war wie so viele Bauwerke Garakrons eine verwirrende Mischung aus harmonisch Naturgewachsenem und kruder Technik. Die Wände waren zur Gänze aus dem gewachsenen Fels gehauen, und die beiden Torflügel waren mit Metallscharnieren, Ketten und anderen Vorrichtungen gesichert. Es fiel schwer, Metall von Gestein zu unterscheiden, so starrten beide vor Schmutz, und so trübe war das Licht.

Eridanus warf einen Blick nach hinten zu dem fernen Tor, nur um sicherzugehen, dass das Fallgitter nicht heruntergekracht war. Er witterte eine Falle, traute aber nicht einmal den Nurgor und Ostentum einen so plumpen Versuch zu. Dennoch spähte er zu den Wänden hinüber und erwartete beinahe, schattige Formen über sie klettern zu sehen. Als er rasch wieder in die Richtung sah, in die sie gingen, sprang ihn der bedrohliche Turm, der über ihnen dräute, förmlich an. Erinnerungen schossen ihm durch den Kopf.

Schließlich gelangten sie am Fuß des Gipfels an. Der Mangel an Leben ringsum erhöhte die Trostlosigkeit des Ortes noch.

Wenigstens reagiert der Abschaum, der sich sonst hier versammelt, noch auf dich, dachte Galar und spielte nervös mit seiner Axt.

Die beiden Freunde kamen zu einem türlosen Eingang, einer gähnenden Höhlung im Fels. Wortlos versicherten sie sich noch einmal, dass ihnen niemand folgte.

Irgendwie wäre es mir aber fast lieber, dachte Galar.

Sie nickten einander zu, und Eridanus ließ den Zwerg vorgehen. Sofort wurden sie von der Dunkelheit verschluckt.

Ihre Augen brauchten eine Weile, um sich an die Schwärze zu gewöhnen. Die Luft war stickig, sie spürten das Eingeschlossensein. Der Pfad stieg steil nach oben an, und es wurde stetig kälter.

Sie stießen in den feuchten Gängen auf wenig Leben. Nichts war größer als ein Nagetier. Unvermittelt traten sie auf einen steinernen Damm hinaus, der wie eine Brücke zwei Teile der Zitadelle verband. Aus dieser Höhe, die vielleicht zwei Stockwerken des Regere Mansionums entsprach, konnten sie in einen moderigen Innenhof schauen. Auch er lag da wie ausgestorben.

«Was hat sie bloß alle in die Flucht getrieben?», wunderte sich der Hohe Lehrmeister. «Sieht alles danach aus, als gäbe es gar keine wachsende Gefahr, der wir uns stellen müssten. Aber ich nehme deinen Augenzeugenbericht ernst. Nur weil hier keine Ostentum zu sehen sind, heißt das noch nicht, dass keine hier waren. Bring mich zu der bezeichneten Stelle.»

Der Zwerg besah sich das leere Erdgeschoss, und schließlich machte er seinem wachsenden Argwohn Luft. Seine Miene verzog sich vor Zorn. «Aus dem, was wir bis jetzt gesehen haben, ließe sich schließen …»

«Wir wollen keine voreiligen Schlüsse ziehen, alter Freund. Alles Mögliche könnte sie veranlasst haben, diesen Ort zu verlassen. Aber schauen wir einmal nach.»

Plötzlich hatten die beiden das Gefühl, von der Dunkelheit und Einsamkeit Garakrons erdrückt zu werden. Wenigstens waren draußen am Horizont Baumwipfel zu sehen, die sie daran erinnerten, dass es irgendwo, wie fern auch immer, kostbares Leben gab, dem diese Ödnis nichts antun konnte.

«Hier», sagte der Zwerg kaum hörbar. «Das ist die Stelle.»

«Sollte man nicht meinen», antwortete der Hohe Lehrmeister. Beide wussten genau, wo sie sich befanden und auf was sie hier hätten stoßen müssen. Sie befanden sich im Zentrum des Gipfels des Wahnsinns.

Galar klappte langsam eine schwere steinerne Falltür im Boden auf. Eridanus hob den Stab, um in das Loch zu leuchten.

«Sie waren hier, Red!» Galars Blicke schossen wild in der trostlosen Umgebung hin und her. Nichts war zu sehen, nicht einmal das winzigste Krabbeltier.

«Du weißt, was das bedeutet, oder?» Seine Augen waren zu schmalen Schlitzen zusammengekniffen, sie glitzerten hart wie Diamanten in dem trüben Licht, das der Stab des Hohen Lehrmeisters warf.

Eridanus mahlte mit den Kiefern. «Verrat!», presste er hervor. «Aber wer? Wer könnte ihnen von unserem Vorhaben erzählt haben?»

«Jawohl, Verrat.» Eine Stimme, die einem die Haare zu Berge stehen ließ, hallte von den Wänden wider. Galar sprang auf; die Falltür fiel in ihren Rahmen zurück. Der Knall wurde von allen Seiten zurückgeworfen.

«Aber anders, als ihr denkt. Er hat direkt vor euren Augen stattgefunden; ja, ohne eure neugierigen Blicke wäre er gar nicht möglich gewesen. Darum danke ich euch.»

Die Stimme klang metallisch und verursachte ihnen eine Gänsehaut. Sie war tief und laut, aber irgendetwas fehlte ihr. Sie hatte etwas Nichtmenschliches, Unkreatürliches an sich.

Die beiden Alten sahen sich um, doch die Stimme schien von oben zu kommen. Schließlich starrte Galar zur steinernen Decke hinauf. Eridanus wies mit seinem Stab zu kleinen Schächten im Dach, durch die der Klang kam.

«Und ihr kommt zu spät, um etwas daran zu ändern!»,

donnerte die Stimme. «Galar und Eridanus, wie sehr es mich freut, euch leiden zu sehen – denn leiden werdet ihr. Auf diesen Moment habe ich schon lange gewartet, und ich werde meine Rache auskosten.»

«Ayactan!», brüllte Galar.

«Welche Ehre, dass du meine Stimme erkennst», sagte Ayactan und klang nicht im mindesten gerührt.

«Wir sind gekommen, um deinen Machenschaften ein Ende zu bereiten», erklärte Eridanus. «Wir wissen, was du vorhast. Deine Zeit ist gekommen.»

«O ja, meine Zeit ist gekommen», antwortete die Stimme im Plauderton. «Aber was ich vorhabe, wisst ihr nicht. Ich bin euch allerdings gern behilflich und verrate es euch.»

«Fang gar nicht erst an. Bevor du hier großtun kannst, bist du tot!» Galar hob seine Axt.

Die Antwort kam mit leichter Belustigung. «Eure Lage gestattet es gar nicht, Bedingungen oder Drohungen zu äußern. Ich kann mit euch machen, was immer ich will.»

«Du wirst uns niemals lebend kriegen, Dämon», sagte Eridanus kalt.

«Ach, kommt, was sprecht ihr denn von Tod?» Der Dämon klang listig, triumphierend. «Lebendig seid ihr zwei mir nützlicher als tot. Ihr habt mir schon vortreffliche Dienste geleistet. Bald werdet ihr dafür sorgen, dass meine Pläne sich erfüllen.»

«Wie das, Dreckskerl?», sagte Galar. Für einen Moment herrschte Schweigen dort oben, und die beiden Gefährten berieten hektisch, was sie als Nächstes tun sollten.

«Wir greifen ihn an», flüsterte Galar.

«Nein, wir kämen nie rechtzeitig dort an. Es gibt unzählige Gänge, und selbst wenn wir den richtigen auf Anhieb fänden, bräuchten wir mehrere Minuten.»

«Dann sprichst du eben weiter mit ihm, und ich schleiche mich an.»

«Nein, von uns beiden ist keiner stark genug, es allein mit ihm aufzunehmen.»

«Das denkst auch nur du!»

«Galar, Heldenmut ist zwar eine Tugend, aber schwächen wird sie Ayactan nicht. Vorausgesetzt, dass du den richtigen Weg überhaupt findest …»

Ayactans Stimme drang erneut zu ihnen herunter. «Es ist eine lange Geschichte, aber ich teile sie gern mit so treuen und loyalen Dienern wie euch.»

«Ich bezweifle, dass deine Erklärung, wie lang sie auch immer sein mag, uns in solche Verdammnis locken könnte», rief Eridanus.

«Fluch über dich, Dämonenbrut! Ich hab mich schon gefreut, dein Leben in dieser Welt zu beenden, aber auf deine Geschichte warte ich gern», setzte Galar hinzu. «Wenn sie uns nicht gefällt, wirst du das schon merken.»

Eridanus schlug sich resigniert die flache Hand vor die Stirn. Jedenfalls war Galar wieder ganz der Alte.

«Ich werde euch nur euren Anteil an der Geschichte meines Aufstiegs zur Macht erzählen, denn der Rest ist wahrlich nicht von Interesse für euch», dröhnte Ayactan.

«Ganz gewiss nicht», sagte Eridanus.

«Dann erzähl uns mal als Erstes, wer der Verräter ist! Wer hat dir gesagt, dass wir kommen, sodass du die Beweise für die Rückkehr der Ostentum verstecken kannst?» Galar schien ratlos zu sein, weil er seine monströse Axt nicht einsetzen konnte. Er hielt sie in der einen fleischigen Hand und fuhr sich mit der anderen durch den borstigen Bart.

«Ich brauche niemanden, der mir sagt, dass ich irgendetwas verstecken soll. Ich habe die Nurgor einfach nur weggeschickt, damit wir uns in angenehmerer Atmosphäre unterhalten können.»

«Vielen Dank.»

«Gern geschehen. Ihr zwei seid Verräter an den Numenii. So wird es nach eurer Rückkehr aussehen. Euch wird nie wieder jemand ein Wort glauben. Woher weißt du, dass die Ostentum zurückgekehrt sind, Sturlison?»

«Weil ich sie mit meinen eigenen Augen gesehen habe!», brüllte Galar und packte die Axt mit beiden Händen. «Und nicht nur Monster übrigens.»

«Wie hat dein Freund noch gleich zu dir gesagt?» Ayactans Stimme war die reine Bosheit. «‹Wir wollen keine voreiligen Schlüsse ziehen.› Doch genau das habt ihr alle – der Zwerg, der Menschling und vor allem eure Freunde, die Barue – zu meinem größten Vorteil getan. Ihr seid hereingelegt worden und ausgenutzt, und dank eurer selbstgerechten Überzeugungen werdet ihr jetzt auch noch beiseitegefegt, damit ihr nicht mehr stören könnt. Ihr braucht gar nicht erst mit leeren Händen ins Regere Mansionum zurückzukehren. Bis dahin wird man euch ohnehin schon für Verräter halten. Mein Partner besitzt ungeahnte, einmalige Befugnisse. Es ist nur eine Frage der Zeit, bis er von ihnen Gebrauch macht.»

«Von wem sprichst du? Wer ist dieser dreckige Hund?»

«Ist es nicht Aufgabe des Detektivs, dem Verbrecher zu erklären, wie er den Fall aufgeklärt und das Rätsel gelöst hat, sobald sein Fang hinter Gittern sitzt? Diesmal ist es dank meiner Gerissenheit der Verbrecher, der dem Detektiv eine Lektion erteilt. Also nehmt mein Angebot demütig an – hört zu und beherzigt meinen Rat, euch in Zukunft nicht mehr solche dummen Schnitzer zu leisten.» Ein hohles Lachen hallte durch den Raum. «In Zukunft brauchen wir keine dummen Schnitzer von eurer Seite mehr; wir können die Sache endlich in die eigene Hand nehmen. Also, wenn ihr bequem sitzt, fangen wir an.»

«Warum sprichst du nicht von Angesicht zu Angesicht mit uns?», forderte Galar ihn heraus. «Aus Angst?»

«Ich kenne dein Verhalten. Du würdest nicht meiner Erklärung lauschen, Zwerg. Du würdest versuchen, mich mit deinem Riesenspielzeug da zu tranchieren, sobald du mich nur zu sehen bekommst. Doch du kannst mir glauben, dass ich keinen Grund habe, einen von euch beiden zu fürchten. Die Magie des Hohen Lehrmeisters ist hier nicht wirksam – und er würde ja nie seine eigenen Regeln brechen und die Kräfte des Wahnsinns gegen mich einsetzen, nicht wahr, du Narrenkönig?»

«Nun erzähl schon, du angeberischer Feigling, oder ich tu's doch!»

«Darin war Nequam groß … er hat sich nie von Regeln einschränken lassen …»

«Schweig!», rief Eridanus. Er bebte vor Zorn.

«Du hättest auf deinen Freund hören sollen. Der Mann war weiser als du – und größer, als du je zu werden hoffen darfst.»

«Er war ein Verräter und ein Lügner, und es betrübt mich, ihn je meinen Freund genannt zu haben.»

«Er *war* ein Verräter? Ihr wisst ja noch weniger Bescheid, als ich dachte, du und dein jämmerlicher Orden von Itrim. Nein, Nequam ist nicht tot … nur sein Leib hat zu existieren aufgehört. Nun, sein Leib ist langsam verfallen, nachdem sein Geist ihn verlassen hat. Unter den richtigen Umständen könnte er zurückkehren. Unsterblichkeit war immer eines seiner Ziele, und er hat es erreicht.»

«Du hast also vor, ihn zurückzuholen, ja? Geht es darum?»

Ein gequältes Lachen war die Antwort. «Also bitte, Menschling – ihn zurückholen? Er hat mich hierhergeholt; weitere Treuepflichten gibt es nicht. Warum sollte ich etwas so Dummes tun? Das wäre ganz unsinnig. Nein, ich genieße es, mein eigener Herr zu sein. Und nun hört mir zu – ich werde es euch sanft beibringen.

Die Ostentum sind *nicht* zurückgekehrt. Euer Feind befindet sich mitten unter euch, an der Spitze des Imperiums. Er hat den Obersten Gerichtshof und den Senat um seinen kleinen Finger gewickelt. Selbst ohne die Hilfe der Regenten kann er alles erreichen, was er möchte. Aber ich schweife ab; ich wollte ja nur eure Großtaten würdigen.

Die wenigen Ostentum, die du gesehen hast, Zwerg, waren zusammen mit denen, die die Barue versklavt haben, schon mein halbes Heer! Wie ihr seht, könnten sie gerade einmal einen Bezirk eines Reiches des Imperiums bedrohen – keine große Leistung, da werdet ihr mir gewiss zustimmen.

Begreift ihr denn nicht? Ich *wollte*, dass ihr glaubt, wir wären in großer Zahl zurückgekehrt, und ich wusste, ihr würdet so schnell nach Armaah laufen, wie ihr nur könnt. Ich hatte die Ostentum nur auf Ragnarok verteilt, als Galar hier war, damit er die Sache in Bewegung setzen konnte. Sicherheitshalber hatte ich auf der anderen Seite Calaspias noch die Barue ins Spiel gebracht. Meine Wahl fiel auf Quivelda, weil Thybil dort war. Es war schon fast zu einfach, als ihr euch zusammengetan habt und nach Armaah losgeflitzt seid.

Ich konnte euch natürlich nicht einfach ungehindert dort ankommen lassen. Ihr musstet ja das Gefühl haben, dass ihr Helden wärt und dass ihr allein das Schicksal Calaspias in Händen hieltet.» Er lachte freudlos. «Euer Stolz war groß, ihr kamt euch so wichtig vor … so lief mein Plan wie geschmiert. Er war einfach, aber genial – ihr werdet mir gewiss zustimmen, wenn ihr erst einmal alles gehört habt.»

«Du lügst!», brüllte Galar. «Wieso haben sie uns dann gefangen genommen? Warum waren sie so oft hinter uns her?»

«Ich sagte doch schon, es musste echt wirken. Wenn einer von euch gestorben wäre, umso besser. Ein- oder zweimal wäre alles beinahe aufgeflogen. Wenn ihr nur ein wenig mehr an der Oberfläche gekratzt hättet, wäre die Farbe abgegangen. Wenn ihr misstrauischere Fragen gestellt hättet, anstatt euch für vom Schicksal auserwählt zu halten, ihr hättet meinen Plan aufgedeckt oder zumindest begriffen, dass ihr getäuscht wurdet – und ihr hättet mir das Leben ein wenig schwerer gemacht. Kleines Beispiel: Nach eurer letzten Flucht ist euch kurz vor der Hauptstadt aufgefallen, dass meine Ostentum nicht mehr hinter euch her waren. Aber ihr habt keine vernünftigen Schlüsse daraus gezogen. Schlussfolgerung, ihr Narren! Ich wusste jederzeit auf den Punkt genau, wo ihr euch befandet! Und ich kann mich glücklich schätzen, dass ihr einander so bedingungslos glaubt und vertraut. Das hat meine Erträge noch maximiert. Ihr habt allen brav die gleiche Geschichte angedreht. Eridanus und Gug, die doch überhaupt nichts gesehen hatten, waren felsenfest von der Rückkehr der Monster überzeugt. Galar und die Barue hielten sie für echt, alles andere war gleichgültig.»

«Na schön, dann hielten wir sie also für echt», grollte Galar. «Aber warum uns gefangen nehmen? Sie haben uns in den Bergen entführt und in die Tiefebene verschleppt … wir waren tagelang in ihrer Hand. Ich habe uns befreit, das kannst du also nicht geplant haben. Sie haben sogar versucht, uns wieder einzufangen!»

Galar wirkte sehr mit sich zufrieden, und er sah Eridanus um Unterstützung heischend an, als hätten sie hier wirklich etwas gefunden, das die Worte des Dämons widerlegte.

«Ach ja, dieses kleine Versehen. Meine Diener waren sich

nicht sicher, ob sie die Richtigen hatten. Sie wollten eure Namen oder irgendwelche anderen Informationen, nur um sicherzugehen. Ihr erinnert euch bestimmt noch an die Verhöre im Flachland von Armaah. Ich befahl meinen Sklaven, euch durch die Berge von Ged-Ruak zu begleiten, weil ich vermeiden wollte, dass ihr versehentlich von umherstreifenden Nurgor zu Brei geschlagen werdet. Sie sind so unbedacht … Weißt du noch, als du das letzte Mal hier warst, Galar? Als du deine schreckliche Entdeckung gemacht hast? Die Nurgor haben dich gefangen genommen. Sie meldeten mir ihren Fund, und ich war über deine mangelnden Fähigkeiten enttäuscht. Als mein Lakai jedoch dort ankam, hattest du dich bereits abgesetzt. Zunächst war ich über deine Flucht erfreut. Dann jedoch erzählte er mir von dem kopflosen Ostentum.

Das war der Hauptgrund, warum ich dich so viele Male verfolgen ließ, verwünschter Zwerg; du hast dir immer irgendwelche Beweismittel verschafft. Deine kleinen Trophäen. Eine Klaue, sogar eine vollständige Pfote hätte keine Rolle gespielt – es hätten ja irgendwelche Überreste aus dem Krieg um das Tor sein können. Aber ganz gewiss nichts so Großes und Identifizierbares wie ein Kopf. Dessen Alter hätten die Lehrmeister binnen eines Tages ermittelt! Das konnte ich nicht zulassen, nicht wahr?»

«Warum nicht? Was hätte es denn geschadet, wenn COLA uns geglaubt hätte, obwohl die Ostentum gar nicht zurückgekehrt sind!»

«Du hast immer noch nicht begriffen, worum es eigentlich geht», sagte Ayactan in übertrieben geduldigem Ton. «Dass ihr mit dieser Geschichte zum Rat gehen solltet, diente nur einem einzigen Zweck: euch in Misskredit zu bringen – die Barue, den Hohen Lehrmeister, dich, Gug und alle, deren Vertreter ihr wart. Also durfte es auf gar keinen Fall den Anschein haben, dass du die Wahrheit sagst, selbst wenn die ‹Wahrheit› gestimmt hätte. Das hätte ja zu einem stärkeren, gerechteren Imperium geführt und nicht zu seiner Schwächung und Beeinflussbarkeit. Thybil, Gug, Eridanus, Galar … die Helden aus dem Krieg um das Tor. Sie werden denken, dass ihr von euch selbst berauscht seid, was ja auch stimmt. Sie werden denken, dass ihr mehr Macht wollt. Stattdessen habt ihr sie verloren. In dieser Welt macht es gar nichts, wenn man lügt. Was die Leute für wahr halten, *wird* Wahrheit. Der Orden von Itrim ist ganz versessen darauf, auf seiner Suche nach der Wahrheit das herkömmliche Wissen hinter sich zu lassen und gleichzeitig weniger talentierte Wissenschaftler dazu zu ermuntern, nach dem herkömmlichen Wissen zu streben, sodass er allein die oberste Autorität ist. Was macht es also, wenn niemand die Fakten kennt? Gib ihnen eine anständige Lüge, auf der sie herumkauen können, und sie werden den Mund halten. Was dem Orden von Itrim schnelles, ungestörtes Forschen ermöglicht. Er hält das Wissensmonopol, das weiß ich nur zu gut. Und ich gedenke, Calaspia dies in einiger Zeit zu enthüllen. Die Numenii werden mich Aufklärung nennen! Meine Wahrheiten werden ein goldenes Zeitalter des Wohlstands einläuten, in dem jedermann mit den besten Erfindungen leben kann, die Itrim zu bieten hat. Das Volk wird finden, dass es betrogen worden ist, dass die Lehrmeister wertvolles Wissen zurückgehalten haben, um sein Elend zu mehren. Ihr seht, auch ich will nur das Beste für das Volk.»

Eridanus hob sein Kinn zur Decke, und Galar hatte das merkwürdige Gefühl, dass er genau zu dem Dämon sah.

«Nicht alle Wahrheit führt in die Freiheit, Ayactan. Am Ende wird sich die Wahrheit selbst offenbaren, und sei es nur wenigen Auserwählten. Das Echte vom Künstlichen zu scheiden – das ist wahre Aufklärung. Nur was sich in die Wirklichkeit fügt, kann wahr sein. Wie sehr man die Wahrheit auch verdreht, wer sie sucht, findet sie womöglich gleich vor seiner Nase. Manche Leute schätzen die Wahrheit freilich nicht. Doch das ändert nichts an den Tatsachen.»

«Doch wir sind nicht hier, um Philosophie zu diskutieren.»

«Diskutieren wäre übertrieben», sagte Eridanus leichthin. «Dies ist kein geistiger Wettstreit zwischen dir und mir – wie soll ich mit jemandem die Klingen kreuzen, der unbewaffnet ist.» Galar grinste. «Du hast Vergnügen daran gefunden, uns deine Sichtweise zu erläutern … ich habe erst angefangen, unsere entgegenzusetzen.»

«Und ich», sagte der Dämon nach einem Moment, «werde so fortfahren, wie ich es für richtig halte – ich tue dies schließlich für euch. Was man beweisen kann, wird Wirklichkeit. Was man fälschen kann, wird Beweis. Wer das begreift, vermag auf leichte Art die Geschichte zu verändern. Binnen einer Generation können die Leute ganz von den Traditionen abgebracht werden und genau das tun, was ihre Väter zum Preis ihres Lebens beenden wollten. Ich kann eure Kinder davon überzeugen, dass der Wahnsinn nie existiert hat, sondern nur ein Märchen war, das den Herrschenden als Vorwand gedient hat, alles zum Schlechten zu wenden. Und siehe da, auf einmal steht das alte Imperium als ein faschistisches Regime da, war der Krieg um das Tor ein ideologischer Kreuzzug tyrannischer Anführer, war Nequam ein Freiheitskämpfer, ein Held.»

Eridanus bebte vor kaum noch beherrschtem Zorn. «Genug!»

«Natürlich musste Opeion entfernt werden, damit ich allmählich die Kontrolle über das Regere Mansionum übernehmen kann», sagte Ayactan. «Der neue Imperator wird um einiges leichter zu … überzeugen sein.»

Galar ließ seinen kurzen Daumen über den Kopf der Axt gleiten. «Ich glaube dir nicht. Du bist verrückt!»

«Das ist gewiss das rechte Wort für diejenigen, die durch die Kraft des Wahnsinns leben», sagte die bedrohliche Stimme. «Denkt nach, ich hätte euch alle doch unzählige Male töten können! Wenn du mir nicht glaubst, Zwerg, dann hältst du es wohl für reinen Zufall, dass der Dämon, den ich dir hinterhergeschickt habe, dich zwar angegriffen, aber, anstatt dich zu töten, Hunderte von Kilometern nach Norden transportiert hat? Der Grund für den Angriff ist ganz einfach. Erstens, dein Beweisstück, dieser Kopf, musste vernichtet werden. Zweitens, hältst du es für Schicksal, dass du gleich draußen vor dem Barue-Lager abgeworfen wurdest? Je schneller du solche abergläubischen Spekulationen unterlässt, desto besser.»

Eridanus seufzte. «Ja, Tawny. Ich glaube, er hat recht. Wir sind auf jedem Schritt des Weges genarrt worden.»

«Freut mich zu sehen, dass dein Freund mehr Verstand hat als du, Kleiner.»

«Obwohl du das Gegenteil behauptest, die Ostentum sind tatsächlich zurückgekehrt – wenn auch in kleiner Zahl», sagte Eridanus. «Wie kommt das?»

«Ah, die Wunder der modernen Technik», sagte Ayactan beiläufig. «Die meisten habe ich gezüchtet.»

«Klone?»

«So etwas Ähnliches. Ich habe diese Methode natürlich vierzig Jahre lang perfektioniert. Einfach ist sie nicht. Und ohne Hilfe hätte ich es auch nicht geschafft ...» Dem Dämon war anzuhören, dass er noch einen ganz besonderen Leckerbissen für sie bereithielt. «Ohne die Hilfe des Ordens von Itrim.»

Eridanus' Antwort war ruhig, aber voller Verachtung. «Es ist nichts Neues, dass diejenigen, die über die Macht wachen sollen, sie oft missbrauchen. Was haben sie dafür von dir bekommen?»

«Nicht viel. Ts, ts, mein zynischer Lehrmeister, wie schlecht du doch von deinen Mitmenschen denkst. Ist meine Freundschaft nicht genug? Ich biete sie auch euch an. Ich bin dieses sinnlose Gezänk leid. Ich erbitte keine Gegenleistung, als dass ihr euch nicht in die Angelegenheiten des Imperiums mischt. Es ist zu spät, um irgendetwas *Gutes* zu tun. Ihr werdet am Ende nur noch mehr Unheil angerichtet haben. Sterbliche freuen sich nur an ihrer Narrheit, wenn sie meinen, sie könnten auf das Tun der Ewigen Einfluss nehmen. Stellt euch den großen Dingen in den Weg, die ich ins Rollen gebracht habe, und es wird zu eurem eigenen Schaden sein.»

Galar war immer noch nicht überzeugt. «Was ist mit Bryn, dem Brauer aus Quivelda, der dem Aufseher bei seinen Metzeleien zugesehen hat. *Das* hat die Barue im Sklavenlager zu ihrer Revolte getrieben … oder geschah das, weil sie bestraft werden sollten? Erzähle mir jedenfalls nicht, das hättest du auch geplant!»

«Um wieder auf den Zuchtvorgang zurückzukommen.» Ayactan klang inzwischen gelangweilt. «Was euer kleiner Freund beobachtet hat, ist der Grund dafür, warum ich nicht die ganze Nation mit meinen Ostentum überrannt habe. Darum sind sie nicht auf eine Weise ‹zurückgekehrt›, die eine ernstliche Gefahr darstellte. In den Worten so vieler Mitglieder des Hohen Rats: Es ist unmöglich. Anderenfalls hätte ich es getan. Würde ich so handeln, wie ich es getan habe, wenn mir ein Heer von Tausenden von Ostentum zur Verfügung stünde? Was glaubst du, warum ich diese ermüdende Allianz mit den Menschen überhaupt eingegangen bin? Ich versichere dir, sie war absolut notwendig. Und es dauerte quälend lange, überhaupt bis zu diesem Punkt zu kommen.»

Die körperlose Stimme fuhr fort. «Die Erzeugung war ein enorm schwieriger und anstrengender Bestandteil des Plans, und was ist dabei herausgekommen? Eine Handvoll, nein: nicht einmal Ostentum – nur ein fahler Abklatsch davon! Meint ihr, die Nephelim wären so leicht mit meinen *echten* Ostentum fertig geworden? Ich brauche alles Mögliche dafür, an das sich nur schwer herankommen lässt; der Vorgang dauert Monate unablässiger Arbeit. Natürlich tat ich das meiste nicht selbst.» Seine Zufriedenheit war nicht zu überhören. «Ich hätte schon dafür gesorgt, dass genug Barue entkommen, um ihren Zweck zu erfüllen und die Neuigkeiten zu verbreiten. Die Barue wie diese und andere Numenii zu opfern, wäre ohnehin nicht nötig gewesen. Das zeigt, dass nicht alles nach Plan lief; die Revolte und auch anderes. Diese Dinge sind nicht vorgesehen gewesen. Aber warum sich aufregen? Wozu brauche ich jetzt noch Monster? Mir steht das Imperium zur Verfügung!»

Erregt fuhr die Phantomstimme fort: «Diese jämmerlichen Mimikry-Ostentum taugen nichts; sie leben nur ein paar Wochen lang! Also musste ich alles überaus vorsichtig planen … stellt euch das vor: Jahre, Jahre der Vorbereitung für ein paar Wochen des Handelns! Aber es hat sich gelohnt. Es hat sich gelohnt!» Sein gefühlloses Gelächter schmerzte in ihren Ohren. «Die Barue haben sich die Freiheit schwer erkauft, spielt es da am Ende eine Rolle, dass sie alle entkommen sind und nicht nur eine Handvoll Boten des Untergangs? Ich hätte sie ohnehin freilassen müssen; sie mussten ja fort sein, bevor die Numenii-Soldaten dort mit ihren Nachforschungen begannen. Nicht einmal die Nephelim haben meinen Plan zunichte gemacht. Ich war froh über ihre Anwesenheit, denn die machte in euren Augen die Bedrohung nur noch größer, und die Flucht aus dem Sklavenlager war realistisch. Sie war glaubwürdig. Anderenfalls hätte ich womöglich einige absichtlich davonkommen lassen müssen. Also jedenfalls absichtlicher als so.»

Gespielte Traurigkeit schlich sich in seine Stimme. «Ach, ich fürchte, wenn die Soldaten dort ankommen, wo einmal das Sklavenlager gewesen ist, werden sie nicht mehr finden als ein paar tote Barue und Nephelim. Meine Nurgor haben alles, was eure Geschichte bestätigen könnte, verschwinden lassen. Und die Ostentum sind längst wieder abgezogen. Stimmt ihr mir nicht darin zu, dass es ein logistischer Albtraum war, den Angriff auf Quivelda mit Galars Abenteuern zu koordinieren? Und wir dürfen nicht vergessen, dass ich Galar zunächst einmal nach Garakron locken musste ... Ha! So gut habe ich mich seit vielen Jahren nicht unterhalten.

Die Waffen, die sie entdeckten: Auch sie deuteten auf die bescheidene Existenz meiner Ostentum hin. Das ‹Sklavenlager› war zu diesem Zeitpunkt mein größter Stützpunkt! Oh, wie befriedigend es doch ist, mit den Ängsten anderer zu spielen ... die Phantasie ist ein wunderbares Werkzeug, um Einfluss zu nehmen ... man deutet ein Bild nur an, und den Rest malt der Verstand.»

Galar hatte eine ungläubige Miene aufgesetzt, aber er wirkte empört, geschlagen. «Und dieser Schleimfaden, der uns gefangen genommen hat. Er war, Herrgott, fast intelligent. Wie das?»

«Ist es nicht witzig, dass er euch gefangen genommen und ein ganzes Stück durch Armaah gebracht hat? Ja, jetzt leuchtet das ein, nicht wahr? Der Grund, warum er Antworten von euch wollte, liegt einfach darin, dass ich, gewissenhaft, wie ich bin, sicherstellen wollte, dass ihr eure Mission kennt und sie brav ausführt.»

«Aber wie verhält es sich nun mit der Intelligenz? Er hat Numii gesprochen! Wie in aller Welt ...?»

«Ich würde euch gern alle meine Geheimnisse verraten», sagte Ayactan in schleppendem Ton. «Eines nach dem anderen. Ich habe nichts Besseres zu tun.»

Der Zwerg sah verdutzt zu Eridanus, der flüsterte: «*Schuckel*, dieser Teufel hat Sinn für Humor.» Begreifen zeichnete sich auf Galars Gesicht ab, dann trat ein mörderisches Glitzern in seine Augen.

«Natürlich Humor von der primitivsten Sorte», fügte der Hohe Lehrmeister rasch hinzu.

Ayactans raspelnde Stimme drang wieder durch die Schlitze über ihren Köpfen. «Hier ist eure Chance: Macht eure früheren Narrheiten wieder gut und lasst mich und mein Imperium in Ruhe. Geht, verlasst diesen Ort, ich werde euch nicht aufhalten. Aber wenn ihr wie immer die Helden spielen wollt, dann werdet ihr die Rechnung präsentiert bekommen.»

«Am Ende triumphiert noch stets das Gute», erklärte Eridanus.

«Richtig. Und die Rechnung wirst *du* kriegen», sagte Galar mit gebleckten Zähnen und ließ seinen Daumen über den goldenen Kopf seiner Axt gleiten.

Der Hohe Lehrmeister fuhr fort: «Du hältst dich für einen großen Herrn der sichtbaren und der unsichtbaren Welt, aber du bist ein Sklave deiner eigenen Verschlagenheit, eine Schachfigur des Wahnsinns. Geh, verlasse du Calaspia. Du hast hier nichts zu suchen.»

«Warum seid ihr so besessen vom Wahnsinn?» Zum ersten Mal klang Ayactans Stimme echt. «All dieses Geschwätz von Gut und Böse, von Seiten, von Macht. Warum seid ihr immer so schnell mit euren Zuordnungen und Urteilen? Begreift ihr denn nicht, dass jeder von persönlichen Motiven angetrieben wird? Wer seid ihr, dass ihr Gott spielen wollt?» Diese unvermittelte philosophische Betrachtung verwirrte Galar. «Es scheint mir, als wäre in euren Augen nur das böse, was eure eigenen Interessen bedroht. Ich würde sogar so weit gehen zu behaupten, dass das egoistisch ist, böse.»

«Uns hat immer nur das Wohl Calaspias am Herzen gelegen!», sagte Eridanus.

«Ja, ich weiß. Natürlich bestimmt ihr, wie dieses Wohl auszusehen hat. Nämlich so, dass es gut für *euch* ist.»

«Und für den Rest des Imperiums», sagte Galar.

«Aber ihr werdet doch sicher einsehen, dass ich das Gleiche will: das Wohl des Imperiums. Ich bin im Begriff, ein starkes, geeintes Calaspia zu schaffen. Mit einem Regenten als Verbündeten und mir als Freund gibt es keine Gegner mehr. Wo es keine Gegner gibt, herrscht Frieden.»

«Uns geht es um Gerechtigkeit, nicht um Frieden um jeden Preis», erklärte Eridanus. «Uns ist lieber, frei zu sein und zu kämpfen, als im Frieden zu leben und Sklaven zu sein!»

«Das werden wir nicht zulassen», grollte Galar.

«Diesmal habt ihr keine Chance. Hört auf mich und haltet euch da raus. Denkt an die Barue. Ihr Blut wird an euren Händen kleben.»

Eridanus zuckte zusammen, als sein Freund die Beherrschung verlor. «Ich mach dich einen Kopf kürzer, verflucht nochmal!», explodierte Galar. «Komm raus und stell dich, du hundsföttischer, verlauster Dreckskerl!»

Er schwang wild seine Axt und rannte in einen dunklen Gang hinein.

«Tawny, komm zurück!», rief Eridanus und eilte ihm nach. Hinter ihnen schlug das Echo von Ayactans Gelächter durch den Tunnel.

«Seht euch vor, Sterbliche, denn ich habe meinen Platz gut gewählt.»

«Weißt du überhaupt, wo du hingehst?», fragte Eridanus etwas außer Atem.

«Und ob ich das weiß. Ich kenne mich hier, glaube ich, besser aus als in der Heimat meiner Vorfahren.» Galar sah sich nicht einmal nach ihm um.

«Du bist dir aber hoffentlich darüber im Klaren, dass meine Magie hier nichts gegen ihn ausrichten kann. Hier sind Kräfte am Werk, die sich leicht entfesseln, aber so gut wie überhaupt nicht beherrschen lassen. Ich weigere mich, sie zu benutzen, aber Ayactan schreckt vor nichts zurück.»

«Wir werden diesen elenden Hund Gerechtigkeit lehren», knurrte Galar.

«Er ist zu stark. Denk an unsere Mission! Dies ist nicht die Zeit für Heldentaten.»

«Mission! Wenn es stimmt, was er sagt, dann brauchen wir gar nicht erst mit irgendwelchen Missionen zur brennenden Seite von Ruach'zam zurückzukehren!»

«Denk an unsere Pflichten!», mahnte Eridanus. «Wir müssen Sarghenta informieren, die Plimpe und die anderen. Uns stehen noch Kräfte außerhalb des Numenii-Imperiums zur Verfügung. Und selbst innerhalb des Imperiums haben wir viele Verbündete. Aber nicht hier; komm, lass uns gehen. Wir haben erfahren, was wir wissen wollten.»

«Du kannst ja gehen, wenn du unbedingt willst, aber ich werde diese Gelegenheit nutzen. Ayactan läuft schon viel zu lange frei herum. Ich werde Durgars Tod rächen!»

«Dann spielt es auch keine Rolle, ob er noch ein wenig länger lebt. Dies ist sein Herrschaftsgebiet, nicht unseres. Wir können später wiederkommen, mit Unterstützung.»

«Ja, und dann wird es hier von Nurgor nur so wimmeln. Unsere Freunde werden sterben, und wir werden wieder einmal die Letzten sein, die ihm in Garakron noch entgegentreten können, wie damals in dem Krieg! Diesmal haben wir aber nicht einmal die Heere Calaspias auf unserer Seite – wenn es stimmt, was dieser dampfende Haufen Elolanmist sagt.»

Sie stiegen höher und höher. Ab und zu weiteten die gewundenen Tunnel sich zu einer Höhle oder einer Art Treppenabsatz, strömte Licht durch eine Türöffnung.

«Ich glaube, jetzt haben wir ihn», sagte Galar hämisch einige Tunnel später.

«Er könnte inzwischen sonst wo sein», sagte Eridanus.

«Unwahrscheinlich. Hier gibt es viele Durchgänge, und je höher wir kommen, desto weniger Möglichkeiten hat er. Jetzt gibt es nur noch einen Weg ... diesen hier. Er gehört uns. Ich habe gesehen, wie er diesen Weg genommen hat», log Galar. Aber eigentlich, sagte er sich, war es gar keine Lüge; denn war vorhin nicht ganz vorn dieser gewaltige Schatten vorbeigehuscht? «Er wird ganz oben auf uns warten.»

«Wie schön», sagte der Hohe Lehrmeister ohne jede Begeisterung.

«Eine nette Art, mir das zu vergelten», gab Ayactan sich enttäuscht. Seine Stimme war noch genauso brüllend laut wie Hunderte von Metern weiter unten in dem kleinen Raum, aber hier hallte sie nicht mehr. «Ich hatte mir schon gedacht, dass ihr mir nachkommen würdet, darum bin ich gleich nach unserem Gespräch hierhergeeilt. Ich hoffe, ihr genießt den Anblick.»

«Du bist größer, als ich dich in Erinnerung hatte.» Galar klang nicht im mindesten beeindruckt.

«Und du kleiner», schoss Ayactan zurück. «Aber dein Mundwerk ist so groß wie eh und je, stelle ich fest. Immer größer als dein Hirn.»

Der Dämonenprinz sah aus wie eine Statue aus massivem

Metall. Über zweieinhalb Meter groß, von Kopf bis Fuß in eine schwere Rüstung gehüllt, war Ayactan die Art Gestalt, vor der ganze Heere die Flucht ergriffen. Die Rüstung war rötlich braun. Galar, Eridanus und Ayactan hatten sich manchen Kampf geliefert, jedoch hatte keiner je eine Entscheidung gebracht. Sie waren immer unterbrochen worden, oder die eine Seite war geflohen. Die meisten Kämpfe hatten irgendwo innerhalb oder auf den Felsen Garakrons stattgefunden; die anderen in den Bergen von Ragnarok, nur wenige Kilometer vom Gipfel des Wahnsinns entfernt.

«Wir sollten einmal ganz woanders kämpfen», sagte Eridanus. «Irgendwo auf neutralem Boden.»

«Dann gibst du also zu, dass ich stärker bin?»

«Nein, aber wenn wir uns irgendwo messen würden, wo nicht der Wahnsinn stärker weht als der Wind, sichtbar und leuchtend, dann würde ich dir zeigen, was Magie ist.» Der Hohe Lehrmeister zeigte hinter Ayactan, wo dröhnende, bunt ineinander übergehende Energie wirbelte und strudelte. Das Auge vermochte den Strömen kaum zu folgen, und wenn man auch nur einen Blick auf das faszinierende Spektakel warf, dann schien es zu wachsen, bis es das ganze Blickfeld ausfüllte. Diese rohe Kraft loderte wie Feuer aus einem runden Loch in der Mitte des Plateaus hervor, auf dem sie sich befanden. Angeblich war hier das Epizentrum, wo der Wahnsinn zur Oberfläche emporbrodelte und unablässig eruptierte.

Der Legende zufolge war dies der einzige Ort in ganz Calaspia, wo sich der Wahnsinn wie Lava aus der Erdkruste ergoss. Es war zugleich auch die einzige Erklärung dafür, wie der Gipfel sich gebildet hatte. Aber hätte man bei seinen steilen Flanken nicht vermuten müssen, dass der Wahnsinn besonders zähflüssig war? Das brodelnde Loch nahm vielleicht ein Fünftel der gesamten Fläche ein. Da der Gipfel des Wahnsinns keine Spitze besaß, sondern abgeflacht und kreisrund war, konnten das nur diejenigen wissen, die einmal dort gewesen waren. Vom Boden aus wirkte er einfach nur wie ein ziemlich stumpfer Bergkegel, denn seine Flanken stiegen wie Wände immer weiter empor, auch wenn der Raum zwischen ihnen längst nicht mehr mit Felsgestein gefüllt war. Ausgedehnte Höhlensysteme durchzogen Garakron. Zusammen mit dem zylindrischen Loch der tanzenden Energie, das bis tief in die Erdkruste hineinreichte, ergab dies einen Berg, der zu einem Großteil hohl war. Nachts oder wenn der Himmel besonders stark von Wolken verdunkelt war, konnte man die ewigen Flammen von der Spitze aufsteigen sehen. Es sah aus, als würde der Berggipfel brennen. Dieses wilde Feuer war es, das hungrig hinter Ayactan züngelte und den Hohen Lehrmeister seiner Macht beraubte.

Galar hielt angriffsbereit die Axt, Eridanus neben ihm hatte seinen Stab erhoben und die Hand vorgestreckt. Ayactan stand so aufrecht wie eine Säule. Seine Rechte umfasste den Griff eines massiven Schwertes, das mit der Spitze nach unten auf dem Boden ruhte, genauso aufrecht wie sein Besitzer. Die Klinge war so lang wie Galars gesamter Leib. Sie pulsierte von mattroter Energie. Dies war *Zapagrasta*. Der Legende zufolge hatte Ayactan den gleichnamigen Dämon besiegt und in dessen eigenem Schwert gefangen, das ihm nun als Waffe diente.

«Kommt, wenn ihr euch traut. Sterbliche sollten sich nicht in das Tun der Ewigen einmischen.»

«Du kommst aus Ruach'zam und gehörst hier nicht hin!», rief Galar. «Du wirst in Calaspia nicht ewig bestehen. Du bist schon viel zu lange hier.»

«Ich weiß, woher ich komme», antwortete Ayactan kühl.

Galar zögerte. «Ja, und weißt du, was? Dorthin schicken wir dich jetzt wieder zurück!»

«Versuch es.»

Bis jetzt hatte Ayactan sich nicht gerührt. Die dunklen Schlitze seines Visiers saßen dort, wo angeblich seine Augen waren, aber Eridanus und Galar wussten, dass sie dem dämonischen Wesen lieber keine körperlichen Attribute zuordneten. Er trug diese Rüstung nicht zum Schutz, sondern um sich eine leibliche Form zu geben. Der Hohe Lehrmeister nahm an, dass sich innerhalb des scheußlichen Helms nichts als Dunst befand. Er wollte es herausfinden.

Der stachelbewehrte Helm war ihnen zugewandt, ausdruckslos und unbewegt. Eine Weile standen die drei so da, sahen einander nur an. Insgeheim waren Eridanus und Galar froh über die Verschnaufpause, aber ihr Herzschlag verlangsamte sich nicht, denn vor ihnen stand das personifizierte Böse. Adrenalin schoss durch ihre Adern, während sie sich auf den Zusammenstoß vorbereiteten.

«Noch könnt ihr es euch anders überlegen», dröhnte Ayactan. «Geht, und ich will euch Gnade erweisen.»

«Träum weiter», grollte Galar.

Ayactan lachte leise. «Ich kann nicht träumen. Wenn ihr wüsstet, was für Dinge ich sehe …»

«Halluzinationen kosten heutzutage nicht viel. Selbst in Armaah bekommt man auf dem Schwarzmarkt seine Zauberpilze.»

«Woher weißt du das?», flüsterte Eridanus seinem Freund misstrauisch zu.

«Ach, ähm, du weißt schon …», stammelte Galar überaus verlegen. «Man hört so was immer wieder. Überall.»

«Essen kann ich auch nicht», sagte der Dämon tonlos.

Zum ersten Mal bewegte sich Ayactan. Sein Helm neigte sich ein paar Grad.

«Ich habe genug von diesem endlosen Geschwätz.»

«Du warst es doch, der sein Garn spinnen wollte», konterte Eridanus. «Keine Sorge, wir werden einander nicht mehr lange ertragen müssen. Du wirst jetzt sterben.»

«Auch sterben kann ich nicht», sagte Ayactan leise. «Aber in einem hast du recht. Ich werde eure Kommentare nicht länger anhören müssen. Im Gegensatz zu mir könnt ihr nämlich sehr wohl sterben.»

Sie waren am höchsten Punkt Garakrons, von wo aus man eine der weitesten Aussichten Calaspias hatte, wenn auch ganz gewiss nicht die schönste. Da manche Flanken des Berges noch weiter himmelwärts strebten, hatte man den Eindruck, sich in einer Halle ohne Decke zu befinden. Die offene Plattform, auf der sie standen, wurde durch die sie umrundende Bergspitze vom Wind abgeschirmt, aber sie konnten ihn draußen, jenseits der Wände, pfeifen hören. Die prasselnden Energien des Wahnsinns machten einen weit schlimmeren Lärm, doch dieses Getöse umfasste verschiedene Wellenlängen; es stach zugleich in den Ohren und erfüllte den Geist. Es war schwer, zwischen beidem zu unterscheiden. Eridanus kam es so vor, als wäre das Prasseln lauter geworden seit dem letzten Mal. Ob das darauf zurückzuführen war, dass die Kräfte des Wahnsinns zunahmen?

Ayactan fuhr fort. «Im Gegensatz zu euch bin ich nicht versessen darauf, Blut zu vergießen – wobei ihr natürlich kein Blut vergießen, sondern mich von meinem Leib trennen würdet. Wie ihr seht, bin ich ein Dämon von Ehre, der unnötiges Sterben zu vermeiden sucht. Ich gewähre euch Gnade.»

«*Droch*, ich habe genug von diesem Unsinn. Bringen wir es zu Ende!»

Galar hob die Axt und stürmte vor, stieß einen Kriegsschrei aus. Die schimmernde Oberfläche der goldenen Axt glühte plötzlich von einem unnatürlichen purpurnen Licht auf.

Reflektionen, begriff Eridanus mit Schrecken.

«Tawny, warte! Nein!» Der Mensch eilte seinem Gefährten nach und versuchte ihn zurückzureißen, aber es war zu spät. Ein spöttisches Lachen brandete über das Plateau und hallte von den Wänden wider. Abrupt dröhnte der Wind in ihren Ohren und zerrte an ihren Kleidern. Sie verloren den Boden unter den Füßen und hatten das Gefühl, in die Höhe zu rasen. Galars Brille taumelte in den Abgrund. Der Zwerg schrie verblüfft auf, während Eridanus mit den Kiefern mahlte und einen Schutzzauber wirkte. Ihm war die Täuschung erst in dem Moment klargeworden, als der Zwerg schon seinen Zug gemacht hatte. Überall um sie herum tosten die violetten Flammen und färbten alles ein, was dahinterlag.

«Vertraut euren Augen nicht so sehr, Sterbliche», drang Ayactans Stimme in den Abgrund. «Wo doch selbst die magische Waffe des Zwerges sehen konnte, was euch verborgen blieb. Sie hätte mein Vorhaben beinahe zunichtegemacht. Aber ihr habt eure Lage wieder einmal falsch eingeschätzt.»

Eine Illusion. Eridanus verfluchte sich für seine geistige Trägheit und versuchte, seinen Freund und sich aus dem saugenden Griff des Strudels zu befreien. Sie baumelten in der Luft, zwei jämmerliche Gestalten in einem wilden Wirbel roher Kraft.

Wie hatte er das nur vergessen können? Es war genau derselbe Trick, mit dem Ayactan vor beinahe einem halben Jahrhundert Durgar, Galars Bruder, in die Falle geschickt hatte. Es war zwar nicht der verhasste Tag gewesen, an dem der Zwerg getötet worden war, aber seine schlagkräftige Faust hatte bei den Kämpfen stundenlang gefehlt, bis ihn Zauberer aus Itrim befreit hatten. Zur Verteidigung des Lehrmeisters muss gesagt werden, dass sie das letzte Mal aus einer ganz anderen Richtung gekommen waren, nämlich über den steilen Außenweg des Bergkegels. Nun war er selbst dort gefangen, und ohne fremde Hilfe war es so gut wie unmöglich, heil hier herauszukommen.

Ayactan hatte einfach das Erscheinungsbild der Bergspitze verändert, um sie glauben zu machen, dass fünfzehn Meter schwarzen Gesteins sie trennten und nicht ein gähnendes Loch, in dem widerwärtige Energien tanzten – das hatte für Galars Augen hinter dem Feind gelegen.

«Während ihr dort hängt, denkt einmal über Folgendes nach», sagte der Dämon. «Nicht alles ist so einfach, wie es aussieht. Eine Geschichte kann von ein und derselben Person in verschiedenem Licht betrachtet werden. Bei zwei Perspektiven kommen zwei Geschichten heraus. Nehmt nur einmal euren dummen Schnitzer. Ich bin mir sicher, ihr seht die ‹Rückkehr der Ostentum› inzwischen anders.»

Galar ruderte wild mit den Armen, ohne damit etwas zu erreichen, während Eridanus seine gesamte Kraft darauf verwandte, die verderbenden Wellen des Wahnsinns abzuhalten. Ein grüner Schild flackerte um sie herum, und der Halsreif des Hohen Lehrmeisters glühte in einem irisierenden Jadeton, sandte gleichmäßige, sanfte, beruhigende Lichtstrahlen in den peitschenden Aufruhr um sie herum.

Ayactan machte mehrere Schritte nach vorn, und jedes Mal, wenn sein Fuß den Boden traf, erbebte dröhnend der Fels. Am Rand des kreisförmigen Lochs blieb er stehen, und selbst dieser Gigant in seiner unfasslich schweren Rüstung schwankte leicht. Die unergründlichen dunklen Schlitze in seinem Visier leuchteten kurz in einem grellen gelben Licht auf, und einen Moment später glühte seine Rüstung in strahlendem Rotbraun. Die Farbe verlor rasch wieder an Intensität, wie ein Feuer, das erlosch, nur schneller.

«Bittet mich um Hilfe, und ich werde sie euch gewähren.»

Der Dämon musste rufen, um sich verständlich zu machen, denn Galar und Eridanus befanden sich mehrere Meter tief in dem Mahlstrom.

«Wir brauchen deine Hilfe nicht, Dämonenbrut!», brüllte Galar. Ihre Lage hatte sich etwas stabilisiert, und sie konnten jetzt beide ruhig, wenn auch unbequem, in der Mitte der wogenden Raserei schweben. Ein kreisrundes, geisterhaftes Podium hielt sie dort. Stehen konnten sie darauf nicht, aber es bewahrte sie davor, ins Nichts gewirbelt zu werden. Über der Plattform und um sie herum wehrte ein funkelnder grüner Schild das pulsierende Licht ab.

«Nun denn», sagte Ayactan. «Tut, was ihr für richtig haltet.»

Er wandte sich ab und stapfte mit überraschend schnellen Schritten durch die dunkle Öffnung davon, durch die Eridanus und Galar heraufgekommen waren.

«Weißt du, was, Tawny? Ich glaube, es wäre weise gewesen, einmal über sein Angebot nachzudenken.»

Eine Zeitlang konnte Galar nur wüten und toben. Als er sich wieder beruhigte, fragte er leise: «Könnte er die Wahrheit gesagt haben?»

«Das scheint mir nur zu wahrscheinlich. Wir müssen uns auf das Schlimmste gefasst machen.»

«Aber was, wenn die Ostentum wirklich zurückgekehrt sind? Vielleicht will er uns nur dazu bringen, irgendetwas Dummes zu tun und die Bedrohung nicht ernst zu nehmen.»

«Das glaube ich nicht. Aber im Moment können wir ohnehin nichts ausrichten. Wenn wir nur Verbindung zu Gug und Thybil herstellen könnten …»

«Sie werden sich denken können, dass uns etwas zugestoßen ist.»

«Ja, aber sie werden davon ausgehen, dass es irgendetwas mit den Ostentum zu tun hat. Meine Sorge gilt nicht uns, sondern ihnen», log Eridanus. «Wie kommen wir hier nur wieder heraus?», schimpfte er leise. «Ich hab ihm gesagt, dass es eine unverantwortliche Entscheidung ist.»

Galar brummelte etwas in seinen Bart. Der Hohe Lehrmeister fuhr fort: «Ich glaube, ich werde die Regeln brechen müssen.»

«Wen interessiert's? Wenn wir hier nicht bald rauskommen, haben sich die Regeln sowieso erledigt.»

Der Hohe Lehrmeister ächzte. «Wie konnten wir nur so blind, so schwer von Begriff sein? So dumm zu glauben, dass die Kräfte des Wahnsinns schlummern? Wenn es irgendetwas gibt, das ich gelernt habe, dann, dass das Böse niemals schläft. Alte Wunden hinterlassen Narben. Hätten wir verhindert, dass diese Wunden überhaupt entstehen, wäre all das nicht geschehen. O Lueth!

Das Böse erfindet sich beständig neu, und wenn das Gute triumphiert, dann erachten seine Diener ihre Pflicht oft als getan, werden träge und lassen es zu, dass sich Wundbrand ausbreitet. Ach, würden doch diejenigen, die mehr suchen, als sie bis jetzt gesehen haben, begreifen, dass das Gute das rechte Werkzeug für wahrhaft Großes ist. Sie denken, nur weil das Gute das Böse abgewehrt hat, erführen sie gerade das Gute. In Wirklichkeit genießen sie lediglich die angenehmen Folgen des Triumphs des Guten über das Böse. Warum können die Leute nicht begreifen, dass es sich nur um die nachlassenden Folgeerscheinungen der Opfer handelt, die ihre Väter gebracht haben? Und keineswegs um die wirkmächtige, verwandelnde Kraft, die auch sie zu nutzen lernen sollten, um dem Bösen überall den Zugang zu verwehren, wo es einzudringen versucht? Stattdessen sind sie unzufrieden. Sie sind so erpicht darauf, Exotisches zu essen, dass sie kaum noch kosten, was zu Hause auf den Tisch kommt. Das, was sie suchen, finden sie dann beim Bösen.»

«Genau solche Leute sind es, die das Imperium zu Fall bringen werden.»

«Aber wessen Fehler ist es, dass sie so denken? Vielleicht ist diese Zeit der Umbrüche gar nicht so schlecht; denn wo das Böse kräftig für Aufruhr sorgt, da meldet sich vielleicht auch das Gute wieder zu Wort.»

Der Hohe Lehrmeister ließ sich auf die Plattform fallen, die er heraufbeschworen hatte, und seufzte tief. Zaudern war schon immer der Fluch der brillanten Geister, überlegte er. Nach all dem Philosophieren sollte er sich lieber etwas ausdenken, damit sie hier herauskamen … und zwar schleunigst.

✦ 27. KAPITEL ✦

Wenfeld

«Nun gut, dann geht halt nachsehen, wenn es eure krankhafte Neugierde stillt!»

Sie hatten Thybil so oft um seine Erlaubnis gebeten, dass ihm nichts anderes mehr übrigblieb, als ihnen ihren Wunsch zu erfüllen. Bryn wollte sehen, was sich in dem Wagen befand, den sie mitführten, umso mehr, seit er entdeckt hatte, dass es sich um einen geheimnisvollen Sarg handelte.

«Wahrscheinlich bleibt mir ohnehin keine andere Wahl, weil ihr euch sonst nachts herausschleicht, um einen Blick daraufzuwerfen.»

Sie waren gerade dabei, ihr Nachtlager aufzuschlagen, und jedes Mal hatte Thybil dabei ihr Betteln ertragen müssen. Er begleitete sie zu der menschengroßen Holzkiste. Zwei Culmus Sangui öffneten den Sarkophag. Eine Sekunde genügte; Bryn erkannte die Leiche des Attentäters, bei dessen Ergreifung er mitgeholfen hatte. Mittni keuchte, aus seinem Gesicht wich die Farbe. Ihn schauderte.

«Was ist los?», fragte Thybil seinen Großneffen scharf. «Du hast ihn schon einmal gesehen. Wo?»

Mittni schloss fest die Augen und holte tief Luft. «Ach, Thybil, es ist grausig. Dieser Unhold ist es auch gewesen, der die Ostentum gegen uns und die Nephelim geführt hat! Beim Sklavenlager. Ich habe ihn nur ganz kurz gesehen, aber er war dort.»

Die anderen schwiegen, und Telseara und Dordios fiel wieder ein, dass sie eine ähnliche Gestalt gesehen hatten, wie sie ihr Schwert zum Himmel reckte, vor einigen Wochen. Es kam ihnen vor wie Jahre her.

«Damit hätten wir einen weiteren Anhaltspunkt für dieses Rätsel», sagte Thybil. «Ich hätte es vielleicht früher begriffen, wenn meine Augen nicht so schlecht wären und ich ihn ebenfalls gesehen hätte. Es erklärt zumindest teilweise, wie die Ostentum gelenkt werden. Aber das Puzzle hat immer noch mehr Lücken als Teile. Wenn wir die Teile, die wir haben, richtig zusammensetzen, ergibt das vielleicht schon einen Hinweis aufs Bild ...»

«Ich frage mich, was hinter dieser Maske ist.» Mittni warf einen zweifelnden Blick auf den Sarg, aber Thybil hatte den Culmus Sangui bereits mit einem Kopfnicken bedeutet, den Deckel zu schließen.

Dies war ihr letzter Tag in den Ambossbergen. Morgen würden einige Culmus Sangui die sterblichen Überreste des Attentäters nach Norden zu ihrem Stützpunkt bringen. Aus diesem Grund hatte es Bryn auch so gedrängt, etwas über den Sarg in Erfahrung zu bringen. Später würde es diese Gelegenheit nicht mehr geben.

Ursprünglich hatten die Culmus den Sarg nach Itrim bringen sollen, aber Bryn leuchtete die Änderung des Plans sofort ein. Wenn es einen Verschwörer gab, dann hatte er auch etwas mit dem Attentat zu tun. Und diese Mörder, die Tahl Uthnae, dienten zugleich dem Herrn der Ostentum. Bedeutete das nicht zwangsläufig, dass die Verschwörung und das Auftauchen der Ostentum miteinander zusammenhingen? Bryn hatte ein schreckliches Gefühl. Vielleicht steckten dieselben Personen dahinter. Oder sie waren zumindest Verbündete.

Bryn spazierte allein ein bisschen umher, weil Mittni gerade wieder von den Culmus Sangui unterwiesen wurde. Telseara und Dordios waren mit Onkel Thybil zusammen. Es war ungerecht, dass Mittni Unterweisung erhielt und er nicht. War er es nicht gewesen, der Opeion davor bewahrt hatte, ermordet zu werden? Durch diesen Attentäter jedenfalls. Selbstverständlich war es keine umfassende Kampfausbildung: Bis sie Wenfeld erreichten, würde Mittni nicht einmal so gut sein wie Numenii-Soldaten. Aber er erfuhr zugleich auch etwas über den Orden. Schön, er war ein Hu-Barue, aber was zählte das schon?

Bryn sah in den grauen Himmel hinauf, aber auch dort konnte er keine Antworten auf seine vielen Fragen finden. Wolken sprenkelten den Himmel, eine leichte, kalte Brise spielte in seinen Haaren. Er betrachtete die Berge mit Ehrfurcht. Ganz gleich, wie oft er sie sah, er war den Anblick nie leid. Nichts konnte sein Staunen über ihre Macht mindern, ihr ehrwürdiges Alter und ihre uralte Weisheit.

Ein Dutzend Vögel flog am Horizont entlang, zog flügelschlagend durch die Berge, hielt vielleicht nach Beute Ausschau. Hinter ihnen sah Bryn etwas, das wie ein größerer Vogel aussah. Er starrte es eine Minute lang an. Es hatte eine sehr merkwürdige Form ... Abrupt wandte er sich um und rannte los, um Thybil und die Culmus Sangui zu warnen.

«Der Junge hat recht», sagte Aquiuss und machte sich daran, das Feuer zu löschen. Richtig dunkel war es noch nicht, aber die Abenddämmerung senkte sich bereits grau und blauviolett herab. «Ein Luftschiff! Geht in Deckung, alle. Es hat uns vielleicht noch nicht gesichtet, aber es hält auf uns zu. Sie werden nicht wissen, wer wir sind, aber wir wissen auch nicht, wer sie sind. Schicken wir ihnen lieber keine Einladung.»

«Wenn es ein Luftschiff ist, gehört es entweder Zwergen oder der Flusstransport-Gesellschaft», sagte Thybil und sah mit zusammengekniffenen Augen zum Horizont. «Jedenfalls jemandem mit Geld und technischer Ausrüstung. Wie sie einige unserer politischen Verbündeten besitzen – und viele unserer Feinde.» Ein anderer Mensch, der Emryk hieß, schirmte seine Augen mit einer Hand ab. Bryn fiel auf, das ihm an der einen Seite des Kopfes eine lange Haarsträhne bis auf die Schulter fiel.

«Wartet!», rief Emryk und zog ein schweres schwarzes Instrument aus seiner Tasche. Es bestand aus zwei Röhren, die vorn und hinten mit Linsen ausgestattet waren, also insgesamt mit vier Glasstücken. Ein *Fernglas* – Bryn hatte bei den Aposteln öfter eines benutzt, aber Mittni war von dem Gerät fasziniert. Emryk hielt sich das schmalere Ende seines Instruments vor die Augen und sah durch die Linsen. «Es sind Freunde!»

«Bist du dir sicher?», fragte Thybil. «Hast du dieses Fernglas in der letzten Zeit einmal geputzt?»

Aquiuss schüttelte den Kopf und lachte. «Emryk ist stets wohlvorbereitet, im Gegensatz zu mir.»

Sie aßen zu Abend, während sie auf das Luftschiff warteten. Aquiuss war froh, dass er das Feuer noch nicht gelöscht hatte. Bryn war froh über die Aussicht auf Verbündete. Das wäre einmal eine nette Abwechslung. Anscheinend hatte das Luftschiff sie entdeckt. Nachdem es sich seinen Weg über die höheren Gipfel gebahnt hatte, änderte es leicht seinen Kurs und hielt direkt auf sie zu.

«Haben sie uns gesehen?», fragte Bryn.

«Kein Grund zur Sorge», antwortete Aquiuss. «Selbst wenn

wir uns verstecken würden, sie wüssten sowieso, wo wir sind – Zielsteine.»

«Zielsteine?», wiederholte Bryn, worauf der Culmus Sangui erläuterte, dass sie zum Ausfindigmachen von Personen und Gegenständen dienten.

Dann verfügt also nicht nur das Imperium über Technologie. Bryn hatte befürchtet, dass bei einem Krieg gegen die Ostentum oder gar zugleich noch gegen Itrim und das Imperium die andere Seite sämtliche guten Waffen hätte. Er hatte diese Sorge Thybil gegenüber geäußert, aber der hatte nur geschnaubt. «Was immer Itrim hat, besitzen wir schon lange.» Das hatte ihm wieder Hoffnung gegeben.

Das Flugobjekt kam mit erschreckender Geschwindigkeit näher. Als sein brauner Rumpf größer wurde, bewunderte Bryn die geblähten weißen Segel und das polierte, glänzende Holz. Das majestätische Schiff sank elegant zu dem Plateau herab, auf dem sie ihr Lager aufgeschlagen hatten. Es verlangsamte stark, als es sich dem Boden näherte. Bryn staunte über seine vornehme Lautlosigkeit, denn es gab nicht mehr als ein leichtes Rauschen von sich. Er spürte das Zerren an seinen Kleidern und seinem Haar. Irgendein verborgener Mechanismus kehrte den Schwung des Luftschiffs um, und es schwebte einen Moment über dem Boden, bevor es sanft aufsetzte. Ein leichter Stoß, ein kurzes Rutschen, und schon wurde eine Strickleiter über die Reling geworfen, und drei Männer in identischer Kleidung kamen herab. Umhänge blähten sich hinter ihnen im Wind.

«Aquiuss, Emryk», grüßte der Anführer und nickte den anderen zu. «Seid mir alle gegrüßt.»

Die Culmus Sangui hatten eine formlose Art, die Bryn gefiel. Im Gegensatz zum Militär der Numenii waren sie nicht ständig mit Salutieren und dem Einnehmen von Habachtstellungen beschäftigt. Das ließ sie umso selbstsicherer wirken, wie überaus erfahrene Waldhüter oder Krieger in eigener Sache und nicht wie Soldaten, von denen es Tausende gab, einer wie der andere.

«Und Thybil – welche Ehre.» Der erste Mann verneigte sich leicht. In seinen Augen glitzerte ein Lächeln. Als er die Kapuze zurückschlug, erwies er sich als ebenso dunkelhäutig wie Lord Imal aus Nomidien. Sein Haar war schwarz. Sein kräftiger Körperbau weckte Respekt und Bewunderung in dem Barue. Er konnte natürlich nicht kräftiger als Galar sein, aber sein breiter Leib wirkte ausgewogener und darum elegant.

Zunächst hatte der Mann erfreut gewirkt, sie gefunden zu haben. Nun wurden seine wie gemeißelt wirkenden Züge hart. «Wir waren auf dem Weg nach Wenfeld, aber als wir eure Position feststellten, sind wir einen Umweg geflogen und haben euch gesehen. So ist es besser. Wir haben Neuigkeiten.»

«Gute oder schlechte?», fragte Emryk.

«Widersprüchliche», gab der Mann zur Antwort. «Sowohl als auch. Es verändert alles … Gibt es ein Feuer und etwas zu essen für hungrige Reisende? Diese Geschichte möchte ich nicht im Stehen zum Besten geben.»

«Ihr habt Neuigkeiten von Galar und Eridanus?», entfuhr es Thybil, und er sprang auf. Sie hatten sich gerade erst zu Swigny und Hammelbraten hingesetzt. Die ganze Gruppe war um das Feuer versammelt, auch die Barue, sehr zu ihrer Freude. Thybil hatte ihnen versprochen, sie in Zukunft stärker teilhaben zu lassen. Der Mann, Fysal, hatte sich den Barue vorgestellt.

«Ja, wir haben Nachricht von Tawny und Red», sagte er. «Wir sind gleich nach Eintreffen losgeflogen; Sarghenta schickt uns.»

Und dann erzählte Fysal die Geschichte, die alles auf den Kopf stellte.

«Wir sind benutzt worden!», schimpfte Bryn, als der Mann geendet hatte.

«Ja, so ist es wohl leider», antwortete Fysal bedächtig.

Thybil war bleich und atmete schwer. «So … dann hat Ayactan also über jeden Schritt unserer Reise Bescheid gewusst … und uns manchmal sogar regelrecht platziert!»

«Und uns nur dann entkommen lassen, wenn es ihm nützlich war», sagte Mittni.

«Wir wollen nicht den Kopf verlieren», sagte Thybil. «Das ist gut und schlecht zugleich. Einerseits stellen die Ostentum gar keine Bedrohung dar.» Er lachte leise, dann verdüsterte sich seine Miene. «Andererseits sieht es wohl so aus, dass das Imperium dem Feind längst in die Hände gefallen ist. Wir sind wegen einer Illusion in die Hauptstadt gegangen. Der Verschwörer hat uns und unsere Freunde in Misskredit gebracht, ja, uns sogar wie Verbrecher aussehen lassen! Beziehungsweise uns bei denen, die Gefahr vermuteten, aber nicht wussten, aus welcher Richtung, selbst wie Intriganten aussehen lassen.»

Telseara rieb sich die gerunzelte Stirn. «Es erklärt so vieles! Aber wie will er das Imperium denn anführen? Er braucht doch eine Galionsfigur … auf Aurgelmir kann er natürlich Einfluss ausüben. Alle sagen, dass er leicht beeinflussbar ist, aber wie soll das genau vor sich gehen?»

«Ayactan hat gewonnen, ohne eine einzige Schlacht zu kämpfen!», stöhnte Thybil.

«Noch hat er nicht gewonnen.» Bryns Wangen waren gerötet, seine Augen blitzten herausfordernd. «Wir wissen jetzt, was passiert ist! Wir können sie aufhalten!»

Fysal lächelte grimmig. «Wer der Verschwörer ist, wissen wir immer noch nicht. Und selbst wenn, wem sollten wir davon erzählen? Wer könnte etwas ausrichten?» Sein Lächeln wurde breiter. «Wir könnten die Sache selbst in die Hand nehmen. In dem Fall würde es natürlich helfen, seine Identität zu kennen.» Seine Hand wanderte zum Griff seines eleganten Krummschwerts.

«Nun, da er zurück ist, kann Eridanus sein Gewicht in die Waagschale werfen», sagte Thybil. «Wir haben ja noch Verbündete – Ureof war völlig von unserem Fall überzeugt; wenn wir ihm die Wahrheit sagen, wird er uns unseren Irrtum verzeihen und uns zu Hilfe eilen. Sobald die Lehrmeister Eridanus angehört haben, werden sie handeln. Wir können die Mitglieder des Hohen Rats überprüfen, sogar mit magischen Verhörtechniken! Das wird sich durchsetzen lassen, wenn Itrim sich hinter Eridanus stellt und eine Handvoll Regenten und Landesälteste einverstanden ist.»

Fysal seufzte. «Der Plan wäre gut, aber leider ist es zu spät.» Er rührte niedergeschlagen in seinem Becher. «Eridanus ist nicht mehr Hoher Lehrmeister», sagte er leise. «Er wurde gestern aus dem Orden von Itrim verbannt.»

«Was?», spuckte Thybil aus, dass ihm Tropfen von Swigny im Bart hingen. «Wie das?» Bryn konnte das Entsetzen in der Runde spüren wie einen Stoß Adrenalin. Ihm selbst ging es nicht anders. Aquiuss erhob sich mit kaum noch beherrschtem Zorn. Er ging hin und her, als würde er jeden Moment platzen.

«Bei Galars und Eridanus' Rückkehr hatte Aurgelmir das gesamte Konzil von Itrim zusammengerufen, dazu Lady Turissa und Lord Imal. Die anderen Regenten waren bereits nach Hause zurückgekehrt. Die Versammlung hat Eridanus verurteilt. Man warf ihm den Gebrauch von Wahnsinn vor, ein Verbündeter Ayactans zu sein und Opeion ermordet zu haben. Sie hätten ihn getötet, wären nicht die Culmus Sangui und Galar eingeschritten. Eridanus hat auf seiner Flucht das halbe Regere Mansionum in Schutt und Asche gelegt. Die Explosionen waren noch auf dem Festland zu sehen. Eine Zeitlang müssen die Einwohner von Armaah gedacht haben, Krieg wäre über sie hereingebrochen.» Fysal schüttelte den Kopf. «Alles hat sich sehr zugespitzt.»

«Aber man kann doch feststellen, ob jemand sich mit dem Wahnsinn eingelassen hat!» Thybils Augen glühten. «Sie konnten die Ergebnisse doch unmöglich fälschen, nicht unter Eridanus' eigenen Augen.»

«Unser Eridanus ist eine zu ehrliche Haut. Er hat es selbst zugegeben, aber zugleich auch betont, dass er keine andere Wahl hatte. Galar und er waren unmittelbar im Nexus des Wahnsinns gefangen. Um sich zu befreien, mussten sie sich seiner Kräfte bedienen. Als sie es taten, wurden sie beinahe bis ans Ende von Ragnarok geschleudert.»

Thybil schlug sich vor die Stirn. «Nicht zu fassen! Und das deuten sie natürlich als Eingeständnis.»

«Natürlich», sagte Fysal. «Aber noch besteht Hoffnung. Eridanus besitzt immer noch Respekt bei den Nationen. Der Hohe Rat von Calaspia wird sich nicht einfach auf das Urteil verlassen; er wird Eridanus die Chance geben, seine Sicht der Dinge darzulegen. Es hat schon Fälle gegeben, in denen eine Benutzung des Wahnsinns gebilligt worden ist, wenn es eine Notwehrsituation war und insgesamt dem Guten diente.»

«Ja, und die meisten dieser Fälle haben sich in im Krieg um das Tor ereignet und sind von Eridanus persönlich genehmigt worden. O *droch*, was haben wir getan? Der Grund, warum Eridanus selbst nichts von den Ostentum bemerkt hat, war schlicht und einfach, dass sie gar nicht da waren! Aber er hat uns vertraut … es ist alles unser Fehler, wie konnten wir nur so kurzsichtig sein! Und er war so anständig gewesen, einzuräumen, dass seine Messgeräte wohl fehlerhaft gewesen seien! Hat gesagt, der Feind habe wohl so geschickt im Verborgenen gearbeitet, dass ihm nichts aufgefallen sei.» Thybil atmete schwer aus. «Der Feind war noch gerissener, als wir befürchtet haben.»

Im Feuer brach ein Scheit. Funken rasten in den sich verdunkelnden Himmel, ließen die Gesichter für einen Moment hell aufleuchten.

«Das erklärt vieles», sagte Telseara schließlich. «Bryns ‹Eulen› – sie waren also wirklich Ostentum, Spürhunde. Ayactan hat unser Vorankommen überwacht.»

Thybil schlug sich mit der Faust in die Hand. «Schwarzgold – erst gestern habe ich euch von seiner Beschaffenheit erzählt. Nun wissen wir, dass Ayactan damit Ostentum erschaffen hat. Darum brauchte er auch menschliche Gefangene, für gewisse Gewebe. Darum ist Bryn Zeuge dieser grässlichen Operation geworden. Und zu alldem kommt noch hinzu, dass der Verschwörer einen Teil des Buchs der Zeiten besitzt.»

«Ja, und Onkel Gug hat den anderen», antwortete Bryn mit festem Optimismus.

Schweigend saßen sie da, lauschten dem Knacksen des Feuers und überdachten die schrecklichen Enthüllungen.

«Wir können davon ausgehen, dass derjenige, der jetzt die Fäden in der Hand hält, nichts Gutes vorhat», sagte Aquiuss leise. «Mir ist es ehrlich gesagt einerlei, wer an der Macht ist, solange er seine Arbeit macht. Und wenn er dabei ein paar Millionen Kronen unterschlägt, was ist schon dabei? Das gehört zum Geschäft. Aber Ayactan will aus einem bestimmten Grund Macht über die Numenii. Wenn wir seine Pläne aufdecken, können wir sie durchkreuzen. Bis dahin sage ich: abwarten und vorbereiten.»

«Weise Worte, Aquiuss», sagte Thybil. «Ja, vorbereiten können wir uns. Auf alles, was der Feind uns in den Weg wirft.»

«Kommt, wir sollten keine Zeit verschwenden.» Fysal erhob sich. «Ihr habt euer Nachtzeug noch nicht ausgepackt, also lasst es ruhig bleiben. Wir brechen auf. Reden können wir auch auf dem Luftschiff.» Er fuhr sich mit der Hand durch die langen schwarzen Haare. «Ich bin jedenfalls froh, mal eine Pause gehabt zu haben. Das ist ein älteres Modell. Die schaukeln noch fürchterlich.»

Bryn grinste und ging seine Sachen zusammenpacken. Gleich würde er fliegen!

Als er Minuten später bei dem Luftschiff ankam, wartete Fysal schon. Die anderen waren auch bald da, darunter auch Culmus mit dem Pferdewagen. «Für die meisten von euch haben wir Platz, wenn auch nur für den Transport», sagte Fysal. «Die Kabine ist klein, und es gibt nur sechs Betten. Aber ich bezweifle, dass ihr überhaupt schlafen werdet», brummelte er. «Von der Aufregung mal ganz abgesehen – in diesem Ding kann überhaupt keiner schlafen. Ich frage mich, warum sie überhaupt Betten eingebaut haben, wenn es so fürchterlich schaukelt.» Er sah etwas blass aus. «Auf jeden Fall gibt es an Deck Platz genug für mehr als sechs. Ich versichere euch, dass wir so ruhig wie möglich fliegen werden; also wird das Deck absolut sicher sein. Keine Kehren oder Durchsacker – habe ich recht?» Er funkelte einen Mann an, der wohl der Steuermann war. «Wir fliegen nach Wenfeld, und anschließend bringen wir den Leichnam zur Eisfeste. Sarghenta erwartet deinen Bericht, Aquiuss.»

Die Barue wollten gerade an Bord gehen, da ließ sie eine zögerliche Stimme stehen bleiben.

«Was ist denn, Kik-Eritee?», fragte Bryn.

«*Ahu?* Ach, nichtsig … ähm … ich tu hierbleiben.» Der Plimp bewegte den Unterkiefer von einer Seite zur anderen. Bryn begriff, dass er ängstlich war, und auf einmal fiel ihm wieder ein, dass Kik-Eritee große Höhen nicht ausstehen konnte. «Werd euch vermissen tun!» In diesen großen, warmen Augen glänzten Tränen.

Sie umarmten alle den Plimp und dankten ihm für seine Hilfe. Telseara wollte ihn abklatschen, aber der Plimp schien nicht zu begreifen, dass er dafür seine Hand gerade hochhalten musste; sein Handgelenk war immer schlaff. Am Ende lachte das Mädchen und umarmte ihn stattdessen.

«Wann werden wir dich wiedersehen?», fragte Dordios.

«Nun, wenn alle Wenfeldse und Quiveldas den Plan ablehnen tun, dann noch zwanzig Tage. Vielleicht auch sechzig, wenn …»

Die jungen Barue brachen in Gelächter aus, aber Thybils Miene war ernst. Es war immer schwer zu sagen, wann Kik-Eritee einen Scherz machte, und Bryn begriff unvermittelt, dass er es ernst gemeint haben musste. Der Plimp ließ sich von ihrer Amüsiertheit nicht stören, er zuckte die Schultern und sagte: «Kein Gekuller. Bald!»

Sie erklärten, das hofften sie sehr, und umarmten ihn erneut.

«Wiederseher.» Damit kehrte der Plimp den Barue den Rücken zu, salutierte den Culmus Sangui und rannte davon. Im Nu war er verschwunden.

«Wohin will er denn?», fragte Mittni.

«Keine Sorge, ihr wisst ja, wie schnell er herumkommt», sagte Thybil. «Vielleicht kehrt er nach Lar-Gren zurück, um

Bericht zu erstatten. Ebenso gut könnte er zum Quell unterwegs sein oder nach Armaah. Fest steht jedenfalls, dass er auf sich aufpassen kann und dass wir ihn wiedersehen werden.»

Thybil lächelte ihnen aufmunternd zu. Der Abschied ihres Freundes machte die Barue traurig. Sie hatten ihn so liebgewonnen. Aber nun würden sie fliegen! Sie stiegen mit kaum zu zügelnder Aufregung und mehr als nur ein bisschen Angst im Gänsemarsch eine schmale Planke hinauf. Vier Krieger ließen sie zurück, die mit dem leeren Pferdewagen auf eigene Faust zu Sarghenta in den Stützpunkt zurückkehren würden. Aufgeregt warf Bryn sich einen Umhang der Culmus Sangui um die Schultern und packte den Griff seines Schwerts. Er wechselte mit Mittni einen triumphierenden Blick.

Das Luftschiff vibrierte einen Moment lang, dann erhob es sich. Bald hatte es die Himmelssphären erklettert und nahm Kurs auf die untergehende Sonne.

✦ ✦ ✦

«Wir wollen die Bewohner von Wenfeld doch nicht in Alarmstimmung versetzen», sagte Fysal und drehte mit einem finsteren Blick zum Kapitän ganz leicht das Steuerrad, um ihren Kurs zu korrigieren. «Sie werden jetzt schlafen, also lande ich etwas abseits. Den Rest gehen wir zu Fuß, ist ja nicht mehr weit.»

«Ach, die werden jetzt noch nicht schlafen», sagte Thybil. «Oder jedenfalls nur die Hälfte. Die anderen werden es sich schmecken lassen und einem Schrammel lauschen. Und alle werden feiern wollen, wenn sie merken, dass wir wieder da sind.»

Bryn fand ja nicht, dass es viel Grund zum Feiern gab. Sie hatten jämmerlich versagt. Dennoch freute er sich schon darauf, seine Freunde wiederzusehen: Bartholdi, Drattni, Siftex, Yerfi, die Dorfjugend und alle anderen – und natürlich Mama Bellyset. Vom Imperium hatte er die Nase gestrichen voll; selbst der verschwommene Umriss der Berge in der Ferne, der ihn früher mit Abenteuerlust erfüllt hatte, sah ihm nicht mehr einladend aus.

Sie glitten vielleicht zehn Fußminuten von Wenfeld entfernt herab, in Sichtweite der Stadt. Bryn hielt den Atem an, als sie, langsamer werdend, einen Hügel umrundeten und Mama Bellysets Haus entdeckten. Es war immer noch da! Wie schön die erleuchteten Fenster schimmerten, und ein offenes Feuer flackerte hell! Natürlich hatte er seit der Enthüllung, wie sie hereingelegt und benutzt worden waren, nicht mehr gefürchtet, dass den Leuten von Wenfeld das Gleiche zugestoßen war. Aber die Furcht, eine zerstörte und verlassene Stadt vorzufinden, hatte lange auf seiner Seele gelastet.

Die Außenbefestigung war eine solide Steinmauer, keine Palisade, und die Häuser waren größer, die Straßen gerader. Es sah mehr wie eine Stadt der Numenii aus, fand Bryn, aber die Barue von Wenfeld waren zum Glück immer noch die Alten – im Gegensatz zu vielen Einwohnern anderer Orte, die er besucht hatte.

Er musste an Baruto denken; die größte Ansiedlung von Barue in Calaspia hatte sogar noch mehr Numeniisches an sich als Wenfeld. Aber es war so lange her, dass er sich nicht mehr daran erinnern konnte, wie die Einwohner gewesen waren. Die Bellysets zählten zu den führenden gesellschaftlichen Kreisen, und soweit er sich erinnerte, war er immer gut behandelt worden. Er war zu jung, als dass ihm Unterschiede im Verhalten hätten auffallen können; diese Barue waren so gewesen, wie er es aus seiner Kindheit in Erinnerung hatte. Trotzdem, wenn er siebzehn wurde, würde er auch nach Baruto zurückkehren, zu seinen Eltern. Am Anfang hatten sie ihn noch oft besucht, aber allmählich immer seltener. Nun hatte er sie seit Jahren nicht gesehen. Nach Wenfeld zu kommen, erinnerte ihn an sie. Was würden sie zu all dem sagen, was er erlebt hatte?

Der Anblick von Wenfeld löste unvermittelt einen Stimmungswechsel aus. Nun waren sie in Bryns Augen doch erfolgreich zurückgekehrt. Sie waren noch am Leben – trotz allem, was sie durchgemacht hatten. Sie brachten zwar keine Soldaten zum Schutz Wenfelds mit, aber dafür das Wissen, dass niemand die Stadt angreifen würde, jedenfalls nicht die Ostentum. Sie hatten zwar keine Entschädigung dabei, aber das war eigentlich gar nicht so schlimm. Dann würden eben die Familiengrotten geplündert werden müssen, wie Telseara und Dordios es vorgemacht hatten. Wenn sie einen Teil ihrer Besitztümer verkauften und zusätzlich bei den Bauern der Umgebung auf Kredit einkauften, würden sie überleben.

Das Luftschiff setzte mit einem leichten Schlag auf, rutschte noch ein Stückchen, blieb stehen. Die Barue sprangen die Planke hinab und warteten, während die Culmus Sangui begannen, ihr Gepäck auszuladen.

«Bryn, lass uns mal ein Stück spazieren gehen», sagte Thybil. «Wir sind gleich wieder bei den anderen.»

Der Brauer ging neben seinem Freund einher. Er konnte spüren, dass sein alter Lehrer ihn von der Seite ansah.

«Du hast dich sicher gefragt, warum Mittni eine Schulung erhalten hat und du nicht», sagte Thybil.

Bryn nickte.

«Es ist sehr anständig von dir, dass du dich nicht beschwert hast», fuhr Thybil fort. «Oder auch nur gefragt hast, ob du mitmachen darfst. Mein Kompliment dafür. Aber ich will dir auch sagen, warum.»

Sie blieben stehen und sahen einander an. Sie hatten sich

inzwischen ein ganzes Stück von dem Schiff entfernt, das gerade entladen wurde, und es verschwamm in einem zarten Dunst.

«Mittni bekommt diese Schulungen, damit er dich wieder einholt.» Thybil fasste Bryn am Arm, und sie gingen weiter. «Und für die Zukunft braucht er ja auch noch einen guten Vorsprung.»

Bryn klopfte das Herz, und seine Ohren glühten vor Stolz und Verlegenheit. Mittni, ein starker Hu-Barue … musste ihn wieder einholen?

«Und ich möchte, dass er dich nötigenfalls in Schach halten kann», sagte Thybil mit einem Grinsen.

Das muss ein Scherz sein, dachte Bryn.

«Die Zeit wird kommen, wo du ihn mit Leichtigkeit übertriffst. Die Zeit wird kommen, wo du jeden Krieger in ganz Calaspia schlagen könntest, Bryn, und jeden Lehrmeister in Itrim. Du bist weit stärker, als du begreifst, weit wichtiger, als du denkst. Du bist von großer Bedeutung für das Schicksal Calaspias und eine Gefahr für dessen Feinde. Der Wahnsinn wird versuchen, dich für sich zu beanspruchen, Bryn, und wenn er das tut, möchte ich nicht, dass du seinen verderbten Lockungen erliegst.» Thybil gestikulierte, suchte nach Worten. «Du besitzt Kräfte, die du dir noch gar nicht vorstellen kannst …

Davon abgesehen hat das Schicksal dich nicht etwa auserwählt. Was du mit deinem Leben anfängst, bleibt dir überlassen. Du kannst diesem Irrwitz und einer solchen Zukunft auch den Rücken kehren, wozu du allen Grund und auch jedes Recht hättest. Du kannst wieder zu deinen Eltern gehen und für den Rest deines Lebens Swigny brauen, was dir Ruhm und Reichtum einbringen wird – und Sicherheit.

Oder du kannst dir den Umhang des Kriegers umwerfen,

den steilen und beschwerlichen Weg wählen und von deinen Gaben Gebrauch machen. Manche Schlachten müssen anders als mit Schwert und Speer gekämpft werden, manche Kriege werden ausgetragen, ohne auch nur einen Tropfen Blut zu vergießen. Krieger sind Leute, die sich der Herausforderung stellen, wo immer sie ihr begegnen, und ihr gewohntes Leben aufgeben, um die Ungerechtigkeit zu bekämpfen. Es ist ein rauer Weg, voller Hindernisse und Widrigkeiten. Du wirst viele Feinde haben.»

Sie gelangten zu einem Felsvorsprung. Der Wind zerrte an ihren Kleidern und peitschte ihr Haar. Thybil blieb stehen und drehte Bryn zu sich herum, sah ihm in die Augen.

«Schließe dich den legendären Culmus Sangui an. Vervollkommne deine Fähigkeiten, die geistigen wie die körperlichen. Lerne, die Bedeutung deiner Gabe zu begreifen, erhebe Anspruch auf dein Erbe.»

Bryn sah den Mann, den er liebte und achtete, stirnrunzelnd an. «Ich habe das Gefühl …» Der Wind entriss ihm seine Worte. Er hob die Stimme gegen die wettstreitende Natur. «Ich habe das Gefühl, dich überhaupt nicht zu kennen. Von Anfang an, seit wir aufgebrochen sind, hast du Geheimnisse vor mir gehabt. Nichts hat sich als das herausgestellt, was es war. Wie kannst du dir dessen, was du sagst, sicher sein? Wer bin ich?»

«Es gibt so viel mehr als den Augenschein. Wenn du den bequemen Weg wählst, wirst du es nie erfahren.»

«Damit kann ich leben.»

«Bryn, die Zeit ist noch gar nicht reif. Du musst dich jetzt nicht entscheiden. Aber denke daran, dass dich deine Eltern demnächst das Gleiche fragen werden. An deinem siebzehnten Geburtsabend haben Mama Bellyset und deine Eltern dir etwas zu erzählen, und ich weiß nicht, wie du darauf reagieren wirst. Ich bitte dich nur darum, die Ostentum im Gedächtnis zu behalten: Denke daran, dass die Dinge nicht immer sind, was sie scheinen. Geschichte ist immer nur von einer Warte aus geschrieben, ist nicht mehr als ein Mythos, der allgemeine Zustimmung findet.»

Bryn machte ein finsteres Gesicht. Sein Herz klopfte erwartungsvoll, seine Gedanken rasten. Er sah über die Weide nach Wenfeld hinüber, über Gras hinweg, das sich im Wind wie Wellen kräuselte, an schwankenden Bäumen vorbei.

«Ich möchte nach Hause.» Die Worte klangen lächerlich, als er sie aussprach, aber es war die Wahrheit. Er hatte genug von Kriegern und Imperien, von Abenteuer und Gefahr. Er wollte nur, dass alles wieder so war, wie es vor ein paar Wochen noch gewesen war, in Quivelda. Er war glücklich gewesen dort: das Leben vorhersehbar und er zufrieden, das Wort Abenteuer nur ein zauberhaftes Versprechen von Aufregungen. Er hatte eigentlich gar nicht ernsthaft in ein richtiges Abenteuer ziehen wollen. Er würde nie wieder eine Queste spielen. Er wollte nur noch in Mama Bellysets warme Umarmung fallen und mitten in einer Versammlung schlafender Barue am Feuer sitzen und Swigny schlürfen.

«Gehen wir nach Hause, Bryn. Lass dir Zeit!»

Thybil lächelte, und es war wieder der alte Thybil, wie er ihn vor Jahren kennengelernt hatte, der Thybil, den er in Quivelda zu lieben und zu achten gelernt hatte.

«Gehen wir nach Hause.»

✦ ✦ ✦

Sie waren am Leben und überglücklich, ihre Boten zurückkehren zu sehen. Tränen flossen ungehindert. Die beiden Gemeinden empfingen sie wie Helden, genau wie die jungen

Abenteuerer es einander gesagt hatten. Sie kamen sich schlecht vor, weil sie sie enttäuscht hatten, aber sie sagten nichts. Die Hoffnung in den Augen und Herzen ihrer Leute zu enttäuschen, wäre zu schmerzlich gewesen.

Bryn wollte sich da ganz auf Thybil verlassen, der wusste es sicher wie immer am besten. Jetzt war nicht der richtige Moment, ihnen die heiklen Neuigkeiten beizubringen. Sie würden sie ihnen noch früh genug erzählen müssen, bevor sie selber merkten, dass vom Imperium weder Schutz noch Entschädigungen zu erwarten waren. Alles zu seiner Zeit. Er zwang sich, ihre Gesellschaft zu genießen, ohne an die Zukunft zu denken.

Nach allem, was sie erlebt hatten, war Abendunterhaltung eine unwirkliche, aber spaßige Angelegenheit. Bryn betrachtete die Barue um ihn herum. Sie lächelten, und die meisten kauten dabei. Der Feuerschein verlieh ihren Gesichtern einen rotbraunen Schimmer, der sie dem Brauer nur noch lieblicher machte. Es tat gut, wieder in Wenfeld zu sein.

Ihre Unwissenheit ist ein Geschenk des Himmels, dachte Bryn. *Wenn ich doch nur auch so hätte bleiben können.*

Am liebsten hätte er ihnen von der verzweifelten Lage erzählt, in der ihr Volk sich befand. Aber selbst er verstand das alles ja noch nicht. Es war bestimmt eine weise Entscheidung von Thybil, ihnen erst dann etwas davon zu sagen, wenn sie reif dafür waren, aber Bryn hätte sich ihnen so gern anvertraut.

Ihnen muss es wie ein Albtraum vorkommen. Es kam ohne Erklärung, und so ging es auch wieder. Sie blinzeln ins Morgenlicht und fragen sich, warum sie Angst gehabt haben. Aber sie sind durcheinander, denn es war kein Traum. Die Toten kehren nicht mehr zurück.

Bryn strich über den glatten Stein an seinem Hals, den

Eridanus ihm gegeben hatte. Jemand legte ihm eine Hand auf die Schulter. Es war Mittni. Sein bester Freund hatte sich ebenfalls verändert. Bryn drückte seine Hand und sah Tränen in seinen Augen.

«Was auch kommen mag», sagte Mittni. «Nichts wird meine Leute ändern.»

Bryn spürte selbst eine Träne im Augenwinkel.

«Wir können nicht zulassen, dass diese Ungerechtigkeit sich wiederholt», sagte der Brauer. «Ob Nurgor, Ostentum, maskierter Attentäter, verräterischer Lehrmeister oder feindseliger Numenii-Soldat, niemand darf meinen Barue etwas antun. Wir werden jeden daran hindern, um jeden Preis.»

Und für dieses eine Mal in seinem Leben hatte Bryn das Gefühl, bedeutsam zu sein, nicht wegen seines Erbes oder weil er ein Abenteuer erlebt hatte, sondern weil er etwas gefunden hatte, um das sich zu kämpfen lohnte. Ein Schaudern lief ihm über den Rücken und strahlte in seine Schultern aus. Unerklärlicherweise wusste er, dass er sein Versprechen würde halten können.

Zeuge bestätigt Verdachtsmomente

Johan Tumbleweed, ein Absolvent und Fördermitglied der Universität zu Liborec, ist unmittelbar vor der Einberufung der Krisensitzung von COLA gemeinsam mit den Barue nach Armaah gereist.

«Zunächst erschienen sie mir einfach wie eine nette Reisegemeinschaft», erklärte Tumbleweed in einem Exklusivinterview mit dem Numenii-Wochenblatt. «Aber im Rückblick passt alles perfekt zusammen. Sie haben mich in vielerlei Hinsicht belogen – so gab der Zwerg Galar Sturlison zum Beispiel vor, getrennt von den Barue unterwegs zu sein, und es war natürlich auch nur reiner Zufall, dass sie von einem Nephelim begleitet wurden.

Sie haben mir alle möglichen Fragen über den Krieg um das Tor, über Zauberei und Wahnsinn gestellt. Glücklicherweise habe ich ihnen nicht viel verraten, denn ihr Ältester, Thybil, hat sie wegen ihrer Neugierde scharf zurechtgewiesen.

Nun begreife ich, dass er verärgert war, weil er dachte, ich könnte misstrauisch werden und die Wahrheit herausfinden, oder dass ihnen selbst etwas herausrutschen könnte, was ihnen tatsächlich auch einmal beinahe passiert wäre, glaube ich.»

Tumbleweed war nicht bereit, den Mordanschlag oder die Einschüchterungsversuche gegen Ratgeber und Landesälteste zu kommentieren.

«Ich war schlicht nicht dabei, und falsches Zeugnis abzulegen wäre grundverkehrt. Wir sollten vermeiden, auf unserer Suche nach der Wahrheit und bei der Durchsetzung des Friedens auf Methoden des Feindes zurückzugreifen.»

Inzwischen gibt es jedoch eindeutige Hinweise auf eine Verstrickung «Onkel» Gugs in das Attentat auf Imperator Opeion.

Die Barue sind, anscheinend aus keinem anderen Grund als Geldgier, in die Hauptstadt gereist, um dort die gesamte Regierung zu alarmieren, dass die Ostentum, die Monster des Tores, zurückgekehrt wären. Ein Haufen Lügen! Wie jeder Geschichtswissenschaftler und erst recht jeder Lehrmeister erklären wird, ist eine «Rückkehr der Ostentum» ein Ding der Unmöglichkeit. Als Nächstes werden sie noch behaupten, Nequam höchstpersönlich sei von den Toten auferstanden.

Die Bürgerschaft ist dringend aufgefordert, verdächtige Vorgänge unverzüglich zu melden, und zwar entweder dem von Seiner Majestät Imperator Aurgelmir und dem Hohen Rat von Calaspias Offiziellen und Landesältesten eingesetzten Hochinquisitor Perduellis oder einem seiner Wachsoldaten, die an den schwarzen Umhängen und Inquisitionsplaketten zu erkennen sind. Ihre Aufgabe ist es, der Bürgerschaft bei dieser wichtigen Arbeit zu helfen.

Das Imperium ist von Feinden umgeben und durchdrungen, deren Ziel es ist, unsere freiheitliche Grundordnung und alles, was uns hoch und heilig ist, zu zerstören. Lassen wir uns nicht durch Gerede über Elend und Korruption verwirren. Stehen wir vereint in dieser schweren Zeit!

Die Barue sind Betrüger und mutmaßliche Mörder. Doch sollten wir uns nicht zu voreiligen Schlüssen hinreißen lassen, denn ihre Kollaboration lässt sich unter Umständen auch damit erklären, dass sie selbst betrogen oder auch bestochen worden sind. Wer immer sie bei ihren verbrecherischen Handlungen unterstützt hat, gehört hinter Gitter. Ihre Komplizen haben keinerlei Nachsicht verdient.

Wir sind so vielen Menschen gegenüber zur Dankbarkeit verpflichtet, dass man sie gar nicht alle nennen kann. Den folgenden gebührt dennoch ein ganz besonderer Dank, weil sie uns inspiriert und uns dabei geholfen haben, unsere schriftstellerischen Fertigkeiten zu verbessern. Wir können es ihnen nie vergelten.

Den folgenden, fast schon vergötterten Schriftstellern gilt unser Dank: George MacDonald dafür, dass er neuen Forschungsreisenden die Tore zu einer alten Welt aufgestoßen hat; Tolkien und Lewis dafür, dass sie die Erkundung fortgesetzt haben und die Menschheit an ihren Abenteuern teilnehmen ließen. Mögen sie ihre Geschichten auch im Himmel noch weiterspinnen.

Zu unseren frühesten Erinnerungen gehört die Begegnung mit Richard Adams während der Vorführung einer Bühnenfassung von *Unten am Fluss,* dem Autor dieses inniggeliebten Romans. Diese Begebenheit muss die erste richtige Begeisterung für das Schreiben in uns geweckt haben. Sie zeigte uns, dass man nicht nur für Familie und Freunde etwas *schaffen*, sondern das Geschaffene auch noch mit vielen anderen *teilen* konnte. Als wir über zehn Jahre später unseren ersten Roman auf den Weg der Veröffentlichung brachten, war Richard Adams, diese Legende, einer der Ersten, der das Manuskript las und uns Glück wünschte. Wir danken ihm für seine Freundlichkeit.

Während dieses Jahrzehnts wurde Stephen Lawhead unser Lieblingsschriftsteller. Als wir die *Pendragon-Saga* und seine anderen Werke entdeckten, fiel uns wieder ein, dass wir seinen Kindergeschichten bereits gelauscht hatten, als wir noch in Windeln herumliefen. Auch für seine Ermutigung gebührt diesem Meister des historisch-phantastischen Romans, diesem wahrhaftigen Barden in unserer Zeit, Dank.

Vishal Mangalwadi, der große Denker und Sozialreformer, erfreute uns mehrere Tage lang mit Zaubergeschichten, als wir ihn im Alter von sechs Jahren in Indien besuchten, und er inspiriert uns bis heute.

Den folgenden Schriftstellern möchten wir dafür danken, dass sie, wie auch andere, «in Vorleistung» getreten sind: Shashi Tharoor, der Jyotis Ehrgeiz weckte, das nicht-wahnsinnige Schreiben voranzutreiben, Theodore Beale, der die *Eternal-Warriors*-Trilogie geschrieben hat, Peter Cox, dem ehemaligen Sachbuch-Bestsellerautor und heutigen Literaturagenten, und Rabi Maharaj, dem Autor von *Der Tod eines Guru*, das in über sechzig Sprachen übersetzt wurde und übrigens die meistverkaufte Autobiographie in der Schweiz und vielen anderen Ländern war. Ihnen allen vielen Dank für ihren Rat und ihre Vorschläge.

Dafür, uns allgemein motiviert und inspiriert zu haben: J. K. Rowling, weil sie zahllose Muggel zum Lesen gebracht und die Kinderbuchliteratur zu neuer Blüte geführt hat, sowie Christopher Paolini, weil er vorgemacht hat, wie weit es ein junger Schriftsteller bringen kann.

Unseren Freunden, die sich zum Teil jahrelang anhören durften, dass das Buch wahrscheinlich «bald» herauskommt: Freunde, in der literarischen Welt sind sechs Jahre für ein Debüt gar nichts! Denjenigen, die an uns geglaubt haben: Danke. Den anderen: Manchmal trieben gerade eure Zweifel uns voran.

An die tollen Leute bei India Research Press/Tara Press, die unermüdlich an der Publikation der Originalausgabe von *Calaspia: Die Verschwörung* gearbeitet haben: Unser Dank dafür, dass sie in großen Zügen geplant haben, und für ihre nie nachlassende Unterstützung und Begeisterung geht vor allem an den Verleger Anuj Bahri, seine Frau Rajni, an Debbi Smith von der Literaturagentur Red Ink und, für ihren scharfen Blick und ihre sichere Hand, an unsere Lektorin Rima Zaheer. Sie verdienen mehr Lob, als wir in Worte fassen können.

In den meisten indischen Familien nötigt man die Kinder üblicherweise, etwas «Anständiges» zu studieren wie Jura, Ingenieurswissenschaften oder Medizin (oder heutzutage auch Informatik). In unserer Familie dagegen ist es seit der Generation unserer Urgroßeltern Tradition, die Kinder in ihren Träumen zu unterstützen. Darum möchten wir unserem Urgroßvater unsere Anerkennung dafür aussprechen, dass er seinem Sohn in den 1930ern gestattet hat, mit der Jahrhunderte zurückreichenden Familientradition einer Tätigkeit als Händler, Unternehmer oder Geldverleiher zu brechen und stattdessen nach Oxford zu gehen und Englisch zu studieren. So kam er als Erster in unserer Familie mit der Literatur in Berührung.

An unsere Familie, die sich mit uns gedulden musste, und zwar lange: Danke, dass ihr uns gut aufgezogen habt, dass ihr eine Familie seid – wir wünschten, jedes Kind könnte in einem solchen Zuhause aufwachsen; wie viel bessere Erwachsene würde die Welt dann haben. Danke für eure Unterstützung und Ermunterung; danke, dass ihr euch unseren Träumereien geöffnet und ihnen gestattet habt, Wirklichkeit zu werden: unseren Eltern, die so viele verschiedene Versionen des Buches gelesen haben, dass sie wie Galar längst Probleme mit den Augen haben müssten; Ranjeet, der unaufhörlich optimistische Motivation lieferte; und Anjali, die das Buch als Letzte gelesen hat und am stärksten daran beteiligt gewesen ist, es zu einem Erfolg zu machen.

Als wir im vergangenen Jahr noch einmal die erste, mit elf Jahren fertiggestellte Fassung unseres Romans ansahen, wäre es uns fast lieber gewesen, ihr hättet uns damals gesagt, wir sollten es lieber vergessen, einen solchen Quatsch veröffentlichen zu wollen. Stattdessen habt ihr uns freundlich gestattet, heranzureifen und selbst zu merken, was noch alles getan werden musste, und uns dabei immer ernst genommen. Erst heute wissen wir eure Geduld und Klugheit richtig zu schätzen. Danke, dass ihr unseren Figuren gestattet habt, mit uns zu wachsen, während ihr euch so viel selbstvergessenes Geplapper anhören musstet; dass ihr Bryn und Co. in die Familie Guptara aufgenommen und Calaspia ins Haus gelassen habt.

Und schließlich gilt unser aufrichtiger Dank dir, freundlicher Leser, für dein Interesse, deine Geduld und Beharrlichkeit. Wir hoffen, du hast diesen ersten Band genossen und freust dich wie wir auf die Fortsetzung. Unsere Geschichten werden besser, während Calaspia sich ausdehnt.

Euch allen vielen Dank für eure Gesundheit mitten in unserem Wahnsinn.

Suresh und Jyoti Guptara
Weinfelden, 21. Oktober 2006

Calaspia
Ein Planet, ähnlich dem unseren. Die Welt von Bryn Bellyset und seinen Freunden.

Länder und Hauptstädte
Das Imperium besteht aus sechs Ländern, nämlich Armaah, Arleath, Itrim, Nanoak, Nomidien und Bel-Tued. Die Hauptstädte der Länder heißen jeweils so wie das Land selbst. Armaah, eine schwimmende Stadt, ist zugleich Sitz des Imperators und Hauptstadt des ganzen Imperiums. Ged-Ruak ist die Hauptstadt der Zwerge.

Bevölkerung
Numenii – das größte Reich / Bündnis in Calaspia
Barue – Stamm von Menschen, die Emotionen anderer erspüren können
Zwerge – kleine, stämmige Wesen, deren Festungen in den Bergen liegen. Ihre Haut ist gegen extreme Temperaturen resistent.
Nephelim – großer kriegerischer Stamm
Plimpe – zauberhafte Fabelwesen, welche als Mythos gelten

Monster
Dämonen – mächtige, bösartige Wesen der Geisterwelt
Ostentum – Name für eine Vielfalt von gefährlichen, unerklärbaren Ungeheuern, die nach dem Krieg um das Tor als ausgestorben galten
Nurgor – unkreative Bestienmenschen

Sprachen
Zwergisch – Sprache der Zwerge
Numii, oder Gemeinzunge – Sprache der Numenii (auch der Barue)
Hohe Zunge – Sprache der Magier, lenkt ihre Gedanken beim Zaubern
Alte Zunge – geheime, sehr mächtige Sprache der Plimpe, die niemand außer ihnen kennt.

Währung
Goldkronen, Silbermonde, Pennies
1 Goldkrone = 10 Silbermonde; 1 Silbermond = 10 Pennies

Jahreszeiten

Zeit der Erneuerung / Keimzeit – Frühling
Sonnenzeit – Sommer
Zeit der Neige – Herbst
Schneezeit – Winter

Glaube, Götter, spirituelle Welten

Apheristische Kirche – mächtige Staatsreligion mit dem Glauben an den Gott Elyon und Heilige. Gründer: Apherist
Elyon – Gott der Schöpfer, der Allmächtige
Sechs Avatare – mächtige Engel, die jeweils einen Stamm der intelligenten Rassen von Calaspia regierten
Ikuyl – einer der sechs Avatare

Apostel des Verstehens

Philosophischer Orden zur Verteidigung des apheristischen Glaubens. Bryn verbringt hier vier Jahre seiner Ausbildung.

Orden von Itrim

Gegner des apheristischen Glaubens, bestehend aus Wissenschaftlern und Magiern. Hat seine Basis in der geheimnisvollen Stadt Itrim.

Lehrmeister

Ein Gelehrter von Itrim. Eridanus ist der Oberste Gelehrte.

Wahnsinn

Eine zerstörerische magische Energie und verfälschende Kraft.

Gipfel des Wahnsinns

Vulkanähnlicher, steiler schwarzer Berg, speit die Kräfte des Wahnsinns aus.
Andere Namen für diesen Gipfel: Ragnarok oder Garakron («Krone des Irrsinns» in der Sprache der Nurgor).

Culmus Sangui

Geheimer Orden von exzellenten Kriegern.

Krieg um das Tor

Der größte Krieg von Calaspia seit Menschengedenken. Fand vor über 40 Jahren statt, als ein böser Zauberer namens Nequam die Ostentum auf die Numenii hetzte.

Von der Schule gelangweilt, erschaffen die Zwillingsbrüder Suresh und Jyoti Guptara die Fantasy-Welt Calaspia und verfassen mit elf Jahren ihr erstes Buch dazu. Als sie Teenager sind, entwickeln sich ihre Ideen weiter und werden zu einer komplexen Saga. Ihr Debütroman «The Conspiracy of Calaspia» erscheint 2006 zunächst in Indien, stürmt dort die Bestsellerliste und wird von Presse und Publikum gelobt.

Suresh und Jyoti Guptara wurden am 22. 11. 1988 als Kinder eines indischen Vaters und einer britischen Mutter in England geboren. Heute wohnen sie in der Schweiz, wo sie auch Deutsch lernten, und gehören zu den jüngsten Vollzeit-Autoren der Welt.

«Calaspia. Die Verschwörung» ist der erste Band um Bryn Bellyset und seine Freunde.

Bel-Tued
Baruto
Trabatrawald
Wenfeld
Ged-Ruak
Quivelda
Arleath
Der Amboss
Lib
Pendix
A
Lar-Gren
Itrim